軍記物語の窓

第五集

関西軍記物語研究会　編

和泉書院

『軍記物語の窓　第五集』刊行のことば

関西軍記物語研究会の発足十年目、一九九七年十二月に『軍記物語の窓』は刊行されました。その五年後には「第二集」として続刊が刊行され、以来、五年ごとに刊行を続けてきました。そして、研究会発足後三十年の今年、第五集を発刊するに至りました。ひとえに、設立以来の世話役の先生方のご尽力の賜物です。また、年三回、二名ずつの例会発表に取り組んで頂いたみなさま、研究会の場に足を運び、議論に加わって下さったみなさまのおかげです。心より感謝申し上げます。

三十年の間に、日本文学のみならず、人文学研究を取りまく環境は激変しました。文学部という「器」自体、多くの大学から消滅してしまいました。日本文学研究に携わっていながら、担当する授業が専門領域とかけ離れているといった状況は、今や珍しくありません。助成金や補助金獲得のための「エビデンス」（根拠）作りに追われ、苦し紛れに立てた数値目標に右往左往することが大学等の教員の日常になってしまっています。かつての人文学研究の場とは異質な「空気」が、むしろ当たり前のこととして求められる時代になりました。

しかし、だからこそ、会則も会費も会員名簿もないこの研究会が、ゆったりとのびやかに三十年間も続き、その存在証明たる五冊目の『軍記物語の窓』を無事に世に問うことができますことは、感慨一入と言うよりほかありません。第一集から第四集には、合計八十八篇の論文が掲載されています。そのうち三十二篇は、大学院生やＰＤ、大学等の非常勤職にある方、あるいは高等学校勤務の傍ら研究を継続する方によるご寄稿でした。そのすべてが研究職を目指されていたとは限らず、ライフワークとして研究に取り組む方もおられるのですが、結果として八名の方が、現在、大学等の専任職に就いておられます。第五集では、第七十四回から八十七回までの例会発表者二十五名に執筆を依頼し、十五篇の玉稿をお寄せ頂きました。この中にも、八名の大学院生・ＰＤ・大学等非常勤職の方が含まれます。困難な時代ではありますが、ぜひ関西軍記物語研究会という舞台から、深遠でかつ魅力溢れる日本文学研究の世界へ、さらに羽ばたいていって頂きたいと念じています。

そのためにも、これからもゆったりとのびやかに、ご縁のあるみなさまとともに関西軍記物語研究会を大事にしていきたいと考えます。世話役も世代交代して参ります。読者諸賢におかれましては、ご発表・ご参加を通じて、今後も当研究会をお支え頂きますようお願い申し上げます。

なお、第五集所収のすべての論文は、編集委員による厳正な査読を経たものであることを明記します。また、第一集以来、多人数による論集という困難で煩雑な編集作業にご尽力頂いた和泉書院廣橋研三氏、および担当社員のみなさまには、末筆ながら、深甚の謝意を表します。

二〇一七年十二月一日

源　健一郎

軍記物語の窓　第五集　目　次

『平家物語』諸本における〈熊野新宮合戦〉
——記事構成の方法について——

源　健一郎

はじめに

〈熊野新宮合戦〉とは、平家物語諸本において、以仁王・源頼政による謀叛が発覚した契機として位置づけられる合戦である。

〈熊野新宮合戦〉の梗概は以下の通りである。治承四年（一一八〇）四月、平家打倒を画策する源頼政は以仁王を奉じて挙兵、平家追討の令旨が、源行家の手によって、諸国に雌伏する源氏へと届けられた。平治の乱後、行家が熊野新宮に身を潜めていたこともあり、逸早くこの情報は熊野に伝わったらしい。頼政の挙兵に呼応するかたちで熊野三山（本宮・新宮・那智）は平家方と源氏方との二つに割れ、合戦が勃発する。その後、平家方は敗退し、その報が都に伝えられることで、以仁王の謀叛は露見することとなった。

諸本に共通する要素をまとめると以上のようになるが、諸本間の移動も大きく、かつて稿者は、①熊野別当湛増の有無、②分裂した熊野三山勢力における那智の位置づけ、という二点の問題に着目し、延慶本の記述には熊野在地の情報が取り入れられており、在地に認識された一定の「事実」が反映している可能性があることを指摘した(1)。

本稿では、覚一本と延慶本の本文評価をさらに見極めるために、平家物語諸本における記事構成の方法、及び特徴的な記述のいくつかについて、改めて考えてみたい。

一　記事構成の方法

遠回りするようではあるが、最初に、覚一本巻第四「源氏揃」巻第六「飛脚到来」における河内石川源氏の「蜂起」に関する川合康氏の指摘を紹介しておきたい。(2)

巻第六「飛脚到来」には、清盛死去の直前、全国諸所で一斉に反平家の挙兵が相次いだことが緊迫感を持って物語られている。そのひとつに、石川義基とその息義兼の挙兵がある。この挙兵記事は、本来、治承四年十二月に、興福寺衆徒と連携しつつ義基が起こした内部分裂的蜂起であったものが、覚一本では、治承五年二月九日、頼朝と連携して決起した反平家の蜂起として虚構化され、位置づけ直されているのである。

そもそも治承五年二月九日は、『玉葉』や『吾妻鏡』、延慶本等読み本系諸本に記される義基首の大路渡しの日付であった。覚一本はそれを、二月十日あるいは十一日にずらし、二月九日を石川源氏と追討軍との合戦の日に改めたのである。当該記事が「前後の部分と緊張感をもたせるため」の文学的趣向の産物であることについて、次のように説明がある。

追討軍との戦闘場面は、よく読むと、「時つくり矢合して、いれかへ〳〵数剋たゝかふ。城内の兵共、手のきはたゝかひ打死するものおほかりけり」という一般的な表現だけで、常套句を用いて創作できる内容であることに注意しなければならない。また唯一、具体的な性格をもっているかに見える追討使の名前も（中略）覚一本『平家物語』では平氏の軍勢派遣の場面でよく登場するパターン化された人名である。（中略）何一つ個別具体的な記述はないのであり、何らかの原史料に基づいて書かれたと考える必要は全くないのである。（傍線稿者）

予め本論の見通しを述べるならば、覚一本〈熊野新宮合戦〉記事において他諸本と異なるいくつかの表現や要素は、氏が考察した石川源氏の挙兵記事と同様、文学的趣向の産物であると考えている。このような見通しに対して、重要な指摘は次の点である。

このことと関連して興味深いのは、覚一本『平家物語』巻第四の「源氏揃」（屋代本欠）の章段である。（中略）覚一本ではここに「河内国には、武蔵権守入道義基、子息石河判官代義兼」と見えるのに対し、延慶本など読み本系諸本では河内国石川源氏は登場しないのである。語り本において、巻第六「飛脚到来」で石川源氏の「蜂起」を創作したことと、巻第四「源氏揃」に名前を挿入することは、実は一体の関係にあったのである。

〈熊野新宮合戦〉もまた、覚一本では巻第四「源氏揃」に配置されている。延慶本には登場しない「熊野別当湛増」に、反平家の謀叛に対抗し、それを通報する役回りを覚一本は与えている。また、「熊野別当、田部法印湛増以下」の反平家の挙兵を伝える延慶本の記述が、覚一本巻第六「飛脚到来」では、

熊野別当湛増も、平家重恩の身なりしが、其もそむひて、源氏に同心のよし聞えけり。

と「熊野別当湛増」のみの挙兵を伝える記述に改められる。覚一本において、巻第四「源氏揃」で「熊野別当湛増」を中心とする謀叛の通報記事を設定したことと、巻第六「飛脚到来」で「熊野別当湛増」のみの挙兵を伝えることとは、川合氏の指摘した石川源氏に関する記事操作と同様、「一体の関係にあった」と考えられるのである。(3)

こうした見通しの是非を検討するために、以下、諸本における〈熊野新宮合戦〉記事の構成について考察していきたい。実は、川合氏が石川源氏の記事について指摘した「時つくり矢合して」という表現は、覚一本の〈熊野新宮合戦〉にも用いられている。このような「一般的な表現」、言い換えれば合戦描写における類型的とも言うべき表現が、各諸本の叙述に占める割合について、順次、確認していくことになる。本稿で取り上げる諸本は、覚一本・延慶本・源平盛衰記・長門本である。

1 覚一本

〈熊野新宮合戦〉の構成は、A［反平家の謀叛に機先を制して攻撃を仕掛ける決意］、B［反平家派対親平家派の戦い］、C［戦いの結果と事態の報告］という三段からなる。類型的表現が看取されるのは、B・Cの叙述である。〈熊野新宮合戦〉の本文中、該当する表現には通し番号と波線を付した。本文掲出後、通し番号順に用例を列挙した。(4)

A其比の熊野の別当湛増は、平家に心ざしふかゝりけるが、なにとしてかもれきいたりけん、「新宮十郎義盛こそ高倉宮の令旨給はて、美濃尾張の源氏どもふれもよほし、既に謀反ををこすなれ。那智新宮の物共は、さだめて源氏の方うどをぞせんずらん。湛増は平家の御恩を天《あめ》やまとかうむたれば、いかでか背たてまつるべき。那智新宮の物共に矢一いかけて、平家へ子細を申さん」とて、

Bひた甲一千人、新宮の湊へ発向す。新宮には鳥井の法眼・高坊の法眼、侍には宇ゐ・すずき・水屋・かめのこう、那智には執行法眼以下、都合其勢二千余人なり。①時つくり、矢合して、②源氏の方にはとこそいれ、平家の方にはかうこそいれとて、③矢さけびの声の退転もなく、かぶらのなりやむひまもなく、④三日がほどこそたゝかふたれ。

C熊野別当湛増、⑤家子郎等おほくうたせ、⑥我身手おひ、からき命をいきつゝ、本宮へこそにげのぼりけれ。

（覚一本巻第四「源氏揃」）

①時つくり矢合して

時つくり矢合して、いれかへいれかへ数剋たたかふ。（覚一本巻六「飛脚到来」）

源平両方時つくり、矢合して、互に舟どもおしあはせてせめたたかふ。（覚一本巻八「水嶋合戦」）

②源氏の方にはとこそいれ、平家の方にはかうこそいれ

平家のかたには音もせず。源氏のかたには又箙をたたたいてどよめきけり。（覚一本巻十一「弓流」）

源氏ノ方ニハ嘆キケリ、平家ノ方ニハ悦ケリ。（延慶本『平家物語』第二末十三「石橋山合戦事」）

平家ノ方弱ルト聞バ内々悦、源氏ノ方ツヨルト聞バ興ニ入テゾ悦アヒケル。

（延慶本『平家物語』第四・廿二「木曽都ニテ悪行振舞事」）


平家のかたにはいかゞ射る。源氏のかたにはかうこそいれ。

（『平治物語』中「六波羅合戦の事」）

③矢さけびの声退転もなく、かぶらのなりやむひまもなく

凡そ、門々の鏑の遠声、矢叫のをと、ひまもなし。馬の馳ちがふ事、大地震動するがごとくなり。

（『保元物語』中「白河殿攻め落す事」）


矢叫ノ音、馬馳違フ音、隙有トモ不聞、源平旗ヲ差並テ、勝負牛角ニ見エタリケリ。

（源平盛衰記巻第二十七「矢矯川軍」）


巳の尅ばかりより、時の声、矢叫び、馬の馳せ違う音、休む時もなかりけり。

（『太平記』巻九「高氏篠村八幡に御願書の事」）


源平両方ノ軍兵十万余人ナレバ、互ニ時ヲ発ス声、鏑矢ノ鳴違音、上ハ蒼天ニ聞エ、下ハ海底ニ響ラントゾ驚レケル。

（源平盛衰記巻第四十三「源平侍遠矢」）


二尊のあそばす鏑の音空中に行き合ひ、からりからりと落ちける声、鳴り休む間もなかりけり。

（『太平記』巻第十二「神泉苑来由の事」）

④三日がほどこそたゝかふたれ

長崎四郎左衛門尉、軍奉行にて有ければ、手負死人の実検をしけるに、執筆十二人、夜昼三日が間筆をも置かず注せり。

（『太平記』巻第七「千剣破城軍事」（流布本））


面なる兵は軍をすれば、後なる物ども手々に鋤・鍬を以て、山を掘り倒さんとぞ企てける。誠大手の櫓二つは三日が間にどなく掘り崩されにけり。

（『太平記』巻第七「新田義貞綸旨を賜ふ事」）

国司、伊達・信夫の兵二万余騎を差遣て、宇都宮の城を責らるゝに、禅可三日が中に攻落れて降参したりけるが、四五日を経て後又将軍方にぞ馳付ける。

（『太平記』巻第十九「奥州国司顕家卿並新田徳寿丸上洛事」（流布本））

⑤家子郎等おほくうたせ

畠山、家子郎等残ずくなに討なされ、力およばでひき退く。

（覚一本巻第七「篠原合戦」）

されども我身は手ををはず、家子郎等廿余騎大略手負て、播磨国高砂より舟に乗、をしいだひて和泉国にぞ付にける。

（覚一本巻第八「室山」）

太田太郎我身手おひ、家子郎等おほくうたせ、馬の腹いさせて引退く。

（覚一本巻十二「判官都落」）

⑥我身手おひ、からき命をいきつつ

源氏の勢のこりずくなに打ちなされ、大将軍行家からき命いきて川よりひンがしへひきしりぞく。

（覚一本巻六「祇園女御」）

我身手おひ、からき命いきつゝ、川につたうて越後国へ引しりぞく。

（覚一本巻六「横田河原合戦」）

越中国砥並山ノ軍ニ山ニ追入ラレテ、カラキ命生テ、乞食シテ京へ上タリケル者ナ。

（延慶本第六本十「盛次与能盛詞戦事」）

覚一本における類型的表現は、①〜⑥の六点が確認される。②は弓射以外にも、源平双方を比較・対照する表現として様々に機能するものである。③における矢叫びと鏑の組み合わせについては、他の用例は管見の限り『保元物語』に見られるもののみである。盛衰記巻第四十三の用例に「時ヲ発ス声」とあることには、一定の類同性が認められるが、矢叫びの声は、馬の馳せ違う音との組み合わせで表現される例の方が目に付く。しかしながら、矢叫びや鏑の音によって合戦の激しさを物語る表現自体は一般的であり、両者を組み合わせることにも一定の類型性を認めることができるだろう。④では『太平記』の用例を挙げたが、この項では三例中二例は流布本の用例を挙げた。というのも、巻第七「千剣破城軍事」の該当箇所は天正本には「五日の間」、神宮徴古館本には「三日の間」とあり、巻第十九の該当箇所は、天正本には「禅可攻め落されて降参す」、神宮徴古館本には「禅可三日が中に責落されて」とあるのである。神宮徴古館本・流布本が「三日」とする期間が、天正本では「五日」になったり、期間が示されなかったりと揺れが見られる。事実に基づく期間ではなく、類型的表現であるがゆえに、諸本によってこのような異同が生じるものと考えられる。他の項目の説明は省くが、覚一本のB・Cでは、人物名・地名を除くほぼすべての叙述が、類型的表現によって構成されていると判断される。

一方、章段全体の構成としては、Aでは「熊野別当湛増」の意志を中心に叙述が進められる。Bの合戦場面を挟んで、Cでも合戦の当事者であった「熊野別当湛増」の動向に焦点が当てられ、叙述が締めくくられる。Bに示される覚一本独自の登場人物「宇ゐ・すずき・水屋・かめのこう」については後述したい。

2　延慶本

A行家ハ平治ヨリ以来、熊野ニ居住シケレバ、新宮ニ与力スル者多カリケレバ、何ト無ク其用意ヲゾシケル。此事世ニ披露有ケレバ、那智執行、権寺主、正寺主、覚悟法橋（傍書「眼ィ」）、羅睺羅法橋、鳥居法橋、高房ノ法橋等申ケルハ、「新宮十郎義盛コソ高倉宮ニ語ハレ奉テ、平家ヲ討ムトテ源氏共ヲ催ムガ為ニ、東国ヘ下向シケル由聞ユレ。サ様ノ悪党ヲ熊野ニ籠タリケリト平家ニ聞エ奉ラム事甚ダ恐アリ。当時義盛コソ無レドモ、新宮ヲ一矢射バヤ」トテ、

B那智ノ衆徒ヲ始トシテ、熊野上綱悉ク出立ケリ。是ヲ聞テ新宮ノ衆徒等⑦味同心シテ、城郭ヲ構テ相待ケリ。本宮ノ衆徒ハ思々ニ付ニケリ。田辺法橋ヲ大将軍トシテ、那智ノ衆徒并ニ諸上綱等会合シテ、二千余騎ノ軍兵ヲ卒

シテ、五月十日新宮ノ湊ニ押寄テ、平家ノ方ニハ覚悟ヲ先トシテ責戦フ。源氏ノ方ニハ、「覚悟ヲ切レ」トテ、梓ノ真弓ノ弦ダリモ無ク、三目ノ鏑ノ鳴ラヌ間モ無ク、⑧一日一夜ゾ戦ヒケル。那智衆徒等多ク被討テ、⑨疵ヲ被ル者其数不知。悉クカケチラサレテ、自ラウタレヌ者ハ只山ヘノミゾ逃入ケル。是ヲ見テ新宮ノ衆徒申ケルハ、「源氏ト平家トノ国諍ヒノ軍始ニ、神軍ニ平家ハ負テ源氏ハ勝ヌ」トゾ一同ニ悦アヘリケル。

C其コロ、熊野別当覚応法眼ト云ケル者ヲバ、オボエノ法眼トゾ申ケル。此ハ六条判官為義ガ娘ニテ有ケレバ、母方源氏ナリケレドモ、世ニ随フ事ナレバ、平家ノ祈師ト成タリケル故ニヤ、覚応法眼、六波羅ヘ使者ヲ立テ申ケルハ、「（中略）カノ余党等ヲ責ントシテ、君ニ知レヌ宮仕ト御方人仕テ、新宮ニ押寄テ合戦数剋仕リ候ヌ。而ニ寄手多ク被討テ軍ニ負テ、上綱幷ニ那智衆徒等山林ニ可交ニテ難安堵候。其由忿御尋候ヘ。新宮ノ衆徒等、義盛ニ同意之条、勿論ノ上ハ、余勢ヲ給テ新宮ヲ可責」之由ヲゾ申ケル。

（延慶本『平家物語』第二中「平家ノ使宮ノ御所ニ押寄事」）

⑦一味同心シテ(5)

大勢ヲ河ニ打ヒタシ、一味同心ニシテ渡セヤ、者共。（延慶本第二中十八「宮南都へ落給事付宇治ニテ合戦事」）

或ハ源氏ノ末葉、或ハ年来思付タル郎等共ナレバ、一味同心ニテ、入替〳〵戦ケリ。

（延慶本第三本廿六「城四郎与木曽合戦事」）

進ミ退キ、追ツ返ツ、一味同心ニ揉ニ々テゾ攻タリケル。

（源平盛衰記巻第二十七「矢矧川軍」）

権亮三位中将維盛已下、棟人ノ大将一味同心ニ三万余騎、馳出タリ。（源平盛衰記巻第二十九「平家落上所々軍」）

⑧一日一夜ゾ戦ヒケル

能登殿やがて押し寄せせめ給へば、一日一夜ふせぎたたかひ、（中略）能登殿やがてつづいてせめ給へば、(6)一日一夜ふせぎたたかひ、

（覚一本巻九「六ケ度軍」）

三浦ノ一族絹笠ノ城ニ籠テ一日一夜戦テ、矢種尽テ、船ニ乗安房国へ渡畢ヌ。（源平盛衰記巻十七「大場早馬」）

御方の大勢にも牒し合はせず、自身山下に押し寄せ、一日一夜攻め闘ふ。（『太平記』巻第十七「京都初度の軍幷びに二度京へ寄する事」）

楠大勢を以て責めける間、一日一夜戦つて、南都を差して落ちにけり。（『太平記』巻第三十五「南方蜂起　幷びに狂歌等の事」）

⑨疵ヲ被ル者其数不知

官兵凶徒ニ撃変サレテ、死スル者八十余人、疵ヲ蒙ル者数ヲ知ズ。（源平盛衰記巻第二十三「貞盛将門合戦付勧賞」）

其外、死スル者十余人、手負者ハ数ヲ不知。（源平盛衰記巻第三十一「勢多軍」）

芳賀は左馬頭の始めの陣に打ち襄つてその兵を見るに、討たれたる者百余人、疵を被る者は数を知らず。（『太平記』巻第三十九「鎌倉基氏と宇都宮と合戦の事」）

散々に切つて廻りける間、討たれて疵を被る物数を知らざりけり。（『太平記』巻第二十二「畑六郎左衛門の事」）

延慶本における類型的表現は、⑦～⑨の三点が確認される。覚一本と類型的表現が共通することは少なく、延慶本内、あるいは盛衰記・『太平記』と重なるものが多い。合戦場面Bに限っても、その叙述量に占める類型的表現の割合は限定的である。破線部「梓ノ真弓ノ弦ダリモ無ク、三目ノ鏑ノ鳴ラヌ間モ無ク」は、覚一本にて類型的表現として扱った③「矢さけびの声退転もなく、かぶらのなりやむひまもなく」に相当する表現である。次に示す盛衰記では二分割されて、「三目ノカブラヤ、ナリヤム事ナク…軍ヨバヒ六種震動ノ如シ」（次項破線部）となる。現在の諸本研究における一般的理解を前提にすれば、歌語的表現を用いる延慶本が原態的なものであって、合戦場面における臨場感を音声的表現で統一するために「梓ノ真弓ノ弦ダリ」を「矢さけびの声」に置き換え、類型化を進めたのが覚一本であると言えよう。延慶本から「三目ノ鏑」を引き継ぎ、覚一本の「矢さけびの声」を同じ音声的表現である「軍ヨバヒ」に置き換え、独自の趣向を凝らしたのが盛衰記であろう。

一方、章段全体の構成としては、Aではまず、源行家の新宮における行動に焦点が当てられ、それに対する本宮・那智の対応へと叙述が進められる。Bの合戦場面を挟んで、Cでは合戦には直接参加しなかった「熊野別当覚応法眼」による戦況報告（合戦の指示は、したらしき口吻）で叙述が締めくくられる。延慶本独自の登場人物「覚悟法橋（傍書「眼ィ」）」「熊野別当覚応法眼（オボエノ法眼）」については後述したい。

3 源平盛衰記

A此事ノアラハレケル事ハ、十郎蔵人東国下向ノ時、内々新宮へ申下ケル事ハ、「平家ハ悪行積リテ、法皇ヲ鳥羽ノ御所ニ押籠奉テ、忽ニ逆臣トナルニ依テ、彼輩追討スベキヨシ、宮ノ令旨ヲ給テ、同姓ノ源氏年来ノ家人ヲ催促ノ為ニ関東へ下向ス、早ク家人等ニ相フレテ、内々用意有テ行家ガ上洛ヲ相待ベシ」ト云下タリケレバ、那智・新宮ノ者共、寄合くカクスくト私語ケレドモ、国内通計ノ事ナレバ、平家ノ祈ノ師ニ本宮ノ大江法眼コレヲキ、、「新宮十郎義盛コソ（中略）平家ヲ亡サントスルナルガ、那智・新宮ノ大衆等源氏ノ方人セントテ用意有ケレ、イザヤ推寄滅サン」トテ、

B大江法眼大将軍トシテ、三千余騎舟ニ乗テ、新宮ノ渚へヲシヨセケリ。新宮・那智ノ大衆此事ヲ聞テ、那智ノ執行・正寺司・権寺司・羅睺羅法橋・高坊ノ法眼等同心シテ、大衆二千余人、新宮ノ渚ニ陣ヲトル。大江法眼ヲシヨセテ、⑩互ニ時ヲ作ル事三箇度也。三目ノカブラヤ、ナリヤム事ナク、⑪太刀長刀ノヒラメク影、電ノ如シ。②源氏ノ方ニハ角コソ切レ、平家ノ方ニハ角コソ射トテ、軍ヨバヒ六種震動ノ如シ。互ニ半時モ退カズ。⑧一日一夜火ノ出ル程コソ戦タレ。サレ共大江法眼軍ニ負、相語フ輩遁ル、者ハ少ク、討ル、者ハ多カリケリ。那智・新宮ノ大

衆、軍ニ勝テ貝鐘ヲ鳴シ、平家運傾テ源氏繁昌シ給ベキ軍始ニ、神軍サシテ勝タリト、⑩′悦ノ時三度マデコソ造ケレ。C和泉国住人ニ佐野法橋ト云者、大江法眼ニハ甥也ケルガ、軍ニハ負ヌ、山ニ逃籠テ息ツキ居タリ。内ノ消息ヲ書テ福原へ奉ケルハ、「（中略）那智・新宮ノ義盛ニ同意ノ由承テ、大江法眼御方トシテ、新宮ノ渚ニヲシヨセテ、一日一夜戦侍シカドモ軍敗ヌ。御用心有ベクヤ候ラン」ト告タリケリ。

（源平盛衰記巻第十三　熊野新宮軍）

⑩互ニ時ヲ作ル事三箇度也・⑩′悦ノ時三度マデコソ造ケレ。

かたき平等院にとみてんげれば、時をつくる事三ケ度、宮の御方にも時の声をぞあはせたる。

（覚一本巻四「橋合戦」）

河ノ東ノ端ニ引ヘテ時ヲ造ル事三箇度、夥シトモ不斜。

（源平盛衰記巻第十五「宇治合戦」）

千余騎ノ兵、馬ノ鼻ヲ東へ立、悦ノ時トテ三箇度作リ叫ケリ。

（源平盛衰記巻第三十四「明雲八条宮人々被討」）

敵時の声三度作つて、ちと擬々したるところに、天も落ち地も裂くるばかりに、ただ一声時を作つて

（『太平記』巻第三十九「鎌倉基氏と宇都宮と合戦の事」）

⑪太刀長刀ノヒラメク影、電ノ如シ

甲ノ鉢ヲ打太刀ノ打チガヘル時、火ノ出ル事イナビカリノ如クナリケレバ、

（源平盛衰記巻第二十七「墨俣川合戦」）

太刀ノ打違ル音耳ヲ驚シ、火ノ出ル事電光ニ似タリ。

（源平盛衰記巻第二十九「礪並山合戦」）

②源氏ノ方ニハ角コソ切レ、平家ノ方ニハ角コソ射トテ（覚一本に同）

⑧一日一夜火ノ出ル程コソ戦タレ（延慶本に同）

盛衰記における類型的表現は、⑩・⑪の二点に加え、覚一本と共通する②、延慶本と共通する⑧の計四点が確認される。⑩の鬨の声について、⑩′のような合戦後のものは少ないが類例は確認される。⑪は「太刀長刀」自体がきらめ

く形容だが、用例としてあげた二例は太刀を打ち合ったために散る火花の形容である。このように、やや特殊な面も見られるものの、覚一本・延慶本と共通する②・⑧や、先に検討した破線部を含め、盛衰記における類型的表現はBの叙述量のおよそ半分に及ぶ。

一方、章段全体の構成としては、Aではまず、源行家の新宮における行動に焦点が当てられ、それに対する本宮方「大江法眼」の対応へと叙述が進められる。Bの合戦場面を挟んで、Cでは合戦から落ち延びた「佐野法橋」による戦況報告で叙述が締めくくられる。A・Bに示される盛衰記独自の登場人物「大江法眼」については後述したい。

4　長門本

A此宮の御むほんの、とくあらはれける事は、くまの丶本宮よりきこえたりけるとぞ披露しける。

Bそのゆへは、なちと新宮とは、十郎蔵人よしもりを源氏の大将とす。本宮は、平家方にて合戦しけるほどに、本宮まけにけり。

Cそのいきどをりを、おはの法橋、高坊法橋、正寺主、権寺主等、夜を日につきて馳上て、大政入道にうったへ申けるは、「宮の令旨を給て、かれらたちまちにむほんのくはだて候」よし申たりけるとかや。

（長門本巻第七「宮御謀叛露顕事」）

長門本は略述の形態を呈し、具体的な合戦描写が一切ない。それ故に、類型的描写も見られない。章段全体の構成としては、Aには、本宮からの風聞により以仁王の謀叛が露見したとだけあって、行家・本宮方いずれの意志かもはっきりしない。しかしながら突飛な設定ではあるが、Bにて、「十郎蔵人よしもり」（行家）が大将軍とされることで、改めて行家の意志や行動に焦点が当てられることになる。Cでは合戦から落ち延びた「おはの法橋」等による戦況報告で叙述が締めくくられる。Cに示される長門本独自の登場人物「おはの法橋」については後述したい。

小括

以上の検討から、本文記事の構成上、類型的表現に最も大きく依存しているのが覚一本であること、盛衰記は延慶本等に依拠して詳細な情報を書き込みつつ、類型的表現も多用していることが指摘できよう。文学的趣向が積極的に講じられる両本は、原態的な伝承（史資料）から距離のある本文であるともいえる。平家物語における合戦描写について、鈴木彰氏は、忠実なる実態の記録や再現が目指されていたとは考えがたく、何らかの類型的枠組みのもとに生み出されている可能性を多分に含んでいると指摘している。空間把握の表現を対象に、諸本に共通する志向として説かれたものだが、本稿の視点とも重なり合う指摘である。(8)〈熊野新宮合戦〉に関しては、覚一本にもっとも顕著に、そうした類型的志向が看取されるのである。一方で、延慶本には類型的表現が少ない。前提とした原態的な伝承（史資料）に対して、文学的虚構が施された可能性が相対的には低い本文であると延慶本は判定される。

また、延慶本・盛衰記・長門本に共通する人名については、現在の諸本研究の成果に照らせば、延慶本の祖本段階に遡る伝承と考えてよいだろう。覚一本独自の人物名は特異であり、その挿入は後次的なものとみなされる。

章段全体の構成については、Aにおいて、本宮方の「熊野別当湛増」の意志的行動を強調する覚一本の形態は特異である。読み本系諸本に共通する、行家の動向から語り始める構成が本来的なものであろう。Cの戦況報告者は諸本により区々だが、覚一本はAを湛増の動向から語り始めるため、Cの戦況報告に至るまで、〈熊野新宮合戦〉が湛増によって主導されたものとして一貫する。これも覚一本による文学的趣向であると言えよう。

こうした覚一本の一貫性は、当記事のみの構成意識にはとどまらない。巻第四「源氏揃」に「熊野別当湛増」による〈熊野新宮合戦〉を描いておくことによって、巻第六「飛脚到来」における反平家の挙兵の報に、「熊野別当湛増」の謀叛が含まれることの衝撃度は大きなものとなる。両巻を繋いで語られた石川源氏の挙兵と同様に、「熊野別当湛増」の平家に対する忠節とその裏切りの物語が、覚一本独自の文学的趣向として巻を跨いで構成されたのである。(9)

二　各諸本における独自記述

類型的表現には当てはまらない独自記述について、覚一本からは熊野三党に関わる人物名、読み本系諸本からは延慶本の「覚応」とこれに関連する人物名について取り上げ、その背景について考えておきたい。

1　覚一本における「宇ゐ・すずき」

覚一本で取り上げるのは、新宮方の「侍」として、「宇ゐ・すずき・水屋・かめのこう」の参加が明記されることである。前二者は、熊野三党と称される鈴木・宇井・榎本のうちの二党であり、読み本系諸本には見られない記述である。

熊野三党のうち、源平合戦に関わる伝承において著名な人物は鈴木三郎重家である。『義経記』巻八には、弟の亀井六郎重清とともに紀州から高館に駆けつけ、弁慶等とともに奮戦する様子が描かれる。しかしながら、その鈴木でさえ、平家物語諸本でほとんど活躍が描かれていない[10]。榎本・宇井も含め、熊野三党に纏わる人物の記述も、当該場面以外にはないのである。ただし、重家の弟と思われる「五郎」の名は、平重盛末子忠房の死を描くくだりに、熊野別当湛増の「侍」として見える。

湛増タノミ切タル侍、須々木五郎左衛門ト云者、人ニモスグレテス、ミ出テ戦ケルヲ、湯浅ガ甥尾藤太、大鏑矢ノ十五束アルヲアクマデ放ツ矢ニ、五郎左衛門尉ガ鎧ノ押付ノ板ヲ、主ヲコメテ射通シタリ。

（延慶本第六末卅二「小松侍従忠房被誅給事」）

延慶本と長門本のみに確認され、他の諸本には欠落するが、〈熊野新宮合戦〉とは別場面とは言え、覚一本が鈴木を、湛増と敵対した新宮方の「侍」として位置づけることとは対照的である。また、覚一本の記述が熊野三党の枠組みを投影したものであるのに対して、延慶本等の記述は湛増の信頼を得た「須々木五郎左衛門」個人の活躍を描くものであり、「党」としての意識が見られない点にも留意しておきたい。

熊野三党に関わる記述が覚一本に持ち込まれた背景を考える上で示唆的なのが、屋代本付載「平家剣巻」(上)である。

白川院始テ熊野へ御参詣アリケルニ、「此山ニ別当ハ有カ」ト御尋有ケルニ、「候ハス」ト申ケレハ、「何ニサル事ハ可有。別当ヲ成サン」ト勘定アリ。「誰ヲカ別当ニ成スヘキ」ト、人々評定シケル中ニ、ライギ党(傍書「ウイ党ィ」)、スズキ党ト申ハ、熊野権現摩伽陀国ヨリ吾朝へ飛給シ時、左右ノ翅ト成テ渡リシ者ナリ。依之熊野ヲ我マヽニ管領シテ、又モナク振舞ケル。折シモ権現ノ御前ニ、花ヲ備ヘテ籠タル山臥ヲ別当ニ成サルヘキ由ヲ、スヾキ計ヒ申ケレハ、「我身ハ其器量ニタラス」トテ辞退申ケレトモ、重テ院宣成サレケレハ、押テ別当ニ成ニケリ。教真ト申。是別当ノ始ナリ。

白河院初度の熊野御幸の際、熊野を「管領」する宇井・鈴木二党の「スヾキ」の推挙によって、当座に参籠していた山伏が初代熊野別当「教真」となった由来が語られている。熊野三党のうち、宇井・鈴木二党が取り立てられる点が、覚一本に共通するのである。「平家剣巻」が「スヾキ」の行動を特記することは、鈴木三郎重家に関する伝承の広まりとも関わるだろう。室町期には、『義経記』や幸若舞曲「高館」に代表される先述のような伝承を核としながら、能《鈴木》から『異本義経記』へと連なる様々な鈴木三郎異伝も展開していた(11)。

なお、熊野権現の淵源を天竺摩訶陀国に辿る「平家剣巻」は、明らかに「熊野の本地」系の熊野縁起の影響を受けているが、権現の本朝への飛来に宇井・鈴木二党が「左右ノ翅」として伴ったとする点(波線部)は独特である。こうした説には『熊野山略記』所収の新宮系熊野縁起が関わるように思われる。同書には「新宮縁起」と「新宮仮名書縁起」が引かれ、熊野権現と熊野三党との関係が詳述される。その内容については、川崎剛志氏に適格な説明がある(12)。

室町時代には、熊野三党の由緒正しさを証すことに重きを置いて、新宮の縁起を制作、相伝する営みが、かなりの幅を以て、重層的に展開していたと想像される。その情況のなかで制作された縁起のうち二種が、幸い『熊野山略記』に転載され、我々の目に触れることとなった。一つは「新宮仮名書縁起」で、専ら新宮の主神・早玉宮との君臣関係を説く。もう一つは「新宮縁起」で、こちらのほうは君臣関係のみならず、姻戚関係をも誇示する。「平家剣巻」の記述との関連で注目しておきたいのは、「新宮仮名書縁起」の次の言説である。[13]

飛鳥大行事（中略）摩訶陀国ニテハ権現ノ惣後見也、（中略）飛鳥大行事ハ権現ヨリ以前ニ鳥ノ羽ニ乗テ下リ、熊野へ来ル故ニ、飛鳥権現ト名ヅク。（中略）飛鳥ノ東ハシニ御座スハ三狐神、宇井・鈴木・榎本ノ母也。（中略）新宮ノ東ノ飛鳥、三狐神ヲ妻ト為シ、三人之男子ヲ儲ク。一男ハ真俊、榎本氏。二男ハ基成、宇井党。三男ハ基行、鈴木党也。

熊野権現飛来以前に、摩訶陀国から飛鳥大行事が「鳥ノ羽」に乗って飛来し鎮座したこと、飛鳥大行事と三狐神との婚姻によって熊野三党の祖が生まれたとすることが語られている。飛鳥大行事の役割自体が宇井・鈴木二党に入れ替えられたところに、「平家剣巻」のような所説が発生した可能性があるのではないか。新宮系熊野縁起の外側で「熊野三党の由緒正しさ」が強調される際、「平家剣巻」のような改変もありえたと考えるのである。十六世紀初に成立した『両峯問答秘鈔』には、「問云、新宮常住等先祖、何者哉。答云、如指南抄者、彼常住者鱸・榎本等末也云々。」（巻下問十六）とあり、熊野三党の子孫が「新宮常住」として確固たる地位を築いていったことも確認される。

「平家剣巻」の成立は、南北朝の足利氏台頭期から室町初頭（応永・長禄）の頃とされる。[14] 覚一本の成立は、応安四年（一三七一）である。室町期における「新宮常住」としての熊野三党（二党）の顕彰、及びそこから特化して展開した鈴木三郎重家伝承の広がりが、覚一本や「平家剣巻」の背景にはあると言えよう。覚一本に持ち込まれた「宇ゐ・すずき」は、川合氏が言うところの「パターン化された人名」と等しい位相にあるのである。

2　延慶本における「熊野別当覚応」その他

読み本系三本の説明に注記した独自の人物、「覚悟法橋（「眼ィ」）」（延）「熊野別当覚応法眼（オボエノ法眼）」（延）「大江法眼」（盛）「おはの法橋」（長）の各諸本における位置づけについて、改めて整理しておきたい。

「覚悟法橋」は、延慶本Aでいくさの決意を述べるうちの一人として示される。Bでは「平家ノ方ニハ覚悟ヲ先トシテ責戦フ。源氏ノ方ニハ、覚悟ヲ切レトテ」と取り立てられいることから、「大将軍」とされる「田辺法橋」とは「覚悟法橋」の異名であると考えられる。一方Cでは、通報者として「熊野別当覚応法眼」の行動が描かれている。記事全体として、具体的な行動が描かれる平家方の人物は、「覚悟法橋」「熊野別当覚応法眼」の二名ということになる。

盛衰記では、Aで「大江法眼」がいくさの決意を述べ、Bでは自らが「大将軍」として働く。Cにおける通報者の役回りは「大江法眼ニハ甥」である「佐野法橋」なる人物に譲る。通報者については間接的関与となるが、記事全体として具体的な行動が描かれる平家方の人物は、「大江法眼」ということになる。

長門本にはほとんど具体的な記述がないのだが、Cの通報者の筆頭に「おはの法橋」の名が挙げられ、挙兵の中心的人物と見なされていることが窺われる。

以上のように見てくると、読み本系三本で中心となる人物は、呼称に異同はあるものの、ほぼ同じ役回りが担わされていると言えよう。Aでいくさの決意を述べ、Bで合戦の統率者となり、Cでは謀叛の通報者となる。にもかかわらず混乱していた呼称を、覚一本は「熊野別当湛増」に一括変換したのである。

それではなぜ、読み本系三本における中心人物名に、このような混乱が生じたのであろうか。その背景には、書承の問題、湛増・湛覚間の抗争の事実というふたつの要因があると考えられる。

まず、書承の問題について述べよう。これに関わる呼称は、一方系語り本の後期伝本にも散見され、それも含めて整理しておく。

延慶本＝覚悟法橋（「眼ィ」）・熊野別当覚応法眼（オボエノ法眼）

長門本＝おはの法橋

盛衰記＝大江法眼

葉子十行本・京師本・米沢本・流布本等の一方系語り本＝おぼえ（覚）の法眼湛増

これらの呼称は、本来、一人の人物を指すものであったと思われる。延慶本で「熊野別当」とされる「覚応法眼」には「オボエノ法眼」と異名が注記されるが、「覚応法眼」という表記も、本来は「覚ゑの法眼」であったのではなかろうか。次に掲げるように、「恵＝ゑ」の草体は「應」とよく近似している。

『くずし字用例辞典』（近藤出版社）

「恵＝ゑ」を「應」と読み誤ったことによって、史実に確認されない別当「覚応」の呼称が、延慶本本文に書き留められたと考えるのである。長門本「おはの」は「おほえの」の誤写（転訛）、盛衰記「大江」は「おほえ」に漢字を宛てたもの、一方系語り本諸本の「おぼえ（覚）の法眼湛増」は、覚一本の「湛増」と延慶本的本文の「オボエノ法眼」との取り合わせであろう。いずれもテキストが書承され、流動する中で生じた現象であり、諸本が伝えるところは、本来的には「オボエノ法眼」に纏わる所行であったと見なされる。

なお、延慶本の「覚悟法橋（傍書「眼ィ」）」も、本来は「オボエノ法眼」であった可能性が高い。これは書承レベルの問題ではないのだが、「覚」と「悟」はともに「サトス」「サトル」と訓じるように同意である。熊野別当家関係者は通例、漢字二字の呼称を有している。憶測めくが、「覚ゑの法眼」という漢字一字の呼称に接して違和感を覚えた者が、「覚」と同意の「悟」を付し、「覚悟」なるそれらしい人物名に仕立てたものと考えておきたい。延慶本に「法橋（「眼ィ」）」と傍書の書き込みが見られるのも、「オボエノ法眼」との関わりを示唆するように思われる。

さて、それでは「オボエノ法眼」とは誰のことであろうか。当時、中央（都）に知られた熊野別当家出身の人物に、湛増の弟であり、法眼位にあった湛覚がいる。湛覚は別当には着いていないが、「オボエノ法眼」には「湛覚法眼」の像が投影されていると考える。湛覚は兄湛増に鹿背にあった居城を攻められ、治承四年（一一八〇）九月三日以降、十一月に至るまで争乱の当事者であった。この抗争は、湛増が家長としての実権を確立する一環であり、田辺別当家内部の主導権争いであったのだが、中央からは地方における「謀叛」（『玉葉』傍線部）と捉えられていた。[15]その次第を伝える『玉葉』の関係記事を次に挙げよう。

九月三日条

伝聞、熊野権別当湛増謀反、焼払其弟湛覚城、及所領之人家数千宇、鹿瀬以南併掠領了、行明同意云々、此事去月中旬比事云々、

九月十一日条

又熊野湛増、猶事悪逆、別当範智与力了云々、

九月十九日条

又熊野事、追日熾盛、然而未及其沙汰云々、

十月二日条

又傳聞、（去月晦比）、熊野湛増之舘、其弟湛覺攻戦、相互死者多、未落（候）云々、

十月三日条

伝聞、**熊野合戦**謬説云々、

十一月一日条

又聞、熊野湛増弥乗勝云々、

十一月十七日条

又聞、熊野権別当湛増、令進其息僧、仍有宥免云々、

まず注目したいのは「熊野合戦」という表現である。平家物語が伝える〈熊野新宮合戦〉の時期は、頼政・以仁王の密約が交わされた治承四年四月上旬～中旬（平家物語諸本・『吾妻鏡』）以降、事態の発覚を受けて清盛が福原から上洛し、洛中に武士があふれた五月上旬（『玉葉』同年五月十日条）までの間ということになる。〈熊野新宮合戦〉が中央に伝わり、周知のことであったならば、その半年後に勃発した湛増・湛覚の抗争に対して、記主兼実は「熊野合戦」という表現を用いただろうか。『玉葉』等、当時の日記や資料に〈熊野新宮合戦〉を伝えるものはない。平家物語が伝える〈熊野新宮合戦〉が新宮の地で起こっていたとしても、それは平家物語が語るように、即座に中央に伝えられたものではなかったのではなかろうか。平家物語が形成される際、以仁王・源頼政による謀叛が発覚した契機として、後に知られた〈熊野新宮合戦〉の情報が挿入され、活用されたとも考えられる。憶測が過ぎたように思われるが、ここで確認しておきたいのは、この「熊野合戦」の当事者として、湛覚は兄湛増とともに中央によく知られる人物であったということである。兼実の元に寄せられる情報は錯綜しているが、その情報源は別当範智や湛増に限らず、湛覚からの情報もあったと想定される。湛覚が支配していた鹿背は、田辺よりも中央に近い熊野参詣道の交通の要衝であった。湛増に対抗した湛覚の認知度は、私たちが想像するよりも大きいものであっただろう。

また、読み本系の〈熊野新宮合戦〉と『玉葉』の伝える「熊野合戦」との共通性についても考えておきたい。先に確認したように、読み本系〈熊野新宮合戦〉のいずれにも、熊野別当に主導的役割は与えられていない。『玉葉』の「熊野合戦」においても、いったんは別当範智の湛増への「与力」が伝えられるものの、後には「謬説」との記載も

あって、その役割は判然としない。〈熊野新宮合戦〉は新宮方による、「熊野合戦」は湛増による熊野発の謀叛である点も共通するが、そうした国家的一大事に、熊野別当による統率力が機能しない点、両合戦の枠組みが一致するのである。

読み本系諸本が語るように、歴史的事実として〈熊野新宮合戦〉の主導者が「オボエノ法眼」すなわち湛覚であった可能性も排除はできないが、稿者としては、読み本系の〈熊野新宮合戦〉は、読み本系諸本に共通する人物名等を記した何らかの資料を前提にしながら、湛覚を主導者として捉える「熊野合戦」の枠組みを利用して組み立てられたのではないかと考えている(16)。湛増と拮抗する勢力を有していた湛覚の存在感は、そうした物語的な設定をも可能にしたのではなかろうか。ただし、湛覚の存在に対する記憶は、徐々に薄れていったように思われる。湛覚の動向は、後世の在地資料「熊野別当系図」に、法住寺合戦で院方について討ち死にしたとの注記のあることが知られる程度であり、兄湛増とは比較にならないほど、その所行に纏わる伝承は広がらなかった。記録にも伝承にも存在感を有しえなかった「オボエノ法眼」湛覚の名は、平家物語諸本の展開に従って、次第に様々な呼称に変容し、現在のような混乱を招くことになったのであろう。その原初的な形態は延慶本に踏襲されており、不安定な「オボエノ法眼」伝承を湛増に振り替えたのが覚一本であったと考えるのである(17)。

おわりに

以上、本稿前半部では、合戦描写における類型的表現について検討し、覚一本には文学的虚構が講じられている可能性が高いこと、延慶本には原態性が濃厚であることを指摘した。後半部では、覚一本に持ち込まれた独自の人物伝承に室町期の時代性を指摘し、読み本系に独自な人物伝承は湛覚の通称と思しき「オボエノ法眼」に帰結すること、〈熊野新宮合戦〉の枠組み自体、湛増・湛覚による「熊野合戦」の影響を受けている可能性があることについて考察した。

煩瑣な考証を重ねて、こうした結論を導いてきたのだが、〈熊野新宮合戦〉について、日本史研究の立場から上杉和彦氏が、次のように解説していることを紹介しておきたい[18]。

湛増は（中略）内乱初期段階で平氏方であったことを裏付ける資料は実は乏しく、必ずしも謀叛の密告者としてふさわしいとはいえない。（三一頁）

治承四年段階での熊野では、田辺別当家の湛快の地位の継承をめぐる湛増と湛覚兄弟の争いが、時の別当の範智や新宮別当家の行命を巻き込む形で激しさを増していた（中略）以仁王の謀反が起きた段階では、湛増の政治的立場は、源氏方あるいは平氏方のように明確に色分けされるものではなく、その点が『平家物語』諸本の叙述の混乱の要因の一つとなっていたものと思われる。（中略）源平の争乱が勃発した当初、日本各地で家督の継承や所領の分配をめぐる争いが頻発しており、（中略）熊野の情勢も、そのような背景を持つ複雑な動向として理解すべきではないだろうか。（四二～四三頁）

本稿では文学研究の立場から、上杉氏のこうした見解を追認するものでもある。ただし、日本史研究においては、覚一本をもとに〈熊野新宮合戦〉の歴史的事実を説明するものが多いのが現状である。本稿では、覚一本の本文について、「熊野別当湛増」の名を借りて仮構された「偽文書」とも称すべき「史料」であることも明らかにしえたかと思う。日本史研究においても、延慶本をはじめとする読み本系諸本に伝えられる情報について、精査の上で適宜踏まえるべきは踏まえ、治承四年段階の熊野別当家の動向について新たな知見が提示されていくことを期待したい。

しかしながら、誰もが知る「熊野別当湛増」の所行として、統一的に反平家包囲網の拡大を物語ろうとする覚一本の記事構成の方法は、文学研究の立場から一定の評価がなされるべきものでもあることは付言しておきたい[19]。

註

（1）拙稿Ａ「平家物語の「熊野別当湛増」―〈熊野新宮合戦〉考―」（『中世軍記の展望台』二〇〇六　和泉書院）・Ｂ「延慶本『平家物語』の熊野関係記事考―根来の修験を視野に入れつつ―」（『軍記物語の窓』第三集　二〇〇七　和泉書院）。拙論に対する批判として、阪本敏行氏「治承・寿永の内乱と紀伊熊野―『平家物語』などの関係諸本における熊野関係逸話の物語性と事実性―」（『御影史学論集』三五　二〇一〇）がある。ほぼ同趣旨の指摘は、同氏「寿永二・三年・元暦二年における熊野別当家関係者と周辺の人々―『僧綱補任』岩瀬文庫蔵本考察を一連の考察の終論として―」（『和歌山地方史研究』五七　二〇〇九）にも示されている。

（2）川合康氏「河内石川源氏の「蜂起」と『平家物語』」（『鎌倉幕府成立史の研究』二〇〇四　初出二〇〇〇　校倉書房）

（3）章段としては次の「入道死去」にまたがるが、内容の連続性から「飛脚到来」に属する記事として示した。

（4）用例は、原則として『平家物語』諸本（覚一本・延慶本・源平盛衰記）、金刀比羅本『保元物語』・『平治物語』、天正本『太平記』を対象に検索したものである。

（5）覚一本に見られる四例のうち、三例は山門僉議に関する表現、一例は平家に対する豊後側の対応に関する表現であり、合戦に関するものではないため、用例として掲出していない。

（6）延慶本第五本十六「能登守四国者共打平ル事」、盛衰記巻第三十六「能登守所々高名」も大略同じ。

（7）延慶本等読み本系諸本相互の関係、及び覚一本等語り本系諸本と読み本系諸本との関係に関する成果は、櫻井陽子氏「平家物語の古態性をめぐる試論―「大庭早馬」を例として―」（『『平家物語』本文考』二〇一三　初出二〇〇六　汲古書院）、千明守氏「『平家物語』八坂系〈第一類本・第二類本〉の本文」（『平家物語屋代本とその周辺』二〇一三　おうふう）参照。

（8）鈴木彰氏「合戦空間の創出」（歴史と古典『平家物語を読む』二〇〇九　吉川弘文館）参照。

（9）早く富倉徳次郎氏に、「ここで湛増を令旨伝達の件の報告者としていることは、相当史実的には疑わしい」「『覚一本』がここに「熊野別当湛増」を登場せしめたのは、湛増なるものが後に巻六と巻十一に登場するので、ここも便宜上湛増の名を借りたまでにすぎない」（『平家物語全注釈』（上）五五二頁　一九六六　角川書店）という指摘がある。本稿の考察も、結論としてはこれを踏襲するものである。

（10）小林健二氏「鈴木三郎異伝の生成と展開」（『中世軍記の展望台』二〇〇六　和泉書院）

（11）小林氏前掲註（10）論文参照。

(12) 川崎剛志氏「「熊野の本地」の一変奏―『熊野山略記』の記事をめぐって―」（『中世文学』四〇　一九九五・六）参照。『熊野山略記』の成立は永享二年（一四三〇）以前と考えられる。和歌山県立博物館特別展「熊野那智山の歴史と文化―那智大滝と信仰のかたち―」図録（二〇〇六）参照。

(13) 本文は私に訓読した。

(14) 渡瀬淳子氏「剣巻の成立背景―熱田系神話の再検討と刀剣伝書の世界―」（『国文学研究』一三八　二〇〇二・一〇）

(15) 湛増・湛覚の抗争の性格については、拙稿Aにて詳細に論じた。

(16) 〈熊野新宮合戦〉自体がなかったと考えるものではないが、覚一本はもとより延慶本の記事からも、〈熊野新宮合戦〉の歴史的事実を特定するのは困難である。拙稿A・Bで考察したように、延慶本の〈熊野新宮合戦〉については、熊野在地の認識や理解に通ずる「事実」が、記事の諸所に反映されているのは確かである。しかし、だからといってそれらを、治承四年段階の歴史的事実に直結させることには慎重であるべきだろう。拙稿では、〈熊野新宮合戦〉に「熊野別当湛増」が関わった可能性はないこと、平家方に那智が加わった可能性があることの二点は、歴史的事実の問題として指摘したが、これらについても、後世に熊野在地が認識した「事実」が反映されているという見方は併せ持つべきであろう。紀州根来で書写・管理された延慶本には、特に必要な視点でもある。

(17) 室山合戦後の源行家の敗走先について、屋代本・覚一本等語り本系諸本が伝える「長野城」・延慶本等読み本系諸本の「石河城」の史実性を検証した川合氏は、語り本系諸本の「長野城」に歴史的事実を認めている（前掲註（2）川合氏論文参照）。この事例から知られるように、語り本系諸本が独自に伝える情報に歴史的事実が見出される場合もある。平家物語における史実性の検証には、各諸本、各記事ごとに慎重な手続きが必要であろう。また、その際には、治承・寿永の内乱における平氏の没落を必然的なものとして理解する「平家物語史観」にも留意しなければならない。「平家物語史観」の形成に、覚一本が果たした役割は特に大きい。川合康氏「内乱の展開と「平家物語史観」」（歴史と古典『平家物語を読む』二〇〇九　吉川弘文館）参照。

(18) 上杉和彦氏『源平の争乱』（戦争の日本史6　二〇〇七　吉川弘文館）

(19) 最後に、前掲註（1）阪本氏論文における拙論Bへの批判について、私見を二点、付記しておく。まず、延慶本における「那智執行」を善豪に比定したことについて。氏は、寿永二・三年（一一八三・四）「僧綱補任」に、善豪の兄弟の記載が確認される一方、善豪自身の記載が欠落していることから、善豪が「法印」という「熊野別当でもなかなか昇れない地位」に就いたのは「後世」のことであり、〈熊野新宮合戦〉当時、那智執行ではありえないと説いている。

　Bにおいては、行範息における為義女腹とそうでない者との間の対抗関係と、新宮別当家における傍流としての範智の立場等から、当時の那智執行職に善豪があったと推定した。確かに指摘の通り、当該「僧綱補任」には善豪の名は見えないが、一方で、範智の名も見えず、この段階で範智は僧綱を解かれていたことになる。すでに死去していたか、失脚していたためと思われるが、Bで想定したように、善豪が範智によって取り立てられていたのであれば、善豪もすでに失脚し、僧綱を解かれていたとも考えられる。兄二人と弟二人が僧綱に名を連ねる中、善豪の名だけが欠落する特殊性に寧ろ注目すべきだろう。寿永年間以降、行範息・為義女腹であった範誉の家系に那智執行職はほぼ独占されており、「後世」に善豪が「法印」に補任される機会に恵まれるとは考えがたい。

　なお、氏は「法印」への補任について問題視するが、行範息八名のうち、善豪も含め六名が「法印」に補任されている。十五代別当長快以降、十七代長兼、歴代に数えられない行命の二名を除けば、三十代浄快まで代々の別当も「法印」に補任されている。「法印」に対する「熊野別当でもなかなか昇れない地位」という氏の認識には同意できない。

　そもそも、熊野関係者の僧位についての網羅的な記録は、『本朝世紀』仁平三年（一一五三）三月五日条以降、当該「僧綱補任」（寿永二・三年）に至るまで残存していない。その間に善豪が法印に補任されていた可能性も、一概には否定できないであろう。氏自身、湛覚の名が同「僧綱補任」が見えないことについては、「治承四年あるいはその前年に始まった湛増との二回以上におよぶ戦いに敗れたためか、その名はどこにも見当たらない」と解釈している（同氏「源平争乱期における熊野別当家の人々の動向」『熊野三山と熊野別当』清文堂　二〇〇五　初出一九八九）。湛覚について「熊野別当系図」には「木曾謀反之時、為院方被討了」とあり、寿永二年十一月の法住寺合戦に院方として加わって討たれたと伝わる。寿永二年の僧綱補任に名前がないということは、生存中すでに僧綱を解かれていた可能性もある。このように、既に僧綱に連なっていた熊野別当家関係者が、その後の政治的立場の変化によって僧綱を解かれ、記録に残されないことはありえるわけで、善豪もその例のひとつと考えられるのではないだろうか。

　次に、延慶本に見られる「熊野上綱」という用語について。氏は、「「熊野上綱」という用語自体が南北朝時代以降の用語なので、その物語が作られた時代を暗示していると思われる」と指摘しておられる。この認識は、宮家準氏による「新宮一山は『紀伊続風土記』によると、延元年間（一三三六―四〇）以降は、別当にかわって上綱の合議によって運営されていた」「熊野一山では、僧綱の地位にあった家を上綱と称し、新宮では当人または先祖が僧綱であった上綱家の合議によって一山の運営がなされていた」といった見解（「熊野修験の成立と展開」『修験道組織の研究』一九九九　初出一九七三　春秋社）を前提にしたものと思われる。しかし、宮家氏の指摘は新宮の運営形態についてのものであり、「上綱」という用語が熊野三山に取り入れられた時期について述べたものではない。僧綱にあった者を「上綱」と称すること自体は一般的な表現である。熊野における用例も「南北朝時代以降」に限定することは難しいのではなかろうか。例えば、延慶本では、山門・南都の「上綱」の用例として次のように見える。

・三千人一同ニ僉議スト聞エケレバ、山門ノ上綱ヲ召テ、衆徒申所ロ可御成敗之由、被仰下。（第一末卅八「法住寺殿へ行幸成ル事」）

・門徒上綱等、各従公請、遠抛旧居之後、徳音難通、恩言易絶之時、一門小学等、寧留山門哉。（第二末卅六「山門衆徒為都帰ノ奏状ヲ捧事付都帰有事」）

・去年東大寺、興福寺ヲ始トシテ、堂塔僧庵皆灰燼ト成リ、衆徒ハ若モ老モ、或ハ被討、或ハ被焼殺ニキ。適所残山野ニ交テ、無留跡者。其上、々綱サヘ加様ニ成ヌレバ、南都ハ併失終ニケルニコソ。（第三本二「南都僧綱等被止公請事」）

寺門の影響を色濃く受けていた熊野三山において、南北朝期以前から「上綱」という用語が流通していたと想定することも不自然ではない。「上綱」の使用例から、延慶本本文の時代性を論じることは適切でないだろう。

〔使用本文〕

延慶本（汲古書院『校訂延慶本平家物語』）、長門本（勉誠出版『長門本平家物語』）、盛衰記（三弥井書店　中世の文学『源平盛衰記』・慶長古活字版）、覚一本（日本古典文学大系）、金刀比羅本『保元物語』『平治物語』（新編日本古典文学全集）、天正本『太平記』（新編日本古典文学全集）、流布本『太平記』（日本古典文学大系）、『玉葉』（新訂増補国史大系）

延慶本『平家物語』にみる平重衡像の改編

阿部昌子

一　はじめに

平重衡は、東大寺・興福寺を炎上させた責任を一身に背負い斬首されるという、『平家物語』を形成する登場人物の一人である。一の谷で捕らえられた際には乳母子後藤盛長に裏切られ、生け捕られた後は出家も許されず、妻たちとの別れを経て斬首される様子が描かれる。重衡は物語後半で三人の女性と離別する。重衡と女性たちとの章段は、各諸本がそれぞれ意図を持ち、多種多様な改編を施していると思われる。

これまで重衡については、物語構成上の役割や人物像が様々に考察されてきた(1)。南都炎上の罪を背負った「悪人」という役割や、救済という観点から仏教との関わりが論じられてきたが、本稿では、重衡像がある一貫した意図により改編された可能性を延慶本『平家物語』を取り上げ考察していく。延慶本は、最も『平家物語』の古態を留めていると考えられ、このことは研究史上多くの支持を得てきたといっても過言ではない。しかし、延慶本が古態を留めているとは考えられない箇所も見られることから、再び慎重に延慶本本文を検討する必要があると考える。そこで延慶本が編纂時に手を加えたと思われる箇所を中心に考察していく。中でも出家をめぐる重衡の発言に注目する。

猶、延慶本以外に対象とする諸本は長門本・源平盛衰記・四部合戦状本・覚一本・屋代本とする(2)。

二　内裏女房

延慶本第五末四「重衡卿内裏ヨリ迎二女房一事」の章段（以下、「内裏女房」）は、生け捕られて都に戻り失意の日々を送る重衡のもとに、木公右馬允信時という家臣が訪れる場面から始まる。(3)

「内裏女房」には延慶本のみに日付の矛盾が見られる。前稿ではこの矛盾はある段階における延慶本の書写時に書き足されたもの、すなわち後時的改編の可能性が高い本文であることを述べた。(4) 他、語句の改編が行われたであろう箇所もある。繰り返しになるが、再度ここに引用する。

まず、信時と再会した重衡は次のように述べる。

去比、西国へ院宣下リシカバ、二位殿ノオワスレバト憑シク待ツレドモ、其事既ニ空シ。於レ今ニ者《（ママ）》、被レ切事必定也。

西国への院宣に対して、母である二位殿を頼りにしていたがその甲斐もなく、二重傍線部で今となっては斬首されることが確定していると述べている。自分が斬られることを既に承知しており、死への覚悟が表れた発言ととることができる。他の諸本もほぼ同様に記している。

次に女房との再会場面で、延慶本は二人の様子を次のように記す。

手ニ手ヲ取組テ、互ニ御涙不二堰敢一ヘ。袖ノシガラミセキカネテ、夜ヲ重ネ日ヲ重トモ、猶アキダラズゾ思給ケル。

再会した二人が幾夜幾日を過ごしたとしても満足することのない別れを惜しむ気持ちを波線部分で記している。長門本・覚一本・屋代本にはこの記述はない。源平盛衰記は再会場面ではなく、別れの場面にこの一文が見られる。二本に共通した一文ではあるが、記述箇所が異なるため、本来どこに記述されていたのか判別は困難である。

延慶本の波線部分からは、重衡が捕らわれている不遇の立場において、この一時の再会がどんなに心を慰めるものであったのかが伝わってくる。と共に、たとえ何日過ごしても避けることのできない別れが迫っていることも連想される。延慶本・源平盛衰記以外の諸本には見られないこの一文は、重衡の死を意図して延慶本が増補した、或いは記述箇所を移動させたと考えて良いだろう。

その後、再び別れの時が来ると、重衡は次のように述べる。

［本文1］「契アラバ来ム世ニ」ト宣テ、内裏へ帰シ奉ル。女房ハ引カヅキテ臥沈ミ給ヘリ。御前ナル女房達モ、「理ナリ」トテ、皆袖ヲゾシボリケル。其後ハ内裏ヘハ参給ハズ、里ニゾ住給ケル。責テノ事ト覚ヘテ、押量ラレテ哀也。

来世でまた逢うことを望み別れた後、女房は内裏へ帰り、沈んだ気持ちのままその後を過ごす。これは他の諸本にもほぼ同様に記されているが、波線部分のみ延慶本独自の記述となっている。長門本の相当箇所の本文を次に挙げる。

「これにましまさん程は、つねによ」とありけれとも、其のちは、ふし、ゆるし奉らねは、とも時、つねに文はかりはかよひけれとも、あひ見たてまつらす。女房、つほねへ帰給ひて、引かつきてふししつみ給たれは、女房たちも、「けにことはりかな」とて、みな袖をかほにあて、なき給へり。其のちは、たいりへもまいり給はす、つねは、御里にのみそおはしける。せめての事とおほえてあはれなり。

長門本では、波線部分で都にいるうちは会うことができるという意識があったものの結局許されず、二人は手紙を通わせるだけで会うことができなかったと記している。これは延慶本を除く他の諸本も共通している。

延慶本と他の諸本との相違から、延慶本以外の諸本では斬首を覚悟しつつも女房とまだ会うことが可能であろうという期待を懐いている重衡が読み取れるのに対し、延慶本は女房と会う機会などもはやないと理解し、斬首による死を覚悟している重衡を描いていることがわかる。

［本文1］の延慶本の改編は、死を覚悟している重衡という設定を重視したものと考えた。では他の女性たちとの

場面はどうだろうか。

結論を先述すれば、千手前や重衡北方の章段でも同様に、延慶本には死を覚悟している重衡の姿を一貫して描こうとする意図が読み取れる。死を覚悟した重衡を強調するために、延慶本は本文を改編した可能性があるのではないだろうか(5)。以降、見ていく。

三　千手前

第五末九「重衡卿千手前ト酒盛事」の章段（以下、「千手前」）では、語句の改編と共に、本文の省略を行った可能性を指摘することができる。猶、四部合戦状本は「千手前」を簡略化しており、更に他の諸本には見られない記述をわずかだが含んでいるため、四部合戦状本の問題として検討する必要があると考え、ここでは比較対象から外す。

次の［本文2］は、「千手前」の冒頭である。鎌倉に連行された重衡は、源頼朝との対面後、鹿野介宗茂に預けられる。頼朝の命により、宗茂は湯殿へ重衡を入れる。そこで重衡は湯浴みの手伝いにやってきた千手前と出会う。

［本文2］兵衛佐殿ヨリ、「無レ情不レ可レ奉レ当。湯殿シテ労リ奉レ」トテ、湯殿へ奉レル入。

長門本の相当箇所の本文を次に挙げる。

廿九日、かのゝすけむねもちかさたにて、あたらしき湯ふねかまへて、三位中将に、湯あみせ奉らんとす。ありかたくそおもはる。中〳〵道すからよりも、これにては、いたくきひしからすして、しゆこのふしもちかくまいらす、夜はえんに、昼は庭に有。されはとて、にけさるにもあらす、門外、みちつしまても、さこそかこむらんとをしはかる。此日ころ、あせくらはしくありつるに、とてうれしくそおほされける。又一には、身をきよめて、ともかくもせんとにや、心むなはしりておもはれけるところに、

延慶本と長門本を比較すると、まず波線部分に相違が見られる。延慶本は頼朝の命によりとするが、長門本は宗茂

の命と読むことができる。源平盛衰記・覚一本・屋代本も長門本と同様である。又、延慶本の短い一文に対して、長門本は破線部分にあるように湯浴みできることに対する重衡の心情が記され、延慶本よりも長文となっている。これは表現こそ異なるが、源平盛衰記・覚一本・屋代本にも記されている。つまり延慶本だけが重衡の心情に関する記述を一切含んでいないのである。

　次に千手前が朗詠をした場面を挙げる。夜、重衡を囲んで酒宴が催されたが、重衡は気乗りしない様子であった。そんな重衡を励まそうと、千手前はいくつかの朗詠をする。「羅綺ノ重衣タル」は初めに歌われた今様である。

［本文3］「羅綺ノ重衣タル、無㆑情機婦ニ妬ミ、管絃ノ長曲ニアル、不㆑終事ヲ伶人ニ嗔」ト云朗詠ヲシタリ。三位中将被㆑仰ケルハ、「重衡今生ハ依㆓罪業㆒、被㆑捨㆓三宝㆒奉リヌ。罪業軽ミヌベキ事ナラバ、嬌奉ラム」ト被㆑申ケレバ

　長門本の相当箇所の本文を次に挙げる。

『羅綺為㆓重衣㆒』といふらうえいを、四五へんしたりけれは、声もすみ、ふしもとゝのほりて、よろつ心すみたりけり。又、しやく取てちかくまいる。中将、のたまひけるは、「此らうえいせん人をは、一日に三度まもらんと、北野天神の御ちかひあるよしうけ給はる。たゝし、しけ平か身、今しやうはすてられまいらせぬ。しよいん申てもなにかせん。此身に取ては、今は命もおしからす。後しやうこそねかはしけれ。さいしやうのかろみぬへき事ならは、しよいんも申なん」とのたまひけれは、

　源平盛衰記・覚一本・屋代本も長門本とほぼ共通の本文を有している。延慶本では「羅綺ノ重衣タル」という朗詠について、特に何も触れていない。ところが長門本は破線部分にあるように『羅綺為㆓重衣㆒』といふらうえいを、四五へんしたりけれは、声もすみ、ふしもとゝのほりて、よろつ心すみたりけり。」と千手前の朗詠の声や節の様子を記している。更にその後、「此らうえいせん人をは、一日に三度まもらんと、北野天神の御ちかひあるよしうけ給

はる」という、この「羅綺為㆓重衣㆒」に関する説明的記述が重衡の台詞の中に含まれている。しかし重衡は、自身は現世ではもはや望みのない身であり、助音したところでどうにもならず、「今は命もおしからず。後しやうこそねかはしけれ」と、死を覚悟し後生を願うと述べている。

この千手前の朗詠は『和漢朗詠集』巻下「管絃」四六六「羅綺之為重衣　妬無情於機婦　管絃之在長曲　怒不関於伶人」[6]という菅原道真詠のもので、唱えると北野天神のご利益があると解釈されていた[7]。よって延慶本のように説明を加えていない場合でも読者にはこの朗詠の真意が理解されていたということもあるだろう。しかし、長門本以下の諸本では説明を加えていて、延慶本にだけそれがないというのは、どういうことなのだろうか。

［本文2］［本文3］において、延慶本には見られない本文が長門本・源平盛衰記・覚一本・屋代本には見られた。延慶本古態説から考えると、諸本が書写時に加筆増補したと考えるのが普通だが、どの諸本においても加筆箇所がほぼ一致し、そして加筆内容もほぼ共通していることから、延慶本が省略したものと考えられる。

ではなぜ、延慶本はこのような本文の省略を行ったのだろうか。

［本文2］は次の［本文4］と合わせて検討するため、先に［本文3］の省略を考える。［本文3］は、延慶本が説明的本文を不要と考えたために省略したと考えられる。先にも述べた通り、「羅綺ノ重衣タル」の朗詠は菅原道真詠に拠る。長門本の例にもあったように、これを唱えると北野天神のご利益があると解釈されている。千手前も恐らく、生け捕られて傷心であろう重衡の気を引き慰めようと、縁起の良いこの今様を歌ったのであろう。

これを始めとして、この後「雖㆓十悪㆒猶引接ス」「極楽へ参ラン人ハ皆」と千手前は歌う。しかし、この二つに関しては延慶本も他の諸本も説明を加えていない。「極楽へ参ラン人ハ皆」の典拠は不明だが、「雖㆓十悪㆒猶引接ス」は『和漢朗詠集』巻下「仏事」五九一「雖十悪兮猶引摂　甚於疾風披雲霧　雖一念兮必感応　喩之巨海納涓露」[8]という具平親王詠に拠ると見ることができる。「羅綺ノ重衣タル」と同様に、説明を加えなくとも読者にはこの朗詠の真意として、十悪を犯した者であっても極楽浄土への救いがあると理解されていたと考えられる。よって延慶本は「雖㆓十悪㆒猶引接ス」についても説明的本文を省略しても構わないと判断したのであろう。

次に［本文2］だが、長門本等では重衡が湯殿を使えることを有難く思い、長旅によって汚れた体を清めなければ気分が悪いと述べている。長旅をしてきた者が抱く自然な感情が記述されていると言えよう。長門本の二重傍線部、「又一には、身をきよめて、ともかくもせんとにや、心むなはしりておもはれける」からは、斬首を予感していることもわかる。この一文を、延慶本は［本文2］の後に続く、千手前との次の会話部分を意識し省略した、又は記述箇所を移動したと考える。

［本文4］此女房、「『何事モ、思食候ハム事ハ被㆑仰候ヘ』ト、兵衛佐殿ノ仰候ツル」ト申ケレバ、三位中将、「何事ヲカハ。明日頸被㆑切事モヤ有ラムズラン」ト被㆑申ケレバ、

［本文4］は、湯浴みを終えた重衡に、何かあれば言ってほしいと頼朝が述べていると、千手前が伝えたことをうけての重衡の返事である。波線部分で重衡は、何を言う事があるだろうか、明日には斬首されるかもしれないのにと述べている。逃れられぬ死に諦めに近い感情を懐いている印象を受ける。しかし他の諸本は出家を望む発言をしている。長門本の相当箇所の本文を次に挙げる。

（省略）「なに事をか申へし。たゝおもふ事とては、此かみをそらはやとそ申度」とあり。

この出家を望む台詞は源平盛衰記・覚一本・屋代本も同様である。『平家物語』において出家を望む発言が本来の記述であったのだろう。

延慶本は長門本の二重傍線部を［本文2］から単に省略するのではなく、記述箇所を［本文4］に移動したのだろう。そして長門本の二重傍線部からわかる斬首への予感を活かし、［本文4］の波線部分にあるように台詞を改編し、斬首について明言することで、重衡の死と向き合う姿勢を強調したと考える。

又、［本文4］の改編は、「内裏女房」に見られた「於レ今ニ者（ママ）、被レ切事必定也。」や「契アラバ来ム世ニ」という部分も想起させる。このような改編の蓄積から、延慶本が、死を悟っている発言にすることで死を覚悟している重衡像を強調しようとしていることがうかがえる。

四　重衡北方

次に重衡北方である大納言典侍（以降、「北方」と表記する）について、延慶本第六本卅五「重衡卿日野ノ北方ノ許ニ行事」、卅六「重衡卿被レ切事」、卅七「北方重衡ノ教養之給事」の三章段を見ていく。重衡が斬首される直前に北方は重衡と再会し、処刑の後、亡骸を供養する。猶、四部合戦状本は重衡北方についてわずかに記すのみであるため、比較対象から外す。

（一）延慶本の展開

三章段の展開を見ると、同じ読み本系の中でも延慶本が長門本・源平盛衰記とは異なる様相を見せている箇所がある。延慶本の改編の可能性が考えられるが、その検討の前に諸本の展開を確認したい。

次の［表］は、再会から重衡の斬首後までを延慶本の展開にそって場面ごとにA～Iと分け、各諸本の展開を比較した表である。

A．重衡と北方の再会（「御料」[9]をすすめる）　B．重衡と北方の会話

C①重衡を引き留める北方　C②形見（延慶本では重衡が道中着ていた練貫の小袖）

D．重衡と北方の別れ　E．重衡の亡骸を求める北方、出家

F．重衡の処罰僉議　G．重衡斬首

H．重衡亡骸の供養

I①重衡の首、さらされる

I②重衡の首、北方のもとへ

表

読み本系	延慶本	A　B　C①②　D　E　F　G　H　I①②
	長門本	A　C②　B　C①　D　E　F　G　H　I①②
	源平盛衰記	A　C②　B　C①　D　E　F　G　H　I①②
語り本系	覚一本	A　B　C②　D（C①一部含む）[10]　F　G　I①　E　H　I②
	屋代本	A　B　C②　D（C①一部含む）　F　G　I①　E　H　I②

［表］のE以降で北方の行動を追うと、読み本系はEで信時に重衡の亡骸を持ち帰るよう命じ、Gの重衡の死後、Hで亡骸が持ち帰られるとその夜火葬し、遺骨を高野へ送っている。更にI①②で、七日間に亘って般若寺の大卒都婆に釘付けられていた重衡の首をも春乗房上人に頼んで高野山へ送らせている。このE・H・I①②の展開を読み本系は詳細に描いている。以下、長くなるが延慶本から引用する。

E．（省略）木公馬允時信《ママ》ト云侍ヲ北方召テ、「中将ハ木津河、奈良坂ノ程ニテゾ被ㇾ切給ワンズラン。頚ヲバ奈良ノ大衆請取テ、奈良坂ニ可ㇾ懸ト聞ユ。跡ヲ隠ベキ者ノ無コソウタテケレ。サリトテハ誰ニカ云ベキ。行テ最後ノ恥ヲカクセカシ。ムクロヲバ野ニコソ捨ンズラメ。夫ヲバイカニシテカキ返セ。教養セン」トテ、（中略）北方ハ走出テヲワシヌベクオボシケレドモ、サスガニ物ノオボヘ給ケルヤラン、引カヅキテ臥給ヌ。クル、ホドニヲキ上テ、法戒寺ニ有ケル上人ヲ奉レ請テ、御グシヲロシ給テケリ。

H・サテシモ可レ有ナラネバ、信時以下ノ者共、中将ノ空キ骸ヲ輿（判読不能）テ、日野ヘゾ返ニケル。北方車寄セニ走出テ、首モ無人ニ取付テ、音モ不レ惜、オメキ叫給フゾ無慚ナル。（中略）夜ニ入テ、薪ニ積籠奉テ、ヨハノ煙ト成シテ後、骨ヲ拾ヒ墓ヲツキ、卒都婆立テ、骨ヲバ高野へ送給ニケリ。哀ナリシ事共也。

I①中将ノ首ヲバ南都ノ衆徒ノ中へ送リタリケレバ、大衆請取テ、東大寺、興福寺ノ大垣ヲ三度引廻テ、法花寺ノ鳥居ノ前ニテ鉾ニ貫テ、高ク指上テ人ニ見セテ、般若寺ノ大卒都婆ニ釘付ニゾシタリケル。

I②首ハ七日ガ程ハ有ケルヲ、北方、春乗房上人ニ乞請給テ、高野山へ送給テケリ。北方心ノ中、押量ラレテ無慚也。彼春乗房上人ト申ハ、右馬大夫季重孫、右衛門大夫季能子也。上醍醐法師也。東大寺造営ノ勧進ノ上人ニテ、情オワシケレバ、三位中将ノ首ヲモ北方へ奉リニケリ。権者ニテオワシケレバ、慈悲モ深クオワシケルニヤ。

これに対し語り本系は、I①②を二箇所に分け、その間にE・Hを記述し簡潔にまとめている。覚一本を例として次に挙げる。

I①その頸をば般若寺、大鳥井の前に釘づけにこそかけたりけれ。治承の合戦の時、こゝにうッ立ッて、伽藍をほろぼし給へる故也。

E・北方大納言佐殿、「かうべをこそはねられたりとも、むくろをばとりよせて孝養せん」とて、輿をむかへにつかはす。

H・げにむくろをば捨ておきたりければ、とッて輿に入れ、日野へかいてぞかへりける。これをまちうけ見給ひける北方の心のうち、おしはかられて哀也。昨日まではゆゝしげにおはせしかども、あつきころなれば、いつしかあらぬさまになり給ひぬ。さてもあるべきならねば、其辺に法界寺といふ処にて、さるべき僧どもあまたかたらひて、孝養あり。

I②頸をば、大仏のひじり、俊乗房にとかくの給へば、大衆にこうて日野へぞつかはしける。頸もむくろも煙にな
し、骨をば高野へおくり、墓をば日野にぞせられける。北方もさまをかへ、かの後世菩提をとぶらはれけるこ
そ哀なれ。

破線部分は延慶本等読み本系には見られない。まずHで、季節が暑い頃であったため早くも変わり果てた姿になってしまっていると重衡の亡骸の無慚な様子を記している。次に重衡の供養を法界寺の僧たちが行い、更に北方も出家し後世菩提を弔い、重衡の救済の手立てである供養が多くの人によって行われたと記している。延慶本等はEで北方が「御グシヲロシ」たという記述はあるものの、覚一本I②にある「かの後世菩提をとぶら」ったという記述はない。これは覚一本等が重衡の救済を意図し増補した一文と思われる。

［表］のE・H・I①②及び本文から、読み本系には読み本系に共通した本文展開・内容等が存在し、同様に語り本系には語り本系に共通した本文展開・内容等が存在することがわかる。

（二）延慶本の異同―記述箇所について―

しかし先述したように、読み本系の全てが共通した構成になっているわけではない。延慶本においてそれが当てはまらない箇所が見られる。［表］B・C①②である。これらについては延慶本が本文の記述箇所の移動を行った可能性が考えられる。次に読み本系における延慶本の独自性について考えていく。

Bは再会を果たした重衡と北方が泣きながら現在の身の上を語り合う場面である。以下、長くなるがAからDまで本文を引用する。

A・（省略）中将涙ヲハラ〳〵ト落テ、袖ヲ貌ニゾアテラレケル。北方モ目モクレ心モ消ハテヽ、物モ宣アヘ給ハズ。（中略）北方忩立給テ、御料ヲ水ニアラヒテ勧ケレドモ、胸モ喉モ塞ガリテ、見入給ベキ心地モシ給ワズ。

「セメテノ志ノ切ナル事計ヲ見ヘ給ハン」トテ、水計ヲゾスヽメ入給ケル。

B．中将泣々宣ケルハ、「コゾノ春、何ニモ成ベカリシ身ノ、（中略）出家ヲモシタラバ、カタミニ髪ヲモ進セ候ベケレドモ、夫モユルサレヌゾ」トテ、袖ヲ顔ニ押アテ給フ。北方モ日来ノ思歎ハ事ノ数ナラザリケリ。堪忍ベキ心地モシ給ハズ。「軍ハ常ノ事ナレバ、（中略）今ヲ限ニテオワスラン事ノ悲サヨ」トテ、中将ノ上ニ貌ヲアテ、涙ニ咽給フ。昔今ノ事共宣通ニ付テハ、思ハ深ク成マサレドモ、ナグサム心地ハシ給ハズ。夜ヲ重、日ヲ送給トモ、余波ハツキセズゾオボシケル。

C①「武士共ノイツトナク待居タルランモ心ナシ。ウレシクモ奉レ見ヌ。サラバ罷ナンヨ」トテ立給ヘバ、北方叶ヌ物故ニ、中将ノ袂ニ取付テ、「コハイカニヤ。今夜計ハ留リ給ヘカシ。武士モナドカ一夜ノ暇ユルサヾラン。五年十年ニテ帰給ハンズル道トモ不レ思」トテ、肝心モ身ニソハヌ体ニゾミヘラレケル。

C②ヨニシホレテミヘ給ニ、「是ニ召替ヨ」トテ、合ノ小袖、白帷取出テ奉給ケレバ、中将「ウレシクモ」トテ、

　　ヌギカフル衣モイマハナニカセン是ヲ限ノ信物トモヘバ

ト打詠給テ、道スガラ着給タリケルネリヌキノ小袖ニヌギ替給ヘバ、北方是ヲ取テ、最後ノ形見ト覚クテ、御カホニ押アテヽゾモダヘコガレ給ケル。

D．中将ハ、「イカニモ可レ遁道ニアラネバ」トテ、心ヅヨク引チギリテ立給フ。北方、椽ノ際ニ臥マロビテ叫給フ。（中略）恥ヲモ顧給ワズ、御簾ノキワニマロビテ出給テ、モダヘコガレ給フ御音ノ、遙ニ門外マデ聞ヘケレバ、馬ヲモエスヽメ給ワズ、ヒカヘ／＼涙ニ咽バレケレバ、武士共モ鎧ノ袖ヲゾ湿シケル。

延慶本はAの再会場面の直後にBで二人の会話を記述し、C①で「サラバ罷ナンヨ」と北方への名残惜しい気持ちを振り切り、北方の引き留めにも応じない様子を描く。その後、C②の北方が重衡に着替えを渡し、重衡が和歌を詠む場面へと展開する。しかし、長門本・源平盛衰記はC②がBの前に記述されており、C②・B・C①という展開に

なっている。長門本を例として次に挙げる。

A．（省略）「まつ御れう、まいらせよや」とて、しろき御れうの二階にありけるを、水にあらひて、まいらせたりけれとも、御むねせきて、御のともふさかりて、いさゝかもまいらす。せめての御心さしのせつなる事を見えたてまつらんと、水はかりそ、すゝめいれ給ひける。

C②「よに、したるけにわたらせ給ふに、これにめしかへさせ給へ」とて、あはせの御小袖、しろきかたひらとり出して、たてまつりたりけれは、ねりいろの御小袖のしほれたるにぬきかへ給へは、北方、これをとりてむねにあて、さけひ給けるそあはれなる。三位中将も、涙かきあへす、かくそ申されける。

ぬきかふる衣もいまはなにかせんけふを限の形見とおもへは

北のかたも、なく〳〵、

いかなれと契はくちぬ物といへは後の世までもわするへきかは

B．三位の中将、申されけるは、「こその春、（省略。以降B・C①・D共に延慶本とほぼ同文）

長門本・源平盛衰記の展開を見ると、Aで御料をすすめ、C②で汚れた着物を着替えさせた後にBの語り合う場面へと展開する。これは自然な流れである。御料と着替えが連続することによって、重衡を迎え入れた北方が重衡を懸命に労わろうとする様子が伝わってくる。そしてBの後、C①・Dと、北方が別れを惜しみ重衡を引き留めようとしたものの叶わず、取り乱す場面へと続く。北方の押し殺していた感情が乱れていく様子がよくわかる。延慶本のようにB・C①②・Dと展開しても支障はないが、再会直後の御料と別れ際の着替えが時間差で描かれることになる。再会直後は着替えを思いつかなかったとしても、C①で重衡が出立を決意した様子に「肝心モ身ニソハヌ体ニゾミヘラレケル」と悲嘆に落ち着きをなくしているであろう北方が、ようやく「ヨニシホレテミヘ給」重衡の様子に気付き、着替えを差し出すという展開は、北方の心情の流れからみても散漫といえる。

ところで語り本系では、覚一本も屋代本もBの後にC②を記述しており、延慶本とほぼ同じ展開となっている。覚一本の相当箇所の本文を次に挙げる。

A．（省略）大納言佐殿、日もくれ、心も消えはてて、しばしは物もの給はず。

B．三位中将、御簾うちかづいて、なく〳〵の給ひけるは、「こぞの春、（中略）出家して、かたみにかみをもたてまつらばやと思へども、ゆるされなければ力及ばず」とて、ひたひのかみをすこしひきわけて、口の及ぶところをくひきッて、「これをかたみに御らんぜよ」とて、たてまつり給ふ。北方は、日来おぼつかなくおぼしけるより、いま一しほかなしみの色をぞまし給ふ。（中略）昔いまの事どもの給ひかはすにつけても、たゞ尽きせぬ物は涙也。

C②「あまりに御すがたのしをれてさぶらふに、たてまつりかへよ」とて、あはせの小袖に浄衣を出されたりければ、三位中将これを着かへて、もと着給へる物どもをば、「形見に御らんぜよ」とて、おかれけり。北方、「それもさる事にてさぶらへども、はかなき筆の跡こそ、ながき世のかた見にてさぶらへ」とて、御硯を出されたりければ、中将なく〳〵一首の歌をぞかゝれける。

せきかねて泪のかゝるからころも後のかたみにぬぎぞかへぬる

女房、聞きもあへず、

ぬぎかふるころももいまはなにかせんけふをかぎりのかたみとおもへば

覚一本に、延慶本Aの破線部分にある御料をすすめる記述は見られない。御料の記述がないことから、長門本・源平盛衰記のように御料と着替えを連続させる必要性はなく、A・Bの展開も問題ない。次に覚一本Bの破線部分にある、重衡が形見に髪を北方に渡すという記述は、読み本系は例えば延慶本Bに「出家ヲモシタラバ、カタミニ髪ヲモ進セ候ベケレドモ」とあるものの、実際に髪を渡すという記述は見られない。覚一本は髪と着替えの他、更に「筆の跡」

と硯を勧め和歌を形見として要求するC②へと展開することで、三つの形見が北方に連続して渡され、形見がまとめて記述されていることになる。延慶本とほぼ同じ展開ではあるが、その内容は整理されており、展開に支障もない。

(三) 延慶本の異同―本文の省略について―

ではなぜ、延慶本はB・C①②の部分で長門本・源平盛衰記と異なる構成をとったのだろうか。

延慶本はC①で「武士共ノイツトナク待居タルランモ心ナシ。ウレシクモ奉レ見ヌ。サラバ罷ナンヨ」と退出しようとするも、重衡は北方に引き留められる。続くC②は、(二)でも触れたが、着替えを渡すタイミングに疑問は残るものの、重衡が衣に関連させた和歌を贈るという流れを作りたかったと考えれば納得できなくもない[11]。和歌を贈る展開にするために、延慶本はC②の記述箇所を移動したのだろう。

このC②に関連して、延慶本が他の諸本と異なる点がもう一つ見られる。C②の場面で重衡は一首の和歌を詠む。

ヌギカフル衣モイマハナニカセン是ヲ限ノ信物トモヘバ

この重衡の和歌は長門本・源平盛衰記も同じである。しかし、重衡の和歌に対して延慶本以外の諸本は北方が返歌を詠む。(二)で引用した長門本C②の破線部分、

いかなれと契はくちぬ物といへは後の世までもわするへきかは

である。源平盛衰記は長門本の「いかなれと」の部分を「憑ミオク」としているが他は同じである。

語り本系は、例えば覚一本C②では、重衡が、

せきかねて泪のかゝるからころも後のかたみにぬぎぞかへぬる

と詠んだことに対し、北方が「ヌギカフル」の和歌を詠んだとしている。これは屋代本も同じである。詠み手と和歌の相違はあるが、重衡と北方の贈答が記されていることは長門本・源平盛衰記と同じである。延慶本のみ二人の贈答

となっていないことから、返歌を省略したと指摘できるだろう。

延慶本はＣ②の記述箇所を移動させると同時に、北方の和歌を省略することで、重衡の着替えと詠歌、退出という一連の行動を連続して描き、重衡が北方との別れを思い切ろうとする姿を描こうとしたと考える。その際、重衡の行動の途中に北方の返歌が入ると、重衡の別れへの決意がゆらぐと考えたのだろう。和歌を詠んだ後、重衡はＤにある「イカニモ可㆑遁道ニアラネバ」トテ、心ヅヨク引チギリテ立給フ」と退出する。他の諸本には、延慶本Ｄの破線部分「心ヅヨク引チギリテ立給フ」という一文は見られない。北方との別れを決意した重衡の退出の決意が強く伝わってくると共に、「内裏女房」「千手前」でも指摘した、死を覚悟する重衡像がここでも強調されているといえる。

猶、Ｂ・Ｃ①②について、延慶本が語り本系諸本とほぼ共通の展開になっていることについては、延慶本が編纂時に影響を受けたものなのか、或いは改編の結果一致したものなのか、現時点では判断できずにいる。しかし、本稿では触れられなかったが、延慶本の「千手前」にも、展開が語り本系と共通する箇所が見られる。[12]延慶本と語り本系との関連については今後の課題としたい。

五　おわりに

以上、重衡との離別が描かれた女性を三人取り上げ、延慶本の語句の改編、本文の省略、本文の記述箇所の移動について検討してきた。結果、重衡に関する章段に通じる編纂意図、乃至編纂方法の一部を見ることができた。それは、重衡と女性との関係を描いた箇所においては、重衡が死を悟りそれを覚悟している設定が一貫して強調されているということである。三人の女性との章段中、全てにおいて重衡が死を悟っていること、死を覚悟していることが強調されているのは単なる偶然ではなく、延慶本が意図したものと考えてよいだろう。

延慶本の改編について、本稿では重衡の人物像を検討した。本文の展開に支障をきたす場合もあるが、一貫した重衡像を描くために改編するという延慶本の編纂意図が見出せた。この一貫した人物像という意図が重衡以外の人物にも当てはまるのかを今後考察したい。例えば妻子を強く思う平維盛や、一族の者に先立たれた建礼門院徳子等は検討の余地があるのではないかと考える。

註

（1）小林美和「『平家物語』の重衡像」『軍記物語の窓』第一集、和泉書院、一九九七年十二月。日下力「重衡の形象―大罪の負荷者として」『平家物語の誕生』岩波書店、二〇〇一年四月。石澤侑子「延慶本『平家物語』に見る平重衡往生譚」「国文目白」五一、日本女子大学、二〇一二年二月。朴智恵「『平家物語』の重衡と女人達：延慶本を中心に」「文学研究論集」四〇、明治大学大学院、二〇一三年二月等。

（2）使用テキストは以下の通りである。
延慶本…大東急記念文庫編『延慶本平家物語』五、六、大東急記念文庫、一九八三年
松尾葦江編『校訂延慶本平家物語』十、汲古書院、二〇〇五年
高山利弘・久保勇・原田敦史編『校訂延慶本平家物語』十一、汲古書院、二〇〇九年
長門本…麻原美子・小井土守敏・佐藤智広編『長門本平家物語』四、勉誠出版、二〇〇六年
源平盛衰記…『源平盛衰記』五、六、勉誠出版、一九七八年
一部、必要に応じて久保田淳・松尾葦江校注『源平盛衰記』七、三弥井書店、二〇一五年等、参照。
四部合戦状本…斯道文庫編『四部合戦状本平家物語』下、汲古書院、一九七六年
覚一本…梶原正昭・山下宏明校注『平家物語』四、岩波文庫、一九九九年
屋代本…国学院大学蔵版『屋代本平家物語』角川書店、一九六六年

（3）信時の名前について長門本・源平盛衰記・四部合戦状本・覚一本は「ともとき」「友時」「朝時」「知時」というように、表記の仕方は異なるが「ともとき」としている。一方、延慶本は「信時」、屋代本は「政時」であり、「ともとき」ではない。諸本ごとに名前・表記を統一しているようだが、いかなる人物であったのかは未詳である。

（4）「延慶本『平家物語』に見る独自本文の性格―内裏女房の章段より―」「論輯」駒澤大学大学院国文学会、第三十七号、二

〇〇九年五月

(5) 前掲載註(1)に挙げた小林氏は「重衡説話の基本的枠組みが、その魂の救済の物語であるとすれば、これらの女性たちも、それに重要な寄与をなしているのである。(中略)この女性たちこそ、重衡の顔を見、その言葉を聞くことによって、死に瀕した重衡の心を鎮める役割を担っている。」と述べられた。一方、石澤氏は覚一本等に描かれる女性たちの出家と供養が延慶本には見られないことについて、「古態を多く留める」延慶本では、「重衡の往生に対する意識があったようには考えられない。延慶本段階で重衡に往生が可能であったならば、多くの女人が重衡の回向を願って仏門に入る意味やその必要性が薄れ、これより成立年代の遅い諸本で重衡を救済させようとする動きも起こりえないからである。」と述べられた。本稿でも覚一本にある女性たちの出家と供養は増補したものと判断するが、延慶本に記述が見られないからと言って「重衡の往生に対する意識」がなかったとは言えないと考える。

(6) 出典、『菅家文草』巻二。本文引用は川口久雄・志田延義校注『和漢朗詠集　梁塵秘抄』日本古典文学大系、岩波書店、一九六五年。

(7) 佐伯雅子「『平家物語』における千手前と重衡—「死」のプロセスと『和漢朗詠集』—」『人間総合科学』第八号、二〇〇四年十月において、『国会図書館本和漢朗詠集注』にも同様の記述があり、『平家物語』のみでの解釈ではなかったことが指摘されている。佐伯氏は「北野天神も平安中期以降荒ぶる神から御利益を授ける神に変貌している。天神様への祈りの一つとして、もとの意味を離れて、この句が解釈されていたのだろう。」と述べられた。

(8) 出典、『本朝文粋』巻十二。本文引用は前掲註(6)参照。

(9) 「御料」は貴人が使用する物(＝衣服・飲食物・器物など)の尊敬語。ここでは「水ニアラヒテ」とあるので飲食物か。長門本は「しろき御料の二階にありけるを」とあるので器物か。源平盛衰記は「先物進メタリケレドモ」とあるので食物か。本稿では御料の内容が諸本によって異なるため、以降、「御料」と表記する。

(10) 覚一本Dに「武士のまつも心なし」「袖にすがッて「いかにや、いかに。しばし」」とある。これらは延慶本C①の内容に相当する。

(11) 別れ際に和歌を贈る展開にした意図について、延慶本が編纂時に語り本系諸本から影響を受け、結果記述箇所を移動したと考えるが、未だ検討途中である。

(12) 湯浴みの手伝いにきた千手前について、その素性を重衡が宗茂に尋ねる場面の記述箇所が延慶本と語り本系に共通している。

『平家物語』一谷合戦「一二之懸」考
——覚一本と延慶本の異同——

城阪早紀

序

ごく大まかにいえば、『平家物語』諸本間の異同は、視点のとりかたによって次の三つに整理できるのではないか。

Ⅰ　構成　記事の有無、または、記事の配列順序の異なり
Ⅱ　表現　具体的な叙述方法や選択されることばの異なり
Ⅲ　語　同一語の、使用の様相の異なり

『平家物語』諸本間の異同は、従来様々に論じられてきた。Ⅰ（構成）とⅡ（表現）については、たとえば原平家の面影をたどるための、あるいは諸本の系統図を描いたり諸本を分類したりするための指標として検討が重ねられており、既にまとまった成果があげられている。さらに近年では、諸本の志向や特徴を読み解くための手掛かりとする考察も進められている。しかしⅢ（語）については、正面から論じられることは少なかったように思う。

Ⅰ（構成）には、物語構成と章段構成との二つがある。物語構成とは、『平家物語』全体の構成に関わる、いわば章段単位の異同である。たとえば、その章段の有無が諸本によって分かれる場合があり、頼朝の挙兵譚や覚一本の「祇王」が相当する。また、同じ章段を共有するものの諸本によってその配列が異なる場合も含まれる。例として建

礼門院関連記事をあげることができ、これは延慶本などでは編年体で記されるが、覚一本では灌頂巻を特立して記す点で異なる。これに対して章段構成とは、諸本間に共有されている章段における構成の異同である。詳しくは本論で述べるが、章段の展開を支える記事（出来事）の有無や配列のありかたが問題になる。

Ⅱ（表現）は、同じ記事（出来事）における、描き方の異同である。たとえば、誰の立場に寄り添った叙述かという内容に踏み込んだものから、人物をどのように呼称するかといった表面的な問題まで種々にありうる。

Ⅲ（語）は、同一語の用例数や意味、その出現の偏りといった語の用い方の異なりである。一般的にいう語の異同とは、たとえば覚一本では「木戸をひらいて」とある箇所が延慶本では「逆木を開て」とある場合のように、諸本によって語句が異なる場合をいう。よって、同一語の使用の様相の異なりは、「異同」というより、語の意味・用法の異なりという方が実情に近い。しかし本稿では、この語の意味・用法の異なりも、Ⅰ（構成）とⅡ（表現）と同様に異同として論じたい。

本稿でとりあげる「一二之懸」は、一谷の先陣を争う熊谷直実と平山季重が平家方と一戦を交えた話で、一谷合戦の戦端を開くものである。[1]覚一本と延慶本を比較すると、[2]同じ「一二之懸」でありながらも、それぞれが描く合戦像には確かな隔たりが認められる。本稿ではこの隔たりを、Ⅰ（構成）Ⅱ（表現）Ⅲ（語）の三つの視点から考察する。

これらの異同は、どれかを個別に論じればよいというものではなく、これらが重なり合い、相互に関わり合っているという前提のもと、諸本間の異同を考える必要があると考えるからである。

一　覚一本と延慶本の異同

諸本によって構成が異なるのは、「一二之懸」章段のみならず、一谷合戦全体に及ぶ。このことに関しては既に早川厚一氏の指摘がある。早川氏は「古態を比較的留めていると見られる諸本」として延慶本と四部合戦状本をとりあげ、「一谷合戦話」[3]は成立当初から「いくつかの不整合記事」を含んでおり、「一貫した構想・構成のもとになり立ってはいない」ことを示した。その上で「不整合記事を、整合化ないしは糊塗しようとする」動きがあることを、長門本、盛衰記、南都本を例に確認し、こうした動きを受けて「集大成」したのが、覚一本をはじめとする「語り系諸本」であるとした[4]。

なかでも、「一谷合戦話」が成立当初より「不整合記事」を含んでいたという指摘は、一谷合戦を読み解くうえで重要であり、「一二之懸」にもまた「不整合」と思われる部分が散見する。しかし覚一本を、これほどまでに構成の異なる延慶本の同一線上に捉えてよいものか、疑問が残る。

「一二之懸」の諸本展開を具体的に検証したのが原田敦史氏の論考である[5]。原田氏はこの論のなかで「「延慶本的本文から語り本へ」という線が図式化されすぎるあまり、見えなくなるものがあるようでならない」と近年の研究のあり方に警鐘を鳴らす。確かに「延慶本的本文から語り本」という図式で、「一二之懸」を理解することは難しい。しかし、「一二之懸」の文脈をたどると、原田氏の言う「四部本的本文」から「語り本」という図式を想定しても、なお理解しがたい問題を、諸本がそれぞれに抱えているように思われる。

そもそも覚一本と延慶本は、同じ「一二之懸」を描いているのだろうか。まずは、Ⅰ（章段構成）の異同を、概略図によって確認したい。

次に示した概略図から、覚一本と延慶本の共有記事は二二項目（［1］～［22］）あることが分かる。共有記事のうち七項目（［5］、［13］、［14］、［15］、［16］、［17］、［21］）は、覚一本と延慶本とで順序が異なっている。また独自記事は、覚一本に六項目、延慶本には一二項目みえる。このことから、覚一本と延慶本は、共有記事を持ちながらもその構成は大きく異なることが読み取れる。

さらに共有記事であってもⅡ（表現）が異なることは、［22］「一二之懸」評を比較すると端的に知られる。

Ⅰ（章段構成）概略図

※覚一本と延慶本の共有記事に［1］～［22］の番号を付し、順序も同じ記事にはアミカケを付した。

覚一本	延慶本
[1]直実、抜け駆けを決意する。	[1]直実、抜け駆けを決意する。
	直実、頼朝の言葉を直家に語る。
[2]直実、平山を様子を偵察させる。	[2]直実、平山を様子を偵察させる。
[3]下人、平山の様子を直実に報告。	[3]下人、平山の様子を直実に報告。
[4]直実、先陣を遂げるため出発。	[4]直実、先陣を遂げるため出発。
[5]直実・直家・旗差の装束描写	
道中、直実は実平に遭遇する。	道中、直実は義経に遭遇する。
	道中、直実は直家に助けられる。
[6]直実、一谷の西の木戸口に到着。	[6]直実、一谷の西の木戸口に到着。
	直実、平家の城を眺める。
	[5]直実・直家・旗差の装束描写
[7]直実、名のる①	[7]直実、名のる。
[8]平家方に、落ち合う者はいない。	[8]平家方に、落ち合う者はいない。
	[15]直実、馬を射られかちだちになる。
	直実、悪口を放つ①
	直実、悪口を放つ②
	直実、平家方から矢を射られる。
	[17]直実、直家に教訓する。
	直実、平山の噂話をする。
[9]平山、熊谷父子に追いつく。	[9]平山、熊谷父子に追いつく。
	[13]平山・旗差の装束描写
[10]直実、平山に名を尋ねる。	[10]直実、平山に名を尋ねる。

覚一本	延慶本
[11]平山は、直実に言い訳をする。	[11]平山は、直実に言い訳をする。
直実、名のる②	
[12]平家方、城の外へ出て応戦する。	[12]平家方、城外へ出て応戦する。
[13]平山・旗差の装束描写	
[14]平山、名のる。	
平家方、城内に退却する。	
[15]直実、馬を射られかちだちになる。	
[16]直家、負傷する。	
[17]直実、直家に教訓する。	
直実、名のる③	
[18]盛嗣、出陣する。	[18]盛嗣、出陣する。
[19]景清、駆けようとするも制される。	[19]景清、駆けようとするも制される。
	詞戦をする。
	平山、城内に駆け入り先陣を遂げる。
	[14]平山、名のる。
直実、乗替に乗り平山と共に戦う。	
平家方、熊谷と平山に応戦できず。	
[20]平家方、矢を射るも当たらず。	[20]平家方、矢を射るも当たらず。
	城外の平家、平山を追い城内に戻る。
	[21]平山、旗差を殺されるも敵を討つ。
	熊谷、平家方に続いて城内へ入る。
	[16]直家、負傷する。
[21]平山、旗差を殺されるも敵を討つ。	
[22]評	[22]評

（覚）熊谷さきによせたれど、木戸をひらかねばかけいらず、平山後によせたれど、木戸をあけたればかけ入ぬ。
さてこそ熊谷・平山が一二のかけをばあらそひけれ。

（延）サテコソ平山一陣、熊谷二陣ニ被成ニケレ。熊谷平山一陣二陣ノ諍トハコ、ナリケリ。

延慶本では、平山と熊谷が先陣を争ったものの、「平山一陣、熊谷二陣」という結果になったことが、はっきりと記される。ところが覚一本は、そうではない。覚一本の評について、旧大系は「そのため、熊谷と平山の間に先陣の一番二番について言い争いが起こった[6]」とし、新大系[7]も同様の解釈を示す。つまり覚一本は、熊谷と平山のどちらが一陣になったかを明言しないのである。

こうした評の異なりから、覚一本と延慶本では、何を主題として「一二之懸」を描いているのかが異なることが予想される。延慶本は、「平山一陣、熊谷二陣」という結末になった経緯、つまり、熊谷より遅く木戸口に着いた平山がどうして一陣を遂げることができたのかを中心に話を展開していくが、覚一本は、そうではなさそうである。

次章からはこの評を手掛かりに、覚一本と延慶本それぞれの「一二之懸」を読み解いていきたい。

二　延慶本の「一二之懸」

延慶本の［7］の場面、直実は木戸口に着くと次のように三度の発言をする。

（延）熊谷父子二騎木戸口近ク政《ママ》寄テ、「[1]武蔵国住人熊谷次郎直実、嫡子直家生年十六歳。伝テモ聞ラム者ヲ。我ト思ハム人々、楯ノ面へ係出ヨ」ト申テ、父子轡ヲ並テ馳廻リケレドモ、出合者ナカリケリ。只遠矢ニ散々ニゾ射ケル。熊谷ガ馬ノ太腹ヲ射サセテ、駻《ハネ》落サレテ、シコロヲ傾、弓杖ヲツキ、城内ヲニラマヘテ、「[2]去年ノ冬相模国ヲ立シヨリ、命ヲバ兵衛佐殿ニ奉リ、名ヲバ後代ニ留ムベシ。平家ノ侍ドモ落合ヤ〳〵」ト、大音声ヲ放テ勇ミケレドモ、落合者ナカリケリ。「[3]室山・水嶋二ケ度ノ合戦ニ高名シタリト云ナル、二郎兵衛、悪七兵衛、上総五郎兵衛ハナキカ。高名モ敵ニ依テコソスラメ。能登守殿ハオワセヌカ。アナ無慚ノ殿原ヤ。係出テクメヤ〳〵」ト云ケレドモ、係出ル者ナカリケリ。良久《ヤヽ》待ドモ敵不落合。

(1)〜(3)の発言をみると、(1)では住国と姓名を告げており（波線部）、名のりであることが分かる。しかし、(2)と(3)では自身の名を告げていない。これらは、後の平家方の「終夜悪口シツル」という言葉から、名のりではなく「悪口」と理解できる。ここで直実が悪口を放って城内を挑発しているのは、平家方に木戸を開かせて一陣を遂げるためであろう。しかし、落ち合う者はいないという叙述が、傍線部に三度繰り返される。

直実の挑発むなしく木戸の開かぬまま、夜が明けたころに平山が姿を現す。これは［9］以降に相当する。

（延）熊谷平山ヲミテ、「アレハ平山殿ノオワスルカ」ト問ケレバ、季重ノ名乗テ木戸口ヘセメヨリケレバ、「サレバコソ」トゾ申ケル。

傍線部、長門本では「季重となのりて(8)」とある。この表現を見合わせれば、平山も木戸口へ攻め寄りながら名のっているものと読める。(9)ただ後の場面で、平家方が平山を熊谷の「郎等」・「乗替」と誤解していることから、この名のりは熊谷に対する返事のようなもので、平家方まで届くものではなかったと解するのが妥当である。(10)

続く［12］の、平家方が城外へ出てゆく場面は次のようにある。

（延）其後城ノ内ヨリ、イザ終夜《ヨモスガラ》悪口シツル熊谷、生取リニセムトテ、越中二郎兵衛盛次……以下、究竟ノハヤリヲノコノ若者共廿三騎、木戸口ノ逆木ヲ開《アケ》テ、轡ヲ並テヲメイテ係出タリ。

傍線部の逆木を「あける」とは、どのような状況をさすのだろうか。

川合康氏は、治承・寿永内乱期の城郭の役割は「戦時における交通路の要衝の遮断、防衛ラインの設定」であったと述べる。ここでの逆木も、騎馬の侵入を阻むための「交通遮断施設」の一つである。(11)延慶本に「さかもぎ（逆木）(12)」の例を求めると、一三例がみえる。川の中に逆木を仕掛ける場合には、木と木を「ツナギテ」川に流す。それを、水中に潜って「引ヲトシ」たり、刀で「切落シ」たりすることによって突破する。

(延)今井四郎兼平、方等三郎先生義広等、宇治勢多両方ノ橋ヲバ引テ、向ノ岸ニハ乱杭ヲ打、大綱ハヘ、逆向木ヲツナギテ、流カケテ相待処ニ、　(第五本の七)

(延)良久《ヤヽヒサシク》水ノソコニテ、ラムグヒ、サカモギ引ヲトシ、大縄小縄キリ落ス。　(第五本の七)

(延)「(重忠)…水ノ心見ワタスニ、馬ノ足タヽヌ所五反計ニハヨモスギジ。ラムグヰ・逆向木ハ切落シヌ。水上水中サハリ有ベシ。熊谷・平山フセキ矢射ルメリ。今何ノ恐カ有ベキ。…」　(第五本の七)

地上に逆木を設置する場合には、「引」くとある。

(延)平家ハ摂津国生田森ヲ一《イチ》ノ木戸口トシテ、堀ヲホリ、逆木ヲ引《ヒキ》、東ニハ堀ニ橋ヲ引渡シテ、口一ツアケタリ。　(第五本の二十)

同様に逆木を「ひく」という例は、延慶本にあと二例、覚一本には七例あり、表現としての定着が認められる。金刀比羅本『平治物語』にある「龍下越にさかもぎ引かけ〳〵」(13)という例を考え合わせると、あらかじめ組んでおいた枠組に、逆木を「引かけ」て固定する動作をいうのだろう。

これを突破する方法には二つあり、一つには河原兄弟のように馬を乗り捨てて「上リコヘ」る例がある。

(延)武蔵国住人和私《キサイ》ニ河原太郎高直・同次郎盛直兄弟二騎馳来テ、馬ヨリ飛下テ、生田杜ノ城戸口ヘ攻寄テ、ツラヌキヲハキテ、逆木ヲ上リコヘテ城中ヘ入ケルヲ、　(第五本の二十)

いま一つには、騎馬が通行可能なように逆木を動かす方法があり、この場合「ノケサセ」るとある。

(延)園城寺ニ宮入進テ後ハ、堀ホリ、逆木引タレバ、堀ニ橋ヲ渡シ、サカモ木ノケサセナドセシホドニ、五月ノ短夜ナレバ、八音ノ鳥モ鳴キ渡リ、シノヽメ次第ニ明ゾユク。　(第二中の十五)

また覚一本に「さかもぎ(逆木)」は一三例が認められる。その中に「足がるども」に逆木を「取のけさせ」る場面があり、人手を必要とする重労働であったことが窺える。

（覚）足がるどもにさかも木取のけさせ、梶原五百余騎おめいてかく。（巻第九「二度之懸」）

管見の限り逆木を「あける」場面は他に例がなく、延慶本が孤例である。この一句、長門本では逆木を「ひきのけさせ」たとあり、延慶本も同様に解するべきだろう(14)。

逆木をひきのけさせて真っ先に懸け出した盛嗣であるが、一歩も退かない熊谷父子を見て立ち止まり、「ワ君ニ相テ命ヲバ捨マジキゾ。大将軍ニコソ組ムズレ」と言い放つ。延慶本ではこれを皮切りに、「詞戦」がはじまる。[18]以降の検討は、次章で覚一本と比較しながら行うことにしたい。

延慶本の展開上で重要なことは、この詞戦にまぎれて平山が先陣を遂げることである。見方を変えれば、延慶本での直実と盛嗣が対峙する場面は、平山が「城ノ中へ係入」り一陣を遂げたことのきっかけ程度の意味しかない。

（延）平山ヲバ其時マデハ誰トモ不知、熊谷ガ郎等、乗替カト平家ノ方ニハ思テ、目係ル者モ無リケリ。木戸口ヲ開タリケルヲ悦テ、「遠キ人ハ音ニモ聞ラム、近ハ目ニモミヨ。武蔵国住人西党ノ中ニ平山武者所季重、今日ノ軍ノマ先也」ト名乗テ、城ノ中へ係入ヌ。

木戸口に着くや散々に悪口を放ち、平家方と詞戦を繰り広げた直実と、したたかに時機を窺って城内へ駆け入り、すかさず先陣の名のりをあげた平山。この対比によって、延慶本は平山の駆け引きの巧みさを印象的に描いているものと読めよう。

こうした合戦を描く延慶本では、熊谷、平山、城外へ出た兵、城内の兵、の四者の動きを描き分ける必要がある。たとえば城外へ出た平家方は「二十三騎」という数に象徴される。

（延）廿三騎ノ者共モ、熊谷父子モ係ザリケリ。互ニ詞戦計也。

（延）二十三騎ノ者共ハ熊谷ヲ打ステヽ、平山ガ後ヘゾセメテカヽリケル。

（延）熊谷父子ハ廿三騎ガ後ニツヾイテ係入ヌ。

（延）廿三騎者共ハ平山ヲモ取コメズ、熊谷ガ後ニアルヲイブセサニ、城中ヘ係入リテ、

一方で城内の兵は次のように記され、城外の「二十三騎」とは区別される。

（延）是ヲ見テ城内ノ雲霞ノ勢サワギアヘリ。

（延）城中ノ者共ノ乗タル、船ニタテ礒ニタテタル馬ナレバ、

三　覚一本の「一二之懸」

⑴　直実の名のり

覚一本は、平山の先陣を描かない代わりに、直実の功名心をより強く描き出す。それは後述するように、覚一本の独自記事である二度目と三度目の名のりから読み取ることができる。覚一本の名のりの類型性については、以前に整理したことがある。そこにおいて「合戦場面で自分の実名（あるいは法名）を告げる行為[15]」という定義に基づけば、二八例の名のりが認められ、うち二一例は、動詞「なのる（名乗）」を伴う名のりで、表現と状況がともに類型的であること、そうでない七例は、類型が比較的ゆるやかであることを確かめた[16]。

直実の一度目の名のりは、延慶本の［7］⑴にもみられた名のりで、木戸口に着いた直後に行われる。動詞「なのる（名乗）」を伴った類型的な先陣の名のりである。

（覚）大音声をあげて、「武蔵国住人、熊谷次郎直実、子息小次郎直家、一谷先陣ぞや」とぞ名のッたる。

二度目は覚一本の独自記事で、動詞は「の丶し」るとある。

（覚）熊谷は先になのッたれ共、平山がきくになのらんとやおもひけん、又かいだてのきはにあゆませより、大音声をあげて、「以前になのッつる武蔵国〔の〕住人、熊谷次郎直実、子息小次郎直家、一の谷の先陣ぞや、われ

とおもはん平家のさぶらひどもは直実におちあへや、おちあへ」とぞのゝしッたる。

ここで動詞が「なのる（名乗）」ではなく「ののしる（詈）」である理由を考えてみたい。一つには、発言の直前に「平山がきくになのらんとやおもひけん」とあるために重複を避け、大声であることを強調するためと考えられる。一番に着けども味方が控えているかもしれないと考えて名のり、既に先陣の名のりをあげけれども平山に聞かせるために大音声でののしる。これは先陣の手柄を確実にせんがための行動である。さらにもう一つ、二度目の名のりであるために、自らの名を敵に告げ知らせるという〈名のる〉本来の意味が弱まっているためとも考えられる。この発言では名を告げることよりも、「平家のさぶらひども」（波線部）を呼び出すことに重点がおかれている。このように二度目の名のりからは、先陣の手柄を確実なものにし、かつ相手を挑発して更なる手柄をあげようとする直実の功名心が読み取れる。

続く［12］において平家方は城外へと駆け出すが、そのきっかけは、「是」すなわち二度目の名のりを聞いたことであった。延慶本でのきっかけは直実の名のりではなく、「其後」とあるように単に時間が経過したためであった。

（覚）是をきいて、「いざや、夜もすがらなのる熊谷おや子ひッさげてこん」とて、すゝむ平家の侍たれ〳〵ぞ、越中次郎兵衛盛嗣・上総五郎兵衛忠光・悪七兵衛景清・〈後〉藤内定経、これをはじめてむねとの兵もの廿余騎、木戸をひらいてかけ出たり。

直実に呼び出された「平家の侍」として四人の名前が列挙され、それに伴って「むねとの兵」廿余騎が城外へ出たとある。「平家の侍」（波線部）という語は延慶本になく、覚一本では直実の挑発と連動している点が注目される。

ところで傍線部をみると、逆木ではなく「木戸」を「ひらい」たとある。(17) これはなぜであろうか。この語の違いは重要な異同と思われるので、以下、「木戸」の語について考えたい。覚一本に「きど（木戸）」(18) は三例が認められ、残り二例も「ひらく」もの「あける」ものとして描かれる。

a熊谷さきによせたれど、木戸をひらかねばかけいらず、
b平山後によせたれど、木戸をあけたればかけ入ぬ。（巻第九「一二之懸」）

用例は少ないものの、「木戸」とは城の出入り口であり、騎馬が行き来するために「ひらく」ことができるものと理解できる。

一方、「きどぐち（木戸口）」の例は五例ある。五例すべてが一谷での例である。cは城の東端に位置する生田の森を「木戸口」と定めた例で、こうした場所はd「矢合」を行う場所であり、e先陣を目指して攻め寄せる場所、つまりはf戦場である。こうした防衛拠点の最前線を突破することは、g木戸口を「やぶる」といった。[19]

c西は一谷を城墎に構へ、東は生田の森を大手の木戸口とぞさだめける。（巻第九「樋口被討罰」）

d七日の卯剋に、一谷の東西の木戸口にて源平矢合とこそさだめけれ。（巻第九「三草勢揃」）

e熊谷は浪うちきはより、夜にまぎれて、そこをつッとうちとほり、一谷の西の木戸口にぞおしよせたる。（巻第九「一二之懸」）

f凡そ東西の木戸口、時をうつす程也ければ、源平かずをつくゐてうたれにけり。矢倉のまへ、逆も木のしたには、人馬のしゝむら山のごとし。（巻第九「落足」）

g「（景時）…たゞし御弟九郎大夫判官殿こそ、つゐの御敵とは見えさせ給候へ。そのゆへは、『一の谷をうへの山よりおとさずは、東西の木戸口やぶれがたし。…』」（巻第十一「腰越」）

つまり覚一本では、城の出入り口としての「木戸」と、城の両端に位置し攻防戦が行われる場所としての「木戸口」との区別が認められる。

ところが延慶本では、覚一本のような使い分けは認められない。延慶本には「きど（木戸）」が二例みえる。ⓐは管六久利が義経らに一谷の城を案内する場面で、ここでの「木戸」は城の東西の端を意味する。ⓑからは、木戸の上

に高矢倉があることが知られ、攻撃に備えた防御施設であることが窺える。

ⓐ管六、東ヲ指テ申ケルハ、「…東西ノ木戸ノ上、東ノ岡ヲバ壇ノ浦トテ、海路遥ニ見渡シテ、眺望面白ク候。
…西ノ岡ヲバ高松原トテ、（第五本の二十）

ⓑ木戸ノ上ノ高屋倉ヨリ、雨ノ如クニ射ケル矢ハ、（第五本の二十）

一方の「きどぐち（木戸口）」は、一七例がみえる。全ての例をあげることは避けるが、ⓒは敵が攻め寄せる場所、ⓓはそれを予想し防衛する場所である。かつ、ⓔ〜ⓖの三例では、人馬の通行のために開くものとして用いられる。

ⓒ堂衆八人シコロヲ傾テ、城ノ木戸口へ責寄タリケルヲ、（第二本の六）

ⓓ管六、東ヲ指テ申ケルハ、「…大将軍ムネトノ侍近召テ、各屋形ヲ並作リ、其外ノ兵ハ東西ノ木戸口ニ二重ニ屋形ヲ並テ候也。…」（第五本の二十）

ⓔ城内ニコモリタル者ドモアワテサハギテ、我ヲトラジト木戸口ヲ開《ヒラキ》テ、北ヘノミゾ迷落ケル。（第三末の九）

ⓕ（平山は）木戸口ヲ開《アケ》タリケルヲ悦テ、（第五本の二十）

ⓖ平山ハ旗指射殺レタリケレドモ、木戸口ヲ開《ヒラキ》タレバ、平山ハ先ニ係入ヌ。（第五本の二十）

こうした例から、延慶本は「木戸」と「木戸口」の区別を意図しないが、覚一本は「木戸」を、騎馬が行き来するために「ひらく」ことができるものと規定し、「木戸口」と使い分けようとする様が見て取れる。こうした異なりを、Ⅲ（語）の異同と考えたい。

木戸を開いて出てきた「平家の侍」らを見た平山は、熊谷に負けじと名のりかける。

（覚）「保元・平治両度の合戦に先がけたりし武蔵国住人、平山武者所季重」となのッて、旗さしと二騎馬のはなをならべておめいてかく。熊谷かくれば平山つゞき、平山かくれば熊谷つゞく。たがひにわれをとらじといれかへ〳〵、もみにもうで、火いづる程ぞ責たりける。

ここでの平山の名のりは、延慶本のように平家方の意表をつくものではない。覚一本では、先に名のった熊谷と連携し「火いづる程」の猛攻を仕掛けるための名のりである。それにたえかねた「平家の侍」らは、

（覚）平家の侍共手いたうかけられて、かなはじとやおもひけん、城のうちへざッとひき、敵をとざまにないてぞふせぎける。

と城内に退く。なお「とざま」は、「敵を城砦のなかに入れず、その外側に置くように[20]」した状況である。つまり覚一本では、熊谷・平山を城の外様《とざま》にして防ぐために、再び木戸を閉めているのだ。延慶本では逆木をひきのけていたのに対し、覚一本が木戸を開く叙述であったのは、この場面を描くためと考えればよい。逆木をひきのけさせて城外へ出た場合には、こうした戦い方は不可能である。

覚一本での平山は熊谷と連携して戦っていたが、この叙述方針は一貫したものである。たとえば平山が熊谷に追いついたあと、覚一本は次の一文を添える。この一文、延慶本にはない。

（覚）熊谷・平山、かれこれ五騎でひかへたり。

これ以降、平山は熊谷と共に戦う「五騎」の一員として描かれる。他にも、

（覚）其後熊谷はのりかへにのッておめいてかく。平山も熊谷親子がたゝかふまぎれに、馬のいきやすめて、是も又つゞいたり。

と交互に攻め寄せる様子が描かれる。さらに評の直前部にも、平山・熊谷がともに手柄を立てたことが記される。

（覚）平山は身にかへて思ける旗さしをゐさせて、敵の中へわッていり、やがて其敵をとッてぞ出たりける。熊谷も分捕あまたしたりけり。

覚一本は平山と熊谷を源氏「五騎」として描くが、これと同様に平家方についても城の内と外を区別しない。これは覚一本では平家方が城内に退くために、区別する必要がないためである。

（覚）平家の侍共手いたうかけられて、かなはじとやおもひけん、

（覚）平家の方には馬にのッたる武者はすくなし、

傍線部をみると、侍か否かを区別する意識はみてとれるものの「二三騎」という具体的な数は失われ、どちらも同じ平家方として描かれる。

こうした覚一本と延慶本の叙述姿勢の異なりは、平家方の敗因を記す、次の場面により顕著である。

（覚）平家の馬はのる事はしげく、かう事はまれなり、船にはひさしうたてたり、よりきッたる様なりけり。熊谷・平山が馬は、かいにかうたる大の馬共なり、

（延）平山ガ乗タル馬ハ究竟ノ馬也、城中ノ者共ノ乗タル、船ニタテ礒ニタテタル馬ナレバ、

延慶本では、「平山ガ乗タル馬」と「城中ノ者共ノ乗タル」馬とが対になっているところ、覚一本では「平家の馬」と「熊谷・平山が馬」とが対である。

ここまで述べたことを整理すると、延慶本では、〈熊谷〉と〈平山〉の先陣争いが主題であった。木戸口に着くや散々に悪口を放つ直実と、したたかに時機を狙う平山との対比を軸にした構図が認められた。この構図を描くために、城外から挑発する熊谷と城外で応戦する「二十三騎」、城内に駆け入った平山とそれに応じる城内の兵、の四者の動きが描き分けられていた。一方の覚一本は、熊谷と平山の先陣争いを描かない。熊谷と平山「五騎」の〈源氏〉と、それを防戦する〈平家〉とが対立する構図である。この覚一本の構図は、次の直実と盛嗣が対峙する場面へと集約されていく。

(2) 盛嗣と直実

先に確認したように、覚一本で平家方は木戸を閉ざし、熊谷・平山を城の「とざま」になして防戦する。続く

［15］で直実は馬の「ふと腹」を、［16］で直家は「弓手のかいな」を射られ、父子ともに、かちだちになる。城内に駆け入ることもできぬまま馬をも失うという、危機的な状況である。そうしたなかで直実は、三度目の名のりを行う。

（覚）城のうちをにらまへ、大音声をあげて、「こぞの冬の比鎌倉をいでしより、命をば兵衛佐殿にたてまつり、かばねをば一谷でさらさんとおもひきッたる直実ぞや。『室山・水嶋二ケ度の合戦に高名したり』となのる越中次郎兵衛はないか、上総五郎兵衛、悪七兵衛はないか、能登殿はましまさぬか。高名も敵によッてこそすれ。人ごとにあふてはえせじものを。直実におちあへやおちあへ」との、しッたり。

覚一本の名のりの表現は類型的で、相手を挑発するものとしては「我とおもはむ人々はよりあへや、見参せん」（仲頼）とか、「われとおもはん人々は高綱にくめや」（高綱）、「兼平うッて見参にいれよ」（兼平）などが典型である。ところが直実の場合は、「命をば兵衛佐殿にたてまつり、かばねをば一谷でさらさんとおもひきッたる直実ぞや」と、戦いに臨む覚悟を述べ、平家方の武将を名指しで挑発する。

延慶本にも、前掲の［7］(2)と(3)に同様の発言がみえた。しかし平家方には、「係出ル者ナカリケリ」と相手にされないため、ただむなしく響く「悪口」でしかない。直実の名のりは、覚一本のこの構成で、かつ覚一本の類型にあてはまらない表現であるからこそ、鮮烈な印象を放つのである。

この直実の挑発に応え、真っ先に名を呼ばれた「平家の侍」越中次郎兵衛盛嗣が、熊谷に歩み寄る。［18］以下の展開を、延慶本と対照させながら追っていこう。

まず延慶本では、盛嗣が先に口火を切り、それに直実が言い返す。

（延）熊谷ニ押並テ組ムズルヤウニハシケレドモ、熊谷スコシモ退ズ、父子アヒモスカサモズ立タリケリ。越中次郎兵衛一段計ヘダテ丶、「ワ君ニ相《（ママ）》テ命ヲバ捨マジキゾ。大将軍ニコソ組ムズレ」ト云ケレバ、「キタナシヤ〳〵、組ヤ〳〵」トゾ申ケル。

このやりとりを見た景清が続いて駆けようとする。盛嗣が景清にかけた言葉は、次のようである。

（延）越中次郎兵衛ガ引ヘタルヲ、ワロシトヤ思ケム、悪七兵衛景清、二郎兵衛ヲメテニナシテ係ケルヲ、「ヤ殿、七郎兵衛殿。君ノ御大事、是ニ限ルマジ。アレホドノ不敵ガタイニアウテ、命失テ詮ナシヤ、殿」ト云ケレバ、制セラレテ、悪七兵衛モ係ザリケリ。廿三騎ノ者共モ、熊谷父子モ係ザリケリ。互ニ詞戦計也。

「不敵ガタイ」について、『延慶本全注釈』に「「捨てばちで厚かましいろくでなし」といった意の罵り言葉か[21]」とある。ここでは簡単に、散々に悪口を放った直実を罵る語と理解しておく。ここでの盛嗣の言い分は、直実のような「不敵ガタイ」と戦って命を落としては無駄死にである、どうせ戦うなら「大将軍」と組みたい、というものである。

そうして両者はにらみ合ったまま、「互ニ詞戦計」という状況におちいる。詞戦については、既に研究が重ねられており、たとえば藤木久志氏[22]や山本幸司氏[23]の論がある。特に延慶本のこの場面については、小此木敏明氏の指摘がある。小此木氏は「名乗りは合戦において最も単純な詞戦であった[24]」と述べ、その続稿でも「その（詞戦の）基層には名乗りがある[25]」と言うように、「名乗り」と「詞戦」との関係を重視する考えである。

稿者は名のりと詞戦とは異なる性質を持つものと考えており、小此木氏の主張と異なる。ただしこれは、小此木氏と稿者との間で、名のりの定義やとらえ方に相違があるためとも思われる。ここで深入りすることは避け、別の機会に論じることにしたい。

いま仮に直実と盛嗣との「詞戦」を、場面に即して、〈武力による戦い〉の対概念としての〈詞《ことば》による戦い〉程度の意味に解したい。「悪七兵衛モ係ザリケリ。廿三騎ノ者共モ、熊谷父子モ係ザリケリ」と、誰も戦闘行為に及ばないこの状況が、「詞戦計」という状況なのである。この状況を打ち破るのが、前述の通り平山の名のりであった。

次に覚一本をみる。こちらで第一声をあげるのは、直実のほうである。

（覚）越中次郎兵衛かなはじとやおもひけん、とッてかへす。熊谷是をみて、「いかに、あれは越中次郎兵衛とこそ見れ。敵にはどこをきらはふぞ。直実におしならべてくめやくめ」といひけれども、「さもさうず」とてひッかへす。

直実は、盛嗣と戦う機会を逃すまいと「あれは越中次郎兵衛とこそ見れ」と声をかけ、「直実におしならべてくめ」と対決を求める。しかし盛嗣はそれを「さもさうず」の一言で片付けてしまう。

「さもさうず」は覚一本に四例あり[26]、たとえば次のような場面で使われる。

・(西光) 居なをりあざわらッて申けるは、「さもさうず。入道殿こそ過分の事をばの給へ。…」と、はゞかる所もなう申ければ、(巻第二「西光被斬」)

・(時忠) 又或人々の申されけるは、「それは、出家の宮をばいかゞ位にはつけたてまつるべき」。時忠「さもさうず。還俗の国王のためし、異国にも先蹤あるらむ。…」(巻第八「名虎」)

西光の例は、清盛から「過分のふるまひ」を非難されたことに対し、「高平太」と呼ばれていた清盛が太政大臣になることの方が「過分」であると言い返す場面である。次の時忠の例では、「出家の宮を皇位につけることはできない」という見解に反論する時に、「さもさうず」と言っている。

こうした「さもさうず」は、「相手の言葉を、いや、けっしてそうではありません、とやや丁寧に打ち消すこと[27]ば」である。盛嗣の「さもさうず」は、直実の「あれは越中次郎兵衛とこそ見れ」という言葉を、「やや丁寧に」打ち消している。延慶本では、自らが口火をきって「詞戦」繰り広げていた盛嗣であるが、覚一本では直実との間に距離をとり、相手にしようともしない。

盛嗣が直実に立ち向かおうとしないことについて、延慶本では景清の心の内を推し量った「ワロシトヤ思ケム」という批評にとどまるものであった。対して覚一本では「名前をかくして逃れ[28]」ており、それを景清から「きたない殿原のふるまいやう」と非難されている。しかし、盛嗣の返答は、実に冷静である。

（覚）悪七兵衛是をみて、「きたない殿原のふるまいやうかな」とて、すでにくまむとかけ出けるを、鎧の袖をひかへて「君の御大事これにかぎるまじ。あるべうもなし」とせいせられてくまざりけり。

延慶本にあった「アレホドノ不敵ガタイニアウテ、命失テ詮ナシ」の一文がないことによって、「君の御大事これにかぎるまじ」という理由が強調される。そして「あるべうもなし」の一句で念押しをする。

「あるべうもなし」は覚一本に五例みえ、(29) 次のような例がある。

・（知盛）阿波民部重能「御馬敵のものになり候なんず。ゐころし候はん」とて、かた手矢はげて出けるを、新中納言「何の物にもならばなれ。わが命をたすけたらん物を。あるべうもなし」との給へば、（巻第九「知章最期」）

・（頼朝）中将「いまは是程の身になッて、何事をか申すべき。たゞおもふ事とては出家ぞしたき」との給ひければ、かへりまいッてこのよしを申す。兵衛佐「それ思ひもよらず。頼朝が私のかたきならばこそ。朝敵としてあづかりたてまッたる人なり。ゆめ〳〵あるべうもなし」とぞの給ひける。（巻第十「千手前」）

知盛の例は、馬を射殺そうとした重能を、「射殺すなんて、むごいことをするな」(30) と制する場面。頼朝の例は、出家を望む重衡に対して「出家とはとんでもない。そんなことは私の個人的な敵で始めて考えられることだ」(31) と反論する場面である。

いずれも倫理観や常識に照らし合わせその行動が道理にかなわないと判断し、相手を強く制する場合に用いられる。ここで景清が直実の相手をすること、つまり命より名誉を重んじるという選択は、あってはならない軽率な行動であったのだ。

直実はどうにかして手柄を立てたいと意気込んでこの合戦に臨み、三度にわたって名のった末、ようやく盛嗣と対峙する機会を得た。しかし盛嗣に「さもさうず」とあしらわれ、駆けようとする景清も「あるべうもなし」と制される。直実がここを最期と思い切った局面も、平家の侍にとっては命を捨て戦う時ではなかったのである。この判断は、延慶本の敵をきらうという理由よりも、より一段と慎重なものである。盛嗣が「あるべうもなし」と言い放つ瞬間に、直実と盛嗣の置かれた立場の差が、強く打ち出される。

覚一本で盛嗣が詞戦を繰り広げるのは、もう少し先の話である。

結

ここまで、覚一本と延慶本の異同を検討することによって「一二之懸」の構図を読み解いてきた。覚一本と延慶本のⅠ（構成）をみると、共有記事を持ちながらも記す順序が異なることや、独自記事があることから、章段構成に異なりが認められた。また、共有記事のⅡ（表現）をみると、たとえば直実の名のり［7］や平家方が城外へ駆けだす場面［12］や評［22］に顕著なように、覚一本と延慶本の叙述方法や選択されることばは、大きく異なっていた。さらにⅢ（語）についても、たとえば同じ「木戸」という語であっても、その意味するところは異なる。つまり、同じ「一二之懸」であっても、それを構成する記事や選択されることば、語の用い方までもがそれぞれに異なり、こうしたことが複合的に重なり合って立ち現れてくるのが、個々の「一二之懸」なのである。

延慶本での「一二之懸」は、熊谷と平山の先陣争いが主題であった。「終夜悪口シツル」直実としたたかに機会を窺う平山の対比によって、互いに譲らぬ両者の駆け引きが鮮やかに描かれていた。一方で覚一本の「一二之懸」は、直実と盛嗣が対峙する場面に焦点を当てて構成されているものであった。延慶本の構図を〈熊谷〉と〈平山〉の対立を描くものとすれば、覚一本は〈源氏〉と〈平家〉が対立する構図と読める。この構図の違いのために、延慶本では「悪口」でしかなかった直実の発言が、覚一本では「平家の侍」盛嗣を呼び出すための仕掛けとして機能しており、そして、延慶本では季重が駆け入ることのきっかけでしかなかった「詞戦」が、覚一本では「平家の侍」盛嗣が戦局を見極める重要な発言になっていた。

何をどのような構図で描こうとするのかが、覚一本と延慶本とでは異なるのだから、文脈に合理的でない箇所が認められるのも当然のことと言えるだろう。重要なのは本文に矛盾があるか否かではなく、それぞれの文脈に寄り添って解釈することである。

覚一本と延慶本との構図の違いは、読み本系諸本をもとに覚一本が物語として整えた、という論理では説明しきれない。覚一本にせよ延慶本にせよ、諸本というものは、編者たちがそれ以前にあった平家物語を新たな視座から捉え直し、独自の物語として紡ぎだした結果に成立している。こうした観点から、『平家物語』諸本を見直す必要があるのではないだろうか。

註

(1) 高木市之助ほか校注『平家物語』(日本古典文学大系) 岩波書店、一九五九年〜一九六〇年。以下、覚一本の本文はこれに拠るが、表記を改めた箇所がある。
(2) 延慶本注釈の会編『延慶本平家物語全注釈』汲古書院、二〇〇五年〜(刊行中)。以下、延慶本の本文はこの翻刻に拠り、句点・濁点・ルビなどを適宜補った。
(3) 「一谷合戦話」は、早川氏の用語で、覚一本の巻九「三草合戦」から「盛俊最期」までを指す仮の呼称である。
(4) 早川厚一「『平家物語』諸本記事の生成—一谷合戦話をめぐって—」『名古屋学院大学論集人文・自然科学篇』二〇・一、一九八三年六月。その続稿「『平家物語』における西国合戦譚について」(『軍記物語の生成と表現』和泉書院、一九九五年)でも、主に延慶本の検討を通して、三草合戦から一谷合戦に至る合戦譚が不整合をきたしていることを確かめておられる。
(5) 原田敦史「『平家物語』語り本の形成—「一二之懸」を中心に—」『岐阜大学教育学部研究報告人文科学』六二・一、二〇一三年一〇月。
(6) 註(1)に同じ。
(7) 梶原正昭・山下宏明校注『平家物語』(新日本古典文学大系) 岩波書店、一九九一年〜一九九三年。
(8) 麻原美子・小井土守敏・佐藤智広編『長門本平家物語(四)』勉誠出版、二〇〇六年。

（9）註（2）（延慶本全注釈）に同様の指摘あり。
（10）延慶本では味方に対して名のる例も認められる。延慶本の名のりについては別に論じる用意がある。
（11）川合康『源平合戦の虚像を剝ぐ―治承・寿永内乱史研究―』講談社、一九九六年。
（12）諸本によって「逆向木」「逆木樹」「逆茂木」などとあるが、表記の異なりは問題にせず「さかもぎ（逆木）」とする。
（13）永積安明・島田勇雄校注『保元物語 平治物語』（日本古典文学大系）岩波書店、一九六一年。なお逆木を「ひきかける」例は、『太平記』にもみえる。
（14）四部本と盛衰記も同様に、逆木をひきのけさせている。なお註（2）（延慶本全注釈）も、同様の見解を示す。
・逆木樹《の》を退けさせ、懸け出でて、（『四部合戦状本平家物語全釈』）
・城戸口ノ逆木ヲ引却《ひきのけ》サセテ、（『源平盛衰記』中世の文学）
（15）拙稿「ことばからみた覚一本『平家物語』動詞「なのる（名乗）」の意味」同志社大学文化学会編『文化学年報』六六、二〇一七年三月。この定義は、動詞「なのる（名乗）」「なのりまうす（名乗申）」の用例に基づくものである。
（16）拙稿「覚一本『平家物語』名のり考―類型とその意義―」大谷大学文芸学会編『文藝論叢』八八、二〇一七年三月。および註（15）。
（17）屋代本は巻九を欠くために比較することができない。ただし、千明守氏が論証されたところの屋代本と覚一本の混態本である「覚一系諸本周辺本文」（鎌倉本・享禄本・平松家本・斯道本・小城本・百二十句本・竹柏園本）では、いずれも「木（城）戸ヲ開テ」とある。このことから、屋代本も木戸を開く叙述であった蓋然性が高いと考えられる。
（18）諸本によって「木戸」「城戸」とあることは問わない。「木戸口」と「城戸口」も同様。
（19）中澤克昭「空間としての城郭とその構造」『中世の武力と城郭』吉川弘文館、一九九九年。中世前期の城郭において「木戸」が攻防の焦点であったことについて指摘がある。
（20）註（7）（新大系）。諸注一致している。
（21）註（2）（延慶本全注釈）に同じ。
（22）藤木久志「言葉戦い」『戦国の作法―村の紛争解決―』平凡社、一九八七年。
（23）山本幸司「恥辱と悪口―式目悪口罪ノート―」『ことばの文化史〈中世2〉』平凡社、一九八九年。
（24）小此木敏明「「詞戦」考―延慶本『平家物語』を中心として―」『立正大学国語国文』四三、二〇〇五年三月。

(25) 小此木敏明「『保元物語』における詞戦」『立正大学国語国文』四五、二〇〇七年三月。
(26) 残る一例は、頼朝が文覚に対して言う例。なお「さもさうず」については、註(1)(旧大系)巻二の補注三に詳しい。
・「(文覚)それやすい事、やがてのぼッて申ゆるいてたてまつらん」。「(頼朝)さもさうず、御房も勅勘の身で人を申ゆるさうどの給ふあてがいやうこそ、おほきにまことしからね」。(巻第五「文覚被流」)
(27) 市古貞次編『平家物語研究事典』明治書院、一九七八年。「さもさうず」項。執筆者は山下宏明氏。
(28) 註(1)(旧大系)に同じ。
(29) 残る二例の他に、「あるべうも候はず」一例、「あるべうもなかりけり」一例も合わせて記す。清盛の例は、成親を「縛り上げたほうがよいでしょうか」と聞かれた時に、光高の例は、義仲が食事を用意しようとしたことに対して、「あるべうもなし」と言う。
・(清盛)おそろしげなる武士共あまた待うけて、大納言の左右の手をとッてひッぱり、「いましむべう候やらむ」と申。入道相国簾中より見出して、「有べうもなし」との給へば、(巻第二「西光被斬」)
・(光高)猶も猫間殿とはえいはで、「猫殿のまれ〳〵おはゐたるに、物よそへ」とぞの給ひける。中納言是をきいて、「たゞいまあるべうもなし」との給へば、(巻第八「猫間」)
・(仲国)仲国涙をおさへて申けるは、「あすより大原のおくにおぼしめし立事と候は、御さまなゞどをかへさせ給ふべきにこそ。ゆめ〳〵あるべうも候はず。さて君の御歎をば、何とかしまいらせ給ふべき。是ばし出しまいらすな」(巻第六「小督」)
・(義仲)木曽は、「官加階したるものの、直垂で出仕せん事あるべうもなかりけり」とて、はじめて布衣とり、装束烏帽子ぎはより指貫のすそまで、まことにかたくななり。(巻第八「猫間」)
(30) 註(1)(旧大系)に同じ。
(31) 註(1)(旧大系)に同じ。

「外祖母・二位殿」の底意地―「覚一本」平家物語の力点

武久　堅

はじめに

「覚一本」平家物語には、「外祖母・二位殿」に特異な関心を払って叙述した本文が組み込まれている。これらの本文を取り上げ、「覚一本」の統括者、覚一検校もしくはその配下に属したと想定される編集者の力点を解明したい。平家物語に「二位殿」は二人出てきて、もう一人は「源二位頼朝」である。「外祖母・二位殿」は「二位の尼」と呼ばれることもあるが、こういう直接的な呼び方を許されているのは、作中では娘の建礼門院からだけで、作品では一貫して「二位殿」である。史的には「平時子」と呼ばれるが、作中に時子の名は出てこない。「覚一本」編集者は、この「二位殿」が、どのように「外祖母」を生き、「外祖母」としての最期を遂げたと、語ろうとしたかを、本文に沿って追尋するのが本稿の目的である。

一　「覚一本」における問題所在の本文「清盛夫婦共に」「外祖父」「外祖母」願望

場面は巻三「大塔建立」。「覚一本」では、「清盛夫婦」は、入内した娘の懐妊祈願を、他本の叙述様態として一般化している、参詣効果のなかった「日吉社祈願」を外し、いきなり「厳島詣で」から開始している。この様態は、

「日吉祈願」を経由する二つの様態をA型及びB型とすると、結果的に最終的なC型と呼ばれることになる。

此御むすめ后にたたせ給しかば、入道相国夫婦共に、「あはれ、いかにもして皇子御誕生あれかし。位につけ奉り、『外祖父』、『外祖母』とあふがれん」とぞねがはれける。「わがあがめ奉る安芸の厳島に申さん」とて、月まうでを始て、祈り申されければ、中宮やがて御懐妊あって、思ひのごとく皇子にてましましけるこそ目出たけれ。

(巻三「大塔建立」)(日本古典文学大系本)(「高野本」・「平松家本」・「鎌倉本」も同じ)(覚一検校の没年は応安四年・一三七一年とされているので、「日吉社外し」の本文は、十四世紀半ばまでの、語りの実態を反映する詞章を、覚一検校もしくはその配下が確定したものと解される)

「入道相国夫婦共に」という、地の文での主格設定はこれも独自で、「入道夫婦」という両人の呼び方は、後述する巻四「厳島御幸」にもう一回使用されており、覚一の選択した用語といえる。

同一箇所の諸本本文の様態から推察すると、論述手順が逆になったが、この場面は、先に一般化していると評した、「厳島」に先行して「日吉社」に祈願するのが、この物語の本来の型であったのではないかと推考される。最初に目的として述べた事ではあるが、本稿は平家物語の初発の形態、かつては古態などと曖昧な用語で論究されてきた姿を探索する事に意図があるわけではない。幾つかの語り方を踏まえて、覚一検校とその配下とみなされる編集者が、熟考の果てに選択した場面設定、もしくは語り本の一つの詞章の、覚一の意図としては確定版として提示されたその内容の把握と、その解釈が課題である。そこで、すでにあったと推考される型をA型として、A型にも(Aイ型)「清盛日吉社祈願型」と、(Aロ型)「二位殿日吉社祈願型」の二つのタイプのあったことを先ず確認しておく。

(Aイ型)「入道」の「山王百日祈願」、「その後、厳島へ月詣で」

大政入道、此ノ御娘后ニ立給シカハ、「如何ニモシテ王子ヲ祈出奉リ、位ニ付奉リ、入道、『外祖』ト仰(セ)ヲカレム」トテ、先、山王ニ様々ノ大願ヲ立、百日祈申サレケレドモシルシナシ。「我(傍書)馮奉神ニ祈リ申サン」トテ、厳島ニ、月詣ヲ始テ祈申サレケレハ、中宮、軈御懐妊アテ、御産平安、王子御誕生ニテ坐々ケルコソ目出ケレ。（「屋代本」巻三「清盛高野大塔修理事、併厳島利生事」（角川書店の影印版。句読点等補う））

大政入道ノ御娘、后ニ立セ給ヒシカバ、「イカニモシテ、王子ヲ祈リ出シ、位ニツケ奉リ、入道『外祖』ト仰ガレバヤ」トテ、先ヅ山王ニ、サマザマノ大願ヲ立テ、百日祈ラレケレドモ験ナシ。「我レ頼ミ奉ル神ニ、祈リ申ン」トテ、厳島ニ、月詣シ玉ヒテ祈レケレバ、中宮ヤガテ御懐妊有テ御産婆、皇子誕生ニテマシ〳〵ケルコソ目出ケレ。（「百二十句本」巻第三「二十三句御産之巻（巻尾記事）」（慶應義塾大學附属研究所斯道文庫蔵本））

これら（Aイ型）の本文では、先ず日吉山王に祈願し、しかしその祈願が実を結ばなかった実行者は、中宮の父「入道清盛」で、中宮の母「二位殿」は祈願に関与していない。日吉山王祈願の不成就の全責任は清盛の山王信仰の経緯にある。この清盛の失態を「二位殿」の失態に転化するのは「四部合戦状本」である。

（Aロ型）「二位殿」の「日吉百日祈願」、その後「入道の、厳島月詣で」

「四部合戦状本」巻三（本文誤写説及び訓読上の諸説あり。早川・佐伯・生形三氏の「評釈」訓読を引用する）（高山利弘編著「訓読四部合戦状本」も同訓）

建礼門院内へ参りたまひし時、后に立たせ御在しければ、入道思はれけるは、「何かにも為て、皇子御誕生有りて、位に即け奉り、『外祖』とて、孫の世まで（「延慶本」のごとき「弥世を」の誤写とする佐伯説あり）手に把らむ」と思ふ心御しければ、二位殿、日吉へ種々の御願を立て、百日祈り申されけれども、御示現無ければ、入道言ひけるは、「我が祈り申さんに、何どか叶はざらむ」（「評釈」は、「我」を一人称・清盛自身説を採用。入道自身の言説として「我が祈り申さんに」と「祈り申す」と、謙譲表現を採択しているから、この見解は妥当。直前の「二位殿」も「百日祈り申されけれども」とあるが、これは「地の文」である。）とて、憑み奉られたる安芸の厳島社へ、月詣を始めて参られけるが、六十日の内に王子御誕生有りけり。現に厳しき事なりと目出し。

この構成では、明らかに、（Aイ型）「清盛失態型」に対して、妻「二位殿」が清盛の失態の肩代わりをさせられている。（Aロ型）は「二位殿失態型」である。

この場面には『愚管抄』に類似本文がある。導入に、清盛の心内語として、

「皇子ヲ生セマイラセテ、イヨイヨ帝ノ外祖ニテ世ヲ皆思フサマニトリテン、ト思ヒケルニヤ」

とあって、先ず「母ノ二位」が「日吉ニ百日祈リケレドシルシモナカリケレバ」、「入道云ヤウ「ワレガ祈ルシルシナシ。今見給ヘ祈出デン」ト云テ」安芸国厳島へ早船を出し、月詣を開始している。日本古典文学大系の『愚管抄』巻第五の頭注担当は赤松俊秀であるが、「ワレガ祈ルシルシナシ」の「ワレ」を「おまえ。そち」として、「二位殿が祈に験がない」と注釈している。この解釈に従うと、慈円はこの出来事を、二位殿の「日吉祈願」の無効性を批判的に踏まえて、清盛の厳島祈願に展開したと、受け止め叙述したことになる。『愚管抄』と「四部合戦状本」では、本文は微妙なずれを発生して、「我」の意味の解釈は、「四部合戦状本」の訓読と『愚管抄』で差異が発生することになる。「四部合戦状本」での「我が祈り申さんに、何どか叶はざらむ」の「祈り」の対象は、これから始まる清盛自身の「厳島社」ということになる。ここで「四部合戦状本」『愚管抄』両本に確認しておきたいのは、ともに先ず「二位殿」の「日吉祈願」があり、その「効験無し」を経て、清盛の「厳島祈願」に展開する構図の共通性である。前述の（イ型）を視野に入れると、「日吉祈願」で効験を得られなかったのが清盛であったのか、「二位殿」であったのかは、平家物語本文からは定めがたい。『愚管抄』の著者慈円は、日吉社圏内の人物であるから、ここは、慈円の把握した設定が優先するのではないか。慈円の理解では、中宮懐妊祈願に日吉社に先ず働きかけたのは、妻の「二位殿」であり、日吉社の段階からの清盛の関わりの設定は、慈円の関知しない改作ということになる。とすれば、慈円の型は「二位殿」の、夫清盛の願望達成援護という、今日いう夫婦連携型叙述ということになる。妻の、夫の願望実現への積極的行動ということである。平家物語本文としては（Aロ型）が慈円の把握していた実情を反映した本文という事

になる。

次に「清盛、二位殿」二人同時の「日吉祈願」の型を考察してみる。

（B型）清盛の「外祖父」願望、「入道・二位殿の日吉社百日詣で、その後厳島詣で」

「延慶本」第二本（巻三）十一「皇子、親王ノ宣旨蒙リ給フ事」（高野大塔建立記事とは直結させない構成）（勉誠社版。

読み易いように送り仮名等補う）

建礼門院、后ニ立セ給ヒシカバ、「何ニモシテ皇子誕生アッテ、位ニ即ケ奉リ、『外祖父』ニテ、弥世ヲ手ニ挙ラム」ト思ワレケレバ、入道・二位殿、日吉社ニ百日ノ日詣デヲシテ、祈リ申サレケレドモ、其モシルシ無カリケルホドニ、「サリトモ、ナドカ我祈リ申サムニ叶ワザルベキ」トテ、殊憑ミ進セラレタル、安芸国ノ一宮、厳島社へ月詣デヲ初メテ祈リ申サレケルニ、三ケ月ガ内ニ中宮タダナラズ成ラセ給ヒテ、例ノ厳重ノ事共有リケルトカヤ。誠ニ代々ノ后宮余タ渡セオワシマシケレドモ、皇子誕生ノ例、希ナル事也。后腹ノ皇子ハ尤モアラマホシキ御事ナルベシ。

読み本系他本を見ると、『源平盛衰記』第十「中宮御産の事」の末尾も二人揃っての日吉社先行型で、「長門本」巻第五「室泊遊君歌事」も同型である（なお「長門本」は入道厳島詣でに、余談として室泊の遊君譚を付加しているが本稿の論旨に関与するものではない）。いずれも二人祈願型であるが、清盛の「外祖父」願望に留まり「外祖母」という発想は持ち込まれていない。

本論文の主眼は「覚一本」である。「覚一本」は、（本文の成立におそらく『源平盛衰記』と「長門本」は直接的関係はないものと思われるからこれらは外して、）先行する幾つかの選択肢から、「二位殿」単独、あるいは二人揃っての「日吉祈願」を削除し、単刀直入に、夫婦揃って「厳島祈願」の型に整理したと推考したい。清盛本人と厳島の関係への集中化であり、「外祖父」「外祖母」並列願望で、出来事展開の明瞭化に果たす効果は大きい。

なお、「外祖父」「外祖母」という着眼は、諸本に共通して次の一箇所があり、「入道夫妻共に」と「入道夫婦共に」の二つの表現に分かれる。覚一本はここでも「夫婦共に」を使用している。延慶本と覚一本を引いておく。

「延慶本」第二中（巻四）二「春宮御譲ヲ受ケ御ス事」

春宮御譲リヲ受ケサセ給ヒニケレバ、「外祖父」「外祖母」トテ、「入道夫妻共ニ」三后ニ准フル宣旨ヲ被リテ、年官年爵ヲ賜リテ、上日ノ者ヲ召仕ハレケレバ、絵書キ花付ケタル侍出入シテ、偏ニ院宮ノ如ニゾアリケル。

「覚一本」巻四「厳島御幸」

春宮位につかせ給ひしかば、「入道相国夫婦共に」「外祖父」「外祖母」とて、准三后の宣旨をかうぶり、年官（「元」トアルヲ校訂）年爵を給はって、上日のものをめしつかふ。絵かき花つけたる侍共いで入て、ひとへに院宮のごとくにてぞ有りける。出家入道の後も栄雄はつきせずとぞみえし。（「屋代本」は欠巻、「百二十句本」は「大政入道夫婦共ニ」、「平松家本」・「鎌倉本」は「入道相国夫婦共ニ」である）

「夫妻」「夫婦」は、「延慶本」は混在であるが「覚一本」では「夫婦」に統一採用している。「覚一本」は、中宮の懐妊祈願に、効き目のなかった日吉社を切り捨て、ひたすら、「清盛夫婦」の行動に焦点を絞った。「二位殿」は清盛と「夫婦」として対等の重みをもって物語に位置付けられたのである。

なお比較的に新しい「平時子論」としては、「母親・母性」に着目した清水由美子の論があるが、「外祖母二位殿」に焦点を絞る本稿とは着眼点が異なる。(1)「母親・母性」論は、女性史、文化史としての意義はあり、本稿もまた「屋島院宣」の場面で「母性」の発露に通ずる場面を取り上げるが、本稿は総体としては「覚一本」の本文が、「二位殿」を「外祖母」として、清盛の「外祖父」と併記しているという観点を重視して論ずる。また、清盛が物語の舞台から消えて、「外祖母」の活躍がいよいよ問われる物語の展開に照らして、焦点を「母性」ではなく「外祖母」に絞る。先ずは「外祖母」とは何であったのか、その史的展開を諸文献に跡付けた上で先に進みたい。

二 諸文献の「外祖母」評価、位置付け

一体「外祖母（母方のおほば）」は、歴史の上で、どのように位置付けられ、史書類ではどのように記録に残されてきたのだろうか。

文献1、『続日本紀』（新日本古典文学大系の訓読による）
聖武天皇天平七年十一月己未（八日）。正四位上賀茂朝臣比売卒しぬ。勅ありて散一位の葬儀を以て送らしめたまふ。天皇の「外祖母（ははかたのおほば）」なればなり。（没後礼）

文献2、『続日本後紀』・仁明天皇（新訂増補国史大系）（訓読私意）
天長十年三月乙卯。詔し曰く、「外祖父」従三位橘朝臣疏基・「外祖母」従三位田口氏（中略）、宜しく「外祖父」及び「外祖母」並び正一位を追贈すべし。（没後礼、以下概ね同例）

文献3、『日本紀略後篇』・醍醐天皇（新訂増補国史大系）
延喜七年十月十七日辛酉。従三位宮道朝臣列子（藤原高藤妻）薨す。帝の「外祖母」なり。薨奏有り。二十六日庚午、天皇錫紵を服す。（シャクチョ・細い麻糸で織った喪服）

文献4、『中右記』（増補史料大成）
寛治三年九月二十八日、暁、右府（源顕房）北の方（源隆子）卒去云々。（中略）今上（堀河天皇）「外祖母」なり。十月四日、今日陣の定あり、是天皇御服有無の事云々。（薨奏、錫紵無用）。但し今日より三ケ日廃朝、よりて御簾の下音奏なし。

文献5、『百練抄』（新訂増補国史大系）・堀河天皇に同記事あり。（薨奏・錫紵無用の理由明示）
寛治三年十月四日、（略）件の人、当今「外祖母」たりといへども、前中宮（賢子・堀河生母）姓を改め藤氏（藤原

師実養女）たり云々。本生傍親、服を着すべからず。

文献6、『殿暦』（関白忠実）（大日本古記録）

永久二年三月一日丙子、昨日院（白河院）に於いて、故按察使大納言実季妻尼君（今上・鳥羽、十二歳の「外祖母」）去る頃死去。よりてその間沙汰有り云々。七日壬午、主上今日錫紵。九日、主上除御服。

文献7、『台記』（頼長）（増補史料大成）

久安三年九月六日丁卯、夜に入りて「外祖母」尼公の家に向かふ。疾の病を問ふ。余（頼長）大哭、「祖母」また哭す。涙落とさず。（俗人之を以って死相とす。未だ出る所を知らず）

文献8、『令義解』「喪葬」「外祖父母」、三月。

7を除いていずれも天皇もしくは上皇の「外祖母」の「没後礼」のあり方、期間に関する記録である。有職の故実確認にも通じる記録である。天皇即位の実績の上に成り立つ「外祖母」である事は言うまでもない。清盛夫妻の場合のように、入内直後の、まだ未生の皇子の将来の即位後の「外祖父」「外祖母」願望は記録に残る事はありえない。7は頼長の「外祖母」の疾病の程度とその症状の観察記録で、頼長の感情の起伏の大きさを克明に記す日記の一場面である。

上記の記録類と一線を画す用例として、物語、説話では、

文献9、『源氏物語』「桐壺」（日本古典文学大系）

かの「御祖母（おば）」北の方、なぐさむ方なく思ししづみて、「おはすらむ所にだに、たづね行かむ」と、願ひ給ひししるしにや、つひに、うせ給ひぬれば、又、これを悲しび思すこと限りなし。御子六つになり給ふ年なれば、このたびは思し知りてこひ泣き給ふ。年ごろ馴れむつび聞え給ひつるを、見たてまつり置く悲しびをなむ、返々のたまひける。

があり、外祖母と外孫の愛着の関係性の強調である。光源氏と「更衣桐壺の母親」との関係は、当然、天皇と「外祖母」の範疇には入らない。

説話では『古事談』の用例があり、史書の用法に近似している。

文献10、『古事談』巻第一・七三「白河天皇二・白河初年略年代記」（新日本古典文学大系）

同五月六日、天皇、先妣（後三条后・白川生母）藤原茂子、能信女に皇后位を贈り、国忌・山陵を置く。又故権大納言能信卿に太政大臣正一位を贈る。又「外祖母」藤原祉子（とみこ）に正一位を贈る。同七日、太上法皇（後三条）崩ず。春秋四十。

以上の事例から考察するに、二位殿の「外祖母」願望は、これまでの記録に例を見ない上に、清盛の「外祖父」願望に並列して、しかし「覚一」独自の強調点として設定された「二位殿」の願望という要素が強い。しかも、清盛に先立たれた「二位殿」は、結果的に「外祖父」の役目に匹敵する立場を引きかぶって「外祖母」の定めを生きる事になる。この歴史の実態を踏まえ、「覚一本」は早々と、未生の皇子を前提に、「外祖母」願望に着眼した画期的設定ということになろう。よって先に引いた巻四巻頭を飾る「厳島御幸」の、東宮の即位において「外祖父」「外祖母」としての「准三后宣旨」記事は、この皇子誕生のための厳島祈願を受けた、本文としては第二度目の表記としての重みを有することになる。

三　「二位殿」と新中納言知盛

場面は一挙に都落ち後の平家の動静場面に移る。一の谷合戦で重衡は捕虜となる。屋島の平家一門に、都の後白河院から、捕虜重衡と「三種の神器」の交換取引の院宣のもたらされた事件は、「二位殿」に一つの試練の時となる。「覚一本」は、新たな着想として、重衡の兄、新中納言知盛を「二位殿」抑えの切り札に活用する。「覚一本」が知盛を「二位殿」の前に押し出すのはこの場面からである。しかも「覚一本」は、後に展開する「三種の神器」と「二位殿」の関係の前段階として、この場面の重要性を認識した、ほとんど唯一のテキストと言って過言ではない。繰り返しになるが、その経緯は、壇ノ浦での「三種の神器」携帯投身を誘発する、物語展開に不可欠の場面である。「二位殿」論としては、「三種の神器」の、何物にも変えがたい最重要品への覚醒の契機として構成される事になる。「屋島院宣」に向き合う、「三種の神器」と「重衡」との交換懇願（諸本共通）の挫折体験からの、「二位殿」の決定的とも言える「学習」を指摘しておく必要がある。その「学習」の強調のためには、「二位殿」に常軌を逸した言動が敢えて求められる事になる。

覚一本巻十「内裏女房」に後白河院の要求として、次の文言のあった事はよく知られている。

（院）仰せ下されけるは、「八嶋へかへりたくは、一門のなかへいひおくッて、三種の神器を、宮こへ返しいれたてまつれ。しからば八嶋へかへさるべしとの御気色で候」と申す。

この場面に対して、「請文」に「二位殿」の、愚かとさえ言える執拗な行動が詳述されている。

二位殿へは御ふみこまごまとかいてまいらせられたり。「いま一度御らんぜられんとおぼしめし候はば、内侍所の御事を大臣殿によくよく申させおはしませ。さ候はでは、この世にてげんざんに入るべしとも覚へ候はず」なんどぞかかれたる。二位殿はこれを見給ひて、とかうの事もの給はず、ふみをふところにひきいれて、うつぶしにぞなられける。（中略）。大臣殿「（前略）帝王の世をたもたせ給ふ御事は、ひとへに内侍所の御ゆへ也。子のかなしいも様にこそより候へ。且つは中将一人に、余の子ども、したしゐ人々をば、さておぼしめしかへさせ給ふべきか」と申されければ、二位殿かさねてのたまひけるは、「故入道におくれて後は、かた時も命いきてあるべしともおもはざりしかども、主上かやうにいつとなく旅だたせ給ひたる御事の御心ぐるしさ、又君をも御代にあらせまいらせばやなんどおもふゆえにこそ、いままでもながらへてありつれ。中将一の谷で生どりにせられぬとききし後は、肝たましゐも身にそはず。いかにしてこの世にていま一度あひみるべきとおもへども、夢にだにみえねば、いとどむねせきて、ゆみづものどへ入れられず。いまこのふみをみて後は、いよいよ思ひやりたる方もなし。中将世になき物ときかば、われも同じ道におもむかんと思ふ也。ふたたび物をおもはぬさきに、ただわれをうしなひ給へ」とて、おめきさけび給へば、まことにさこそはおもひ給ふらめと哀におぼえて、人々涙をながしつつ、みなふしめにぞなられける。

この執拗なまでの「二位殿」の懇望を切り捨てる重要な働きに活用されるのが知盛である。ここから「二位殿」と向き合わねばならない「知盛」の、物語後半での新たな関係性の発生が設定される。「覚一本」の挿入した次の詞章に注目しよう。この知盛の提言は、高野本・平松家本・鎌倉本、つまり覚一本の流れをくむテキストのみが有し、屋代本・百二十句本、また延慶本・長門本のいずれもがもたない。

新中納言知盛の意見に申されけるは、「三種の神器を都へかへし入れ奉ッたりとも、重衡をかへし給はらん事ありがたし。ただはばかりなくその様を御請文に申さるべうや候らん」と申されければ、大臣殿「此儀尤もしかるべし」とて、御請文申されけり。二位殿はなくなく中将の御かへり事かき給ひけるが、涙にくれて筆のたてどもおぼえねども、心ざしをしるべにて、御文こまごまとかいて、重国にたびにけり。

そもそも、院から遣わされた、重衡と「三種の神器」との交換提案が、知盛の指摘する様に、院からの一種の詐欺的院宣であったか否かは不明である。知盛の勘ぐりは、「二位殿」の、事の重大性への認識を欠く懇望を退ける非常手段に等しい。この「二位殿」の執拗で破廉恥なまでの行動と、これを退けるための知盛の強引な説諭は、なぜ必要なのか。この手順こそ、壇ノ浦で「二位殿」の選択した「三種の神器」と今上帝の一体化に不可欠の論理構築であり、「覚一本」はその役割を知盛に与えたのである。「二位殿」は、屋島での破廉恥な行動によって、後の壇ノ浦での「三種の神器」携帯投身の正当性の保証を確保したのである。

四　壇ノ浦での「二位殿」の、「神璽」「宝剣」携帯身投げの語られ方

「二位殿」の叙述で、「覚一本」が最も工夫をこらしたのは、壇ノ浦での身投げの直前の場である。

覚一本巻十一「先帝身投」（高野本は覚一本と同文、平松家本・鎌倉本は屋代本と同文）

女房達「中納言殿、いくさは、いかにやいかに」と口々にとひ給へば、「めづらしきあづま男をこそ御らんぜられ候はんずらめ」とて、からからとわらひ給へば、「なんでうのただいまのたはぶれぞや」とて、声々におめきさけび給ひけり。二位殿はａ「この有様を御らんじて」、ｂ「日ごろおぼしめしまうけたる事なれば」、にぶ色のふたつぎぬうちかづき、ねりばかまのそばたかくはさみ、神璽をわきにはさみ、宝劔を腰にさし、主上をいだきたてまッてｃ「わが身は女（高良神社本ルビ「をうな」）なりとも、かたきの手にはかかるまじ。」君の御ともにまいるなり（以下略）」。

三種の神器の重要性への覚醒の契機として、「屋島」に下された「三種の神器」と重衡との交換懇願（諸本共通）の挫折体験からの「二位殿」の決定的とも言える学習、を指摘しておく必要がある。

諸本での同一箇所の叙述は、以下の通り、いずれもｂ「日ごろおぼしめしまうけたる事なれば」を含まない。この点が「覚一本」として重要ポイントである。

屋代本巻十一「長門国壇ノ浦合戦事」

女房達、「此世ノ中ハ、イカニイカニ」ト宣ヘバ、新中納言最騒カヌ躰ニテ、軍ハ已ニカウ候。今日ヨリ後ハ、女房達ノ珍シキ東男共ヲコソ御覧センスラメ」トテ、打咲給ヘバ、「是程ノ事ニ成テ、何条今ノ戯ソヤ」トテ、女房達喚叫ビ給ケリ。二位殿ハ「是ヲ聞給テ」、急キ先帝ヲ懐奉リ、帯ニテ御身ニ二所勁ク結付奉リ、「後ノ世マデモ君ノ御守成ベシ」トテ、宝剣ヲ腰ニ差シ、神璽ヲ脇挟ミ、練袴ノソバヲ高クハサミ鈍色ノ衣打カツキ、舷へ

ゾ出給ケル。

b〔日ごろおぼしめしもうけたる事なれば〕とc〔わが身は女なりとも、かたきの手にはかかるまじ〕は無い。「屋代本」は、この点に関しては、「覚一本」に先行するものと判定して論を進める。

百二十句本第百五「先帝二位殿ノ御最後、大臣殿被虜事」

女房タチ、「此世ノ中ハ、イカニイカニ」ト宣フ。新中納言最騒ヌ躰ニテ「軍ハ既カウ候ヨ。今日ヨリ後ハ珍シキ東男ヲコソ御覧センスラメ」ト、ウチ笑玉ヘバ、「何条只今ノ戯ソヤ」トテ、叫喚玉ヒケリ。二位殿、先帝ヲ懐奉リ、帯ニテ御身ニ二所マデ結付奉リ、宝劔ヲ腰ニ指シ、神璽ヲ脇挟ミ、練袴ノ側ヲ高クハサミ、鈍色ノ衣打被キ、既舷ニ倚リ玉ヒ、「我ハ君ノ御供ニ参ル。c己、女ナリ共、敵ノ手ニハ懸ルマシキゾ。御恵ニ随ント思ン人々ハ、急ギ御供ニマイリ玉ヘ」ト宣ハ、国母ヲ始奉リ、北政所、廊御方、帥典侍、大納言典侍、以下ノ女房達モ後レマイラセシト、モダヱラレケリ。

百二十句本の素性判定は難しいが、やはりb「ひごろおぼしめしもうけたる事なれば」はない。c「己、女ナリ共、敵ノ手ニハ懸ルマシキゾ」は入っている。「百二十句本」の「覚一本周辺本文説」に該当する事例である。この場合「周辺」は「継承」と同義である。ここで問題は「ひごろおぼしめし設けたる事なれば」で、この一文は「覚一本」の設定した本文と判定される。[2]「長門本」「延慶本」にもこの「ひごろおぼしめしもうけたる事なれば」に該当する本文はない。

本稿で課題としたいのは、「覚一本」の強調点のこの「ひごろおぼしめしもうけたる事なれば」の指摘する「二位殿」の発意の始発点である。

身投げの直接の契機は、〔この有様を御らんじて〕（屋代本「是を聞き給て」。百二十句本は前後関連付けていない）—「この有様」とは、「中納言の戯言」とこれへの「女房達の反応」である。

「中納言の戯言」である「めづらしきあづま男をこそ御らんぜられ候はんずらめ」の解釈は『平家物語全注釈』が「ごらんなさることになるでしょう。婉曲に言っているが、対面する、婚姻する意での「御覧ず」である。この上に、屋代本「今日より後は」、南都本「今日よりは」とあるので明らかである」を踏まえて、新日本古典文学大系も「御覧ず（見る）には、男女の交わりを意味する語感があり、東国武士の乱入の後に起こる深刻な事態を予想しつつ、それをわざと冗談めかして婉曲に表現し、覚悟をうながしたもの」とし、三弥井古典文庫の頭注でも「屋代本」の「今日ヨリ後ハ」を補強として「東男と契りを結ぶことになるでしょう」と解している。延慶本の場合、次に引く本文二箇所は、富倉解釈の補強につながるであろう。

当該箇所「第六本十五・檀浦合戦事、付ケタリ平家滅ブ事」の表現

「東ノメヅラシキ男共、御覧候ワンズルコソ浦山敷候へ。御所ノ御船ニモ見苦物候ハバ、能々取捨サセ給へ」トテ、打咲給ヘバ、「カホドノ義ニ成タルニ、ノドカゲナル気色ニテ何条ノ戯事ヲ宣ゾ」トテ、音ヲ調ヘテ、ヲメキ叫給ヘリ。

後続箇所「第六本十七・安徳天皇事、付ケタリ生虜共京上ノ事」（明石の浦詠歌に接続して）

都モ近クナルママニ、ウカリシ波ノ上ノ古里、雲居ノヨソニナリハテ、ソコハカトモミヘワカズ。新中納言ノ今ワノ時、タワブレテ宣シ事サヘ思出ラレテ、悲カラズト云事ナシ…サルママニハ甲斐無キ御涙ノミ、ツキセザリケレ。

しかし、解釈上の問題点は、新中納言知盛の「うらやまし」や、明石の浦での回想に知盛の言辞への言及のない「覚一本」に、なお、必ずしも意味の限定を伴わない「屋代本」の「うらやまし」や、明石の浦の「新中納言の言辞」を踏まえ、「ごらんぜらる」を男女関係に解釈する事を意図して覚一検校が、この章段の詞章を構築しているかには疑問の余地がある。近年、池田敬子は『全注釈』に発する解釈に疑義をはさみ、平安時代以降の用例を精査し、また平

家物語の中でも、「御覧ず」を「男女の婚姻」の意味で解釈すべきであるという積極的な根拠は見出し難い、とこの解釈の問題点を指摘している。(3)「覚一本」の七十例以上ある「御覧」の、この箇所だけが男女関係に解釈されるという特異性への素朴な疑問は拭い難い。

そこで問題の焦点は、神璽・宝剣携帯身投げに至る、「日ごろ」の始まりと「おぼしめしまうけた」中身に絞られる。一体、覚一検校は、なぜ「二位殿」にここで「日ころおぼしめしもうけたる事なれば」という「二位殿」の決意の心中に言及して、「神璽」「宝剣」携帯身投げという大胆不敵な行動の実行に及び得たのか。しかもその行動が切羽詰まった咄嗟の仕業ではなく、ある段階から思案して選択した決意の行動であったと説くのか。「覚一本」の叙述の仕方によると、「二位殿」は、「屋島院宣」の段階までは、必ずしもその重要性に十分自覚的であったとは判定しがたい。三種の神器の重要性への覚醒の契機は、「屋島」に下された「三種の神器」と重衡との交換懇願（諸本共通）の挫折体験以降の「二位殿」の決定的とも言える学習あろう。覚一検校は先に、「二位殿」に自己認識として「女」を口にさせたのは、その意味する範囲は解釈に揺れがあるとしても、先行「新中納言知盛」の「戯言」の反映がある事は確かである。よって覚一本の添加した「知盛の諫言」と「後白河院の神器執着の応酬」は、「二位殿」の観念として、もうこれまでだとあきらめることからの巻き返しの始発点となる。知盛の「二位殿」への最後通告は、そのまま「二位殿」の壇ノ浦での覚悟の行動の誘発への駄目押しであろう。しかも壇ノ浦の「二位殿」の行動は、いわば歴史の確定事項であったのに対して、「二位殿」とこれへの知盛の説諭は語り手としての覚一の裁量事項である。覚一の盛り込んだ「知盛の最後通告」と「日ごろおぼしめしもうけたる事なれば」とは、「二位殿」の決意の始発とその深刻な結末を示すという、重要な因果関係で結ばれていたのである。

五　女院の語る「二位の尼」の壇ノ浦での行動

覚一本灌頂巻「六道之沙汰」での女院の語りにおける、「二位の尼」の投身前後の行動を考察しておく。法皇を前に、建礼門院は、投身直前の「二位の尼」の姿を次の様に語っている。

「（長い女院の語り）さても門司・赤間の関にて、いくさはけふを限と見えしかば、二位の尼申をく事さぶらひき。『男のいき残む事は千万が一もありがたし。設又遠きゆかりはをのづからいきのこりたりといふとも、我等が後世をとぶらはむ事もありがたし。昔より女はころさぬならひなれば、いかにもしてながらへて主上の後世をもとぶらひまいらせ、我等が後生をもたすけ給へ』とかきくどき申さぶらひしが、夢の心地してさぶらひし程に、風にはかにふき、浮雲あつくたなびいて、兵心をまどはし、天運つきて人の力にをよびがたし。（以下略）」

覚一は、女院の語りから「三種の神器」携帯を削除している。同じ場面は「延慶本第六末廿五「法皇小原へ御幸成ル事」（異文）」に次の様にある。

「今ハ限トナリシカバ、二位殿『昔ヨリ賢人ハ骨ヲバ埋トモ名ヲバ流セト云ヘリ。此天子ヲバ我懐キ奉リテ海ニ入ム』トテ、先帝ヲ帯ニテ我身ニユイ合セ進セテ、鈍色ノ二衣引キマトヒ、神璽ヲ脇ニハサミ、宝剣ヲバ腰ヘ指シテ、既ニ船バタニ望マレシニ、先帝何心モナク、ホレホレトアキレ給ヘル気色ニテ、御グシノ肩ノ渡リニユラユラ房々ト懸リテ、行末遥ノ緑ノ御スガタ、花ノ顔バセ譬ム方ナク、望月ノ山葉ヨリ出ル心地シテ、ウツクシカリシ御有様ヲ空ク見成シ奉リテ、一日片時モ世ニナガラフベシトモ覚ズ侍リシカバ、『共ニ底ノミクヅト成ラム』ト取リ付キ奉リシヲ、二位殿、『人ノ罪ヲバ、親ノ留リ、子ノ残リテ訪ワヌカギリハ、苦患遁レザムナル物ヲ。サレバ我身コソ今ハ空ク成ルトモ、残留リテ、ナドカ先帝ノ御菩提ヲモ、我等ガ苦患ヲモ訪ヒ給ハザルヘキ』トテ、引放チテ出給ヒシカバ、『イヅクヘ行ベキゾ』ト先帝仰セラレシカバ、『浄土ヘ具シ進スベシ』トテ、

（以下略）」

「女院の語り」が、本来はどちらであったかはここでは問題にしない。史実で「二位殿」が「神器」を携帯して投身した事はひるがえせない。しかし「覚一本」の女院は法皇を前にこの事実に全く言及しなかった。作中に触れられていない現象の解釈は難しい。しかし、「二位の尼」が「三種の神器」を身につけ海に身を投じたとは知らなかったからという解釈は、以後の史実の展開から見て、どう考えても成り立たない。「延慶本」も「三種の神器」にはきちんと言及している。しかし「覚一」は女院に、法皇に向かってこの様を語らせず、かつては法皇にとっての最大の関心事であったはずの問題に全く触れさせようとはしなかった。法皇への報告を無視したのは女院ではなく、「覚一本」の詞章を選定したのが「覚一検校」であったとすれば、それは紛れもなく「覚一」の仕業である。女院は母親の行為の底にあった「三種の神器」への意地をおそらくは最も痛切に理解していたのであろう。法皇の前で、あれほどに克明に六道を再現しつつ、女院は、かつて法皇の最大の関心事であったはずの「三種の神器」を無視する意思を貫かせたのである。女院は失われた剣の意義を無視し、失われた「二位の尼」と「先帝」の行方にだけ焦点を絞る語りを選択したのである。覚一が無視した意図の解釈は難しい。同時代以降のこの出来事の記録のされ方、関心の持たれ方を一方に据えてみよう。

六　同時代（十二世紀末）以降の文献に見る壇ノ浦の「二位殿」

文献11、『玉葉』元暦二年四月二十一日。鏡・神璽鳥羽に到着の日の兼実の建礼門院処遇に関する見解。「泰経卿を以て尋ね問はるる事」等の記事に、

一、建礼門院の御事如何。その御所京中か。城外か。将又上知し食さず。只武士の家たるべきか。（兼実）申して云はく、「武士に付けらるる事、一切候ふべからず。古来女房の罪科聞かざる事なり。然るべき片山里辺にお

はせらるべきか」

とあり、翌日の摂政基通の賀茂詣でを批判する記録の中に、「旧主（安徳）と二品（二位殿）」の壇ノ浦事件に言及がある。

文献12、『玉葉』元暦二年四月二十二日、摂政基通の賀茂詣で。「摂政基通批判」の中に、次のようにある。

抑、今日の賀茂詣で、万人嘆息す。殆ど禽獣に異ならざるか。悲しむべし悲しむべし。

一、天下飢饉。

二、神鏡等帰来の沙汰、他事無き境節、大営然るべからざる事（本来は十九日摂政賀茂詣で予定であったが、甚雨に依り延引して二十二日に変更された。二十日賀茂祭。この日、神鏡等渡辺に到着）

三、天下穢気充満し恐るる事あり。

四、旧主二品等の事、心中哀傷の思ひ無からんや。恩を知らざるは禽獣なり。万人弾指すと云々。一日の栄華を発せんため、四ケの謗難を顧みざるか。神慮に叶ふや否や、始終見るべき事か。

兼実の指摘する基通室は清盛息女であり、「鏡・神璽」の入京の直後の賀茂参詣を批判して、先帝を「旧主」と呼び、「二品」はもちろん「二位殿」を指す。兼実の心に「心中哀傷の思い」の兆した事を踏まえ、甥の摂政基通の行状を批判したのである。兼実本人に「哀傷の思い」がなかったら、こうした批判は発生しなかったであろう。事件直後の貴族の反応の一つである。「神鏡等渡辺に到着」と書いているから、右大臣兼実には重要案件であったものと知れる。その後の経過に一貫して関心を寄せていたと読める。

次にあげたいのは、文治二年の成立かと言われる大通寺本の『醍醐寺雑事記』である。ここに醍醐寺僧慶延の、宝剣の行方に関する見聞が記されている。

文献13、『醍醐雑事記』巻第十（底本・大通寺本・編纂者中島俊司）（私に訓読）

（元暦二年六月廿二日条、内大臣宗盛父子、重衡の斬首記事に接続して）

宝剣は、内大臣に問はるるの処、最初は、伊津久志麻の神に奉の由申し陳ずと云々。後には、内大臣手に搦り入海落入失せ了ぬ云々。

続いて、「大和国石上布瑠大神」と「尾張国熱田大神」二つの「神世根本」の宝剣を掲げ、スサノオの出雲神話を記し、「大蛇神話」「村雲」から、主人公はスサノオのまま「草薙」神話への改名に続く、「故少納言入道通憲」の説云々とある、「宝剣伝承」を記す。「剣の巻」の原型的故事と考えられる。なぜか、生けどりとなった内大臣宗盛の自白として、最初は宝剣を厳島に奉納したという虚偽陳述がなされ、二度目の自白で、自らの手によって宝剣が海中に落とし入れられた事になっている。平家物語その他の伝える経緯と全く異なる伝承のあった事が知れる。宗盛は宝剣紛失の罪障を自らが被ろうとしたのであろうか。

次の『百練抄』は、最終記事は十三世紀の半ばまで下るが、資料は事件当時の記録を使用していると考えられているので、ここで取り上げるが、「前帝」を抱いたのを「外祖母二品」としている。

文献18、『百練抄』（新訂増補国史大系・訓読は私訓）（最終記事は一二五九年、但し記事当年代史料を利用か）

文治元年三月廿四日丁未。長門門司関に於いて、源軍の為に平氏悉く責め落とされ了んぬ。前帝「外祖母二品」、幼主を抱き奉りて海中に歿す。前内大臣父子、平大納言時忠卿父子、前内蔵頭信基等生虜也。女房建礼門院已下存命云々。

本稿での平家物語の「二位殿」と共通する「外祖母」としての共通性の尤も早い事例であるが、「三種の神器」には言及していない。

十三世紀に入ると、慈円の記し留めた様に、平家物語と共通の伝承記録が定着する事になる。前半は最初に問題とした、「二位殿」の日吉祈願と清盛の厳島祈願記事であり、第二は壇ノ浦合戦記事である。

文献14、『愚管抄』第五（日本古典文学大系本）（成立は承久二年前または後説。一二二一年）

承安元年十二月十四日、コノ「平太相国入道」ガムスメヲ入内セサセテ、ヤガテ同二年二月十日立后、中宮トテアルニ、皇子ヲ生セマイラセテ、イヨイヨ帝ノ「外祖」ニテ世ヲ皆思フサマニトリテント思ヒケルニヤ、様々ノ祈ドモシテアリケルニ、先ハ「母ノ二位」、日吉ニ百日祈ケレドシルシモナカリケレバ、「入道」云ヤウ「ワレ（二人称の「われ」）ガ祈ルシルシナシ。今見給へ祈出デン」ト云テ、安芸国厳島ヲコトニ信仰シタリケルヘ、ハヤ船ツクリテ月マウデヲ福原ヨリハジメテ祈リケル。六十日バカリノ後、御懐妊トキコヱテ、治承二年十一月十二日、六波羅ニテ皇子誕生思ヒノ如クアリテ、思サマニ入道、帝ノ「外祖」ニナリニケリ。

文献15、『愚管抄』第五（同大系本・底本は島原市公民館蔵本）

元暦二年三月廿四日ニ船イクサノ支度ニテ、イヨイヨカクト聞キテ、頼朝ガ武士等カサナリキタリテ、西国ニヲモムキテ、長門ノ門司関ダンノ浦ト云フ所ニテ船ノイクサシテ、主上ヲバムバノ二位宗盛母イダキマイラセテ、神璽・宝剣トリグシテ、海ニ入リニケリ。ユユシカリケル女房也。内大臣宗盛以下カズヲツクシテ入海シテケル程ニ、宗盛ハ水練ヲスル者ニテ、ウキアガリウキアガリシテ、イカント思フ心ツキニケリ。サテイケドリニセラレヌ。主上ノ母后建礼門院ヲバ海ヨリトリアゲテ、トカクシテイケタテマツリテケリ。

このころになると、平家物語と共通の伝承の記録が定着している事がわかる。「神爾・宝剣トリグシテ」とあるから、慈円はこの出来事を外しては語らなかった。同じ時代の記録に、慶政の『閑居の友』があり平家物語に影響を与えている事がわかる。

文献16、閑居の友・下八「建礼門の女院の御庵に、忍びの御幸の事」（新大系・尊経閣文庫蔵本）（貞応元年・一二二二年頃完成か）（本文23対応）

「（女院の長い語りの途中）さて、ここも叶ふまじとて、八島を出て出でて、行方も知らぬ海に浮かみて、起き臥しは涙に沈み侍りしほどに、船に恐しき者ども乗り移り侍しかば、今上をば、人の抱き奉りて、海に入り給ひき。人々、或は神璽を捧げ、あるは宝剣を持ちて、海に浮かみて、かの御供に入りぬと名乗りし声ばかりして、失せにき。残れる者ども、目の前に命を失ひ、あるは、縄にてさまざまにしたため、いましむ。少しも情を残す事なし。いまはとて、海に入りなんとせし時は、焼石・硯など懐に入れて鎮にして、今上を抱き奉りて、まづは伊勢大神宮を拝ませ参らせ、次に西方を拝みて入らせ給ひしに、我も入りなんとし侍しかば、「女人をば昔より殺す事なし。構えて残り留まりて、いかなるさまにても後の世を弔ひ給べし。親子のする弔ひは、必ず叶ふ事也。誰かは今上の後世をも、我後世をも弔はん」とありしに、今上は何心もなく、振り分け髪にみづら結ひて、青色の御衣を奉りたりしを見奉りしに、心も消え失せて、今日まであるべしとも覚えず侍き。（三行ほど続く）」。

しかしここでの建礼門院の語りでは「二位殿」の行動に焦点を絞った叙述にはなつていない。「今上」を抱いたのを「人の」と語り「二位殿」との限定を避けている。「神璽」と「宝剣」も「人々」が「捧げ」、また「持ち」として人名の特定を避けている。『愚管抄』とほぼ同時代にまだ輪郭の整わない身投げに至る伝承が伝わっていたのであろうか。

文献17、『六代勝事記』（貞応年間・一二二二から二四年頃か）

文治二年丙午。

三月廿四日。「みとほり」（意味不明）、ちからつかれて、門司の関破れぬ。入道大相国の後室・二品の局、天子いだきたてまつれて、九重の淵の底にいれり。名将は千万の軍旅にとらはれ、国母・官女は夷の手にしたがひて、旧里に帰り、内府の生虜、たなびきの雲に入りて、江州のあはづにかへりて、首を京にさらす。（平家の依拠本文と推考される）

この本文では、場面描写が簡潔で、写実的ではなく、「二品の局」は「天子いだきたてまつれて」「九重の淵の底」に消えたが「神璽・宝剣」の携帯には言及していない。「覚一」の女院の語りに類似している。

十四世紀の関連言説では、『神皇正統記』があり、ここで初めて「平時子」の使用となる。
文献19、『神皇正統記』（興国四年・康永二年、一三四三年初稿本成立）
第八十一代、安徳天皇。諱ハ言仁、高倉第一ノ子。（前半略）
清盛ガ後室従二位平時子ト云シ人、此君ヲイダキ奉リテ、神璽ヲフトコロニシ、宝剣ヲコシニサシハサミ、海中ニイリヌ。アサマシカリシ乱世ナリ。
文献20、『保暦間記』（南北朝時代の初期、正平年間・一三四六年から七〇年の後半成立。武家方か。四部合戦状本・源平盛衰記等を引用箇所あり）（本文は、慶長古活字本を底本とする『校本保暦間記』による）
二位殿、今ハ限ト思ハレケレバ、宝剣ヲハ腰ニサシ、神璽ヲハ脇ニハサミテ、先帝ヲハ按察局ニ懐カシ奉リ、海ヘソ入給ケル。譬ヘハ、平家ハ亡フ共、先帝ヲサヘ失奉事、浅増ナント申ニ不及。元ヨリ此老尼ハ武キ人也ケル程ニ、カカル事ヲ計ケルコソ浅増ケレ。女院モ、ヲクレ進セシト飛入セ玉ヒケルヲ、取上奉ル。（按察局が先帝を懐いたとする説は、『吾妻鏡』の採択した史料にも記されている）
これらの史書類では、史実としての「神璽・宝剣」携帯は不可欠の要件であったらしい。
以上の流れを見るとき、「覚一本」の中での整合性としては、壇ノ浦と女院の語りでは、女院が意図して「二位の尼」の行動から「神璽・宝剣」を語らなかったと解するのが穏当に思える。女院はこの場面の「二位の尼」を、「先帝」と「尼」との「極楽浄土」への旅立ちに集約して後白河院に伝えたかった。その意図に従い、「神璽・宝剣」を雑念として退け、この問題を敢えて無視したのではないか。後白河院がこの時点で、すでにこの問題への関心は薄れていたとは考え難い。後鳥羽朝廷は、鎌倉幕府を動かして剣の行方の探索に集中した事はよく知られている。しかし建礼門院の触れない問題を掘り起こすだけの関心の持続を、この場面の後白河院はすでに欠いているのである。語られていない本文の解釈は難しいが、語られた本文を通して推察すると、「三種の神器」を語らせなかったのは「覚一」あるいはその配下に属した「覚一本」の作成者のように解釈されよう。その意図は、繰り返しになるが、建礼門院の、後白河を頂点とする朝廷の「三種の神器」という権威の無視であり、失われた母「二位の尼」と我が子「先帝」の菩提を祈る余生の完結への究極の意思であったと言える。「覚一本」が『灌頂巻』を特立した意図もこのあたりに焦点があったかもしれない。

むすび

① 詞章確定者の琵琶法師・覚一検校は、「外祖母二位殿」を、「外祖父清盛」と対等同等の「夫婦」として物語中に定位して語った。

② 同検校は、外孫誕生の霊験譚から「日吉社」を抹消し、専ら清盛平家一門の守護神「厳島」の奇特に集約して語った。

③ 同検校は、物語場面から外すことのできない、二位殿の、無分別とも言える「三種の神器」と重衡の交換要請事件を逆手にとって、ここに、新中納言知盛の、後白河院の「三種の神器」の返還要求の悪辣非情さ強調を強引に盛り込み、結果的に外祖母・二位殿をして「三種の神器」の決定的効用に覚醒させる機会として活用し、屋島合戦以降の二位殿の内に秘めたる思案として、後白河院との対決姿勢醸成契機として活用した。

④ 同検校は、二位殿の壇ノ浦での外祖母・外孫身投げ心中の断行契機を、既にあった新中納言知盛の「戯言」に端を発する、二位殿の熟慮の果てに選択決断した、主上の祖父・後白河院に最悪の結果をもたらすための捨て身の報復として、「日ごろおぼしめしもうけるたる事」として設定した。(清盛・後白河の対立対決の身代わり総決算)

⑤ 諸文献に、二位殿の行動を、その内面つまり心象にまで踏み込んでかく叙述する表現は、「覚一本」以降は別して、平家諸本を含めて「覚一本」以外は見当たらない。覚一検校の表現行為は、今日いう「人間の行動と心

象を描く、言語表象としての文学的営為」として評価できるのではあるまいか。

⑥ 建礼門院は、壇ノ浦での母「二位殿」の行為から、「三種の神器」携帯を削除して後白河院に報告した。寂光院隠棲の女院にとって、壇ノ浦の回想は、祖父に追い詰められた実子と、実母の投身として舅に語る以外の、如何なる要素をも含まない出来事であった。

註

（1） 清水由美子「作為としての母親像―二位尼平時子の造型」（東京大学国語国文学会「国語と国文学」第八十五巻第十一号、二〇〇八年十一月）。「崩壊した母性―平時子と北条政子の母性をめぐって」、清泉女子大学「人文科学研究所紀要」34（二〇一三年三月）

（2） 覚一本の「日ごろおぼしめしもうけるたる」の同型表現巻七「維盛都落」（地の文・維盛）

小松三位中将維盛は、日ごろよりおぼしめしまうけられたりけれ共、さしあたってはかなしかりけれ。

巻十「三日平氏」（維盛の那智沖入水の報を聞く場面、六代乳母から北の方に）

若君の御めのとの女房、なくなく申しけるは、「これはいまさらおどろかせ給ふべからず。日ごろよりおぼしめしまうけたる御事也。本三位中将殿のやうにいけどりにせられて、宮こへかへらせ給ひたらば、いかばかり心うかるべきに、高野にて御ぐしおろし、熊野へまいらせ給ひ、後世の事よくよく申させおはしまし、臨終正念にてうせさせ給ひける御事、嘆きの中の御よろこび也。（以下略）」

（3） 池田敬子「『平家物語』壇浦合戦における二位殿時子―諸本本文の異同とその解釈―」（「大谷学報」第九十六巻第一号、二〇一七年一月三十日）

〔付記〕

本稿は、関西軍記物語研究会第八十五回例会（於大阪工業大学うめきたナレッジセンター）にて口頭発表した原稿に基づきます。会場でのご指摘等に感謝いたします。

安徳天皇入水叙述の解釈
——覚一本『平家物語』が描くこと——

池田敬子

一

『平家物語』延慶本・屋代本・覚一本三本の間に大きな本文異同が存在する壇浦合戦叙述のなかでも、とりわけ安徳天皇入水場面におけるそれは、三本それぞれの物語叙述の構想に関わる大きな相違がみてとれるところである。入水の際の二位殿時子の言動については、既に別稿「『平家物語』壇浦合戦における二位殿時子―諸本本文の異同とその解釈―」(1)において論じたが、本稿はそれと対を成すものとして、安徳天皇に関する叙述に注目して、特に覚一本の叙述の解釈とそこから窺われる覚一本の意図・構想について考察するものである。壇浦合戦叙述は本来の編年叙述（巻十二）に加え、灌頂巻でも繰り返されるので、両巻を考察の対象とする。

考察に先立って、壇浦合戦に至るまでの物語において安徳天皇に関する記述がどの程度存在するかを確認し、同時に安徳天皇その人の具体的描写がいかに少ないかを、覚一本の本文によって確認しておきたい(2)。安徳天皇に関する記述がみられる巻・章段名・日付・事項を記し、安徳天皇自身に関する叙述があればそれを記す。

巻三「御産」	治承二年一一月一二日	誕生
「頼豪」	治承二年一二月八日	東宮（立太子）

巻四　「厳島御幸」　治承四年　二月二一日　高倉天皇退位　安徳天皇践祚
　「還御」　治承四年　四月二二日　即位
巻五　「都遷」　治承四年　六月　二日　福原遷都
二日の卯の刻に、すでに行幸の御輿をよせたりければ、主上は今年三歳、いまだいとけなう在ましければ、なに心もなうめされけり。主上おさなうわたらせ給時の御同輿には、母后こそまいらせ給ふに、是は其儀なし。
巻七　「主上都落」　寿永二年　七月二五日　平家都落
卯刻ばかりに既に行幸の御こしよせたりければ、主上は今年六歳、いまだいとけなうましませば、なに心もなうめされけり。国母建礼門院御同輿にまいらせ給ふ。
「福原落」　寿永二年　七月二六日　福原より西国へ
あけぬれば、福原の内裏に火をかけて、主上をはじめ奉て、人々皆御舟にめす。
巻八　「太宰府落」　寿永二年　九月一〇日過ぎ　太宰府脱出
駕輿丁もなければ、そう花・宝輦はたゞ名のみきゝて、主上要輿にめされけり。
巻九　「落足」　寿永三年　二月　七日　一谷敗戦後
いくさやぶれにければ、主上をはじめたてまつて、人々みな御船にめして出給ふ心のうちこそ悲しけれ。
巻十一「勝浦付大坂越」元暦元年　二月一八日　屋島合戦
御所の御舟には、女院・北の政所・二位殿以下の女房達めされけり。
巻三・巻四の誕生・践祚・即位などに関しては多くのエピソードや批判が語られているのだが、安徳天皇本人についての描写は一切ない。また巻五「都遷」や巻七「主上都落」では、「いまだいとけなうましませばなに心もなうめされけり」が繰返され、幼い故に周りの者の指示通り動くだけの幼帝の姿がぼんやりと想像できるのみである。また「福原落」・「太宰府落」・「落足」は形式的記述という他はなく、「勝浦付大坂越」では屋島に義経が攻め寄せた際に、平家方があわてて屋島の館を棄てて舟に乗る中で、「御所の御舟」という表現で安徳天皇の乗った舟を指すだけで、現実の姿さえおぼろであると言わざるを得ない。平家にとっては外戚としての権力・勢力の極みをもたらした天皇であるにも拘わらず、その描写はまったく形式的というにも足りない程度であるという他はない。つまり、これまでの物語の大半の叙述の中で安徳天皇は「いとけなし」という以外は、その人物像を推察しうるなにごとをも表出されていないといえよう。

では、このような安徳天皇が壇浦合戦の入水の際にはどのように叙述されるのか、延慶本・屋代本・覚一本の本文を検討していくことにする。

猶、本文の引用はそれぞれ次のテキストに依る。

延慶本……『延慶本　平家物語』本文篇　勉誠社
覚一本……日本古典文学大系『平家物語』（龍谷大学蔵本）　岩波書店
屋代本……『屋代本高野本対照　平家物語』　新典社

引用に際し、延慶本・屋代本は漢字平仮名交りに書き下した。また私に、濁点・送りがな・促音表記等を補い、かつ改めたところがある。

二

まず、延慶本・屋代本・覚一本の当該箇所の本文を比較しやすいように「表Ⅰ」で示す。屋代本・覚一本は延慶本を主たる本文の素材源として再編集された本文であることから、中段に延慶本本文を置き、上段に屋代本、下段に覚一本本文を置く。この配置によって屋代本・覚一本が、延慶本の何を受け継ぎ何を廃したかが分かりやすくなる。また内容の段落の変わり目に破線を入れて仕切り、段落ごとの本文の繁簡及び有無とズレを見やすくした。破線による仕切りの内部についてはAからFの記号を記号を付してある。

表Ⅰ　壇浦安徳帝入水

屋代本	延慶本	覚一本
巻十一　平家一門悉皆滅亡事	第六本　壇浦合戦事付平家滅亡事	巻十一　先帝身投
A二位殿は是を聞給て、急ぎ先帝を懐奉り、帯にて御身に二所勁く結付奉り、「後の世までも君の御守成べし」とて、宝剣を腰に指し、神璽を脇挟み、練袴のそばを高くはさみ、純《マヽ》色の衣打かづき、舷へぞ出給ける。「我は君の御共に参るなり。女也とも、敵の手にはかゝるまじきぞ。御恵に随はんと思ん人々は、急ぎ御共に参給へや」と宣へば、国母を始進せて、北政所、廊御方、師典侍、大納言典侍以下の女房達、送《マヽ》奉らじと喚叫給けり。	A二位殿は今はかうと思われければ、ねりばかまのそば高く挟みて、先帝を負奉り、帯にて我御身に結合奉て、宝剣をば腰にさし、神璽をば脇にはさみて、鈍色の二衣打かづきて、今は限の船ばたにぞ臨ませ給ける。	A二位殿はこの有様を御らんじて、日ごろおぼしめしまうけたる事なれば、にぶ色のふたつぎぬうちかづき、ねりばかまのそばたかくはさみ、神璽をわきにはさみ、宝剣を腰にさし、主上をいだきたてまつて、「わが身は女なりとも、かたきの手にはかゝるまじ。君の御ともにまいるなり。御心ざしおもひまいらせ給はん人々はいそぎつゞき給へ」とて、ふなばたへあゆみいでられけり。
B先帝は、今年八歳に成せ給ふ。御歳の程よりも遙にをとなしく、御ぐし黒くゆら〳〵と、御背過させ給へり。	B先帝今年は八に成せ給けるが、折しも其日は山鳩色の御衣を知召たりければ、海の上を照してみへさせ給けり。御年の程よりもねびさせ給て、御皃うつくしく、黒《マヽ》くゆら〳〵として、御肩にすぎて、御背にふさ〳〵とかゝらせ玉へり。	B主上ことしは八歳にならせ給へども、御年の程よりはるかにねびさせ給ひて、御かたちうつくしく、あたりもてりかゝやくばかり也。御ぐしくろうゆら〳〵として、御せなかすぎさせ給へり。

C あきれさせ給へる御様にて、「此に又何ちへぞや、尼ぜ」と仰られける御詞の未だ終ざるに、	C二位殿かくしたゝめて、船ばたに臨まれければ、あきれたる御気色にて、「此はいづちへ行むずるぞ」と仰有ければ、	C あきれたる御さまにて、「尼ぜ、われをばいづちへぐしてゆかんとするぞ」と仰ければ、
D二位殿、 「是は西方浄土へ」とて、	D「君知食さずや、 穢土は心憂所にて、夷共が御舟へ矢を進らせ候ときに、極楽とて、よに目出き所へ具し進せ候ぞよ」とて、王城の方を伏拝給てくだかれけるこそ哀なれ。 「南無帰命頂礼天照大神・正八幡宮、慥に聞食せ。吾君十善の戒行限り御坐せば、我国の主と生させ給たれども、未幼くおわしませば、善悪の政を行給わず。何の御罪に依てか百王鎮護の御誓に漏させ給べき。今かゝる御事に成せ給ぬる事、併ら我等が累葉一門、万人を軽しめ朝家を忽緒し奉、雅意に任て自昇進に驕し故也。願は今生世俗の垂迹三摩耶の神明達、賞罰新におわし	Dいとけなき君にむかいたてまつり、涙ををさへ申されけるは、「君はいまだしろしめされさぶらはずや。 先世の十善戒行の御ちからによつて、今万乗のあるじと生れさせ給へども、悪縁にひかれて、御運既につきさせ給ひぬ。まづ東にむかはせ給ひて、伊勢大神宮に御いとま申させ給ひ、其後西方浄土の来迎にあづからんとおぼしめし、西にむかはせ給ひて、御念仏さぶらふべし。この国は心うきさかゐにてさぶらへば、極楽浄土とてめでたき処へぐしまいらせさぶらふぞ」と、なく〳〵申させ給ひければ、

	まさば、設今世には此誡に沈むとも、来世には大日遍照弥陀如来、大悲方便廻して必ず引摂し玉へ。	
		E山鳩色の御衣にびんづらゆはせ給て、御涙におぼれ、ちいさくうつくしき御手をあはせ、まづ東をふしをがみ、伊勢大神宮に御いとま申させ給ひ、其後西にむかはせ給ひて、御念仏ありしかば、
F 海にぞ沈み給ける	F　今ぞしるみもすそ川の流には 浪の下にも都ありとは」 と詠じ給て、最後の十念唱つゝ、波の底へぞ入られける。	F二位殿やがていだき奉り、「浪のしたにも都のさぶらうぞ」となぐさめたてまつて、ちいろの底へぞいり給ふ。

安徳天皇の入水叙述は、屋代本では「平家一門悉皆滅亡事」、延慶本では「壇浦合戦事付平家滅亡事」という大きな章段の一部であるが、覚一本では「先帝身投」と題される独立章段である。ただし、『平家物語』諸本の章段名が誰によっていつ付けられたかは現時点では特定できず、編集者の意図の表れといえるかどうかは不明である。

本文は、大きく前半A・Bと三本共通の安徳天皇の問いを記す中間Cと後半D・E・Fに分けられる。

まずA段落のはじめ、時子が安徳天皇を伴って登場する場面（表I傍線部）の異同を問題とする。

延慶本　　先帝を負奉り、帯にて我御身に　　　結合奉て、
屋代本　　先帝を懐奉り、帯にて　御身に二所誳く結付奉て、
覚一本　　主上をいだきたてまつて、

覚一本が、安徳天皇を抱いているだけで帯で時子の体に固定するという描写をしていない点が目に付く。おぶって帯

で結ぶ延慶本に比べ、屋代本の「抱いて帯で結びつける」という状況はいささか不自然な感じはあるが、不可能ではない。延慶本と屋代本の安徳天皇は時子から離れることができない状態であるが、覚一本の抱かれているだけであればそうではない。このことは後半の三段落と関係するところであると思われる。またAでは後半に延慶本にない部分が屋代本・覚一本にあるが、これは壇浦合戦全体の叙述順序と関係することで、本稿の主問題である安徳天皇その人に関わらないのでここでは取り上げない。(3)

次にB段落は、安徳天皇の姿を描写するところである。物語中初めて安徳天皇の現実の姿が記される。八歳であること、年齢よりも大人びて見えること、髪が黒々と背中辺りまである（表ⅠA段落波線部）ことが共通している。屋代本・覚一本は背中過ぎまで、延慶本は肩を過ぎて背中にかかる、と微妙に髪の長さには違いがあるが、いずれも振分け髪（垂髪）で、男女共通の子供の髪型である。(4)「背」は『類聚名義抄』に「セナカ」と見えるので三本同文と読んでよい。屋代本には「顔」の記述はないのだが、延慶本は「御皃うつくしく」、覚一本には「御かたちうつくしく、あたりもてりかゝやくばかり也」とみえる。延慶本のみに、「折しも其日は山鳩色の御衣（表ⅠB段落二重波線部）を知召たりければ、海の上を照してみへさせ給けり」と装束の記述があり、覚一本の「美貌があたりを明るくする」という表現とは異なり、「山鳩色の御衣が海の上を照す」となっていることがある。(5)屋代本には安徳天皇の装束についてては後半でも言及がないが、覚一本では延慶本と同じ「山鳩色の御衣」が後半E段落にみえる。このことについては後に問題としたい。

またA・B共通の異同であるが、延慶本・屋代本は安徳天皇を「先帝」と呼ぶが、覚一本は「主上」と呼称していることが指摘できる。このことも後半の段落に関わって三本の叙述姿勢・物語構想と関わるやや大きな問題であろうと考える。

続いて中間のC段落である。この部分は文脈上は後半に入るところであるが、殆ど同文のこの段落を境として極端な異同が出現するので、あえて独立した中間段落として扱っておく。

延慶本　あきれたる御気色にて、「此はいづちへ行むずるぞ」と仰有ければ、

屋代本　あきれさせ給へる御様にて、「此に又何ちへぞや、尼ぜ」と仰られける

覚一本　あきれたる御さまにて、「尼ぜ、われをばいづちへぐしてゆかんとするぞ」と仰ければ、

勿論小異はあるのだが、三本ともに「茫然とした様子で」「どこへ行くのか」または「どこへ連れて行くのか」「とおっしゃる」安徳天皇の様子とことばは同一であると解釈して問題はなかろう。ただ「八歳にしては年齢より大人びている」とこれも共通したB段落での紹介に照らせばこの発言はいかにも幼い問いであるという印象を与える。

これまでの前半A・B段落及び中間C段落の三本比較で後半に関わる異同は、時子が安徳天皇の身体を自身に固定しているかどうか、装束記述の有無、呼称が「先帝」か「主上」の三箇所である。また、振り分け髪であることと中間の問いかけは、異同がないにも拘わらず、後半段落の異同と関連するのではないかと予想される。

三

さて、後半D・E・F段落の異同の甚だしさは表Iに歴然と現れているが、三本が一致するのは、時子が安徳天皇の問いに答えて表現はともあれ「極楽浄土へ」ということと、二人が入水することの二点としか言いようがない。特に屋代本の簡略さは目を引くが、その理由は前掲の別稿で述べたとおり、ある種の「リアリティ追求の一現象」か、または「六代被斬」で物語を終結させる構想上の判断であるのか、それ以外なのか判別のしようがない。また、延慶本のD段落における叙述は、時子に平家一門が朝敵として滅ぶべき原因理由を語らせるものであって、平家が王法破滅の悪行ゆえに滅ぶことを時子に認めさせる構想のもとに、この場面で「先帝」安徳を背負った姿で語らせることでその目的を達成したといいうるところであろう。それに対して覚一本の本文は全く異なることを描こうとしているの

である。

覚一本本文のD段落の時子の発言は、はじめこそ安徳天皇が前世の十善戒行の力によって今生で天皇となったが平家の血筋をひくという「悪縁」によって運が尽きたという、延慶本に類似する発言になっているが、それに続く部分は、安徳天皇に対してあくまで天皇として祖先神伊勢神宮天照大神に別れの挨拶をし、西方浄土への救済を期して念仏せよという、安徳天皇の行動を促すものである。そのことばに応じて安徳天皇は、

御涙におぼれ、ちいさくうつくしき御手をあはせ、まづ東をふしをがみ、伊勢大神宮に御いとま申させ給ひ、其後西にむかはせ給ひて、御念仏ありしかば、

と、物語中最初で最後の行動をとる。

D段落冒頭で覚一本は時子が「いとけなき君にむかいたてまつり」と延慶本にない叙述を加え、E段落で「ちいさくうつくしき御手」と記す。これらは中間C段落で延べたいかにも幼い問いを発する安徳天皇と呼応し、さらには「一」で示した巻五における三歳、巻七の六歳で記された「いまだいとけなうましませば」と響きあう。「御年の程よりはるかにねびさせ給ひて」とB段落で記しながら、覚一本は三歳・六歳・八歳のそれぞれで安徳天皇を「いとけな」き幼帝として造型する[6]。

その幼い天皇の物語中唯一の行動を記すに、覚一本はいかなる場面を作り上げているか。

A段落の最初で取り上げた傍線部の叙述は覚一本のみが「いだきたてまつて」で、時子の身体に帯で固定されている延慶本・屋代本と異なっていた。この異同の効果はどこに現れるのか。最終F段落で、これも覚一本のみが表Ⅰ二重傍線部の通り、「二位殿やがていだき奉り」とする。伊勢神宮への別れの挨拶と西方浄土に向かっての念仏のあと時子は「すぐに安徳天皇を抱き」あげるのである。抱かれて登場した安徳天皇が再び抱き上げられるということは、彼は一旦時子の腕から下りて自分の足で立って東西を拝した、と覚一本は描いているとしか解釈のしようがないので

はあるまいか。そうすると、E段落波線部「びんづらゆはせ給て」という髪型の叙述は、矛盾でも、本文再編上のミスでも、異なる資料・伝承を繋ぎ合わせた結果でもなく、B段落での「振り分け髪」を「びんづら」に結った、現実に髪型が変えられたと読むべきであることになる。するとさらには、延慶本がB段落で早くも示した「折しも其日は山鳩色の御衣を知召たりければ」の「山鳩色の御衣」が、覚一本でE段落二重波線部に記されるのは、延慶本のように「折しも其日は」というより、東西礼拝のこの時にあたって「山鳩色の御衣にびんづらゆはせ給ひ」とわざわざの着衣の変更と結髪が行われたと読解すべきことになるのではあるまいか。「山鳩色の御衣」と「びんづら」についての検証が必要となる。

「びんづら」は、「みづら（美豆良）」の音変化形で、辞書類・『平家物語』注釈類いずれを検しても「成人男子の髪型であったものが少年の髪型となった」の解説をみることができる。江馬務「美豆良考」にはその変遷が詳しく紹介されており、官吏が冠をかぶるようになって以後、冠を着けない者の髪型となり、平安時代以降は貴族少年の髪型となったという。『山槐記』や『雅亮装束抄』を引いて、安徳天皇即位の際の付髪の件や結い方についても詳細な叙述がある。幼少の天子の髪型であったゆえに「神の使いの童子」の髪型としても描写されたのであろうという。(7)「びんづら」がこのようなものであれば、当然幼帝が主上として人々の前に姿を現す際には、「びんづら」を結った状態であったと考えられ、時子とともに船上に姿をみせた時点の延慶本・屋代本・覚一本共通の「御ぐしくろうゆら〳〵として、御せなかすぎさせ給へり」は、未だきちんと「びんづら」を結う前（まだ人前に出る支度ができていない段階）の描写であったと解釈すべきである、ということになろう。とすれば、覚一本での二位殿が伊勢神宮礼拝と西方に向かっての念仏という行動を勧め、それに応じて「主上」が自ら行動する時点では、「びんづら」を結ったきちんとした髪型になっているのが当然ということになろう。屋代本・延慶本の如く時子の身体に帯で固定され、さらに時子が「鈍色の二衣打かづいた」状態で登場すれば髪型を変えることはできず、また既に「先帝」であって主上ではなく何の行動もしないのであれば、髪型は垂髪のままで問題はなかったということでもあろう。

「山鳩色の御衣」については、古典大系頭注は、「「山鳩色」は麴塵と同じ。黄色をおびた青色。御衣は（うえのきぬ）をいう」とし、新大系脚注は「山鳩の羽の色で青みを帯びた黄色。天子の褻（日常）の装束」と記す。『閑居友』下巻第八話は[8]「青色の御衣」だがその脚注はもう少し詳細である。

　青白の橡の略。麴塵、魚綾、山鳩色ともいう。天皇の日常用の袍の色彩として用いられる。天皇専用の色彩。いわゆる禁色の一つ。光源の方向や種類により、緑から赤紫まで変化して見えるという。

ここでいう「天皇の常用の袍の色彩」とする点は新大系と共通するが、「褻」あるいは「日常」の装束の色とする指摘が何にもとづくのか不明である。「日本服飾史要」[9]には、「麴塵袍」は次のように概説されている。

　麴塵は青白橡とも青色ともいはれる色であるが、実は緑色の黄がちの色で、山鳩色ともいふ。この袍も天皇の小儀に着し給ふ御袍である。蔵人、侍従もこの色を許され、『枕草子』に青色の袍の六位蔵人礼讃の記事がある。黄櫨染は[10]大儀、四方拝、行幸、節会に御使用、これは略儀に御着用である。

この概説の根拠となる文献は紹介されていないのだが、「麴塵袍」使用の用例は次の如きものが見られる。

　石清水臨時祭御禱出御黄櫨御袍、御前座出御麴塵袍　舞事出御青色改めず。　（『江家次第』）

　弘安十年十二月二日（賀茂臨時祭）……せいりやう殿に出御なる。きくぢんの御はう、つつじの御下重ね　（『中務内侍日記』）

　麴塵袍　　青色と号す。賭弓・臨時祭庭座・五月競馬之を用ふ。　（『胡曹抄』天皇記）

これまでに掲げた諸注や用例によってまず確認できることは、山鳩色の御衣は「麴塵袍」であり、「青色袍」ともいわれていたことである。次にこれらの用例を見る限り、現代の感覚での日常着ではなく、略儀あるいは軽い晴儀に着用したもののように考えられる。壇浦合戦という平家にとっての極限の場面における安徳天皇の装束を作者・編者たちがどのように解釈して記したかは想像の域を出ないにしても、全くの日常着を着用して入水する場面を想定したとは考えにくく、延慶本が「折しも其日は山鳩色の御衣」とするのは、やはり儀式的な要素をとらえての装束描写であろう。屋代本は装束を記すことを避けたが、覚一本は「びんづら」に結い改めるとともに装束をも「山鳩色の御衣」に着替えさせることで、安徳天皇がここではあくまで主上であり、「いとけなき」主上安徳天皇の悲劇的晴れの場面を演出し、物語中唯一の彼自身のことばと行動を記すことでこの場面の主人公としたのではあるまいか。

では、このように安徳天皇最期の場面を演出することが、物語の他の部分と呼応して何らかの意味をもつのか、それとも壇浦での主人公という孤立した場面での一回限りの晴儀で終わるのであろうか。もう少し先を読んでみたい。

四

壇浦合戦では、安徳天皇と時子の入水に続き建礼門院が入水するが、彼女は源氏の舟に助け上げられ、その後都に戻る。帰洛後の彼女の生活を覚一本は灌頂巻で記すが、延慶本・屋代本は第六本・末と巻十一・十二の編年叙述の中に位置させる。が、いずれも吉田に住む期間のこととして建礼門院の出家記事を有している。建礼門院は出家の際の戒師への布施として安徳天皇の直衣を差し出す。

延慶本　第六本　建礼門院御出家事

さても御直衣は、先帝海へ入らせ給し其期まで奉りたりしかば、御移香も尽ず。御形見にとて西国より持せ給たりけり。

屋代本　巻十一　建礼門院御出家事付長楽寺阿証上人為御戒師事

其期まで召れたりし御衣なれば、御移香も未だ尽させ給はず。

覚一本　灌頂巻　女院出家

御布施には先帝の御直衣なり。今はの時までめされたりければ、その御うつり香もいまだうせず。

右に引用したように三本ともに安徳天皇の直衣に言及するのだが、屋代本では入水場面でその装束についての叙述がなかったため、ここでの叙述が唐突に現れることになり、物語の文脈から浮いてしまう憾みがある。延慶本は、「折しも其日は山鳩色の御衣を知召されたりければ」の記述があるので首尾照応するのだが、安徳天皇登場すぐにこの記述があるため（表ⅠB段落）、山鳩色の御衣以前が思い浮かびにくく、また「海へ入らせ給し其期まで」という表現が「入水したその時点で着ていた」の意味に解釈される可能性がある。

事実、延慶本の記述は普通に読めば「入水したその時点で」に解釈するのが自然であって、「山鳩色の御衣」云々と矛盾しているという方が正確かもしれない。このような屋代本・延慶本に対して、「山鳩色の御衣に」着替えたと読まざるを得なかった覚一本の入水叙述は、船中で直衣から着替えたればこそ建礼門院が現在手にすることができていることを理解しやすくしているといえる。[11] 覚一本の安徳天皇入水叙述のありかたは、建礼門院出家のこの場面まで繋がっているといえよう。

さらに、『平家物語』には、壇浦合戦安徳天皇入水を記すところがもう一箇所存在する。所謂後白河法皇の「大原御幸」の際に法皇と対面した建礼門院が、自らのこれまでを六道になぞらえて語るところである。延慶本・屋代本・覚一本の本文を「表Ⅰ」同様三本の異同がよく見えるように「表Ⅱ」として掲げる。

表Ⅱ　建礼門院六道譚安徳帝入水

屋代本	延慶本	覚一本
巻十二　法皇女院閑居叡覧の為大原御幸事	第六末　法皇小原へ御幸成る事（六道譚中の地獄の部分では安徳天皇入水を記さない。安徳帝入水は、六道譚終了後）	灌頂巻　六道之沙汰

		［二位尼の遺言］
過ぎにし歳の春の暮、先帝を始め進せて一門の人共、	A今は限と成しかば、二位殿、「昔より賢人は骨をば埋とも名をば流せと云へり。此天子をば我懐き奉りて海に入む」とて、先帝を帯にて我身にゆい合進て、鈍色の二衣引まとひ、神璽を脇にはさみ、宝剣をば腰に指て、既に船ばたに望まれしに、	A既に今はかうと見えしかば、二位の尼先帝をいだき奉て、ふなばたへ出し時、
	C先帝何心もなく、ほれ〴〵とあきれ給へる気色にて、 B御ぐしの肩の渡りにゆら〳〵房々と懸て、行末遙の緑の御すがた、花の皃ばせ譬へむ方なく、望月の山葉より出る心地して、うつくしかりし御有様を空く見成奉りて一日片時も世にながらふべしとも覚えず侍りしかば、	
	［女院と二位尼の問答、二位尼の遺言］	
	C「いづくへ行べきぞ」と先帝仰せられしかば、	Cあきれたる御様にて、「尼ぜ、われをばいづちへ具してゆかむとするぞ」と仰さぶらひしかば、
	D	Dいとけなき君にむかひ奉り、涙をおさへて申さぶらひしは、「君はいまだしろしめされさぶらはずや。先世の十善戒行の御力によつて、今万乗のあるじとはむまれさせ給へども、悪縁にひかれて、御運既につき給ひぬ。まづ東にむかはせ給ひて、伊勢大神宮に

		F門司赤間の浪の底に沈みしかば、	残り留る人共の喚叫ぶ声、叫喚大叫喚の地獄の底に落たらんも、是れには過じとこそ聞へしか。
「浄土へ具し進べし」とて、先ず伊勢大神宮の方を伏拝奉り給て、西に向て、「流転三界中、恩愛不能断、奇恩入無為、真実報恩者、南無西方極楽教主阿弥陀仏」と十念高声に唱給て、「設我得仏、十方衆生、至心信楽、欲生我国、乃至十念、若不生者、不取正覚、光明遍照十方世界、念仏衆生摂取不捨の御誓たがへ給わず、必ず引摂を垂給へ」と唱もあへ給はず、		F海に飛入り給し音計ぞかくかに船底に聞へしかども、消はて絶入にし心の内なれば、夢に夢みる心地して、貞にも覚へ侍らざりき。	
御いとま申させ給ひ、其後西方浄土の来迎にあづからむとおぼしめし、西にむかはせ給ひて、御念仏侍らふべし。此国は心うき堺にてさぶらへば、極楽浄土とてめでたき所へ具しまいらせ侍らふぞ」と、泣々申さぶらひしかば、	E山鳩色の御衣にびんづらいはせ給ひて、御涙におぼれ、ちいさうつくしい御手をあはせ、まづ東をふしおがみ、伊勢大神宮に御いとま申させ給ひ、其後西にむかはせ給ひて、御念仏ありしかば、	F二位尼やがていだき奉て、海に沈し御面影、目もくれ、心も消えはてて、わすれんとすれども忘られず、忍ばむとすれどもしのばれず。	残りとゞまる人々のおめきさけびし声、叫喚大叫喚のほのおの底の罪人も、これには過じとこそおぼえさぶらひしか。

延慶本では「第六末　法皇小原へ御幸成る事」の表題の章段にあるが、六道譚の地獄ではなく、六道譚終了後に位置する。時子が安徳帝と共に登場し、安徳帝の描写（B）があり、その次に壇浦合戦の際には記されなかった「時子の遺言」が挟まれるが、その後「中間C」に相当する安徳天皇の問いがあり、「表ID」に相当するここでのDでは、時子が東方伊勢神宮を遙拝し西に向かって浄土救済を念ずることばを語る。「表I」で掲げた時子のことばとは全く異なり、かつ安徳帝の行動でもない。このことの意味については先掲の別稿で考察した。

屋代本は「巻十二　法皇女院閑居叡覧の為大原御幸事」にあるが、

過ぎにし歳の春の暮、先帝を始め進せて一門の人共、門司赤間の浪の底に沈みしかば、残り留る人共の喚叫ぶ声、叫喚大叫喚の地獄の底に落たらんも、是れには過じとこそ聞へしか

という非常に短く素っ気ないもので壇浦での入水記述以上に簡略といえる。これは六道譚全体に通じることで、おそらくは巻十二の六代の死を記述するところで物語全体を終結させる構成をとる屋代本の、全体構想に基づいての結果であろうと推察される。

対して、覚一本は時子の遺言を記した後に表IAに相当するところを短く切り詰め、Bを省略した上で、C・D・Eはそのまま繰り返し、Fにおいて、

二位尼やがていだき奉て、海に沈し御面影、目もくれ心も消えはてて、わすれんとすれども忘られず、忍ばんとすれどもしのばれず

という建礼門院自身の心情を記している。このことは、時子が安徳天皇を抱いて入水したその現場を建礼門院がしかと目撃していたことを示している。さればこそ、忘れられず、（悲しさ辛さを）堪え忍ぶことができない、というのである。延慶本ではこの点はどうか。表IIでは、延慶本の順序は「C」が二箇所に分かれているが、Cのうちの安徳天皇の様子「何心もなくほれ〳〵とあきれ給へる気色にて」の部分とBの安徳天皇の容貌叙述、

御ぐしの肩の渡りにゆら〳〵房々と懸て、行末遙の緑の御すがた、花の皃ばせ譬えむ方なく、望月の山葉より出る心地して、うつくしかりし御有様

を、建礼門院は「空く見成奉りて一日片時も世にながらふべしとも覚えず」と語りながら、Fの入水の直後には「海に飛入り給し音計ぞかく《マヽ》かに船底に聞へしかども」と語っており、彼女は入水は見ていないのである。つまりは入水の支度は建礼門院のいた船底で行われ、彼女はそのまま残り、時子と安徳天皇が舷に出たということになる。覚一本の建礼門院が船上で安徳天皇の容貌・姿・行動そして入水の瞬間まで見届けたのとは異なっているのである。この設定の違いが、地獄の叙述に安徳帝入水を含め、その後に

残りとゞまる人々のおめきさけびし声、叫喚大叫喚のほのおの底の罪人も、これには過じとこそおぼえさぶらひしか

と結ぶ覚一本の本文のあり方を可能にしたのだと考えられる。「残りとゞまる人々のおめきさけびし声」には建礼門院の声もあったのである。建礼門院が入水する時子と安徳天皇、則ち自身の母と子を見たことに呼応して覚一本は、

人々いまはかくとて海にしづみし有様、先帝・二位殿の御面影、いかならん世までも忘れがたくおぼしめすに
（灌頂巻　女院出家）

「天子聖霊成等正覚、頓證菩提」といのり申させ給ふにつけても、先帝の御面影ひしと御身にそひて、いかならん世にかおぼしめしわすれさせ給ふべき。
（灌頂巻　大原入）

いつの世にも忘れがたきは、先帝の御面影、忘れんとすれども忘られず、しのばんとすれどもしのばれず
（灌頂巻　六道之沙汰）

と、さらに表ⅡF段落の先ほど引用した

二位尼やがていだき奉て、海に沈し御面影、目もくれ心も消えはてて、わすれんとすれども忘られず、忍ばんと

すれどもしのばれず　　　　　　　　　　　　　　　　　　　　　　　　　　（灌頂巻　六道之沙汰）

という四回の類似表現が間隔を置きながらくり返される。この心情が灌頂巻での建礼門院のあり方の基調となっている。壇浦合戦での入水の際には記されなかった「時子の遺言」が果たされるには、この恩愛にとらわれる状況からの脱却が当時の浄土思想を踏まえれば必要であった。この心情表現が六道譚のあとは記されないことを以て、建礼門院の往生が確実になり平家一門の救済が灌頂巻において果されることになると、かつて論じたことがある。(12)

覚一本は、章段名は「先帝身投」としながらも、入水叙述では「主上」の語を用い、入水に際して髪型・装束を改め安徳天皇の「主上」としての姿を本文中に顕在化させた。また、延慶本とは異なって時子が東西礼拝の行動を促し安徳天皇が物語中で最初で最後のことばと行動をとる場面を作り上げ、ここでの主人公を安徳天皇とした。覚一本は完全に平家に寄り添って「主上の入水」を叙述したのである。このことは、全く物語叙述上の方法の問題である。かつ、安徳天皇入水叙述は単に巻十一のこの章段のみの孤立した叙述ではなく、灌頂巻にもその影響が及んでいる。また灌頂巻で繰り返される女院の恩愛にとらわれる心情の由縁が、六道譚において入水場面が繰り返される中で、建礼門院が入水を「見た」と語ることで明らかにされる。六道譚を語ることが建礼門院と平家の救済の契機となる覚一本の文脈において、安徳天皇入水叙述の延慶本・屋代本との異同の意味は大きいといわねばならない。

註

（1）拙稿「『平家物語』壇浦合戦における二位殿時子—諸本本文の異同とその解釈—」（『大谷學報』第96巻第1号　大谷大学大谷学会編　二〇一七年一月）

（2）覚一本以外の諸本においても、安徳天皇にまつわる説話・エピソード・批評の言辞などは様々存在しているが、壇浦での入水まで含めて、安徳天皇自身の行動や発言を記すものはほぼ無いといってよい。覚一本が入水の際に発言と行動を描くのはむしろ例外的なことであるという方がふさわしい。

(3)　壇浦合戦の記事配列については前掲の別稿に記したのでここでは省略するが、安徳天皇に続いて入水する国母建礼門院、安徳帝乳母、平家の女房達の記述をどこで書くかはそれぞれに異なっており、時子に続いて女性達が船上に姿を現す記述をすぐに記す屋代本と、安徳帝と時子の入水記述の後に回す覚一本タイプに分かれている。

(4)　子供の髪型が男女とも振り分け髪であることは、『伊勢物語』の有名な二十三段の、

くらべこし振分髪も肩すぎぬ君ならずして誰かあぐべき

歌によって周知のことであろう。

(5)　姿・容貌や装束があたりを輝かすという表現は、次の例もみられる。

此三位中将、桜の花をかざして青海波をまうて出でられたりしかば、露に媚たる花の御姿、風に飜る舞の袖、地をてらし天もかゝやくばかり也。（巻十　熊野参詣）

(6)　安徳天皇の誕生とほぼ同じ年に生まれたと推定できる宗盛次男副将は、父の膝の上に乗り、「御ぐし」をかきなでられ、還るよう促されると「いなやかへらじ」というなど、最期の場面の描写も含めいかにも幼げに書かれる（巻十一　副将被斬）。また六代は「ことしはわづかに十二にこそなり給へどもよのつねの十四五よりはおとなしく」とされるが、「敵にはげをみえじとおさふる袖のひまよりもあまりて涙ぞこぼれける」とやはり幼さをみせる書き方をしている。覚一本の想定する子供の「幼さ」のあり方が推察できるところである。

(7)　『江馬務著作集』第四巻「装身と化粧」所収　中央公論社　昭和五一年刊　二一三〜二二四頁。もともとの「美豆良考」発表は大正一二年、雑誌『風俗研究』（風俗研究会）三八号。

(8)　灌頂巻「大原御幸」「六道之沙汰」に非常に近似した説話を記している。末尾に「かの院の御あたりの事を記せる文に侍りき」とみえる。

(9)　『江馬務著作集』第二巻「服装の歴史」所収。昭和一一年星野書店より『服装の歴史』として刊行され、同二四年増補版刊行、『著作集』は、それに著者の意向による字句訂正・本文補訂を加えたもの。

(10)　「黄櫨染」についての記述は、同じく江馬務「『源氏物語』に現れた服飾の研究」（『江馬務著作集』第三巻「服飾の諸相」所収。もともとの発表は昭和二七年雑誌『国語研究』（国語文化研究所）一〇号）に、次のように見ることができる。

（嵯峨）天皇は弘仁十一年従前の天皇御衣たりし白色を改めて、唐の皇帝の着した黄櫨染の袍を採用されたのである。しかし祭儀には弘仁十年日本固有の帛衣と青摺を採用されたのである。

また、御橋悳言の『平家物語證注』には、「黄櫨染」と「麴塵」とを同じ色とする『飾抄』や『逍遙院装束抄』は間違いであると指摘している。これら（『飾抄』・『逍遙院装束抄』）に麴塵袍が褻の装束との記述が見えるようである。

(11) 建礼門院は助け上げられた後、

女房達「あなあさまし。あれは女院にてわたらせ給ぞ」と、声々口々に申されければ、判官に申て、いそぎ御所の御船へわたしたてまつる（覚一本）

と、安徳天皇と共にあった「御所の船」に戻っており、延慶本にはぬれた衣服を着替える記述の後、御所の船に遷る叙述がある。屋代本には濡れた衣服を着替えることのみで御所の船への移動はない。また、覚一本には「御移り香もいまだうせず」に続き、

西国よりはるぐと都までもたせ給ひたりければ、いかならん世までも御身をはなたじとこそおぼしめされけれども、御布施になりぬべき物のなきうへ、かつうは彼御菩提のためとて、泣く々とりいださせ給ひけり

と、なぜ直衣が手許にあるのかが理解できる文脈が用意されている。延慶本も位置は少し後ろにずれるがほぼ同文、屋代本は覚一本とほぼ同文同位置である。三本類似しているようにみえながら、覚一本が最も「直衣」に関しては筋道をたどりやすい記事配置になっている。

(12) 拙稿「女院に課せられしもの——灌頂巻六道譚考——」『国語国文』第六十三巻二号（拙著『軍記と室町物語』清文堂出版二〇〇一年　所収）

『源平盛衰記』巻第三二「阿育王即位」の再検討

浜畑圭吾

はじめに

『源平盛衰記』（以下『盛衰記』）は、巻第二二「大太郎烏帽子」に阿育王が天より宝冠を授かって即位したという一字下げの独自説話を載せている。石橋合戦に敗れた頼朝が、七人の味方と共に逃亡中、土地の商人「太郎」に烏帽子を用意させたところ、七人の烏帽子が右折であったのに、頼朝のものだけが源氏の左折であったということを、阿育王の奇瑞と同じだとし、頼朝興隆の予兆としている。『盛衰記』が石橋合戦の後に、頼朝の興隆を予測させるような独自の記事群を配していることについては、既に多くの先学が指摘しており、[1]「大太郎烏帽子」の阿育王即位説話についても、同様の意味づけがなされていると考えてよいであろう。

しかし『盛衰記』には巻第三二「阿育王即位」（以下当該説話）に、巻第二二よりもさらに詳細で、同じく一字下げの阿育王即位説話が載せられている。安徳天皇が都を落ちたあと、三宮（惟明親王）と四宮（尊成親王・後鳥羽天皇）が新帝候補として挙がり、四宮が兄を超えて即位した。平家物語諸本はこのあと、兄惟喬親王を超えて帝位についた惟仁親王の、いわゆる「位争い説話」を配して先例とするが、『盛衰記』はさらに当該説話を続けているのである。そして恵亮が清和天皇を即位に導いたように、天竺でも、弟の阿育王が兄を超えて天より宝冠を授かったとし、「王位」は「人力」の及ぶところではないと結んでいる。つまり『盛衰記』は、巻第二二では頼朝の興隆を保証し、巻第三三では後鳥羽天皇の正統性を主張するために、それぞれに阿育王即位説話を加えたということになる。

『盛衰記』には、仏典に由来すると思われる記事が多く見えるが、なかでも阿育王関連のものは一群を為している。延慶本が二例二章段、長門本が一例一章段であるのに対して『盛衰記』は、八例（うち章段名に一例）五章段である。『盛衰記』における阿育王関連説話の検討は、その生成基盤の一端を明らかにすることに繋がるだろう。

二つの阿育王即位説話に詳細な検討を加えているのは、管見の限り、渥美かをる氏[2]（以下、渥美論）のみである。渥美氏は、『盛衰記』の仏典に由来すると思われる説話を「天竺説話」とし、その傾向は天台系、編者を天台僧か法華経の護持者としている。

その中で、阿育王即位説話については、巻三三の方が詳細であるが基は同じであるとし、『阿育王経』や『阿育王伝』などの仏典類とは大きく離れており、大幅な改変が見られるとしている。渥美氏の見解はその後、部分的に修正されながらも、大筋では現在までも継承されている。

しかし仏典類との距離については、再検討の必要があり、また、惟喬惟仁位争い説話（以下位争い説話）のあとに当該説話が選ばれて配された理由についても、十分に考察が及んでいるとは言いがたい。本稿はそうした再検討を通して、『盛衰記』の生成基盤の一端を考えるものである。

一　仏典類との比較

(1)『盛衰記』と仏典類の構成

まずは『盛衰記』と仏典類との距離を確認しておきたい。当該説話の本文を便宜上、区分して挙げると次のようになる。

《①須子摩と阿須迦》

昔天竺摩訶陀国ニ、頻頭沙羅王ト云国王御座ケリ。是ハ阿闍世王ノ孫也キ。彼王ニアマタノ太子御座。其中ニ大郎ヲ須子摩ト云、二郎ヲ阿須迦ト云。二郎ハ形貟醜悪ニシテ鮫膚也。心操不敵ニシテ、狼藉ニ御座ケレバ、父ノ大王大ニ悪ンデ、御位マデノ事思寄給ハズ。太郎ハ形貟端厳ニシテ、御心、人間ノ類トモ覚ヘザリケレバ、大王、不レ斜寵愛シ給テ、御位ヲ譲給ハント覚シケリ。

《②徳刄尸羅国の反乱、須子摩の派遣》

爰ニ頻頭沙羅王、病ノ床ニ臥給タリケル折節、徳刄尸羅国ノ凶賊、王命ニ隨ハズト聞エケレバ、大郎太子須子摩ヲ大将軍トシテ、官兵ヲ相副テ、彼国へ指遣ス。

《③天の告、阿須迦即位、父王絶命》

大王、病及二獲麟一給テ、未嫡子須子摩帰上給ハズ。去共、年比ノ任二本意一、位ヲ譲ラントシ給ケルニ、帝釈、空ヨリ天降給テ、十善ノ宝冠ヲ、次郎阿須迦太子ニ授著給ケリ。父ノ頻頭沙羅王是ヲ見テ、大悪心ヲ起シ、血ヲ吐テ失給ニケリ。城護大臣ト云一ノ大臣ト阿須迦太子ト同心シテ、位ニ即給フ。

《④須子摩帰還、阿須迦を攻撃》

須子摩、凶賊ヲ平ゲ、国ヨリ還上給テ此事ヲ聞、兵ヲ集テ、阿須迦王ヲ誅セントシ給ケリ。城護大臣、又官兵ヲ集テ大内ノ門々ヲ固テ、禦戦ハント構タリ。須子摩、先陣ニ進テ、城護大臣ノ固タル門前ニ押寄タリ。

《⑤城護大臣の防衛》

大臣畏テ申テ云、「臣ハ是、国ノ輔佐、依二王命一故ニ守レ門計也。君又、即レ位給ハヾ、臣又、可レ随二其命一。必シモ臣ガ非二結構一。阿須迦王之固給ヘル正門ニ向テ、決二雌雄一給ベシ。臣ガ門ヲ破給ハン事、マサニ御本意ニアラジ」ト申ケレバ、「イフ処尤道理也」トテ、正門ニ向給フ。

《⑥須子摩の戦死》

城護大臣、又敵ヲ亡サント、謀ヲゾ廻タル。木ヲ以テ阿須迦王ノ像ヲ造リ、大象ニノセ奉テ、門前ニ進出テ、前後ニ兵ヲ集メ、陣ノ前ニ広ク深キ火ノ坑ヲ用意シテ、煙ヲ徐ヘ立テ、坑ノ上ニ沙ヲ蒔、平々タル庭上ニシツラヒテ、官兵サト引退バ、須子摩勝ニ乗テ、馳競ハン時、火坑ニ落シ入テ焼亡サント支度シタリ。須子摩、争カ可レ知ナレバ、数万ノ軍ヲ召具シテ、正門ニ向、時ヲ造テ阿須迦ヲ責ム。阿須迦、象ノ口ヲ引返シ、官兵ヲ相具シテ、門ノ内ヘゾ引退ク。須子摩乗レ勝攻入処ニ、数万ノ軍ト相共ニ、火坑ニ馳入テ、一時ガ程ニ焼死ニケリ。無慙ト云モ疎也。阿須迦王、終ニ四海ヲ治給フ。阿育大王ト申ハ、彼太子ノ事トカヤ。

《⑦王位について》

サレバ王位ハ輒ク不レ可レ及二人臣之計一。天地人ノ三門ニ通ジ、可レ依二神明仏陀之御恵一事ト覚タリ。天竺ノ阿育ハ、帝釈、冠ヲ授給、我朝ノ清和ハ、恵亮、砕レ脳給ケリ。彼ハ天神ノ助成、是ハ仏法ノ効験也。

阿育王の即位に関わるのは①から⑥までであり、⑦は先に配された位争い説話との連関を示す、話末評語とでも言うべき『盛衰記』の本文である。この①から⑥までを構成の面から比較するために、『阿育王経』巻一の該当する部分の構成を挙げると次のようになる。

A 阿育王前生譚（徳勝）
B 阿育の誕生①
C 人相見
D 阿育に国王の相
E 徳叉尸羅国謀反（阿育派遣）
F 修私摩禿頭の臣の頭を打つ
G 徳叉尸羅国再度謀反（修私摩派遣）②
H 修深摩を返し阿育を派遣するよう勅命
I 阿育の仮病
J 天の告、阿育即位、父王絶命③
K 修私摩帰還、阿育を攻撃④
L 成護大臣の防衛⑤
M 修私摩の戦死⑥

『盛衰記』本文と一致する部分を太ゴチックとし、該当する部分の番号を下に付した。同経の方が『盛衰記』よりも記事量は多いが、①から⑥という展開は一致している。人物の表記などに小異はあるものの、『阿育王伝』巻第一や『雑阿含経』巻第四九「阿育王因縁」も同様である。また、類書とでもいうべき『経律異相』においても、E→G→J→K→L→Mとなっており、その展開は一致しているのである。

（2）「阿育」と「阿須迦」

表現についても、検討すべき点がある。まず、阿育王の表記である。当該説話では例えば冒頭に、「其中ニ大郎ヲ須子摩ト云、二郎ヲ阿須迦ト云」として、阿育ではなく「阿須迦」とする。その後も「阿須迦太子」とし、即位後も「阿須迦王」とするのである。その数は「阿須迦」が三例、「阿須迦太子」が二例、「阿須迦王」が四例である。『盛衰記』の諸注釈は、この表記の違いについて特に問題にしていない。しかし、この相違を単なる表記の問題として処理すべきではない。それは、『阿育王伝』も「阿恕伽」と表記し、仏典類には「阿育」以外の表記も多く見えるからである。

仏典が訳される際に、様々な表記が生まれるのは珍しいことではない。漢訳のための辞書ともいうべき『翻訳名義集』は次のように記している。

　阿育。或阿輸迦。或阿輸柯。此云無憂王。

阿育は「阿輸迦」や「阿輸柯」とも表記されている。また、『翻梵語』にも、

　阿輸伽王〈亦云阿育王亦云阿輸迦　譯曰阿輸迦者無憂亦云木華〉

とあって、阿育は「阿輸伽王」ともされている。その他『一切経音義』などにも同様の記述が見え、仏典類では「阿育」以外のアショカ王の表記も多く見られるのである。(3) こうしたことを踏まえると、『盛衰記』の「阿須迦」「阿須迦太子」「阿須迦王」という表記もまた、仏典類との近さを示すものではないだろうか。そして『盛衰記』には「阿育」が二例、「阿育王」が一例、「阿育大王」が四例見えるが、「阿須迦」という表記が見えるのはこの、巻第三二の当該説話のみである。

つまり、『盛衰記』の取材源であった文献は「阿須迦」表記であり、『盛衰記』はそれをそのまま取りこんだのではないだろうか。他章段に「阿須迦」表記が現れず、当該説話のみがまとめて抱えていることも、そうしたことを裏付

けていると考えられる。そして本文⑥の最後に「阿育大王ト申ハ、彼太子ノ事トカヤ」とあるのは『盛衰記』編者の言であり、続けて本文⑦の中でも「阿育」を用いて当該説話を結んだのである。

同じ即位説話である巻第二二に「阿須迦」は一例もなく、阿育のみであるという点にも注意しておきたい。例えば巻第三二が「二郎ヲ阿須迦ト云」（傍線稿者、以下同）とするところを巻第二二は「次郎ヲバ阿育ト云」とし、同様に「十善ノ宝冠ヲ、次郎阿須迦太子ニ授著給ケリ」とあるところは「十善ノ宝冠ヲ阿育ニ著給ケレバ」となっているのである。

二つの即位説話の「基は同じである」という渥美論に異論は無いが、巻二二で利用する際には一般的な「阿育」に直した可能性が高い。

（3）「鮫膚」の源泉

次に、阿育王の形容である。『盛衰記』は「二郎ハ形皃醜悪ニシテ鮫膚也。心操不敵ニシテ、狼藉ニ御座ケレバ」とあり、そのため父王から疎まれていたとする。外見が醜く、鮫膚であり、心根も悪く乱暴であったとしているが、本節では皮膚が「鮫膚」であった表現している点に注目したい。巻第二二の即位説話では「皃醜悪ニシテ心根不調ニ御座ケレバ」と、ほぼ同様ながらも鮫膚の記述は無い。

仏典類における阿育王の形容を確認してみると、次のように記している。

　阿恕伽者晋言無憂復生一子名爲盡憂。阿恕伽身體麁澁父不愛念。

『阿育王伝』巻第一「本施土縁」であるが、「阿恕伽」すなわち阿育は「身體麁澁」、つまりは膚が粗く、ザラザラとしていたため、父王から愛されなかったというのである。また同書では阿育王自身、「我之少福身體麁澁」（巻第一「本施土縁」）と述べるところもある。これは『雑阿含経』巻第四十九にも「無憂者。身體麁澁。父王不大附捉。情所不念」とあって、やはり、阿育王の体は「麁澁」と表現されている。『大方廣總持寶光明經』や『賢愚経』などの経典だけでなく、『釈迦譜』や『經律異相』、『法苑珠林』といった類書でも同様に「麁澁」とされており、共通の人物設定と考えてよい。

この「麁澁」については、仏典にいくつか用例が見られる。例えば『倶舍論記』巻第五「分別根品第二之三」[4]は次のように記す。

若性貞潔、脚膝纖圓、皮膚細軟、歯白脣薄。必生善子。此相表善。若性不貞潔、脚膝笨大、皮膚麁澁、歯黒脣厚。生不善子。此相表非善。

「貞潔」「不貞潔」によって、その身体的特徴が異なり、それぞれ「善子」「不善子」が生ずるのである。貞潔の皮膚が「細軟」であるのに対して不貞潔の場合は「麁澁」とされている。また、『餓鬼報應経』[5]には、目蓮が耆闍崛山の水辺で餓鬼に出会った際、

一鬼問言、「我得此身、麁澁不淨、何罪所致」。答言、「汝爲人時、不尊有徳、輕賤善人、而以沙土擲坌沙門。今受花報果在地獄。」

として、餓鬼から自分の有様の所以を尋ねられているが、それは生前の不道徳、不信心の報いであると答えている。その餓鬼もまた「麁澁」であり、そしてそれは「不浄」なのである。すなわち「麁澁」の原因は、悪行にあり、単なる皮膚の表面の問題だけではないのである。当該説話において阿育王が、「形皃醜悪」だけでなく「心操不敵」であり「狼藉」であると描かれるのは、そうした心身の繫がり主張をする仏典世界を背景としているからであろう。

つまり、阿育王が「鮫膚」であったという『盛衰記』の表現の源は、仏典類が記す「麁澁」という表現であったと考えられる。仏典の多くが記す「麁澁」を、更に「鮫膚」という表現に言い換えたのだろう。

『盛衰記』より遡る「鮫膚」の用例は少なく、管見の限り三巻本『色葉字類抄』「人躰」に「鮐背《サメハタ》」と見える

のみである。[6] 前項の「阿須迦」同様、『盛衰記』が基にした文献にすでに「鮫膚」の表記があり、『盛衰記』はそれをそのまま引用したと考えられる。『盛衰記』中で「鮫膚」がこの一例であるということも、そうした推測を助けるものであろう。『盛衰記』の当該説話は構成だけでなく、表現の点でも仏典類に近い。当該説話のやや特異な表現は、そうした先行文献の姿をとどめていると考えている。

しかし、これまで当該説話については仏典類からは遠く、『盛衰記』編者の改作が甚だしい章段であるとされてきた。次にそうした研究史を概観しておきたい。

二　先行研究の検討

当該説話に関する先行研究は少なく、管見の限り前掲の渥美かをる氏の成果のみである。渥美論はその後、水原一氏考定の『新定源平盛衰記』や中世の文学『源平盛衰記』の注に影響を与えており、現在でもその見解は引き継がれていると考えてよいであろう。

しかし渥美論は、当該説話の類話について、「盛衰記に見える即位譚は目に触れなかったのである。従ってここでも盛衰記の仏譚の特異性が認められることになる」とし、仏典類以外には類話はないとしているのである。しかし、『榻鳴暁筆』[7] に類話が認められるなど、修正すべき点がいくつかあり、また仏典類との距離に関しても見解を異にしているので、以下、検討してみたい。

(1) 兄か弟か

渥美氏は、当該説話は大幅に改変されたものと考えている。その一例として、阿育王の兄弟順を挙げている。

すなわち、諸経は長男が阿育であって、叛国を攻めに出たのもこの阿育である。父王は長男を嫌い、どうかして次男須子摩に王冠を与えようとして、心中阿育の戦死を願っていたのである。だからこそ父王は病癒えると阿育の凱旋しない中に王位を次男須子摩に与えようと急いだのであった。そして須子摩は王位をつぐことに定まった。そこへ阿育が凱旋し、怒って須子摩を攻めるのである。盛衰記のように兄弟を逆にしてしまうと、温厚な長子須子摩が凱旋し、王位を取った剛勇の弟を手厳しく攻撃することになっておかしくなる。また阿育が凱旋しない中に父王が須子摩に王位を譲ろうとすることも不自然である。つまり日本では兄弟を逆にした。そして帝釈天が天降って弟の阿育に宝冠を与えるという趣向を創り出したのである。

氏は仏典類では阿育が長男であり、須子摩は次男であるとし、『盛衰記』の「大郎ヲ須子摩ト云、二郎ヲ阿須迦ト云」はそれを逆にしたものとしている。しかし『阿育王伝』には「阿恕伽兄名蘇深摩」とあり、「阿恕伽」すなわち阿育の兄が「蘇深摩」つまりは須子摩であるとなっている。また『阿育王経』にも「頻頭娑羅長子名修私摩」とあって、長男が須子摩であるという認識は変わらない。『経律異相』「阿育四分王始終造業一二」でも「大兄修私摩」とあって、長子である。また、前掲の類話である『榻鳴暁筆』第四「相論上　八　阿育王」にも「父ノ大土ハ長子修私摩ニ」とあり、阿育王関連の記述において、須子摩が兄、阿育が弟という認識は一貫しているのである。

この点は速やかに修正された。『盛衰記』の諸注を挙げると次の通りである。

①「須子摩＝父王の崩後、弟の阿育と争い殺された。」

（水原一考定『新定源平盛衰記』第三巻巻第二二「大太郎烏帽子の事」・一二〇頁脚注）

②「阿育王経に頻頭娑羅王の長子とする。父王の死後、弟の阿育に殺される。」

（美濃部重克・松尾葦江校注・中世の文学『源平盛衰記』（四）巻第二二「大太郎烏帽子」・一一五頁頭注一一「須子摩」）

③「頻頭沙羅王に一〇一子あり、その長子。」

（美濃部重克・榊原千鶴校注・中世の文学『源平盛衰記』（六）巻第三二「阿育王即位」・七一頁頭注一〇「須子摩」）

すなわち須子摩が兄、阿育が弟という点は、仏典類も『盛衰記』も一致しており、ここに『盛衰記』の改変は無い。そして傍線を付したように渥美氏は「帝釈天が天降って弟の阿育に宝冠を与えるという趣向を創り出したのである」と述べ、展開上の矛盾を解消するために『盛衰記』が帝釈天降臨の話を創り上げたとするが、これも、『阿育王経』巻第一には「作是言已諸天即以天冠著其頭上」とあって、阿育に天が宝冠を授けているのである。つまり、この設定も『盛衰記』独自のものではなく、すでに仏典類に見えるものなのである。

(2) 派遣の有無

渥美論では「叛国を攻めに出たのもこの阿育である」となっている。叛乱を起こした「徳刃尸羅国」の討伐に派遣されたのが『盛衰記』では須子摩とされていることについて、仏典類では阿育であると述べ、これも『盛衰記』の改変の結果であるとしている。この指摘は現在でも継承されており、『盛衰記』の諸注でも次のようになっている。

①いずれも（仏典類のこと、稿者注）本説話と異り、阿須迦が外征し、帰国して兄須子摩を殺して王位につくとする。
（水原一考定『新定源平盛衰記』第四巻巻第三二「阿育王即位の事」・一八一頁脚注・新人物往来社・一九九〇年）

②「太郎太子須子摩ヲ大将軍トシテ」訛伝。派遣されたのは阿須迦。
（美濃部重克・榊原千鶴校注・中世の文学『源平盛衰記』（六）巻第三二「阿育王即位」・七一頁頭注一三・三弥井書店・一九九四年）

しかし、仏典類によれば、反乱は二度あったとされる。たとえば『阿育王経』巻一で示すと、まず、

時頻頭娑羅王所領國名徳叉尸羅。欲爲反逆不從王化。頻頭娑羅王語阿育言。汝可集四種兵往至彼國。

として第一回の「徳叉尸羅」征伐には阿育が派遣され、これを鎮定している。ところが、

乃至令徳叉尸羅人民反此大王不復臣屬。頻頭娑羅王遣修私摩往征罰之。

として、再度反乱が発生し、次は兄の須子摩が派遣されているのである。これは諸仏典同様である。つまり仏典類では「徳叉尸羅国」の反乱は二度、そしてそれぞれ阿育と須子摩が派遣されているのである。

すなわち派遣者が阿育から須子摩へと変えられたのではない。『盛衰記』では、第二回の須子摩の派遣のみが採用され、初度の阿育派遣の記述は省略されているにすぎないのである。

(3) 籠城戦における大臣の計略

当該説話の後半、籠城する阿育と城護大臣を攻める須子摩の記述についても、渥美論では『盛衰記』の創作となっている。とりわけ、阿育の守る門へ須子摩を向かわせた城護大臣の計略については、「仏典に見ない所で、これは盛衰記の編者が源三位頼政の言（普通本巻一「御輿振」）を模しての創作であろう」となっている。しかしこれも『阿育王経』巻第一は次のように記す。

復令大臣成護領諸兵衆守城北門。時阿育王自領兵衆守城東門。大臣成護以諸方便於城東門作諸機關。刻木以爲阿育王身及諸軍衆。掘地作坑與無烟火以物覆之。復以燥土用置其上。時修私摩領諸兵衆欲攻北門。成護語言汝莫攻我當攻東門。汝若得殺阿育王者我自降伏。時修私摩便從其語。即迴軍衆往攻東門。

「大臣成護」が守備する城の北門を攻めようとした「修私摩」が、傍線を付したように、大臣の説得によって阿育の守る東門へ攻撃の対象を変更している。これは『阿育王伝』『雑阿含経』なども同様であり、類話である『榻鴫暁筆』にも、

北門ヲバ成護大臣、東門ヲバ阿育自ラ兵衆ヲ領シ堅玉フ、故ニ成護武略ヲモテ東門ニ機関刻木ヲ作リ、阿育及衆ノ甲兵ト共ニ地ヲ掘リ火坑ヲカマヘ、其上ニ土ヲ覆ヘリ。而ニ修私摩北ノ門ヲバ成護ガ堅メタンナレバ、先彼ヲ責亡ボサント彼処へ発向シ玉ヘバ、成護高楼ノ上ニ上リ、甲ヲ脱ギ偽申ケルハ、「臣全ク阿育ノ仰ニ隨ニ非ズ。

只天位ヲ尊ム許リ也。修私摩若位ニ即キ玉ハヾ、何ゾ君ヲ不レ奉仰ギ哉。故ニ臣ヲ攻玉ハンヨリ東門ヲ責、阿育ヲ滅シ玉へ。我正ニ降ラン」ト理ヲ立、申ケレバ、修私摩、尤トヤ思ハレケン、往テ東門ヲ責給ニ、

と見えるところであり、阿育と須子摩の合戦の山場として諸書に引かれてくるものなのである。

さらには、その後の城護大臣の「木ヲ以テ阿須迦王ノ像ヲ造リ、大象ニノセ奉テ、門前ニ進出テ」という、阿育の木像を象の上に乗せるという計略も、『阿育王経』には「刻木以爲阿育王身及諸軍衆」として、木像作製の記述が見える。『阿育王伝』に至っては「象上畫作阿恕伽像」として、象の上に阿育の象を置いたとする記述となっているのである。これも『雑阿含経』や『釈迦譜』『経律異相』にほぼ同様に見える。つまりはこの展開も、『盛衰記』の「創作」ではない。

中世の文学『源平盛衰記』（六）は七一頁の頭注一六で、「城護の謀計は『榻鴫暁筆』巻四の説話にも」としながらも、頭注一七では「攻城軍に対する門前での城護のあしらいは本書巻四・山門御輿振における源頼政のそれに一脈通じるところがある」として、やはり源頼政の、いわゆる御輿振の場面との類似を指摘している。渥美論の影響であろう。しかし『盛衰記』の記述はほぼ仏典類からの継承であり、「御輿振」との展開上の共通点については、仏典の城護大臣と頼政説話とで検討すべきであろう。

渥美氏の見解を、仏典類を再吟味することで見直してみた。氏は最終的に当該説話を次のように評している。

このように盛衰記の阿育王即位譚は、かなり手が加わっていることが注目され、この場合の加筆増補は、編者自身が自らの手で行ったのではあるまいか。

仏典類からは遠いとしているが、むしろ仏典類に近い構成と表現を残していると言えるのではないか。

ただし『盛衰記』が基にしたと思われる文献は、仏典そのものではなく、翻案のようなものであると考えられる。次にそうした点がうかがえる箇所を指摘、検討する。

三　『盛衰記』「阿育王即位説話」の依拠資料

（1）阿育王の系譜

当該説話は冒頭に阿育王の系譜を記している。

昔天竺摩訶陀国ニ、頻頭沙羅王ト云国王御座ケリ。是ハ阿闍世王ノ孫也キ。彼王ニアマタノ太子御座。其中ニ大郎ヲ須子摩ト云、二郎ヲ阿須迦ト云。

「阿須迦」すなわち阿育王の父は「頻頭沙羅王」といい、これは阿闍世王の孫であるとする。こうしたことについて先行注(8)は、

頻頭沙羅王の祖父とするのは誤り。大唐西域記でも同様の誤りがあり、阿育王を阿闍世王の父の頻婆娑羅王の曽孫とする。

とし、まずはその系譜を誤りとする。そして『大唐西域記(9)』にも同様の誤りがあるとするが、確かに同書も、

第一百年有阿輸迦〈唐言無憂舊曰阿育訛也〉王者。頻毘婆羅〈唐言影堅。舊曰頻婆娑訛也〉王之曾孫也。

としており、「頻毘婆羅王（ビンビサーラ王）」の曽孫とする。ビンビサーラ王は阿闍世王の父であるから、『大唐西域記』では、阿育王は阿闍世王の孫ということになる。しかしこれも、先行注では、

（前略）前注の如く無憂王は賓頭娑羅の子で、王朝の始祖旃陀掘多の孫であり、玄奘の記述は誤りである。（後略）

（水谷真成訳・中国古典文学大系『大唐西域記』・二四五頁後注二・平凡社・一九七一年）

として、事実とは異なるとされている。

確かに、阿育王は紀元前二六八年即位のマウリヤ朝の王であり、紀元前六〇〇年から五〇〇年の、シシュナーガ朝のビンビサーラ王やその子阿闍世王と、孫や曽孫の関係ではありえない(10)。山崎元一氏もその著『アショーカ王伝説の

研究[11]』で、

（前略）なお、玄奘はアショーカをビンビサーラ（頻毘娑羅）王の曽孫として、また、ラージャグリハからパータリプトラに遷都した王として伝えている（『大唐西域記』巻八、摩掲陀国上条）。しかし、曽孫・遷都いずれも史実ではない。アショーカの登位を仏滅後百年とみることに由来する誤解か、当時の北インドの伝承をそのまま記したものか、いずれかであろう。

と述べ、誤解、あるいは地域伝承にその源を求めている。

事実関係から、こうした記述を誤りと見る向きが多いといってよい。しかし、類話である『榻鴫暁筆』第四「相論上　八　阿育王」にも、阿育王は「頻婆娑羅王ノ曽孫、頻婆羅王ノ二子也」とあって、類似の文言は少なくないのである。こうした文献の記述を整理すると左のようになる。

『大唐西域記』…頻毘娑羅―○―○―阿育王
『源平盛衰記』…阿闍世王―○―頻頭沙羅王―阿育王
『榻鴫暁筆』…頻婆娑羅王―○―頻婆羅王―阿育王

本稿は『盛衰記』のこうした系譜の真偽のみを取りざたするのではなく、阿育王が阿闍世王の曽孫であるという言説が生み出されてきた背景について考えてみることにする。

（2）阿育王と阿闍世王のつながり

阿育王と阿闍世王とをつなぐ言説は、慧琳の『一切経音義』にも「阿輸迦〈此云無憂或言阿育者訛略也是阿闍世王孫〉」[12]と見えており、漢訳される時にはすでに発生していた。こうした言説の源を考える上で注目したいのは、次の願文である。

供二養同寺塔一願文　　江匡衡

弟子某帰命稽首、白レ仏言。木幡山浄妙寺者、松柏有レ心之地、仏法肇興之場也。（中略）昔幼日童子之戯、聚レ沙施レ石、今長年丞相之勤、瑩レ玉範レ金。阿育者阿闍世王之孫也、仮二神力一而責二鬼傭一、弟子者日本国王之舅也、浴二皇恩一而興二仏法一。愚丹所レ思、啓白如レ此。弟子某帰命稽首、敬白。

寛弘四年十二月二日　弟子左大臣正二位藤原朝臣道長敬白

『本朝文粋』巻第一三所収の「供二養同寺塔一願文」[13]である。寛弘二年（一〇〇五）一〇月に藤原道長は浄妙寺を建立、その際の願文を大江匡衡が草している。その二年後の寛弘四年（一〇〇七）一二月に同寺に塔を建立し、再び匡衡が記したのがこの願文である。二重傍線部では、『阿育王経』をはじめとする諸仏典の記す、阿育王の前生徳勝童子が釈迦に供物を捧げた功徳と、「丞相」すなわち道長の功績とを並べ、今回の塔建立を讃えている。そして「阿育者阿闍世王之孫也」と続き、「仮二神力一而責二鬼傭一」とあるのもまた諸経典の記す、阿育王が八万四千塔を鬼神に任せて世に弘めたことを示しているのである。今回の道長の造塔は、そうした阿育王の貢献に類比されるものであり、まさに「興二仏法一」す行いであると結んでいる。

これが造塔に関する願文であることから、阿育王の八万四千塔伝承が引かれていることは明らかだが、そこに阿育王が阿闍世王の孫として記述されてくる点に注目すべきだろう。「阿育者阿闍世王之孫也」が、道長は一条天皇の舅であるとする「弟子者日本国王之舅也」の対であることは疑いないが、そこに阿闍世王が付されてくる点が重要である。その背景を明らかにする手掛かりとして、次に引く『阿育王経』巻第一「生因縁第一」の記述に注目したい。

時王生心欲廣造佛塔。莊嚴四兵往阿闍世王所起塔處名頭樓那翻瓶至已令人壞塔取佛舍利。如是次第乃至七塔皆取舍利。

阿育王が仏塔を造ろうとしたとき、兵を派遣して「阿闍世王所起塔」を探し、そのなかから仏舎利を得たとする。

こうしたことは『雑阿含経』巻第二三にも、

時王欲建舎利塔、将四兵衆、至王舎城。取阿闍世王佛塔中舎利。還復修治此塔。

とあって、やはり「阿闍世王佛塔」が引かれてくるのである。これはその他の阿育王関連の諸経典でも同様で、『阿育王伝』巻第七「本施土縁」は「昔阿恕伽王欲取阿闍世王所舉舎利」とし、『釈迦譜』巻第五「阿育王造八萬四千塔記第三一」にも「王即尋覓阿闍世王舎利」とあって、やはり、阿育王はかつて阿闍世王が仏塔に納めた舎利を求めている。八万四千塔伝承では共通の認識と考えて良いだろう。

すなわち阿闍世王と阿育王を系譜で繋いでくるその背景には、阿育王の八万四千塔信仰の展開があり、二人は仏舎利と造塔を通じてつながっていったと考えるべきだろう。

阿育王関連の諸経典に記されるこうした繋がりは、『言泉集』五帖之三「龍宮塔」(14)にも、

諸經要集三云阿育王経云八國共ニ分チ舎利一ヲ阿闍世王分數得八萬四千一ヲ又別ニ得テ

とあって、『諸経要集』が納める阿育王経の情報として載せられている。また、五帖之三の「阿育王八萬四千塔」(15)でも、

諸經要集三云阿育王傳ニ云ク（中略）時ニ王欲シテ建テムト舎利塔一ヲ將ニテ四部兵衆一至ニル王舎城一取ニル阿闍世王ノ佛塔ノ中ニ舎利一

として、『阿育王伝』を引く形で記されており、その素地は十分に認知されていたと考えてよいだろう。

また『烏亡問答鈔』(16)には匡衡の願文が、

浄妙寺供養願文ニ云ク。

阿育者阿闍世王之孫也、仮神力而責鬼傭一ヅ。弟子者日本国主之舅、浴皇恩ニ而興仏法一ヲ。愚丹所思、啓白如此。某帰命稽首、敬白文。如此趣、不一准乎。

として引かれ、『言泉集』五帖之一(17)にも、

昔幻日童子之戯聚砂一絶石（マヽ）一ヲ今長年承相之勤瑩キテ玉一ヲ範ニル金一ヲ阿育者阿世王之孫也假テ神力一ヲ而責ニム鬼傭《ヨウ》一ヲ弟子日本國王

之舅也浴《ヲチ》テ皇恩ニ而興ス佛法ヲ浄妙寺塔供養願文　匡衡

として見えており、造塔願文として活用されていたことがわかる。「孫」や「曽孫」といった言説に対しては、事実か否かの検討よりも、こうした唱導世界との紐帯を取り押さえておくべきだろう。

阿育王関連の諸経典には、阿育王を阿闍世王の孫とするものはない(18)。それは八万四千塔信仰が展開する過程で発生した言説であった。『盛衰記』がそうした記述を載せているということは、すなわちその依拠したものが仏典そのものではなく、八万四千塔信仰の展開に影響を受けた文献であったということだろう。仏典に近い構成と記述であるが、その基は仏典の翻案のようなものと考えられる。

四　『盛衰記』の再編集

通行の平家物語では、兄三宮を超えた後鳥羽天皇の即位について、同じく兄惟喬親王を超えた惟仁親王の、いわゆる「位争い説話」が先例として挙がっている。『盛衰記』はさらに阿育王即位説話を続けているわけだが、その選ばれた理由について松尾葦江氏は、「王位決定が人の思量を超えたものであるという主張」とする。概ね首肯できるものである。中世の文学『源平盛衰記』（六）の頭注(19)が、

この説話が巻二二におけると同じく、この箇所に力点を置いてここに引かれていることは、その結びによって明らかである。

として、当該説話が頼朝の将来を約束する「大太郎烏帽子」の箇所で引かれていることについて、「この箇所」すなわち、帝釈天が冠を授けるという奇跡譚が力点であるとするのも同様の見解であろう。「その結びによって明らか」とは、平家物語の位争い説話が次のように結ぶことと関わる。

「天子ノ御位ハ人力ノ及所ニ非ズ。」（『盛衰記』）

「帝王ノ御位ト申事ハ、トカク凡夫ノ申サムニ不可依。」（延慶本）

「帝王の御位は、凡人の申さんには、よるへからす。」（長門本）

即位は天意によるものと強調するが、『盛衰記』はそれに続く当該説話にも、「王位ハ輒ク不ㇾ可ㇾ及二人臣之計一」と結ぶことで位争い説話との連関を示していることを指している。

『盛衰記』は当該説話を位争い説話に接続するにあたり、こうした作業を行っているのだが、さらに本文にも編集を加えている。こうした『盛衰記』の取り組みの実態把握は、従来必ずしも十分ではなかった。そこで、『盛衰記』再編集の痕跡を確認しておきたい。

注目すべきは当該説話における阿育の兄須子摩の扱いである。『盛衰記』は「大郎ヲ須子摩」としているが、さらに「嫡子須子摩」ともしているのである。巻第二二「大太郎烏帽子」においても「嫡子ヲバ須子摩ト云」となっているため、『盛衰記』は須子摩を兄としてだけでなく、跡を継ぐべき「嫡子」として認識しているということになる。類話である『榻鴫暁筆』第四「相論上　八　阿育王」は「長子修私摩」とするのみで、これに類する文言はない。しかし『盛衰記』は位争い説話にも同様の編集を施しているのである。

文徳天皇が兄惟喬と弟惟仁のどちらに帝位を譲るかという問題で、『盛衰記』は、

御嫡子ナレハ、維高親王トソ内々ハ被思召ケル。

として、嫡子であるからという理由で後継者に考えている。これはその他の諸本にはなく『盛衰記』の独自本文である。延慶本の文徳帝は特に意思を示してはいないが、長門本は、

「御門、此御子を、ことにいとおしくおほしめしけれは」

「御門、猶、惟高親王を、いとおしき御事に、おもひわつらはせ給ひて、」

として、「いとおし」と思っていたから位を譲りたいと考えている。また語り本では、屋代本に父帝の意思表示はな

く、百二十句本は、「かれもこれもいたはしくて、おぼしわづらはれけり」として、維高も維仁も「いたはしく」思っていたため、決めることができないとしている。覚一本も同様である。

位争い説話は曽我物語の冒頭にも見えるが、真名本には「第一の御子」「一宮」とあって、これは「長子」「太郎」と変わらず、兄であることを示している。太山寺本、流布本も同様であり、曽我物語諸本においても「嫡子」といった表現は見られない。

そして最後に『盛衰記』は「御嫡子ヲ越テ、次弟御位ニ即給ヘリ」として再度、惟仁が「嫡子」を超えたことを強調して結ぶのである。つまり位争い説話に当該説話を続けるにあたって、両説話の関連性を強調する文言を補って、再編集をしたということになる。

すなわち『盛衰記』の位争い説話と当該説話は、「嫡子を超えて弟が即位した説話」ということになり、単に兄を超えた物語よりもより「神明仏陀之御恵」(『盛衰記』)が強調されている。三宮惟明親王は嫡子ではないが、主眼はそうした天意を強調することにあったのだろう。清和天皇と阿育王の即位が困難であればあるほど、その即位した事実は、後鳥羽天皇の即位の正統性を保証することになるのである。

おわりに

巻三十二の「阿育王即位」を中心に考察したが、帝釈天による冠授与という天意と兄を超えた弟の先例として後鳥羽天皇即位に接続されたと考えられる。巻二二「大太郎烏帽子」については別稿で検討するが、いずれも、後鳥羽天皇と頼朝という、次代の政権担当者の誕生を言祝ぐ機能をも持たされているのである。

『盛衰記』が、仏典に取材したと思われる説話を多く載せていることは早くから指摘されていたが、その内実の検討については、残されているものが多い。『盛衰記』の成立過程を考える上で、こうした説話群の実態解明は、今後もなされるべきであろう。

註

（1）佐伯真一氏は『盛衰記』の頼朝挙兵話群における頼朝について、周囲の傅く様や「頼朝像のあいまいさ」から、「一種の抽象的な権威、すなわち「神」のごとき役割」として位置づけられているとし（「頼朝伝説―神と流人の間」・土橋寛監修『落人―貴種の末裔』・民間伝承集成5・一九八〇年）、そうした一連の挙兵話群を「頼朝への貢献と勧賞の物語」とし、「家の起源譚となる形式を整えている」とする（『軍記物語遡源』第四部第三章「源頼朝と軍記・説話・物語」・若草書房・一九九六年〔初出『説話論集』第二集・清文堂・一九九二年〕）。また、榊原千鶴氏が『盛衰記』の枠組みを捉えるために、頼朝の物語に注目しているのも同様の問題意識を共有しているからであろう（「『源平盛衰記』の頼朝」・『平家物語　創造と享受』・三弥井書店・一九九八年〔初出『日本文学』一九九三年六月〕）。小柳加奈氏も「頼朝の成長の物語」とするが（梶原正昭編『軍記文学の系譜と展開』所収・汲古書院・一九九八年）、それぞれの説話についての具体的な検討にまでは踏み込んでいない。そうした中で羽原彩氏の、頼朝に源義家が重ねられているという見解は、挙兵譚の性格の一端を明らかにしたものである（「『源平盛衰記』頼朝挙兵譚における義家叙述の機能―頼朝に連なる〈過去〉―」・『国文学研究』一四集・二〇〇三年）。

（2）渥美かをる氏「源平盛衰記における天竺説話と仏典」（『軍記物語と説話』・笠間書院・一九七九年〔初出愛知県立女子大学・愛知県立女子短期大学『紀要』一六・一九六五年、『説林』一四・一九六六年〕）

（3）『榻鴫暁筆』（中世の文学・三弥井書店・一九九二年）巻第二〇「異名」には一一「阿輪柯王」の項がある。そこには「彼阿育大王をば又阿輪柯王とも申奉る。阿輪柯樹の花にめで給ひし故也」とするが、「又育王を阿恕伽王とも無憂王とも申は異名にあらず、翻名の不同なり」ともしている。

（4）『大正新修大蔵経』四一巻・一〇五頁

（5）『大正新修大蔵経』一七巻・五六〇頁

（6）尊経閣蔵三巻本『色葉字類抄』巻下・三三五頁（勉誠社・一九八四年）

（7）『榻鴫暁筆』第四「相論上　八　阿育王」

(8) 中世の文学『源平盛衰記』(六)・七一頁頭注八「阿闍世王」(三弥井書店・二〇〇一年)。なお、『盛衰記』本文の引用は同書を使い、渥美かをる解説『慶長古活字版　源平盛衰記』四(勉誠社・一九七八)を適宜参照した。

(9) 『大唐西域記』(『大正新修大蔵経』史伝部五一巻・九一一頁)

(10) 「孫」には子孫という意味で解すべき場合もあるが、『盛衰記』においてはいわゆる「まご」でよい。たとえば、

讃岐守正盛孫、刑部卿忠盛嫡男也。(巻第一「平家繁昌」)

件ノ男ハ太政入道ノ孫、越前守資盛也ケリ。(巻第三「資盛乗会狼藉」)

として、その用例は「まご」を示しており、「子孫」を表す場合は、「子孫」としたり、

定朝七代ノ孫院賢法橋ガ、(巻第二「清盛息女」)

のように「〇〇代」の孫としている。

(11) 山崎元一『アショーカ王伝説の研究』「第一章第二節出生」後注(3)(春秋社・一九七九年・三八頁)

(12) 『大正新修大蔵経』五四巻・六〇三頁

(13) 新日本古典文学大系『本朝文粋』三五五頁〜三五六頁

(14) 貴重古典籍叢刊六『安居院唱導集』上巻・一七五頁〜一七六頁・角川書店・一九七二年

(15) 貴重古典籍叢刊六『安居院唱導集』上巻・一七六頁・角川書店・一九七二年

(16) 真福寺善本叢刊『鳥亡問答鈔』第四巻・四六四頁・臨川書店・二〇〇〇年

(17) 貴重古典籍叢刊六『安居院唱導集』上巻・一六八頁・角川書店・一九七二年

(18) 『阿育王伝』巻第一「本施土縁」には、次のようにある。

頻婆娑羅王子名阿闍世。阿闍世子名優陀那抜陀羅。優陀那抜陀羅子名文荼。文荼子名烏耳。烏耳子名莎破羅。莎破羅子名兜羅貴之。兜羅貴之子名莎呵蔓荼羅。莎呵蔓荼羅子名波斯匿。波斯匿子名難陀。難陀子名頻頭莎羅王。花氏城頻頭莎羅子名宿尸魔時。(中略)即爲作字名阿恕伽。

「頻婆娑羅王」と「阿闍世」からの系譜であるが、それが「頻頭莎羅王」、「阿恕伽」すなわち阿育王へとつながっている。しかし、これはは阿闍世王と阿育王を直接繫ぐものではない。

(19) 中世の文学『源平盛衰記』(六)・七一頁頭注一五「帝釈」

『参考源平盛衰記』浄書本の成立過程
——書陵部本・京大本・東大本・國學院本傍書の検討を通じて——

岡田　三津子

はじめに

『参考源平盛衰記』は、『大日本史』編纂事業の一環として水戸光圀の命を受けて編まれた『源平盛衰記』の注釈である[1]。元禄一五年（一七〇二）にいったんは完成した。しかし、その後も長期にわたって改訂作業が続けられ、浄書本が幕府に献上されたのは、光圀没後の享保一六年（一七三一）九月であった。国立公文書館蔵の写本五〇冊（請求番号１６７／４４）は、その浄書本にあたる[2]。

現存伝本は、次の二系統に分けることができる[3]（以下の論において言及する伝本については、その略称を公文書館A本のように示す）。

Ⅰ元禄本（詳本）の系統
・国立公文書館本（請求番号１６７／３９。取り合わせ本五〇冊のうち巻九～巻四十八）
・鹿児島大学付属図書館玉里文庫本
・史蹟集覧本

Ⅱ享保本（略本）の系統

1浄書本とその写し

・国立公文書館本（請求番号167／44、完本）公文書館A本

・国立公文書館本（請求番号167／39、取り合わせ本五〇冊のうち巻一～巻八）

・宮城県立図書館伊達文庫本（完本）

・無窮会平沼文庫本（四六冊／巻三十五補写／巻四十七四十八欠）

2浄書本完成に至るまでの中間形態をとどめると考えられる本

・宮内庁書陵部本（完本）書陵部本

・京都大学附属図書館本（一九冊／二巻一冊／巻九～巻十四・巻十七～巻四十八存）京大本

・東京大学総合図書館本（二六冊／巻十三～二十・巻二十五～三十八・巻四十一～四十四存）東大本

・津市津図書館有造館文庫本（完本）

・國學院大學図書館本（完本）國學院本

3浄書本をもとに独自の注を加えた本

・静嘉堂文庫本（完本）(4)

元禄本の系統では、『平家物語』諸本との徹底した対校を行っている。これに対して享保本の系統は、諸本との対校記事を大幅に省略し、人名・地名・年月日等の史実の考証に重点をおいた注釈姿勢を貫いている。(5)

本稿では、Ⅱの2に属する書陵部本・京大本・東大本・國學院本の四本を具体的な検討対象とする。(6)筆者はこれまで、この四本を浄書本成立に至る中間形態を留めるものと位置づけていた。しかし、調査の結果、東大本は書陵部本・京大本よりも下位に位置づけるべきであり、國學院本は、3の「浄書本をもとに独自の注を加えた本」に分類すべきであると、考えるに至った。本稿では、この四本に存する特徴的な傍書の検討を通じて、浄書本（公文書館A

本）の成立過程の一端を明らかにしたい。

一　傍書検討の意義

公文書館Ａ本（浄書本）は、全巻を通じて本文訂正の痕跡も、欄外への書き入れも全くない。これは、浄書本作成に際して特段の注意が払われた結果である。これに対して書陵部本・京大本・東大本・國學院本には、異本や本文に対する疑義など、種々の注記が傍書として記されている。書陵部本は、この四本のうちで最も傍書が少ないことから、浄書本に近い位置にあると考えられる。しかも傍書が存する場合には、この四本間でほとんど異同がないという特徴がある。このことから、この四本が書承の関係にあることが推測できる。参考本の傍書を表Ｉとして示す。

表Ｉで用いた略称および記号の意味を以下に説明する。ゴシック体の「欠巻」は当該巻が欠巻であるという意である。「古」は、古本本文に関する書き入れの有無を示す。ここに言う古本とは、慶長古活字本をはじめとする古本系盛衰記（以下、「源平盛衰記」を「盛衰記」と略称する）本文を指していると考えてよい(7)。「古」の欄の「○」は、古本に関わる書き入れがあることを示す。古本という注記がなくても、筆者の検討の結果それが古本系盛衰記の本文に相当する場合も含んでいる。古本のフリガナだけを書き入れた場合にも○としている。全巻の傾向をつかむために、当該巻の書き入れが一カ所だけの場合も、何カ所にもおよぶ場合も○とした。また「―」は、古本の書き入れがないことを表す。次に「注」は、注釈に関連する書き入れの有無を示す。書き入れがある場合にのみ、◎を付した。この欄を空白にしている場合は、注に関する書き入れがないことを表している。「書入ナシ」は、古本に関する書き入れも、注釈に関する書き入れもないことを示している。次に、書陵部本の欄の記号「↓■」は京大本・東大本・國學院本の傍書が、書陵部本では割注であることを表す。一方、「↓▲」は、京大本・東大本・國學院本において注釈の位置を移動させる注記があり、書陵部本の注釈がその注記に対応する位置にあることを示す。

表I　國學院本・京大本・書陵部本・東大本書き入れ（傍書）一覧

巻	國學院本 古	國學院本 注	京大本 古	京大本 注	東大本 古	東大本 注	書陵部本 古	書陵部本 注
一	○		欠巻		欠巻		書入ナシ	
二	○		欠巻		欠巻		書入ナシ	
三	○		欠巻		欠巻		貼紙	
四	書入ナシ		欠巻		欠巻		○	
五	○		欠巻		欠巻		書入ナシ	
六	書入ナシ		欠巻		欠巻		○	
七	○		欠巻		欠巻		書入ナシ	
八	○	貼紙	欠巻		欠巻		書入ナシ	
九	○	◎	○	◎	欠巻		↓■	貼紙
一〇	○		書入ナシ		欠巻		貼紙	
一一	○	◎	｜	◎	欠巻		↓■	※
一二	○		書入ナシ		欠巻		書入ナシ	
一三	○		書入ナシ		書入ナシ		書入ナシ	
一四	｜	◎	｜	◎	｜	◎	↓■	
一五	○		欠巻		書入ナシ		書入ナシ	
一六	○		欠巻		｜	◎	↓▲	
一七	○	◎	書入ナシ		書入ナシ		書入ナシ	
二五	○		書入ナシ		書入ナシ		書入ナシ	
二六	○		書入ナシ		書入ナシ		貼紙	
二七	○		○		書入ナシ		書入ナシ	
二八	○		○		書入ナシ		書入ナシ	
二九	○		○		○		書入ナシ	
三〇	○		○		○		書入ナシ	
三一	○		○		○		貼紙	
三二	書入ナシ		書入ナシ		書入ナシ		書入ナシ	
三三	○		○		○		貼紙	
三四	○		○		○		書入ナシ	
三五	○		○		書入ナシ		書入ナシ	
三六	○		○		○		書入ナシ	
三七	○		○		○		書入ナシ	
三八	○		○		○		書入ナシ	
三九	○		○		欠巻		○	
四〇	｜	◎	｜	◎	欠巻		↓▲	
四一	○		○		○		○	

以下の論においては、三つの観点から考察する。第一に、京大本の傍書（書き入れ）が、書陵部本および浄書本で割注として定着する過程を明らかにする。具体的には、①異朝故事の削除、②本文に対する疑義である。第二に、京大本の傍書が書陵部本および浄書本の注に反映している場合を取りあげる。具体的には③注の移動の指示、④引用書目の変更である。その過程で、京大本・東大本・國學院本相互の関係も明らかにする。第三に、参考本に古本として書き入れられた本文が、古本系『源平盛衰記』のうちB系写本に属する本文と一致する場合が多いことを指摘する。それを通じて、浄書

一八	○　◎	書入ナシ	書入ナシ	書入ナシ
一九	○	○	書入ナシ	書入ナシ
二〇	―　◎	―　◎	―　◎	書入ナシ
二一	書入ナシ	書入ナシ	欠巻	書入ナシ
二二	○	書入ナシ	欠巻	貼紙
二三	書入ナシ	○	欠巻	書入ナシ
二四	○	書入ナシ	欠巻	貼紙
四二	○	○	○	書入ナシ
四三	書入ナシ	―　◎	書入ナシ	―　◎
四四	書入ナシ	書入ナシ	書入ナシ	書入ナシ
四五	○	書入ナシ	欠巻	書入ナシ
四六	○	書入ナシ	欠巻	書入ナシ
四七	○	書入ナシ	欠巻	書入ナシ
四八	○	○	欠巻	○

本の編纂姿勢についても言及したい。

二　傍書の検討①――巻九における異朝故事の削除――

参考本（以下、「参考源平盛衰記」を「参考本」と略称する）は、盛衰記を史書と見なして注を付けることを主眼としたため、一字下げ記事を中心として多くの異朝故事を省略している。その際、「清盛捕化鳥幷一族官位昇進付禿童事〈除王莽事〉（巻第一）（〈　〉は割注であることを示す。以下、同様）のごとく、目録下部の割注によって省略した記事を注記している。また、本文中の削除箇所にも、同じ割注を記している。

これに対して巻九では、章段目録に記事削除の注記がないにも関わらず、異朝記事を削除する場合がある。以下に具体例を四例示す（以下の論では、特に断らない限り、用例として元和寛永古活字本盛衰記の本文を最初に掲げ、後に参考本伝本間の異同を示す）。

【用例1】末代ノ俗ニ至テハ三国ノ仏法モ次第ニ衰微セルトカヤ。「遠ク天竺ニ仏跡ヲ訪ヘハ、貞観三年ノ秋、仏法興隆ノ為ニ、玄奘三蔵、流沙葱嶺ヲ凌テ仏生国ヘ渡リ、春秋寒暑一十七年ヲ経廻リケルニ、耳目見聞、三百六十箇国。彼国ノ中ニ大乗ノ弘マレル十五箇国ニハ過サリケリ。（中略）震旦ノ仏法モ同ク滅ヒニキ。天台山・五台川・双林寺・玉泉寺モ、近比ハ住侶ナキ様ニナリ果テ、大小乗ノ法文ハ箱ノ底ニソ朽ニケル」我朝ノ仏法モ亦同シ。（巻第九「山門堂塔事」）

京大本・國學院本　傍線部に「除異邦仏法衰弊故事」と傍書し、「　　」を墨書して削除すべき部分を指示している。

書陵部本・公文書館Ａ本　以末代ノ俗ニ至テハ三国ノ仏法モ次第ニ衰微セルトカヤ〈除異邦仏法衰弊故事〉我朝ノ仏法モ亦同シ。

【用例2】後生必堕三悪道ト見エタリ「サレハ漢朝ニ霊験無双ノ社アリ、人是ヲ崇メ牛羊ノ肉ヲ以テ祭ケリ、其神体ヲ尋レハ古釜ニテ有カルトカヤ。一人ノ禅師来テ釜ヲ扣テ云、神何ノ処ヨリ来レルソ、霊何ノ処ニカ有ト云テ、サナカラ打砕テ捨ケリ。（中略）吾聴聞シテ忽ニ業苦ヲ離レテ、天ニ生スル事ヲ得タリ、其恩報シ難シト云テ、忽然トシテ失ニケリ」サレハ我等カ身ニハ、今生ノ事更ニ思ヘカラス（巻第九「康頼熊野詣付祝言事」）

京大本・國學院本　傍線部に「除破竈堕禅師事」と傍書し、「　」を墨書して削除すべき部分を指示している。

書陵部本・公文書館Ａ本　後生必堕三悪道ト見エタリ〈除破竈堕禅師事〉サレハ我等カ身ニハ今生ノ事更ニ思ヘカラス

【用例3】虫ト共ニ泣明シケリ。「昔天竺ニ早利即利ト云シ者継母ニ悪レテ海岸山ニ捨ラレツ、遙ノ島ニ二人居テ泣悲ケン有様モ角ヤトソ覚ユル。彼ハ兄弟二人也、猶慰事モ有ケン、是ハ俊覚一人也、サコソハ悲ク思ケメ。」サテモ庵ニ帰リタレ共、友ナキ宿ヲ守テ事問者モ無レハ、（巻第九「康頼熊野詣付祝言事」）

京大本・國學院本　傍線部に「除早利即利故事」と傍書し、「　」を墨書して削除すべき部分を指示している。

書陵部本・公文書館Ａ本　虫ト共ニ泣明シケリ〈除早利即利故事〉サテモ庵ニ帰リタレ共、友ナキ宿ヲ守テ事

問者モ無レハ、

用例1は、天竺・震旦における仏法衰微の先例を述べた箇所である。用例2は、熊野参詣を勧める康頼に対して、俊寛が漢故事を用いて反論する場面にあたる。用例3は、鬼海が島に取り残された俊寛を「早利即利」に例える記事である。いずれの場合も書陵部本では、京大本・國學院本が「　」で括った記事を削除している。さらに、削除した箇所に京大本・國學院本の傍書〈除異邦仏法衰弊故事〉〈除破竈堕禅師事〉〈除早利即利故事〉を割注として補っている。公文書館A本が、書陵部本と一致しているのは、書陵部本を受け継いだ結果であろう。

これに対して、次の用例4では削除した記事に伝本間で異同がある。

【用例4】彼如来ト申スハ「昔天竺ノ毗舎離国ニ五種ニ悪病発リテ人民多亡キ。毗舎離城ノ月蓋長者ト云フ者アリ。最愛ノ女子如是ト云者、病ノ床ニ臥シテ憑ナク見エケレハ、恩愛ノ慈悲ニ催サレ、釈尊説法ノ砌ニ参リテ歎キ申シケルハ、如来ハ大悲ヲ法界ニ覆ヒテ、衆生ヲ一子ト孚給ヘリ。（中略）。長者仏勅ヲ蒙リ、家ニ帰て遙ニ西ニ向ヒ、香花を備へ十念ヲ唱へ祈リ申シカハ」[a]弥陀如来・観音・勢至、西方ノ虚空ヨリ飛来リ、一光三尊ノ御体、一搩手半ノ御長ニテ、長者ノ門閾ニ現シ給タリケルヲ、閻浮檀金ヲ以テ鋳移シ奉ル、閻浮提第一ノ仏像也、如来滅度ノ後、天竺ニ留リ給フ事五百歳、仏法東漸ノ理ニテ、百済国ニ渡リオハシマシテ一千年ノ其後、[b]欽明天皇ノ御宇ニ、浪ニ浮ヒ本朝ニ来リ給ヒタリシヲ、推古天皇ノ御宇ニ、信濃国水内郡住人本田善光ト云者、遙ニ負下奉テ、我家ヲ堂トシ我名ヲ寺号ニ付ツ、安置シ奉リテヨリ以降、日本最初ノ仏像本如来ト仰テ、貴賤頭ヲ低レ、道俗掌ヲ合ツヽ、既ニ六百歳ニ及ヘリ。（巻第九「善光寺炎上事」）

京大本・國學院本　傍線部に「除月蓋長者故事」と傍書し、「　」を墨書して削除すべき部分を指示している。

書陵部本　彼如来ト申スハ〈除月蓋長者故事〉[a]弥陀如来・観音・勢至、西方ノ虚空ヨリ飛来リ、一光三尊ノ御体、（後略）

公文書館A本　彼如来ト申スハ〈除月蓋長者故事〉欽明天皇ノ御宇ニ（後略）

☆東大本欠巻

用例4においても、書陵部本は京大本・國學院本の傍書を受け継いで月蓋長者の故事を波線aの直前まで削除し、割注として示している。これに対して公文書館A本では、削除箇所を書陵部本よりも長くしている。善光寺如来由来譚としての天竺記事は「閻浮提第一ノ仏像也」まで続いており、京大本・國學院本・書陵部本の指示では、月蓋長者故事の途中で切れてしまう。さらに天竺・震旦の例を略すという立場からは、公文書館A本のように省略すべきであろう。現存伝本の範囲だけで考えるならば、公文書館A本（浄書本）の段階で最後の調整を行ったものと位置づけられよう。その一方で、この例は京大本と國學院本とが近い関係にあることも示している。

かつて筆者は、参考本の写本書誌調査報告を行った際に以上の四例を「本来は削除する方針であったはずの漢故事を誤って書写した場合」と扱っていた[8]。しかし、これは浄書本成立の一過程を示す例として位置づけるべきであろう。用例1から4は、すべて一字下げ記事ではない点に特徴がある。そのために異朝故事であるにもかかわらず削除しそびれたままになっていたのではないだろうか。参考本編集の最終段階で、削除したものと考えられる。

三　傍書の検討②――本文に対する疑義――

次に、京大本・東大本・國學院本において本文への疑義を呈した傍書が、書陵部本で割注となる二例を取り上げる。

【用例5】同御宇ニ、忠貞宰相闕国有シカハ、宰相大ニ歎ツヽ、都ヲ出テ片邊ニ引籠タリケレハ、帝遠山ノ籠居最不便也トテ、御衣ヲ脱テ送給タリケレハ、忠貞卿老眼ニ紅ノ涙ヲ流シテ、持佛堂ニ有ナカラ、発願持経ヨリ先ニ、先王宮ニ向テ三度マテ君ヲ拝シケルトナリ（巻第十一「静憲入道問答事」）

京大本・東大本・國學院本　傍線部に「此下文意不通疑脱文」と傍書。

書陵部本・公文書館Ａ本　忠貞宰相闕国有シカハ、〈此下文意不通疑脱文〉宰相大ニ歎ツヽ、都ヲ出テ片邊ニ引
　籠タリケレハ（以下略）

用例5は、明王が臣下の嘆きを憐れんだ本朝故事の最後にあたるが、忠貞の嘆きの原因となった出来事に関する記事がない。現存盛衰記伝本には、当該箇所に異同はなく、早い時点で脱文が生じたものと考えられる。「此下文意不通疑脱文（これ以下は文意が通じないので脱文を疑うべきである）」のような指摘は、参考本注釈の一つの姿勢を示すものであり、参考本の他の箇所にも散見される。この場合も京大本・國學院・東大本の傍書を、書陵部本では割注としている。用例1から4の場合と同様、公文書館本は書陵部本を受け継いだと考えてよい。

次に示す用例6は、書陵部本の段階でより正しい注が施された例である。

【用例6】又貴寺八宗教法、相竝学之、豈不憶彼寺之破滅乎、而花洛之間有一臣猜、平治元年以来、押領於四海八
　埏、如奴婢、進退於百司六宮、任我意（巻第十四「興福寺返諜事」）

京大本・東大本・國學院本　傍線部に「疑臣猾之誤」と傍書

書陵部本・公文書館Ａ本　而花洛之間有一臣猜〈疑巨猾之誤〉平治元年以来、押領於四海八埏、如奴婢、進退
　於百司六宮、（巻第十四「興福寺返諜事」）

巻十四において興福寺から南都十五大寺に送られた牒状の冒頭に近い部分にあたる。三弥井書店の『源平盛衰記』は「しかるに花洛の間、一臣の猜みあり」と訓読している。この傍線部に対して、京大本・東大本・國學院本では「臣猾の誤りか」と疑義を呈する傍書を記している。書陵部本・公文書館Ａ本では、その傍書を割注としながら、「臣猾」を「巨猾」と訂正している。管見では、臣猾という漢語の用例は確認できない。一方、「巨猾」は「非常にずるがしこいこと、またはその者、悪党」（日本国語大事典）の意で、以下に示すように『神皇正統記』に例がある。

【用例7】平氏末タ西海ニアリシ程源ノ義仲ト云者マツ入京ス。兵威ヲモテ世中ノ事ヲ押ヘ行ヒケリ。（中略）上皇

御イキドヲリノユヘニヤ、近臣ノナカニ軍ヲオコシ対治セントセシニ事不成シテ中々アサマシキ事ナンドモイデキニシ。東国ノ頼朝、弟範頼・義経等をサシノボセシカバ、義仲ハヤガテ滅ビヌ。サテソレヨリ西国ヘムカヒテ、平氏ヲバタイラゲシナリ。天命キハマリヌレバ、巨猾モホロビヤスシ。人民ノヤスカラヌコトハトキノ災難ナレバ、神モ力ヲヨバセ給ハヌニヤ。（岩波日本古典文学大系『神皇正統記』後鳥羽）

天理図書館蔵享禄二年写本―巨猾《キヨクハツ》（天理図書館蔵青蓮院本寛永初期写本も同訓）

用例7の巨猾は、木曽義仲および平氏を指している。三保忠夫氏は「古代中国の文献を出自とするが、院政期前後に十分な用例の得られない」十九語の一つに「巨猾」を挙げ、「本邦には次のような例があるが（引用者注―右の神皇正統記に加えて『懐風藻』の例を挙げている）、古記録・古文書類における用例は未だ得ていない」と述べている。(9) 用例6の盛衰記本文も、書陵部本と公文書館A本の指摘のとおり「巨猾」と校訂すべきである。書陵部本と公文書館A本の「臣猾」は「巨猾」の誤りではないかという注は、的を射たものとして評価できるだろう。現在の盛衰記注釈書には受け継がれていないが、「花洛に一巨猾有り」の「巨猾」は清盛その人を指す激烈な批判となる。(10)

用例6はまた、参考本伝本相互の関係を示すものでもある。「臣猾」という誤った本文を共有していることから、京大本・東大本・國學院本が近いことがわかる。

次に、この三本のうち、東大本が下位に位置することを示す例を挙げる。

【用例8】加藤次ハ、角テハ勝負急度アラシト思ヒテ態ト請其隙ヲ伺テ吾太刀ヲハ投捨テツト寄リ、鎧草摺引寄テ、得タリヤオウトソ組タリケル。（巻第二十「八牧夜討事」）

公文書館A本 書陵部本　態ト請其隙ヲ伺テ吾太刀ヲ投捨テ

京大本　態ト請〇其隙ヲ伺テ吾太刀ヲ投捨テ　「請」と「其」の間に〇を補入し、その横に「脱文」と傍書

國學院本　態ト請〇其隙ヲ伺テ吾太刀ヲ投捨テ　〇の横に「脱文」と傍書

東大本　熊ト請脱文其隙ヲ伺テ吾太刀ヲ投捨テ　　傍書の本行化

書陵部本・公文書館A本には、脱文の注記がない。次に京大本・國學院本では傍書であった「脱文」が東大本で本行化していることに着目する。東大本がこの二本より下位にあることの証左となる。

またこの例では、当該箇所に脱文があることを指摘するだけで、補うべき本文についての言及はない。当該箇所は、古本系盛衰記伝本間で以下のような異同がある。

慶長古活字本――熊ト請●其隙ヲ伺テ吾太刀ヲ投捨テ（●は傍線部を欠くことを示す）

成簣堂本――熊ト請太刀ニナリツ、二打三打ウタセテ太刀ヲ高モチアケタリケル其隙ヲ

蓬左本――熊ト請太刀になりつ、二打三打うたせて太刀を高く持上たりける其隙を

早大書入本――熊ト請太刀ニナリツ、二打三打ウタセテ太刀ヲ高モチアケタリケル其隙ヲ

脱文の指摘は、蓬左本・早大書入本のような盛衰記本文を参看した結果であろう。[11] この点については第七節で改めて言及する。

四　傍書の検討③――注の移動――

本節では、京大本の傍書にしたがって割注の位置が動いた例について検討する。以下の例では、参考本の本文を示し、伝本による異同を掲出する。

【用例9】京大本　石童丸モ八歳ヨリツキ奉リ跡懐ヨリ生立テ今年八十一年〇[a]〈如白本云二十歳罷成、八坂伊藤南都東寺本十一作十二、按下文本書諸本共石童丸年十八據之則本書所記為得〉ニソ成ケル、〇[b]志深ク（巻四十「維盛出家事」）

京大本　傍線部aに「此注ヲ」と傍書、傍線部bに「ココへ」と傍書。

國學院本　傍線部a「此注ヲ」の傍書がなく、傍線部b「ココへ」の指示のみ。

書陵部本・公文書館A本　石童丸モ八歳ヨリツキ奉リ跡懐ヨリ生立テ今年ハ十一年ニソ成ケル〈如白本云二十歳罷成、八坂伊藤南都東寺本十一作十二、按下文本書諸本共石童丸年十八據之則本書所記為得〉志深ク

☆東大本欠巻。

京大本では、石童丸の年齢に関する割注の位置を移動すべき指示を書き入れている。書陵部本・公文書館A本では、京大本で指示した位置に注釈を移動している。これに対して國學院本には、「コノ注ヲ」の指示がなく「ココへ」だけがある。どこかの段階で「コノ注ヲ」の注記を落としてしまったのであろう。用例9は、國學院本が京大本よりも下位に位置することを示す例として重要である。

【用例10】東大本　嘉永二年十九日、御年五歳ニテ位ニ即セ給ケレハ、御母代トテ内裏ニ渡ラセ給ケルニ、其御方ニ永久元年十月○[a]〈拠百錬抄蓋十字下脱二字〉ノ比△[b]落書アリ。（巻第十六「仁寛流罪事」）

東大本　傍線部aに「コレヲ」と傍書、傍線部bに「ココへ」と傍書。

國學院本　嘉永二年十九日、御年五歳ニテ位ニ即セ給ケレハ、御母代トテ内裏ニ渡ラセ給ケルニ、其御方ニ永久元年十月〈拠百錬抄蓋十字下二字作十二月〉ノ比落書アリ。

書陵部本・公文書館A本　嘉永二年十九日、御年五歳ニテ位ニ即セ給ケレハ、御母代トテ内裏ニ渡ラセ給ケルニ、其御方ニ永久元年十月ノ比〈拠百錬抄蓋十字下脱二字〉落書アリ。

☆京大本欠巻

「十月」という本文を『百錬抄』に基づいて「十二月」に訂正すべきだという注の位置に関する指示である。京大本は欠巻であるが、京大本にも東大本と同じ傍書が記されていた可能性が高い。用例9と同様、書陵部本・公文書館A本は、その指示に基づいて注を移動している。一方、國學院本には、傍書はなく注の内容も異なっている。國學院

本には、他の箇所においても独自の注を付ける場合があり（後述）、浄書本編纂過程の本として位置づけることはできないと考える。

五　傍書の検討④——引用書目の変更——

参考本は、浄書本編集の過程で注釈に用いる書目を入れかえている。[12] しかし、以下に示す例では、注釈本文が同一であるにもかかわらず、その出典（引用書目）を訂正している。

【用例11】巻四十三「住吉明神」注

住吉旧記云、其荒魂在筑紫小戸、和魂者神功皇后征三韓、託皇后体循行四方遂到喃州之地宣言曰真住吉真住吉国也、因鎮座其地名曰住吉云々

史蹟集覧本　傍点部「住吉旧記」

京大本・書陵部本　傍点部「住吉旧記」をミセケチにし、「神書抄」と書名を訂正する傍書を記す。

東大本・國學院本　傍点部「神書抄」

公文書館A本　傍点部「神書抄」

京大本・書陵部本では、「住吉旧記」をミセケチにし、「神書抄」と書名を訂正している。公文書館A本では、同文の注記を載せながら、引用書目を「神書抄」とする。公文書館A本（浄書本）は、京大本・書陵部本の訂正を反映して「住吉旧記」を削除し、「神書抄」と訂正したものと考えられる。書名の変更は、以下に示す参考本巻頭の引用書目一覧とも対応している。

参考本巻頭　引用書目

史蹟集覧本　住吉旧記—アリ　神書抄—ナシ

公文書館A本　住吉旧記―ナシ　神書抄―アリ

『住吉旧記』も『神書抄』も現存せず、その詳細は未詳である。しかし、これは京大本・書陵部本が、浄書本完成に至るまでの中間形態をとどめる例として捉えることができる。東大本・國學院本が、いずれも傍書なしで「神書抄」としていることは、この二伝本が京大本・書陵部本よりも下位に位置することの傍証となる。

用例1から用例11までの検討の結果、東大本と國學院本は公文書館A本（浄書本）成立に至る中間過程に位置する伝本ではないことが判明した。傍書の脱落や本行化は、不用意な書写の結果である。東大本は、中間形態をとどめてはいるが、先にあげた例のとおり、京大本あるいはそれに近い参考本を書写したものと位置づけるべきであろう。

先に示した表Iを改めて検討する。京大本の書き入れは、おおむね東大本に受け継がれている。京大本に書き入れがあるにも関わらず東大本に書き入れがない巻がある（巻十九・二十七・二十八・三十五）が、その逆の場合はない。また双方に書き入れがある巻でも、京大本の書き入れが東大本にないことも多く、その逆はない。東大本は複数の書写者による寄合書である。書写者の相違が、傍書を書き入れるか否かと関連している可能性がある。これに対して、國學院本には、京大本の書き入れと一致する場合と、独自の書き入れがある場合とが混在する。京大本より下位の伝本であることは確実だが、東大本とは別の位置づけをすべきであろう。

次節では國學院本の書き入れについて検討し、京大本との関係を考察する。

六　國學院本の書き入れ

國學院本が独自の本文訂正を行った例を以下に挙げる。

【用例12】平家ト木曽ト一ニ成テ大ナル騒ト成ナハ頼朝モ討上ラン〇其時ノ料ニト思テ誰々ニモ給サリキ。（巻第三十四）

京大本・東大本　傍線部に「時ハ馬カクテモイカ、ハセン」を補入すべき指示
書陵部本・公文書館A本　頼朝モ討上ラン其時ノ料ニト思テ
國學院本　平家ト木曽ト一ニ成テ大ナル騒ト成ナハ頼朝モ討上ラン時ハ馬カクテモイカ、ハセン其時ノ料ニト
　思テ誰々ニモ給サリキ。

京大本と東大本の注記は、以下に示すように古本系盛衰記の本文と関連する。

慶長古活字本―頼朝モ討上ラン時ハ馬ナクテモイカ、ハセン其時ノ料ニト思テ（成簣堂本も同文）
蓬左本―――頼朝も打のほらん時は馬なくてもいかゝはせんその時の料にと思て
早大書入本―書き入れナシ
元和寛永古活字本―頼朝モ討上ラン●其時ノ料ニト思テ（●は傍線部を欠くことを示す）

京大本では「ナクテモ」とすべき所を「カクテモ」と誤ったのであろう。東大本は京大本の誤りを受け継いでいる。國學院本は、京大本の指示に従って賢しらに本文を補ったものと考えられる。このような例は他にも指摘できる。

次に、國學院本の独自の書き入れが、今は喪われた盛衰記の傍書と一致する例を示す。

【用例13】難波次郎が許ヘモ、ヨク〳〵仕ヘ申ヘシ、愚ニアタリ奉ルナトソ被仰付ケル。サハカリ忝ク思食ケル君ニモ別レ進セ、尻頭トモナキナキ小君達ノ糸惜ク悲シキヲモ振捨テ、知ラヌ国、習ハヌ旅ニサスラヒツヽ、都ヲハ雲井ノ外ニ立隔、カヘルサ知ラヌ配所ナレハ、二度妻子ヲ見事モ有難シト、思残ス事モナシ。（巻第七「成親卿流罪事」）

國學院本　傍線部aには「世能太郎生佛本古」と傍書。
　傍線部b「尻頭」には「尻頭《リラ》」（「リ」「ラ」左傍書）とする。

他の参考本には右の傍書はなく、國學院本独自の書き入れである。盛衰記伝本のうち「世能太郎生佛本」と傍書があ

るのは関東大震災で焼失した黒川本のみである。さらに黒川本には傍線部bの左傍書も存する。『平家物語考』（山田孝雄、文部省国語調査委員会、一九一一年）所載の巻七の写真で同一の傍書を確認できる。

また、表Ⅰに示したとおり、國學院本の古本書き入れが京大本にないこともままある。國學院本は、京大本もしくは京大本に近い本文を有する伝本に拠りながら、黒川本のような盛衰記写本を参看して、独自に本文を訂正したり注釈に変更を加えたりした伝本と考えてよい。その意味では、参考本の分類のうちⅡの3「浄書本をもとに独自の注を加えた本」に入れるべきであろう。

以上の検討の結果、京大本の傍書が書陵部本で割注として受け継がれ、さらにそれが公文書館A本に受け継がれたものと考えられる。すなわち、京大本から書陵部本、書陵部本から浄書本へという成立過程を辿ることが可能となる。

七　古本・異本の書き入れ——浄書本の注釈姿勢——

本節では、京大本・東大本・國學院本に、傍書として古本の本文が書き入れられた例について検討する。

【用例14】行暮テ木ノ下陰ヲ宿トセハ花ヤ今夜ノアルシナラマシ（巻三十七「忠度通盛等最期事」）

京大本・東大本・國學院本「もとことに立よらは花のあるしと人そみるへき古」と傍書

忠度の箙に書き付けられた和歌本文の異同に関する傍書である。これは以下に示すように、古本系盛衰記のうちB系写本と一致する。(13)

慶長古活字本―行暮テ木ノ下陰ヲ宿トセハ花ヤ今夜ノアルシナラマシ

成簣堂本―――行暮れて木の下陰を宿とせは花やこよひのあるしならまし

蓬左本――――行暮て木のもとことに立よらは花のあるしと人そ見るへき

早大書入本――行暮テ木ノモトコトニ立ヨラハ花ノアルシと人ソ見ルヘキ

三本の参考本に共通するが、書陵部本にはこの書き入れはない。書陵部本は、京大本の書き入れを継承する場合と、そうでない場合とがある。表Ⅰからもその傾向はわかる。

次に異本注記の例を挙げる。

【用例15】去程ニ後白川法皇、女院ノ幽ナル御有様ヲ聞召テ、御心苦ク思召ケレハ、一御所ニモ住セ給ハハヤト思召ケレ共、(巻第四十八「法皇大原入御事」)

京大本・國學院本・書陵部本　傍線部に「年月フル異本」と傍書

公文書館A本　去程ニ後白川法皇(後略)

☆東大本は欠巻

古本系盛衰記記本文

慶長古活字本―角テ経年月程ニ

成簣堂本――角テ年月ヲフル程ニ

蓬左本――かくて年月をふるほとに

早大書入本――角テ年月ヲ経ルホトニ

この場合も、公文書館A本の本文は訂正されていない。

古本・異本という注記はないが、B系盛衰記写本の本文に拠った例をもう一例示す。

【用例16】京大本　巻四十一巻頭の章段目録(書陵部本・東大本・國學院本も同様)

三日平氏付維盛旧室嘆夫別幷平氏嘆事　傍線部に「平田入道謀叛三日平氏」と朱傍書

新帝御即位付義経蒙使宣幷伊勢瀧野戦事

屋島八月十五夜付〇範頼西海道下向事　朱〇の横に「義経叙従五位下」と朱傍書

盛綱渡藤戸児島合戦付海佐介渡海事　傍線部に「雑」と朱傍書

章段目録に記された朱の傍書は、蓬左本盛衰記写本の目録および大東急記念文庫蔵『源平盛衰記総目』と一致している。[14] 用例16では、四本の参考本の注記は、公文書館A本には反映していない。このような例は他にも指摘できるが省略に従う。

以上のように、京大本をはじめとする参考本には、古本系盛衰記本文を参看したとおぼしい書き入れが多々存する。しかし、その書き入れが公文書館A本に反映することはない。用例7で示した「巨猾」の場合がその姿勢の典型的なものである。本文に対する疑義を呈するにとどめ、本文そのものを訂正することはない。すなわち、京大本以下四本における古本系盛衰記本文の書き入れは、公文書館A本（浄書本）には反映していない。異本の書き入れに対する姿勢から、浄書本ができるだけ注を減らし、読みやすい参考本を作りあげようとする意図に基づいて編纂されたものであることが窺える。

おわりに

書陵部本・京大本・東大本・國學院本の書き入れの検討を通じて、この四本と公文書館A本（浄書本）との関係について考察した。四本の位置づけを改めて以下に記しておく。

京大本の書き入れ（傍書）が書陵部本に反映され、それがさらに内閣A本に引き継がれたと考えてよい。すなわち、京大本と書陵部本とは、浄書本成立に至る中間過程の本として位置付けられる。その一方で、京大本・書陵部本は、元禄本成立（一七〇二年）直後のものではなく、浄書本成立（一七三一年）直前の姿を留めている可能性が高い。この二本の注釈には、浄書本との異同がほとんどないためである。この二本と元禄本との間に、今は喪われた編纂過程の参考本が存在していたと考えることもできる。次に東大本は、京大本もしくは京大本にきわめて近い本（浄書本成立に至る中間過程の本）を書写したものであろう。寄合書きであるため、書写の精度に差がある点に特徴がある。一方、國學院本は、用例9・用例11によって、京大本よりも下位に位置することが裏付けられた。その一方で、用例15・16のごとく京大本にはない独自の注を施す場合も指摘できる。國學院本は、浄書本成立に至る中間過程の本ではなく、浄書本成立後の参考本享受の在り方を示す伝本として位置付けるべきであろう。

国立公文書館A本は、長い歳月をかけた編纂作業の結果、浄書本として幕府に献上された。その注釈には、用例6のように現在の盛衰記本文研究に資する場合もある。その観点から、公文書館A本の注釈を再検討する必要があると考える。

註

（1）主要な先行研究を以下に示す。
1 『大日本史の研究』（日本学協会・立花書房、一九五七年）
2 松尾葦江「参考源平盛衰記について」（『新定源平盛衰記』第一巻新人物往来社、一九八九年）
3 松尾葦江「参考源平盛衰記研究ノート（1）～（4）」（『新定源平盛衰記』月報1・2・3・5新人物往来社、一九八九年～一九九一年）
4 拙稿「『参考源平盛衰記』写本書誌調査報告」（『大阪工業大学研究紀要』第52巻1号、二〇〇九年九月）
5 倉員正江「『参考源平盛衰記』編纂事情」（『人間科学研究・日本大学生物資源科学部　人文社会系研究紀要』七号、二〇一〇年）
6 『平家物語大事典』（東京書籍、二〇一〇年）「参考源平盛衰記」の項目（岡田執筆）
7 拙稿「静嘉堂文庫蔵賜蘆本『参考源平盛衰記』の注釈姿勢―奈佐本『源平盛衰記』の引用を中心として―」（『文化現象としての源平盛衰記』笠間書院、二〇一五年）
（2）『内閣文庫国書分類目録』の当該本の項目には、（浄書本）と記している。
（3）註（1）―4・6拙稿参照。

(4) 註(1)―7拙稿参照。

(5) 現存本のうち、ここに掲出していない彰考館文庫本二四冊は、対校本・引用書目の少なさなどから編纂過程の早い段階をとどめるものであると考えてよい。

(6) 有造館本については調査が完全に終わっていないこと、および後に述べる書き入れが極端に少ないことから今回の対象からは除外する。

(7) 拙著『源平盛衰記の基礎的研究』和泉書院、二〇〇五年、第二篇「古本系盛衰記の伝本」において、現存盛衰記伝本のうち、慶長古活字本・成簣堂本・静嘉堂本・蓬左本・早大書入本の五本を古本系伝本と位置づけた。

(8) 註(1)―7拙稿参照。

(9) 「色葉字類抄畳字門語彙についての試論」(『国語語彙史の研究5』一九九五年、和泉書院、一一八頁)

(10) 『平家物語』諸本のなかでは、延慶本だけが盛衰記と同文に近い牒状を載せている。『延慶本平家物語全注釈』(汲古書院)では、本文を「而花洛之間有一臣揖押領於四海八埏、如奴婢於百司六宮」とし、「揖」には「字体未詳。異体字か」と本文注を付け、傍線部を「一臣の揖《アヤツリ》有り」と訓読している。『色葉字類抄』の「巨猾」の字体は、延慶本(影印)と似通っていることから、延慶本も「巨猾」と訓じて良いと考える。この例に限らず、延慶本と盛衰記に共通する本文があり、しかもそれぞれに字体が崩れてしまって、本文が確定しにくい場合がある。盛衰記・延慶本の本文校訂に際して、留意すべき点である。

(11) 静嘉堂文庫蔵の参考本(賜蘆本)は、当該箇所の脱文を奈佐本(今は喪われたと思しい古本盛衰記)によって補っている。註(1)―7拙稿参照。

(12) 註(1)―4拙稿参照。

(13) 註(7)拙著第二篇第五章「本文遡及の可能性」参照。

(14) 註(7)拙著第四篇付　翻刻　大東急記念文庫蔵『源平盛衰記総目』参照。

〔付記〕

本稿は、「文化現象としての源平盛衰記研究」公開研究発表会(二〇一三年六月一五日(土)於:國學院大学渋谷校舎2号館2402教室)における口頭発表に基づいている。席上、貴重なご指摘を賜った皆様に、心から御礼申し上げます。

天正本『太平記』の増補
——真言関係記事を例に——

大坪亮介

はじめに

現存『太平記』[1]諸本は、一般的に甲類本・乙類本・丙類本・丁類本の四種に大別される[2]。なかでも、天正本に代表される丙類本は特異な本文を持つ。その特色としては、近江佐々木氏や二条良基周辺、あるいは遁世者や禅的環境との関連が窺える独自増補の存在が指摘されている[3]。さらに筆者は、前稿において、天正本巻二「俊基朝臣誅戮事」の増補箇所を分析し、当該増補と高野山一心院、そして一心院とつながりの深かった仁和寺との関連を想定した[4]。

これを承けて本稿では、前稿では論じきれなかった巻二「俊基朝臣誅戮事」のその他の要素に加え、他の巻の章段にも目を向け、天正本の増補のあり方の一端を解明しようと試みるものである。

一　巻二「俊基朝臣誅戮事」の増補

最初に、前稿でも俎上に載せた巻二「俊基朝臣誅戮事」の増補を取り上げたい。この章段は、後醍醐天皇の側近日野俊基が、二度目の鎌倉幕府打倒計画に荷担した咎により鎌倉で処刑された事件を語る。その内容自体は諸本共通している。しかし、次頁の表のように、俊基の北の方と俊基の侍後藤助光の遁世を描く末尾部分の本文が、天正本の系統とその他の諸本とで大きく異なっている。

A型

甲類（古態本）		丙類	丁類
神宮徴古館本　神田本　西源院本　玄玖本　梁田本　内閣文庫本	米沢本　梵舜本　陽明文庫本（今川家本　※毛利家本		日置本

B型

甲類（古態本）	乙類	丙類	丁類
		天正本　龍谷本	

※毛利家本はA型本文だが、「高野山」の次に「一心院」の一語を補う。後述するように毛利家本は天正本の影響を受けた本文。甲類南都本、丙類教運本、丁類京大本は当該部分欠。

まずはA型甲類本に属する神宮徴古館本の本文を挙げる。

【神宮徴古館本】

北方はこれ（筆者注、夫俊基の遺髪と手紙）を見たまひて、内えも入たまはず縁上に倒伏て、此任やがて消終たまひぬと驚く程に見たまふ。一樹の陰にやどり一河の流をくむ程も、知れずしらぬ人にだに別をしたふは習なり、況や連理の契不浅して十年余に成ぬるに、夢より外は又も相見ぬ此世の外の永別と聞成て、絶入伏沈て悲たまふも理なり。四十九日に当ける日形のごとく仏事執営て、北方は様をかへて濃墨染になり給へば、助光も髻切て高野山に閉籠り、偏に亡君の後生菩提をぞ弔ける。

夫婦の契君臣の義、無跡までも留て哀なりし事共なり。

俊基の北の方は、夫の死を伝え聞いて悲嘆に暮れる。亡夫の四十九日に北の方は出家、助光も高野山に遁世して亡き主君の菩提を弔ったという。

続いてB型、天正本の当該場面を見てみよう。

【天正本】

①御侮借女房達、兎角扶ケ起シ進テ、内へ入レ奉リ、様々労リ進セシカバ、如レ元ニナリ給シカ共、ゲニ憂物ハ命ニテ有ケル物ヲ、ナドヤウカリシ其ノ際ニ、兎ニモ角ニモ成ハテデ、若ヤ計ヲ頼ミニテ、明シ暮シ、甲斐モナク、今懸ルコトヲ見聞悲サヨト、觜ニ身ヲカコチ給へ共、其レモ叶ハヌ事ナレバ、②七日々々ノ追善志ヲ尽シ、涯分ノ御弔イ哀ナリシ日数ノ程モ無ク、四十九日ニモ成シカバ、今ハ誰ヲカ頼ミ、何ヲ待ベキミナラネバ、シバシノ露ノ命ヲ待ツベキ、草ノユカリダニ有ドモ、尋ヌベキニ非ズトテ、末盛ニモ成ヌ花ノ御姿墨ノ衣ニ憍シ替へ、③御髪ニテハ自三尊一幅ノ来迎ノ像ヲ縫セ、④御坐シ仁和寺ノ傍ニ柴ノ庵ヲカリソメニ、結共無キ閑居ヲト、⑤一両ノ伴侶ヲ儲ケ、二六時中ノ行業ニハ、過去幽霊、出離生死、頓証菩提ト祈テハ、過コシ方ノ思出ヲ、憂キモ強面モ今更ニ、泪ノ便ト成シカバ、墨染ノ袖花ナラネド、色替ルカト怪レ、乾クヒマモ無リケリ。助光聴テ本鳥ヲ切、御骨ヲ持テ頸ニカケ、⑥高野山ニ攀上リ、一心院ニ閉籠リ、偏ニ浮世ヲ厭ツヽ、亡君ノ跡ヲ弔ケル。夫婦ノ契リ君臣ノ儀、無跡マデ留テ、哀レ也シ事共也。

一読して明らかな通り、天正本は①から⑥のような大幅な増補を施している。
①北の方は周囲の介抱が必要なほど憔悴した。
②北の方は七日ごとに亡夫を追善した。
③北の方は髪繡の阿弥陀三尊来迎図を製作させた。
④北の方は仁和寺の旁らに庵を結んだ。
⑤北の方は二六時中の行業に励んだ。
⑥助光は高野山に登って一心院に遁世した。

①から⑤までの増補は、北の方の悲哀と信仰心を強調したものとみなせよう。一方、助光が一心院に遁世したと語る⑥の増補については、前稿において、一心院という具体的な場が提示されることに焦点を置いた考察を行った。すな

わち、先行研究では、一心院は京都の浄土宗寺院に比定されている(5)。しかし、右の本文を素直に読むならば、一心院は高野山上に位置していたと理解する他ない。この点を手がかりとして、当該増補箇所と高野山一心院および仁和寺との関連を探ったのであった。

さらに巻二「俊基朝臣誅戮事」末尾の増補部分を子細に検討してみると、一心院とのつながりが窺えるのは、前稿で指摘した箇所だけにとどまらないことが分かる。次章ではこの点について論じていきたい。

二　天正本の増補と一心院の実態

まずは、前章の引用箇所で⑥とした増補のうち、前稿では取り上げなかった、高野山一心院に助光が「閉籠リ」遁世したという部分に注目しよう。先に見たように、神宮徴古館本では単に「高野山に閉籠り」と語られるのみであった。助光は『太平記』中この場面にしか登場せず、しかも遁世した場所がその後の物語において何らかの役割を帯びることもない。神宮徴古館本のような本文を改編する必要性は特にないといえよう。にもかかわらず、天正本は助光が一心院に遁世したという情報をわざわざ付加しているわけである。

興味深いことに、こうして増補された天正本の記述は、実は一心院の実態と合致している。一心院僧の記述を多く含む親王院本『西院流血脈』(6)には、このことを裏付ける例が複数確認できる。

範意―（付法十五人）

―融済〇（嘉暦二年、卅五歳受之。二位律師仁和寺。大覚寺住也。遁世号二阿覚上人一。高野一心院奥坊住。永和五年二月三日入―（八十七））

大覚寺の融済という僧が遁世して阿覚と名乗り、高野山一心院に住していた。融済は永和五年（一三七九）に八十七歳で入滅したという。同時代の同様の記載が該書に散見することからすると、一心院は遁世僧が多く集まる場であったと考えられる(7)。こうした一心院の実態は、助光が一心院に「閉籠リ」遁世したという天正本⑥の増補と符合していよう。

　これと同様のことは、天正本③の増補にもあてはまる。北の方が「御髪ニテハ自三尊一幅ノ来迎ノ像ヲ縫セ」と、髪繡の阿弥陀三尊を制作したという箇所である。阿弥陀に関する記述自体は特に珍しくはない。しかし、ここで看過できないのは、阿弥陀は一心院において盛んに信仰されていたという事実である。鎌倉時代の史料ではあるが、一心院内の堂社について述べた延応元年（一二三九）二月八日付「太政官牒」(8)には次のようにある。

　本堂安二置不動霊像幷八大童子像一。一堂者安二置阿弥陀三尊・両界曼荼羅一。以二当山検校以下宿老之禅侶数輩一、補二供僧一、長日之行法並勤、三時之護摩無レ怠。

この記事によれば、本堂の不動明王像と八大童子像以外にも、一堂には阿弥陀三尊と両界曼荼羅が安置されていたという。

　さらに、南北朝期に成立した『帝王編年記』巻二十四今年（貞応二年〈一二二三〉）条にも興味深い記述が見える(9)。

　今年。法印貞暁〈頼朝卿三男。勝宝院門主〉高野山中建二寂静院一。本尊阿弥陀三尊。又造二丈六堂一。本尊御身奉レ納二右大将家鬢髪一。

勝宝院主貞暁がこの年に寂静院を建て、阿弥陀三尊を本尊としたという。この寂静院とは一心院内に建立された一院であり、ともに仁和寺勝宝院主の管轄下にあった(10)。そして、遅くとも暦応元年（一三三八）二月までには、一心院と寂静院は一体のものと認識されるに至る(11)。その寂静院の本尊が阿弥陀だったのである。他にも一心院には、一心院を開いた行勝が建立したという阿弥陀堂もあり(12)、阿弥陀信仰が盛んであったことが知られる。

　以上よりすれば、単に北の方の信仰心を強調しただけに見えた天正本③の増補もまた、実は一心院における信仰の実態に即した本文改編と捉えることができよう。

さらに北の方に関しては、「御坐シ仁和寺ノ傍ニ柴ノ庵ヲカリソメニ、結共無キ閑居ヲト」ていたという、④の増補も注目される。というのも、前稿でも指摘したように、当時仁和寺は一心院と深い結び付きを有していたからである。具体的には、第四代道耀までの歴代一心院主の多くは仁和寺勝宝院主も兼任しており、以降も両者の交渉は継続していたことが確認できるのである。[13] 仁和寺に政治的敗者やその家族が隠棲していたとの記述は、『太平記』以外の作品でも多く確認できる。[14] 当該増補もそれらの影響を受けた文飾と考えられよう。しかし、右のような一心院と仁和寺との関係性を考慮するならば、北の方が仁和寺に隠棲したという天正本④の増補もまた、一心院の宗教的環境を反映している可能性は高いと思われる。

このように、巻二「俊基朝臣誅戮事」末尾の増補箇所は、多くの点で一心院の実態と興味深い一致を見せている。これらはいずれも物語の展開とは関わらない増補に過ぎない。しかし、天正本が蛇足にも見える要素を付加していることからは、かえって一心院に対する天正本の並々ならぬ関心が窺えるのではあるまいか。

従来、『太平記』と真言との関係は薄いと考えられてきた。[15] しかし、巻二「俊基朝臣誅戮事」を子細に検討してみると、天正本は、意外にも高野山一心院に関する正確な情報を多く加筆しているのである。

三　巻二「主上御出奔師賢卿天子号事」の増補と聖尋の実像

前章で指摘したものと同様の性質を持つ本文改編は、巻二「俊基朝臣誅戮事」に近接する「主上御出奔師賢卿天子号事」においても確認できる。俊基らが処刑され、身の危険を感じた後醍醐が南都に逃れるという場面に興味深い増補が見られるのである。まずは神宮徴古館本の本文を掲げよう。

【神宮徴古館本】

木津の石地蔵を過させ給ひける時、夜ははや若々と明にければ、此にて朝餉の供御を進申て、先南都の東南院えと入たまふ。彼僧正（筆者注、聖尋）元来に無二の忠義を存しかば、先主上の臨幸成たる由をば披露せずして、衆徒の心を伺聞に、西室顕密《(ママ)》僧正は、関東の一族にて権勢の門主たる間、皆其威にや恐たりけん、与力する衆徒も無かりけり。

後醍醐一行は夜陰に乗じて京都を脱出、東大寺東南院に入った。東南院僧正聖尋は後醍醐に「無二の忠義」を抱いていたため、これを迎え入れようとしたが、衆徒は関東ゆかりの門主に憚って誰も協力しなかったという。

天正本も同じ内容を語るが、その本文を大幅に増補している。

【天正本】

先ヅ南都ノ東南院ヘ入ヲ被ㇾ遣、御輿ナド被ㇾ食、御乗輿ニテ入セ給フ。此僧正ト申ハ、①故円光院ノ禅定殿下（筆者注、鷹司基忠）御息ニテ、御叔父前ノ大僧正聖忠ト申シ、御弟子也。②真言ハ三宝院ノ正流ニテ、五相成身ノ秘奥ヲ極メ、③乾《(ママ)》宗ハ三論ノ法灯トシテ、八不正観ノ深理ニ達シ給ケル。サレバ、④大法秘法ノ公請ニハ、多ク闍梨ノ選ニ応ジ、清涼紫宸ノ論場ニ、久ク証誠ノ職ニ居シ給フ。⑤東大寺ノ別当・醍醐ノ坐主共ニ兼テ、朝家ノ講宴ヲ専ニシ給ヘバ、⑥等閑ノ儀非ジトテ、今此大儀ヲモ被ㇾ頼仰ケルトカヤ。

①から⑥まで傍線を付して示した通り、天正本は後醍醐を匿おうとした聖尋について、以下のような情報を付け加えている。

①聖尋は鷹司基忠の子であり、叔父（実際には兄）聖忠の弟子であった。
②聖尋は三法院の正流で密教に通じていた。
③聖尋は三論宗にも通暁していた。
④聖尋は公請で活躍した。「大法秘法」を行い、「証誠ノ職」にあった。
⑤聖尋は東大寺別当・醍醐寺座主を務め、朝廷での講宴に列した。

⑥後醍醐は「等閑ノ儀非ジ」と期待して聖尋を頼った。

①から③の増補では聖尋の出自と血脈が語られ、東大寺僧でありながら真言密教にも通じていたとされている。④と⑤の増補では、官僧としての活躍が評価されており、最後の⑥の増補では、こうした実力と朝廷との結び付きゆえ、後醍醐は聖尋を頼ったという文脈が構成されている。神宮徴古館本では、聖尋が後醍醐に「無二の忠義」を抱いていたとされるのみであったが、天正本は聖尋に多大な関心を寄せ、後醍醐と聖尋との宗教的な紐帯を強調しているといえよう。

しかも、こうした増補の内容は、決して聖尋を賞讃するために安易に捏造されたものではない。まず増補部分①の記述については、『尊卑分脈』[16]に鷹司基忠の子として聖忠と聖尋の名が確認でき、聖尋には「東大別当／東寺一長者／聖忠僧正資」との注記が付されている。

続く増補部分②に関しては、歴代の醍醐寺三宝院門跡を記した『三宝院列祖次第』[17]に「僧正聖尋」とある。ここからは、聖尋が東大寺東南院主だけでなく、真言の門跡寺院である三宝院の長でもあったことが知られよう。

さらに増補部分③は、『花園天皇宸記』[18]元亨三年（一三二三）七月十日条によって裏づけられる。

此夜聖尋僧都参。言談之次、事及二三論之宗旨一。言語尤詳。演二一宗之大綱一。誠以可レ謂二稽古之仁一歟。不レ及レ移二漏剋一之間、只大途計聊問答了。

聖尋が花園院を訪問し、「三論之宗旨」について談義した。院は聖尋を「稽古之仁」と評し、その三論に関する学識を賞賛している。そもそも、東大寺東南院は真言と三論を兼学していた[19]。その院主聖尋が真言・三論に通じていたとの天正本の増補は、こうした宗教的環境に裏打ちされたものと考えられる。聖尋の出自と血脈を語る天正本の①から③までの増補は、聖尋の実像をほぼ反映しているといえよう。

一方、聖尋の公請での活躍を語る増補部分④のうち、「大法秘法」を行ったという前半部の記述は、『東寺執行日記[20]』元徳二年（一三三〇）六月二十四日条によって事実と確認できる。

廿四日　自㆓今夜㆒東南院前大僧正聖尋於㆓禁裏㆒被㆑始㆓行仁王経大法㆒。

聖尋が禁裏において大法の一つである仁王経法を行ったという。仁王経法とは「鎮護国家の為に修する最大秘法[21]」であり、この記事からは、実際に聖尋が朝廷のため修法を行っていたことが判明するのである。

また、後半部分の「清涼紫震ノ論場ニ、久ク証誠ノ職ニ居シ給フ」との記述については、『伝灯広録[22]』続巻第十三に収録された聖尋伝の次の箇所が参考となる。

正中元十二月、修㆓北斗供於禁殿㆒、勤㆓紫震最勝講証義㆒。

正中元年（一三二四）十二月に、聖尋は紫宸殿での最勝講に証義として参加したという。証義は証誠と同義であり、竪義における判定役を意味する。『伝灯広録』は元禄・宝永期の成立なので記事の信憑性に疑問は残るが、これがもし事実とすれば、天正本の増補部分④の記述は、全て聖尋の官僧としての経歴を忠実に踏まえていることになろう。

最後に、増補部分⑤については、『東大寺別当次第[23]』を見ると、

百十九

法務前大僧正聖尋　〈東南院。三論宗。東寺一長者。醍醐座主〉

とあり、聖尋が東大寺別当と醍醐寺座主を務めていたことが確かめられる。

このように、巻二「主上御出奔師賢卿天子号事」の増補は、東大寺僧でありながら真言にも通暁した聖尋の実際の姿と符合している。天正本は聖尋に関する確度の高い情報を付加しているわけである。

ただし、ここで注意しておきたいのは、聖尋に関する増補は、天正本が属する内類本以外のテキストでも複数認められるということである。そこで次に、『太平記』諸本における当該増補の位相を確認しておくことにしたい。

四　他本および同時代の歴史叙述との比較

『太平記』の主要テキストを見渡すと、聖尋に関する増補箇所の本文異同は左表のように整理される。

A型

甲類（古態本）	乙類	丙類	丁類
神宮徴古館本　西源院本　玄玖本　梁田本　内閣文庫本	梵舜本　陽明文庫本（今川家本）		日置本

B型

甲類（古態本）	乙類	丙類	丁類
神田本	毛利家本　米沢本	天正本　龍谷本	

※甲類南都本、丙類教運本、丁類京大本は当該部分欠。

丙類以外でB型の本文を持つのは、神田本（甲類本）と毛利家本、米沢本（いずれも乙類本）。しかし、神田本当該箇所は、天正本本文を移植した切り接ぎ部分である。(24)また、毛利家本と米沢本の当該箇所も天正本系統の本文を摂取していることが明らかにされている。(25)これらのテキストを除けば、B型の本文を有するのは丙類のみということになる。しかも、毛利家本と米沢本は、天正本の影響を受けて聖尋の情報を付加してはいるが、その関心のあり方は天正本とは大きく異なっている。

まず、毛利家本当該箇所を挙げよう。以下、傍線部に付した番号は、前掲した天正本本文に付したものに対応している。

①東南院ノ僧正ト申ハ、故園光院禅定殿下ノ御息ニテ、御叔父前大僧正ト申シ、御弟子也。⑤東大寺別当、醍醐ノ座主共ニ兼テ、朝家ノ講宴ヲ専シ給ヘバ、⑥等閑ノ儀非ジトテ、今此大儀ヲモ被レ憑仰ケルトカヤ。元ヨリ二ナキ忠議ヲ存シカバ、マヅ君ノ臨幸成タル由ヲバ披露セデ、衆徒ノ心ヲ伺聞ン為ニ、北山松嶺寺ト云所ニ君ヲ成奉ケル。

爰ニ西室顕宝僧正ハ、関東ノ一族ニテ、権勢ノ門主タル間……

毛利家本では、①聖尋の家系、および⑤東大寺別当と醍醐寺別当を務めたことを天正本から増補している。そして、⑥こうした閲歴ゆえ後醍醐は聖尋をあてにしたとの文脈になっている。しかし、天正本では詳述されていた聖尋の僧としての事績は大幅に省略されている。

続いて米沢本の同じ箇所を見てみよう。

爰ニテ朝餉ノ供御ヲ進申テ、先南都ノ東南院ノ聖尋僧正ノモトヘ御使ヲ被レ遣テ臨幸ノ由ヲ被レ仰ケレバ、⑥急ギ北山ノ松嶺寺ト云所ヲ御所ニナシテ入奉ル。此僧正ト申ハ、①故円光院ノ禅定殿下ノ御息ニテ御座シケレバ、等閑ノ儀ニアラズトテ此大事ヲモ被二憑仰一トカヤ。元ヨリ二心ナク忠義ヲ被レ存シカバ、先君臨幸成タルヲバ披露セデ、衆徒ノ心ヲ伺間ニ、西室ノ顕宝僧正関東ノ一族ニテ、権勢ノ門主タル間ダ……

米沢本はさらに簡略な本文となっている[26]。しかも、①聖尋の家系に関する情報の直後に、⑥後醍醐は聖尋をあてにしたと続く。そのため、後醍醐は聖尋の家系を重視したとの文脈が構成されることになる。米沢本も聖尋の僧としての経歴や法脈には関心を向けていないようである。

同様の傾向は、天正本以外の『太平記』諸本だけではなく、同時代の歴史叙述にも当てはまる。後醍醐が南都の聖尋を頼ったことを語る『増鏡』[27]第十五「むら時雨」を見てみよう。

木津といふわたりに御馬とめて、東南院の僧正（筆者注、聖尋）のもとへ御消息つかはす。それより御輿を参らせたるに奉りて、奈良へおはしまし著きぬ。こゝに中一日ありて、廿七日、和束の鷲峯山へ行幸ありけれども、そこもさるべくやなかりけん、笠置寺といふ山寺へ入らせ給ぬ。

傍線部のように、後醍醐が木津から聖尋に使者を派遣し、奈良に赴いたことが簡潔に語られるのみである。天正本巻二冒頭は、『増鏡』に拠り本文を増補していることが知られている[28]。しかし、同じ巻二の聖尋に関する箇所では、天正本と『増鏡』の関心の方向性は明らかに異なっている。

これらと対置してみたとき、天正本当該増補箇所の特異性が浮き彫りとなろう。聖尋はこの章段以降も複数回登場するものの、物語の展開には全く影響を及ぼさない。[29]しかし、天正本は聖尋に強い関心を寄せ、正確な情報を増補しているわけである。そして、こうした増補のあり方は、真言に関わる精度の高い情報が付加されている点において、「俊基朝臣誅戮事」における一心院の増補と共通していよう。

五　巻三十八「北野通夜物語」の増補

ここまで考察を加えてきた「主上御出奔師賢卿天子号事」と「俊基朝臣誅戮事」は、同じ巻二の近接した位置にある。[30]そのため、両章段の増補は、単に一つの巻の一部分にとどまる問題に思われるかもしれない。ところが、天正本全体に目を配ってみると、実は、巻二から大きく隔たった巻三十八にも、これらと軌を一にする増補が認められるのである。

天正本巻三十八の内容は、秋も半ば過ぎの夜、北野社に通夜に訪れた遁世者・雲客・法師が、それぞれ和漢天竺の説話を挙げて長期化する戦乱の原因について談論するというものである。この挿話は、他本では巻三十五の一章段（いわゆる「北野通夜物語」）として語られているが、天正本では巻三十八の全てをこの北野社での鼎談に充てている。そのため本稿では、便宜上天正本の巻三十八全体も「北野通夜物語」と呼び、論を進めていく。

問題の増補箇所は、「北野通夜物語」冒頭と末尾に見られる。まずは神宮徴古館本の本文を挙げよう。

【神宮徴古館本】

・冒頭

其比宿願の事有けるにや、北野聖廟に人多く通夜し侍しに、秋もはや半過て風の音も冷く成ぬれば……

・末尾

是を以て案ずるに、係る乱る丶世も又鎮まる事もやと、憑も敷こそ覚へけれ。

神宮徴古館本では冒頭で北野社に多くの人々が通夜していたと語られ、情景描写へと移っていく。そして三人による政道談義の後、末尾部分では平和への期待が表明されることになる。

　これに対して、天正本の冒頭と末尾は以下の通りである。

【天正本】

・冒頭

近曾日野僧正頼意、偸ニ吉野ノ山中ヲ出テ、聊宿願ノ事有ケレバ、霊験ノ新ナルコトヲ憑奉リ、北野ノ聖廟ニ通夜シ侍リシニ、秋モ半過テ、椙ノ梢ノ風ノ音モ冷ジク成ヌレバ……

・末尾

以レ是案ズルニ、懸ル乱ノ世ノ間モ、又静カナル事モヤト、憑ヲ残ス斗ニテ、頼意ハ帰玉ケリ。

天正本では日野僧正頼意なる人物が北野社を訪れたとされる。これに対応する形で、末尾では鼎談を聞いた頼意が平和への期待を抱いて帰って行くことになる。主要テキストを見ると、次頁の表のように、やはりこの箇所も神宮徴古館のような本文（A型）と天正本のような本文（B型）に大別される。

　B型には、乙類本に属する梵舜本も含まれる。しかし、梵舜本で「北野通夜物語」が位置する巻三十五は、天正本系統のテキストにより本文を補っていることが既に明らかにされている[31]。頼意が鼎談の聞き手となる増補も、天正本が属する丙類本に由来すると見なせよう。そして、一心院や聖尋の増補と同様、天正本に登場する頼意の姿もまた、史料などから窺える実像とかなりの程度で一致するのである。

　まず、「北野通夜物語」冒頭において、頼意が吉野から北野にやってきたとされる点に注目したい。言うまでもな

A型

甲類（古態本）	乙類	丙類	丁類
神宮徴古館本　西源院本　玄玖本　梁田本　神田本　南都本　内閣文庫本	※毛利家本　米沢本　陽明文庫本（今川家本）		日置本　京大本

B型

甲類（古態本）	乙類	丙類	丁類
	梵舜本	天正本　教運本	

※丙類龍谷本は当該部分欠。毛利家本はA型本文だが、冒頭のみ頼意が吉野から来たことを記す。

く、吉野は後醍醐が南朝をひらいた地である。

しかし、「北野通夜物語」が行われた時期に設定されている時点（天正本では貞治元年〜二年〈一三六二〜六三〉、天正本以外では延文五年〈一三六〇〉）において、南朝は吉野にはなかった(32)。筆者は以前この点に注目し、頼意が吉野の後醍醐廟からやってきたと考えられることを指摘、さらに古態本の段階から見られる章段冒頭の情景描写を分析した結果、「北野通夜物語」が八月の北野の縁日（二十五日）前夜を舞台としており、それは直前の後醍醐の命日（八月十六日）を意識した設定であることを明らかにした。つまり、「北野通夜物語」は後醍醐とりわけその死後の霊に深く関わると考えられるのである(33)。

実際に頼意は、元弘三年（一三三三）に後醍醐が配流先の隠岐から還幸した際に和歌を贈るなど、早くから後醍醐と親密な関係を築いていた(34)。さらに後醍醐死後も、頼意はその慰霊に強い関心を抱いていたようである。そのことを物語るのが、『五条家文書』(35)に収められた、延元五年（一三四〇）発給と推定される文書である。

三陽之佳節、一統之皇化、可レ在二斯春一。九州御退治、四夷令二賓服一。早速被レ運二御上洛籌策一候者、殊以目出候。（中略）塔尾造営料所事申御沙汰、万代之美談、抑又御孝道之至極候哉。（後略）

正月四日　頼意（花押）

清次官殿（五条頼元）

傍線部を見ると、塔尾陵（後醍醐廟）の造営料所に関する申沙汰について、頼意は「万代之美談、抑又孝道之至極」と賞賛している。後醍醐廟造営に大きな注目を寄せていたことが窺えよう。実際に、頼意はその後も南朝に仕え続け、後村上天皇三回忌の仏事を執り行うなど、南朝における重要な仏事に携わることになる。(36) これらよりすれば、「北野通夜物語」冒頭部において、頼意が後醍醐廟のある吉野から北野を訪れたとする天正本の設定は、頼意の実像を踏まえた増補と捉えられる。

では続いて、末尾部分の増補について考えていきたい。天正本の「北野通夜物語」は、遁世者・雲客・法師の鼎談を聞いた頼意が、平和への期待を抱いて帰って行くところで結ばれる。この箇所で注目されるのは、他の諸本では地の文で表明されるだけであった平和への期待が、頼意の考えとして提示される点であろう。平和を期待するという頼意の造型は、「北野通夜物語」の増補において重要な位置を占めていると思われる。

こうした頼意の造型を考える上で注目されるのが、『観心寺文書』(37)に収められた正平十五年（一三六〇）正月十八日付東寺長者御教書である。

禁裏御本尊愛染王像、就レ被レ安二置当寺内陣一、永代勅願長日行法事、綸旨如レ此。鎮令レ修二五種相応浄業一、宜レ奉レ祈二四海清平　聖化一之由、依二東寺長者法務僧正御房（筆者注、頼意）仰一、執達如レ件。

正平十五年正月十八日　法印仲尊

観心寺々僧等御中

「禁裏御本尊」である観心寺内陣愛染明王像について、修法を行うようにとの綸旨があった。そして傍線部のように、南朝の東寺長者であった頼意が「四海清平」と「聖化」、つまり天下の平和と帝王の徳化を祈るよう命じたという。この史料からは、頼意が実際に平和のための祈禱を命じていたことが知られる。

また、後醍醐の皇子宗良親王の撰になる南朝の准勅撰集『新葉和歌集』(38)巻十「釈教歌」第六一六番には、左のような頼意の歌が収録されている。

伝こし法の灯かゝげてやあきらけき世を猶いのらまし　前大僧正頼意

これまで伝えられてきた仏法によって、「あきらけき世」つまり曇りなく清い世を祈ることを表明している。詞書もなく作歌の時期も状況も不明であるため、慎重に扱うべき例ではあるが、頼意が実際に平和を祈る歌を詠み、それが南朝の歌集に採録されている事実は、平和を期待する頼意像について考える上で示唆に富む。

頼意が平和を祈ることは決して特別な行為ではなく、むしろ東寺長者も務めた高僧として当然の職責といえる。しかし天正本は、こうした実際の活動を想起させるような人物として、頼意を「北野通夜物語」に登場させているわけである。

以上見てきたように、天正本巻三十八「北野通夜物語」では、頼意の実像に即した本文改編がなされている。これは、巻二の二箇所の増補と全く軌を一にするものといえよう。さらに付け加えるならば、天正本では、後醍醐ゆかりの真言僧頼意が登場することによって、「北野通夜物語」と後醍醐との関係はより明瞭なものとなろう。もとより「北野通夜物語」は虚構の章段である。またその内容上、特定の聞き手を設定しなくても物語の進行にさしたる支障はないはずである。しかし、天正本がそうした箇所に頼意という人物を登場させ、平和を願う聞き手として造型している点からは、「北野通夜物語」と後醍醐とを積極的に結びつけようとする天正本の意図を汲み取ることもできよう(39)。

六　天正本における真言関係の増補

ここまで分析してきた三つの章段では、巻二と巻三十八という隔たった位置にありながら、いずれも真言の僧や寺院に関わる正確な情報が付加されていた。ここで疑問となってくるのが、それらの増補箇所の関係性であろう。この問題を考える手がかりとして、「北野通夜物語」に登場する頼意を取り巻く環境に注目したい。というのも、頼意の周辺を探っていくと、一心院・聖尋・頼意には、単に真言に関わるというだけにとどまらない共通点が浮かび上がってくるからである。

まずは、頼意と一心院との関係について見ていこう。ここで注目されるのが、『野沢血脈集』巻第三「或記」[40]に記された頼意の法脈である。

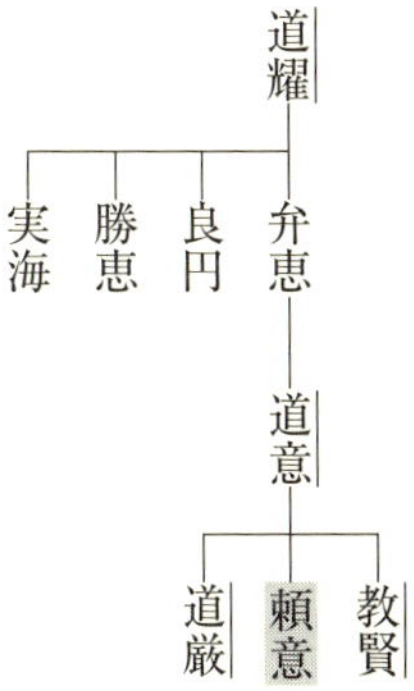

頼意の法脈をたどっていくと、一心院主・仁和寺勝宝院主の道耀に行き当たる。そして、道耀の孫弟子に頼意の師道意の名が見える。道耀と同じく、道意も勝宝院主を務めていた[41]。道耀のように、勝宝院主が一心院主も務めることは多いが、道意が一心院主であったかどうかは不明である。しかし、その弟子の教賢は一心院僧融済から付法を受けており[42]、道厳は勝宝院主であった[43]。このように、頼意周辺には、一心院主や仁和寺勝宝院主、あるいは一心院住僧から付法を受けた僧が複数存在していたのである。

さらに、頼意と一心院とのより直接的な関係を窺わせる史料も存在する。正平十五年（一三六〇）二月五日付の後村上天皇綸旨[44]を次に掲げる。

御祈禱事、寂静院僧衆等状　奏聞之処、尤以神妙。天下太平、当年御重厄、殊可レ抽二懇祈一之由、可レ被二仰遣一之由、天気所也。仍言上如レ件。

正平十五年二月五日　少納言信実〈奉〉

進上　護持院僧正御房（筆者注、頼意）

寂静院衆徒の要望通り、天下太平と後村上天皇重厄のための祈禱が命じられたという。「進上　護寂静院持院僧正御房」との記述よりすれば、頼意は南朝による寂静院への祈禱命令を伝達する立場にあったと推察される。

この史料からも看取されるように、寂静院は南朝と深いゆかりを持っていた。例えば、南朝は正平三年（一三四八）に後醍醐の月忌の祈禱を命じており、(45) その三年後の正平六年（一三五一）には、後宇多と後醍醐の菩提を弔わせている。(46) また、甲田宥吽氏は、前掲親王院本『西院流血脈』の記述を分析した結果、「一心院では、一三五〇年頃まで北朝年号、一三五五年以後南朝年号を用い、一三七八年以降また北朝年号が用いられている」ことを指摘している。(47) このように、一心院が南朝と関わりの深い環境であってみれば、後醍醐の時代から南朝に付き従っていた頼意と一心院との結びつきは、むしろ当然のことといえよう。

続いて、頼意と聖尋とのつながりを考えていきたい。残念ながら、両者の直接的な交渉は現在のところ確認できない。(48) とはいえ、次に挙げる観智院本『東寺長者補任』(49) 元徳二年（一三三〇）の項からは、両者が決して無関係ではなく、むしろ近い立場にあったことが知られる。

長者前大僧正聖尋〈御影供行レ之。執事成就院僧正益守。閏六月廿五日辞退〉

（中略）

前大僧正道意〈十二月廿七日還補。凡僧別当頼意僧都〉

元徳二年は、後醍醐が二度目の倒幕運動を起こす前年に当たる。頼意の師であった道意と聖尋は、この年ほぼ同時期に東寺長者を務めていた。その道意のもと、頼意は凡僧別当という役職にあったという。ちなみに、この四年後の建武元年（一三三四）、後醍醐臨席のもと行われた東寺塔供養において、頼意はその準備段階から道意の片腕として奔走し、その賞により法印に叙されている。(50)

さらに道意と聖尋のより近い関係性が窺える例として、『増鏡』第十五「むら時雨」冒頭を挙げておきたい。嘉暦元年（一三二六）に行われた、後醍醐中宮嬉子の平産祈禱の箇所である。

上（筆者注、後醍醐）もいみじう思されて、かねてより御修法どもこちたくはじめらる。（中略）金剛童子、常住院の道昭僧正、如意輪の法、道意僧正、（中略）六字法聖尋僧正、准胝法は達智門院の御沙汰にて信耀僧正つとむ。

中宮の懐妊を受けて、後醍醐は大規模な修法を開催した。その際、道意は如意輪法、聖尋は六字法と、いずれも密教の修法を務めている。

これらの例は、道意が聖尋とともに後醍醐の側近く仕えていたことを示していよう。頼意はその道意の弟子として凡僧別当を務め、後醍醐臨席のもと行われた仏事にも参加していた。そして前述の通り、南北朝分裂後は南朝に仕えることになる。頼意と聖尋に直接の面識があったかどうかは不明であるが、両者が極めて近い位置にあったことは確かであろう。

以上から明らかなように、一心院と聖尋と頼意は、それぞれ無関係ではなく、むしろ後醍醐や南朝周辺の真言僧・真言寺院として浅からぬ関係にあった。天正本はこうした要素に特段の関心を寄せ、物語の展開とは関わらない箇所であってもあえて増補を施していたのである。

おわりに

天正本の本文改編の傾向については、先行研究で既に以下の四点が挙げられている。(51)

①歴史的事実の補訂。
②編年体意識による改訂。
③通俗的叙情性の増加。
④政道批判記事の簡略化。

さらに、本稿冒頭でも触れた通り、天正本は近江佐々木氏や二条良基周辺、あるいは遁世者や五山僧周辺と関わる増補を施しており、そこから天正本の成立圏を推測する試みもなされている。(52)

このように、天正本は種々様々な情報を独自に取り込もうとしている。本稿で検討を加えた、後醍醐や南朝周辺の真言僧・真言寺院に関する増補も、天正本の多様な関心を示す一例と捉えられよう。

ただし、ここで注意しなければならないのは、天正本が他の『太平記』諸本とは違い、南朝を正統とする特異な認識を見せることである。(53)これは、本稿で指摘した増補のありようが、歴史叙述の根幹ともいえる皇統観・歴史観と連動している可能性を示唆していよう。真言関係の増補と天正本独自の作品世界との交渉については、今後も展開の余地が残されていると考える。

註

（1）『太平記』本文の引用は、特に注記がない限り天正本に拠る。引用箇所の章段名のうち、本文中で章段区分が示されない場合は、天正本を底本とする新編日本古典文学全集の区分に従った。その他引用・参照した『太平記』本文は以下の通り。諸本の分類は、長坂成行『伝存太平記写本総覧』（和泉書院、二〇〇八年）に拠る。

神田本系｛神田本（『神田本太平記』汲古書院、一九七二年）

西源院本系｛西源院本（『西源院本太平記』クレス出版、二〇〇五年）

- 甲類
  - 玄玖本系
    - 神宮徴古館本（『神宮徴古館本太平記』和泉書院、一九九四年）
    - 玄玖本（『玄玖本太平記』勉誠出版、一九七三〜七五年）
  - 南都本系
    - 梁田本（国立国会図書館デジタルコレクション）
    - 内閣文庫本（国立公文書館デジタルアーカイブ）
    - 南都本（国文学研究資料館蔵紙焼写真）
- 乙類
  - 陽明文庫本（今川家本）（国文学研究資料館蔵紙焼写真）
  - 米沢本（市立米沢図書館デジタルライブラリー）
  - 毛利家本（国文学研究資料館蔵紙焼写真）
  - 梵舜本（古典文庫）
- 丙類
  - 天正本（国文学研究資料館蔵紙焼写真）
  - 教運本（義輝本）（『義輝本太平記』勉誠出版、一九八一年）
  - 龍谷大学本（『龍谷大学善本叢書太平記』思文閣出版、二〇〇七年）
- 丁類
  - 京大本（『校訂京大本太平記』勉誠出版、二〇一一年）
  - 日置本（『中京大学図書館蔵太平記』新典社、一九九〇年）

なお、文献の引用に際しては、句読点を付し返り点を補うなど、私に表記を改めた点がある。

（2）鈴木登美恵『玄玖本太平記』「解題」（前田育徳会尊経閣文庫編刊、勉誠社、一九七五年）。

（3）佐々木氏との関係を論じたものとしては、鈴木登美恵「佐々木道誉をめぐる太平記の本文異同―天正本の類の増補改訂の立場について―」（『軍記と語り物』第二号、一九六四年十二月）が挙げられる。長坂成行「天正本太平記成立試論」（『国語と国文学』第五十三巻三号、一九七六年三月）は二条良基周辺との関わりを、同氏「天正本太平記の性格」（『奈良大学紀要』第七号、一九七八年十二月）は、遁世者などとの関わりを論じている。また森田貴之「天正本『太平記』増補方法小考―巻四「呉越戦の事」増補漢詩について―」（『京都大学国文学論叢』第二十二号、二〇〇九年九月）は、禅的環境との交渉を指摘する。

（4）拙稿「『太平記』と仁和寺―天正本系の一増補箇所から―」（太平記国際研究集会編『『太平記』をとらえる』第二巻、笠間書院、二〇一五年）。以下、本稿において前稿とはこの論考のことを指す。

（5）長谷川端校注・訳『新編日本古典文学全集　太平記①』（小学館、一九九四年）頭注。

（6）引用は、甲田宥吽「親王院本『西院流血脈』」（『高野山大学密教文化研究所紀要』第十六号、二〇〇三年二月）の翻刻に拠る。

（7）親王院本『西院流血脈』の注記によれば、融済が付法を受けた範意も一心院に住んでいた。

　本有上人。高野山一心院奥坊住。暦応二年（筆者注、一三三九）九月一日入―七十一才。

範意は本有上人と名乗り、一心院奥坊に住していた。本稿でも述べたように、一心院奥坊とは、弟子の融済が遁世した地でもある。さらに、範意が付法を受けた聖寛の注記を見ると、

　輔アサリ。遁世号㆓阿寂上人㆒。住㆓高野山一心院㆒。

とある。聖寛も遁世して阿寂上人と称し、一心院に住まっていたことが知られるのである。

（8）引用は、『高野山文書』に拠る。

（9）引用は、『新訂増補国史大系』に拠る。

（10）山陰加春夫「高野の聖たち―高野山一心院谷の場合―」（『新編高野山史の研究』清文堂、二〇一一年。〈初出は二〇〇七年〉）。

（11）註（10）に同じ。

（12）天保十年（一八三九）成立の『紀伊続風土記』巻十八寺家八「一心院谷堂社院家」（引用は、『紀伊続風土記』臨川書店、一九九〇年〈初版は一九一一年〉に拠る）には、

　　阿弥陀堂
　文明記云、行勝上人建立。

とある。

（13）註（10）に同じ。

（14）一例として、『延慶本平家物語』第二中「法皇鳥羽殿ニテ送㆓月日㆒坐事」、平清盛により後鳥羽法皇が幽閉されたことを受け、その側近が出家遁世した場面を挙げる（引用は、北原保雄・小川栄一編『延慶本平家物語　本文篇』〈勉誠出版、一九九〇年〉に拠る）。

　適余殃ヲ免レ給シ人々モ、忽ニ家ヲ出、世ヲ遁レテ、或ハ高野ノ雲ニ交リ、大原ノ別所ニ居ヲトメ、或ハ醍醐ノ霞ニ隠

レ、仁和寺ノ閑居ニ閉籠テ、一向後生善提ノ営ヨリ外ハ無二二心一、行ヒスマシテゾオハシケル。
たまたま処刑を免れた者のうち、ある者は仁和寺に隠遁したことが語られている。
(15) 森茂暁『太平記の群像―南北朝を駆け抜けた人々』（角川ソフィア文庫、二〇一三年〈初版は一九九一年〉）。
(16) 引用は、『新訂増補国史大系』に拠る。
(17) 引用は、『続群書類従』に拠る。
(18) 引用は、『史料纂集』に拠る。
(19) 『国史大辞典』「東大寺」の項参照（東南院の箇所は堀池春峰氏執筆）。
(20) 引用は、国立公文書館デジタルアーカイブに拠る。
(21) 『密教大辞典』（法蔵館、一九八六年〈初版は一九三一年〉）「仁王経法」の項参照。
(22) 引用は、『続真言宗全書』に拠る。
(23) 引用は、『群書類従』に拠る。
(24) 長谷川端『神田本太平記』「解題」（久曾神昇・長谷川端編、汲古書院、一九七二年）。
(25) 小秋元段「毛利家本の本文とその世界」（『太平記・梅松論の研究』汲古書院、二〇〇五年〈初出は一九九三・九四年〉）、同氏「米沢本の位置と性格」（前掲『太平記・梅松論の研究』〈初出は一九九二年〉）。
(26) 米沢本巻二は、毛利家本よりさらに後出本文であることが小秋元段氏により明らかにされている（註（25）「米沢本の位置と性格」）。
(27) 引用は、『日本古典文学大系』に拠る。
(28) 註（3）鈴木氏論文、長坂成行「天正本『太平記』の巻頭記事―巻二・巻五をめぐって―」（『奈良大学紀要』第十号、一九八一年十二月）。
(29) 聖尋はこの他三箇所に登場する。まず巻三「先帝被レ囚給事」では、後醍醐の二度目の倒幕計画が失敗に終わり、幕府に捕縛された人物を列挙する箇所に「東南院僧正聖尋」の名だけが見える。続く同巻「六波羅北方皇居事」では、捕縛された人々の身柄が大名に預けられたことを語る箇所に、「東南院僧正ヲバ常陸前司時朝」に預けたとの記述がある。最後の巻四「八歳之宮御歌之事」では、捕縛された人々の処分について語られるが、聖尋については、「東南院僧正聖尋ハ、下総国エ被レ遺」とあるのみである。

（30）天正本巻二の章段配列は以下の通りである。
①石清水幷南都北嶺行幸事
②東使上洛円観文観等召捕事
③俊基朝臣再関東下向事
④長崎高資異見事
⑤資朝誅戮幷阿新翔事
⑥俊基朝臣誅戮事
⑦主上御出奔師賢卿天子号事
⑧東坂本合戦事
⑨山門衆徒等心替事
（31）小秋元段「梵舜本の性格と中世「太平記読み」」（前掲『太平記・梅松論の研究』〈初出は一九九四年〉）。
（32）拙稿「『太平記』北野通夜物語の構想—物語の聞き手への着眼から—」（『文学史研究』第四十八号、二〇〇八年三月）。
（33）註（32）に同じ。
（34）『新葉和歌集』巻十七「雑歌中」一一四九番の詞書に、次のような記述がある（引用は、註（38）『新葉和歌集—本文と研究』に拠る）。

元弘三年（筆者注、一三三三年）六月、後醍醐天皇隠岐国より還幸の次に勅願によりてまづ東寺へ行幸ありける時、松子坊にてこの松の事など御尋ありければ、事のよし奏し侍ける程、松かぜすゞしく吹ければ思つゞけゝる。
前大僧正頼意
うへをきし昔やかねて契けんけふのみゆきを松かぜのこゑ

倒幕を果たした後醍醐は、隠岐から還幸の際、まず東寺に立ち寄り、頼意に松子坊の松に関する質問をしたという。その際、頼意は後醍醐の行幸を祝福する和歌を贈っている。
（35）引用は、『史料纂集』に拠る。
（36）『新葉和歌集』巻十「釈教歌」六一二番の詞書にそのことが記されている。

後村上院第三年の御仏事の次に、よみをかせ給ける短冊をつがれて、うらに宸筆にて御経かゝせ給たりける。供養の導師つかうまつるとて思つゞけ侍ける。

かき置し昔の春のことのはに御法の花をけふはそへつゝ　　前大僧正頼意

後村上天皇の三回忌に執り行われた仏事において、頼意が導師を務めており、その際に和歌を詠んでいたことが知られる。

(37) 引用は、『大日本古文書』に拠る。

(38) 引用は、小木喬『新葉和歌集―本文と研究』（笠間書院、一九八四年）に拠る。

(39) 頼意は北野社を訪れるに際して、「宿願」を抱いていたとされる。実はこの設定は巻三十四に登場する南朝の上北面と対応しており、そこから頼意の「宿願」とは、後醍醐の怨霊発動による世の静謐であったと考えられる（註（32）拙稿参照）。

(40) 引用は、『真言宗全書』に拠る。

(41) 『仁和寺諸院家記』（『群書類従』）「勝宝院」の項参照。

(42) 註（6）に同じ。

(43) 註（41）に同じ。

(44) 引用は、『高野山文書』に拠る。

(45) 正平三年二月二十五日付「後村上天皇綸旨」には以下のようにある（引用は、『高野山文書』に拠る）。

後醍醐天皇御菩提□（事カ）、先度被レ仰了。毎月十□□（六日カ）殊可レ奉レ訪二果位一者、天気如レ此。悉レ之、以状。

正平三年二月廿五日　左少弁（花押）

寂静院僧衆等中

(46) 正平六年正月二十九日付「後村上天皇綸旨」には以下のようにある（引用は、『高野山文書』に拠る）。

後宇多院幷　後醍醐天皇御菩提事、殊可レ奉レ資二証果一者、天気如レ此。仍執達如レ件。

正平六年正月廿九日　少納言（花押）

寂静院僧衆中

(47) 註（6）に同じ。

(48) 頼意は、聖尋が院主を務めた東南院と神道説を介した関係を持っていたと推測される。すなわち、頼意は度会家行より神道説を伝受しているが（『大日本国開闢本縁秘抄』奥書）、この家行の著作は、応安三年（一三七〇）前後には東南院に伝来していた（阿部泰郎「『類聚神祇本源』真福寺本と信瑜の書写活動」『真福寺善本叢刊　類聚神祇本源』臨川書店、二〇〇四年）。さらに、家行の師である度会行忠は、聖尋・聖忠の父鷹司兼平から『伊勢二所太神宮神名秘書』の撰進を命じられており（阿部泰郎「『伊勢神道集』総説」『真福寺善本叢刊　伊勢神道集』臨川書店、二〇〇五年）、度会氏と東南院との深い関係が窺える。これらよりすれば、東南院—家行—頼意という関係性も想定できよう。

(49) 引用は、湯浅吉美「東寺観智院金剛蔵本『東寺長者補任』の翻刻（下）」（『成田山仏教研究所紀要』第二十二号、一九九九年三月）の翻刻に拠る。

(50) 道意が著した『東寺塔供養記』末尾に、次のような記事が見える（引用は、『群書類従』に拠る）。

同（筆者注、建武元年〈一三三四〉）十二月廿六日、
以二当寺　行幸賞一、別当権大僧都頼意叙二法印一了。
同、
以二同賞一、予（筆者注、道意）補二当坐主職一了。

建武元年九月二十四日の後醍醐東寺行幸の後、恩賞として師弟で昇進したことが記されている。

(51) 鈴木登美恵「天正本太平記の考察」（『中世文学』第十二号、一九六七年五月）。

(52) 註（3）に同じ。

(53) 鈴木登美恵「古態の『太平記』の考察—皇位継承記事をめぐって—」（『国文学　解釈と教材の研究』第三十六巻第二号、一九九一年二月）、註（3）「天正本太平記成立試論」、李章姫「天正本『太平記』巻二十六「大稲妻天狗未来記事」の視点」（『軍記と語り物』第五十二号、二〇一六年三月）。

〔付記〕

本稿は、関西軍記物語研究会第八十八回例会（二〇一六年七月二十九日、於四天王寺大学あべのハルカスキャンパス）での口頭発表を基にしています。席上ご指導を賜った先生方に厚く御礼申しあげます。

本稿はJSPS科研費（若手研究（B）課題番号17K13388）による研究成果の一部である。

『太平記秘伝理尽鈔』の時代認識と歴史観
──「古」から照らされた「今」──

山本晋平

はじめに

慶長・元和頃までには成立したと考えられる『太平記秘伝理尽鈔』（以下『理尽鈔』と略称）は、『太平記』の記事を合戦・政治・倫理など多様な観点から論評する「評」と、異伝・補説を記す「伝」から構成される軍記評判書である。『太平記』の「序」に対応する『理尽鈔』の解釈には、本書全体の基本的姿勢が表明されており、そこには次のような時代認識が見られる。

上代《ダイ》ハ文《ブン》ヲ専《モッパ》ラトシテ道《ミチ》ヲ行《ヲコナ》ヒ、身《ミ》ヲ修《ヲサ》メント人皆嗜《ミナタシナ》ミシ故《ユヱ》ニ（中略）三綱《カウ》五常《ジヤウ》ノ名ヲ知ラザルハナシ。（中略）是《コ》ノ故ニ、自《ミヅカ》ラ邪《ヨコシマ》ニナルヲバ恥《ハヂ》ト思ヒタル也。又、恥ト不《ザル》レ思《ヲモハ》在《ア》レ共、傍《カタ》ヘノ人強《アナガ》チニ、此ヲ以テ賤《イヤ》シトノミ謂《イ》ヒシガ故、恥タルナリ。此《コ》ノ比《コロ》ノ人ハ、文《ブン》ノ名ヲモ不レ知《シラ》。況《イハン》ヤ邪正《ジヤシヤウ》ヲ弁《ワキマ》ヘンヲヤ（何ぞ邪正を弁んや──校・異）。国ヲ領《リヤウ》スルノ人、如《ゴトク》レ是《カクノ》何《ナン》ゾイヤシキヤ（一・六裏〜七表・なし）

「上代」は人々が「文」（学問）を学んで「道」を行おうと嗜んだ時代であり、「三綱」（君臣・父子・夫婦の道）「五常」（仁・義・礼・智・信）の名を知り、「無道」を「恥」とした世とされている。それに対して「此ノ比」は、「文ノ名」も知らず、「邪正」を判断できない人々による退廃した世であるという。こうした人々（特に「国ヲ領スル」為政者）に「道ヲ知ラセンガ為」、また「無道《ブタウ》ヲ止《ヤ》」めさせるために「善悪ヲ評判」（同・七表）するという『理尽鈔』の説明は、『太平記』の「序」の解釈という形を通じて自らの目的意識を示したものといえる。(1) そして、こうした時代認識の対比記事は『理尽鈔』の全巻に散在しており、それにより『太平記』の時代以前の人物が数多く登場する契機にもなっている。もっとも、過去の歴史や人物の逸話を引くことはすでに『太平記』においても行われているが、『理尽鈔』では「伝」的叙述によって、『太平記』には見られない具体的な内容が付加されている。

　このような『理尽鈔』の対比的な時代認識に焦点を当てた先行研究は、管見の限り見当たらないが、歴史上の人物や特定の時代に言及した研究は散見する。まず「古」の人物に関して、佐伯真一氏は聖徳太子の記事の多さとその言動に着目し、「「最初ノ摂政」「上宮太子」等の名で聖徳太子の言葉や事跡と称するものを引き、政治の規範とする論述は、『理尽鈔』の全巻に満ちており、兵法論における正成の引用に匹敵すると言うべきであろう」と指摘し、「『理尽鈔』が聖徳太子を起点に据える意味が、種々の角度から考えられねばなるまい」と、さらなる考察の必要性を提起している。(2) 一方、「今」の時代認識については若尾政希氏が、『理尽鈔』巻第二十四の「天龍寺建立事」や「依二山門嗷訴一公卿僉議事」などの章段の宗教関係記事を検討し、「末世」である当代の仏教宗派（顕密・真宗・法華宗・禅宗）の経済的繁栄や堕落などを指摘している。(3) 加えて、『理尽鈔』巻第三十五「北野通夜物語事」に見られる「理ヲ破ルノ法」の法理を、足利尊氏以来の為政者が恣意に用いていることを批判する内容が、慶長二十年（元和元年＝一六一五）発布の『武家諸法度』の章句「以《テ》レ法《ヲ》破《ヤブリ》レ理《ヲ》、以《テ》レ理《ヲ》不《ザレ》レ破《ラ》レ法」(4) に対する批判にあてはまることを指摘し、「この発言は、現実政治との緊張感をもって発せられたものなのである」と論じる。(5) また、前田勉氏は『理尽鈔』を含む近世兵学における戦時の軍隊統制法が、平時の秩序形成の論理に拡張されたことを論じ、それを正当化する論理としての当代認識に着目している。すなわち、「「末世」の人心が荒廃した時代にあっては、平時の治国においても、道徳的な教化ではなく、「威」が優先」され、「「末世」が信賞必罰の武威の支配を正当化する根拠となっていた」と論じる。(6)

若尾氏や前田氏の研究は、『理尽鈔』の「末世」認識を近世初期の政治思想との関わりから分析した貴重な研究であるが、こうした当代認識が冒頭で見た「古」の時代と対比的に論じられている点についてはは特に触れていない。『理尽鈔』における「古」がいかなる時代と位置づけられているのかは、翻って「今」を明らかにするためにも有益であり、かつ必要な作業と考える。

その点で興味深いのが樋口大祐氏の研究である。『理尽鈔』巻第一「後醍醐天皇御治世事」にある源頼朝批判記事に着目し、これを『理尽鈔』の成立時期と考えられる十七世紀初頭の徳川政権に対する批判と捉え、「頼朝批判に仮託することを通して、逆に「徳川の平和」以後の同時代の現実への批評性を維持しようとしたのではないだろうか」と推測する(7)。過去の歴史に対する批判が現在に通用するという可能性を述べる樋口氏の論は、『理尽鈔』において「古」の歴史が記される意義の追究を喚起しているといえる。

以上の先学が指摘するように、『理尽鈔』の当代認識には、『太平記』の時代の「今」と重なりつつも、それを越えて『理尽鈔』が生成・成立した時代としての「今」の認識が投影されていると考えられる。その点からも、『理尽鈔』の「古」と「今」の時代認識を分析することは、その内部世界における歴史観を考察することだけでなく、本書の生成・成立時期における時代認識をも垣間見ることができるものと考える。そこで本稿では、冒頭で見た「道」を説こうとする目的意識も念頭に置き、『理尽鈔』の時代認識とそれによる歴史観について考察する。

一　「古」の時代とその推移

『理尽鈔』の時代を表す言葉には、「古」を指すものに「往昔」「往古」「上代」「上古」「往代」などが、「今」を指すものに「当時」「当代」「当世」「末代」「末世」などがあり、その間の時代を指すものとして「中古」「中比」などが見られる。しかし、具体的にいつの時代を指すのか不明瞭な場合も多いため、これらの言葉だけでなく、年号や特定の時代の人物が登場するような記事に着目する必要がある。そこでまず、「古」とはいつまでを指すのかを確認するために、巻第一「後醍醐天皇御治世事」における時代の推移を見る。『太平記』では後醍醐天皇の政治とそこに至る「武家繁昌」の歴史が記されるが、『理尽鈔』では源頼朝が後白河院から総追捕使に補任された記事に、以下の論評を行う。(8)

頼朝、追討平家《ヲ》ノ有《アリ》功シ時、後白川ノ院、六十余州ノ惣追補《サウツイブ》（捕―校・釈）使《シ》ニ補《ホ》セラル、（『太平記』一・三五）事、慮《オモンバカ》リ短シトニヤ。（中略）本朝ノ古《イニシ》ヘ、一国一人ノ国司ヲ補《ホ》セラレ、其ノ国ノ政道ヲ司《ツカサ》ドラシム。最初、在国三箇年、五箇年ニテ改補《カイフ》ス。政《マツリゴト》ノ善キハ然《シカ》也。悪シキハ禍《トガ》ノ軽重《キヤウヂウ》ニヨツテ罪《ツミ》セラレシ。数年補《ホ》セザル故ハ、一人ノ国司数年在国セバ、後世ニ当《ル》其ノ器《キニ》ノ臣、長生センニ、ムナシク一生ヲスゴサンカ。是レ亡国ノ端《ハシ》ナリ。（中略）又、一人ノ国司、年《ネン》々ヲ経バ自《ヲノツカ》ラ意《コヽロ》ユルク成ツテ、政《マツリゴト》悪シカラン歟。然ラバ諸民患《ウレ》ヒニ及ビ、国司モ罪セラレン。又、久シク在国セバ、下民《カミン》、国司ヲ以テ主《シウ》ノ思ヒヲナシテ、朝家《テウカ》ノ恩恵ヲ忘レンカ。（中略）又、不義ノ国司有テ朝敵トナランニハ、黎民《レイミン》皆彼ニ与《クミ》セン。又、国司二代相続《アヒツヾ》ヒテ在国セバ、子孫永ク伝領セン。然ラバ非器《ヒキ》・不義・不忠ノ数多カランカ。是皆亡国ノ端ナリ。（中略）人皆侈《ヲゴ》リ有リ。ヲゴラザルハ聖人也。上古《コ》ニ聖人稀《マレ》ナリ。コノユヘニ法度《ホウト》ヲサダム。（中略）又、如何ナル才智有レドモ、一人ヲ以テ同ジク二箇国ノ司《ツカサ》ニ不補《ホセ》。往昔《ソノカミ》ハ如是、遠キヲモンバカリ有ルガ故ナリ。（八表～九表・なし）

この冒頭で、後白河院の頼朝への総追捕使補任は短慮と批判されている。その理由として「古へ」の国司補任のあり方が記されている。国司の長期在任（五年以上）は、「器」（治政の資質）ある臣が活かされず、国司の「意」が弛緩し、政治の悪化を招いて「諸民」が煩う。「下民」も国司を「主」と思い、「朝家ノ恩恵」を忘れ、国司が「不義」にして「朝敵」となれば民は国司に従うことになる。子孫による国司の継承と伝領は「非器・不義・不忠」の者も政治に関与することになり、「亡国ノ端」となる。よって、「古へ」の国司は「才智」ある者でも一人一国一代限りとされたという。また、これらの弊害は全て人間の「侈リ」に端を発し、「侈リ」のない「聖人」は「上古」にも稀なために「法度」が定められたとされる。そして、このような「法」が制定された「往昔」は「遠キヲモンバカリ」のあった世と肯定的に論じられている。この「法」とは具体的に何を指すのか。

古《イニシ》エ、最初摂政殿《ソノカミセツセウドノ》、本朝ノ人民ノ数ヲシルサレシニ、男女《ナンニヨ》凡ソ五百万人ニ足ラズ。（中略）彼《カ》ノ生霊《セイレイ》ヲ養フニ、向《ムカヒ》㆓珍膳《チンゼンニ》㆒、著《ツケ》㆓好衣《カウエヲ》㆒且ツ畜《タクハヘ》㆓積宝物《ツムホウブツヲ》㆒事、如《ゴトク》㆑山《ノ》ナルモ有ルラン。又、飢饉《キキン》シテ地《チ》ニ倒《タホ》ルルモ在ン。「不《ジ》㆑如《シカ》、法ヲ立テンニハ」ト、百卅余箇条ノ法ヲ定メラル。今ノ『根本世鏡抄《コンボンセキヤウシヨウ》』(9)是也。（中略）(10)上古《シヤウコ》ハ如《ゴトク》㆑是《カクノ》有リシ。此（後白河院―校・釈）ノ御宇《ギヨウ》ヨリ礼法皆破《レイホウミナヤブ》レテ武威次第《ブイシダイ》ニ昌《サカ》ン也。是、先ヅ聖人法（先聖の法―校・異）ヲ背ク故ニ非ズヤ。此ノ外ニ細々《コマ〳〵》ノ非義、不《ル》㆑可《ベカラ》㆓勝《ア》ゲテ計《カゾフ》㆒也。（一・十表〜十三表・なし）

「古エ」に聖徳太子が人々の間の貧富の差を見て、「百卅余箇条ノ法」から成る『根本世鏡抄（鈔）』を制定したとあり、以下（直後の中略部分）に、土地整備や所領・衣食の法が詳しく記される。ここでは「古」のありとあらゆる「法」が聖徳太子によって制定され、そのような「上古」の「礼法」が後白河院の「御宇」において乱れたとする点に注意したい。そして、これ以後に「武威」の世となることが記されている点からも、後白河院の時代を「古」の時代から推移する画期と見ることができる。それは聖徳太子の世を「古」とする時代から推移した「中比」の時代認識からも窺うことができる。

中比《ナカゴロ》ヨリ威ヲ専ラトシテ、自《ミズカ》ラ忠ヲ挙ゲ、一人シテ数箇国ヲ官（管―校・釈）領シ、剰《アマツサ》ヘ子孫ニ伝領ス。所謂《イハユル》、頼義《ヨリヨシ》・義家《ヨシイヱ》・将門《マサカド》・義親《チカ》・平馬《ヘイマ》ノ介《スケ》・為《タメ》義・義朝等《ヨシトモトウ》也。（中略）然ルニ此ノ院（後白河院―校・釈）、平相《ヘイシヤウ》 国入道《コクニウダウ》浄《ジヤウ》 海《カイ》ガ一類ニ給ル国、三十七箇国、日本ノ半分ニ越ヘタリ。故《カルガユヱ》ニ威ヲ天下ニ振ルヒ、奢《シヤ》侈至《イタツ》㆓雲《ウン》上《ニ》㆒テ近臣ヲ罪《ツミ》セシ。加㆑之《シカノミナラズ》、院ヲ鳥羽ノ離宮ニヲシ籠メ奉ル。（中略）是ニシモ悔ヒ給ハズ。今頼朝ヲ惣追補《ソウツイブ》（捕―校・釈）使《シ》ニ補《ホ》セラル。ソレヨリ已来《コノカタ》、且《シバラ》クハ公家・武家トテ、如《ゴトク》㆓車《クルマ》ノ両 輪《リヤウリンノ》㆒成リシガ、王法次第ニ衰へ、武家ハ日日《ニチ〳〵》ニ

繁昌セリ。是皆君ノ慮リ不《ザル》レ正《タダシカラ》ガ故也。（一・九裏～十表・なし）

ここでは「威」により「忠」を挙げて「数箇国」を領有し、なおかつ子孫に伝領した具体的な武士の名が挙げられている。平将門・源義親・「平馬ノ介」（平右馬助忠正）・源為義・源義朝は、反乱や兵乱によって朝廷の政治を脅かした人物である。[11] ただし、息子義家と共に陸奥の安倍氏を追討した（前九年の役）源頼義や、出羽の清原氏の内紛に介入・鎮定した（後三年の役）義家は、国司の規定に反する点で彼らと同様に批判視されているが、後述するように、彼らはむしろ肯定的な評価が少なくない点で立場を異にする。

こうした武家台頭の気運の中、後白河院は平家一門に「三十七箇国」を与え、[12]「奢侈」を極めた平清盛に近臣を流され、自らも鳥羽に禁籠される。その結論として、これに悔いることなく頼朝を総追捕使に補任した後白河院の「慮リ」が、「王法」の衰退と武家の「繁昌」を招来したという観点から批判されている。このような認識は、頼朝と弟義経が対立した際に、後白河院が結果的に双方に追討の院宣を下したことについて、[13]「角勅定軽々敷、思ヒ詰メサセ給フ事ナカリシ故ニ、此ノ御宇《ギョウ》ヨリ始テ王法ヲトロヘ果テ、天下武家ノ有ト成リシ」（三十五・本・十八表・「評」）とする論評や、「先保元《ホウゲン》ヨリ已来《コノカタ》、天下乱テ王道安穏《アンヲン》ニ御在《ヲハ》スル事ナシ」（三十四・四裏・「伝」）など、他の巻にも見られることから全体に通ずるものといえる。

なお、巻第十八には「悲シヒ哉。古賢《コケン》ノ宣《ノタマ》ヒ置キシ道、今ノ世ニ至テ皆亡ゼリ。王法ハ天暦ノ帝《ミカド》ニテ留レリト見ヘタリ。ソレヨリ已来ハ先聖ノ掟《ヲキテ》、次第ニ破《ヤブ》レ来レリ。仏法ハ文治・建長ノ比《コロ》ヲヒヨリヲトロヘタリ」（十八・六十九表～裏・「伝」）とあり、「王法」衰退の起点を延喜（九〇一～九二三）の醍醐天皇とともに聖代視される天暦（九四七～九五七）の村上天皇以降の時代とする。これを踏まえれば、「王法」や「古賢」の「道」の衰退は天暦以降に始まり、保元以降の後白河院と頼朝の時代に至って破綻したと考えることができようか。また、「仏法」の衰退時期が文治（一一八五～一一九〇）、建長（一二四九～一二五六）とされるのは、「文治《ブンヂ》ノ比《コロ》、建長《ケンチヤウ》ノ比《コロ》ヨリ以来《コノカタ》、源空《ゲンクウ》法然《ホウネン》・是星《ゼシヤウ》

（聖—校・釈）日蓮《ニチレン》ト謂ヒシ法師ノ云、末弟《マツデシ》ノ（法師の末弟の云く—校・異）、「五逆《ギヤク》十悪《アク》ヲ造リテモ、称名念仏《シヤウメウネン》ニテ、往《ワウ》生《ジヤウ》」ト謂ヒ、又「「法華妙典《ホツケミヤウデン》」ノ題《ダイ》ヲ唱《トノ》フレバ、極悪《ゴクアク》ノ人等《ラ》モ成仏《ジヤウブツ》ス」ト謂ゾ。大ニアヤマリタルニヤ」（十一・三表～裏・「評」。十八・六十一裏～六十二表・「伝」にも類似箇所あり）と、新仏教の流行時期と対応している。こうした認識が当代の退廃的な仏教観につながる点は、先の若尾氏の研究が示す通りである。(14)

二　源頼朝と武家政治の評価

次に、「王法」が衰えた後の「武家」の世はどのように記されているのか。同じ巻第一には、後白河院の論評の後、武家政治の創始者である源頼朝に対する論評が続く。

頼朝、不忠ノ事。平家ハ無道《ブタウ》ナリトイヘドモ（中略）天下ノ政《マツリゴト》ハ朝《テウ》ノ御計《ヲンハカラ》ヒ也。此ノ頼朝ハ、上ニハ朝敵《テウテキ》退治ノ名ヲ仮《カ》ルトイヘドモ、下《シタ》ニハ私ノ宿意ヲ達センガ為ニ、平家ヲ追討ス。何ゾ忠ト云ンヤ。（中略）又、諸国ノ武士ヲ号二御家人《シゴケニント》一テ、我ガ下民《カミン》トス。（中略）其ノ行《ヲコナ》ヒヲ見ルニ、一事モ我ガ家ヲ軽クスルコトナク、朝家ヲ重ンジ奉ル事ナシ。（中略）ソレヨリ後《ノチ》、王法《ワウボウ》如《ゴトシ》レ無《ナキガ》ニ成リテ、天下武家ノ有《ウ》トナリヌ。是ヲ以《ヲモン》ミルニ、無双《ブサウ》ノ朝敵也。（中略）(15)浅間敷《アサマシ》カリシ世ノ中也。（一・十三表～十五表・なし）

ここで頼朝には計七つの「不忠」①「私ノ宿意」による平家追討＝右本文参照、②平家所領の没収と守護・地頭の設置、③鎌倉から政治に介入、④諸国の武士の御家人接収＝右本文参照、⑤「私ノ宿意」により、朝廷に忠のある伯父行家と弟義経を追討、⑥奥州藤原氏を朝敵と呼び追討、所領接収、⑦院宣なき奥州発向で上を軽んじた）が列挙されている。これらの行為によって「王法」を無実化し、武家に天下をもたらした頼朝は「無双ノ朝敵」と強く非難されている。さらにその直後（註(15)中略部分）には、あるべき「忠臣」について記された後、「頼朝ハ大キニ異《コト》也」（十四裏）と明確に区別されている点を見ても、その批判は痛烈である。「王法」の衰退と「武家」の「繁昌」は単に後白河院の短慮だけでなく、こうした頼朝の「不忠」からも説明されているのである。他方、こうした行為の反作用として「古へ《イニシ》［ノ］如《ク》二頼朝《ノ》一天下ヲ政《ヲサ》ムル器《キ》」（十六・五十裏・「伝」）という正成の発言や、「頼朝ノ方便《テダテ》ヲ専《モッパ》ラ」として関東を治めた足利基氏への論評（四十・五裏・「伝」）など、統治能力に対する肯定的な評価も見られる。[16] しかし、頼朝が天下を奪って武士の世をもたらしたことを批判する姿勢は、「只天下ノ武士、頼朝ガ時ヨリ以来《コノカタ》、侈《ヲゴ》ツテ朝ヲナイガシロニセシニ習ヒタルニ」（十四・八十六裏・「評」）、「今ノ世ニハ臣ノ威強ケレバ、主《シウ》ヲ覆《クツガヘ》ス事、和朝《ワテウ》ニ其ノ例《レイ》多シ。頼朝・義時・今ノ尊氏也」（二十二・十七表・「評」）と全体に一貫している点からも、頼朝に対する倫理的批判が巻第一に記される意味は重い。

この後、頼家・実朝の時代に実権を握った北条時政・義時の政治が記されるが、時政は「十四」の「不義」を重ねた「前代未聞ノ逆臣」とされ、義時も後鳥羽院の配流など三つの「逆意」と「重罪」が指摘され、厳しく批判されている（一・十七表〜二十一表・「伝」）。

以上、『理尽鈔』全体の用例を概観すると、「古」とは聖徳太子の「法」によって世が治められ、それがよく守られた時代を指すと考えられる。武家の伝領や抗争と平清盛の権勢を経て、源頼朝が政権を掌握した後白河院の時代が画期とされる点を考慮して広く解釈すれば、後白河院以前の朝廷を中心とする政治の時代を指すといえる。それに対し、後白河院の時代から『太平記』の現在にまで至る武家の世は、「古」の「礼法」が破れた時代と捉えられている。

三　「古」の規範と「今」における不相応

冒頭で触れたように、「古」と「今」を対比的に論じる箇所は全巻に散在しているが、[17] それらの時代認識を概観すると、おおむね前節の時代区分と対応すると考えられる。

・昔ハ臣《シン》、道《ミチ》ヲ知テ、タガフ事ナシ。是ノ故ニ忠ヲ深ク竭《ツ》クサント思ヒ、智ノ有ニハ、事ヲマカセテヨシ。中古《コ》ハ忠少ナク智モ劣レル故、品々《シナジナ》ニ依ツテ、主是ノ事ヲ問ヘト也。当時ハ無二忠臣一、主諸司《ショシ》ヲ知ラザレバ、主ノ威《イ》軽《カロ》シ。（三・三十八表〜裏・「評」）

・上代ハ法ヲヨク定メ給ヒシ故ニ、威アルモ上ヲアナドリ参セザリシ。然共異勅ノ者猶多カリケリ。（中略）末代ハ猶然也。徳少シ有ル人スラ稀ナリ。（十七上・五表〜裏・「評」）

・今ノ世ハ往昔《ソノカミ》ニ事替《カ》ハツテ、一度約《ドヤク》ヲ堅《カタ》ウシタレバ、為レ其《ノ》ニ一命《メイ》ヲ捨テント欲《ヲモ》ハン者希《マレ》ナランカ。（二十八・九表〜裏・「評」）

・往代ニハ、人ノ心直ニシテ道ヲモ知ル故ニ、師直ガ如ノ無道《ブタウ》ノ行跡《フルマヒ》ヲ見テハ、人皆退心有ルガ故ニ、災生ズル事最早《イトハヤ》シ。今ノ世ニハ、人皆無道ニシテ、心愚《グ》ニ曲タル故ニ（中略）多ハ己《ヲノ》ガ身ニモ遊楽有レバ、少シモ退心ナキ者有。此故ニ災遅ク来ルトニヤ。（中略）今ハ上《カミ》一人ヨリ下万民《シモバンミン》ニ至《イタ》ルマデ、道《ミチ》ト云フ事ヲバ、中々不《ザル》レ知《シラ》世ニ成リテケリ。（三十九・四十三表〜四十四裏・「評」）

「中古」の範囲が特定しがたいものの、「昔」「上代」「往代」といった時代が、「道」を深く知る人々が多く、「法」により治められた世であったという認識は、前節までの「古」の時代観と対応する。また、「当時」や「今ノ世」は、基本的には『太平記』の「今」であるが、「末代」や「末世」などは頼朝の台頭する時代まで遡って捉えられる場合もあり(18)、広く武家政権の時代から現在までを指す表現と考えられる。そして、「今」は「古」と異なり、「上一人ヨリ下万民ニ至ルマデ」が「道」を喪失した「無道」の世と捉えられている。

では、このような時代区分や対比的な時代認識が見られる『理尽鈔』の文脈において、過去の歴史や人物の逸話はいかなる意味を持つのだろうか。ここでは「古」の「法」の制定者とされる聖徳太子の言動について見ておきたい。『理尽鈔』全巻に散在する聖徳太子関係記事を大別すると、①賞罰や量刑の規定、②神・儒・仏の三教を用いた政治、③倫理関係（人間の内面性や僧のあり方、君臣や父子関係などに関する言及）、④衣食住の規定や租税関係などに分けられ(19)、先の佐伯氏の指摘のように、合戦を除くほとんどの「法」が聖徳太子の制定したものといえる。これらを上述の対比的な時代認識との関わりから概観すると、聖徳太子の「法」は「今」に対する規範としての役割を担っていることがわかる。

比較的明瞭な例を示すと、元弘の変で笠置落城の際に捕まった侍従中納言（三条）公明と別当（洞院）実世が赦免されたことについて、『理尽鈔』では「上宮太子『根本世鏡鈔《コンポンセキヤウセウ》』ヲ定メ給ヒシ（定たまふにも―校・異）、謀叛人ハ一天下ノ大アタ也。一代ニ不レ限《カギラ》、子々孫々ヲ可《キ》二断絶《ダンゼツ》一由宣《ノタマ》ヒ置キシ」（四・五裏～六表・「評」）と、聖徳太子の「法」が記されている。そしてその内容に基づき、「何ヲ以カ赦免セン」（六表）と謀叛人を許した鎌倉幕府の処置が批判されている。また巻第十二では、護良親王が足利尊氏との対立の末に捕縛された際、後醍醐天皇は宮の身柄を足利直義に預けるが、『理尽鈔』はこれを「大ニ悪シ」と批判する。ここでもその根拠として、「他ノ重禍人《ヂウクワ》ヲサヘ、其ウツタヘシ人ニアヅケズ」という「最初《ソノカミ》ノ摂政《セツシヤウ》殿」の言葉を挙げている（六十五裏・「評」）。両者とも聖徳太子の「法」を規範として、取り上げられた「今」の内容が批判されている点に注意したい。以下も聖徳太子の処罰に関する「法」の内容である。

最初《ソノカミ》ノ摂政《セツシヤウ》殿、「罪禍《ザイクハ》アル人、獄《ラウ》ニ押シ籠《コ》メテ日ヲ送ル事、苦シマシメントニハ非ズ。万ニシテ一モ誤リアランヤ」ト也。（人の―校・異・補）一命ヲ失《ウシナ》フヲバヨク大事《ジ》ニ仕給ヒシゾカシ。近代《キンダイ》、人、愚《グ》ニシテ人ノ命ヲ断《タ》タン事ヲ重クセズ。大ナル誤リナリ。死テ再《フタヽ》ビ帰事ナシ。従類《ジウルイ》又恨ミ深カランカ。此等ノ重キ事アリシ故ニ、最初ノ摂政《セツシヤウ》殿モ覚ハ定給ヒシ。可《キ》二心得一事也。（十六・九十五裏～九十六表・「評」）

これは聖徳太子が自らの誤りを恐れて死罪に慎重であったとする内容だが、ここではそれがより明確な形で、軽率に死罪を行う「近代」の愚かな人々に対する批判や「心得」として機能している。このように、『理尽鈔』全体の聖徳太子の言動や「法」の多くは、単に「法」の起源や先例として語られるだけでなく、『太平記』における「今」の誤った「法」の運用や政治を批判するための規範・教訓の役割を果たしているといえる。(20)

一方、「古」の規範であるゆえに、聖徳太子の「法」には以下のような面も見られる。

最初《ソノカミ》ノ摂政《セツシヤウ》殿、「賞ハ十、罰《バツ》ハ一、二」ト宣シ。ソレハ上代ナレバ角コソハ侍ケン。当時《タウジ》ハ賞ハ十一、二ニ満《ミ》チ余《アマ》リテ行ヒ、罰ハ七、八ツ行ヒテ能《ヨ》カランカ。夏冬《ナツフ》ノ如《シ》レ衣《ノ》。依レ代《ヨニ》テ分別可《キ》レ有事カ。其故ニハ、当時ハ人皆奢《ヲゴ》リテ過奢《クハシヤ》ヲ好《コノ》ム故ニ、十ハ分々当々ナレバ、物ノ数《カズ》トモ不《ル》レ思故ニ、法ニ過テ賞ヲ行ヒ、次第ニ国民《ミン》、学《ン》レ文《ブンヲ》ト思フ様ニ、諸事ヲ行ハンニハ不《ズ》(じ—校・釈)レ如《シカ》。(中略)罰《バツ》ハ七、八ツト謂《イ》ヘル事ハ、罰モ軽ケレバ不レ恐。往昔《ソノカミ》ハ道ヲ知リタル故ニ、此罪禍《ザイクハ》ハ深シ、浅シナンド知テ、十ナラバ幾程《イクホド》ノ罪《ツミ》ニテコソ侍ズレドモ、「是ハ主《シウ》、慈悲《ジヒ》深フシテ、十ニシテ一ツ、二ツナリ。難《キ》レ有御恩《ヲン》ナルベシ」ト、傍《カタ》ヘノ人モ思ヒ、其身モ謂《イ》イ沙汰シ侍リケリ。今ノ世ノ人ハ、禍《トガ》ノ軽重《キヤウジウ》ダニ不レ知(了《シラ》ざれば—校・異)、罰ノ足《タ》リ不レ足ヲモ不レ知。(中略)又、罪《ツミ》セラレシヲ、古《イニシ》へハ恥《ハヂ》ト思ヒシ。今ノ代ハ法ヲ破テモ、罪セラレン事、強《アナガ》チニ恥《ハヂ》ト不レ思。(中略)此時ニ当テ、聖徳太子《シヤウトクタイシ》ノ如《ク》レ法《ノ》少シ罰《バツ》セバ、法ヲ破ル者ノ絶《タ》ユル事不レ可レ有。此故ニ、罰モ七ツ八ツアレ、トナリ。(十・七裏~九表・「評」)

「賞ハ十、罰ハ一、二」とする「上代」の聖徳太子の賞罰規定は現在に相応せず、「当時」は賞罰共に重くしなければならないという。「往昔」に「罰」が少ないのは、人々が「道」を知り、「主」の「慈悲」を「恩」に感じ、「罪」を「恥」と感じたためであった。しかし、「今」の人々は罰の重みを理解せず、「法」を破って罪を受けても「恥」と思わないために、罰を重くしなければならない。また、「当時」の人々は「過奢」で賞を不足に思うため、学問で「道」を嗜ませるためにも「法」に超過した賞が必要であるというのである。

このような聖徳太子の「法」や言動を不相応とする指摘は、全体の中では少数ながら窺われる。具体的には、「凡上代ハ世モ直《チヨク》ニ人ノ心モ不《ザレ》レ曲《マガラ》バ、政ヲ人ニマカセテモ国政《ヲサマ》リヌ。所謂上宮太子等也。末代ハ不レ然。国民皆《ミナ》無道《ブタウ》ニシテ、自《ジ》ヲ立《タ》テント思フノ侈《ヲゴ》リ在レバ、臣ヲシテ政《ツリゴト》ヲアヅケテ主不《シユザル》レ聞則《キカトキ》ンバ、臣侈リ威《イ》強ク成テ主ヲ覆《クツガヘ》ス事、眼《ガン》前ニ在リ」(二十一・四十九裏)という「評」がある。また、「(国主—引用者)一人ノ行《ヲコナ》ヒニ非《ヒ》アルハ隠謀《インバウ》ノ罪《トガ》ニ同《ドウ》ズ。(中略）諸司《シヨシ》ノ行ニ非《ヒ》アルハ隠謀ニハ劣《ヲト》リ、大盗罪ニハ少《スコ》シハ勝《スグ》レン」という聖徳太子の言葉について、「後《ノチ》ノ世ノ人」が諸司の非は諸人を苦しませて亡ぼす点から「聖《セイ》人ノ上ノ御アヤマリニモヤアリケン。只隠謀《インバウ》ノ罪ニ同《ドウ》ゼン」と批判した言を載せ、それを「理ナル哉」とする「評」も見られる。（三十三・五十四裏〜五十五表）こうした論評は、「古」の時代が人々の「道」の理解と実践を前提とする「法」による治世であったために、「道」を知らない人々による「今」の時代では、聖徳太子の「法」をそのまま施行しても規範として機能しないことを物語っている。聖徳太子の「法」以外の箇所にも、「上代ハ道ヲ以テ世ヲ治《ヲサ》メシ故也。末《マツ》代ハ不レ然。主ハ郎従ヲ遣《ツカ》フニ我手足ノ如クニセズ（中略）郎従又恩ヲ受ケナガラ恩ト不《ズ》レ欲《ヲモハ》（中略）至《イタツ》二此時《ニ》一テ如《ク》二上代《ノ》一ニセバ時ト法ト相応《ソウヲウ》スベカラズ」（二十一・二裏・「評」）と見られる。このように、「古」の「法」は、「今」を批判する規範の役割を持つ一方で、世相の異なる「今」の時代にそのまま用いることはできないとされている。

四　「今」を治める方法――「古」の継承――

では、こうした「古」から推移した「今」をどのように治めれば良いのか。そこで見ておきたいのが巻第三十五「北野通夜物語」の内容である。『太平記』では、昔関東の評定衆に列して武家の治世を見てきた「坂東声《バンドウゴエ》」の「六十許《バカリ》ナル遁世者」、南朝に仕えるも困窮して外典の書を読む日々を送る「体嫋《テイナビヤカ》ニ色青醒《アヲザメ》タル雲客」、顕密関係の寺院に伺候して天台宗の教義を学ぶ「細ク疲《ツカレ》タル法師」の三人が、「北野ノ聖廟」で「異国本朝ノ物語」を行い、これを「日野《ノ》僧正頼意《ライイ》」が聞いたとする（三・三一六〜三三五）[21]。『理尽鈔』では、遁世者の語る北条氏の政治（泰時・時氏・時頼・時頼が登用した青砥左衛門藤綱・貞時の執政）に叙述が集中している。本節では『太平記』でも賞賛される泰時の政治を取り上げたい。まず、明恵上人が泰時に語った「法談」の内容（と『理尽鈔』が語っている箇所）を見ると、次のようにある。

妙典《メウデン》ニ云、「諸苦所因貪欲為本《シヨクシヨイントンヨクイホン》」ト云云。又云、「慈眼視衆生、福聚海無量《ジゲンシシユジヤウフクジユカイムリヤウ》」ト云云。国主貪欲《トンヨク》ヲ専トスル則ンバ、国土乱レテ諸苦ノ来ル事、掌《タナゴ、ロ》ヲ指スガ如シ。貪欲ハ豈《アニ》諸苦ノ本《モト》ニ非《アラ》ズヤ。一切万タン（般《タン》—十八冊本・異）ノ政《リゴト》、慈眼視衆生ノ心得有ル則ンバ、福《フク》ノ来ル事ハ如《シ》レ海。此ノ両文《モン》ヲ一体ト習《ナラ》フテ信《シン》ズルヲ、国ニ王タル者ノ要《ヨウ》トスル所也。（中略）此文ノ教ヘヲ《ヲシ》信ジテ貪欲ヲ離レ、慈眼視衆生ノ心有レバ、自然ニ民富《タミト》ミテ国家モ泰平《タイヘイ》ニ成リ、王者福聚海無量ト成ル也。「欲、義ニカツ則ンバ（亡、義、欲ニカツ則ンバ—十八冊本・補）、国富テ民豊カナリ」ト云シ外典《ゲ》ノ意ニ同ジ。天竺ノ仏法・震旦《シンダン》ノ俗書《ゾクシヨ》ノ意、皆以一同セリ。（中略）智恵《チヱ》第一ノ上宮太子《ジヤウグウタイシ》、天竺ノ仏法・震旦ノ三綱《カウ》五常《ジヤウ》ヲ以テ、和朝ノ神道《シンタウ》ニ指シソヘテ国家ヲ治メ給ヘリ。（中略）王者ノ専ト欲《ホツ》スルノ道也。明恵、此意ヲ以テ泰時ニ被《レ》レ示《シメサ》タル所ナルベシ。（四十一裏～四十二裏・「伝」）

明恵は『法華経』の句の「意」を、主たる者が「諸苦」の「本」である「貪欲」を離れ、「慈」を以て「衆生」を「視」れば「海」の如き「福」が来たることと説き[22]、「天竺ノ仏法」は「震旦ノ俗書ノ意」と「皆一同」するという。また、「天竺ノ仏法」「震旦ノ三綱《カウ》五常《ジヤウ》」「和朝ノ神道《シンタウ》」の三教を用いて国を治めることは、「上宮太子」の政治に通じるという。ここでも「古」の聖徳太子の「法」が、「今」の世を治めるための規範とされていることがわかる。

続けて明恵の法談の内容を見ると、「古」の「主」の具体的な逸話が記されている。

往昔《ソノカミ》ノ人、号シテ曰《イフ》二「七文字《ト》」一。上部ノ法直《ナヲ》クシテ底《ソコ》ニ曲ガレルガ故ニ、又謂ヒ道《モノイ》ニ当タリテ直ク、行ヒノ曲レル有リ。同ク「七文字」ナルベシ。サレバ、三条院ノ御宇《ギヨウ》ニ陽明門《ヤウメイモン》ノ扉《トビラ》ト、摂政殿《セツシヤウドノ》ノ御門《ゴモン》ノ扉ニ大文字《ヲ、モジ》ニ七ノ字ヲ書キテ置キケリ。帝《ミカド》、叡覧《エイ》有ツテ頓《ヤガ》テ御得心《ゴトクシン》有リ。「京童部《ワランベ》ノ仕業《シワザ》、最恥《イトハ》ヅカシ」ト勅諚《チヨクヂヤウ》有リテケルガ、綸言直《リンゲンチヨク》ニシテ御行ノ奸曲ナル事、日ヲ《ヲ》追ツテ直《ナヲ》ラセ給ヒタリシトニヤ。民《タミ》ノ諫《イサ》メヲ恥ヂ給ヒタリシ叡智ノ程コソ難《ガタ》レ有《アリ》ケレ。又、村上天皇ノ御宇ニ欲ノ深キ訴ヘ来リケレバ、帝《ミカド》、「丸《マル》ガ貪欲《トンヨク》有レバコソ民ニ角邪欲《ジヤヨク》有リ。延喜《エンギ》ノ帝ノ御宇ハ、民ニ奸曲ナカリシ。幾年月《イクネンゲツ》ヲ不《ル》レ経ニ角奸謀《カクカンボウ》有リ」ト、大ニ歎《ナゲ》カセ給ヒシトニヤ。明恵《ミヤウヱ》、此等ノ事ヲ思出テ泰時ニハ角宣ヒケン。深キ理《リ》ニコソト覚シ。泰時、是ヲ深ク信ジテ弥《イコ〱》身ノ貪欲ヲ嗜《タシナ》ミ、国ヲ能治メ給ヒ

シ。（四十三裏～四十四表）

ここでは「往昔」の二人の天皇の言動が記されている。三条天皇（在位寛弘八年～長和五年＝一〇一一～一〇一六）は、「京童部」によって「陽明門」と「摂政殿」(23)の門の扉に書かれた「七文字」（「七」の縦線が、上部は「直」だが「底」は「曲」がっていることの諷刺）を見て、自らの行いを恥じて正したとし、その「叡智」が賞賛されている。その直後に、「欲ノ深キ訴ヘ」に対して自らの「貪欲」を恥じて歎いた村上天皇の逸話が続く。そして、以上を踏まえた明恵の「法談」を深く嗜んだ泰時は国を良く治めた、と結ばれている。この「伝」の内容から、泰時の政治が、明恵により語られた「妙典」の「句」を通じて、聖徳太子や後白河院の時代以前の「古」の天皇の政治姿勢を継承するものであることがわかる。

しかし、先述の通り、「古」の規範だけでは退廃した「今」の世は治められない。そこで、泰時は直面する「今」に相応する方法を取る。次に示すのは、北条高時が滅亡した後の元弘の頃、楠正成が万里小路藤房に語った泰時の賞罰に関する逸話で、泰時の賞罰が「古」より重いと批判する意見に対する泰時の言葉である。

往昔《ソノカミ》、上宮太子定給フ罰ヨリハ、聖武《シヤウム》ノ帝《ミカド》ノ御宇《ギヨウ》ヨリ倍《バイ》ス事、十ニシテ三ツト也。最初《ソノカミ》摂政殿《セツシヤウドノ》ノ御時ハ、世モ上代ニテ諸人恥《ハヂ》ヲ知リ道ヲ嗜《タシナ》ミテケリ。聖武ノ御宇ニハ諸人無道《ブタウ》ニシテ盗賊出《タウゾクイ》デ来《キ》、相論多カリシカバ、古ヘニ替《カ》ハツテ人皆恥ヲ不レ知、重《ヲモ》ク罰セザランニ於テハ一天下ノ法立《タ》ツ間《マ》ジカリケレバニヤ。今ノ世ハ又聖武ノ御宇トハ相対《サウタイ》スルマデモ有ルベカラズ。諸人大ニ無道ニ成リタルトコソ見ヘテ候ヘ。此ノ時ハ執政ノ臣等《シンラ》罰ヲ重フシテ威《イ》ヲ逞《タクマ》シフシ、人ノ恐ル、心ナカランニ於テハ何ゾ国法《コクハウ》立ナンヤ。聖武ノ掟《ヲキテ》ヲ証《セウ》トシテ罰ヲ重ク行所也。泰時ガ僻《ヒガ》ミニ非ズ。罰、法ニ過テ重ク行ハバ、何ゾ賞又法ニ過テ重カラザラン。去レバ、「賞罰ハ車《クルマ》ノ両輪《リヤウリン》ノ如シ」ト古ヨリ申伝ヘ侍リシ。（中略）誡《イマシ》ムルニハ罰ニ過ギタルハナシ。忠ヲ進《ス、》メ善ヲ勧《ス、》ムルニハ賞ニ過タルハナシ。（中略）此義有ルガ故ニ泰時賞罰共ニ重クスル所也。（五十八表～裏・「評」）

聖武天皇の時代にも「恥」を知らない「無道」な者は多かったため、世情に応じて聖徳太子の「法」を改めた。泰時は、この「聖武ノ掟」に基づいて、さらに「無道」となった泰時の時代における「今」の世に相応する形で、聖武天皇の賞罰規定をさらに改めたと語っている。泰時は「古」の規範を重視する一方で、直面する「今」の「無道」に対応して「威」を高め、「道」の理解と実践を奨励しているのである。

また、ここでの語り手である楠正成も、同じ発言部分で「今ノ世ハ又、泰時ガ時分ヨリモ諸人」は「道ヲ失」っているため（五十九表）、「泰時ノ法ヲ其ノ如クニシテハ不レ用。当時ハ用捨《ヨウシヤ》有ルベシ」（五十三裏）と、さらに退廃した（『太平記』における）「今」の治め方を述べる。そして、「此等ノ事ヲ分別シテ、古ノ掟《ヲキテ》ヲ本トシテ国家ヲ治メ給ハヾ、万ニ一ツモ治リナン」（六十一裏）と、泰時と同様の姿勢を取っている。(24)

五　「朝家ノ武士」が照らすもの

ところで、前節で正成が藤房に語った内容には、次のような注目すべき箇所がある。

諸国ノ御家人ノ号ハ頼朝ノ時ヨリ始メテ、武家ニ不忠ノ輩《トモガラ》ヲバ追罰《ツイバツ》シテ、忠有ル者ニ一跡《セキ》ヲ合テ頼朝ガアテ行ヒシ所也。其ノ以前ノ士、皆諸国ノ国人《クニフド》ト号シテ朝家《テウカ》ニ仕ヘシ者共ゾカシ。今、武《ブ》恩《ヲン》ニホコリ余多《アマタ》ノ領主《レウシュ》ト成リ、手勢百騎二百騎、或ハ五百騎千騎不《ル》レ持ハナシ。彼等《カレラ》ヲバ先《マ》ヅ国々ヘ勅使《チヨクシ》ヲ立テ召《メ》シ上《ノボ》セテ、皆位《クライ》ヲ与《アタ》ヘテ朝家ノ武士ト号シ、忠有シニハ恩賞ヲ与ヘ給ハヾ、君ヲ実《マコト》ノ主《シユウ》ト存ゼンカ。如《ク》レ古《ノ》国々ノ武《ブ》帳《チヤウ》ヲ記《シル》シ乗《ノ》セ被レ置、為《タメ》レ家《イヘノ》為レ身《ノ》重《ヲモ》キ御恩《ゴヲン》ト可《キ》レ存物カ。（三十五・末・五十九裏〜六十表・「評」）(25)

この引用部分の直前には、第一節で見たような「古」の一人一国の統治を主張している。それに続くこの箇所では、頼朝以来の「諸国ノ御家人」に位を与えて朝廷が接収し、「君」（後醍醐天皇）を「実ノ主」とする「朝家ノ武士」に再編するように正成は提言している。これは後白河院以降の武家の支配体制から、『理尽鈔』が本来あるべき世と考える「古」への回帰（復古）を意味するが、その際に正成が念頭に置いているのは、「其ノ以前ノ」「朝家ニ仕ヘシ」武士像である。『理尽鈔』において「古」の武士とは、どのように描かれているのだろうか。

　そこで見ておきたいのが「古」の武士に対する肯定的な評価である。まず目につくのは、第一節で触れたように、奥州の争乱を鎮定した源頼義・義家父子に対する言動で、これらのうち安倍貞任を討った前九年の役に関わる逸話が多い(26)。一例を挙げると、巻第三十五・本には仁木義長と畠山国清の対立の中、義長や佐々木道誉の言にただ従う足利義詮の資質を批判する「評」がある。その際、「国ヲ治メン者」の「余多《アマ》ノ心得」として合計十六条からなる「頼義ガ奥ノ両国ヲ治メテ後《ノチ》、息《ソク》ノ義家ニ謂《イ》イ渡セシ所ノ一巻《クハン》ノ心」（二十裏）が記される(27)。しかも「此ノ書、尊氏ノ家ニ伝ハレリ。義詮、ナド是ヲ見テ此意ヲ取ツテ不《ザラン》レ行《ヲコナハ》。最拙《イトツタナ》イ哉《カナ》。（中略）頼義・義家ハ奥ノ両国ヲ治給ヒシ故ニ、数年《スネン》泰平《タイヘイ》也シ。今、義詮ノ行跡《カウセキ》トハ大ニ違《イ》セリ」（二十裏〜二十一表）とあり、源氏将軍である義詮の批判が、自らの祖にして「古」の朝臣であった頼義・義家の教訓によって行われるという対比が見られる。

　頼義・義家に比べれば記事の量はきわめて少ないが、今一人特筆すべき人物として源満仲（頼義の祖父で多田源氏の祖）がいる。『太平記』巻第二十六（『理尽鈔』では巻第二十七・上）には、南朝勢力を壊滅させた高師直・師泰兄弟の奢侈が描かれており、師泰が山庄築造のために菅在登《ありのり》の父祖の墓地を掘り崩し、そこに「無《キ》人ノシルシノ率都婆《ソトバ》堀棄《テ》テ墓ナカリケル家作《イヘツクリ》哉」（三・三五）という落首が立った。これを在登の仕業と考えた師泰が怒って在登を殺すという「悪行」が記される。『理尽鈔』でも師泰を痛烈に批判するが、その中に「落書」の持つ意義を伝える満仲の逸話が語られる。

　それによると、満仲が源高明を讒言で失脚させたこと（安和の変）について、「京童部《ハラフベ》」が「左バカリノ良将ノ朝ノ御守トモ成給ン人ノ、カダマシキ私ノ遺恨ヲ以テ無《キ》レ禍大臣殿ヲ讒言シ失《ウシナ》イ給ヒケリ。此人、天下ノ将タラジ」として、「アン有リシ国ノ太臣ナガサレテムマクハアラジ多田ノ満仲」、「満仲ハ上ヘハマドカニ見ユレドモ中カナルアンハヨウ奸《カン》ゾカシ」という二首を五条河原に立てた（十五表・なし）。これを聞いて「先非ヲ悔《ク》ユルノ思ヒ骨髄《コツズイ》ニ」通った満仲は、「実ニ私ノ遺恨ヲ以テ朝家ノ重臣ヲ奉《ル》レ失《ヒ》事、（中略）此ニ過タル罪禍《ザイクハ》ハアラジ。（中略）コレモ学行ノ不足ニシテ意ノ道ニ叶ハヌ故也」と述べて出家したという（十五表〜裏）。後に満仲は、「去バ落書ハ能キ人ノ教ト成侍ル。（中略）出家ノ後、学行怠《ヲコタ》リナキニ依テ、子共ニモ申付テ、随分政道ノ非ヲ正《タヾ》シウシ、然バ公私ニ付テ、能キ忠ニテコソ候へ」（十六表〜裏）と述べ、これを聞いた天皇も「大ニ感ジ思召タリトニヤ」（十六裏）と賞賛したという。以来、「代々天子」は「落書」を見せる者や書き手を処罰しなかったが、(28)「然ニ師泰、此理ヲ不レ知シテ己《ヲノレ》ガ禍《トガ》ヲバ不レ省シテ落書ヲ忿」（十六裏）と「今」の師泰が批判される。そして、ここでもその批判は師直兄弟に「何心モナク自然ニ天下ノ政道ヲアヅケ」た「闇主」尊氏につながっている（十七裏）。

以上のように、『理尽鈔』において満仲・頼義・義家らは、「古」の「朝家」に仕えた武士として、合戦の「故実」を中心に、倫理や政治にも言及・実践した人物とされ、「今」の武士に対する規範と批判の役割を果たしている。(29) そして、その規範を語る武士の多くが、後に幕府将軍を輩出する源氏であることによって、『太平記』の「今」における将軍尊氏・義詮父子への批判軸ともなっている。このような文脈は、冒頭で挙げた若尾氏や樋口氏の指摘にも通じるものといえる。

第二節で見たように、『理尽鈔』では秀でた統治能力によって「朝家」の「天下」を奪い、武家政治を創始した源頼朝を「無双ノ朝敵」と批判している。この頼朝批判記事の直後には、頼朝や時政の「非義」を記した意図が記されている。

頼朝・時政等《トウ》ガ非義ノ事。其ノ時ノ人ハ指ヲサシ、舌ヲナラス。然リト云ヘドモ、時代推《ヲ》シ移レバ、人皆愚《ヲロカ》ニシテ先代ノ非ヲ失《ワス》レ、当代ノ非ヲ唱ヘテ、先代ノ善キ事ヲアグル故ニ、数代経テ後ニ、頼朝ガ行跡《フルマイ》ヲ忠臣ト思ツテ、其レヲマナブトナリ。此ノ非ヲ去ランガタメニ、大方《ヲホカタ》ニ記《キ》スル者也。（一・二十二表・「伝」）

頼朝や時政の「非義」も、「其ノ時ノ人」は彼らの振る舞いを批判するが、「時代」が推移すれば「先代ノ非」は忘れられ、いつしか「頼朝ガ行跡」を「忠臣」と思って学ぶ者が現れる。『理尽鈔』は、その「非」（誤り）を防ぐために記したというのである。ここで想起したいのは、『理尽鈔』が世に出た時期とされる慶長・元和の頃に、頼朝に私淑し、源氏将軍として幕府政治を行った徳川家康である。[30] 家康は「数代経テ後」に「頼朝ガ行跡」を学んだ人物にあてはまる。作者がいかなる意図を持っていたかは別として、少なくとも頼朝らの「非義」を敢えて記すという姿勢からは、『理尽鈔』における「今」の武家政権である徳川幕府への批判を読み取ることができる。[31] ここに、「朝家ノ武士」の理想像である「古」の源氏に対する賞賛、その反作用としての「今」の源氏将軍に対する批判という対比的な文脈を踏まえると、先の正成の復古的な提言は、『太平記』の「今」と重なりながらも、それを越えた『理尽鈔』の「今」に対する密やかな批判が込められているのではないだろうか。

六　『理尽鈔』における「太平」――細川頼之の治世――

『理尽鈔』の文脈から将軍批判を読み取るうえで問題となるのは、『太平記』の終末部分との関わりである。『太平記』巻第四十の最終章段「細河右馬頭自二西国一上洛事」では、「西国ノ成敗ヲ司《ツカサドツ》テ、敵ヲ亡《ホロボ》シ人ヲナツケ、諸事ノ沙汰ノ途轍《トテツ》、少シ先代貞永《ヂヤウエイ》・貞応《ヂヤウオウ》ノ旧規《キウキ》ニ相似タリト聞ヘケル」細川右馬頭頼之が「御幼稚ノ若君」である義満を補佐するため、武蔵守・執事職に就任する（三・四七九）。これを『太平記』は「中夏無為《チユウカブヰ》ノ代ニ成テ、目出カリシ事共也」（同・四八〇）と言祝ぐが、その内容は語られずに物語は唐突に結ばれる。一方、『理尽鈔』では独自の物語が用意されるものの、後の将軍義満とそれを補佐する頼之という武家政治体制の構図は同じである。武家政権への批判的視座を考えるうえでも、ここでは『理尽鈔』において「太平」をもたらした細川頼之の治世を概観する。

『理尽鈔』における細川頼之は、「将軍家」や自らに不都合な記述のある古い『太平記』を焼失させたことや、[32] 楠正儀の「謀」による惨敗（三十三・三十表～三十七表・「伝」）など、部分的には芳しくない記事も見られる。しかし、「細川右馬ノ頭ハ、サル良将ニハ非ズト云ヘドモ、心勇ニシテ諸事ノ道ニ迷《マヨ》ハズ。其ノ上、郎従ニ勇ノ誉有ル兵余多《アマタ》在リシ」（三十二・三十九表・「評」）、「右馬頭ガ管領《クハンレウ》ノ国々、民ニ飢《ウ》ヘタルイロナク、郎従ニ貧苦《ヒンク》ナカリシトニヤ。（中略）「今ノ世ニハ希《マレ》ナル国ノ政哉」ト人々申合ヘリ」（三十三・五十八裏・「評」）など、正成亡き後の『理尽鈔』世界において、合戦と政治に秀でる数少ない人物として描かれている。巻第三十九・四十に至ると、「『太平記』末尾の、分量的には数行の頼之評価記事を、大々的に敷衍した（中略）ほとんど頼之物語の様相を呈する」と今井正之助氏が整理するように(33)、頼之の多面的な活躍が記されるようになる。例えば『太平記』巻第三十九で描かれる大内弘世・山名時氏・仁木義長ら諸大名の一連の降参は、全て頼之の「謀」によるものとして賞賛されている（三裏・「評」、十二裏～十三表・「評」、十八表・「伝」）。また巻第四十では、将軍義詮の死去に際し、武蔵守として執事に就任した頼之は、足利基氏の子の「春王殿ヲ取立」（十六裏・「伝」。『理尽鈔』では後の義満）、「道ヲ専ト嗜《タシナ》ミタル」南都の遁世者・教因（十八表～裏）と、「弓馬《キウバ》ノ故実《コジツ》ヲ知リ、文道ノ意ヲモ凡ソ弁《ワキマ》ヘテ義《ギ》ヲ専ト仕《シ》、道ヲ嗜ノ人」の近藤盛政（二十裏）を「新将軍ノ学《ガク》ノ師《シ》」（十六裏）として養育する(34)。他方、その政治方針は、「天下ノ政道ノ直《チヨク》ニシテ、諸人ノ為《タメ》、次ニハ将軍ノ御為ニ、法直ノ宗（旨―引用者）ニ任《マカ》セ、近クハ貞永《テイエイ》ノ法式《シキ》、遠クハ上宮太子ノ古風《コフウ》ヲ専トシテ、道理ノ趣ニ随テ諫言《カンゲン》ヲ加ヘ、評定ヲ成シ給ヘ」（十三裏・「伝」）というものであった。具体的には、「公ヲ立テ私ヲ次ニスルハ古《イニシ》ヘノ道也。公ヲ背《ソム》イテ私ヲ立ルハ無道也」（二十五裏）として、遊楽・佞奸・隠謀などを禁止する「内ノ法」という三箇条の掟を制定している（二十四表～二十六表・「伝」）。

以上のように、頼之は「今」の乱世において諸大名を帰服させるような「謀」を持つ一方、幼い義満の養育や「道」や「法」を重んじる政治を行い、「古」の規範を継承する人物であることがわかる。こうした頼之に対する評価は、『理尽鈔』の大尾にある論評によく示されている。

武家ニ武州官領ニヲハセズンバ、天下ノ大乱ハ今ニ静《シヅ》マル間ジキ物ヲヤ。武州、無欲《ヨク》ニ天下ノ事ヲ計、師直《モロナフ》以来ノ非ヲ正スニ無欲ヲ以テシ、強キ敵ヲバ、和ヲ以テ欲ヲ進メテ此ヲマネキ、天下ノ小事ヲモ一身トシテハカラハズ、諸大名・評定衆ヲアツメテ是ヲ成セシ故ニ、諸人皆一味ナリシ。又、君ノ威ヲ専《モッパ》［ラ］トシテ、其身ヲ次トシ給ヒシ故也。去レバ、上宮太子ヨリ已来、カヽル忠ト智ト謀ト信トヲ兼タル良臣、我ガ朝ニハイマダキカズ。益シテ後代ニモ有リガタシ。（四十七表・「伝」）

聖徳太子から北条泰時、楠正成に続いて「古」の規範を継承し、「今」の「天下ノ大乱」を「太平」に導いた頼之への賛美は、正成亡き後の『理尽鈔』における理想の体現者にふさわしい評価といえるだろう。

このような頼之の尽力もあり、義満の世は「南方ト九国ニ少々敵有リト云ヘドモ、天下悉《コトゴト》ク将軍義満ニ随ヒケレバ、諸国ノ大名皆在京シテ、王城ノ富、喜ビ、日比《ヒゴロ》ニ百倍《バイ》セリ。将軍ハ生《ヲ》イ立《タ》チ給フニ付テ、文ノ道ヲ専トシ給ヒ、政道ニ邪《ヨコシマ》ナク御在《ヲハ》シケレバ、人皆泰時《ヤストキ》ノ思ヲ成セリ」（四十五表・「伝」）と、一見、肯定的である。しかし、頼之が病死し、南北朝合一を果たした後、(35)義満の政治は豹変する。

義満ノ御行跡、侈《ヲゴ》リ高《タカ》フシテ、政道ニ横邪《ワウジヤ》ノ事共多リシ。（中略）義満《ヨシミツ》被《レ》レ申ケルハ、「サラバ院・国王ヲバ先例《レイ》ニマカセテ、隠岐《ヲキ》ノ国へ流《ナガ》シ遣《ツカ》ワシテ、義満国王ト成テ、細川ヲ以テ摂家《セツケ》トシ、上杉・畠山・仁木ノ人々ヲ清花《セイクワ》トシテ、天下ヲ治《ヲサ》メンニ、何条事ノ有ベシ」ト其ノ企有リシカバ、（中略）武臣《ブシン》サシモ侈《ヲゴ》リノ世ノ中トハ申ナガラ、懸《カ》カル浅猿《アサマシ》敷キ事ハ候ハズ（中略）武州禅門ノ行跡ノ法度等、今ニ残フテ世間ハ無事ナリケルガ、「此ノ後ハ如何ナル事カ出来テ、四海《カイ》又乱《ラン》ニ及ンズラン」ト心アル人々ハ申相ヘリトニヤ。（四十五裏〜四十六裏・「伝」）

ここからは『太平記』の時代を逸脱して、南北朝の合一を経て、対外的関係から「国王」を称した明徳・応永頃の義満の姿が浮かぶ。(36)『理尽鈔』では、そうした『太平記』以後の義満の時代を敢えて取り扱い、「院」や「国王」（天皇）を圧迫する「武臣」義満の「侈リ」と「横邪」を記している。そして、頼之が実現した「太平」の世から、「四海」は再び「乱」に陥るであろうと懸念される。このように、源氏将軍による幕府政治への批判は義満にも見られ、『理尽鈔』全体に貫徹しているのである。

おわりに――時代認識から見える『理尽鈔』の理想――

以上、『理尽鈔』において「古」とは、人々が学問によって「道」を知り行い、聖徳太子の「法」を前提に、代々の天皇や賢才の為政者によって治められた秩序ある世と考えられている。「古」の世は、武家が天下を動かす契機を作った後白河院の時代を画期として幕を閉じ、以後は「欲」や「侈リ」によって人々が「道」を喪失してゆく「末世」の時代とされる。多少の揺れも見られるが、こうした時代の推移に対する認識は、そのまま『理尽鈔』の歴史観ということができるだろう。

こうした時代認識の文脈において、全巻に散在する聖徳太子の「法」は、「古」の規範として『太平記』の「今」のあり方を批判する役割を持つ一方、「無道」の「今」の時代では必ずしも機能しない側面が見られた。そこで『理尽鈔』は「今」を治める方法として、「古」の理念を尊重しつつ、その規範を改め、「今」の世に相応させる政治を、北条泰時や楠正成の言動を通して物語るのである。

武士の「古」の規範については、源頼義・義家父子の言動がその役割を果たしていた。その際、「朝家ノ武士」としての「古」の源氏に対する好意的な評価と、武家政治を創始した源頼朝をはじめ、足利尊氏・義詮・義満ら歴代将軍に対する痛烈な批判は、表裏一体の関係をなしている。そして、この批判的な文脈は、『理尽鈔』の「今」（最終的な成立時期と考えられる慶長・元和頃）における将軍徳川家康にもあてはまる。「若《モ》シ、道ヲ立《タ》テントナラバ、頼朝《ヨリトモ》ヨリ以前ノ如《ゴト》ク政道《セイタウ》ヲ公家《クゲ》へ可《シ》レ奉《ル》レ還《カヘシ》」（二・八表・元弘の変の際、幕府内で穏便な処置を具申した二階堂道蘊に対する「評」）とあるように、『理尽鈔』において幕府政治という体制は、少なくとも本来的な世のあり方ではないと考えられている。

『理尽鈔』の結末は、細川頼之が後見する足利義満による「太平」の実現した世界である。しかし、頼之の死後、南北朝を合一した義満は、天皇・上皇の配流をも辞さず、自らが国王となることを望み、『理尽鈔』はそうした「侈リ」の姿勢を危ぶんでいる。他方の頼之は、諸大名を「謀」で帰順させる一方、「上宮太子ノ古風」と「貞永ノ法式」を基盤とした統治を行い、「今」の世を治めるための「武」と「謀」に加え、「古」の規範を継ぐ人物として扱われている。その姿は、正成亡き後の理想の体現者であるといえる。

『理尽鈔』は『太平記』が直面する「今」を「無道」の世と捉える一方で、「今」を治めるための方法を過去の歴史における人物や当代の正成を通して語り続ける。そこでは「武」「威」「謀」など、乱れた世を鎮めるための〈力〉が必要とされた。しかし、以下に示すように、『理尽鈔』が目指す理想の世とは、「道」による治世であったと思われる。

但天下ヲ治ルハ、上代ハ聖ノ徳、又ハ武ノ徳也。末代ハ武ノ徳、又ハ謀計《ボウケイ》ノ徳也。角謂ヘバトテ、今ノ代ニ聖賢ノ徳ニテハ天下不レ治ラト謂フニハ非ズ。末ノ世ノ風俗、聖賢ノ道ヲ知ル人ハ希ニ、知テ行フハ無シ。此故也。若聖賢ノ道ヲ知テ行ンニハ、是ニ過タル国ノ善政ハアラジカシト也。（九・十一裏・「評」）

「武」や「謀」は、特に乱世の「今」を治めるためには必要不可欠な要素であるが、「上代」の「聖賢ノ道」による治世に優るものはない。泰時や正成、そして「太平」を実現した頼之のように、「古」の理念を継承し、それを前提にしつつも、〈力〉をもって「無道」に対峙し、「道」を敷衍していく。これこそが『理尽鈔』の説く理想に至る方法であったといえる。

※『理尽鈔』は正保二年刊『恩地左近太郎聞書』付載の版本（高知県立高知城歴史博物館所蔵。国文学研究資料館日本古典籍総合目録データベースのマイクロフィルム画像）により、（ ）内に巻数・丁数・表裏・項目（「評」・「伝」・なし）を示した。引用の際は適宜改行し、通行の文字・新字体に改め、句読点・濁点・衍字・合字・くりかえし記号等を一部改め、脱字や私的な訂正は［ ］により補った。傍訓は適宜省略し、会話部分に「 」、書名に『 』を付した。巻第十六までは今井正之助・加美宏・長坂成行校注『太平記秘伝理尽鈔』1〜4（平凡社東洋文庫、二〇〇二年、二〇〇三年、二〇〇四年、二〇〇七年〜。校注本と略称）を参考に、語釈を（―校・釈）、異同を（―校・異）、異同の補入を（―校・異・補）と示した。巻第十七以降の異同

注記等は現存最古の写本と目される「室町末期写」尊経閣文庫所蔵本（請求記号「三　三四　書」。十八冊本と略称）によった。『太平記』の引用は、後藤丹治・釜田喜三郎・岡見正雄校注日本古典文学大系『太平記』一～三（岩波書店、一九六〇～一九六二年）により、（　）内に大系本の巻数と頁数を順に示した。なお、『理尽鈔』の本文が『太平記』の章句とほぼ一致する箇所は□で示した。

註

（1）この点については、拙稿①「『太平記秘伝理尽鈔』における楠木正成像―その造型方法―」『文化史学』六八、二〇一二年十一月、拙稿②「『太平記秘伝理尽鈔』における倫理と欲望―〈聖人・釈迦「賊」論〉をめぐって―」『日本思想史学』四八、二〇一六年九月参照。

（2）佐伯真一「合理的政治論としての『理尽鈔』」（『太平記評判秘伝理尽鈔』輪読会「『太平記評判秘伝理尽鈔』輪読報告」第四節）『軍記と語り物』三三、一九九七年三月、七一頁。

（3）若尾政希『「太平記読み」の時代　近世政治思想史の構想』平凡社、一九九九年、「中世から近世への政治思想の転換と「太平記読み」」（初出源了圓・玉懸博之編『国家と宗教　日本思想史論集』思文閣出版、一九九二年三月）。若尾氏は『理尽鈔』が「顕密仏教の①軍事力、②呪術力、③国家護持者としての正統意識、④経済的繁栄と、新興勢力禅宗の①政治への参画、②経済的繁栄とを真っ向から否定・批判」すると論じる（六〇頁）。

（4）高柳眞三・石井良助編『御触書寛保集成』岩波書店、一九三四年、第二刷一九五八年。

（5）若尾氏註（3）前掲書（『「太平記読み」の時代』）「「太平記読み」における政治と学問」（初出『日本史研究』三八〇、一九九四年四月）、一二八頁。流布本『太平記』巻第三十三にも「凡《オヨソ》破《ル》二道理《ヲ》一法ハアレドモ法ヲ破ル道理ナシ」（三・二六五）という章句がある。

（6）前田勉『兵学と朱子学・蘭学・国学　近世日本思想史の構図』平凡社、二〇〇六年、「兵学と士道論」（初出『歴史評論』五九三、一九九九年九月）、五七頁。

（7）樋口大祐『「乱世」のエクリチュール　転形期の人と文化』森話社、二〇〇九年、「転形期の記憶と抵抗―「徳川の平和」と『太平記評判秘伝理尽鈔』の眼差し」（初出『江戸文学』三六、二〇〇七年六月）、二六一頁。

（8）総追捕使は後の守護にあたるため、頼朝が諸国の総追捕使に任命されたという『太平記』（と『理尽鈔』）の記事は正確ではない。校注本一・一〇三～一〇二～一〇三頁注二二参照。

（9）校注本一・一〇三～一〇四頁注三〇によると、『根本世鏡抄』について『理尽鈔』口伝聞書の『陰符抄』に、上宮太子の作で島津家に伝来したとする説（初篇巻一・再三篇巻一）と、島津家の日記とする説（再三篇巻三五）がある。また、書名の似る『世鏡抄』との関係について「『根本世鏡抄』の内容と直結はしないが、本書の存在を前提として、それに先立つ政道論処世論として、「根本」を冠した書名が創造されたと目される」と指摘する。

（10）ここでの『根本世鏡抄』の内容の要点を整理すると、①田畠の貢物を二十分の一とする。②四民（士農工商）・領主・国司の食事の規定。③衣服の規定。④所領の規定。家の所領は永代。官位・職の所領は、その器に当る人に在任期間のみ与え、子孫に継承させない。なお、校注本四・四六三～四六五頁注六六にも指摘があるように、この内容の一部が元和二年（一六一六）三月跋の小瀬甫庵『八物語』上（『太閤記』所収）の「日本古礼之内」の条文と類似する。詳細は別の機会に検討したい。

（11）平将門は新皇を称して反乱を起こし、天慶三年（九四〇）に敗死。源義親は人民殺害と貢物押領を繰り返し、嘉承三年（天仁元年＝一一〇八）に討伐された。平忠正と源為義は保元の乱（一一五六）で処刑され、源義朝は平治の乱（一一五九）で敗走の末、謀殺された（吉川弘文館『国史大辞典』参照）。

（12）平家が後白河院から給わった国の数は、『平家物語』では諸本「三十余ヶ国」とする（延慶本注釈の会編『延慶本平家物語全注釈』第一本（巻一）、汲古書院、二〇〇五年）。

（13）後白河院は、文治元年（一一八五）十月十八日に頼朝追討の院宣を行家・義経に下すも、十一月十二日には諸国に義経・行家追捕の院宣を、同二十五日には頼朝に義経・行家追討の院宣を下している。安田元久『後白河上皇』吉川弘文館、一九八六年。

（14）若尾氏註（3）前掲書と、これを踏まえた校注本三・一九八～一九九頁注六参照。双方が指摘するように、ここで批判されているのは法然と日蓮の「末弟」である。それは巻第十一の引用箇所の直後に「源空《ゲンクウ》・是星《ゼシヤウ》ガ真印《シンイン》、如レ是ニハ不レ可《ラ》レ在《ル》」（十一・三裏・「評」）とあることからも窺える。若尾氏は、法然の「末弟」を悪人正機・専修念仏を掲げた親鸞と推測している。

（15）この中略部分は以下の通り。「凡ソ忠臣ハ、主《シュ》ノ不義ヲ見テハ諫メ諍《アラソ》フニ、厳顔《ゲンガン》ヲ犯シテ被《レン》レ討《ウタ》事ヲ不《ズ》レ悲《カナシマ》。而《シカウ》シテ下ニ対シテハ、不レ謂二不義《ヲ》一。人来《キ》タツテ主ノ悪《アク》ヲ云ヘバ「臣ガ悪也。主ハ其ノ事ヲ不レ聞《キカ》」ト伸《ノ》べ、又我ガ行《ヲコナ》ヒノ善ヲ問ヘバ、「主ノ意《コヽロ》ヨリ発ス」ト答フ。善ヲ主ニユヅリ、悪ヲ自《ジ》ニ帰《キ》ストナリ。又我ガ威ヲ重クセンコトヲ不レ思《ヲモハ》、君ノ威ノ四海ニ照ラサン事ヲ喜ビトス。我ガ家《イエ》ノ栄ヘン事ヲ不レ思。国家ノ安《ヤス》カラン事ヲタノシム」（一・十四裏・なし）。

(16) 他に、諸国の武士との親交や厳正な賞罰を行ったこと（一・十六表～裏・「伝」）、平家の子孫を徹底的に亡ぼしたこと（二・八裏・「評」）なども肯定的に評価され、頼朝を「良将」とする論評も見られる（七・六表～裏・「評」、三十六・四十七裏～四十九表・「評」）。

(17) 対比記事の中には、「上代ニスラ一度不義ニシテ侈リ在ン人、直《ナヲ》キニ帰ルハ希《マレ》ナリシトニヤ。況ヤ末代ヲヤ」（二十八・三十七表・「評」）のような表現も頻出するが、これらはむしろ当代の退廃を強調する意味合いで用いられていると思われる。冒頭で引用した『太平記』の「序」に対する解釈にも、「上代」でも「道ノ道ナルハ稀《マレ》ニ、無道《ブタウ》ノ者《モノ》ハ多シ」（六裏。中略部分）とあり、「古」の時代が全き世であったわけではない。

(18) 例えば巻第二十一には、頼朝が威を強めて天下を得たことを「末代」として記す「評」がある（四十九裏～五十表）。

(19) それぞれの聖徳太子記事を摘出すると以下のものがある。

①賞罰―隠謀は大罪。子孫まで亡ぼす（十三・十六表～表・「評」、三十九・三十四裏～三十五表・「評」）／高官の罪は通常の五倍。寵臣の久米真実の不正を処罰（十二・七裏～八表・「評」）／冤を恩で報ずるのは厳禁（十三・七表～裏・「評」）／朝敵降参時、以前の忠と今度の不義の軽重をはかり、賞罰を決める（十六・十四表～裏・「評」）／義の降参と不義の降参を分ける（二十二・七表～裏・「評」）／企てた罪は深く、不慮の罪は浅いとする（二十三・十八表～裏・「評」）／土地を奪うのは盗の頂（二十七・上・十四裏・なし）。

②政治―民のまびき。五常による法を強く立てるべく、仏教を利用（十二・二十表～二十一裏・「評」）／いかなる忠があっても、国司を二箇国以上任じない（十三・七裏～八表・「評」）／訴えを直接聞いて政治を行うのは「道」。十の得あり（二十一・七裏・「評」）／仏教の宗派を選ばず（二十四・二十二表・「評」）／我栄・独栄を深く戒め、邪欲・佞奸を罪する（三十二・二表・「評」）／仏神を敬えば国は治まり、敬わなければ乱れる（三十五・本・七裏・「評」）。

③倫理―実子のない者は弟を、弟なき者は甥を子とする（十一・一裏・「評」）／老親を愛さず、両親と争うのは不孝とする（十八・六十五裏～六十六表・「伝」、二十三・三表～裏・「評」）／忠・孝・和・貞などの法一切を定め置く（十八・六十八表～裏・「伝」。ただしその内容は「広《クハウ》ナルガ故ニ不レ書」とする）／佞と奸を二つに分けて見る（二十六・三十八表・「評」。正成発言）／佞奸は環の如く端がない（三十九・四十八裏・「評」）。

④衣食住・租税―諸民の住居に関する規定を定め、諸人の過奢を止める（二十七・上・三表～裏・「評」）／田畠の米穀の

役を二十分の一とする（三十九・四十表・「伝」）。

その他にも、物部守屋に敗れたこと（十六・四十五裏～四十六表・「評」）や、『太子内伝記』なる書の内容として、仏教による教化と国治などを説くものがある（十八・五十四表～五十六表・「評」）。

(20) 註（19）に挙げた聖徳太子の言動も、各巻で取り上げられた「今」の内容に対する批判、あるいは教訓として機能している。

(21) 三人の物語を日野僧正頼意が聞いたとする設定は流布本・天正本等に見られ、古態本系の神田本・西源院本・玄玖本等に頼意の名は見えない。『理尽鈔』では、坂東声の遁世者を「四郎左近ノ太夫恵性法師《エシヤウホツシ》」（北条高時の弟・泰家。のち時興）、雲客を日野俊基の子・「蔵人太夫俊秀《トシヒデ》朝臣《アソン》」、法師を日野僧正頼意本人とする（三十五裏～三十六表・「伝」）。

(22) 「諸苦所因貪欲為本」は『法華経』の譬喩品、「慈眼視衆生福聚海無量」は観世音菩薩普門品に見られる。なお、「慈眼視衆生」の語は巻第十三・二裏・「評」にも見える。

(23) 摂政の邸宅を指すと思われるが、三条天皇の在位期間に摂政は置かれていない。この時期は、藤原道長が内覧（関白に准ずる職）の地位にあったが、天皇との確執もあり、摂政には就任していない。倉本一宏『三条天皇―心にもあらでうき世に長らへば―』ミネルヴァ書房、二〇一〇年。

(24) こうした正成のあり方については、註（1）前掲拙稿①参照。

(25) 引用文中の「武帳」については不詳。ここで正成は藤房に計七つの提言を行っている。①国司・守護職を一人一国とする。②御家人を「朝家ノ武士」に再編する。③後醍醐天皇は上皇として諸民の歎きを直に聞き、老臣達との僉議により執政する。④賞罰共に泰時の時代より重くする。⑤天皇・公家の遊興・驕りを止め、往昔の掟を守り定める。⑥内奏・親疎のない裁決を行う。⑦仏神を崇敬する。

(26) 頼義・義家の言動について摘出すると、以下のものがある（※は校注本の注を参照）。
○頼義―華美な物具で飾る郎等・日置九郎を戒め、物具を売却させる（九・十六表～十七表・「評」）／安倍貞任退治の際、千福城の敵から降参の申し入れを受けても、城を包囲し警戒を怠らず、降参準備が調ってから兜を脱いだ（十六・二十六表・「評」。※『陸奥話記』に見えず）／無道の国を治めるには、強く罰して強く欲を進める。「最モ《モット》理リ《コトハ》也」との評（二十三・七裏・「評」）／頼義・義家父子、強い奥州を捨て、出羽から攻めて貞任を退治する（二十八・七裏・「評」）／味方の敗戦時に将の命に応じて引き返す人を勇の頂とし、一人で百騎の敵を討つ忠に益すとする。「理」との評（三十二・四十五裏・「評」）／義家に、勝ち戦の時も将の陣の備えを乱さず、味方の先陣で敵を追撃させるべきことを語る。「故実《コジツ》ノ法」とされる（三十三・十九裏～二十表・「評」）。
○義家―将は慈悲と無欲、勇、智謀の兼備が必要。「実《マコト》ニ義《ギ》ニ当レリ」との評（八・三裏・「評」）。※出典未詳だが、『奥州後三年記』に連想させる話あり）／勇ある者も三度は不覚に臆する。「理リナル哉」との評（十四・百十六表・「評」）。※出典未詳）／奥羽退治の時、朝敵の一類を徹底的に探して誅する。後の乱を防ぐため、敵の郎従に領地を与え、分散させる。「今ノ将軍ノ治《ヲサムル》レ国《ヲ》之法」と大いに異なるとの評（三十一・三表～裏・「評」）／義家の「善言《ゼンゲン》」。敵の強い部分を捨て、弱い部分を攻めよ（三十八・八表・「評」）、など。

(27)　十九裏～二十裏。詳細は割愛するが、十六条のうち、「器」ある者による政治（第二条）や諸職の三年交替（第十三条）などは、「古」の「法」に通じる。他にも、「侈リ」や「重欲」の抑制（第九・十条）、「道」を違えない心がけ（第四条）など、倫理的な内容も含んでいる。

(28)　この直後に、「其後、延喜《エンギ》ノ帝《ミカド》ハ「落書セラレテ忩《イカ》ラン人ハイヨ〳〵非ヲアラタメヌニテゾ侍ルラン」ト被レ仰シトニヤ」（十六裏）という一文がある。史実に照らせば、安和の変は冷泉天皇（在位は康保四年～安和二年八月＝九六七～九六九）の時代にあたる。醍醐天皇の在位はそれ以前となるので、順序に錯誤がある。

(29)　（源）「摂州頼光」（二十八・十七裏～十八表・「評」）、「平《ノ》将軍貞盛」（三十三・四十六表・なし）、（源）「六孫王経基」（三十八・三十三裏・「評」）にも同様の役割が見られる。

(30)　『板坂卜斎覚書』によると、家康は『吾妻鏡』を嗜み、中国の理想的な君主・宰相の名と並べて「日本にてハ頼朝」を重んじたという。中村孝也『徳川家康文書の研究　下巻之二』日本学術振興会、一九六〇年、三八三～三八四頁。家康は慶長十年（一六〇五）三月から五月の間に『吾妻鏡』（伏見版）を刊行している（小秋元段『太平記と古活字版の時代』新典社、二〇〇六年、「近世初期における『太平記』の享受と出版―五十川了庵と林羅山を中心に―」（初出山田昭全編『中世文学の展開と仏教』おうふう、二〇〇〇年）、一四四頁。

(31)　このことは、「『理尽鈔』が警戒しているのは、王法を簒奪して繁盛する「武家」の出現であると思われる」と論じる樋口氏の指摘と通底する（註（7）前掲書、二五九頁）。

(32)　『理尽鈔』巻第十七・下と巻第二十七・下の末尾には、頼之が二十七の下巻を焼くも、南朝が足利家の恥を顕すために書き継いだこと、巻第十七は頼之が後醍醐天皇の非を顕すために上下に分割したことが記されている。巻第一「名義并来由」にも頼之が『太平記』巻第二十二を焼却したという記事を載せる。頼之が楠正儀の「謀」により惨敗した「一代ノ不覚」の内容も、切り抜いて焼き捨てたとある（三十三・三十八表～三十九表・「伝」）。

（33）今井正之助『『太平記秘伝理尽鈔』研究』汲古書院、二〇一二年、「『太平記秘鑑』考―『理尽鈔』の末裔―」、六二八頁。

（34）足利基氏については、「基氏、若《ワカ》カリシカ共、生得《シヤウトク》ノ勇才《ユウサイ》・智謀《チボウ》賢《カシコ》ク御在《ヲハ》セシ上ニ、（中略）政道《セイタウ》ニ少ノ滞《トヾコホ》リモナク（中略）此ノ人ヲ京都ノ将軍ニ成シ奉リタランニハ」（四十・六表～裏・「伝」）とし、将軍の資質があるとする（三十六・六十二表・「伝」にもあり）。その一方、「鎌倉殿、生得《シヤウトク》ニ勇《ユウ》有リ、（中略）生得ノ才智《サイチ》モ賢《カシコ》ク御在《ヲハ》シマシケレ共、武将ノ道ヲ学《ガク》シ給ハザル人ゾカシ。（中略）文学《ブンガク》ヲノミ嗜《タシナ》ミテ理《リ》ノ通《ツウ》ズル事少ナシ」（三十九・二十九裏・「評」。三十五裏・「評」にもあり）という至らなさも見せる。これは、関東の執事として基氏を後見した畠山国清（道誓）が、「能《ヨ》ク道ノ心ヲ知リタル人ヲ御傍《ソバ》ニ不ㇾ置《ヲカ》」（三十八・四十五表・「評」）、良き師をつけなかったことに由来する。頼之が義満の「学ノ師」を慎重に選んだことと対照的である。

（35）今井氏註（33）前掲書、六四四頁が指摘するように、義満の時代の出来事として、「其ノ後、吉野ノ君ヲバ赤松打奉テゲリ。翌年三種ノ神器御入洛有リシ」（四十五裏）とあるのは、長禄二年（一四五八）の赤松遺臣が吉野に奪われていた神爾を奪還した事件と混同があると思われる。

（36）ここで義満は「太政大臣従《ジュ》一位」を望むも「勅免」が得られなかったため、自らが「国王」となろうと企て、これを「朝帝ノ近臣」が憂慮し、「太上天皇正一品」が下されたという。史実の義満は、康暦二年（一三八〇）に従一位、応永元年（一三九四）に太政大臣となっている。義満が死去した応永十五年（一四〇八）には朝廷から尊号（太上法皇）が贈られる動きがあったが、斯波義将により辞退されたという（臼井信義『足利義満』吉川弘文館、一九六〇年、一九八九年新装版）。『理尽鈔』の叙述は、このような経緯から創作されたものか。また、『理尽鈔』の当該箇所との関連は不明であるが、『足利治乱記』（成立年代・著者ともに不詳）には、義満の太政大臣任官の際、公卿が難色を示したため、義満は斯波・細川・畠山・六角・山名らを五摂家、土岐・京極らを七清華として自立しようとしたという逸話が記されている（臼井氏前掲書、九一頁）。

〔付記〕

貴重な資料の閲覧調査ならびに複写と、『理尽鈔』の引用部分の翻刻をお許し下さった公益財団法人前田育徳会尊経閣文庫に、心より感謝申し上げます。

本稿はJSPS科研費（16H07331）の助成を受けたものです。

キリシタン版『太平記抜書』の神仏記事
──その編集態度が意味するもの──

中本　茜

はじめに

カトリック系修道会のイエズス会によって編纂されたキリシタン版『太平記抜書』（以下、『抜書』とする）は、『太平記』全四〇巻、序を含む三四〇話から一四九話を抜き出し、全六巻にまとめた書である。その成立時期は不明だが、本書の検閲者と出版認可者との関係や、『日葡辞書』への引用、慶長一六年（一六一一）刊の『ひですの経』の芯に本書の断簡が使用されていることから、慶長八〜一二年（一六〇三〜一六〇七）の間に出版認可を受け、慶長一五年（一六一〇）には出版していたものとする説がある。(1)

さて本書は、これまでその編集の特徴として、仏教・神道関係記事（霊験譚、経典の文句、思想等）や運命予言的な記事（前兆、怪異等）の省略が指摘されてきた。先行研究ではこれを、唯一神デウスを信仰し、神以外による予言等を認めないキリシタンの立場による編集と捉えている。(2)

しかし稿者は以前、前兆や経典の文句、天皇等の祖を神とする天孫思想を描いた記事の取り上げ方について、本書と、同じイエズス会編の天草版『平家物語』とを比較し、本書がそれらの記事を採録する傾向にあることを指摘した。そしてその理由を、本書が論破し退けるべき異教の思想を学ぶ教科書として編纂されたためではないかと考察した。(3)

この考察をさらに検討するため、本稿では神仏を描いた記事（神仏記事）に対する本書の編集態度に注目したい。

先にも触れたように、キリシタンにとって信仰すべき神はデウスのみである。教理書『どちりいな・きりしたん』（一五九一）や観想書『コンテムツスムンヂ』（一五九六）では、まず最初の章にて「なき所より天地をあらせ玉ふ御作者でうすは、御一体のみにて在ます也」や、「デウスご一体を大切に思ひ、仕へ奉るより外は皆実もなきことの中の実もなきことなり」との文言が見える。また護教書『妙貞問答』（一六〇五）でも、キリシタン教義を説く下巻最初の章で、「中ヘキ事ハ多カル中ニモ、第一ニハ、現世安穏、後生善所ノ主ナル一体ノ真ノ扶手ヲ知リ玉フヘキコト」と説いており、[4]神は一体であると理解させることが宣教上の肝要であったものと考えられる。

さらに『妙貞問答』では太陽神である天照大神について、太陽は太陽でしかありえないとしてその存在を否定し、また八幡大菩薩や天満天神については元は人間なので、現世安穏、後生善所の所願を成就できないとして、その神性と救済を否定している。[5]このようなイエズス会にとって、日本の文学作品に登場する神仏の存在は許容できるものではなかったであろう。

このことは天草版『平家物語』の編集態度からも窺える。この書では、登場人物が神仏に祈り、帰依する姿は採録しているものの、その祈りを受けて神仏が行動する等の霊験譚は省略しており、物語中から神仏の存在を消している。また登場人物の盛衰等の運命を計らう神仏については、その名を、イエズス会が宣教当初にデウスを意味する語として用いた「天道」や「天」に言い換えてもいる。[6]

これに対して『抜書』は、天草版『平家物語』のように神仏記事の採録、省略、異なる表現への言い換えが見られるが、天草版『平家物語』では省略していたような記事を採録している例が少なからずある。ここから本書は、天草版『平家物語』とはまた異なる基準によって『太平記』の神仏記事を編集しているものといえる。

そこで本稿では、その基準がどういうものか、何に基づいているのかを考察することで、神仏記事に対する本書の編集態度の意味を明らかにしたい。その上で、本書が描こうとした物語世界についても考えてみたい。

尚、考察に際し、『抜書』本文はキリシタン文学双書『キリシタン版太平記抜書』（平成一九〜二一年、教文館）に、『太平記』本文は『抜書』とほぼ同文の慶長八年古活字版本を底本とする日本古典文学大系『太平記』（昭和三五〜三七年、岩波書店）により、旧字体は通用の字体に改めた。

また本稿で考察の対象とする神仏は、物語中に固有名詞（「天照太神」「北野天神」等）、普通名詞（「神」「仏」等）で登場するもののほか、「神明（神命）」「三宝」「諸天」「龍神」も含めるものとした。ただし次の(a)〜(c)の神仏については、対象から外すものとした。

(a)「鬼神」「神霊」「大慈大悲」

∵『邦訳日葡辞書』にて、それぞれ「悪魔」「神（*Cami*）の精神、あるいは、魂」「深い慈悲と憐れみの情」とあり、[(7)] いわゆる神仏とは異なる存在と考えられるため。

(b)寺社名、地名、彫像・絵像名等の神仏や、「鬼か神かと見えつる熊野人」（巻三第二五章「山攻事」）のような、超人的な強さの比喩としての神仏

∵神仏そのものとはいえないため。

(c)本書が省略したエピソードや章段内の神仏（巻二第一〇章「時政参籠ゑしま事」の榎島弁財天のエピソード、『太平記』巻二四「三宅・荻野謀叛事付壬生地蔵事」等）

∵省略の理由が神仏記事にあると断定できないため。

一　省略した神仏記事

さて『抜書』の神仏記事の編集には、採録、省略、異なる表現への言い換えの三つのパターンがあるが、今その用

例数を挙げると、採録四九例、省略一〇例、言い換え三例である。採録例が飛び抜けて多いが、それゆえに省略した一〇例が目を引く。そこでまず省略例に注目し、そこから本書の神仏記事の編集態度について推測してみることにする。

次の〈表1〉は、本書が省略した神仏記事の代表例である。

〈表1〉

用例	『抜書』本文	慶長八年古活字版本『太平記』本文
㋐	【巻一第一三章　長崎新左衛門尉意見事付阿新殿事】阿新、山臥に助られて、鰐の口の死を遁れにけり。	【巻二　長崎新左衛門尉意見事付阿新殿事】阿新山臥ニ助ラレテ、鰐口ノ死ヲ遁シモ、明王加護ノ御誓掲焉ナリケル験也。
㋑	【巻二第一二章　民部卿三位局御夢想事】君遂に還幸成て、雲の上に住ませ給ふへき瑞夢也と、頼敷思召けり。	【巻六　民部卿三位局御夢想事】君遂ニ還幸成テ雲ノ上ニ住マセ可レ給瑞夢也ト、憑敷思召ケリ。誠ニ彼聖廟ト申奉ルハ、大慈大悲ノ本地、天満天神ノ垂迹ニテ渡ラセ給ヘバ、一度歩ヲ運ブ人、二世ノ悉地ヲ成就シ、僅ニ御名ヲ唱ル輩、万事ノ所願ヲ満足ス（後略）。
㋒	【巻三第三一章　一宮御息所事】こは如何なる御事にて候ぞや	【巻一八　春宮還御事付一宮御息所事】「コハ如何ナル御事ニテ候ゾヤ。龍神ト申モ、南方無垢ノ成道ヲ遂テ、仏ノ授記ヲ得タル者ニテ候ヘバ、全ク罪業ノ手向ヲ不レ可レ受。
㋓		而ルヲ生ナガラ人ヲ忽ニ海中ニ沈メラレバ、弥龍神忿テ、一人モ助ル者ヤ候ベキ。只経ヲ読ミ陀羅尼ヲ満テ法楽ニ備ラレ候ハンズルコソ可レ然覚ヘ候ヘ。」

	㋔	㋕	㋖
と、堅く制止宥めければは	【巻六第一二章　法皇御葬礼事】 五日八講十種供養あり。（中略）浄蔵、浄眼の妙粧厳王 を化せし功にも越たり。	【巻三第一一章　聖廟御事】 菅原の宰相是善卿の南庭に	【巻六第一章　大地震幷夏雪之事】 二の龍去る時、又大地おひた丶しく動て、 金堂微塵に砕にけり。 洛中辺土には
ト、堅ク制止宥メケレバ	【巻三九　法皇御葬礼事】 五日八講十種供養アリ。（中略）浄蔵・浄眼ノ妙荘厳王 ヲ化セシ功ニモ越タレバ、 十方ノ諸仏モ明カ㆓此追責ヲ随喜シ給ヒ、 六趣ノ群類モ定テ其余薫ニコソ関ルラメト、被㆓思知㆒御作善也。	【巻一二　大内裏造営事付聖廟御事】 〔後醍醐天皇による大内裏造営を批判。過去に大内裏が造営 された時も、北野天神の眷属の火雷気毒神が清涼殿に落ち て焼失したと説明。〕 抑彼天満天神ト申ハ、風月ノ本主、文道ノ大祖タリ。天ニ御坐 テハ日月ニ顕㆑光照㆓国土㆒、地ニ降下テハ塩梅ノ臣ト成テ群生ヲ 利シ玉フ。其始ヲ申セバ、 菅原宰相是善卿ノ南庭ニ	【巻三六　大地震幷夏雪事】 二ノ龍去ル時、又大地震ク動テ、 金堂微塵ニ砕ニケリ。 サレ共四天ハ少シモ損ゼサセ給ハズ。是ハ何様聖徳太子御安置 ノ仏舎利、此堂ニ御坐バ、龍王是ヲ取奉ラントスルヲ、 仏法護持ノ四天王、惜マセ給ケルカト覚ヘタリ。 洛中辺土ニハ

㋐巻一第一三章では、父である日野資朝の復讐を果たした阿新が追っ手から逃げおおせたことを、「明王」の加護だとする部分を省略している。これは山伏が阿新のために不動明王に祈誓し、沖行く船を呼び戻したという霊験譚を

受けたものである。尚、『抜書』では、不動明王の霊験譚自体も省略している。

このように人間を加護し、助ける神仏を省略している例はほかにもある。巻三第三〇章では、花山院の故宮に幽閉中の後醍醐天皇が、有益な情報と共に吉野への臨幸を勧める刑部大輔景繁について、これは「天照太神」が彼の心に入り替わって告げたものだと思う部分、また臨幸の道を光り物が照らしていたこと（『抜書』では省略）について、吉野の衆徒が、それは「蔵王権現・小守・勝手大明神」が神器と天皇を守ったものだと述べる部分を省略している。

巻四第八章では、後醍醐天皇の第八宮の乗った船が暴風で転覆しそうになった時、日輪の擁護により助かったこと（『抜書』では省略）について、これは宮が次期天皇として即位することを「天照太神」が示したものだとする部分を省略している。この「天照太神」は人間を助けると共に、その運命を隆盛させてもいる。

巻四第一〇章では、死の床にある後醍醐天皇に対して忠雲僧正が、再び繁栄することがあるなら「仏神三宝」も見捨てることはないと述べる部分を省略している。この「仏神三宝」は人間を助ける存在と捉えられている。ただしこの後天皇が亡くなることに注目すれば、人間を見捨てることでその死を招く存在と捉えることもできるだろう。

巻四第二四章では、神器なき天皇の即位を非難する天狗が、それでも「三箇ノ重事」、すなわち即位・御禊・大嘗会を行なえば「天照太神」も守ってくれるだろうと述べる部分を省略している。この「天照太神」は、天皇、延いては日本の守護者である。

㋑巻二第一二章では、三位局が菅原道真と思しき老翁の夢想を受けたことを踏まえ、本地「大慈大悲」の垂迹が「天満天神」であることと、その霊験あらたかさを説く部分を省略している。この「天満天神」は、人間の願いを叶える存在として描かれている。

㋒㋓巻三第三一章では、松浦五郎という筑紫人の船が阿波国鳴門の渦に捕まり、龍神を鎮めるために御匣殿という女房を生け贄にしようとする。その時同船の僧が、「龍神は仏の授記を受けた者である。それに生きた人間を捧げれば、ますます龍神が怒り、誰も助からなくなる」と説得する部分を省略している。この「龍神」は、罪を犯す人間に対して怒り、その命を奪う存在と捉えられている。ここで注目したいのは、続く一文「只経ヲ読ミ陀羅尼ヲ満テ法楽ニ備ラレ候ハンズルコソ可レ然覚ヘ候ヘ」の省略である。『太平記』では、この言葉を聞いた船の人々が生け贄の代わりに観音の名号を唱えると、波の上に、御匣殿を松浦に奪われて自害した秦武文が現れて船を招く。これを受けて人々は、御匣殿を小舟に乗せて降ろすという解決策を見出すという展開になる。つまりこの僧の説得は、後の観音の力による危機回避を導き出すための布石として機能しているものと考えられる。

㋔巻六第一二章では、光厳院の三回忌供養の見事さを受け、「十方ノ諸仏」も喜ぶであろうと述べる部分を省略している。これについては、続く仏教の供養の功徳による救済を踏まえた一文「六趣ノ群類モ定テ其余薫ニコソ関ルラメト、被二思知一御作善也」の省略との関係が注目される。

これら一〇例以外にも、巻三第一九章では、三井寺の鐘の音を聞いた人々が「慈尊出世ノ暁ヲ待」という部分を省略している。ここには弥勒菩薩による救済への信仰が表われている。ただし『抜書』は、巻一第四章で後醍醐天皇の第四宮について、「記莂を慈尊の暁に期し給ふ」と述べる部分を採録し、また巻六第一一章で高野山の様子について、「慈尊の出世は遥なれとも、三会の粧已に眼に如遮」とする部分を採録している。このため「慈尊」にまつわる記事の省略には、神仏以外の理由が関わっているものと思われる。

また㋕巻三第一一章では、「天満天神」について説明する部分を省略しているが、これにはその前の大内裏関係の記事の有無が関係しているものと思われる。『太平記』では、この章はまず後醍醐天皇の大内裏造営への批判から始まり、それが日本にそぐわないものであるために、昔も天満天神の眷属によって焼かれたと述べた後、当該部分に続いている。つまり当該部分は、大内裏の焼亡と天満天神との関係を語る中から出てきたものといえる。しかし『抜書』では、大内裏関係の話を全て省略したため、本章を天満天神の説明から始める必要がなくなったものと考えられる。

同様に㋖巻六第一章では、天王寺の金堂を崩壊させた大龍と四天王との戦いの原因について、龍王が取ろうとした仏舎利を「仏法護持ノ四天王」が惜しんだためかとする部分を省略している。これには当該部分の前にある「サレ共四天ハ少シモ損ゼサセ給ハズ」の省略が関係しているものと思われる。『太平記』では、この金堂の崩壊を世の乱れの前兆としているが、四天王像は無傷であったとするこの一文を入れることで、乱世であっても未だ仏法は廃れていないとの希望を残そうとしているものといえる。そしてそれを省略した『抜書』は、この出来事をあくまでも不吉な前兆として描こうとしているものと考えられ、その編集過程で当該部分も共に省略したものと思われる。

以上、『抜書』が省略した神仏記事を見てきたが、その多くは人間を守り助け、その願いを叶え、繁栄させる存在としての神仏を描いたもの、またそのような神仏の描写に繋がるものであるといえる。ここから本書は、どうやら人間に有利な働きかけをする神仏を省略するという編集態度を持っているのではないかと推測される。

この推測をもとに、今度は『抜書』が採録した神仏記事を見ていくことにする。

二　採録した神仏記事

『抜書』が採録した神仏記事は四九例と多いが、そのうち前節の推測と関係する記事、すなわち人間の利に関わる働きかけをする神仏を描いた記事は九例である。残る四〇例の内容は、およそ次の三つに分類できる。

①出家や神仏への祈願等、登場人物の信仰の様を描いたもの

∴巻一第四章「釈氏の教を受させ給ふ」、巻三第三一章「御心の中に仏の御名許を念し思召て、早絶入せ給ひぬるかと見えたり」等。

②神仏の出現や、人間の利に関わらない神仏の行動を描いたもの

‥巻二第二一章「法花読誦の窓の前には、松尾の明神坐列して耳を傾け」、巻六第一章「雲の中に鏑矢鳴響ひて、（中略）大龍と四天と戦ふ体にそ見えたりける」等。

③仏教用語や、経典の文句、天孫思想等の思想を描いたもの

‥巻三第一〇章「夫諸仏菩薩垂利生方便日、有折伏、摂受二門」、巻四第一〇章「妻子珍宝及王位、臨命終時不随者、是如来の金言にして」等。

ここから分かるのは、『抜書』は物語中で神仏を存在するものとして描き、また仏教・神道の思想を描くことを許容していたということである。ちなみに天草版『平家物語』では、①の記事は採録する傾向に、②③の記事は省略する傾向にあり、『抜書』とは異なる編集態度を見せている。

さて本節では、『抜書』が採録した神仏記事のうち、人間の利に関わる働きかけをする神仏を描いた九例に注目し、それと本書が省略した神仏記事とを比較したい。

次の〈表2〉に、九例のうちの代表例を挙げた。

〈表2〉

用例	『抜書』本文	慶長八年古活字版本『太平記』本文
ⓐ	【巻二第二〇章　禁裡仙洞御修法事付山崎合戦事】 所々の庄園を寄進し、種々の神宝を献て、 祈禱を致されしかとも、公家の政道正からす、 武家の積悪禍を招きしかは、 祈共神非礼を享す、 語へとも人利欲に耽らさるにや、 只日を逐て、国々より急を告る事隙無りけり。	【巻八　禁裡仙洞御修法事付山崎合戦事】 所々ノ庄園ヲ寄進シ、種々ノ神宝ヲ献テ、 祈禱ヲ被ㇾ致シカ共、公家ノ政道不ㇾ正、 武家ノ積悪禍ヲ招キシカバ、 祈共神不ㇾ享二非礼一、 語ヘドモ人不ㇾ耽二利欲一ニヤ、 只日ヲ逐テ、国々ヨリ急ヲ告ル事隙無リケリ。

ⓑ	【巻三第三一章　一宮御息所事】 懸る止事なき貴人を取奉り下る故に、 龍神の咎めも有哉らん。	【巻一八　春宮還御事付一宮御息所事】 「懸ル無㆓止事㆒貴人ヲ取奉リ下ル故ニ、 龍神ノ咎メモアル哉ラン。
ⓒ	されは龍神も、ゑならぬ中をやさけられけん。 風俄に吹分て、松浦か船は西を指して ふかれ行と見えけるか、一の谷の澳津より 武庫山下風に放れて、行方知らす成にけり。	サレバ龍神モヱナラヌ中ヲヤ被㆑去ケン。 風俄ニ吹分テ、松浦ガ舟ハ西ヲ指シテ 吹レ行ト見ヘケルガ、一ノ谷ノ澳津ヨリ 武庫山下風ニ被㆑放テ、行方不㆑知成ニケリ。
ⓓ	【巻三第一九章　三井寺撞鐘事付俵藤太事】 龍神は是を悦て、秀郷を様々に賞なしけるに、 （中略）御辺の門葉に、必将軍になる人 多かるへしとそ示しける。	【巻一五　三井寺合戦并当寺撞鐘事付俵藤太事】 龍神ハ是ヲ悦テ、秀郷ヲ様々ニモテナシケルニ、 （中略）「御辺ノ門葉ニ、必将軍ニナル人 多カルベシ。」トゾ示シケル。
ⓔ	【巻五第一三章　直冬与吉野殿合体事付天竺晨旦物語事】 舜を生なからうつめん為也。 堅牢地神も孝行の子を哀にや覚しけん、 井の底より上ける土の中に、半は金そ交りたりける。	【巻三二　直冬与㆓吉野殿㆒合体事付天竺震旦物語事】 舜ヲ乍㆑生埋ン為也。 堅牢地神モ孝行ノ子ヲ哀ニヤ覚シケン、 井ノ底ヨリ上ケル土ノ中ニ半バ金ゾ交リタリケル。
ⓕ	【巻三第三一章　一宮御息所事】 祈る共神やはうけん影をのみ御手洗河の深き思ひを と詠せさせ給ふ時しもあれ	【巻一八　春宮還御事付一宮御息所事】 祈ル共神ヤハウケン影ヲノミ御手洗河ノ深キ思ヲ ト詠ゼサセ給フ時シモアレ
ⓖ	北野天神荒人神に成せ給ひし其古への御悲み、 思召知せ給は丶、我を都へ帰し御座せと、 御心の中に祈せ給ふ。	北野天神荒人神ニ成セ給シ其古ヘノ御悲ミ、 思召知セ給ハヾ、我ヲ都へ帰シ御座セト、 御心ノ中ニ祈セ給。
	【巻一第一九章　主上御夢事付楠事】 鬟結たる童子二人忽然として来て、（中略） あの樹の陰に南へ向へる座席あり。是御為に設たる	【巻三　主上御夢事付楠事】 鬟結タル童子二人忽然トシテ来テ、（中略） アノ樹ノ陰ニ南へ向ヘル座席アリ。是御為ニ設タル

ⓗ	王扆にて候へは、暫く此に御座候へと申て、童子は遥の天に上り去ぬと御覧して、御夢はやかて覚にけり。（中略）朕再ひ南面の徳を治て、天下の士を朝せしめんする処を、日光月光の示されけるよ	玉扆ニテ候ヘバ、暫ク此ニ御座候ヘ。」ト申テ、童子ハ遥ノ天ニ上リ去ヌト御覧ジテ、御夢ハヤガテ覚ニケリ。（中略）朕再ビ南面ノ徳ヲ治テ、天下ノ士ヲ朝セシメンズル処ヲ、日光月光ノ被〻示ケルヨ

ⓐ巻二第二〇章では、鎌倉幕府が諸国の反乱を鎮めようと寺々に働きかけるも、「神非礼を享す」、人も利欲に耽らなかったので効果がなかったとする部分を採録している。この「神」は、人間に衰滅の運命をもたらしている。同様の例として巻三第三〇章では、花山院の故宮に幽閉された後醍醐天皇が、この事態を「仏神」に見放されたためだと考える部分を採録している。

また巻四第二四章では、非道の者が世を治めても、「仏神能知見し御座せは」その企ても成立しない、後醍醐天皇は「仏神」が見捨てた時を得て北条高時を追伐した、三種の神器が南朝方と共に都を離れたのは、「神明」が北朝を見捨てた証拠だとする天狗の発言を採録している。これらの神仏は、いずれも人間の企図するところを妨げ、見捨てることで人間を衰滅させる存在として描かれている。

ⓑⓒ巻三第三一章では、鳴門の渦に捕まった船の人々が、これは松浦五郎が御匣殿を奪ったことへの「龍神の咎め」だとする発言や、御匣殿を船から降ろした後、松浦の船が風に吹かれて行方不明になったことを「龍神」と結び付けて述べる部分を採録している。この「龍神」は、悪行者を咎め、彼等に罰を与えている。

以上の七例の神仏は、いずれも人間を見捨て、咎め、その行動を妨げて衰滅させる存在として描かれている。いわばこれらは人間に不利な働きかけをする神仏であり、本書が人間に有利な働きかけをする神仏を省略していることと対照的である。

では残る二例はどうか。

ⓓ巻三第一九章では、大百足を退治した俵藤太秀郷に「龍神」が様々な宝を与えた上で、彼の一族から将軍が多く輩出されると寿ぐ部分を採録している。

またⓔ巻五第一三章では、後に中国の帝王となる舜が、父と義弟に生き埋めにされそうになった時、「堅牢地神」の哀れみか土中に金が混ざり、それに父たちが気を取られている隙に逃走したとする部分を採録している。

これら二例の神は、人間に繁栄をもたらす、または人間を助けるという有利な働きかけをしている。前節の推測に則るならば、どちらも省略しているべき記事であろう。ここで注目したいのは、この二例が共に南北朝の動乱には直接関与しない故事の中に存在している点である。つまり物語の本筋から外れた読み物的記事の一部であることが、例外的な採録に繋がったのではないかと思われる。

このほかにもⓕⓖ巻三第三一章では、絵の中の女性に恋をする一宮尊良親王が、報われない思いを歌に託して下鴨神社の「神」に詠む部分、また松浦五郎に攫われた御匣殿が「北野天神」に帰洛を祈る部分を採録している。物語はその後、一宮が絵の女性とそっくりな御匣殿と出会う、また御匣殿が帰洛を果たすという展開になるので、そこに神の働きかけを想像することができるものと思われる。ただしそれは物語中で明言されているわけではない。また一宮と御匣殿の恋が悲劇的な結末を迎えるものであることも注目される。

またⓗ巻一第一九章では、後醍醐天皇がある夜見た夢について、「日光月光」菩薩が重祚を予言したものだと判断する部分を採録している。一見、重祚は菩薩の加護によるもののように思われるが、菩薩の役目はあくまでも未来を告げることにあり、その後重祚のために彼等が直接働きかけることはないのである。

同様に巻二第一二章では、北野社で「忘すは神も哀れと思ひしれ心つくしの古への旅」と詠んだ三位局の夢に、菅原道真と思しき老翁（すなわち天満天神）が現われ、後醍醐天皇の還幸を告げる部分を採録している。この老翁も以後還幸との関わりは描かれず、未来を告げるだけの役に留まっている。

以上、『抜書』が採録した神仏記事のうち、特に人間の利に関わる働きかけをする神仏を描いたものに注目してきたが、その多くが人間を見捨て、咎めることで運命を衰滅させるという、不利な働きかけをする神仏を描いているといえる。例外として巻三第一九章の「龍神」と巻五第一三章の「堅牢地神」は、人間に繁栄をもたらし、助けるという有利な働きかけをしているが、これらは物語の本筋と関係のない故事の中に描かれており、例外として採録されたものと思われる。

このことを踏まえて前節の推測を検討すると、やはり『抜書』の編集態度は、基本的に人間に有利な働きかけをする神仏を省略するというものであると考えられる。そしてその代わりに、人間に不利な働きかけをする神仏を物語中に残そうとしているものと考えられるのである。

三　異なる表現に言い換えた神仏記事

さて今度は、『抜書』が神仏を異なる表現に言い換えた記事三例を見ることにする。この記事は言い換えの内容によって、(1)神仏を排除した表現に言い換えた例と、(2)「天道」や「天」に言い換えた例とに分類できる。詳細は、次の〈表3〉の通りである。

〈表3〉

用例	『抜書』本文	慶長八年古活字版本『太平記』本文
(1)	【巻三第三一章　一宮御息所事】 御息所をとま屋の内に荒らかに投棄奉る。 其時、 不思議の者共波の上に浮ひ出て見えたり。	【巻一八　春宮還御事付一宮御息所事】 御息所ヲ篷屋ノ内ニ荒ラカニ投棄奉ル。 「サラバ僧ノ儀ニ付テ祈リヲセヨヤ。」トテ、船中ノ上下異口同音ニ観音ノ名号ヲ唱奉リケル時、 不思議ノ者共波ノ上ニ浮ビ出テ見ヘタリ。

(2)−1	【巻一第八章　資朝俊基関東下向事付御告文事】 君臣上下の礼違則は、 さすか天罰も有けりと、 是を聞ける人ことに、懼恐ぬはなかりけり。	【巻一　資朝俊基関東下向事付御告文事】 君臣上下ノ礼違則ハ、 サスガ仏神ノ罰モ有ケリト、 是ヲ聞ケル人毎ニ、懼恐ヌハ無リケリ。
(2)−2	【巻一第一三章　長崎新左衛門尉意見事付阿新殿事】 阿新、（中略）そことも知らす行ほとに、 天道、孝行の志を感して、擁護の眸をや廻らされけん、 年老たる山臥一人行合たり。	【巻二　長崎新左衛門尉意見事付阿新殿事】 阿新（中略）ソコトモ知ズ行程ニ、 孝行ノ志ヲ感ジテ、仏神擁護ノ眸ヲヤ回ラサレケン、 年老タル山臥一人行合タリ。

まず(1)神仏を排除した表現に言い換えた例であるが、巻三第三一章では、鳴門の渦を鎮めるために船の人々が「異口同音ニ観音ノ名号ヲ唱奉リケル時」という部分を、「其時」に言い換えている。第一節で述べたように、この「観音ノ名号」は秦武文の亡霊を出現させ、御匣殿を船から降ろすという解決策を導き出す役割を担っている。つまりこの「観音」は、人間に有利な働きかけをする存在として描かれているのであり、それを『抜書』は言い換えることで排除しているのである。

次に(2)「天道」や「天」に言い換えた例であるが、まず巻一第八章では、君臣上下の礼を違えて後醍醐天皇の告文を読んだ斎藤太郎左衛門利行が亡くなったことについて、「仏神ノ罰」とする部分を「天罰」に言い換えている。この「仏神」は、人間を罰して死をもたらすという、人間に不利な働きかけをする存在である。

また巻一第一三章では、敵に追われる阿新が自分を助けてくれる山伏に出会ったことについて、「仏神」の擁護だとする部分を「天道」の擁護だと言い換えている。この「仏神」は、窮地に陥った者を助けるという、人間に有利な働きかけをする存在である。

(2)の例からは、『抜書』が「天道」や「天」を、人間に対して有利にも不利にも働きかける存在、つまり人間の運命そのものを計らう存在として設定していることが窺える。ただしこのような言い換えは、巻一以降には見られない。どうやら『抜書』は、その編集作業の初期には、人間の運命を計らう存在として独自に「天道」や「天」を設定していたが、早い段階で原文の神仏をそのまま生かすという方針に転換したものと考えられる。

以上、『抜書』の神仏記事について見てきたが、まず本書は基本的に物語中から神仏の存在や仏教・神道の思想を排除しようとはしていない。巻一の編集時点では、キリシタン思想との関係からか、人間の運命を計らう神仏を「天道」や「天」に言い換えていたが、それも以降の巻では止めている。ここから本書は、物語中で神仏が存在することを許容し、神仏やその教えが人間を司る世界を描こうとしているものと考えられる。

ただし本書で描かれる神仏は、その働きかけが人間を見捨て、咎めることで運命を衰滅させるという不利なものであることが殆どである。逆に人間を守り助け、その願いを叶え、繁栄させるという有利な働きかけをする神仏は、物語の本筋に関係しない部分に二例見られるのみである。このことから本書は、神仏記事の編集に際して、神仏の働きかけが人間にとって有利か不利かという点を基準として取捨選択を行なっているものと考えられる。

ではなぜ本書は、この点を基準としたのか。その編集態度の意味するところを、本書を編纂したイエズス会の神仏の捉え方から考えてみたい。

四　神仏記事に対する編集態度の意味——イエズス会の神仏の捉え方から——

唯一神デウスへの信仰を説くイエズス会は、日本の神仏を認めることができない。彼等が神仏の存在や神性を否定し、その救済を論破していることは本稿の最初で述べた通りである。ただし「神仏は無い」と説くことだけが、論破の方法ではなかった。

例えば教理書『日本のカテキズモ』（ラテン語訳本）では、デウスと対立する悪魔について説明する部分で、彼等は

人間を憎み、欺くために神仏の像の中に隠れたとし、

そこで悪魔は問われれば回答し、所々方々の像を場所毎に移動した。そして悪魔は人々に語りかけ、回答し、それらの像を移動し、像の中には神性がひそんでいる、と言っておのが姿を人々に示した。この神性は、質疑に回答し、神託を告げ、助言を与え、不思議な業をはたらき、語り、起こすと言うのである。その結果欺かれた死すべき人間、憐れな人間たちは、自分たちが作った像に神的な栄誉を与える、ということになった[8]

としている。ここでは神仏の霊験について、それは悪魔が人間を欺くために行なったものだと説いているのである。

また『妙貞問答』でも、

時トシテ、アノ神、此仏ニ神変カマシキ事ノ有タリナト云フコトハ、此天狗、天上ニテ高慢ノ素懐ヲトゲン事ヲ思イシカドモ、叶ハサル故ニ、責テ、下界ニテ人ニナリトモ敬レバヤト思イ、木仏、石仏、宮、ヤシロノ内ニタクシテ、怪異ノ相ヲ顕ハセハ、人ハヲロカナル故ニ（中略）是ヲアフギ貴ニサフラフ[9]

と、神変を起こす神仏の正体は「天狗」（悪魔のこと）だとしている。

このようにイエズス会では、神仏の存在や霊験を認めた上で、その正体は悪魔であり、霊験も彼等の所行であるとして否定論破することも行なわれていたのである。

しかしそのように論破するからといって、神仏による霊験の全てが認められたわけではない。『妙貞問答』が「仏神ナトノツレハ、是皆偽ニテ二世ノネガイヲ成就スヘキ者ニハアラサル[10]」と説いているように、イエズス会の書物では、人間に有利な働きかけをする神仏の記事は殆ど見られない。このような態度は、司祭たちがローマのイエズス会総長宛に送付した報告書「日本年報」に顕著である。

イエズス会員フェルナン・ゲレイロ（一五五〇～一六一七）によって編集された、「日本年報」を含む諸国の報告書『日本その他の地方からのイエズス会年報』を見ると、神仏を信仰する人々が不幸な目に遭う話が多数収録されてい

る。『抜書』の成立年代に近いと考えられる一六〇三〜一六一〇年の年報を中心に見ると、例えば「一六〇三、〇四年の日本の諸事」には、領主の旅の供をする家臣のうち、仏僧から旅中安全の守り札を受けた者たちが「きわめて重い病気」に罹ったという話がある。(11)

また「一六〇六、〇七年の日本の諸事」には、異教徒が病気の娘のために「或る仏に多くの誓願と約束をした」が、結局娘は亡くなり、その仏像を薪にして燃やしてしまったという話がある。(12)

ここからイエズス会は、神仏は人間を助ける存在ではなく、それらを信じて祈っても願いは叶えられず、むしろ逆の結果をもたらすものとして捉えようとしていたものといえる。そしてこのような神仏の話を収録する傾向は、『抜書』が人間に不利な働きかけをする神仏の記事を採録する傾向にあることと繋がるものではないかと考えられる。

では神仏に代わって、イエズス会が人間に有利な働きかけをする存在として捉えているものは何か。それは勿論デウスやその子イエズスである。例えば「一六〇五年の日本の諸事」には、火山の噴石がキリシタンに直撃しようとした時、彼がイエズスとマリアの名を称えて祈ると、「石は、誰かが逸らしたかのように彼のそばに落ち」て助かったという話がある。(13)

またゲレイロ編の年報集ではないが、ミラノ版の「一六〇九、一〇年度、日本年報」では、船が嵐に襲われた際、もし助かった時は病院に寄付をするとデウスに誓うと、「空は元の晴天に戻り」、船は「何一つ損害を被ることもなく無事に長崎の港に帰着した」という話がある。(14)

ただしそんな「日本年報」の中にも、一例だが、人間に有利な働きかけをする神仏の話が収録されている。それは「一六〇三、〇四年の日本の諸事」の、寺沢志摩守広高にまつわる話である。当時寺沢は徳川家康の寵愛を取り戻すために神仏に祈り、そこで家中からキリシタンを排除して領内の教会と十字架を破壊し、できる限りのキリシタンを回心させると誓ったという。そして、悪魔は（中略）万事が（寺沢）の望みどおりになるよう彼に大いに協力したので、彼が神と仏に立てたすべての誓願が自己に利益があったと信じさせることができた。なぜなら、同年、間もなく（中略）往時の寵愛を挽回することになったからである

とし、神仏（悪魔）の力による祈願の成就を記している。

ここで注意したいのは、「日本年報」は神仏（悪魔）が寺沢に協力した理由について、大いに栄えているキリシタン宗団全体を「ふたたび攪乱し、大迫害を始める道具」とするため、そして悪魔自身が「より信頼され、その手下たちに奉仕され崇拝されるようにするため」だとしていることである。(15) つまり神仏が人間の願いを叶えるといった有利な働きかけをする場合は、キリシタン迫害と結び付けて捉えられているのである。このような捉え方は、キリスト教伝来以前の時代を舞台とした『太平記』の神仏記事に繋げて考えるには難しいものがある。

以上、イエズス会の神仏の捉え方を見てきたが、イエズス会は神仏を無いものとして否定するだけでなく、その正体を悪魔として捉えてもいることが分かる。そしてその悪魔は、霊験や怪異を現わす力を持つものの、人間を守り助け、その願いを叶え、繁栄させるといったことは殆どなく、むしろその逆の結果をもたらす存在とされている。イエズス会にとって、真に人間に有利な働きかけをするのは、あくまでもデウスやイエズスなのである。

このことを踏まえて『抜書』の神仏記事を見ると、神仏の働きかけが人間にとって有利か不利かという点を取捨の基準として、不利なものを採録するという編集態度には、神仏の正体は悪魔であり、それを信仰する者は不幸な目に遭うとするイエズス会の立場が関係しているものと考えられる。つまり『抜書』は神仏記事の編集によって、物語中に悪魔としての神仏を存在させているのである。そして登場人物は、その神仏に見捨てられ、咎められることで衰滅していく。このことは、本書が悪魔としての神仏に支配された人間の世界を描こうとしていることを意味するものではないかと思われる。

　このように考えると、本書が物語の最後を、太平の世の到来を寿いだ『太平記』巻四〇「細河右馬頭自㆓西国㆒上洛事」ではなく、足利義詮の死による世上不安を描いた同巻「将軍薨逝事」で結んでいることにも、一つの推測ができる。髙祖敏明氏は本書の結末の理由を、後の細河頼之の排斥や室町幕府の滅亡を知る編者にとって、「頼之の上洛をもって「太平」の世が来たとは到底理解できなかった、というのが真相ではなかったか」と指摘している(16)。それに加えて、悪魔としての神仏に支配された人間の世界を描こうとする以上、編者は物語に太平という結末を与えることができなかったのではないだろうか。

　『抜書』は『太平記』から多くの神仏記事を採録しているが、そこから窺えるのは、神仏への厳しい否定の姿勢なのである。この姿勢は、論破し退けるべき異教の思想を学ぶ教科書としての本書の性格に繋がるものといえるだろう。

おわりに

　『抜書』は、同じイエズス会編の天草版『平家物語』と比べ、前兆等の異教的な事柄を採録する傾向にあった。それは神仏記事に関しても同様であり、巻一で神仏の名を「天道」や「天」に言い換えた例が二例見られる以外は、基本的に『太平記』本文のままに採録している。つまり本書は、物語内で神仏が存在することを許容しているのである。ただし『抜書』には、人間を守り助け、その願いを叶え、繁栄させる神仏を描いた記事は殆どない。逆に人間を見捨て、咎めることで運命を衰滅させる神仏を描いた記事は採録している。ここから本書は、『太平記』内の神仏記事に対して、神仏の働きかけが人間にとって有利か不利かという点を基準として、前者を省略、後者を採録するという編集態度を持っているものと考えられる。

　このような態度は、神仏の正体は悪魔で、その霊験も悪魔の所行であると捉え、また人間に対して真に有利な働きかけをするのは唯一神デウスとその子イエズスだけであり、異教徒の多くは不幸な目に遭うとするイエズス会の立場に基づいているものと考えられる。

以上から、『抜書』は神仏記事の編集によって、物語中に悪魔としての神仏を存在させ、それに支配された人間の世界を描こうとしているものと考えられる。そこには神仏への厳しい否定の姿勢が表われており、本書の持つ、論破し退けるべき異教の思想を学ぶ教科書としての性格の一端を担っているものと考えられる。

また本書が悪魔としての神仏に支配された人間の世界を描こうとする以上、当然そこに太平の世の到来を認めるわけにはいかない。本書の最後が足利義詮の死による世上不安を描いた「将軍薨逝事」で締め括られた理由も、そこに見ることができるのではないだろうか。

註

（1）『キリシタン版太平記抜書』一、三（平成一九、二一年、教文館）の髙祖敏明氏の解題・解説による。

（2）次の論文や書に指摘がある。

・宮嶋一郎氏「きりしたん版『太平記抜書』の編集態度について」（『ビブリア』六三、昭和五一年）。

・鈴木則郎氏「キリシタン版『太平記抜書』の性格㈠——編集者の楠木正成の捉え方をめぐって——」（『基督教文化研究所研究年報』一一、昭和五三年）。

・鮲沢千鶴氏「ロドリゲスのめざした日本語（その一）」（『国文学論集』二八、平成七年）。

・大塚光信氏『抄物きりしたん資料私注』第五章（平成八年、清文堂出版）。

・髙祖敏明氏『キリシタン版太平記抜書』一の解説（平成一九年、教文館）。

（3）「天草版『平家物語』とキリシタン版『太平記抜書』の編集態度——「前兆」等の取り上げ方をめぐって——」（『国語国文』八二（二）、平成二五年）。

（4）日本思想大系『キリシタン書　排耶書』（昭和四五年、岩波書店）一六頁、『コンテムツスムンヂ』（平成一四年、教文館）一六頁、『キリシタン教理書』（平成五年、教文館）三八五頁。

（5）『キリシタン教理書』（平成五年、教文館）三八〇〜三八一頁。
（6）詳しくは拙論「「天草版平家物語」の神仏表現」（『龍谷大学大学院文学研究科紀要』三二、平成二二年）を参照されたい。
（7）『邦訳日葡辞書』（昭和五五年、岩波書店）四九六頁、七七三頁、一七九頁。
（8）『日本のカテキズモ』（昭和四四年、天理図書館）六二頁。尚、日本語訳本（『キリシタン教理書』平成五年、教文館）ではこの部分は欠損している。
（9）『キリシタン教理書』（平成五年、教文館）四〇五〜四〇六頁。
（10）『キリシタン教理書』（平成五年、教文館）三八六頁。
（11）『十六・七世紀イエズス会日本報告集』第Ⅰ期第四巻（昭和六三年、同朋舎出版）一八九頁。
（12）『十六・七世紀イエズス会日本報告集』第Ⅰ期第五巻（昭和六三年、同朋舎出版）一七七頁。
（13）『十六・七世紀イエズス会日本報告集』第Ⅰ期第五巻（昭和六三年、同朋舎出版）四三〜四四頁。
（14）『十六・七世紀イエズス会日本報告集』第Ⅱ期第一巻（平成二年、同朋舎出版）九三頁。
（15）『十六・七世紀イエズス会日本報告集』第Ⅰ期第四巻（昭和六三年、同朋舎出版）一九七頁。
（16）『キリシタン版太平記抜書』三（平成二一年、教文館）の解題・解説二三四頁。

〔付記〕
引用中の傍線や傍点は、全て私によるものである。

『義経東下り物語』における『義経記』奥州落説話の変容
――判官物語系諸本本文異同の問題とともに――

西村知子

はじめに

源平合戦での華々しい活躍から一転、鎌倉から追われる身となった源義経は、弁慶をはじめとする郎等たちや北の方とともに京都を脱出し、不遇の少年時代を過ごした平泉への逃避行を余儀なくされる。北国路を選択した行程は、常に危険と隣り合わせの苦難の旅であった。

この義経一行の奥州落、あるいは北国落の物語は、謡曲・幸若舞曲・絵巻などの題材とされ、『義経記』においては巻七を中心に描かれる。そして『義経記』の巻七本文を基盤としながら多くの独自の話題を有する古活字本『義経東下り物語』（以下『東下り』とする）がある。

『東下り』は現在、大谷大学図書館蔵本の一本のみが確認され、影印・翻刻されている。渡辺貞麿氏[1]の解題および村上學氏[2]の書誌によれば、上下二巻二冊、刊記等はなく近世初期（寛永頃）の刊行かとされ、内題は「よしつねあつまくだり物語上」・「あつまくだり物語下」とある。

『東下り』について、早くに髙橋貞一氏[3]が『義経記』巻七を増補し成立したものと指摘され、一部翻刻し紹介された。村上氏[4]は、『東下り』本文に増補されたプロットの様相から、『東下り』における『義経記』からの独立性志向を指摘され、さらに『東下り』本文と判官物語系諸本の本文との関係を検討された。また宮田寿栄氏[5]は第一系列本文との異同を中心に検討された。

本稿では、『東下り』の『義経記』巻七に依拠した本文部分と『義経記』判官物語系諸本との比較により、『東下り』本文の可能性を検討するとともに、『東下り』本文独自部分にみる『義経記』奥州落説話の展開を考察する。

一　『東下り』本文『義経記』巻七依拠部分と『義経記』判官物語系諸本

『東下り』はその冒頭において次のように始まる。

ふんち二年む月のすゑになりぬれは、太夫の判官、六てうほり河にしのひておはしけるともあり（上一オ）

そしてそれ以降、大津から愛発山、三の口の関、平泉寺、如意の渡、直江の津、亀割山を経て、義経一行が平泉に到着するまでが描かれる。その終わりは『義経記』巻七と同じく、

かくてとしもくれけれは、ふんし三ねんになりにける（下四二ウ）

と閉じられる。

『東下り』の本文を大きく分けた場合、『義経記』巻七本文に依拠した部分と、『義経記』巻七本文とは異なる独自部分に分けられる。まず、その依拠部分と『義経記』判官物語系諸本巻七本文を比較し、『東下り』本文の位置を検討することとする。

『東下り』の独自部分は、弁慶とその子との別離についてなど話題としてまとまった分量のあるものと、文中に語句あるいは短い文章等として存在するものとがある。後者の比較的短い単位の独自部分は本文異同として依拠部分の検討に加えることとし、前者のまとまった部分については後に扱うこととする。

佐藤陸氏[6]は、『義経記』巻七は他の巻と異なり、判官物語第一系列の本文を改竄・削除して第二系列本文が成立さ

れたものと論じられた。また村上氏は、[7] 両系列に直接の先後出関係はなく共通祖本から別々に派生したもので、共通祖本の段階で第一系列は消極的に、第二系列は大幅にそれぞれに改変されたとされる。そして『東下り』本文の非増補部分では第一系列本文と極めて近いとした上で、両系列独自本文を有する『東下り』の下敷きにした本文について、二系列混態ではなく、第一系列本に類似するが現在第二系列本に存在する僅かな独自本文を含む巻七原型に増補を行ったものと論じられる。

以上の点を踏まえながら、『東下り』本文巻七依拠部分と判官物語系諸本との比較を行うこととする。比較対象としては、判官物語第一系列からは天理本・橘本（稲武本）を、第二系列からは赤木本・田中本を適宜取り上げる。なお判官物語系諸本および『東下り』に章段名は記されないが、大系本の章段名を便宜上使用する。

まず、『東下り』と第一系列本文とを比較する。次のア・イの例は『東下り』と天理本が近い関係にあることを示す。

ア「判官北国落の事」

〈東下り〉てわの国へゆかんするふねに、ひんせんしてよるへしとて、みちはほつこくにさたまりぬ（上三ウ）

〈天理本〉出羽のくにのかたへゆかんするふねに、ひんせむしてよかるへしとて、みち北国にさたまる

〈橘本〉出羽の国のかたへゆかむするふねに、ひんせむしてよかるへしとて、みちはさたまる

イ「判官北国落の事」

〈東下り〉むさし、きさつたといふかしもへを、山ふしになして（上七ウ）

〈天理本〉むさしはうは、きさんたといふしもべを、山ふしになして

〈橘本〉むさしはうは、ききうたといふしもへを山ふしになして

傍線部において橘本で、アは「北国」が欠落、イは傍線部に誤謬が生じており、『東下り』と天理本が一致する。全

体としても『東下り』本文は天理本本文に近い。
その一方、天理本と重ならず、『東下り』と橋本とが一致する箇所もあり、その例を次に挙げる。傍線部で『東下り』と橋本が一致する。

ウ「平泉寺御見物の事」
〈東下り〉しのてし思ふこゝろさしこれなり。いかて御いたはしく候。それほとの御ちか事にてはやふりまいらせへき（下六オ）
〈天理本〉しのでしをおもふ心さしこれなり。やふりまいらせ候へきか
〈橋本〉しのてしをおもふ心さしこれなり。いかてか御いたはしくそれほとの御ちかひをはこれにてはやふりまいらせ候へき

エ「亀割山にて御産の事」
〈東下り〉いきふきいたしての給ひけるは、さらぬたに女房のさんのみちははつかしきことにてあるに、人々ちかくてはかなふまし（下三一ウ）
〈天理本〉いきふきいたしての給ひけるは、人々ちかくはかなふまし。
〈橋本〉いきふきいたしての給ひけるは、さらぬたに女のさんのみちははつかしき事にてあるに、人々ちかくてはかなふまし

ウ・エの天理本は、橋本・『東下り』の記述と比べて理由説明が不十分となっている。
さらに次のオの例では、稚児による管絃の楽器を四人各々の前におくべきところ、傍線部の義経の笛の記述が天理本において欠落している。

オ「平泉寺御見物の事」

〈東下り〉ことをは御まへにとて北の御かたへ参らせ、ひわおはれんいちとの御前にとておく。しやうのふへをはみた王殿御まへに、やうてうをは判官殿にまいらする。かくてくわけん一きれはし給へは（下六ウ）

〈天理本〉ことをは御まれ人にとてきたのかたにまいらせける。びわをはれん市殿のまへにおく。しやうのふゑをはみたわう殿の御まへにおく。かくてくわんけんひときれし給へは

〈橋本〉ことをは御まれ人にとてきたのかたにまいらせける。ひわをはねん一とのゝまへにをく。しやうのふえをはみたわうとのゝまへにをく。やうてうをははうくわんとのゝ御まへにをく。かくてくわんけんひときれし給へは

次に、『東下り』と第二系列本文とを比較する。全体としてそれほど多く見られないが、次のカ・キの例のように、『東下り』が第二系列本文と重なる記述を持つことを示す。

カ「大津次郎の事」

〈東下り〉女房ははらをすゑかねて、いまたふしてそありける。おうつの二郎さしよりておこしけれとも、をともせす（上三三オ）

〈天理本〉女はおとゝいのはらをすゑかねて、いまたふしてそありける。大つの二郎、やこせ〳〵といひけれ共おともせす（橋本同じ）

〈田中本〉女房はいまたはらをすへかねて、うちふしゐたりける。次郎いかにとおこしけれとも、音せす（赤木本同じ）

キ「愛発山の事」

〈東下り〉此山と申は、あまりになんしよ（「難所」筆者注）にて候ほとに（中略）人のあしよりちをふみたらし候へはとて、あらちやまと申さんか。にほんこくになんちよならんところはみな、あらち山にて候はんするか（上

三五オ）
〈天理本〉この山はあまりにかんせき（「巌石」筆者注）にて候ほとに、（中略）人のあしよりちをふみたらせはとて、あらちの山と申候はんに、日ほん国のかんせきならん山の、あらちの山ならさらん所はよも候はし。（橘本同じ）
〈田中本〉この山はあまりに難所にて（中略）人のあしよりちをたらし候へはとて、あらちの中山と申候は、、日本国の難所ともみな、あらちの中山にて候はんや（赤木本同じ）

以上のように、『東下り』の本文は第一系列の現存本文のそれぞれと重なる記述を持ち、また第二系列本文とも重なる部分がある。『東下り』本文のそのような形態から、村上氏の想定したように、(8)『東下り』のベースとなった『義経記』巻七本文は、『義経記』が第一系列・第二系列に分岐していく過程の様相を示唆する本文と考えうるものである。

そして『東下り』において、部分的な独自の記述をみることができる。次のク～コの『東下り』の傍線部は、他本には見られない記述の部分である。これらの部分は前後の文意を補強する内容で、他本の記述より詳細に説明される場合が多い。

ク「判官北国落の事」
〈東下り〉ひころきしかたひらをにわかにしやうゐのことくにこしらへ（上一八ウ）
〈天理本〉きたるしろきひたゝれを、にわかに上ゐにこしらへて（橘本同じ）
〈田中本〉きたる白きひたゝれを、にはかにしやうゐのことくこしらへて（赤木本同じ）

ケ「直江の津にて笈探されし事」（該当部分、第二系列なし）
〈東下り〉むさしはうこれをみて、あはれとむねさわきける。こんのかみうけとり見るところに、三十三まいのくしをとりいたしして、これはいかにと申けれは（下二〇オ）

は

〈天理本〉むさしはうこれを見て、あはやとみる所に、三十三まひのくしをとりいたして、是はいかにと申けれは

〈橋本〉むさしはうこれを見て、あはやと見る所に三十三まひのくしをとりいたして是はいかにと申けれは

コ「亀割山にて御産の事」

〈東下り〉なむ八まん大菩薩、ねかわくは御さんへいあんになしてたへ、と（「さ」カ／筆者注）てきみをはねかわくはよにいたし給へ。何とてすて給ふとねんしけれは（下三四オ）

〈天理本〉なむ八まん大ほさつ、ねかはくは御さんへいあんになし給へ。さてわか君をはすてはて給かやときねんしけれは（橋本同じ）

〈田中本〉なむ八まん大ほさつ、ねかはくは御さんへいあんにまほらせ給へと、しん〳〵ふかくきねん申けれは（赤木本同じ）

前後の誤脱による文意不通を訂正するべく行われた改変とするには、どちらの本文の記述も内容的な破綻はなく、これらの独自部分は、『東下り』による増補改変か分岐以前の本文の痕跡かにわかには判断できない。仮に『東下り』独自の改変とすれば、これらの部分には誤脱が少ないので、比較的新しい段階の改変と思われる。

残念ながら、『東下り』の『義経記』巻七依拠本文は転写によるものと思われる誤脱が極めて多く見られ、他本との比較・校合なしに『東下り』本文のみでは文意不明の箇所もある。しかし、次のサのように、他本の誤脱を補うこともある。

サ「直江の津にて笈探されし事」

〈東下り〉おいをすゝかさらん程に、うけとり参らせ候ましきとをとしけれは、もちいすしてみたれ入へきやうにの、しりける。こんのかみ申けるは（下一九ウ）

〈天理本〉おひをすゝかさらんよりほかは、うけとりまいらせ候ましきそとおとしけれ共、こんのかみ申けるは
〈橋本〉おいをすすかさんよりほかは、うけとりまいらせ候ましきそとおとしけれとも、もちいすしているへきやうにその、しりける。こんのかみ申けるは

おそらく、天理本では傍線部前後を含めて欠落し、橋本では傍線部「いるへきやうにそ」の前に『東下り』のように「みだれ」の語がつくべきところ脱落して意味を取りにくくなっているものと考えられる。

以上のように、『東下り』巻七依拠本文は写本系統の本文の展開の過程を示すものといえる。今回取り上げたのは一部の例であり、『東下り』本文の多数の誤脱箇所に慎重に当たりながら、『東下り』本文と他本とのさらなる詳細な比較検討が必要とされる。

二　尼公物語

『義経記』において判官物語系写本から、古活字本・整版本の流布本に至る過程での大きな変化として、巻ごとに章段が設定され、それぞれの巻頭に章段名を記した目録が付されること、また、巻八冒頭に「継信兄弟御弔の事」の章段が増補されることが挙げられる。

『東下り』は巻七相当部分のみなのではあるが、本文中には章段、章段名、目録はない。また前節で確認したように、本文の系統は写本の系統で判官物語第一系列に近いと考えられる。また具体的に例示してはいないが、『東下り』本文と『東下り』第一系列から派生した古活字本『義経記』とは少なからず距離のある本文であり、それゆえ『東下り』と流布本以降の『義経記』との直接的な影響関係はないようにみえる。しかし『東下り』本文において、流布本以降に巻八冒頭に増補される「継信兄弟御弔の事」と類似する内容がある。本節では、『東下り』における継信兄弟に関する記述の内容等を検討する。

まず、『東下り』全体の独自部分を確認する。前節で比較的短い単位の独自部分は本文異同として巻七依拠部分の検討に加えたので、ここでは内容的・分量的にまとまった形の独自部分を検討対象とする。目安として『義経記』巻七の章段名を挙げ、どこにどのような内容のものがあるか抜き出してみる。なお、ここでは取り上げなかったが、一文程度の独自部分は全体を通して数箇所ある。

①判官北国落の事

不遇を嘆く義経の述懐／都落ちする義経に従う郎等たちの決意／山伏の道具を東光房に依頼／義経を想う今出川の姫君（北の方）／弁慶、兼房に義経の来訪を告げる／義経の不実を嘆く北の方／北の方のめのとも同道を希望するが許されない／兼房、随行の決意／残される兼房の家族／弁慶の子せんわかとその乳母の入水と北の方のめのとの入水／弁慶の遅参に憤り、我が身の不遇を嘆く義経／弁慶、遅参の理由を語り涙する／都に心を残す北の方

②大津次郎の事・③愛発山の事・④三の口の関通り給ふ事→まとまった独自部分なし

⑤平泉寺御見物の事

女と疑われた北の方は風呂に入れられそうになり、弁慶の機転で一行は平泉寺を脱出

⑥如意の渡にて義経を弁慶打ち奉る事・⑦直江の津にて笈探されし事・⑨亀割山にて御産の事→まとまった独自部分なし

⑩判官平泉へ御著きの事

継信兄弟の母尼公と遺児が義経のもとを訪れ、弁慶から兄弟の最期を聞く／北の方、めのとの最期を知り弔いをする／田川太郎、平泉へ参上する

一見して平泉寺での部分以外は、独自部分は『東下り』冒頭と末尾に集中していることがわかる。末尾の独自部分で

中心となるのが継信兄弟の母尼公の物語である。

『東下り』において義経一行は亀割山での出産の後、平泉に到着する。秀衡に歓待され落ち着いた義経のもとに、秀衡から知らせを受けた兄弟の母尼公と遺児が訪れる。合戦の次第を弁慶から聞かされた尼公は、夫佐藤庄司が兄弟の帰りを待ちわびながら亡くなったことを語る。

『東下り』本文のその部分をみてみると、「いたはしや、しやうし」（下三七ウ・下三九オ・下四〇オ）殿と繰り返されるように、かなりの部分で幸若舞曲「八島」の本文と重なることがわかる。その重なる部分の『東下り』本文を数例挙げてみる（下三八オ〜下四〇オ）。

a〈東下り〉子ともの事はさておきぬ。三代さうおんの御しうくん、をかみ奉ることの有かたさよ

〈八島〉子共かことはさておきぬ。三代相恩の君を拝み申事なけきの中のよろこひと

b〈東下り〉このむちとゆかけを二人のわかにとらせんと、くれ〳〵申おきしも

〈八島〉鞭とゆかけをは、二人の若にとらすへし

c〈東下り〉つきのふかわすれかたみ、つまのゆくへをきかんとて、さんこをしつめけり

〈八島〉次信、忠信のわすれ形見、妻の行衛をきかんとて（中略）上から下に至るまて、物かたり聞かんすとて、さんこをひそめて音もせす

d〈東下り〉さいこくかたのかせんはおくのいくさにゝへからす

〈八島〉西国の合戦は、奥の軍に似へからす

e〈東下り〉あらこいし。心にかけしとおもへ共、こいしや〳〵つきのふ、たゝのふとの給ひ

〈八島〉明れはつきのふ恋しや、暮れは忠信恋しや、こひし〳〵との給ひし／恋しの次信や、荒恋しの忠信と

f〈東下り〉子共のこいしさに、二人のもの、うへおきし、はなその山にたち入てなかめては、子共のこいしさも

わかともと、はなそのにてすこしなくさみぬ
〈八島〉かれらか恋しき折々は、兄弟か植をきし花苑に立出、常はなくさみ給ひしか

重なる部分はこれらの他にも、この独自部分は幸若舞曲「八島」から多く引用することで構成されている本文といえる。しかしながら、両者はその設定において大きく異なるのである。舞曲「八島」では次のような展開になる。

①奥州落ちの途次（おそらく出産後）、山伏姿の一行として尼公に一夜の宿を借りる。
②夫の思い出を語る尼公が継信兄弟の母と知った義経は、弁慶に兄弟の最期を詳しく語らせ、義経と名乗る。
③尼公は、秀衡に使いを立て義経一行は無事平泉へ到着する。

これに対し『東下り』では次の通りである。

①亀割山での出産の後、亀井・伊勢を使者に立て、秀衡の迎えを受けて平泉に到着。
②兄弟の遺族を案じる義経に、秀衡の計らいで母尼公と遺児が義経のもとを訪れる。
③義経に対面した尼公たちに弁慶が兄弟の最期を語り（具体的内容は記されない）、尼公は亡き夫を想いながら嘆きと喜びに涙する。

①では平泉到着の前後、②では義経一行が尼公のもとを訪れるか、尼公が義経のもとに参上するか、③では兄弟の最期を詳しく語るものと省略するもの、という大きな違いがありながら、『東下り』では舞曲「八島」の本文を巧みに利用して、継信兄弟の母尼公の物語の設定を平泉到着後に再構成し、本文に組み込んだと考えられる。

この『東下り』のように尼公の物語を平泉到着後とする設定と近いのが、舞曲「岡山」と流布本『義経記』巻八「継信兄弟御弔の事」である。「継信兄弟御弔の事」は舞曲「岡山」の本文を土台にして『義経記』の全体構想の枠の中で構成されているため、舞曲「岡山」と「継信兄弟御弔の事」が近接するのは当然であるが、これらと『東下り』

の設定に共通点がみられる。

舞曲「岡山」は舞曲「八島」の後日譚として、義経の前で兄弟の遺児に烏帽子を着せ成人させることを願う尼公が、嫁・孫を引き連れ平泉の義経のもとを訪れる。『義経記』の「継信兄弟御弔の事」では平泉到着後の義経は尼公のもとへ折々使いを送っていたが、兄弟の弔いを思い立つ。その仏事に孫・嫁を引き連れて尼公がやってきて、兄弟の遺児の元服を願い出る。ともに後半は孫たちの元服の様子が描かれ、舞曲「岡山」では続いて尼公と嫁たちの出家・往生が語られる。

つまり尼公の物語には、舞曲「八島」のように奥州落ちの途次に尼公のもとに立ち寄り弁慶が兄弟の最期を（特に八島での継信の最期を中心に）語るものと、舞曲「岡山」のように平泉到着後の義経が尼公と対面し、兄弟の遺族と悲しみと喜びをを共有するものがあり、『東下り』は後者に属するのである。

『東下り』において、舞曲「八島」の本文との関係の見出せないもので注目されるのが、次の箇所である。

〈東下り〉此たちは、わかたいまては十二たいつたはり、つきのふたゝのふたひ〳〵しよまうしつれとも、これはめいよおひらきつるたちなれは、きみの御よおひらかれんとき、わとのを御めにかけんとき、しんじやう申さんとねかいしに（下三九ウ）

ここで述べられる佐藤家重代の太刀について、舞曲「八島」では触れられない。これについて、舞曲「岡山」では次のように重代の太刀について述べられる。

〈岡山〉にこう、なのめによろこひ、いかにいつみの三郎、兼て申せし御太刀をわか君に奉つれ。承と申て、御前を罷立、佐藤が家の重代とおぼしくて、金作りのまるさやまきの御太刀を我君に奉つる

また『東下り』と舞曲「岡山」には、兄弟の遺児に義経から盃が下される場面が共通してある。

〈東下り〉二人のまこにも御さかつきたまはり（下三八ウ）

〈岡山〉判官御盃取あけさせ給ひ、次信か若にくださる、（中略）又、御さかつきを取上させ給ひ、忠信か若にくたされ

このように、『東下り』と舞曲「岡山」にも接点のあった可能性が考えられる。

前節で考察したとおり、『東下り』の本文は、内容的に判官物語系諸本（特に第一系列）と近く、現存諸写本に分岐する以前の姿を留める可能性のある本文である。『東下り』と古活字本『義経記』本文と比較した場合、古活字本にはない第一系列本文および第二系列本文を持っていることからも、体裁としても章段名等を持たないことからも、『東下り』は第一系列本文から派生したとされる古活字本本文とは距離をおく。おそらく古活字本とは別の流れで刊行されたものと考えられる。その両方において、継信兄弟とその母尼公の物語が増補されるのは、それが義経の一代記として必要不可欠の話題となっていたからであろう。そこで、ともに写本系『義経記』から派生した古活字本と『東下り』がその増補の際に選択した主題は、弁慶が屋島合戦での継信の最期とその時の義経主従の嘆きを尼公に詳しく語ることではなく、自身の身代わりとなった継信・忠信兄弟を弔い、またその遺族である尼公と遺児を慰める主君義経の姿であった。

『義経記』と幸若舞曲との関係について、写本系では第二系列の赤木木が「伏見常盤」・「靡常盤」・「高館」・「含状」に、古活字本では「岡山」・「高館」による増補・改変があることが論じられている。(9)『東下り』もまた『義経記』本文に「八島」による増補・改変を行い、また「岡山」との接点もあった可能性がある。『義経記』が幸若舞曲を取り込み再構成しながら新たな展開を追求する傾向を持つのは、ひとつには『義経記』よりも幸若舞曲の判官物・常盤物の方が世間に広く知られており、幸若舞曲と同様の話題を好む享受者の要求に応えた結果といえる。そしても うひとつには『義経記』が別の話題を受け入れて吸収し変容する柔軟性を持っていたためといえる。この柔軟性は『義経記』から展開・変容した『異本義経記』や『義経記評判』等にも発揮され、『義経記』本体を基盤としながら新

しい姿を獲得していく推進力となるのである。

三　義経北の方とめのと・兼房の物語

『義経記』巻四・五・六において、白拍子静が義経の想い人として義経に寄り添い、そしてそれゆえに悲劇の人となる。巻六巻末で静が表舞台から退場したあと、巻七・八で義経と苦難を共にするのは今出川の久我大臣の姫、北の方である。この義経の北の方に久我大臣の姫を設定することについて、角川源義氏[10]は久我家が盲人に支配権を持ち当道座と関係のあったためと指摘されている。史実としては義経の妻が奥州落ちに同道し衣川で共に自害したとあるが、久我の姫君とは確認されない。『義経記』巻七の奥州落では弁慶の活躍が物語の柱となる一方、北の方についての記述の比重も大きい。奥州落に同行が決まるまでの経緯、平泉寺での稚児による管絃、そして亀割山での出産、また所々での詠歌もあり、存在感のある人物である。

『東下り』でも北の方に関する独自部分がかなりの分量となっている。まず北の方に関する最初の独自部分は、都落ちを決意した義経・弁慶が今出川の北の方のもとを訪れる場面である。『東下り』では『義経記』本文の順序が入れ替わり、その間に数箇所の独自部分が挟み込まれている。結果、文脈の前後関係に多少の不整合が見られ、この独自部分は増補と考えられる。

この今出川での場面の増補・改変は次のようである。『義経記』で弁慶は北の方に義経からの伝言を伝えた後で、北の方がいまだに義経を慕う気持ちを持つことを障子に書いた歌で知るのであるが、『東下り』では弁慶が北の方が琴を弾く様子で義経への想いを察し、北の方と歌のやりとりをし、その後義経の伝言を伝えるという展開になり、この琴を弾く部分と弁慶との歌のやりとりが増補されている。そのため、弁慶の「いまたきみの御事をおほしめし御わすれさせ給はぬ」（上一〇ウ・上一二ウほぼ同文）という言葉が本文中に二回繰り返されることになる。そして、迎えに来たことを伝える義経に北の方がさらに恨み言を述べる部分が増補され、本文はその後唐突に北の方を稚児に仕立てる準備に入る。増補・改変の結果このような本文の不整合が起こっているのだが、『義経記』と『東下り』の内容を比較すると、『東下り』では増補・改変によって北の方の義経への一途な想いを強調している。たとえば「御思ひ人は三十六人、なかにも君のこひしとおほしめし候は、、きた山殿（「きたのかた」カ／筆者注）の御事」（上八オ）、といった短い増補部分も同様である。

『東下り』では全編を通して、北の方に関する独自部分が多い。その独自部分で大きく取り上げられるのが北の方のめのとである。このめのとは「乳母」であって「へんし（「片時」筆者注）もたちさることもなく」（上一七オ）北の方の世話をしてきた女性である。十郎権守兼房も「御めのと十郎こん（「の」脱カ／筆者注）かみ」（上八ウ・天理本同じ）と述べられるが、兼房は守り役である男性の「傅」であり、『義経記』では兼房のみが「めのと」として登場する。北の方がいよいよ都を去るとき、兼房が供を申し出る前に、『東下り』ではまず最初に北の方の乳母であるめのとが供を申し出る。しかしめのとの希望は却下される。それは同行を許された北の方と表裏の関係で述べられる。『東下り』における同行についての弁慶・義経とのやりとりを、北の方の場合とめのとの場合を整理してみる（上一一オ～上一八オ）。

まず北の方の場合である。弁慶は義経からの伝言を北の方に伝える。「①ひころの御やくそくには、いかなるありさまをもして、くそくしまいらせん」と言っていたが難しくなったので、義経が「②さきにくたり、もしなからへて候は、、③はるのころかならす御むかひを参らせ候へし。④はるのころまて、御こゝろなかくまたせおはしまし候へ」という伝言である。しかし北の方は、「⑤此たひにくしてくたりたまはぬ人の、なにゆへにむかひをたまはるへき」「⑥いつしかかはる心のうちのうらめしさよ」と納得しない。最終的に弁慶が「⑦山ふしのとうたうには、おさあい人にこそつくりなしまいらせ候はんすれ」と提案し、北の方は同行が可能になる。この部分は天理本等『義経記』もほぼ同じである。

次にめのとの場合である。めのとは供を申し出て「⑦なにともよきやうにつくりなしてたまはらせ給へ」と弁慶に懇願するが、弁慶は「としにもはち給へ。⑦何とつくりなさんそ。山ふしにもかなふまし」と変装するには無理があると拒否する。そして「③かならすむかひに参るへし。④それまては心なかく御まち候へ」と思いとどまるように説得する。めのとは「①ひころおほせありし事をは御わすれ候やらん」「⑥いまはいつしかうちすて丶、いて給ふそうたてさよ、さてもうらめしきうきよかな」と嘆く。北の方も「②命なからへ、おちつき候て、③むかひをまいらせん」と涙ながらに思いとどまるように言う。さらにめのとは「⑤いまさへ御とも申させたまわぬ人の、なにのゆへに、きみこそおはしめすともむかひはたまはるへき」と嘆くが、義経一行は北の方を連れて出発する。めのとは「かくてありてもたれをたのみてすきぬへし。月日ともにたのみ申せしきみはすてられまいらせ候」(上二一ウ)と桂川に入水してしまう。めのとの供を申し出る場面と桂川入水の場面は『東下り』独自部分である。

以上のように北の方の場合の①〜⑦に、めのとの場合の①〜⑦が対応し、めのとの懇願は北の方の場合と表裏の関係になっている。その点からもこの独自部分は増補と考えられるのであるが、北の方のめのとは『東下り』において末尾まで何度も登場する。

『東下り』では都を去る直前、弁慶の子「せんわか」とその乳母が桂川に入水するのを見届けた弁慶は、北の方のめのとの入水にも遭遇する。この「せんわか」についての記述を中心とした独自部分も分量としてかなりの長文である。そして弁慶は北の方の嘆きを思い、めのとの入水を平泉到着まで沈黙することを決意する。その前半部分の弁慶の沈黙に対応して『東下り』の終盤の独自部分では、尼公との対面の次に北の方のめのとの供養について述べられる。そして弁慶にめのとの入水を告げられ悲嘆する北の方を秀衡の女房が慰め、めのとの後の弔いをすることを勧める。そして秀衡の計らいで仏事が執り行われる。

『義経記』では秀衡も関わって継信兄弟の追善供養を行ったが、『東下り』では兄弟の供養は具体的に述べられない。また、北の方のめのとに先んじて入水した弁慶の子とそのめのとの供養についても行われず、弁慶の子については、入水までの弁慶の葛藤の場面とその死後の嘆きを義経に語る場面にのみ登場する。それに対し北の方のめのとは、後の弔いの場面だけでなく短いものではあるが数回登場する。

まず最初が弁慶が今出川を訪れる場面で、「御めのと、おんつまとをあけて見たりけれは、へんけいにてありける」（上一一オ／天理本等「御めのと」の語なし）とある。次は出発した一行が粟田口あたりまで進んだ際に、「すみなれしみやこのなこり、御めのとの事おほしめし、なみたと共に御たちある」（上二五ウ／天理本等この文なし）と北の方が涙する場面である。そして亀割山での出産の場面では、「いと、御めのとの事おほしめしいたし、御なみたをうかへ給ひけり」（下三二オ／天理本等この文なし）と北の方が心細さのあまりめのとの事を思うのである。これらの例からも、『東下り』において北の方について語るとき、北の方のめのとは不可欠だったのではないだろうか。

『義経記』では、北の方のめのとについての唐突な記述が一例確認される。巻八「秀衡が子供判官殿に謀反の事」において、泰衡に裏切られ自害を決意した義経は北の方に自分のもとから立ち去るように言う。それに対する北の方の返事である。

いとけなきより、かたときもはなれしとしたひしめのとのなこりをふりすて丶、つきたてまつりてくたりけるは、かやうにへたてたてまつらんためにや（天理本／他本同じ）

そう言って、北の方は共に最期を迎えることを選択する。また、第二系列本文には巻八「判官御自害の事」に次のような記述がある。

よるはめうふくのむねを御さ（「座」筆者注）とさだめ、ひるはかねふさかひさのうへを御さとしまいらせて（田中本／赤木本同じ）

これは、北の方を介錯しようとした兼房が北の方が生まれたときのことを述懐する場面である。全集本頭注[11]ではこの「めうふく」については不詳として「兼房の妻で、北の方の乳母の名であろう」とされる。この「めのと」・「めうふく」はこの箇所のみ確認されるもので、北の方が都に置いてきたという「めのと」と『東下り』の「めのと」とは同一人物と考えられるが、兼房の妻「めうふく」と『東下り』の「めのと」とは別人のようである。これらのことから、『東下り』のめのとに関する記述を『東下り』編者の創作とすることは慎重に検討されるべきである。

その他に『東下り』独自部分の北の方の記述と類似する話題を持つものがある。平泉寺の場面で北の方が女と疑われ風呂に入れられそうになる独自部分と類似の話題が、義経一行の奥州落を題材とする中尊寺大長寿院蔵『源義経公東下り絵巻（義経北国落絵巻）』・國學院大學図書館蔵『義経奥州落絵詞』等の絵巻に見出されるのである。これらの絵巻においても幸若舞曲の影響が顕著であり、義経一行の奥州落を題材とした一連の幸若舞曲との関係が論じられている。[12]一方絵巻において、幸若舞曲には見られないが『義経記』と関連のある話題が取り入れられており、また構成の面からも『義経記』と重なる点があり、絵巻と『義経記』の何らかの交点があったと考えられる。[13]この北の方が女と疑われる平泉寺についての話題も幸若舞曲には見られず、おそらく『東下り』と絵巻はこの話題について接点を持つものと考えられる。幸若舞曲の奥州落の道中で北の方はあまり多く登場しない。しかしながらこの北の方は、稚児姿で義経一行に同行し亀割山で出産、衣川での最期など、『義経記』・『東下り』・絵巻の北の方と同じ人物である。つまり、義経とともに平泉へ向かうこの「義経の北の方」をめぐる物語が『義経記』・『東下り』・幸若舞曲・絵巻において共有されるのである。それゆえ『東下り』が北の方と彼女近くの人物に焦点を当て『義経記』巻七本文に増補した話題は、そのすべてが『東下り』の創作とは断定できず、むしろ共有される物語と近接すると考えられる。[14]

『東下り』において、もう一人のめのと、兼房の記述においても独自部分がある。義経が今出川を訪れた際に、弁慶に呼ばれ兼房が取り次ぎをするという記述と、兼房が随行の決意を伝え都に家族を残して出発するという記述である。この『東下り』の独自部分も増補の可能性が高い。『義経記』では兼房は山伏姿で供を申し出て一行に加わることになる。傅として北の方の父久我大臣の命を守って最期まで北の方の支えとなった人物であり、北の方を守るため奮闘する姿が度々描かれる。それゆえ北の方のめのとと同様に、兼房もまた北の方を語るときに不可欠な存在であったのである。

おわりに

『東下り』は『義経記』巻七相当部分のみではあるが、『義経記』写本系統の展開の過程における問題点を提示するものである。特に巻七は他巻と別の成立過程が想定されるものであり、『東下り』本文の巻七依拠部分は、その過程について多くのことを明らかにする可能性を内包していると考えられる。『義経記』の写本系統は異同が少なく、初期段階においては『義経記』写本の享受は限定的なものであったとされてきたが、もう少し幅のある状況を想定できるのではないだろうか(15)。

また本稿では『東下り』の一部の独自部分の検討を行った。義経の述懐や弁慶の子の入水の場面など、その独自部分のさらなる検討を進めることにより、『東下り』を『義経記』の奥州落説話の一変容として位置づけられると考える。

註

(1) 渡辺貞麿氏「解題」(大谷大学国文学研究室編『よしつねあづまくだり物語』一九七六)。
(2) 村上學氏「『義経東下り物語』と義経記巻第七」(臼田甚五郎博士還暦記念論文集編集委員会編『日本文学の伝統と歴史』桜楓社 一九七五)。

（3）髙橋貞一氏「田中本義経記の研究」（髙橋貞一編著『田中本義経記と研究（下）』未刊国文資料刊行会　一九六五）。

（4）註（2）に同じ。

（5）宮田寿栄氏「『義経東下り物語』依拠本考―『義経記』諸本との関係から―」（「文藝論叢」23　一九八四・九）。

（6）佐藤陸氏「『義経記』巻七の改竄」（「軍記と語り物」10　一九七三・一二〈佐藤陸氏『義経記と後期軍記』双文社　一九九九　所収〉）。

（7）村上學氏「義経記諸本の位置づけ」（角川源義氏・村上學氏編『赤木文庫本　義経物語』角川書店　一九七四）、および註（2）に同じ。

（8）註（2）に同じ。

（9）註（7）村上氏「義経記諸本の位置づけ」に同じ。／佐藤陸氏「『義経記』の一考察―判官物舞曲との交渉―」（佐々木八郎博士古稀祝賀記念事業会編集委員会編『軍記物とその周辺』早稲田大学出版部　一九六九〈佐藤氏『義経記と後期軍記』双文社　一九九九　所収〉）／西村「『義経記』版本における改訂―古活字本・整版本への展開―」（「同志社国文学」62　二〇〇五）。

（10）角川源義氏「義経記の成立―「北国落」について―」（「國學院雑誌」65―2・3　一九六四・二〈『角川源義全集　第二巻　古典研究Ⅱ』角川書店　一九八七　所収〉）。

（11）梶原正昭氏校注・訳『義経記』（新編日本古典文学全集62）』小学館　二〇〇〇。

（12）尾形仂氏・井川昌文氏「義経絵巻と『義経記』」（「文学」37―7　一九六九・七）／小林健二氏「國學院大學図書館所蔵『義経奥州落絵詞』の方法」（針本正行氏編『物語絵の世界』國學院大學文学部針本正行研究室　二〇一〇）／本井牧子氏「義経奥州落の旅を描いた絵巻」（説話と説話文学の会編『説話論集　第十七集』清文堂　二〇〇八）／本井氏「國學院大學図書館所蔵『義経奥州落絵詞』の諸相―幸若舞曲・能との関連を端緒として―」（針本正行氏編『物語絵の世界』國學院大學文学部針本正行研究室　二〇一〇）。

（13）西村「國學院大學図書館所蔵『義経奥州落絵詞』と『義経記』―『義経記』と絵巻の交点―」（針本正行氏編『物語絵の世界』國學院大學文学部針本正行研究室　二〇一〇）

（14）中尊寺本絵巻には稚児姿の北の方の絵に「北山のこせん（御前）」（第八段・絵／中尊寺仏教文化研究所編『源義経公東下り絵巻』中尊寺　二〇〇五）と付する場面がある。『東下り』にも北の方を「きた山殿」（上八オ）とする箇所があり、この記述は必ずしも『東下り』固有の誤謬ではない可能性もある。

(15) 巻八において、和田琢磨氏は『義経記』新出伝本（和田氏所蔵・古写本・巻八零本）の本文の検討から、第一系列本と第二系列本の混態本の存在について言及される（「新出『義経記』巻八零本の紹介と位置付け」〈古代中世文学論考刊行会編『古代中世文学論考　第三四集』新典社　二〇一七〉）。

〔使用本文〕

私に旧字体等は通行字体にし、句読点・傍線等を付した。

『義経東下り物語』　大谷大学国文学研究室編『よしつねあづまくだり物語』　一九七六

『義経記』

天理本（天理大学附属天理図書館蔵本）　今西實氏編著『義経双紙』三弥井書店　一九八八

橘本（稲武本）『橘健二氏蔵　判官物語』古典研究会　一九六六

田中本　国立歴史民俗博物館蔵〈田中穣氏旧蔵〉『義経記』

幸若舞曲

「岡山」　三浦俊介氏注釈「岡山」（吾郷寅之進氏・福田晃氏編『幸若舞曲研究　第七巻』三弥井書店　一九九二）

「八島」　浅野日出男氏注釈「八嶋」（福田晃氏・真鍋昌弘氏編『幸若舞曲研究　第九巻』三弥井書店　一九九六）

〔付記〕

本稿は関西軍記物語研究会第八十回例会（二〇一四・四・二〇／於関西学院大学梅田キャンパス）での口頭発表の一部をもとに成稿したものである。席上ご教示賜りました皆様方に深謝申し上げます。

『酒呑童子』と謡曲『大江山』
――慶應義塾図書館蔵本を中心に――

安藤秀幸

一

『酒呑童子』の諸本の問題について、以前「『酒呑童子』諸本論再考」において論じた(1)。その際には特に、鬼退治の舞台によって〈大江山系・伊吹山系〉に二分する従来の分類や、作中でかつて酒呑童子を調伏した高僧として挙げられるのが伝教大師か弘法大師かに基づいて〈天台系・真言系〉として分類する説が有効ではないことを述べ、諸本比較に際してはやはり本文自体の比較が必要であることを主張した。同時に、逸翁美術館蔵古絵巻（以下「逸翁本」と呼ぶ）以外の現存諸本は、サントリー美術館蔵本（以下「サントリー本」と呼ぶ）の系譜に連なるものであることを確認した。しかしその際には、特徴的な一本である慶應義塾図書館蔵絵巻について、また、同本と渋川版の関係については十分に触れることがなかったため、改めてここで取り上げたい。

慶應義塾図書館蔵絵巻「しゆてん童子」（以下「慶大本」と呼ぶ）は、『酒呑童子』諸本においても特に挿入説話が多い。例えば、多発する行方不明者について安倍晴明に占わせる場面では、晴明自身についての逸話を略述し、続いて源頼光に鬼神退治の勅命が下る場面では、一度は辞退する頼光に対して関白が勅命の辞しがたいことを藤原千方説話をもって長々と語るといった具合で、場面が展開するたびに説話が開陳されると言ってもよいほどである。これほど多岐にわたる挿入説話は他本にはなく、説話に対する慶大本編者の熱意を窺わせる。

一方で、慶大本編者がこれも熱意を持って取り組んだと思われるのは、謡曲の詞章に基づく表現や展開の改変である。特に題材を同じくする謡曲『大江山』との関係は特筆に値すると思われるため、本稿ではこれを主に取り上げることとする。

二

慶大本と謡曲『大江山』との関係を論じる前に、慶大本と近縁の伝本について触れておきたい。先述の通り、このことについては冒頭で紹介した拙稿でごく軽く触れたに留まるからである。その際に触れたのは、道中で神々から授かる毒酒の名と、綱の鬼切り説話とであった(2)。今回はそれらに役行者説話を加え、改めて検討する。

まず毒酒の名の件から検討する。勅命により鬼退治に向かった頼光らの一行は、大江山の麓で三人の人々と出会う。実はこの三人は八幡神らの化身なのであるが(3)、彼らは酒呑童子退治の秘策として毒酒を与える。(以下、引用に際しては適宜濁点を付し、句読点も私に改めた。)
◇慶大本(4)
「かしこにむかひ、どうじにたいめんありて、さけをあたへ給ふべし。このさけと申は、じんべんきどくしゆといふ。神のはうべん、おにのどく、人げんののむならば、かゑつて、ふらうふしのくすりとなるべし」。

酒の名は「じんべんきどくしゆ」。「神の方便、鬼の毒」であるというから、「神便鬼毒酒」の字を当てるべきであろう。この酒は渋川版にも登場する。
◇渋川版(5)
「此三人の翁こそ、こゝに不思議の酒をもつ。その名をじんべんきどくしゆといひ、神の方便、鬼の毒酒とよむ文字ぞかし。此酒鬼が呑ならば、飛行自在の力も失せ、切るとも突く共、知まじき。御身たちが此酒を呑めばかへつて薬となる。さてこそ神便鬼毒酒とは後の世までも申べし（6）」。

まさに神から授かるにふさわしい酒であるが、他本ではどのように描かれているだろうか。まず、逸翁本と謡曲『大江山』には、酒を授かる場面や酒の効能が語られる箇所はない。サントリー本と中京大学図書館蔵本（中京大本）には次のようにある。

◇サントリー本（7）

「此酒を能々せめ呑せべし。各、相構、露ばかりも口に入給べからず。毒の酒にて候也」とて

◇中京大本（8）

「これなるさけをまいらする。これは、おそろしきどくのさけにて候ぞ」。

この二本では、この酒は人間にとっても鬼にとっても恐るべき毒であって、特別な名も与えられていない。おそらくそれがサントリー本以来の形であって、慶大本と渋川版における「神便鬼毒酒」という名や、人間には薬となるという効能は特異なものと言えよう。

さて、この酒を持った頼光らは鬼の住処へと到着、酒呑童子と対面する。頼光は我々は筑紫彦山の山伏であると嘘を言い、穏便な取り計らいを願う。すると酒呑童子は「ことのほかに、やはらぎつゝ」、自分達にとって山伏は特別な存在であると言い、次のように語る。

◇慶大本

「むかし、をのをのみなかみに、えんのうばそく、かづらき山にいらせ給ふとき、われらをあはれみ給ふこと、いまにわすれがたく候へば、いかでか、をろかにおもふべき。けしかるすまゐに御やどをめされ、御きうそくましませかし」。

役行者が鬼神を使役したという説話は『日本霊異記』上・二八話をはじめ、古くから知られているほか、室町時代後期の『役行者本記』(9)には善童鬼・妙童鬼（前鬼・後鬼）が役行者に随侍したとある。このような説話を踏まえ、慶大本では頼光との対面に際して〈山伏・役行者・鬼神〉という組み合わせが述べられているのであって、これも渋川版と共通する。

◇渋川版

（頼光）「われらが行のならひにて、役行者と申せし人、道なき山を踏み分けて、五鬼前鬼悪鬼とて、鬼神の有しに行あふて、呪文を授け餌食を与へ、今に絶えせぬ年々に、餌食を与へあはれむなり。此客僧も流れを汲む、本国は出羽の羽黒の者なりしが……童子の御目にかゝる事、ひとへに役行者の御引合せ、何よりもつてうれしう候」。

ここでは慶大本と異なり、酒呑童子ではなく頼光の言葉の中に先ほどの組み合わせが現れる。酒呑童子が頼光らを迎えるこの場面は、渋川版のほうがサントリー本以来の形を留めており(10)、威圧的な酒呑童子の心を和らげるための説得材料として役行者説話が用いられている。

三点目の共通点は、渡辺綱の鬼切り説話である(11)。これについては少し詳しく検討したい。この説話が挿入されているのは、頼光ら扮する山伏一行を酒呑童子がもてなす酒宴にて、酔った酒呑童子が、彼に害をなしうる者として頼光らの脅威を語る場面である。

◇慶大本

「そのよりみつがめしつかふものに、つな、きんとき、さだみつ、すゑたけとて、しうにおとらぬ、大かうのものどもあり。かのつなといふやつは、いつぞやも、むら雲のはしにて、これなるいらゝきがうでをきりたるしれものなり。されども、わたなべのらうぼにへんじて、かのうでをばとりかへしぬ」。

同じ箇所で、中京大本と渋川版は次のように記す。

◇中京大本（〔　〕内の傍記は引用元に基づく）

「かれがうちに、つなとなづけた□〔るカ〕、おとらぬゐせものあり。このものどもは、つゐにそれがしがかたきとならんずものにてあり。どうじがけんぞくに、ひらきと申ものあり。このものに申つけつるを、うしなへといひければ、ひらき、みやこにのぼり、たび〳〵つなをまちかくる。あるとき、つな、一でうもどりばしをとをりしを、もとより、ひらき、まちうけたることなれば、うつくしきてう〔娘カ〕のすがたにへんじ、にはかにあめをふらせ、いかに御むまのじやうらうさま、たすけたまへと申けり。もし（ママ）よりつなはめいじんときくまゝに、ひらきをいだきあげ、わがむまにどうどのせ、わが身もやがてり〔しカ〕やうまし、ほりかはのひがしみなみむけてゆきけるに、おうぎまちのこうぢへすこしゆきつかて、そのかたちをおにとあらはし、つながもとゞりをつかむで、あたごのたけをこゝろざして、あがりし。もとよりつなはめいじん、はいたるたちはつるぎなり、ちうに、づむときりはなす。ちからなくしておとしけり。つなはおにのてをきりたりと、みやこにてがうする。そのとき、きつたるたちまでも、おにきりとくわんとをなす。それがし、きくよりも、むねんさ申はかりなし。このてをば、はづ〔まカ〕そのために、つながは〔、脱カ〕ごとみをへんじ、わたなべより、はる〴〵とのぼりたるふぜいして、やう〳〵にもんだうし、こいとつて候ひたれば、いまはなにのしさいもさふらはず」。

◇渋川版

「又、頼光が郎等に、定光、末武、公時、綱、保昌、いづれも文武二道のつはものなり。これら六人の者どもこそ心にかゝり候なり。それをいかにと申に、過ぎつる春の事なるに、それがしが召し使ふ茨木童子といふ鬼を、都へ使に上せし時、七条の堀河にてかの綱に渡りあふ。茨木やがて心得て、女の姿に様を変へ、綱があたりに立ち寄り、もとどりむずと取り、つかんで来んとせしところを、綱此のよし見るよりも、三尺五寸するりと抜き、茨木が片腕を水もたまらず打ち落す。やうやう武略をめぐらして、腕を取返し、今は子細も候はず」。

誤字脱字は多いものの、中京大本が著しい増補を経ているのは間違いなかろう。一方、他の箇所では饒舌さが目立つ慶大本であるが、ここでの記述は簡略である。三本ともに共通する文がほとんどなく、この箇所のみをもって三本の関係をいうことはできないが、それでも同じ箇所で同じ説話が用いられているということは重要な共通点と見てよい。なぜなら、類似の鬼切り説話はサントリー本からの派生である大東急記念文庫蔵絵巻にも記されているものの、それは説話の挿入箇所も出典も異なるからである。

◇大東急記念文庫蔵絵巻[12]

綱は、もゑぎのはらまきに、鬼切と云、打刀の、これも二尺にある《ママ》つるぎを帯しける。又、鬼切と申事は、ひげ切の太刀也。大和国、うだのこほりにして、よな〳〵人をとり食事、かぎりなし。あまりのふしぎさに、つなをつかはし、かれをころすべきよし、仰にて、此剣を給りける。ある夜、行しに、あんのごとく来りぬ。かの太刀にて鬼の手を切しより、鬼切とは云なり。

これは酒呑童子が語る鬼切り説話ではなく、鬼退治への出発前、頼光らの武装描写にまつわる挿入説話である。ここで、説話の舞台に注目したい。先ほどの三本では、地名表記はそれぞれ微妙に異なるものの、場所はいずれも一条堀川の戻橋であると思われる。[13]それに対して大東急記念文庫蔵絵巻での舞台は大和の宇陀郡である。これは説話の典拠の違いであると見てよい。まず、先の三本における鬼切り説話の典拠であろう『平家物語剣巻』[14]巻上は次のように記す。

一条大宮ナル所ニ、頼光、問尋ル事有テ、綱ヲ使者ニ遣ケルガ、夜陰ニ及テ、「世間怱々ナリ。モシモノ事モヤ有」トテ、鬚切ヲ佩セ、馬ニ乗テ遣ケリ。彼コニ行テ人ヲ尋ツヽ、問答シテ帰ル。一条堀川ノモドリ橋ヲ渡ケル時、東ノ橋爪ニ、齢ヒ廿チ余リト見タル女房ノ……

一方、同様の説話を載せる『太平記』巻三二「直冬上洛事付鬼丸鬼切事」ではどうか。

其昔、大和国宇多郡ニ大ナル森アリ。此陰ニ夜ナ〳〵妖者有テ、往来ノ人ヲ採食ヒ、牛馬六畜ヲ𠝏裂ク。頼光是ヲ聞テ、郎等ニ渡辺源五綱ト云ケル者ニ、彼ノ妖者討テ参レトテ、秘蔵ノ太刀ヲゾタビタリケル。綱則宇多郡ニ行キ甲冑ヲ帯シテ、夜々件ノ森ノ陰ニゾ待タリケル。

こちらは舞台が「大和国宇多郡（宇陀郡）」である。従って、先ほどの大東急記念文庫蔵絵巻における鬼切り説話は『太平記』を典拠としているのであって、慶大本や中京大本、渋川版とは出典が異なっていることが分かる。このように、ほぼ同様の説話を付け足していながらも、その説話の挿入箇所と典拠を検討すれば、慶大本・中京大本・渋川版の三本と、大東急記念文庫蔵絵巻との間には直接の関係がないことが分かるのである。また同時に、このことから、当該説話の文章自体は大きく異なっていても、慶大本・中京大本・渋川版の三本が相互に近い関係にあると考えられよう。そしてその中でも慶大本と渋川版がさらに近い関係にあると推測されることは、先の二点、神便鬼毒酒と役行者説話の際に触れた通りである。

ところで、大東急記念文庫蔵絵巻は出立前の装束描写の際に鬼切り説話を載せていたが、実は慶大本も同じ箇所に鬼切り説話を載せている。それは次のような記述である。

◇慶大本

（綱の）太刀は、おにきりとがうして、げんじぢう代のたからなり。……又、ちかきころ、羅しやうもんに、へんげのもの、すみ候て、ゆきゝのものをなやますときこえしかば、つなに、このけんをかし給はつて、つかはさる。つなは、かしこにむかつて、しるしのふだをたてしところに、たちまち、かのおに出て、たゝりをなしけるに、おにのうでを、きつておとしたるゆへに、おにきりとはなづけたり。かゝるめいよのつるぎなれば、こんども給はつてぞ、はいたりける。

これもまた、綱が鬼の腕を斬ったという説話なのであるが、場所は羅城門になっている。すなわち、慶大本においては、綱は「むら雲のはし」でも鬼の腕を斬り、羅城門でも鬼の腕を斬っているということになる。この羅城門での鬼切り説話は謡曲『羅生門』に基づく。（以下、謡曲の引用は『謡曲大観』（明治書院）に基づく。役は〈 〉内に記した。）

（頼光・保昌と四天王、酒宴を催す。頼光が「めづらしき事」を求めると、保昌が羅生門に鬼が出るという噂を語る。綱がそれを否定すると、保昌は不審に思うなら自分で真偽を確かめてみよと挑発する）……〈ワキ（綱）〉「さては某参るまじき者と思しめされ候ふか。其儀にて候はゞ。今夜彼の門に行き、真か偽かを見候ふべし。印を賜り候へ」。……（頼光、印としての札を与える。綱、その夜単身にて羅城門に至る）……〈地〉「その時馬を乗りはなし。〳〵。羅生門の石段にあがり。しるしの札を取り出し。段上に立ておき帰らんとするに。後より兜の。錏をつかんで引き留めければ。すはや鬼神と太刀抜き持つて。斬らんとするに。取りたる兜の緒を引きちぎつて。おぼえず段より飛びおりたり」。……〈ワキ〉「綱は騒がず太刀さしかざし。〈地〉綱は騒がず太刀さしかざし。汝知らずや王地を犯す。その天罰は。遁るまじとてかゝりければ。鉄杖を振りあげえいやと打つを。飛び違ひちやうと斬る。斬られて組みつくを。払ふ剣に腕打ち落され。ひるむと見えしがわきつぢにのぼり。虚空をさして上りけるを。慕ひゆけども黒雲おほひ。時節を待ちて。又取るべしと。呼ばはる声も。かすかに聞ゆる鬼神よりも恐ろしかりし。綱は名をこそあげにけれ。

この曲においては剣の名は問題になっておらず、この件によって剣が「鬼切」と名づけられたということもない。先ほどの『太平記』においても、綱による鬼切り説話は鬼切命名譚（髭切からの改名）ではなく、(15) また、『剣巻』においても、綱による鬼切り説話は鬼丸という剣の命名譚となっており、羅城門鬼切り説話と鬼切命名譚を絡めるのは慶大本編者の創意と考えて良かろう。しかし場所が羅城門であること、印の札を立てること、鬼の腕を斬ることの三点で慶大本の記述と一致することから、この曲が慶大本の記述の典拠であることはほぼ確実と思われる。

三

このように慶大本は謡曲の影響を強く窺わせる本文であり[16]、また、当然ながら、題材を同じくする『大江山』に拠る表現が多い。そこで、慶大本と謡曲との関係を具体的に検討する[17]。

慶大本において、謡曲『大江山』（以降、単に『大江山』と表記する）に基づくことがはっきりと分かる表現が最初に現れるのは、頼光らが大江山の麓に到着する場面である。（以後、比較の便のため、引用には【慶1】【謡1】のごとく番号を付す。慶・謡はそれぞれ慶大本・謡曲『大江山』を指す。）

【慶1】みやこをば、まだ夜をこめて、西川や、なみぢをわけて、あしひきの、おほ江の山のふもとなる、いく野ゝさとにつき給ふ。

【謡1】〈ワキ〉まだ夜のうちに有明の。〈ワキ・ワキヅレ〉月の都を立ち出でて。月の都を立ち出でて。行く末問へば西川や。波風立てて白木綿の。御祓も頼もしや鬼神なりと大君の。恵みに漏るる方あらじ。ただ分け行けや足引の。大江の山に着きにけり大江の山に着きにけり

全く同一という訳ではないが、「西川や」をはじめとして、明らかに『大江山』に基づく表現になっている。ところで、ここに「いく野ゝさと」という地名が出てくることには多少の説明が要る。というのも、生野（京都府福知山市字生野）は大江山の麓とは言いがたいからである。大江山を現在の京都府与謝郡与謝野町の山であるとして、その山頂から生野までは直線距離にして約二十五キロメートル、麓と言うには遠い。『大江山』の中で、酒呑童子自身が「ここは名を得し大江山。生野の道は猶遠し」と言うとおりである。この大江山と生野という取り合わせは、もちろん小式部内侍の「大江山いくのの道のとをければふみもまだみず天の橋立」（『金葉和歌集』雑上）[18]を踏まえたものであって、慶大本の編者は謡曲と古歌を組み合わせたと考えられよう。

場面描写において謡曲の影響が顕著なのは、酒宴の場面と、童子の語る身の上話である。前者は次のようである。

【慶2】さて御さかなとありしかば、もちつらねていでしさかなには、時しも秋の山くさ、ききやう、かるかや、きくの花、をにあざみ、われもかう、おにみそにつけしかうのもの、しをにといふは、なにくさぞ、おにのしこ草と申は、おにがじやうにおひたるゆへに、かくいふか。

【謡2】さて御肴は何々ぞ。頃しも秋の山草桔梗刈萱破帽額。紫苑といふは何やらん。鬼の醜草とは誰がつけし名なるぞ。

「きくの花、をにあざみ」「おにみそにつけしかうのもの」という追加があるものの、明らかに『大江山』[19]に基づいた列挙である。追加された肴のうち、菊の花は秋の花であると同時に慈童説話に基づくものとしての追加、鬼薊と鬼味噌は、紫《し》苑《おに》・鬼の醜草と並んで「鬼」を冠する物尽くしであろう。

また、童子の身の上話は、

【慶3】つゐにかなはで、おひいだされ、身はいづくとも、さだめなき、かすみにまぎれ、雲にのり、ひぎやうのたびに、あくがれいで、あまざかる、ひなのながぢや、とをゐ中、めぐり〳〵て、あさま山、うへなきふじのおやまより、あるひは、たて山、はぐろ山、ゆくすゑなにと、しらやまや、となみの山にも、やすらひて、こゝろつくしに、ひこ山、大山、白みね、大みねのぜんきは、もとより友なれば、しばしばたちより侍るなり。かやうに、めぐりめぐれとも、心とゞまるかたもなければ、なをも、みやこのほとりちかき、このおほ江山に地をしめて、しばしやすらひ侍るところに

【謡3】〈ワキ〉さて比叡山を御出でありて。そのままここに御座ありけるか〈シテ〉いや何くとも定めなき。霞に紛れ雲に乗り〈ワキ〉身は久方の天ざかる。鄙の長路や遠田舎〈シテ〉御身の故郷と承る。筑紫をも見て候なり〈ワキ〉さては残らじ天が下。天ざかる日のたてぬきに〈シテ〉飛行の道に行脚して〈ワキ〉或は彦山〈シテ〉伯耆の大山〈ワキ〉白山

立山富士の御嶽〈シテ〉上の空なる月に行き〈ワキ〉雲の通い路帰り来て〈シテ〉猶も輪廻に心引く〈ワキ〉都のあたり程近き〈シテ〉この大江の山に籠り居て

毒酒に酔った酒呑童子は大江山に住み着くまでの半生を語る（『大江山』では酒宴の前に語る）。その際、慶大本では〈比叡山を伝教大師に追われる。放浪の末、大江山に住み着くが、そこも弘法大師に追われる。弘法大師の入定後、再び大江山に戻った〉という経緯になっている。引用箇所は比叡山を追い出されてからの放浪の描写であるが、この放浪の描写は他本にないものであって、つまりこの部分そのものが『大江山』に基づくものと考えてよい。

この山尽くしの後、今度は弘法大師により一旦は大江山を追い出され、弘法の没後再び大江山に戻ったという経緯を童子は語り、こう続ける。

【慶4a】「人りんは申にをよばず、鳥けだものさへかけらねば、こゝろやすく、ひさしくかくれすましてありけるところに、けふ、御そうたちに見あらはされ、つうりきをうしなふばかりなり。さりながら、御そうは、じひの御すがたなれば、いかでれんみんなかるべき。かまへて〳〵このありさまをうき世がたりにしたまふなよ。よりみつがきかんこと、おそろしく候」と、いとあさましげにかたりければ

すると頼光らは「心のうちに、かたはらいたう思はれしかど、さらぬていにもてなし」て、酒呑童子に酒を飲ます。酔った童子は、

【慶4b】いまはつうりきもうせけるにや、六人のひと〳〵たちにみすかされ、さしうけ〳〵のむほどに、あまりのことにや、けうがるこはねをいだし、哥をうたふをきけば、

うち見にはおそろしげなれど、なれてつぼいはやまぶし

と、二三べんぞ、かなでける。

これらもまた『大江山』に基づく。【慶4a】に関しては、次の傍線部、

【謡4a】〈ワキ〉都のあたり程近き〈シテ〉この大江の山に籠もり居て〈ワキ〉忍び忍びの御住居〈シテ〉隠れすましてありし処に。今客僧達に見あらはれ申し。通力を失ふばかりなり。〈ワキ〉御心安く思しめせ。人に顕す事あるまじ〈シテ〉嬉しし嬉しし一筋に。頼み申すぞ一樹の蔭〈ワキ〉一河の流れを汲みて知る。心はもとより慈悲の行〈シテ〉人を助くる御姿〈ワキ〉われはもとより出家の形〈シテ〉童子もさすが山育ち〈ワキ〉さも童形の御身なれば〈シテ〉あはれみ給へ〈ワキ〉神だにも〈地〉一稚児二山王と立て給ふは神をさくるよしぞかし。御身は客僧われは童形の身なればなどかあはれみ給はざらん。

かまへてよそにて物語せさせ給ふなまた【慶4b】については、次の箇所の傍線部が元になっている。

【謡4b】〈シテ〉げにまこと〈地〉げにまこと。丹後丹波の境なる。鬼が城も程近し。頼もし頼もしや。飲む酒は数そひぬ。面も色づくか。赤きは酒の科ぞ。鬼とな思しそよ。恐れ給はでわれに馴れなれ給はば、興がる友と思しめせ。われもそなたの御姿。うち見には。うち見には。恐ろしげなれど。馴れてつぼいは山伏。

なお、【謡4a】波線部にある「一稚児二山王」のくだりは『酒呑童子』を論ずる際に重視されてきたものであり、[20]逸翁本にも同様の文が見られるが、[21]ここではその解釈には立ち入らない。ここで指摘すべきは、この「一稚児二山王」が慶大本の別の箇所にも見られるということである。

【慶4c】〈頼光〉「我らはしゆつけの身なり、御身はどうじのかたちなり。されば、山にては、とりわけ、一ちご二さんわうと申て、神よりもあがめ侍れば、しやもんにたいし、いかで御なさけなかるべき。あはれみをたれ給ひ、ほんだうをゝしへたまふべし」と、の給へば

ここでの「一稚児二山王」は『大江山』とは場面が異なり、頼光ら山伏一行が鬼の住処へたどり着いた場面であって、この言葉を語るのも酒呑童子ではなく頼光の側からである。[22]従って、物語における「一稚児二山王」が持つ意味も多少異なる。すなわち、『大江山』では、酔った酒呑童子が頼光に気を許したことを表す言葉として用いられてお

り、一方慶大本では、頼光が酒呑童子の警戒を解くために口にしているのである。このように慶大本は時として『大江山』の詞章を曲自体の展開から遊離させて用いることもある。

こうして毒酒に泥酔した酒呑童子は、宴席に呼び寄せた女（都からさらわれた姫君達）に後を任せ、宴席から退出する。

【慶5】「かた〳〵は、これなる女ばうたちをともとして、夜とともにしゆえんしてあかさせ給へ。あすこそ御めにかゝり候べけれ」といひすてゝ、ついたちてゆくとみえしが、あしもとはよろ〳〵とたゞよふかいざよふ雲をりしきて、いつしかめに見えぬおにのまの、あらうみのしやうじ、をしたてゝ、よるのふしどにこもりにけり。

【謡5】〈地〉猶々めぐる盃の。度重なれば有明の。天も花に酔へりや。足もとはよろよろと。ただよふかいざよふか。雲折りしきてそのまま、目に見えぬ鬼の間に入り、荒海の障子おし開けて。夜の臥処に入りにけり夜の臥処に入りにけり。（中入）

酒呑童子が眠ると、囚われの姫君らによる案内があり、そして神々の助言と助力を受け、頼光らはついに酒呑童子を討ちにかかる。寝所に入ると、そこで寝ていたのは「ありしにかはりておそろしげなるすがた、ふしだけは二ぢやうあまりのあかきおに」、その有様は「ねぶれるかたちだにも、さもおそろしく、すさまじくて、あたりへよるべきやうぞなき」というものであったとするが、このあたりは『大江山』の「その丈二丈ばかりなる。その丈二丈ばかりなる。鬼神の装ひ眠れるだにも勢ひの。あたりを払ふ気色かな」と多少は似たものを感じさせる。

さて、頼光らは三神から授かった鉄の綱で酒呑童子の手足を四方の柱に縛り付け、頼光が童子の首を斬る。すると「くびはうしろにおちけるが、おつるといなや、まなこを見ひらき、そらにあが」り、「いかづちのごとくなるこゑをいらゝげ」て、

【慶6】「きじんにわうだうなきものを。などなさけなく、やまぶしたちは、われをたばかり給ふぞ」とて、くちよ

りどくをはきいだせば、おそろしなんどいふはかりなし。そのとき、よりみつ、つるぎをさしかざし、「なんぢいまだしらずや、をとにもきくらん、めにもみよ。われは津のかみ、よりみつなり。……」

「鬼神に横道なし」は慣用句であるが、それをこの箇所で、かつ、童子に語らせるのはこれもやはり『大江山』と同様である。

【謡6】〈後ジテ〉情なしとよ客僧達。偽りあらじといひつるに。鬼神に横道。なきものを〈独武者〉なに鬼神に横道なしとや〈シテ〉なかなかの事〈独武者〉あら空言やなどさらば。王地に住んで人を取り。夜の妨げとはなりけるぞ。われをば音にも聞きつらん。保昌が館に独武者。鬼神なりとも遁すまじ。

こちらでは、童子に対して「独武者」が返答しているが、この人物は逸翁本にしか登場しない[23]。

慶大本の本文において、『大江山』の詞章が取り入れられていると明確に指摘できるのは以上である。ただし、『大江山』の詞章を取り込んでいるのは慶大本だけではない。慶大本ほどではないが、渋川版にもそれは見られる。次にそれを確認する。

四

渋川版に謡曲『大江山』の影響が窺えるのは、まず、酒呑童子と頼光らが対面する際である。山深い住処にやってきた山伏一行をいぶかる童子に、頼光は役行者の故事を語り（第一節で触れた箇所）、次のように続ける。（以下、渋川版の引用にも【渋1】のごとく番号を付す）

【渋1】「此客僧も流れを汲む、本国は出羽の羽黒の者なりしが、大峰山に年ごもり、やう〳〵春にもなりければ、都一見そのために、ゆふべ夜をこめ立ち出るが、せんのだう（ママ）より踏み迷ひ、道あるやうに心得て、是まで来りて候なり。童子の御目にかゝる事、ひとへに役の行者の御引合せ、何よりもつてうれしう候。一樹の蔭一河の流れを汲む事も、みな是他生の縁と聞く。御宿をすこし貸し給へ」。

大峰から都へ出ようとして山陰道《せんのんだう》に入ったあげく道に迷って大江山に来た、というのは、方角や距離から見て、言い訳としてあまりにも無理がある。この齟齬は、サントリー本を踏まえれば解釈できる。

◇サントリー本

「我等は、出羽国羽黒の山伏にて候が、熊野へ年ごもりして、初て都へ上候。今は古郷へ下向仕候が、道にまよひ、是まで参て候」と

サントリー本の舞台は近江の伊吹山であるから、都から帰る途中に迷い来たという説明には説得力がある。ところが、この言い訳をほとんど変えないまま舞台を大江山に移してしまうと、渋川版のような矛盾が生じるのである[24]。その矛盾を増幅することになってしまっている「せんのだうより踏み迷ひ」は、『大江山』に原因がありそうである。

【謡7】〈ワキ〉これは筑紫彦山の客僧にて候が。麓の山陰道より道に踏み迷ひ。前後を亡じ佇み候処に。今宵のお宿何より以て祝着申し候。

大江山が舞台になっているのは中京大本や慶大本も同様であるから、その舞台設定までもが渋川版編者の手によるものということはなかろうが、傍線部が「せんのだうより踏み迷ひ」の由来であろう[25]。また、「一樹の蔭一河の流れを汲む事も、みな是他生の縁と聞く」については慣用表現であるから関係の有無は断言できないものの、これも『大江山』にある。先に【謡4a】として引用した部分である。

【謡4a】〈ワキ〉都のあたり程近き〈シテ〉この大江の山に籠もり居て〈ワキ〉忍び忍びの御住居〈シテ〉隠れすましてありし処に。今客僧達に見あらはれ申し。通力を失ふばかりなり。〈ワキ〉御心安く思しめせ。人に顕す事あるまじ〈シテ〉嬉しし嬉しし一筋に。頼み申すぞ一樹の蔭〈ワキ〉一河の流れを汲みて知る。心はもとより慈悲の行……

このような、引用であるかどうかややはっきりしない箇所の他に、明らかに『大江山』に基づく箇所もある。酒宴

の席で酔う酒呑童子の描写がそうである。これは先の【慶4b】とも関連するので、重複するが併せて掲げる。

【渋2】〈頼光らの嘘に騙され〉「仰せを聞けばありがたや、かのやつばらが是まではよも来たらじとは思へ共、つねに心にかゝる故、酔ひても本地忘れずとて、御持参の酒に酔ひ、ただくり事とおぼしめせ。赤きは酒のとがぞかし。鬼となおぼしめされそよ。われもそなたの御姿、うち見には恐ろしけれど、馴れてつぼいは山伏」と、うたひかなでゝ、心をうちとけ、さしうけ〱呑程に

【慶4b】いまはつうりきもうせけるにや、六人のひと〱たちにみすかされ、さしうけ〱のむほどに、あまりのことにや、けうがるこはねをいだし、哥をうたふをきけば、

うち見にはおそろしげなれど、なれてつぼいはやまぶし

と、二三べんぞ、かなでける。

【謡4b】〈シテ〉げにまことと〈地〉げにまこと。丹後丹波の境なる。鬼が城も程近し。頼もし頼もしや。飲む酒は数そひぬ。面も色づくか。赤きは酒の科ぞ。鬼とな思しそよ。恐れ給はでわれに馴れなれ給はば、興がる友と思しめせ。われもそなたの御姿。うち見には。うち見には。恐ろしげなれど。馴れてつぼいは山伏。

「うち見には恐ろしげなれど馴れてつぼいは山伏」は渋川版・慶大本の両方に用いられている。(26)しかしその前の部分、「赤きは酒の科」など点線を付した部分については、慶大本にはなく、渋川版はより『大江山』に近づいた本文になっている。類似のことは、酒呑童子を討つ場面にも見られる。

【渋3】〈頼光〉三度礼して切り給へば、鬼神眼を見開きて、「情なしとよ客僧たち、いつはりなしと聞きつるに、鬼神に横道なき物を」と、起き上らんとせしかども、足手は鎖に繋がれて、起くべきやうのあらざれば……

【慶6】きじんにわうだうなきものを。などなさけなく、やまぶしたちは、われをたばかり給ふぞとて、くちよりどくをはきいだせば、おそろしなんどいふはかりなし。そのとき、よりみつ、つるぎをさしかざし……

【謡6】〈後ジテ〉情なしとよ客僧達。偽りあらじといひつるに。鬼神に横道。なきものを〈独武者〉なに鬼神に横道なしとや〈シテ〉なかなかの事。……

渋川版において『大江山』に基づく文飾であるとはっきり言える箇所は以上の三箇所であるが、その内の二箇所が慶大本と共通していることは注目すべきであろう。この現象について、いくつかの解釈が存在しうる。一つ目は、渋川版の編者と慶大本の編者はそれぞれ別個に『大江山』の詞章を利用したという可能性。二つ目は、渋川版と慶大本は親子関係にあり、子にあたる伝本が『大江山』に基づく文飾を増補または削除したという可能性。三つ目は、渋川版と慶大本の両者に共通する祖本があり、その段階で既に『大江山』が取り込まれていたという可能性である。

まず一つ目に挙げた、渋川版の編者と慶大本の編者がそれぞれ別個に『大江山』を取り込んだという仮説を検討する。この場合、【渋2】【渋3】と慶大本との共通性は偶然の産物ということになる。しかしそうすると、特に【渋2】の箇所で、渋川版も慶大本も場面設定等がほとんど同じであることが問題になる。『大江山』をそのまま取り込めば、この「馴れてつぼいは山伏」という部分は童子が退出する直前になろうし、渋川版・慶大本ともに、酒呑童子自身がこの詞章を謡うという趣向がそれぞれ別々に案出されたということになる。単なる偶然によってそのような共通性が生まれたと見なすのは無理があるように思われる。

では次に、二つ目に挙げた親子関係説はどうか。まず、慶大本を元に渋川版が成ったと考えるのは難しい。なぜなら、謡曲の取り込み方以前の問題として、慶大本は大幅な改変が目立ち、サントリー本に連なる諸本の中で特異な本文であって[27]、渋川版のほうがサントリー本に近い流れになっているからである。その特異な慶大本を元にして、渋川版のような展開に改めるのは難しい。では逆に、渋川版が先にあり、慶大木の編者が『大江山』の詞章を様々に付け加えた可能性はどうか。しかしこの可能性も低かろう。というのも、先ほど【渋2】【渋3】で見た通り、これらではむしろ慶大本のほうが『大江山』から遠ざかっているからである。酒呑童子の経歴を語る際に〈山尽くし〉を丸ごと取り込むほど謡曲にこだわる慶大本の編者が、せっかく謡曲に基づいている文飾をわざわざ削除するとは考えがたい。

残る可能性は、三つ目に挙げた共通祖本説である。すなわち、室町末期なり江戸極初期なりに成立した本文において[28]、既に『大江山』の詞章が部分的に取り込まれており、渋川版も慶大本も、それを元にしつつもそれぞれ独自に、改めて『大江山』を取り込んだのではなかろうか。そう考えた場合、先ほどの【渋2】【渋3】のように、場面も引用箇所もほぼ同じであるにも関わらず、渋川版と慶大本でその取り込み方が微妙に異なることも説明が付くであろう。

このように考えた時、渋川版・慶大本の祖本が謡曲『大江山』を取り込み、そこから渋川版・慶大本が生まれた時、またしても『大江山』が取り込まれたという、二段階にわたる謡曲受容があったということになる。そして、これは推測の域を出ないが、『酒呑童子』の『大江山』取り込みは、おそらくその二段階に限定されるものではない。現存諸本の大半の源流と考えられるサントリー本にさえ、『大江山』に基づいたのではないかと考えうる描写・構成が見受けられるからである。それは、山伏に扮するという策を神々から教わるのではなく頼光自身が突然思いつくという部分であり、また、酒呑童子が「童子二人の肩にかゝり」つつ登場するという場面もそうである[29]。

もしサントリー本が『大江山』の影響を蒙っているのなら、それ以後の諸本がそれぞれに『大江山』の影響を受けて展開してゆくのもあるいは当然かも知れない。そして『大江山』から影響を受ける際、その影響の受け方にも様々なレベルがあったことであろう。慶大本のように謡本が編者の机上にあったのではないかとさえ思えるものもある一方で、『大江山』的な言い回しを受け継いではいるものの、引用とまでは言いがたい部分が多い渋川版もある。これなどは、編者自身も謡曲に基づいているという明確な自覚を持たないまま、慣れ親しんだ表現や描写を使用したという程度であるかも知れない。逆説的ではあるが、だとすればより一層、謡曲の影響は色濃いとも言えよう。

既存の『酒呑童子』を再編集した人々は、それぞれに謡曲『大江山』や他の説話を取り込んでいった。その集大成とも言うべきものが、本稿で取り上げた慶大本であった。もっとも、それを現代の我々が読んだ時には、精力的に付け足された部分がむしろ蛇足であったり、苦心したであろう改変によって物語に余計な無理が生じているようにも思われよう。しかしそれはあくまで現代の読者の感覚であって、編者達は常に、より良い、新たな『酒呑童子』を生み出そうとしたことを忘れてはならない。そして彼らの意図を明かそうとする時、謡曲の影響の大きさにはこれまで以上の留意が必要であると考えねばならない。

註

（1）『国語国文』八四号、二〇一五年九月
（2）本稿では、太刀の名としては「鬼切」と表記し、鬼を切ったという説話については「鬼切り」と送り仮名を付すことにする。なお、引用については引用元に従った。
（3）サントリー本以下、一般には八幡・住吉・熊野の三神（逸翁本はこれに山王権現を加えた四神）。ただし、慶大本では、神々の自己紹介では八幡・住吉・熊野の神であることを示唆しながらも、八幡・住吉・春日の神と名乗る。これには改作に伴う何らかの混乱があろう。
（4）『室町時代物語大成・三』角川書店、一九七五年
（5）日本古典文学大系『御伽草子』岩波書店、一九五八年
（6）日本古典文学大系頭注に「神変奇特と神便鬼毒とをかけたもの」とある。
（7）『絵巻　大江山酒呑童子・芦引絵の世界』思文閣出版、二〇一一年
（8）長谷川端氏「酒呑童子絵巻　翻刻・略解題」『中京大学図書館学紀要』二六号、二〇〇五年五月
（9）『増補改訂日本大蔵経』九六巻（修験道章疏五）所収。宮家準氏「修験道の霊地―役行者本記にみられる」（岩波講座『日本文学と仏教・七』岩波書店、一九九五年）によれば、十六世紀前期の成立。
（10）サントリー本では、酒呑童子は山伏一行が現れたという報告に対して「此間、女房ばかり置て、酒と餌食になして、なぐさみつれ共、珍敷もなし。男はほねこはく、し、むらこはく、おもしろき所あり」と食欲に基づく反応を見せ、対面に

際しては「おくし、わろびれてある物ならは、皆々いましめ、一人宛、人屋に入べし」と頼光らの胆力を試す（逸翁本・慶大本以外は諸本同様）。一方、慶大本は山伏の来訪に際し「あしくあたつて、みやうわうの御とがめをかぶるな」と畏怖の色を見せる。これは謡曲『大江山』に基づく改変であろう。

(11) この説話において腕を切られる鬼の名については諸本に異同があり一定しないが、後には概ね「茨木童子」と呼ばれるようになる。

(12)『大東急記念文庫善本叢刊　中古中世篇3　物語草子Ⅱ』汲古書院、二〇〇五年。なお、本文は『室町時代物語大成・三』所収の赤木文庫旧蔵絵巻とほぼ完全に同文である。

(13) 慶大本の「むら雲」の地名は戻橋付近にあり、『太平記』巻二六「妙吉侍者事付秦始皇帝事」にも「一条村雲ノ反橋（日本古典文学大系『太平記・三』岩波書店、一九六二年）とある。渋川版の「七条」は「一条」の誤りであろう。

(14) 麻原美子氏他編『屋代本高野本対照　平家物語・三』新典社、一九九三年

(15)『太平記』における鬼切命名譚は、源満仲が戸隠山の鬼を切ったことによる命名としており、綱による鬼切り説話は直接関係しない。これについては池田敬子氏「「しゆてん童子」の説話」（『軍記と室町物語』清文堂出版、二〇〇一年）を参照。

(16) 慶大本が『安宅』『頼政』『安達原』の詞章を利用していることについては、池田氏による指摘がある（前註（14）論文、註二二）。

(17) これについては前註（1）の拙稿でも触れているため、その際の指摘と重複する部分もある。

(18) 新日本古典文学大系『金葉和歌集　詞花和歌集』岩波書店、一九八九年

(19) 慈童説話は『太平記』巻一三「龍馬進奏事」、謡曲『菊慈童』で知られる。慶大本では、酒呑童子自身も「じどうが、きくのしたゞりに、ちとせのよはひをたもちけるも、さけのゐとくとうけたまはる」と語る。

(20) 牧野和夫氏「叡山における諸領域の交点・酒呑童子譚―中世聖徳太子伝の裾野―」（『国語と国文学』一九九〇年一一月）、小林健二氏「能《大江山》と「大江山絵詞」」（『国文学研究資料館紀要』三五号、二〇〇九年二月）など。

(21) 逸翁本には次のようにある。「（酒呑童子）先、一献とて酒をすゝむ。頼光の給けるは、童子にておはしますうゑは、児にてこそおはしませ、御さきには、いかでか、さかづきはとるべき、先々との給へば、童子うちわらひて、この御詞にこそおめ侍れとて、さかづきを取て三盃して、御詞に付てとて頼光にさす」。

(22) この箇所から、前節の役行者説話引用部へと繋がる。
(23) 中京大本にも名は登場するが、保昌の別名としての扱いであり、独立した人物ではない。この中京大本における「独武者」には『大江山』の影響が考えられようか。
(24) 拙稿、前註(1)
(25) 慶大本は、彦山の山伏が帰郷途中に山陽道から迷い込んだとする。この彦山という地名もまた『大江山』に由来するものであろう。山陽道は山陰道の誤りか。
(26) 麻生太賀吉氏蔵本(『室町時代物語大成・三』)はこのあたりの展開が異なるものの、「(山伏ハ)すがたこそおそろしげなれども、なるればたがひにうちとけ」と、やや似た文がある。同本はサントリー本に近い語句が散見される一方、茨木童子説話を載せることや右の引用部のように渋川版や慶大本とも共通性があり、その分類や系統における扱いには検討が必要である。
(27) 例えば、冒頭、サントリー本など大半の本文では、池田中納言の姫君の失踪に焦点を当てて展開する。一方、慶大本は特定の人物を問題とせず、多発する失踪事件が発端となる。渋川版は前者の展開である。
(28) 渋川版に近い本文を持つものとして、石川透氏蔵寛永八年写本(石川透氏編『室町物語影印叢刊33 酒呑童子 大江山系』(三弥井書店、二〇〇八年)、同氏「『酒呑童子 大江山系』翻刻」(『古典資料研究』一九号、二〇〇九年六月))がある。本稿で指摘した渋川版の特徴は、その寛永八年写本においてもすべて共通する。従って、渋川版・慶大本の共通祖本は少なくともそれより古いことになる。
(29) 拙稿、前註(1)

毛利軍記の流れ
――公私の関り――

笹川祥生

論題にいう「毛利軍記」は、特定の書名を意味しない。「毛利家や萩藩（支藩・岩国領を含む）に関係する軍記・軍書」をさす。とくに毛利家（吉川家を含む）家臣の執筆・制作による文献を対象とする。

一　毛利軍記の流れをどう理解すればよいか――「断絶」はあるのか

この問題については、すでに布引敏雄氏の綿密な分析に拠る論文「毛利関係戦国軍記の成立事情」（「日本史研究373」平成5年刊）に詳述されるところである。その中で、「覚書」を称する記録類を(a)(b)の二種に大別すること次のとおり。

(a)個人的武功を知行の継続・家格の維持或いは仕官を目的として、言わば、履歴書（体験談）として書かれたもの。

＊布引氏は「福岡重継書状」(1)を例示。

(b)①上命によって書かれた、個人の枠を越えた毛利家全体についての戦争記録、或いは、元就の一代記。

＊布引氏は例として、『二宮佐渡覚書』（本稿附録Ⓐ参照）・『森脇覚書』（同Ⓑ参照）・『桂岌円覚書』（同Ⓒ参照）・『松岡覚書』『長屋太郎左衛門覚書』(2)の書名を挙げる。

②重臣クラスの各個の家の戦争記録。

＊布引氏は、『杉新右衛門覚書』『深瀬次郎兵衛覚書』の書名を挙げる。
③個人の範囲に留まるものであっても、知行継続や仕官などの実利的目的を離れて、言わば、文学的とか趣味的とか言うべき目的で書かれているもの。
＊布引氏は、『玉木土佐守覚書（別名『身自鏡《みのかがみ》』）』『嶋村淡路守覚書』を例示。

右論文に提案された分類の中で、(b)①に分類される諸記録の流れが、やがて断絶し、歴史書としての新裁成立に到ったと見ている。

萩毛利系統の軍記は『吉田物語』『温故私記』などで発展を停止させ、これらと断絶した上で、『閥閲録』と一対のものとして『御軍記』が作られてくる。岩国系では『陰徳太平記』で発展を停止するが、これも萩藩の『御軍記』の製作が岩国藩をも制約したからであると考えられる。

『御軍記』の製作による毛利関係諸軍記断絶の意味は、一つは、それらの軍記が文学へ発展する可能性を秘めていたからではなかろうか。岩国系『陰徳太平記』は、その傾向をもっとも強く主張する性格のものであった。岩国系の『陰徳太平記』と萩藩の『御軍記』（新裁軍記）とは、言わば、軍記の歩む道の対極であろう。一方は文学への道を歩むものであり、他方は、歴史書への道を歩むものであった。

また、右論文には、次に示すとおりの記述もある。

萩毛利系統の軍記は『吉田物語』『温故私記』などで発展を停止させ、これらと断絶した上で、『閥閲録』と一対のものとして『御軍記』が作られてくる。

右にいう「断絶」はあるのか。諸記録成立の事情などを勘案すれば、別の理解も在る。本論文では、その点につき、考察する。流れの断絶と見えた現象が、実は流れの継承に拠るものであったのではないか、と。

なお、布引論文では、文学（書）と歴史書は、対立する存在として理解されていると見受ける。しかし、両者ははたして対立する存在なのか。違和感がある。本論文では、「文学書か歴史書か」と、うっかりすると膠着あるいは散漫に陥りかねない議論を避け、別の視点からの考察とする。

二 『新裁軍記』以前に成立した文献の検討――「公」と「私」の関り

①本論文中に言及した毛利家関係文献についての情報は、別掲「付録毛利家関係文献一部目録」をも併せて参看されたい。
②本論文中の文献名記号Ⓐ Ⓑ…、参考文献名記号ⓐⓘ…は、それぞれ付録の記号と一致する。

Ⓐ**二宮佐渡覚書**（以下概ね成立順に検討。二宮と略記。引用は大日本古文書に拠る）

a.吉川広家*の「御尋」に応じて提出したものらしい。大尾に「右、佐渡入道へ御尋之時申上候書付也」とあり、口述を他人が筆記したものであろう。

b.あくまで「下問に応じる」という態度を貫くのが、叙述の基本姿勢である。末尾部分に次のとおり。

右いつれも前後可仕候へ共、覚之まゝあらかた如此仕候。

自らの意によって編集・整理する姿勢は見えない。

c.合戦の経過や結果につき、時には自身の感想を述べ、時には家臣の間での評判も記す。

此方御運つよきにより御勝利ニ成候。

…と惣陣御取沙汰ニて御座候つ。

ただし全体としては淡々とした記述であり、事務的経過報告の印象がある。

＊吉川広家＝永禄四年（一五六一）～寛永二年（一六二五）。元春の三男。兄元長の死後家督相続。関ヶ原合戦では東軍に参

加。戦後は出雲富田城から周防岩国に移住。

Ⓑ森脇覚書（以下森脇と略記。引用は戦国史料叢書本に拠る）

a.成立について。ⓘ（『防長郷土資料文献解題第一輯』）に次のとおり。

元和四年三月完成して広家に呈出し、更に同七年冬吉川家から毛利輝元に呈出され、老翁物語編纂の参考となった。

右とⓤ（山口県文書館史料目録一〈毛利家文庫目録第一分冊〉）・ⓔ（中国史料集・戦国史料叢書）の解説も同内容。元和七年、輝元が入手したことは、『老翁物語』冒頭の記事と一致する。

新庄衆森脇物語の一書を、元和七年冬のころ、輝元公へ申上げ申す者これ有り。宍戸備前守殿〈略〉など折節伺公候を聞手にて、御よませ成され具に聞召さる。是は吉川家よりしるし出し候故、本家余家の事無案内にて、歴々高名の者共聢〳〵書き乗せず候条、内藤河内存じ出し候て、次第あら〳〵書き加へ申せとの御意にて候。

ⓘにいう元和四年完成説は傍証が見当らない。

b.この書が主家吉川家の下命により記述されことは、次に示す冒頭の一文によって知り得る。

元就様御弓矢方、承及所、有増書付可申上之由候条、如此候。前後不同ハ、老耄仕、不覚ニ御座候間、相違可申候。

c.記事の正確さについて、筆者は謙遜。

老耄仕、御家来之儀をさへ不覚に候。他家之御事ハ猶以不存候間、相違付落共多可有御座候と奉存候。（大尾）

他家の状況については、相違（事実との不一致）や付落（記述漏れ）も多いであろう、と謙虚である。当時八十歳を超えていた筆者にすれば、加齢ゆえの誤脱を気遣うのは、当然の心理ではある。

後日、この書を入手した輝元は、内容の不備に注目し、補足を指示するなど、積極的に反応する。（これが、Ⓒ桂岌

円覚書、Ⓓ老翁物語の成立と関わってくる）

また、後継者の秀就に与えた訓戒の書中に、次の一節がある。

一とかく人をめしつかふ事、よくまへかたに申候やうに、ぎりすぢめ、又ほうこうのかんふかん（＝堪不堪）よく見しり候て、やくにたち候やうにめしつかい候事かんようの事、（毛利家文書一一五三『毛利宗瑞書状』元和七・十一・三。宗瑞は輝元）

「義理」は個人的な関わり、「筋目」は各家臣一族と毛利家との強固な関係（主に親類・主従）をいう。

義理筋目をも不被存、言語道断之刑（＝行）儀共にて候、（一二八八『毛利宗瑞口上書案』慶長十年か。吉見広長の出奔事件〈後述〉に関する文書）

（広長が不行儀により困窮し、「家中之者共迄も悉見限はて候」という状態）於我等者、筋目と申、不便に存、結句種々内外共に合力等無尽期申付候、（一二九四『毛利宗瑞覚書』）

数代之御筋目、聊不致忘却候之間、乍恐心底之通奉捧　神書候、（一一九一『井上紹忍外六名連署起請文』慶長二・十二・六）

中国地方の大部分を領有していた毛利家は、関ヶ原役後、周防・長門二ヶ国に減転封となる。その際本来防長以外に本拠や領地のあった家臣（たとえば石見国益田七尾城主の益田氏〈江戸時代は永代家老、家禄一万二千石余〉）たちも多数同行し、原則として旧家禄の五分の一を給されることとなった。

この時毛利氏諸将にして卿より離れて他家に仕官せんとするものが余りなかったことは後世に伝ふべき美談といはねばならぬ。（『毛利輝元卿伝』三卿編纂所編、マツノ書店刊、昭和五七年、五編一章二節　六一〇頁）

大阪陣に多くの関ヶ原牢人が参加籠城したことを思えば、毛利藩士の帰属意識は、右『卿伝』の記すとおり美談級であろう。ただ、過去の事情もそれぞれに異なる人々が、突然狭小となった領土に移住した。紛争の発生も予想される。

右『卿伝』には、萩入城後の慶長十年に実行した家中粛正の二大実例として、吉見広長の出奔事件と熊谷元直一派の誅殺事件とを挙げる。吉見氏は元来石見国鹿足郡津和野三本松城を鎌倉末期以来本拠としていた。防長転封後に毛利氏の本城築造の候補地となった長門国萩指月山は、永禄末頃から吉見領となり、石見退去後、吉見氏の本拠となった。また、転封時の当主広長の母は毛利隆元の女子であり、広長は輝元の甥である。広長の祖父正頼が元就に服属して以来、毛利氏とは姻戚にもなり、親しい間柄であった。広長は兄元頼（妻は吉川元春の女子）の死後家を継ぐ。輝元とは良好な関係でなかったらしく、遂に出奔事件を起す。その間の事情について、右『卿伝』の記述は次のとおり。

広長は資性狂暴にして卿の命を奉ぜざること多く、家臣に対して往々理由なくして追放・成敗を申付くるの非道を敢てした。（略。輝元から懲戒・訓戒あり。広長服従せず）

卿が萩移転に就き、広長の居城たる指月山を毛利氏の居城に改築するに決し、広長には別に代城を与ふべきことを約せらるるに及んで、広長の不満は最高潮に達するに至った。而も卿の入城後も尚代城の約束履行が遅延して果されなかったので、遂に広長の憤懣は爆発し、慶長九年十二月に密かに家中の腹心七八人を伴って出奔し、江戸に赴いて徳川氏に仕へんことを請うた。（五編二章一節。六五二頁〜。家康は広長の求めに応ぜず、広長は流浪することとなり、家臣は追放された。この一件の経過は、輝元自身の覚書〈毛利家文書一二九四『毛利宗瑞覚書』・一二八八『毛利宗瑞口上書案』他〉に記される）

『卿伝』が家中粛正の例として挙げる他の一例は、重臣の熊谷元直とその一派を誅殺・追放した事件である（慶長十年七月）。詳述を避けるが、概要は『毛利輝元自筆熊谷元直罪状書』（『毛利家文書』一二七九）に拠り知ることが出来る。輝元自身が「覚書」の執筆者であったことは注目するべきである。

家臣団（吉川家など一門・重臣の家臣を含む）の構成員が記した「覚書」類は、家臣たちに関わる過去の活動・経歴を知る上で、輝元―「義理」「筋目」に関心を持ち、自身が「覚書」類の執筆者である―にとって重要な参考資料となり得たし、大きな関心を寄せていたことであろう。そのことは、前述のとおり、本書の不備に積極的な反応を示した輝元の態度からも推認出来る。

関ヶ原役後、薙髪隠居をした輝元であったが、謹慎蟄居の日々を送っていたわけではない。後嗣秀就が幼年のため、「卿が当分の間、尚代って国政を摂られることゝなった」（『輝元卿伝』五編一章三節六一六頁）。即ち藩主の実務を行っていた。その「当分」も、かなりの期間であったらしい(3)。しかも記録好きのようだ。となれば、覚書はいずれ輝元の目に留まるかもしれない。謙遜の気持も偽りでは無かった、としても、多分に毛利本家の大殿様を意識しての予防線ではなかろうか。実際に輝元の知る所となり、不備も指摘されることとなる。

その他、本書につき、次の諸点を補足しておく。

d.執筆につき、主家から特設の支援はなかったらしい。

e.二宮と同じく、個人的感想は控えている。

f.二宮にくらべ、対象とした期間が長い。

Ⓒ桂岌円覚書（以下岌円と略記。引用は戦国史料叢書本に拠る）

a.成立の時期――老翁冒頭の記事（森脇を入手した輝元は、内藤元栄に加筆を命じたが、元英は元和八年に死去した。加筆が未完成となったことを残念に思った「若き衆」が「岌円の物語聞書を注し置かれ候」――この記事については、付録Ⓓ老翁物語の補記を参看されたい）に拠り、元和八年の成立と考えられて来たらしい。しかし、破線部について、「（若き衆〈誰を指すのか不明〉）が、岌円の物語ったことの聞き書（即ち桂岌円覚書。）に注を書き加えた」と理解すれば、それは元和八年以前に成立していたのかも知れない。付録Ⓒ桂岌円覚書［成立］の項には、通説に拠り「元和八頃成立と推定」とした。将来訂正が必要かもしれない。

b.成立の事情――岌円の冒頭部に成立の事情を記す。

元就様御弓箭の次第、御代々遊ばし置かせられ候御書物に委敷く御座有るべく候へ共、下々の者の拝見およぶべきにあらず候。然ば愚蒙の者、年久敷相ながらへ、はし〴〵見及び聞および申す所を或人所望候。重疊斟酌候へ共、頻りに申さるゝに付て口上に任せ候。前後相違のあやまりなど多々これ有るべく候へども、黙止がたく候てかき付け申し候事。

右の文章から、岌円の成立が「或人の所望」によることがわかる。「或人」への敬意の程度から、それは、岌円の仕えていた長府毛利家の重臣、或いは毛利本家に仕える桂家の誰かであろうか。また、a.に前掲の老翁の記事「物語聞書」に注目すれば、「かき付け」たのは、岌円本人ではなかった（本人は口述した）可能性もある。

c.二宮・森脇の両書同様、作者自身の感想は殆ど記されない。ただし、例外として上原元祐離反の一件がある。上原元祐は毛利氏の部将であった。秀吉勢との戦では日幡（畑トモ）城（＝倉敷市日畑。城主は日幡氏）を加勢として守っていたが、敵方へ寝返る。岌円は、講和後の様子を次のとおり伝え、きびしく弾劾する。

右の次第筑前殿も聞届けられ、沙汰のかぎりのやつとて取相なく、やう〳〵播磨のかこ（＝加古）にて知行千石宛行れ、一両年にて病死候。勿論ながら久敷く見聞申し候ところ、惣別本意をちかへたる者の子孫、繁栄なるはまれの事に候。不定の世の中に候間、若し幸に左様の者もなんをのがれ、世に有る事もこれ有るべく候え共、諸人に人外の様に思はれ候ては、更にいけるかひなき事たるべく候。

元祐には「元清様の御あねこ様」が嫁いでいた。元就の次女で元春や隆景の妹、元清（＝元就の四男で長府藩初代秀元の父。慶長二年死）の姉に当る。岌円は以前仕えていた元清との縁で、憤激も大きかったのであろう。記者（或いは述者）の感情が、抑えられることなく表出された例を、ここに見ることが出来る。事務的な報告書から著述へと移行する兆候が見受けられるということであろうか。

Ⓓ老翁物語（以下老翁と略記。引用は戦国史料叢書本に拠る）

a.成立の事情――輝元の意向で、森脇・岌円の二書を照合し、さらに記事の補足を考え、萩城に永年勤続の藩士からも聴取して記述した。（付録Ⓓ老翁物語［補記］参看）

b.筆者は輝元の右筆――

右之条々（＝元就在世時の逸話）は、輝元公御心安く被召仕候御右筆に、小田木工と云老人、子孫の為めに覚書仕置候を、爰に書記申処如件。（吉田巻十一・元就公御他界之事。句読点は補った。長周叢書本）

古老というだけでなく、文筆の職にあった人物の起用に、輝元を始めとする記録作成関係者の意気込みが感じられる。ただし、吉田に「子孫の為めに覚書仕置候」と書くところから察するに、まだ私的事業の段階にあった、という、（老翁成立後、略八十年を経た頃の）藩内の理解であったらしい。

c.積極的資料収集―藩内の理解は右の程度としても、本人の活動はかなり積極的で、少なからぬ文書類を利用している。これも本人の職歴と藩当局の支援に関わりがあろう。利用の形跡を数例。

㋐三戸小三郎と申す者、此節御奉公申す三戸惣右衛門尉祖父にて候。〈略〉尼子衆と小三郎懸合せ、敵討捕り申す御感状、又九月十三日に一日の内に二度両通の御感状、〈略〉合て拾壱通、知行方の御判物六通、悉く三戸惣右衛門尉所持仕り候を拝見申し候。

㋑彼家（＝草苅家）の証文等あら〳〵見申し候処、先祖以来の御教書、御内書など、又信長公御朱印、秀吉公の御正判等、御当家へ数ヶ度の軍忠状に、裏御判御両三殿、数十通の御感状明白の儀、見聞候者耳目を驚かし候。

Ⓔ吉田物語（以下吉田と略記。引用は長周叢書本に拠る）

a.跋文に「吉田物語と号し畢ぬ」と、書名を明記。「著作」であるという意識が、かなり明らかである。

此物語は、御当家古老の書置たる旧記を集め、或は数箇所の城を攻取たまひ、或は数箇度の御合戦御勝利の場に於て、分捕高名の諸士へ被下置たる御感状を拝見し、又は御分国中神社仏閣へ被差出処の御控の御証文を考へ、次には愚父不問軒是閑記し置たる遺書を以、御先祖以来元就公御一代之儀、誠に九牛一毛たりといへ共書集め、十二冊として、号吉田物語畢。明君の御行跡、殊に御弓箭之儀共、凡夫として書記事天罰おそれありといへ共、後徳化の遠き県に至る迄おこなはれし有難さを、子《予》孫にしらしめん為めに、身における罰をわすれ、禿筆にまかする事かくのことし。偏に老耄の誤れるを隠し、世の嘲りをいとは丶、全く他の披見をゆるす事なかれと云爾。

（本編跋文。原文句読点ナシ）

此物語上中下三冊者、
輝元公御代之内、元亀年中より慶長三年迄、御家来之衆中、大小身共に戦場之御奉公に不限、抽たる働之儀は其大概を書記して、号吉田物語附尾、予諸孫に授之訖。老耄之誤猶々多かるへし。依て他の披見をゆるす事なかれとしかいふのみ。

于時元禄十五年春日　周布氏族空潭是心
行年七十九歳書之

（附尾跋文）

b.跋文には藩庁との関りを記さず、私的な著作物である旨記す。しかし、『防長郷土資料文献解題㈠』の解説に、周布文書・冷泉文書など数点の家蔵文書の写しが、藩命により著者へ提供された、とある。（付録Ⓔ［補記］参看）藩庁の関与・支援が推定できる。

c.元就の活動を記すにあたり、「調略」を重視したことをしばしば紹介する。すでに森脇・岌円の指摘するところではあるが、それぞれ「調略」の用例は多くない（二一〜三例）。老翁や吉田の制作された時期には、「調略が得意な元就」像が、増幅あるいは伝説化していたのであろう。

㋐御自筆にて遊ばし置かれ候御重書の内に、一芸も入らず、能も入らず、遊も入らず、歴も入らず、なにもかも入らず候。只日夜共に武略調略の工夫肝要に候。〳〵〳〵〳〵。（老翁・下）

御自筆に被遊置候御什書の内に、芸も不入、能も不入、遊も不入、桃も不入、何もかも不入候。唯日夜共に武略智略計策の調略工夫肝要に候〳〵、と被遊たる処御座候由に候。（吉田・十二）

＊毛利家文書・吉川家文書所収の元就自筆文書中には、右文言は見当たらない。吉田には「御座候由に候」と、伝聞によることを示す。

㋑兵書等御稽古成さる共見へ申さず候へ共、仰せ出さるゝ程の御調略、遊ばされ候ほどの御武略、七書八巻の書にも少も違はざるの由候。（老翁・下）

唐の兵書御稽古も不被遊候へ共、武略智略計策の御調略、少も和漢の兵書の旨に違ひ不申との儀に候。（吉田・十二）

㋒（大内義隆、出雲富田城の尼子晴久を攻める）元就様御異見に、先づ五三里も此方に御陣成され然るべく候。其子細は尼子殿未だ大国余多所持故、人数等歴々の条、当座うで責めには成りかね申すべく候間、ちと程を置かせられ、色々御行御調略候はゞ次第々々には御勝利たるべきの由、三ヶ度迄仰せられ候。（義隆同意せず。敗軍）（岩円）

元就公御異見に、先づ五三里も此方に御陣を成され然るべく候。其子細は尼子家今に大国余多所持候故、人数歴々候條、当座にてうて攻には成かね申すべく候間、少し程を置かせられ、色々御調略候はゞ、次第〳〵には御勝利たるべく候の由、三ヶ度迄仰せられ候へ共、（老翁・上）

元就公被聞召、いや〳〵先五三里も城より此方に御陣城を構へられ可然候。其子細は尼子も大国数多持候へは、人数多く、其上歴々の者共罷居候へは、急にうて攻には成かね可申候。遠方に御陣を居られ、緩々と御調略候はゝ、往々は可為御勝利、と三度迄達て被仰候へ共、（吉田・三）

d.作者杉岡就房の履歴については、長周叢書本の序言に概略を記す。序言は同叢書編輯兼発行者の村田峰次郎の執筆。

父吉兵衛長次は、朝鮮の役に従ひ、大に軍功あり。慶安二年七十七歳と以て死す。翁は寛永元年に生れ、宝永三年八十三歳にて死せり。是編を記し畢はる時は、実に元禄十五年の春七十九歳とす。翁は二十八歳にて大照公（秀就朝臣）の小姓と為り、新知を賜ひ数官に累進す。四十一歳より九年の間御宝蔵預役に任し、親しく毛利家の古文書諸記録を通覧せり。翁は秀就・綱広・吉就・吉広四公に歴仕し、長齢にして能く当代の変遷を熟閲す。且つ公職を以て幾多の証牒を採訪す。況んや祖先おの〳〵数度の軍功あり。父是閑氏また高寿にして経歴に富む。家に伝ふる所の旧記必す多かりしならん。此書の固より尋常軍記と異なる所以良に知るへきなり。（原文句読点ナシ）

藩庁の支援を受けやすい立場にあったことは確かである。なお、萩藩士諸家の来歴を知る上で重要な材料である閥閲録には、父長次とその後嗣元真（就房の兄か）についての記載はあるが、就房については、ない（閥閲録巻一二一周布吉兵衛。元真の孫の代に周布氏に復称）。譜録は「周布氏五家分散逸」（山口県文書館史料目録　二）。

Ⓕ**新裁軍記**（以下新裁と略記。引用はマツノ書店刊本に拠る）

a.序文の中に既成諸記録への評言を記す。その中に、「世ニ毛利ノ軍記ト称スル者」への批判を記した部分がある。そのため、一見既存の諸記録を資料として全く認めないかの印象がある。しかし、「諸家他家混雑シ其誤殊ニ多ク」云々と酷評された陰徳太平記についても、その説を是とすることもある。左にその一例を示す。

（巻二、大永四年七月、安芸金山城に大内勢と戦う）又曰、夜戦備ヲ分ツ時、吉田記・旧時記ニ志道ハ杉ニ当ルト有之、陰徳記（＝陰徳太平記）ノミ宍戸ニ作ルト雖、前ニ元就公・吉川・宍戸・平賀・三吉・小早川・熊谷等四千余兵ノ文三記ノ載ル所相同シ、且宍戸ハ毛利家ト肩ヲ比ル大名ナレハ、一隊ノ将トナツテ敵陣ニ当ルコト吉川・三吉

等ト同シカルヘシ、志道ハ毛利ノ臣ナレハ元就公ノ備ノ内タルヘシ、是ニ拠トキハ陰徳記ノ説是ナルヘキカ

付録Ⓕ［補記］に記したとおり、「採るべきは採り、排すべきは排」することを、資料の採否に当り留意していたことがわかる。なお、新裁の序文・凡例につき、愚見を同補記に述べたので、一読頂きたい。

b.藩にとって、事情を明瞭にし難い案件には、編者はその扱いに特段の注意を払ったらしい。例えば吉川元春の養父興経が誅殺された事件である。この件につき、新裁の［論断］には次のとおり。

又云、吉田記ニ十七年九月廿七日熊谷信直・天野隆重密ニ公ノ命ヲ奉、興経ヲ布川ニテ討殺ス、郡山ヨリモ児玉・赤川等已下五人ヲ遣シ熊谷・天野エ加勢スト有レ之、然レトモ証拠ナク吉田ノ外諸軍記不レ載レ之、故ニ本文省《ク》レ之《ヲ》（七）

ところが、吉田の他、岪円・老翁にもこの事件は明記されている。「吉田ノ外諸軍記不載之」は、［論断］筆者の韜晦であろう。編者としては、「本文省之」として立項しないが、この一件を（近年刊行の元就伝のように）無かったことにもしたくない。事件の概略については、吉田の記事内容を［論断］の一部として紹介し、読者の目にとまることにしたのは、編者の工夫かもしれない。証明する古文書が無いにも関らず、事件の実在を断固否定しないのは、編者自身も誅殺事件は存在したと考えていたためであろう。本件は、凡例に照らせば［参考］として諸記録の内容を掲出すべきところ、そうしなかった。後述のとおり、岩国藩が陰徳太平記の刊行に当り、興経殺害事件の記述を削除するように命令していることから類推すれば、新裁の控え目な扱いは（削除されずに残っていることから見ても）正解であった。

次に該当する凡例ならびに岪円・老翁・吉田の記事を示す。

一文書ノ支証ナシト雖、諸軍記所レ載符号シ、前後齟齬スル事ナキハ実説ニ似タリ、然トモ支証ノ文書無レ之ニ付テ本文ニ不レ備、参考トシテ記之（新裁凡例。その他の条文は付録Ⓕに掲出）

この新庄衆と申すは吉川興常《ママ》の事也。其節は尼子一味なり。御勝利の後元春様この御家にならせられ、興常をばあきのふかはにて熊谷信直・天野隆重両人に仰せ付けられ候。其時隆重手柄仕られ、御褒美を成され候。（岌円）

此新庄衆と申すは吉川興常《ママ》の事也。其節は尼子一味にて候。御勝利の後、元春公此方にならせられ候。興常をばあきのふかはにて熊谷信直・天野隆豊《ママ》両人に仰せ付けられ、其時両人手柄を仕られ、別て御褒美成され候。（老翁・上）

同年（＝天文十九年）九月廿七日、吉川治部少興経を、熊谷信直・天野隆重両人に被仰付候。興経は居城小倉山をは元春公に譲り、領分の内布川と云所へ隠居し引込被居候を、両人衆押懸討果し申候。御本手よりの討手には、児玉小次郎・赤川又四郎・作間源五郎・転四郎左衛門・富落新四郎、此五人を被遣候。いつれも手柄仕候事。（吉田・三・吉川興経被討果候事）

一方で、吉川家の立場から書かれた筈の諸記録では、この件をどう書き留めているのか。安西軍策は、興経に実子なく（実際にはあったらしい）、元春を養子に迎えたことを記し、興経殺害事件に触れない。

天文十六年、吉川治部少輔興経無実子、故元就朝臣ノ次男元春、幸ニ興経ノ従弟ナレハ、トテ、養子ノ契約ヲナシ給フ。（安西軍策・二、元春朝臣隆景朝臣他家相続事。改定史籍集覧本に拠る。吉田略同文）

陰徳記には、元春の吉川家相続にいたる事情、また、「或人」の讒言を信じた元就の命により、興経が殺害された経過を詳しく述べる。怨霊が諸人を悩したので、社を設けて鎮魂を図り、神号を再三改めた後、「怨霊モ聊静」った、と後日談を語る。（巻十七・十八に関係記事）

陰徳太平記には、元春の吉川家相続の経過や吉川家歴代の武功を詳述する。興経の最期の様子には触れず、巻末に次の記事を置く。

元経ノ子次郎三郎興経。後改二治部少輔一。童名千法師。天文十九庚戌年九月二十七日卒。桃源院安叟常仙大居士。

（以下、領地と妹三人の婚ぎ先を記す。巻十六・吉川先祖之事。臨川書店刊影印本に拠る）

米原正義氏は、元就の興経殺害事件を省略したことについて、次のとおり推測する。興経は布川隠退後まもない天文十六年八月十七日元就に自筆書状（＝吉川家文書四二八号）を送り、我等の身上に対して讒訴するものがあれば、招き寄せて訊問されたい、と述べ、隆元・元春へもこの旨伝えてほしい、と陳述している。これが真意であろう。にもかかわらず元就は、天文十九年九月二十七日不意に布川の居館を襲撃し、興経と側室宮荘氏の生んだ千法師を殺した。香川宣阿は、元就にこのような残虐行為をやらせたくなかったのである。（東洋書院刊『正徳二年板本陰徳太平記二』注）

大内氏滅亡に際し、元就は最初から陶方として参戦した。にも拘らず、陰徳太平記では、陶方からの勧誘を「八逆罪ノ者ニ誰カ一味スヘキ」と拒否した、と記される。宣阿があえて事実を無視した理由は何か。以前刊行の『正徳二年板本陰徳太平記』（臨川書店刊）に付した小生執筆の解題では、次のとおり論じた。

宣阿には、『陰徳太平記』を陰徳陽報の記録たらしめようという目的がまず存在し、事実といえども、それを侵すことは許されなかったのである。

右の吉川興経殺害事件について、宣阿が沈黙した理由は、元就の行いが、陰徳陽報の記録に適わしくないと判断したからに違いない。大内氏滅亡事件の成り行きに加工したことと同じ理由に拠る。その点からすれば、米原氏の解釈も頷ける。

ところが、この件については、大内事件と違い、状況に加工した記述が無い。事件自体が見事に消失している（父正矩の陰徳記では縷縷その経過が述べられているのに）。宣阿の思いが米原氏指摘のとおりである可能性は残りつつ、岩国藩庁の指示に従った結果である。そのことは、山本洋氏の調査で明らかとなった。

山本洋氏の論文「『陰徳太平記』編述過程における記事の改変について」（軍記と語り物44・平20）の中には、陰徳太平記の出板に際し、藩庁から記事の加筆修正要求がしばしば行われた例が紹介されている。興経殺害事件についても、「一、興経様御生害之儀、吟味候て御除候様ニとの御事」（岩国徴古館蔵文書）と、「吉川興経殺害についての記事を削除するよう指示している」（山本）。宣阿が興経の命日・戒名などを書き込んでおいたのは、興経という人物がこの世に存在していたことだけでも後世に伝えたい、という、せめてもの志の顕れであろうか。

なお、毛利家による修史事業は、新裁軍記以後も継続して行われた。藩の事業としては明治三年六月に四代実録・同考証論断が脱稿となり、一応の成果を得た。ただし、廃藩後も毛利家としての修史事業は断続的に続く。大正三年九月、瀬川秀雄を所長として三卿伝編纂所が創設され、その後、中止（昭和六年）・再開（同十一年、所長渡邊世祐）、六卿伝の完成（同十八年）、毛利元就卿伝の刊行（同十九年九月、上巻のみ。三卿伝編纂事務所著、六盟館刊）と事業は進行した。ただ「戦局は愈々熾烈を極め、到底下巻を続刊出来る状況ではなかった。」（昭和五十九年刊本〈上下一括〉の臼杵華臣氏「あとがき」、マツノ書店刊）。昭和十九年九月には瀬川秀雄著吉川元春が刊行され（冨山房刊。昭和六十年・平成九年復刻、マツノ書店刊）、編纂事業の成果の一つとなっている。

興経殺害事件について、右元就卿伝も吉川元春も無視することなく事情を説明する。ただし、両者の立場は少し異る。

扨、元春卿の吉川氏相続問題は興経の布川隠退及び元春卿の新荘入城を以て一段落を告げたやうであるが、興経は年齢三十有三、体軀強健にして覇気充満し、而も実戦に長ぜる偉丈夫であつて隠退の如きは素よりその本意ではない。殊に毛利氏領内の布川に蟄居して、熊谷信直の監視を受けるに於いては尚更不平である。抑々布川の地たるや（略。布川＝広島市安佐北区上深川＝の不便さを説く）……況や尼子氏と通謀するが如きは、その位置余りに南方に偏してゐて、到底不可能であつた（陰徳記。芸藩通志）。卿が興経の有田隠退の希望を卻けて、特に斯くの如き地点を選ばれたのは大いに故ありといふべきである。それで世間でも興経のことに就いて、流言蜚語が伝つて謬説が行はれたので、興経は天文十六年八月十七日に書状を卿に遣りて毫も他意なき旨を表明し、且つ自身の身上に関して讒訴する者があつたならば、直ちに招き寄せて訊問されたいと陳述し、隆元・元春両卿にもこの趣を通ずべきを請ひ、吉川経好からもその志を通ぜしめた（吉川家文書）。是を以て元春卿の新荘入城以後に於いても、卿の胸裏には興経の行動に就いて釈然たらざるものがあつた。されば卿は秘策を熊谷信直・天野隆重に授けて、興経を滅ぼさしめんとせられた。よつて信直・隆重は更に児玉小次郎就忠（略）等と協議を凝らし、遂に十九年九月二十七日に布川の居館を襲撃して、興経及びその実子千法師を殺害した。而して千法師の乳母、及び幼時より興経に従へる豊島内蔵丞興信兄弟五人も皆之に殉じた（老翁物語。吉田物語。陰徳記。芸藩通志）。（毛利元就卿伝　上巻　一編六章三節）

興経が素志に反して、家督を元春に譲つて布川の地に隠退したことは、年歯三十にして、体軀の強健なる彼にとつては、殆んど忍ぶべからざる苦痛たりしことは、略想像することが出来るのである。而かも彼は万事を天運と諦めて、忍苦の生活を営み、其行動を慎み、恭順の誠意を披瀝してゐたにも拘らず、流言蜚語によつて謬説が流布せられるに至つたので、興経は之が釈明の為に相当に努力してゐた。元就は元春の新荘入城に於ても、猶興経の動静に就て、警戒を加へてゐたが、遂に熟慮の末、興経を現在の状態に於て放任することは、禍根を将来に残すものであると思考し、之が根絶を図るに決心し、其意図を熊谷信直・天野隆重の両人に授けた。信直・隆重は更に児玉就忠（略）等と協議を凝した後、天文十九年九月廿七日不意に布川の居館を襲撃した。興経は奮戦大に努め、其二十余人を斃したが、衆寡敵せずして終に壮烈悲痛なる最期を遂げた。時に年三十三、諡して、桃源院安叟常仙大居士といふ。妾宮荘氏の所生なる千法師も亦難に斃れ、其乳母及手島興信兄弟五人は皆之に殉死した。（吉川家文書、小田木工允覚書、陰徳記、吉川家譜、芸藩通志）（吉川元春　一篇二章四節）

同年同月に刊行され、しかも相当共通した資料に拠って論じた筈の右両書の論調が異なる。例えば、隠遁地に於ける興経の心境、毛利勢に襲撃された興経の振舞への評価等々である。元就卿伝には、この件につき「興経苅除」と小見出しを掲げるが、若干の悪意を感じる、というのは言い過ぎであろうか。

なお興経殺害に参加したとされる天野隆重について、閥閲録に掲載の家譜には次のとおり。（巻七三、天野求馬）

天野紀伊守隆重（中務少輔）従五位下

（略）天文年中大内家没落之後、属御当家御幕下、（略）

大内家滅亡は天文二十年九月のことで、一年前の興経殺害への参加は年月が合わない。疑問が残る。

三　結び

以上、毛利氏関係軍記の流れを概観した。藩主あるいは藩の重役などの指示を受けての報告書に始り、やがて報告の範囲・方法において、変貌し、藩庁の関与も深くなって行く。ただし、私的事業であるという建前は、あくまで崩さなかった。

一方で閥閲録や譜録の集成という、藩としての修史事業の基礎造りというべき作業が進行していた。個人の著作として成立して来た諸記録が、内容を膨ますにつれ、毛利家とその一門や重臣にとっては（毛利家の勢力拡大の過程で生じた）微妙な問題も、話題として避け難くなって来た。藩庁は記録の作成を公的事業に位置づけることにより、記事の内容も直接に制御することになる。新裁の編纂は、それまでの経過を踏まえての継続事業であり、突然の断絶と評価するのは、如何なものであろうか。

吉川家中では、藩庁主導の本格的修史事業を開始することなく明治を迎えた。陰徳太平記板行への関与は精力的に行われたが、修史事業への関心が増大するという雰囲気にはならなかった。陰徳太平記への関与も、叙述が吉川家にとって不満足な内容（毛利本家との確執を生ずる原因となる、など）のまま流布しないよう表現の制御・監視することが主目的であった。この辺りの事情については、前掲山本洋氏の論文に詳しい。

毛利本家の場合には、藩自体が資料収集を行った上での修史事業の直営継続となった。次に吉川家の事情を考える。

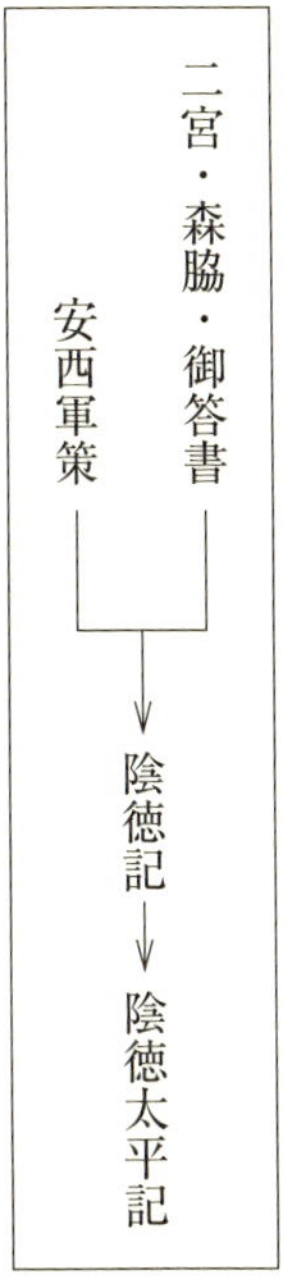

右の諸記録は、一連の系統を形作る。前作を利用しながら、次第に変質して行く様子については、拙稿正徳二年板本陰徳太平記解説（第四章・第五章）を参看されたい。陰徳太平記の後継作品と称すべき作品はない。この点につき、松田修氏は同解題（第七章）の中で、後太平記の影響作は多く、陰徳太平記のそれがない理由について、「『陰徳太平記』の地方性は、やはりある程度の答えではありうるだろう」という。太平記を称したとき、地域に根ざした後継作品出現の芽はうまれた。一方松田氏のいう中央史として、続太平記を承ける作品としては受容されなかった。香川一族による香川伝などの執筆もあったものの、規模からしても陰徳太平記の後継作とは認め難い。岩国系の軍記・軍書の系譜はここに略閉じられる。

毛利三家のうち、小早川家は隆景の養子秀秋が病死し、家自体が断絶した。中州軍記はその遺臣の著すところと推測される。（拙著『戦国軍記の研究』第二章三、現実直視の姿勢―『中州軍記』考―参照）毛利三家も内情はそれぞれで、一括しては論じ難い。

註

（1）福岡重継書状『福岡草苅重継書状』（大日本古文書・毛利家文書四・1273号）を指す。書き出しは次の通り。

忰手前（＝家領）礑不相積（続）之故、来年之御役目可相勤（ママ）様無御座候条、何とそ御奉公も相積（続）候様ニ、旁御取成奉頼候、事新敷申事ニ候へ共、私一生之間、無二心御奉公申上たる儀候条、子孫迄も　御家ニ召仕候ハて不叶御事候、然間、一代之積軍功子細、有増以一書申上候、爰を以可預御取合（＝とりなし）候、また書状末尾には次の通り。

私余命不幾程候間、子ニ而候助次郎御奉公さへ相積《続》候へハ、御家ニ而果申度一念計ニ而御座候、此題目数十年悔心底、
不達　貴聞儀、歎敷存候条、被伺御次而、預御披露候者、一生之御高恩可為此事候、千万頼存外無他候、恐惶謹言、

慶長十五

十一月十六日　　　　福岡対馬守重継（花押）

前原休閑様参人々御中

右書状の冒頭・末尾を読めば、この書状が、布引氏のいう、「知行の継続・家格の維持或いは仕官を目的とし」たものの一例と認められる。ただし、『閥閲録』（三十四、草苅太郎左衛門。山口県文書館編集発行昭和四十二年刊本に拠る）にも収録されている本状には、若干不審がある。

まず、本条は、慶長十五年、子の助次郎（就継）が奉公を相続出来るよう、輝元の側近前原休閑（元詮。『閥閲録』〈四十一、馬屋原弥四郎〉に、「輝元公御側日夜相詰、諸事四郎兵衛え御談合被成、御用相調申候、〈略〉萩御移已後も一日も御側不離御供仕〈後略〉」）に取成を頼んだ内容となっている。しかし『閥閲録』に収載された文書の中に（41号）、重継の後嗣就継に与えられた知行安堵状がある。慶長十五年時点で家領の相続に支障はなかったのではないか。41号文書は次の通り。

親父対馬守《重継》知行五百石地、以手続之旨其方江相続之通聞届候、全領知候而役儀等不可有油断者也、仍一行如件

慶長拾四年十二月八日御判《宗瑞様》

宗像助次郎殿

※重継の妻の父、宗像社の大宮司氏貞が死去し、後嗣は無かったので、娘聟重継が秀吉の命により、相続した（本領はもと通り）。子の助次郎就継が自家相続迄の間ということで宗像を称した。草苅家は当時小早川秀秋に属していたが、秀秋の東軍参加に際し、輝元に帰参し、九州の領地は放棄、宗像家も断絶することとなった。（『閥閲録』「草苅太郎左衛門」末尾の草苅元胤（重継六世の子孫）の説に拠る）

なお、草苅氏が福岡氏を一時称していた理由を、『閥閲録』中の説明記事には次の通り（同巻35・36号文書の間に）。

秀吉公対重継、年来之御遺恨（＝毛利対織田〈羽柴〉合戦における度々の抵抗を指すか）有之、御威光日ゝ依増長、重継改称号可宣（＝宜カ）之旨被成御意候ニ付而、従隆景公筑前福岡を被下置、領知仕候故、在名改福岡候、

右記事中の「福岡」が、現在周知の福岡を指すとすれば、それは黒田氏が新城を那珂郡福崎の地に造営し始め、福岡と改

称した慶長六年以後の事となる。草苅家の初伝とは符合しない。

（2）松岡覚書・長屋太郎左衛門覚書

○松岡覚書　松岡頼村家譜録に「松岡三郎兵衛頼利、秀就公御代ニ元就公御一生之御軍記相調候様ニ被仰渡相調差上申候」と記されているもので、糸賀家蔵「元就公記」（三册本、軍記類1番参照）と同本であるが、（山口県文書館史料目録　一、叢書）

○元就公記　巻頭12「糸賀外衛先祖之認置旧記之由にて〈略〉尤何某之記たると云事も分明ならされとも為見合計写置候事」とあるが、実は松岡三郎兵衛尉頼利が書留めた「松岡覚書」（叢書1番参照）と同本である。（同前　軍記）

○長屋太郎左衛門覚書　毛利元就一代の軍記。三册本。「元就公記」（軍記1）と略々同内容。（同前　軍記）

（3）『大日本古文書・毛利家文書』収録文書を見ると、関原役後、相当長期にわたり、施政に関っている様子が窺える。例えば、徳山藩主毛利就隆（輝元次男）宛の元和七年十二月二日付の「替地目録案」（一三〇〇）は秀就と宗瑞（輝元）連署となっている。また、元和九年（一六二三）十一月廿一日付「祖式元信起請文」は次のとおり。

謹而申上

〈略〉

一於以来も、少も疎略を存間敷候、　御両殿様御同前ニ奉存候、

一大殿様へ御奉公、緩を存間敷候、〈後略〉（一二四六）

右文書の「両殿」は秀就・輝元、「大殿様」は輝元を指す。元和六年二月六日付「村上元重起請文」には、輝元を「大殿様」、秀就を「若殿様」と称している。輝元は寛永二年（一六二五）に亡くなっているが、家臣たちにとって、その晩年まで気の抜けない存在であったようだ。

〔付記〕

本稿は関西軍記物語研究会（81回・平成26・7・27、四天王寺大学あべのハルカスキャンパス）に於ける報告に基き成稿した。

付録 毛利家関係文献一部目録

凡例

㊀本稿に関わる文献を対象とする。
㊁書名の下に、本稿で用いる（略称）を記す。㊢は、吉川家関係者執筆の文献であることを示す。
㊂［内容］には、所収記事の範囲を記す。
㊃［解説・論評］新裁軍記と、史料集の解題等に記す作品解説や論評などの情報。
㊍新裁軍記　↓本目録の項目Ⓕ参看。
㋑防長郷土資料文献解題第一輯　山口県史編纂所編・防長文化研究会刊・昭和15
㋒山口県文書館史料目録一〈毛利家文庫目録第一分冊〉　山口県文書館編修・山口県地方史学会刊・昭和38
㋓中国史料集　校注解題米原正義・戦国史料叢書第二期7・人物往来社刊・昭和41
㋔毛利史料集　校注解題三坂圭治・戦国史料叢書第二期9・人物往来社刊・昭和41
㋕戦国軍記事典天下統一篇　古典遺産の会編　和泉書院刊・平成23
㊄本稿筆者の補足意見などは、［補記］として示した。
㊅以下の記述に示す布引敏雄氏の論は、すべて「毛利関係戦国軍記の成立事情」（日本史研究373・平成5）に拠る。

Ⓐ二宮佐渡覚書㊢（二宮）［別称］二宮俊実覚書・二宮覚書
［翻刻］大日本古文書家わけ第九吉川家文書別集。中国史料集。
［作者］二宮俊実（慶長八1603死）
［成立］作者の死の慶長八年以前。吉川広家の求めに応じたか。末尾に「右佐渡入道へ御尋之時申上候書付也」。
［内容］尼子晴久の郡山城攻撃（天文九1540）から、尼子義久の富田開城（永禄九1566）まで。
［解説・論評］㋑戦国時代における毛利氏関係覚書中最古のものと思はれる。〈略〉記述は簡単で年代等を明記せず、

不明確なところもあるが、直接の従軍記であり、誇張もなくこの時期の史料として貴重なものである。〈略〉陰徳記がこの系統を受けてゐる。

㋓記述は簡単で、しかも不明瞭なところもあるが、なにしろ、実戦に参加した人の覚えを書き取ったものであるため、記述の簡単なことは、そのまま、本書の史料的価値を高めるものと思われる。こうした意味で〈略〉戦国時代の中国地方の動向を、その概略ではあるが、やや安心してたどることができる。

Ⓑ森脇覚書(吉)（森脇）［別称］森脇飛騨覚書

［翻刻］中国史料集

［作者］森脇春方（元和七1621死）

［成立］元和四1618（吉川広家に提出）か。（注）同七年、吉川家から毛利輝元に提出。

［内容］毛利隆元が質として山口入り（天文六1537）してから、尼子勝久が隠岐へ退散（元亀二1571）するまで。

［解説・論評］㋐岩国ノ森脇飛騨カ覚書ハ其家ノ事ノミ専ニ記シテ其他ヲ知サレハ取ニ不足

㋑記述は簡単であるが、この期間を記す記録の中では最も信頼するに足るべきものである。〈略〉老翁物語編纂の参考となった。

㋓不明な点もいくらかあるが、それは九牛の一毛であって、まず信頼に足る高い価値のある史料である。したがって、本書によって、元就の隣国経略の仕方を十分に味うことができよう。

Ⓒ桂岌円覚書（岌円）

［翻刻］毛利史料集

［作者］桂元盛（注）元就の四男元清とその子秀元〈長府毛利家初代〉に仕えた。

［成立］老翁の記事により元和八1622頃成立と推定。

［内容］尼子経久が安芸西条鏡山城を攻め、尼子方として毛利勢（幸松丸に叔父元就が同行）が出陣（大永三1523）してから、朝鮮派遣の毛利勢が帰国（慶長二1597）するまで。

［解説・論評］㋐桂岌円覚書ハ源右衛門元盛老後ノ筆記ナリ
㋑森脇と共にこの頃の史料として重要なるものであるが、山陰方面の記事が欠如してゐるのは残念である。

㋔森脇飛騨守の覚書および次の「老翁物語」とともに、元就・隆元・輝元三代の事績を伝える史料として、もっとも貴重な記録というべきである。

Ⓓ老翁物語（老翁）［別称］小田覚書・小田木工（允）覚書

［翻刻］毛利史料集。改訂史籍集覧十五。

［作者］小田木工允（輝元右筆）か。

［成立］元和十1624か。本項［補記］参看。

［内容］尼子経久が安芸西条鏡山城を攻め、尼子方として毛利勢が出陣（大永三1523）してから、朝鮮派遣の毛利勢が帰国（慶長二1597）するまで。Ⓒと同内容。

［解説・論評］㋐輝元公御世ノ末内藤河内元栄岡筑前元良ニ老ノ物語ニ其余彼是聞伝ヘタル事ヲ大概ニカキ集タルナリ
㋑陰徳記や吉田物語を読む前に是非一読せねばならぬものである。特に元就の人物に就いて記されてゐるところは、直接元就に随従した故老からの聞書であった貴重の文字といふべきであらう。

㋔故老からの直接の聞書として、元就や隆元の逸事に触れているところは本書の特色というべきであろう。

○布引敏雄論文（凡例㈥）

『老翁物語』が「覚書」という名称を付していないことも新しさ、即ち、戦国軍記の本格的成立を象徴する。

［補記］㋒二六叢書53老翁物語（「柿並蔵書」印あり）の解説に、下巻の奥書に「寛永元年二月五日小田木工丞験之佐々部若狭守元茂」とある。

この奥書により、成立時期が推定出来そうである。ただし、寛永元年（元和十年）は二月三十日改元。この奥書は後日の記入ということになる。奥書の信憑性を疑えば、成立は岌円の成立以後、という以上の確定は困難。

本文冒頭に成立事情を記す。その概略は次のとおり。

元和七年、輝元は、森脇を「御よませ成され具に聞召さる」場を持った。軍記が「聞く」ものでもあった、当時の軍記享受の実態を反映する場面である。この時、輝元は森脇について、記事が不足している、と批評し、加筆を命じた。

　是は吉川家よりしるし出し候故、本家余家の事無案内にて、歴々高名の者共聢〳〵書き乗せず候条、内藤河内存じ出し候て、次第あら〳〵書き加へ申せとの御意にて候。（戦国史料叢書本に拠る）

命を受けた内藤元栄は翌八年に亡くなる。

　成就申さず候事を心掛（＝ココロガカリ）の若き衆残り多く存ぜられ、岌円の物語聞書きを注し置かれ候。然りと雖も御注書を折々御よませ候に〈略〉

加筆の事業が未完成に終ったことに、この事業の成り行きを気にかけていた「若き衆」（誰を指すか不明。筆者が敬意を持つ人物）が残念に思い、入手していた。岌円が物語った（＝口述した）ことの聞き書き（岌円に当る）に注を加えておいた。しかし、輝元は、それでも不十分ということで、とりあえず「二老の覚の分引合せ、書き付け申すべ」し、と

「申され候方（＝いわれたという事情）」もあり、輝元の存念も考え、「且々も（＝それに加えて自分としても）是おきぬひ度く（＝「おきぬふ」は「おぎなふ」の古態）存じ候」と、「一雅意に（＝自分一人の思いのままに）」執筆した。なお、後文に、今後他人の加筆があることを期待した上、次の一文。

　先づ以て二人の書、又御城久しく定詰の者承る所、少々引合せ、有増左にこれを記す。

萩城勤務の藩士からも情報を得ていることなどからも、この執筆事業が藩公認であったと推測される。一方で「一雅意に」と、結果には私的責任を負うことも明記する。毛利家の意向に沿った事業でありながら、まだ私的事業の体裁をとっていた時期の産物である。

なお、布引論文の中で、本書が「物語」を称することを、「戦国軍記の本格的成立を象徴する」と評価する。しかしながら、本書が最初から『老翁物語』と称していたかどうかはわからない。内容から見ても、戦国軍記史特筆すべき段階に到達した作品だ、とまではいえない。

また、老翁冒頭の本文のうち、岌円冒頭の文と重複する部分は誤記入であろう。輝元の批評は森脇だけにむけられているからである。

Ⓔ吉田物語（吉田）［別称］吉田記

［翻刻］長州叢書（明治31）。国史叢書（大正・歴史図書社復刻、昭和54）

［作者］杉岡就房（秀就の小姓、のち宝蔵預役）

［成立］元禄十五1702（［附尾］跋文による）

［内容］本編十二巻。翻刻には巻一〈系図〉を欠く。公方家の内紛（義尹対義澄。明応七1498）から元就の死去と尼子勝久の出雲退去（元亀二1571）まで。

附尾三巻（国史叢書版に欠く）義昭と信長の不和（元亀三）から朝鮮派遣の毛利勢帰国（慶長三1598）まで。書状の写し数通を付載。

［解説・論評］㋐吉田物語ハ元禄年中杉岡権之助就房見聞ノ覚書ナリ前ノ書共ニ比スレハ事モ博ク考モ心ヲ用タルニ似タレト私ノ著述ナレハ引書証文等不備差謬猶多シ其説多クハ安西軍策陰徳太平記ニ同シケレハ彼書ニ本ツキ記セシニヤ

㋑相当信拠するに足る史料を以て編して居る故毛利家初期の歴史を知るには適当な史籍と云へよう。

㋒前者（＝吉田物語）は毛利元就を中心とする毛利氏一族の軍記。後者（＝付尾）は元就の死後、元亀年中から慶長初年に至る輝元を中心とする毛利氏の動向を、古老の覚書や諸家の証文並に編者の父の遺編等によって記述したもの。

○長周叢書本序文（村田峯次郎記）翁（＝杉岡就房）は秀就綱広吉就吉広四公に歴仕し長齢にして能く当代の変遷を熟閲す且つ公職を以て幾多の証牒を採訪す況んや祖先おの〳〵数度の軍功あり父是閑氏また高寿にして経歴に富む家に伝ふる所の旧記必す多かりしならん此書の固より尋常軍記と異なる所以良に知るへきなり。

［補記］吉田本編巻末の跋文に次のとおり。

明君の御行跡殊に御弓箭之儀共凡夫として書記事天罰おそれありといへ共御徳化の遠き県に至る迄おこなはれし有難さを予子孫にしらしめん為めに身における罰をわすれ禿筆にまかする事かくのことし偏に老耄の誤れるを隠し世の嘲りをいとは丶全く他の披見をゆるす事なかれと云爾

右記事に「子孫にしらしめん為め」、あるいは「他の披見をゆるす事なかれ」とあることを信ずれば、新裁の「私ノ著述」という受けとめも尤である。しかしながら、次に示す記事を念頭におけば、全くの私的著作とはいえない。

㋑周布文書・冷泉文書・佐波文書・門司文書・兼重文書　各一巻（山口図書館所蔵）　以上諸家、主として毛利元就

以来の古文書写を、藩命に依りて、寛文五年四月吉田物語の著者たる杉岡権之助究にて提出したる巻子本である。
吉田物語の成功は元禄十五年の春にて、以上諸家の証書亦、同書史料の一部をなすものである。
ただし、藩当局が前面に立つことはなく、同書自体は、杉岡就房個人の事業という体裁をとる。その点は陰徳太平記に近い。

なお、新裁には、吉田につき、

其説多クハ安西軍策陰徳大（ママ）平記ニ同シケレハ彼書ニ本ツキ記セシニヤ

と記す。陰徳太平記の刊行は享保二年1717（山本洋氏説。刊記は正徳二年1712）であり、就房の閲覧は無理である。安西・陰徳記については時期的に可能。流布の範囲は不明確で、吉田作者との接点も不明。

Ⓕ新裁軍記（新裁）

〔翻刻〕毛利元就新裁軍記　田村哲夫校訂・マツノ書店刊・平成5

〔作者〕（〔成立〕参看）

〔成立〕寛保元年1741完成の『御軍記』（六冊・密用方永田政純他編）を、「改訂増補＝新裁したものが本書か」（㋒）。

原本は㋒に記すとおり、「稿本」の段階と見受けられる。翻刻の「あとがき」（田村哲夫）に次のとおり。

『もりのしげり』の旧長藩職役一覧表に「新裁軍記掛　文政三年六月二十九日中村九郎兵衛ニ後篇書継ヲ命ス」と見える。文政三年（一八二〇）に書継ぎを命ぜられた中村九郎兵衛（名は敬。華岳と号す）は藩主の侍講より明倫館学頭となる。天保七年（一八三六）死去しているが、後編とは何巻目からか、その終功年代も不明である。

〔内容〕㋒永正十四〜永禄六年に至る元就一代の軍記。二十巻廿一冊（目録一冊）よりなる。十二巻途中までは前記「御軍記」と略々同内容。体裁も同じで綱文のもとに概説し典拠の史料を掲げて論断を加えている。全編の体裁や写相などから見て稿本と思われ、十五巻以下には中題に「稿」の字が加えてある。所々に付箋があるが、その筆蹟は永田政純のようで、前掲の「軍記」を改訂増補＝新裁したものが本書か。

［解説・論評］㋑享保年間萩藩密用方の編纂にて、撰者は江氏家譜と同一人なるべきも未だ確証とては無いのである。

而して其起筆終功年代等不詳である。〈略〉書中何年何月の某々事件を首題として、軍記の説、文書の支証符合するを本文とし、又、軍記載せずと雖も、文書の支証あるものは、正文とし、諸軍記符合し、前後齟齬する所なきものも、支証なきものは、参考として之を記し、其他異説謬説皆参考に収め、毛利家文書其他諸家証文を載せ、史官の意を以て異説の謬を正し、是非を論断したるものである。（㊟以上の記述は新裁の凡例にほぼ依拠）

㋕本書で特に興味深いのは、序（前言）中に記された本書編纂の事由とその構成についての言辞である。まず年月・人名・称号・合戦の事実等誤謬多き毛利の軍記として、『後太平記』『西国太平記』『続太平記』『安西軍策』『森脇覚書』〈略〉をあげ、寸評している。中でも、「関西記ト云書アリ。〈略〉無証ノ虚説多キ故、〈略〉減《ママ》板料銀百枚遣レ之ヲ於二（大坂）御屋敷一焼二棄其板一タリ。」とあって、版木を買いとり焼去処分にしている。このことを、布引敏雄は萩藩の身分差別強化政策の根拠に「軍記」類が利用されたため、軍記に絶対的な正確さが求められ、「虚説」の軍記は排除されたのだとしている。〈略〉本書は「軍記」と称しているが、いわゆる軍記ではない。布引敏雄は「岩国系の『陰徳太平記』と萩藩の『御軍記』（新裁軍記）とは、言わば、軍記の歩む道の対極であろう。一方は文学への道を歩むものであり、他方は、歴史書への道を歩むものであった」、「『新裁軍記』は、「世間流布ノ軍記」の代表である『陰徳太平記』をターゲットにした、その論難の書であるということもできるのではないか。『陰徳太平記』が世間に流布し、しかも、その実録風の書体が「信仰スル人多キ」とあるごとく、多くの人に幾つかの誤りを真実と思い込ましめていることに対する怒りが、『新裁軍記』編纂の原動力になっている」と本書を論じている。

［補記］新裁序文中の既成諸記録への批評は、次のとおり。まず、

①一、世ニ毛利ノ軍記ト称スル者其数多シ、今其書共ヲ検スルニ、或ハ年月相違、或ハ人代不合、凡姓名称号合戦ノ事実、十ニ五モ証拠ナシ、其内耳伝ノ正説モ有ヘケレト、多分ハ作者ノ心ニテ人ノ耳目ヲ悦シメ、世ニ行ハシメン為ニ不足ヲ補ヒ附会シ、闕漏ナキ様ニ杜撰セルナリ。

と断ずる。更に、

後太平記・西国太平記・続太平記等ハ一類ノ書ニテ、相因襲シテ記セルナリ、其中後太平記ヲ挙テ評駁ス、其余ハ不及評論、

と結ぶ。右三書は何れも刊本である。

右の「世ニ毛利ノ軍記ト」以下「其余ハ不及評論」までの記述は本条冒頭にあり、本条の総論という印象はある。しかし、後述のとおり、この評の対象とはいえない他の著作もある。右評言は、主として藩外刊行の諸書に対するものと見るべきである。

次に、

②安西軍策ハ岩国ノ人著セリ、其説悉ク陰徳記ニ載タレハ別に論駁ニ不及、

と記す。「安西の記事は、すべて陰徳記（陰徳太平記を指すか）に吸収されているので、安西の記事への反論はとくに無い」と、安西への論評に及ばず。

寛文頃、大坂で刊行された関西記の紹介は次のとおり。

③無証ノ虚説多キ故〈略〉滅板料銀百枚遣之、於御屋敷焼棄其板タリ、

ただし、序言の筆者も関西記を実見・精査したわけではない。布引論文に拠れば、刊行関係者の「書代銀」請取状に、「書代、銀子百枚」とあり、また、「此書之類下書反古等ニ至迄所持不仕候」ともある。板木だけでなく、布引氏の指摘どおり、刷り上りも含めて、「全巻が焼却され」たということであろう。新裁編集の関係者が「無証ノ虚説」

の実態を承知することは、殆ど不可能であろう。この件につき、布引氏のまとめは次のとおり。

　萩藩側は、『関西記』中に虚偽の記述があることを確認したわけではない。それどころか、預かった書籍に一切目を通していないのである。〈略〉現物が焼却されてしまった今となっては、事の真偽は判定のしようもないのだが、萩藩側は嘘が多いに違いないと決め付けて焼却してしまったというのが真相である。

なお、『関西記』と称する写本が、岩国市立徴古館にある（はずである）。取材ノート・フィルム（未焼付）が現在行方不知につき、残念ながら報告出来ない。報告不能の件を報告するのも如何かと思うが、情報として付記。

④次に、「御家中先輩覚書等数多アリ」として、「森脇飛驒カ覚書・桂岌円覚書・老翁物語・長屋覚書・深瀬覚書」の書名・筆者・内容などを紹介。まとめとして次のとおり。

　是等ノ書多分ハ古老ノ物語、実説ナルヘケレト、本ヨリ見聞ノ及フカキリノ物語ナレハ、間相違ノ事アリテ記録ニ備へカタシ、

「多分ハ古老ノ物語、実説ナルヘケレト」というからには、「十ニ五モ証拠ナシ」と非難された、①にいう「世ニ毛利ノ軍記ト称スル者」とは区別がある。ただし、「見聞ノ及フカキリノ物語」であり、「間（ままに。たまに）相違ノ事（事実との不一致）」もあり、「記録」としては認めがたい、という論旨であろう。

ところで、新裁の編者は、①と④に属する軍記・覚書類の利用を一切排除しているか、といえば、そうでもない。新裁の凡例に記すこと次のとおり。

　一本文ハ軍記ノ説、文書ノ支証符号スルヲ正文トス

　一諸軍記不レ載セト雖、文書ノ支証アル者ハ悉ク本文トス

　一文書ノ支証ナシト雖、諸軍記所レ載スル符号シ、前後齟齬スル事ナキハ実説ニ似タリ、然トモ支証ノ文書無レ之ニ付テ本文ニ不レ備、参考トシテ記之

一諸氏家伝ノ説、系図事書等其家所レ伝雖レ非レ可レ疑フ、他ノ文書支証ナキモノハ慎レ之テ姑ク参考ニ記シ、本文ニ不レ載セ

一諸軍記異説悉ク記シテ参考ニ備フ、此中伝来ノ正説モアルヘキ故ナリ、又正（＝まさ）シキ謬誤ノ説モ参考ニ収メ、論断ニテ駁レ之ヲス、疑ノ根ヲ絶ンカ為ナリ

一諸軍記所レ載スル毎部異説アリテ又可キレ証ス之文書ナキ者アリ、此類諸記ノ説ヲ其儘ニ記シテ他日ノ参考ニ備フ

右の凡例に拠れば、新裁の編者に「軍記」の類をすべて排除するという意図はない。「文書ノ支証」があれば「軍記」の利用を躊躇わない。「文書ノ支証ナ」き「軍記」の記事であっても、すべて「不採用」で切り捨てられるわけではない。「文書ノ支証ナシト雖」も、諸軍記の記述が一致し、文脈に矛盾の見られない場合、「実説」の印象もある。これは、諸家の伝承に拠る事柄（必ずしも疑うべきものではない、と評価しながら）と同じく、慎重を期し、「参考」として呈示する。この「参考」欄には、明らかな誤伝であることを論証するために掲げられた記事も収録される。一方、「伝来ノ正説」が含まれているかもしれない、という予測（「アルヘキ」というからには、確信に近いか）から、「諸軍記（ノ脱か）異説悉ク記シテ参考ニ備フ」。新裁編者の不信感は、以下の例に見るとおり、概ね「世間流布ノ軍記」に関わり、古文書以外の諸記録を一切排除することを意味しない。

⑤次で旧時（事）記の評価。

泰岩院侯（＝毛利綱広。萩藩第二代。泰巌院清高亮安。元禄二年1689没）ノ時奉命輯録シタリト言伝フ、然レトモ今其書ヲ閲スルニ、多クハ世間流布ノ軍記ヲ抄出シタリト見ヘテ無証ノ説多ク信用スルニ足ラス」。

「世間流布ノ軍記」は、主に後太平記を始めとする刊本類を指すのであろう。森脇など「御家中先輩覚書聞書等」は、毛利・吉川関係の場合、特定の人物の要望に応じての成立が多い。注文主や所有者の領承なしに閲覧・筆写することは難しい。「世間流布ノ軍記」には当らない。

⑥吉田（→Ⓔ）・陰徳太平記（→Ⓘ）を論評。（各項参照）

⑦温故私記（国重政恒〈宝永七1710没・72歳〉著・長周叢書〈マツノ書店刊復刻平成八アリ〉）への論評。

今其書ヲ見ルニ是亦世間流布ノ軍記ヲ主トシテ記セリ、公私ノ証文ト齟齬多シ、顧フニ政恒史局ヲ経タレトモ其初史録ノ志ナク、考証ニ不及、老後ニ至リ空閑ノ遊戯ニ記シタルナルヘシ、未成ノ書ナレハ此編不及評駁、

「史局ヲ経」とは、萩藩の修史事業に参加した経歴を指すのであろう。（事業の内容・「史局」の構成など、未調査）宝永四年、六代藩主となった毛利吉元は、後世、「政治文教に頗る治績を挙げた英主である」（防長歴史暦　昭和18山口県）と評価される。修史事業にも関心を持っていたらしい。享保五年1720には閥閲録の編纂が下命され、永田政純らが調査を開始した（同十年終業）。新事業に参加した人々が、「史官」としての自負を持っていたことは、新裁凡例中の一文からも推測出来よう。

一、論断ハ史官ノ意ヲ以、支証ノ文書ニ拠テ異説ノ誤リヲ正シ、是非ヲ判断スルナリ。

しかしながら、温故私記筆者に対する「空閑ノ遊戯」等の発言は、記事内容の適否を論ずるものではない。冷静とも思えない攻撃的発言が出るのは、史官の自負の噴出か、個人的存念の発露か。温故私記筆者自身は序の中で、手法や内容につき、それなりの自信を示している。

或聞㆓古老之言㆒或見㆓家々之証文㆒猶且考㆓訂之㆒其書終為㆓一帙㆒無㆔曽加㆓臆説㆒

新裁もしばしば名を挙げて利用するⒹ老翁やⒺ吉田等先行の記録と比べて、（精査したわけではないが）格段に杜撰な内容という印象でもない。

右は、新裁凡例に記す先行記録への論評の概略である。古文書以外の記録類はすべて排除するという原則に拠っているわけではない。記述の実際を見ても、資料の内容を一見毎に比較検討し、採るべきは採り、排すべきは排し、論ずべきは論ずる。先行諸記録に比べ、より徹底して実行した、といえよう。

Ⓖ安西軍策（安西）
［翻刻］改定史籍集覧七
［作者］新裁に「岩国ノ人著セリ」と記す以外手がかりがない。
［成立］Ⓗ陰徳記が安西を利用しているので、Ⓗの作者香川正矩の没年万治三年１６６０以前。
［内容］〇中国毛利家の興立の事を記せり。足利義稙の、大内義興を頼みて、西国に下るに始まり、朝鮮蔚山の戦ひに、吉川広家の功をなすに終れり。（明応七年１４９８→慶長三年１５９８）（改定史籍集覧総目解題・明治三六年）

Ⓗ陰徳記
［翻刻］陰徳記上下　米原正義校訂・平成八年・マツノ書店刊
［作者］香川正矩。万治三年１６６０没。岩国吉川家家老。家禄七五〇石（文政二年１８１９百石加増）。
［成立］本作を未定稿と理解する向きもあるが、完成作と認めて論じるべきである（→Ⓘ影印本解題に論ず）成立年時は不明。
［内容］「恵林院殿（＝足利義稙）都落之事（＝明応九年１５００）」→「諸将会盟之事（＝慶長四年１５９９）」

Ⓘ陰徳太平記
［翻刻］正徳二年板本陰徳太平記　米原正義校注・昭和五五年〜五九年・マツノ書店刊
＊他に通俗日本全史（大正二年）・鳥取市吉田八得発行本（明治四四年）・松江市犬山仙之助発行本（明治四四年）。いずれも忠実な翻刻とはいえない。影印本に正徳二年板本陰徳太平記（付解題・昭和四七年・臨川書店刊）

［作者］香川宣阿。本名景継。正矩の次男。享保二〇年1735没。

［成立］刊記は「正徳二年」。実際には享保二年1717と推定される（山本洋氏説）。

［内容］「後土御門院御治世之事（＝寛正五年1464）」→「諸将会盟之事（＝慶長三年）」

［書評］㋐諸家他家混雑シ其誤殊ニ多ク、采録スルニ足サレトモ、書ノ体実録ノ様ニ信仰スル人多キナレハ異説ヲ挙テ論駁シ、誤リヲ正スナリ、

㋑一読興味ある野乗なれど充分に信を置き難いものである。

㋕『陰徳太平記』という全国区的な作品の中に吉川家、ひいては香川家の活躍がしっかりと描かれていることに成功した作品である。

Ⓙ山県長茂覚書

［翻刻］大日本古文書　家わけ第九　吉川家文書別集　附録石見吉川家文書　○中国史料集（戦国史料叢書）
［作者］山県長茂（鳥取籠城時に城将吉川経家の小姓を勤めた）
［成立］寛永二一年1644一一月一一日（一二月一六日正保に改元）
［内容］義昭の鞆下向（天正四年1576）→鳥取開城（天正九年）。
［書評］㋓城将経家が切腹直前「声高に、からわらひ二つ三つ仕」り、座中を見渡し、大声に「内々稽古これ無き事に候間、無調法にこれ有る可し」といって果てたことなどを述べ、おわりに、長茂の鳥取籠城参加の経緯を叙述している。城将の最期を眼前に見た人の覚書であって、真に迫るものがある。
㋕特に注目すべきは、最も悲惨であった飢餓の事態が「数日の籠城*」と省筆され、対照的にこれに続く開城談判の経緯が詳細であり、十月二十五日の経家の自刃、殉死者の様子は目撃者の目線で、その装束に至るまで克明に描

かれていることである。……鳥取城の攻防後六十三年を経た記録のためか、覚書でありながら合戦の因、経緯、結末が整理されており、純粋な体験記録のみとは言い難い。「其後伝説承候所」とあるように、自らの体験と後年の伝聞とから、吉川元春の差配した山陰方面の攻防を筋に鳥取城籠城の吉川経家の顚末を再構成、軍記の様態に近づけたものと言えよう。

［補記］①右覚書は元就時代の記録ではなく、本論では言及しない。

②「任仰有増書付掛御目ニ候」とあり、執筆が主家筋の求めによることは疑いもない。籠城に到る事情を記した部分は、山名家重臣に対する秀吉の処分方針を不満として、主家からの執筆要請以前、すでに書きとめられていたらしい。

一、籠城ヨリ前廉之儀不入事候へ共、森下中村重科之憤深々と、筑前守殿被仰詰**候段、聞えかね申候間、有増前ニ
　書付申候事、（大日本古文書）

本覚書が、「作品」といえる程成熟したものか、若干の疑念もある。それでも、「敗者の記録」としての戦国軍記の原点（例えば、悔恨・自負など）を知ることが出来る。

*数日の籠城　「数日《すじつ》」は、「二、三日から五、六日程度の日数」（大辞林）の意ではなく、日葡辞書 Sujit の語釈 Muitos dias.（muitos は many に当る）（邦訳日葡では「何日も」。「多くの日々」でも可か）を採るべき。短期間の意ではない。

**被仰詰　詰は、名義抄などに「ツグ」と訓む。節用集では「ツム」とも訓む。右文も「仰せ詰《つ》められ」と訓む方が、秀吉の強引さを主張しやすい。

資料紹介

萩明倫館旧蔵長門本『平家物語』首両巻をめぐって

平藤　幸

はじめに

『平家物語』の読み本系の主要伝本の一つ長門本は、延慶本とは兄弟関係にあるともされ、共通祖本を想定するむきもある。(1) 巻十のみ現存の南都異本や、源平盛衰記とも共通点があり、語り本系の覚一本と共通する箇所がありながら、独自異文も相当量にのぼるともいう。(2) 長門本の名称は、文明九年（一四七七）以後数年間に書写成立とする石田拓也説がある(3)長門国赤間関現山口県下関市に在った阿弥陀寺、現赤間神宮に伝来の本に由来するのだろう。慶長七年（一六〇二）に林羅山が阿弥陀寺で一見したといい（「十六巻」とするのは不審）、寛文五〜六年（一六六五〜六）には、『本朝通鑑』の編纂のために、長府藩から江戸へ貸し出されたともいう。(4) 以後近世を通じて、知識人達によって、「長門本」「長府本」「阿弥陀寺本」「赤間本」として、随筆・紀行類に取り上げられている。近代では最初に、焼損以前の昭和六年（一九三一）に調査した赤間神宮宮司中島正国が、『国学院雑誌』に報告した。(5) その後、石田拓也や松尾葦江によって本格的に長門本の研究の道が切り開かれた。(6) 特に松尾により、現在長門本は七十本以上の伝本が存して、諸本中では最も多くの数の伝存であることが分かっている。(7) また、村上光徳や麻原美子が諸伝本について追究してきたことも周知のとおりである。(8)

読み本系の有力な伝本として、延慶本あるいは南都異本や源平盛衰記等を相対化し得る可能性を秘めた長門本の有力な伝本として、萩明倫館旧蔵本があることはよく知られていたことと思う。ただ、山口大学図書館蔵の同本は巻三〜巻二十までで、巻一・巻二を欠いていることからか、岡山大学附属図書館蔵本（以下「岡山大学本」「岡大本」とする）や伊藤盛吉氏本（以下「伊藤家本」とする）や国立国会図書館蔵本（以下「国会図書館本」「国会本」とする）のように、影印や翻印の刊行には至っていない。本稿では、鶴見大学図書館蔵の『平家物語』巻一・二（以下「鶴見大学本」とする）が、山口大学図書館蔵の巻三〜二十（以下「山口大学本」とする）の僚巻で萩明倫館旧蔵の長門本（以下「萩明倫館本」とする）であることを確認しつつ、本文の特徴と、明治大学図書館蔵本（以下「明治大学本」「明大本」とする）を含めた他の諸本との関係にも言及してみたいと思う。

一　萩明倫館本（鶴見大学本・山口大学本）の書誌と来歴

その萩明倫館本の巻一・二の首両巻の鶴見大学本（巻三〜巻二十の山口大学本と区別する時は「鶴見大学本」と呼ぶ）の書誌は以下のとおりである。

鶴見大学図書館蔵『平家物語』存巻一・二（913・434／H／貴）
　袋綴・二冊　〔江戸後期〕写
　後補改装濃縹色表紙（山口大学本も同種の表紙だがより古く、「第壱／号明治卅五年七月／山口県師範学校／二〇冊ノ内」のラベルが貼付されている。これがない鶴見大学本の表紙は新装）、縦二八・七×横二二・〇糎。左肩に金砂子散短冊を貼付するが、外題は未記入。見返し、金切箔野毛散（山口大学本同）。遊紙、第一冊前一丁。第二冊巻頭に章段名目録あり。目録題「平家物語巻第二」。内題、「平家物語巻第一（二）」。料紙、楮紙打紙（総裏打）。毎半葉八行（和歌一首二行書。山口大学本同）。字面高さ、約二三・五糎。墨付、第一冊一三二丁、第二冊一一七丁。

　両冊とも前表紙見返しに、「己二十八《三》／天百七十四」と朱書あり。第二冊には「代十四」と墨書あり。同様の書入は、山口大学本の一部の巻にも見られる。
　また、第一冊九一丁裏と九二表の間に「ほうしやう《法性寺ニ而ハ不宜》寺のしゆきやう／しゆんくはん《俊寛》そうつ／とうりてん《切利天》」（傍記は朱書）と記した紙片あり。但し、当該箇所に挿入された理由は不詳。
印記、両冊巻頭に以下の一〇種を捺す。
①「長門図書」（楕円形朱印・篆書）②「武本」（四周双辺隅切角朱印・篆書）
③「周防国／明倫館／図書印」（正方形朱印・篆書）④「丙寅改」⑤「戊申改」⑥「辛未改」（以上三印・長方形朱印）
⑦「山口県／師範／学校」（正方形朱印・篆書）⑧「明治十四年改」（長方形朱印）
⑨「金合／文庫」（正方形朱印）⑩「小林／蔵書」（正方形朱印・篆書）

山口大学本の書誌もこれにほぼ同様である。つまり、書形、体裁、法量、書式、印記等あらゆる面から見て、これら両本は僚巻と見て間違いない。ただし、鶴見大学本は、山口大学本に比して、表紙はやや新しく、見返しは変わらないので、表紙の表面のみを張り替えたものと思しい。これは恐らく、山口大学本から離れた後に、業者か所蔵者かによって為された措置であろうか。なお後述するように、萩明倫館本の本文の筆跡は一手ではなく、複数人による寄り合い書きかと思われる。

この萩明倫館本の来歴を、その印記に辿ってみよう。巻一・巻二即ち鶴見大学本と、巻三～巻二十即ち山口大学本とは、ほぼ共通するが、山口大学本には無く、鶴見大学本にのみ存する印記が二顆ある。右記⑨の「金合／文庫」印と⑩の「小林／蔵書」印の二つである。これが、山口大学本から離れた後の所蔵者、つまり直近の旧蔵者を示すものと考えられる訳である。また、①の「長門図書」印と②の「武本」印は、寛政七年（一七九五）八月十六日に毛利家所蔵本に拠り謄写校合せしめたという書写の国会図書館本にも押されていて、萩明倫館本と関係があったことを窺わせる。

これら印記の様相から、おおよそ次のようなことが言えるであろう。萩明倫館本は、萩藩の下に書写成立したと思しく、それは藩校明倫館創建以後であろう。寛政七年（一七九五）写の国会図書館本も似たような環境の中で成立・管理された可能性がある当該本は、図書館機能も備えていたという萩明倫館の蔵する所となったのであろう。その後幕末に至り、萩藩庁の移転に伴い、山口と萩の明倫館が並立したり山口明倫館が存廃したりした経緯も手伝ってか、まず丙寅の年慶応二年（一八六六）に蔵書の検めを受ける（印記④）。印記⑤に戊申とあるのは、明治元年（一八六八）十一月に、萩明倫館が萩学校に改称されたのに伴う蔵書の検めのことであろう。さらに、印記⑥に見られるように、辛未の年明治四年（一八七一）の七月に、廃藩置県により、萩学校が県立となったのに伴う蔵書検めを受ける。その後また、山口県教員養成所を前身とした山口県師範学校が生まれ、経緯は不明ながらも、萩明倫館本は、県立萩学校からその山口県師範学校に移管され、印記⑦・⑧に見られるように、「山口県／師範／学校」の印が押され、明治十四年（一八八一）に蔵書検めを受けるに到るのである。

その後、明治十八年（一八八五）に山口県師範学校から改称された（県立）山口師範学校が、昭和十八年（一九四三）女子師範学校と統合した官立（国立）山口師範学校となり、学制改革によって昭和二十四年（一九四九）五月に新制山口大学が発足し、山口師範がその山口大学（教育学部）に統合されたのに伴い、同大学図書館の蔵書となった。その後、これも経緯は全く不明ながら、巻一・二の両巻が巻三～二十と離れ、「金合／文庫」「小林／蔵書」の印を用いる所蔵者[9]の下に収蔵されることとなったのであろう。

この二つの印が押されている典籍には、次に示したイ～タ等の16点が目に入る。

①＝ヤフーオークション出品。②＝平成27年『古典籍展観大入札会目録』（東京古典会）。③＝平成28年同『入札目録』（同上）。④ABAJ貴重書目2017（ABAJ日本古書籍商協会）

イ、国立国会図書館蔵『長恨歌伝』
・「高木家蔵」（高木利太1871～1933）の蔵書印を捺す。
・「弘文荘待賈古書目」21号（昭和26年）所載

ロ、同『保暦間記』
・「弘文荘待賈古書目」27号（昭和31年）所載

ハ、同『教誡新学比丘護律儀』

ニ、国立国語研究所蔵古活字版『尚書』
・小汀利得1889～1972、中山久四郎1874～1961、月明荘（弘文荘）の印あり

ホ、朱子家刻本『経学叢書』（光緒十三年朱氏槐廬校刊・6冊）①

ヘ、『天台四教儀集注』（古活字版：存中巻）（オークションID：c 565660345）①

＊『中央線古書展　出品書目録』（於西部古書会館　平

成28年9月24日・25日開催）に掲載（目録番号1637）
（長坂成行先生のご教示）
＊現在は水たま書店（東京板橋区）蔵（「日本の古本屋」による）

ト、『京本書經旁注』（明版・4巻・朱升1299〜1370の『書経傍注』か）①
チ、『周易兼義』（明永楽刊・存1〜3巻・目録番号832）②
リ、『毛詩稽古編』（清鈔本・3冊30巻・目録番号835）②
ヌ、『毛詩集註』（清版・6冊・目録番号843）②
ル、『沙石集』（古活字版・元和4年刊・目録番号701）③
ヲ、『周易程子伝』（明末清初頃精鈔本・目録番号1062）③
ワ、『古越蔵書楼』（清代精鈔本・目録番号1092）③
カ、『孝経』（文政十年森立之奥書・目録番号22-32）④
ヨ、『礼記』（二十巻古活字版・櫻山文庫旧蔵・目録番号22-35）④
タ、『孟子』（十四巻古活字版・櫻山文庫旧蔵・目録番号22-38）④

さらに、長坂成行先生のご教示によれば、『思文閣古書資料目録』178号（善本特集　第十四輯・平成14年7月）所載『山谷詩集』（元和〜寛永頃刊・古活字版）にも「金合文庫」「小林蔵書」の両印が捺されているという（同書は『高木文庫古活字版目録』所載の高木利太・小汀利得旧蔵本、『小汀文庫稀書珍本展観入札目録』所載本〈No.371〉のことと推測される）。

いずれも二つの印が一緒に押されていることから同一の所蔵者のものであると考えられる。なお、これら両印を有する典籍の中には、反町弘文荘の手を経ていることが明らかなものもあるが、当該本にはその痕跡はない。

二　萩明倫館本の書面・筆跡―明治大学本・国会図書館本と比較して

次に、萩明倫館本の書影を掲げる。

（1）萩明倫館本本文書影　＊萩明倫館本二十巻は全七筆（a〜g）の寄合書。巻五本文のみ同筆が認められない。

(a)巻一・二・三・七

巻一　目録ナシ

巻二

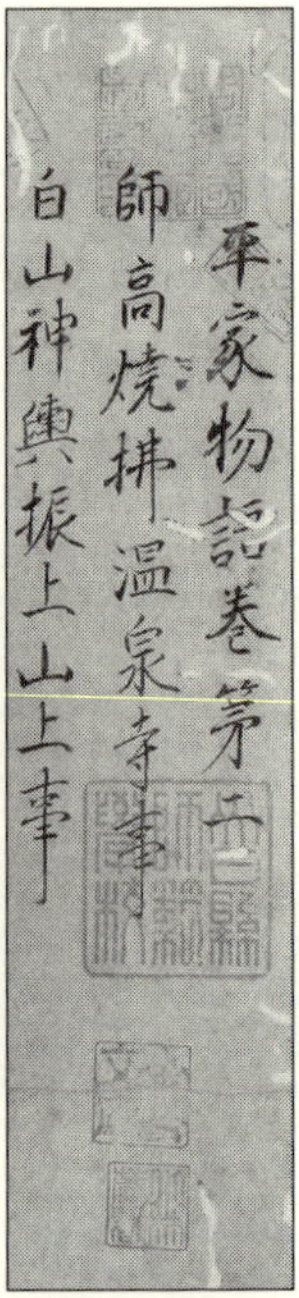

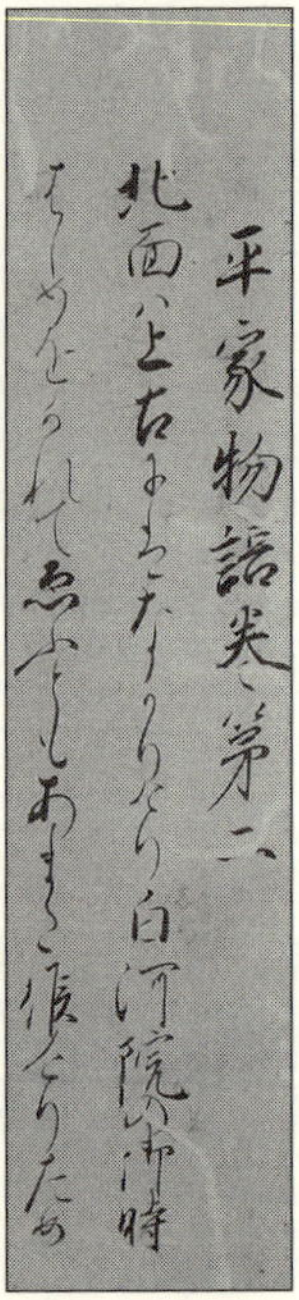

巻三

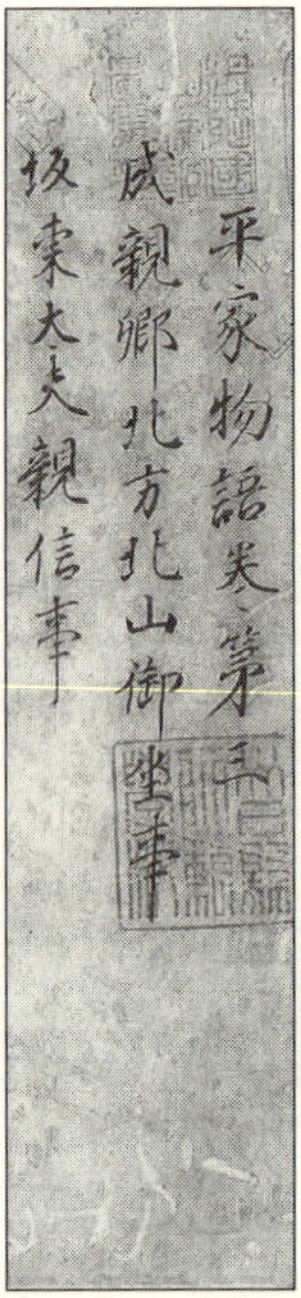

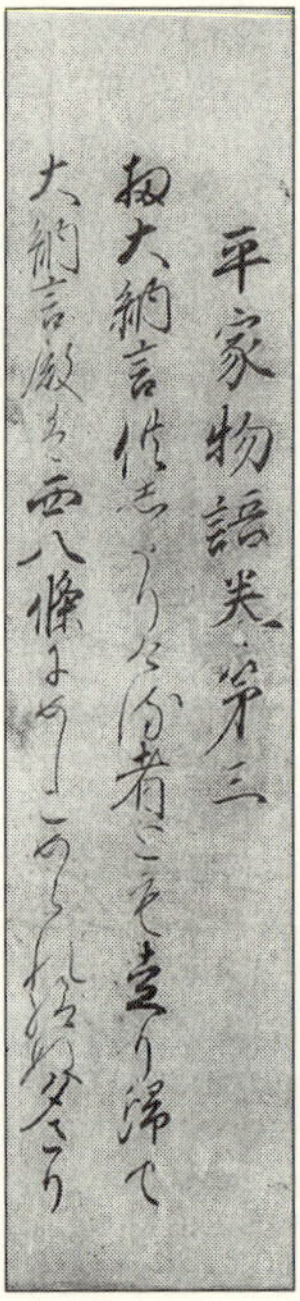

巻七

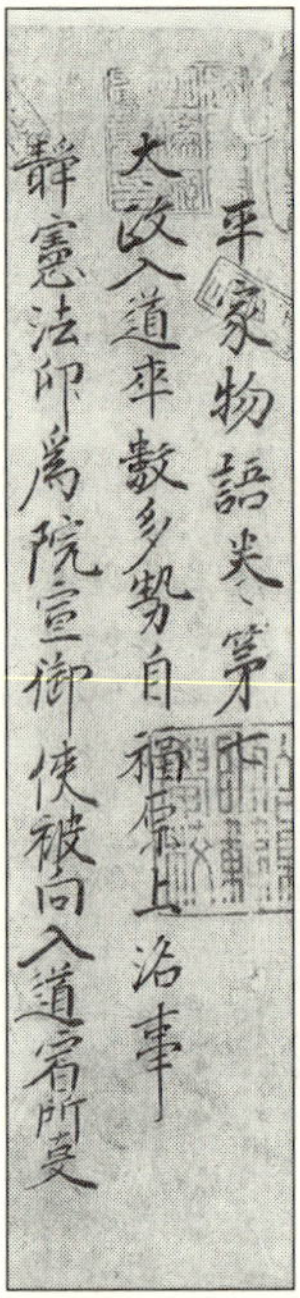

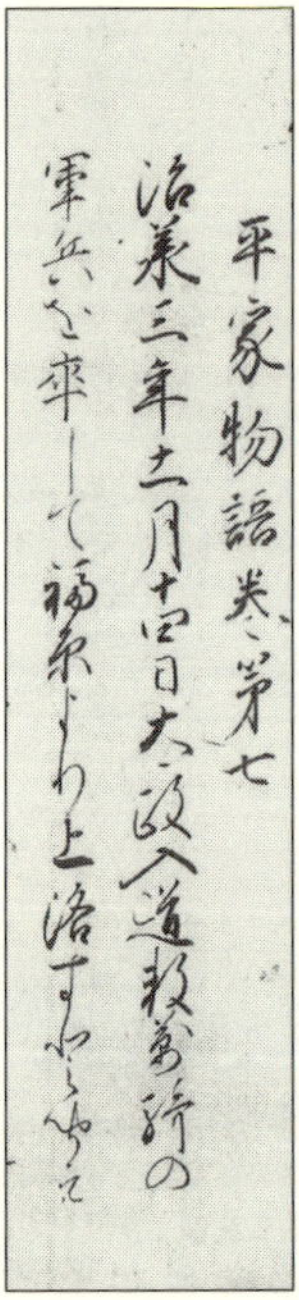

(b)巻四・十一・十八・十九

巻四

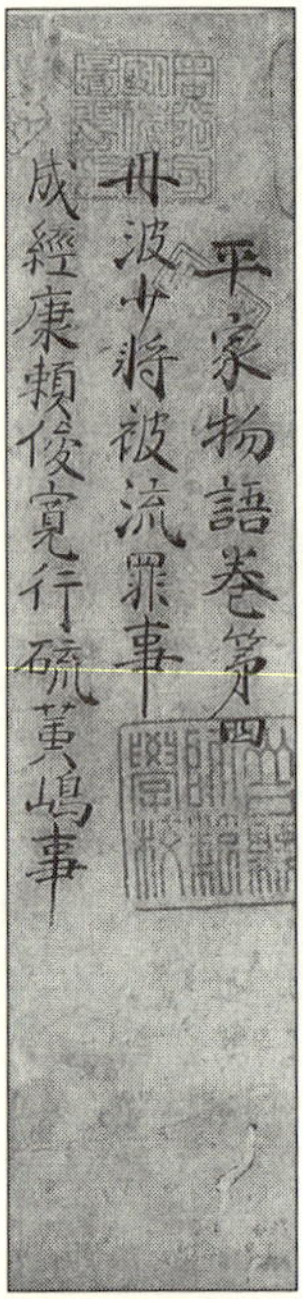

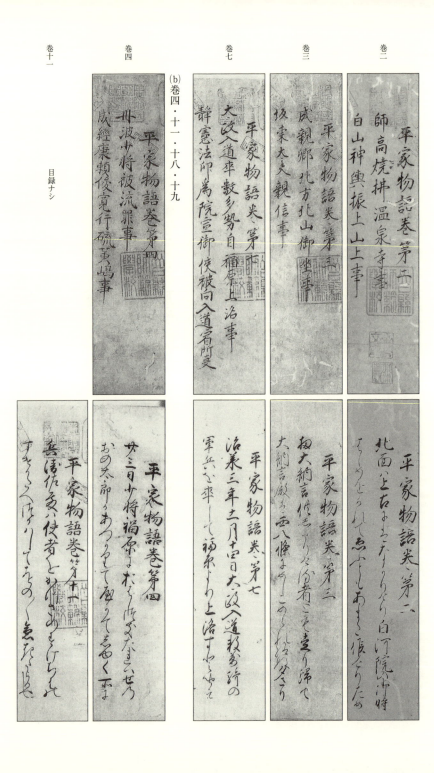

巻十一

目録ナシ

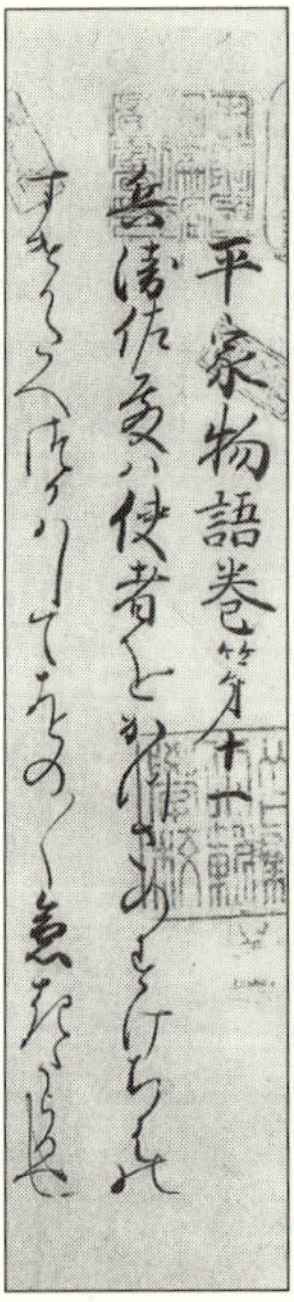

巻十八

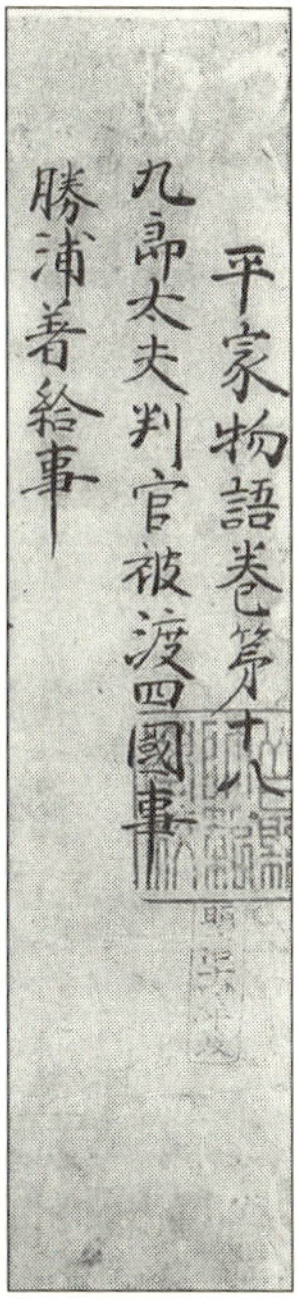
平家物語巻第十八
九郎太夫判官被渡四國事
勝浦着給事

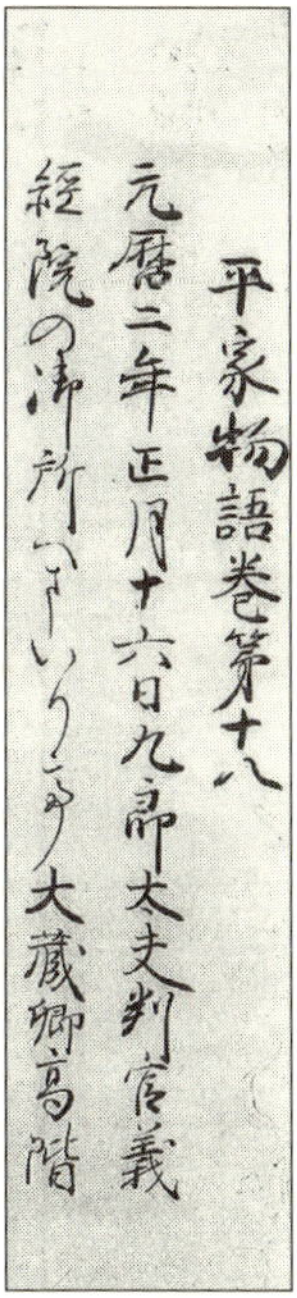
平家物語巻第十八
元暦二年正月十六日九郎太夫判官義

巻十九

平家物語巻第十九
本三位中将於南都被切事
大臣殿父子頸被渡事

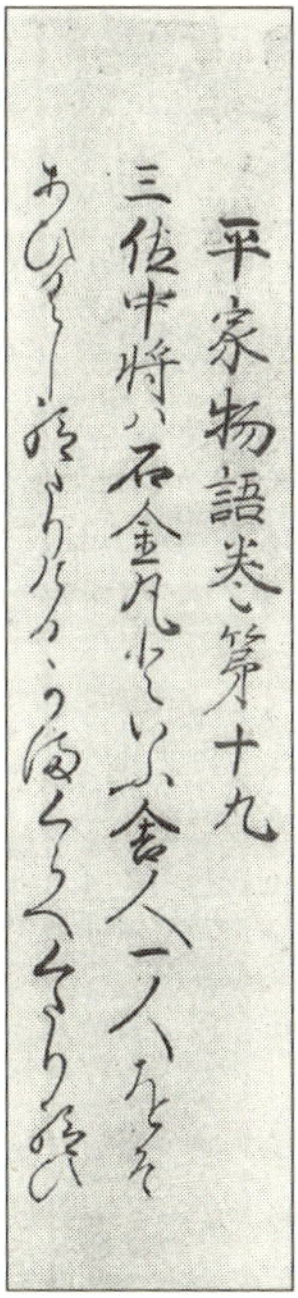
平家物語巻第十九
三位中将ハ

(c)巻五目録（巻五本文は別筆）・十二

巻五

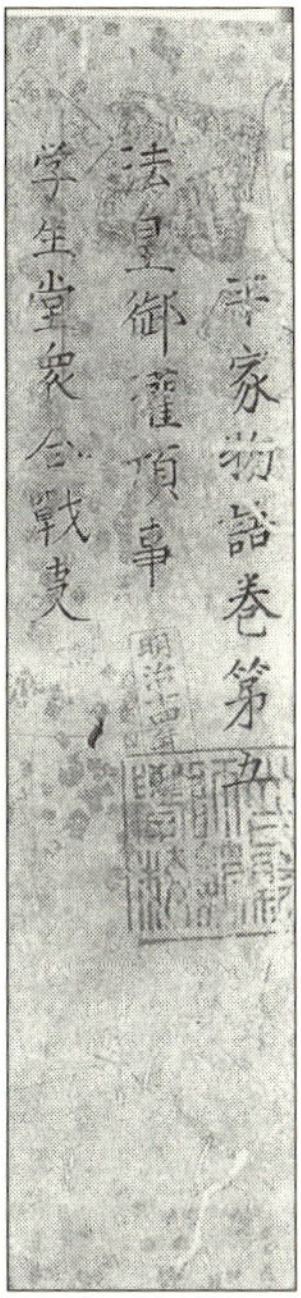
平家物語巻第五
法皇御灌頂事
学生堂衆合戦事

本文は別筆

巻十二

平家物語巻第十二
新院崩御事
付賢王得号事

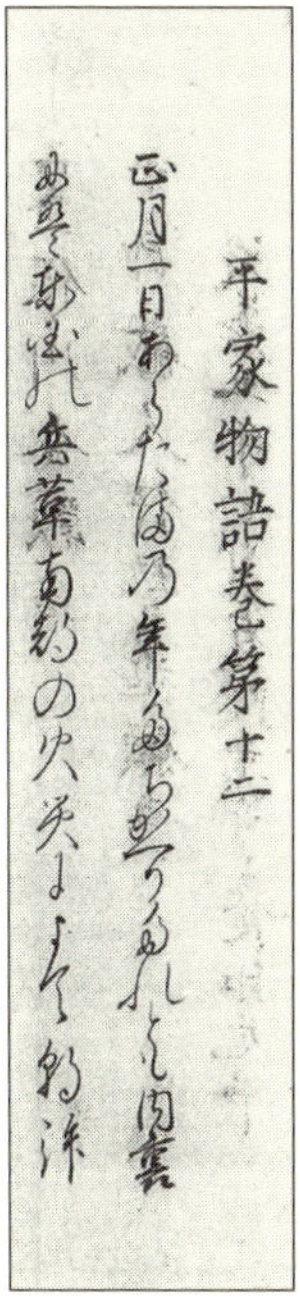
平家物語巻第十二

(d)巻六・八・十五

巻六

目録ナシ

平家物語巻第六

(e) 巻九・十・十四・十七

巻八

巻十三

目録ナシ

巻十五

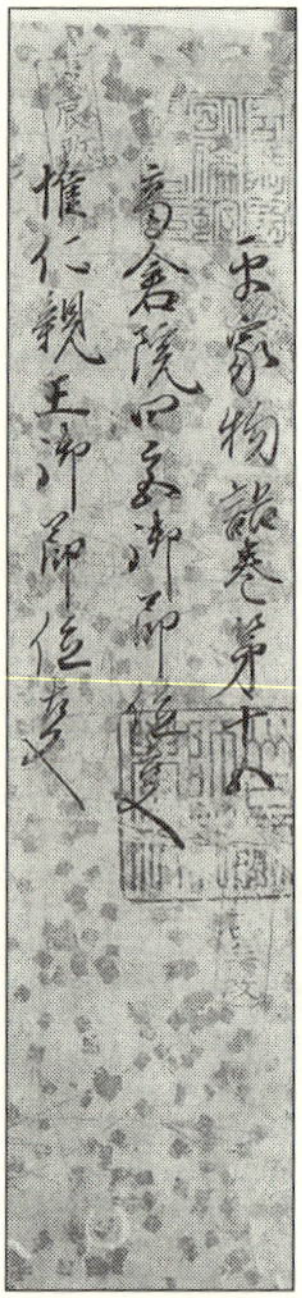

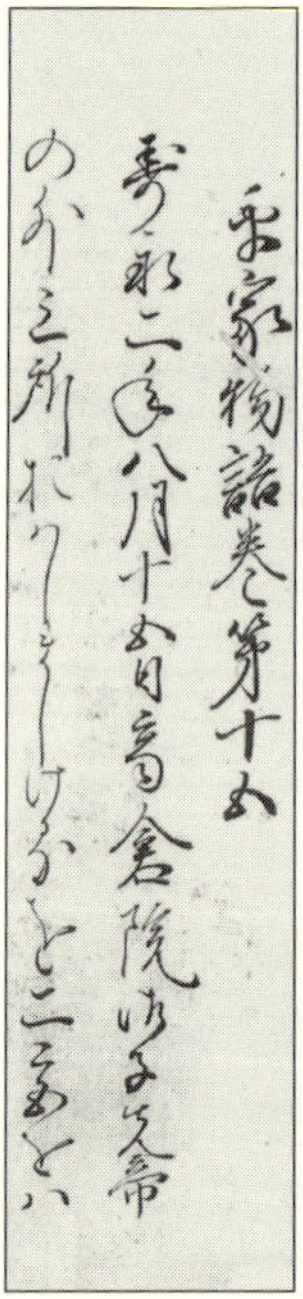

巻九

目録ナシ

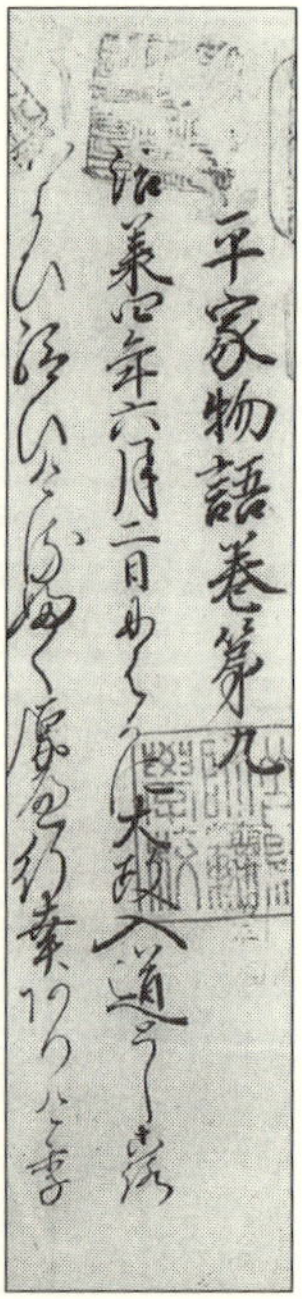

巻十

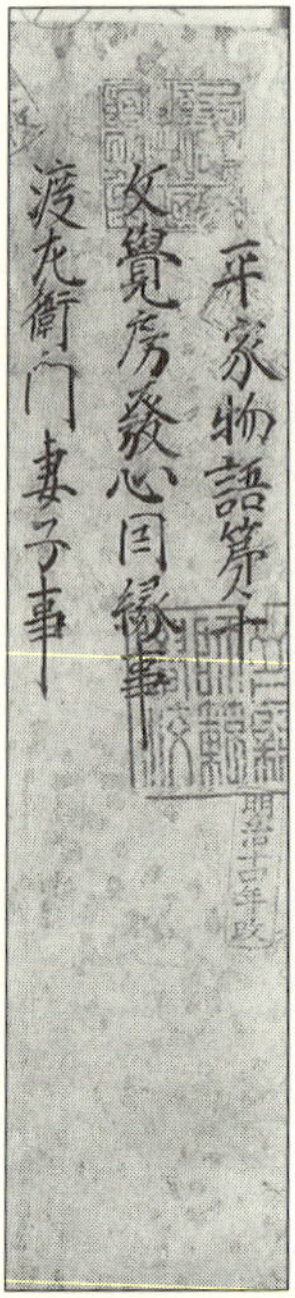

巻十四　巻十七　巻十六　巻二十　巻五

(f) 巻十六・二十

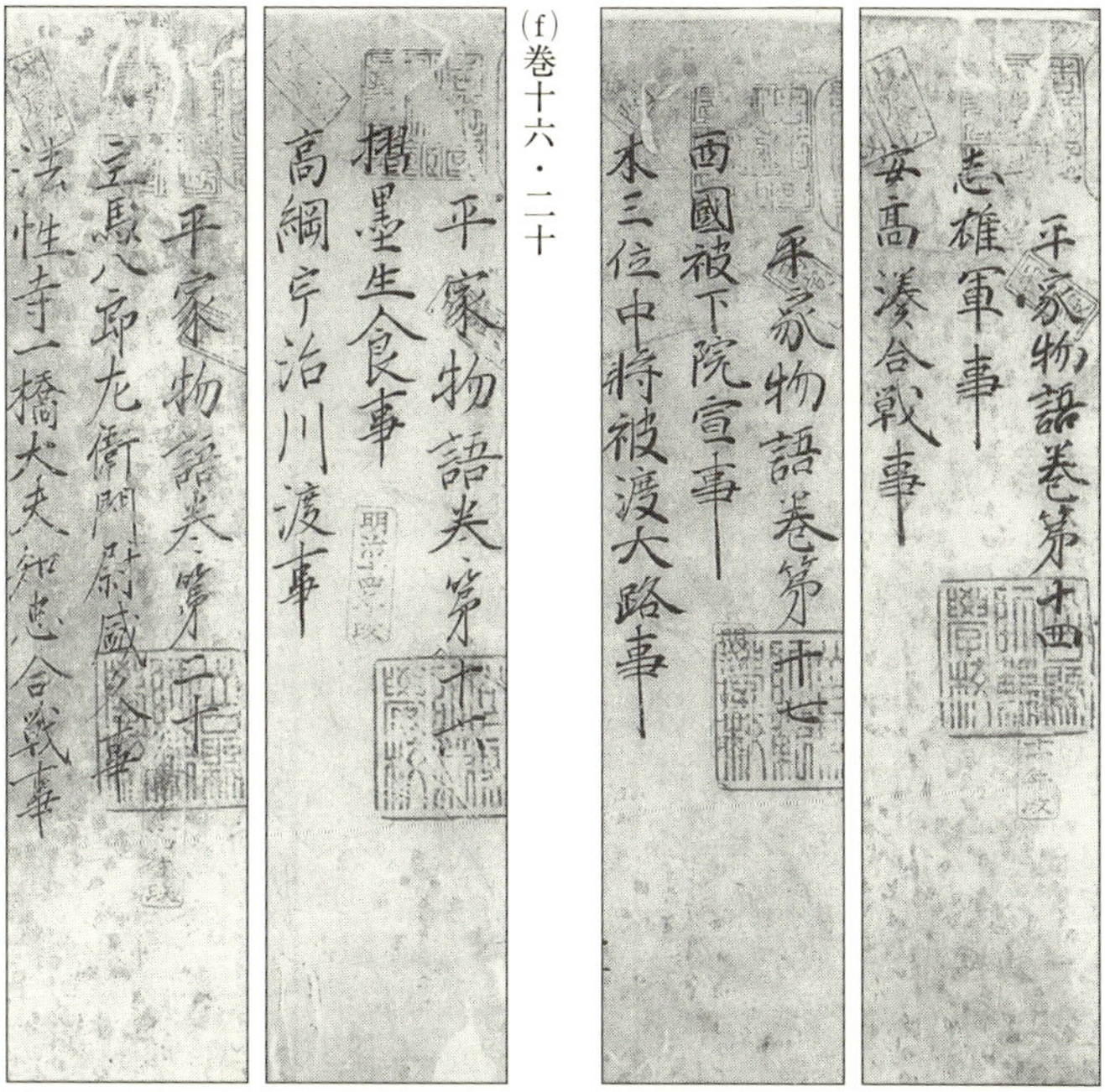

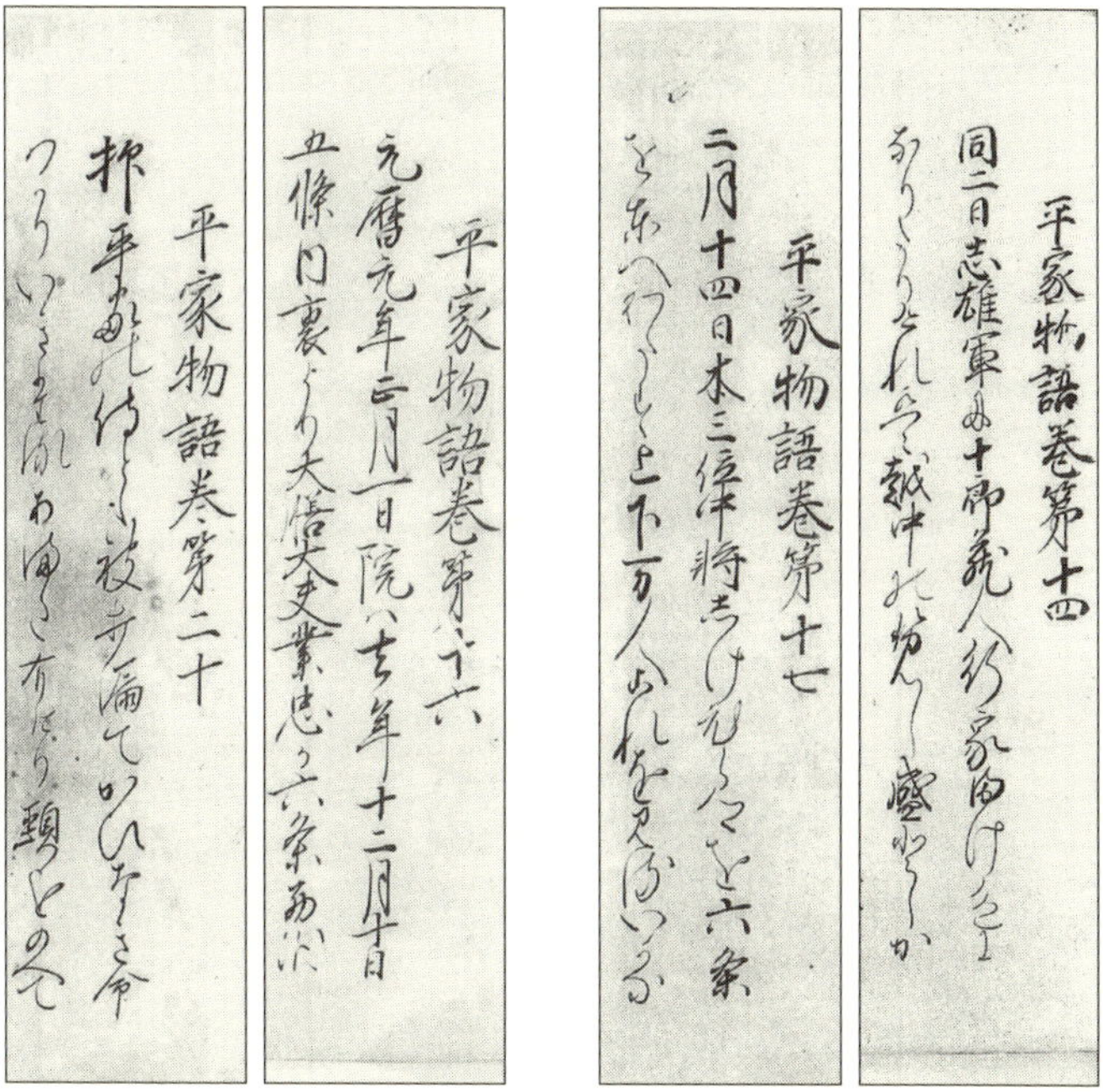

目録は別筆

(g) 巻五本文

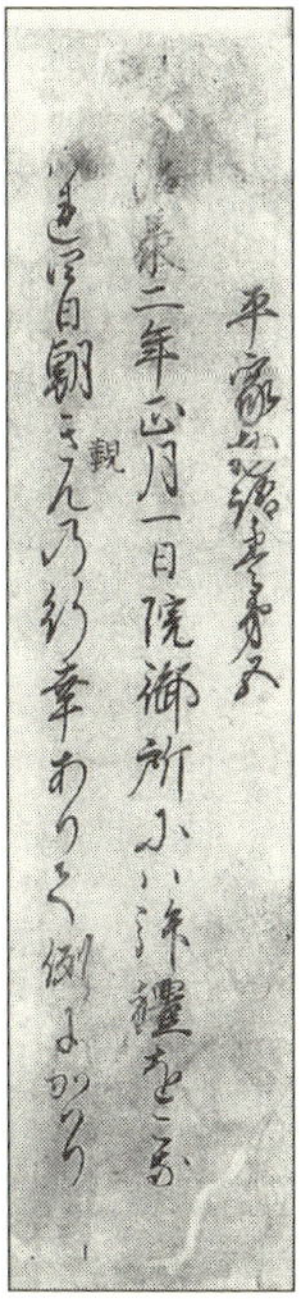

〔参考〕

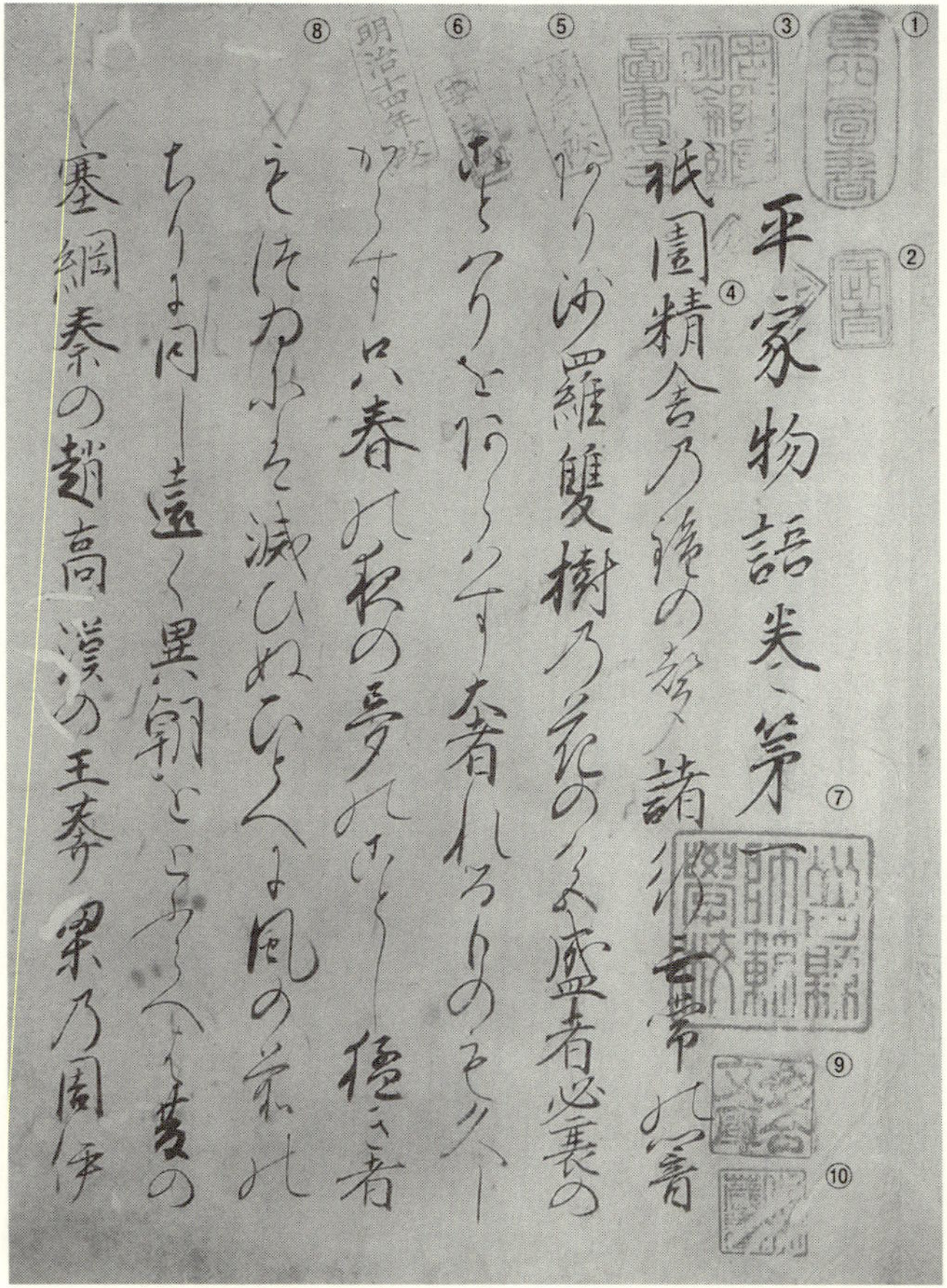

＊鶴見大学図書館蔵本　巻一巻頭（①〜⑩は蔵書印及び検印）

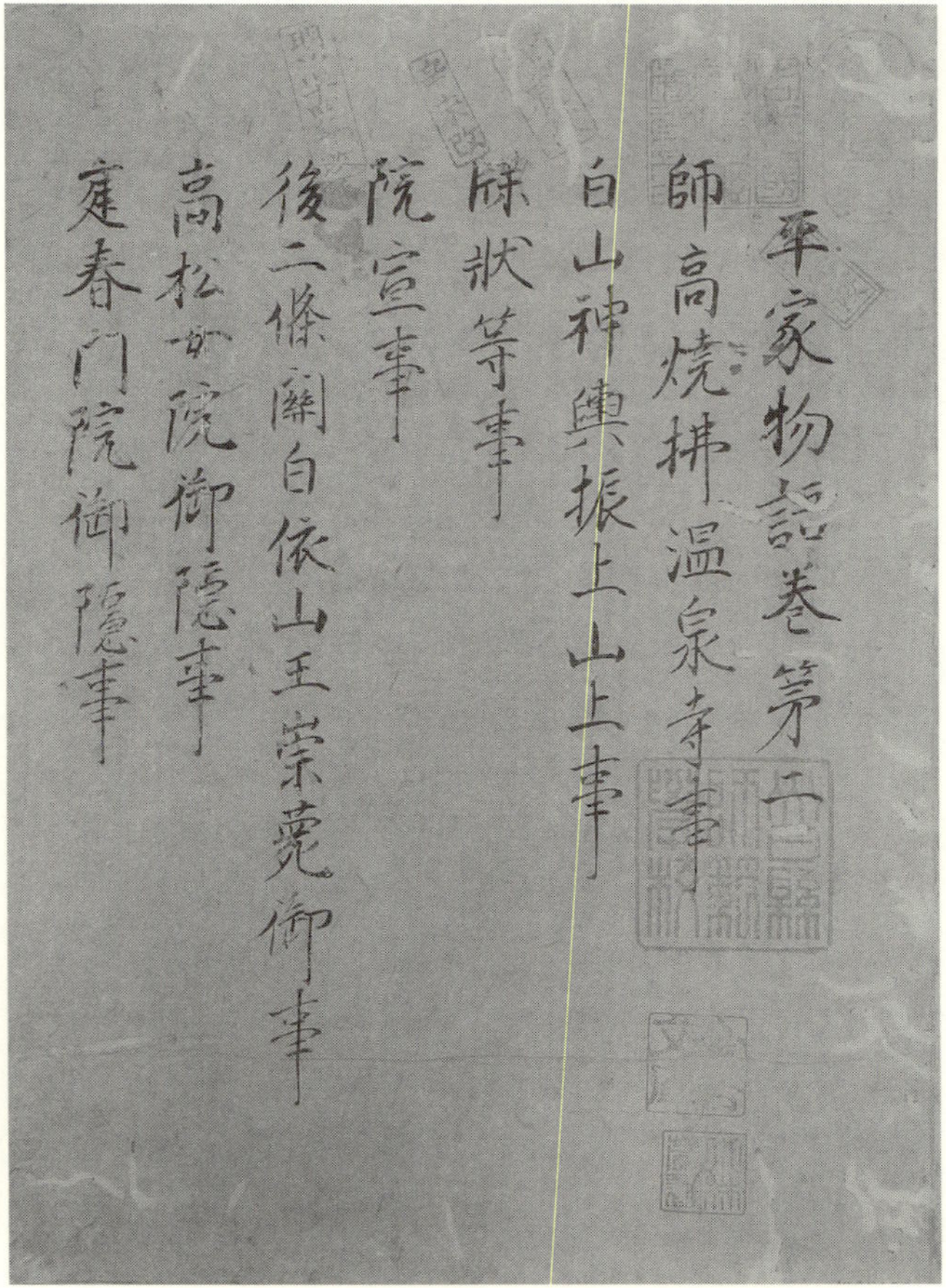
平家物語巻第二
師高焼拂温泉寺事
白山神輿振上山上事
硃状等事
院宣事
後二條関白依山王崇薨御事
高松女院御隠事
建春門院御隠事

＊鶴見大学図書館蔵本　巻二目録

(3) 萩明倫館本と国会本の各巻筆跡同定一覧

萩明倫館本					
巻	標目の有無・筆跡		内題の有無	本文筆跡	備考
1	×	−	○	1·2·3·7同筆	
2	○	1·2·3·7同筆	○	標目と同筆	
3	○	1·2·3·7同筆	○	標目と同筆	
4	○	4·11·18·19同筆	○	標目と同筆	
5	○	5標目·12同筆	○	標目と別筆	
6	×	−	○	6·8·13·15同筆	
7	○	1·2·3·7同筆	○	標目と同筆	
8	○	6·8·13·15同筆	○	標目と同筆	
9	×	−	○	9·10·14·17同筆	
10	○	9·10·14·17同筆	○	標目と同筆	目録題·内題「巻」ナシ
11	×	−	○	4·11·18·19同筆	
12	○	5標目·12同筆	○	標目と同筆	
13	×	−	○	6·8·13·15同筆	
14	○	9·10·14·17同筆	○	標目と同筆	
15	○	6·8·13·15同筆	○	標目と同筆	
16	○	16·20同筆	○	標目と同筆	
17	○	9·10·14·17同筆	○	標目と同筆	
18	○	4·11·18·19同筆	○	標目と同筆	
19	○	4·11·18·19同筆	○	標目と同筆	
20	○	16·20同筆	○	標目と同筆	
筆跡数	6筆		7筆		
	7筆				

国会本							
巻	標目の有無	内題の有無	本文筆跡	筆写者		行·字配りの一致	備考
1	×	○	標目と同筆	平田庄左衛門(1)			
2	○	×	標目と同筆	木原市進(1)			
3	○	×	標目と同筆	同人(2)			
4	○	×	標目と同筆	中嶋勘平(1)		○	
5	○	×	標目と同筆	福井六右衛門(1)			
6	×	○	標目と同筆	兼重小七郎(1)		○	
7	○	×	標目と同筆	福井六右衛門(2)			
8	○	○	標目と同筆	中村源右衛門(1)			
9	×	○	標目と同筆	田中喜助(1)			
10	○	×	標目と同筆	兼重小七郎(2)			目録題·内題「巻」ナシ
11	×	○	標目と同筆	田中太右衛門(1)			
12	○	×	標目と同筆	中村源右衛門(2)			
13	×	○	標目と同筆	平田庄左衛門(1)			
14	○	×	標目と同筆	平田庄左衛門(2)	兼重小七郎(3)		
15	○	×	標目と同筆	田中太右衛門(2)			目録題「十五」のみ
16	○	×	標目と同筆	中嶋勘平(2)		△首3行	
17	○	×	標目と同筆	田中喜助(2)	長井小左衛門(1)		
18	○	×	標目と同筆	田中喜助(3)			
19	○	×	標目と同筆	長井小左衛門(2)		◎	
20	○	×	標目と同筆	同人(3)			
筆跡数	9筆（萩明倫館本と一致する筆跡ナシ）						

私見では、筆跡は（a）～（g）の七手、即ち七人の寄合書であろう。一方、国会図書館本には書写者の一覧が付されており、それによると九筆である。

ここで、明治大学本、萩明倫館本、国会図書館本の書面筆跡を比較してみよう。三本の書影を挙げる。

そもそも、この三本の書型（縦二八～二九糎×横二〇～二二糎内外で大本より少し大ぶりか）と字面高さ（二三～二四糎内外）が概ね一致していることは、書写の時代や環境の近似を予見させる。かつその上で、一見して明らかなように、三本が同筆である箇所が存している（a）。反対に、三本が別筆の箇所も存している（d）。また、明治大学本と萩明倫館本が同筆の箇所（b）、明治大学本と国会図書館本が同筆の箇所（c）も存している。正確には、全巻の校合の結果と併せて判断すべきだが、三本共に毛利家ゆかりの写本であることを考えれば、三本が近接した書写関係にあると見られ、書写者に同一人が含まれていても無理はないと見てよいのではないか。書物の体裁や印記の様相等を勘案すると、萩明倫館本は藩としての公式性の色が濃く、明大本はそれが薄い。また、寛政七年（一七九五）に書写という国会本は、印記から言及したように、萩明倫館本とは一時期は同様の環境下に管理されていたことが窺われ、三本の書写はほぼ同時代ながら、後述の異同の様相を併せ見れば、国会本がやや後出と見てよいであろう。以上のように、明治大学本・萩明倫館本・国会図書館本の三本には他とは別した共通点がある。国会図書館本は、寛政七年（一七九五）に「毛利家所蔵本」に拠って「謄写校合」せしめたという、その「毛利家所蔵本」は従来明治大学本とされ、つまり明大本が国会本の親本と見られてきた。しかし、萩明倫館本の、明大本と国会本それぞれとの共通性を見れば、その親子関係に萩明倫館本が関与した可能性を疑わずにはいられないのである。

(a)三本同筆の例

【巻二】

《萩明倫館本》

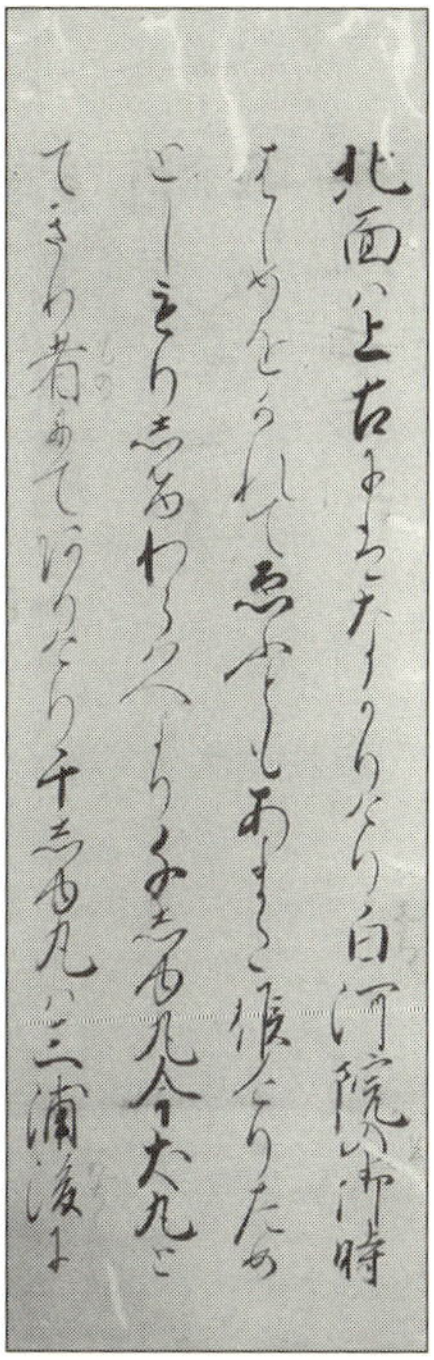

《明大本》

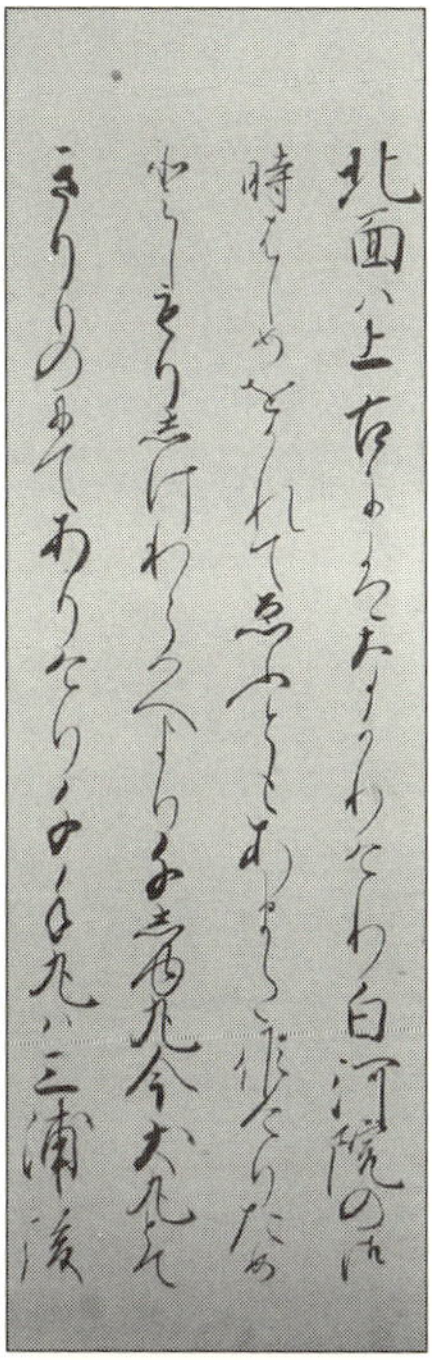

《国会本》

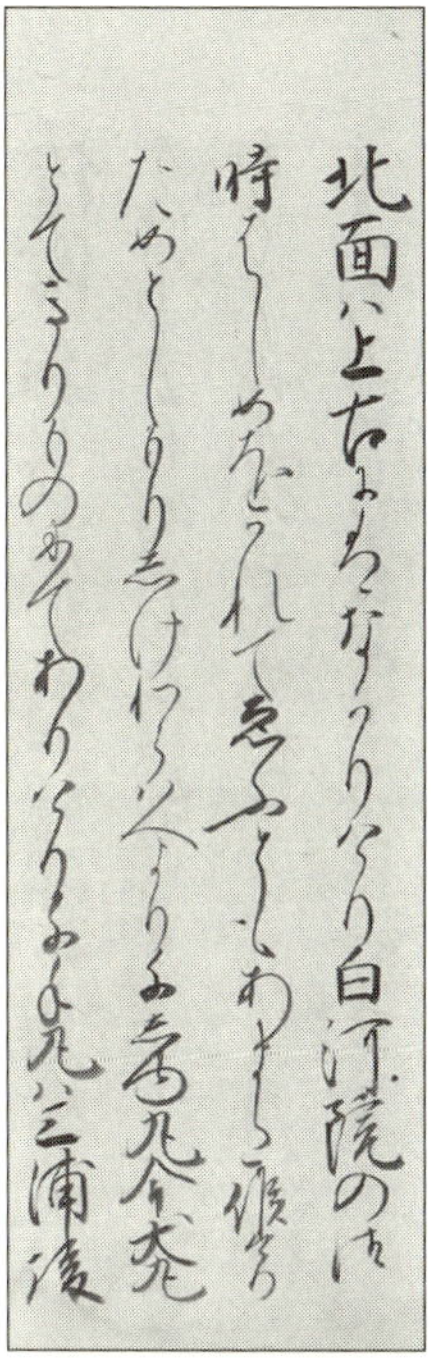

(b)二本（萩明倫館本・明大本）同筆の例

【巻八】

《萩明倫館本》

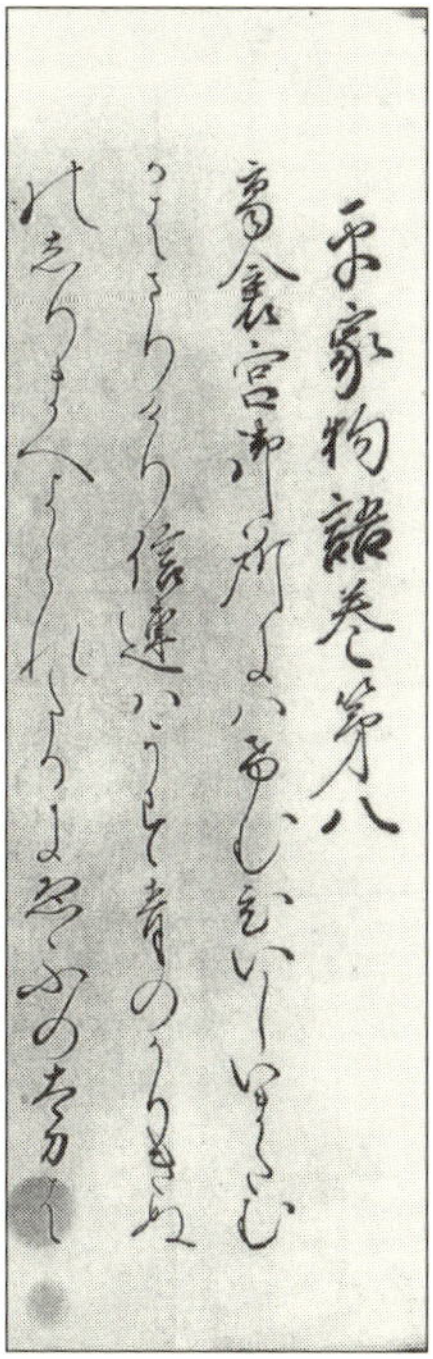

《明大本》

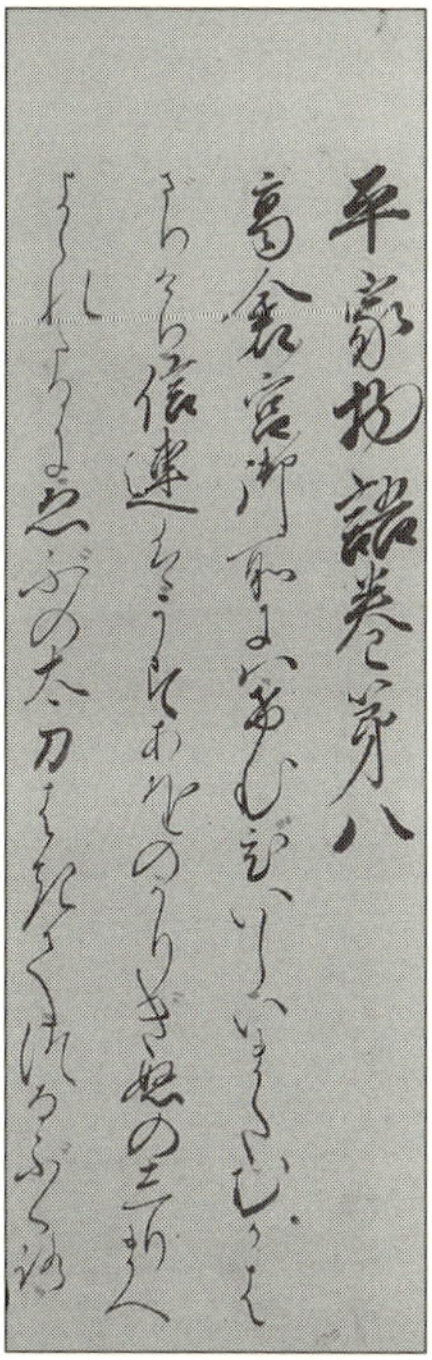

《国会本》（別筆）

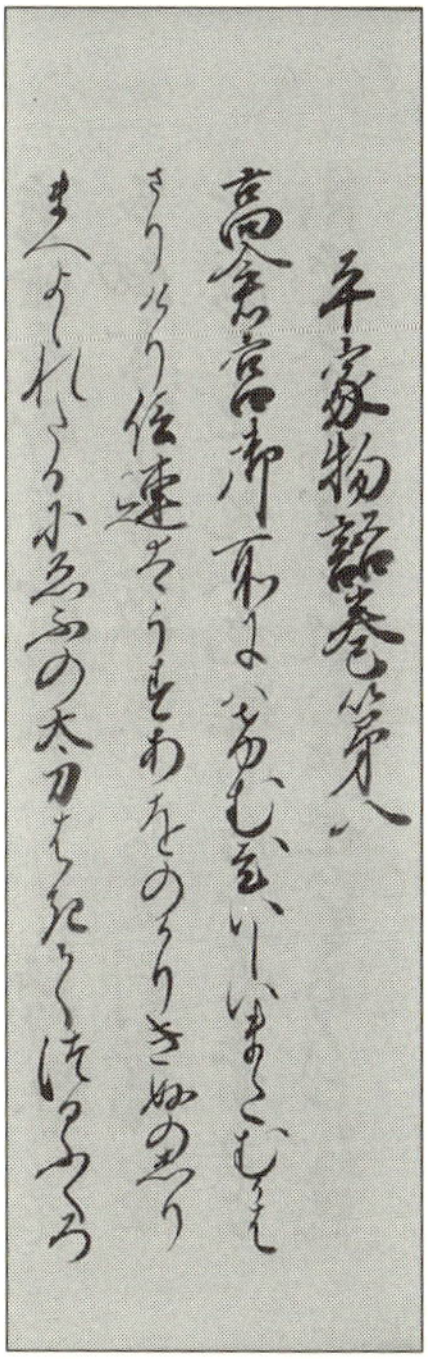

(c)二本（明大本・国会本）同筆の例

【巻一】

《萩明倫館本》（別筆）

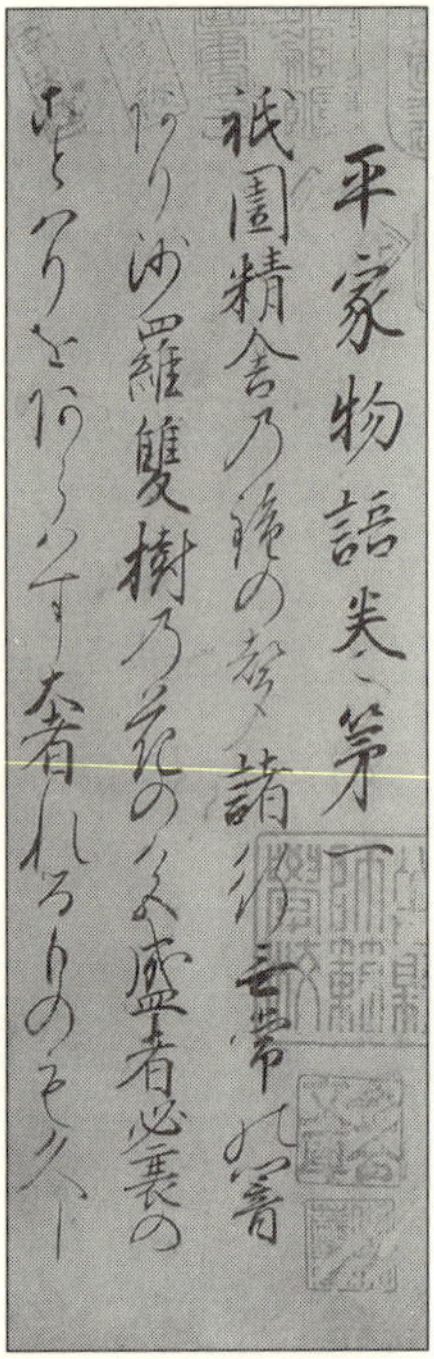

《明大本》

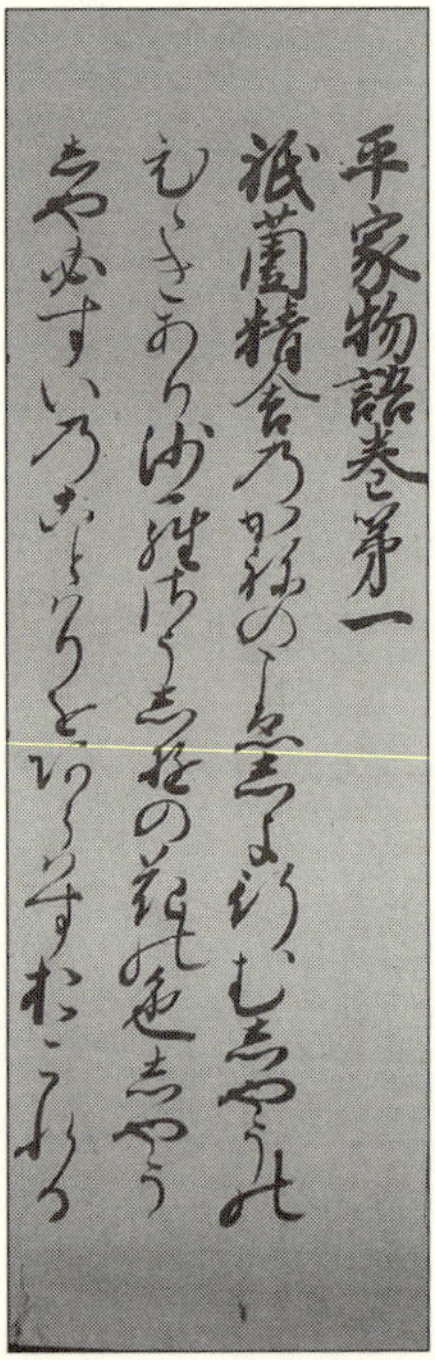

《国会本》

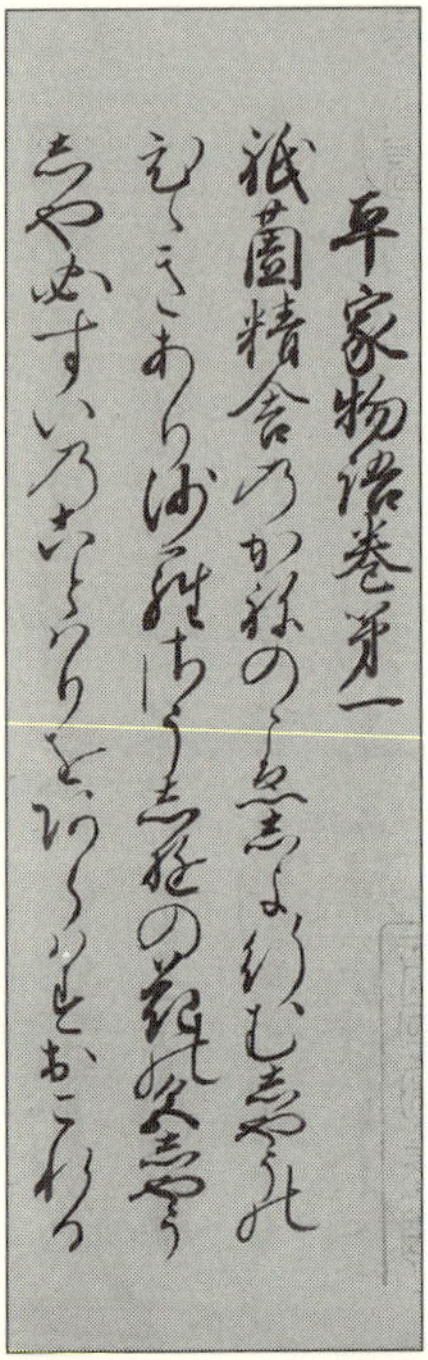

(d)三本別筆の例及び巻十一内題の相違点

【巻十二】（萩明倫館本「巻第十二」／明大本・国会本・赤間神宮本「第十一巻」）

《萩明倫館本》

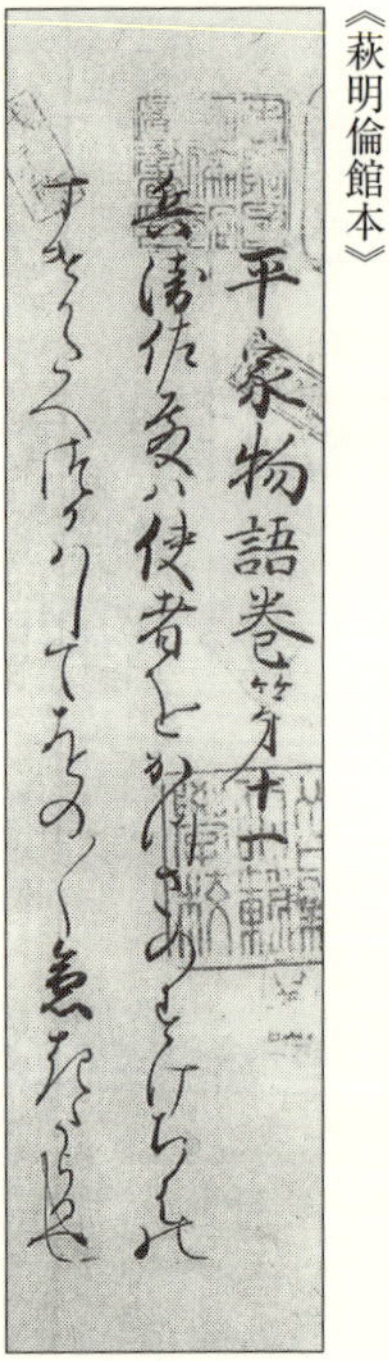

《明大本》

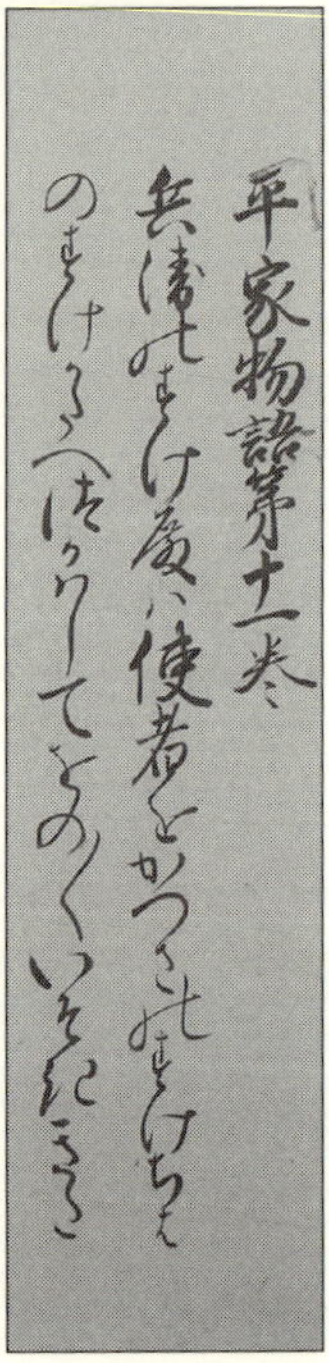

《国会本》

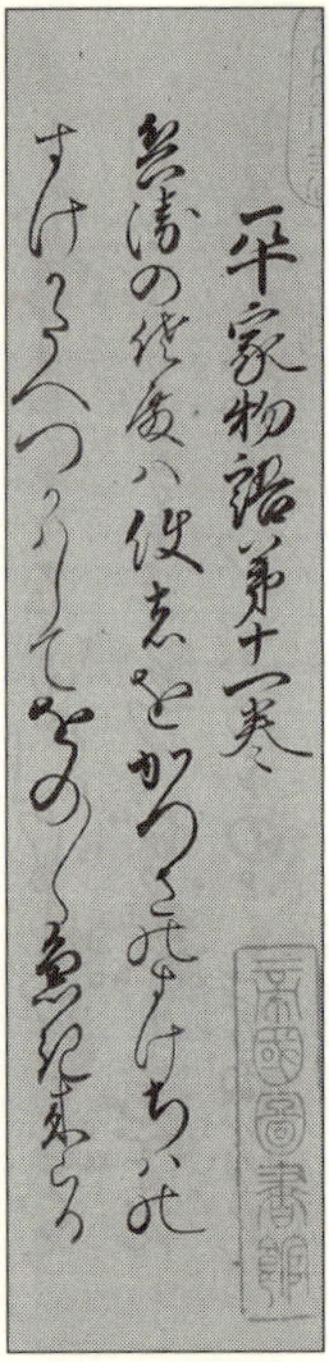

《赤間神宮本》

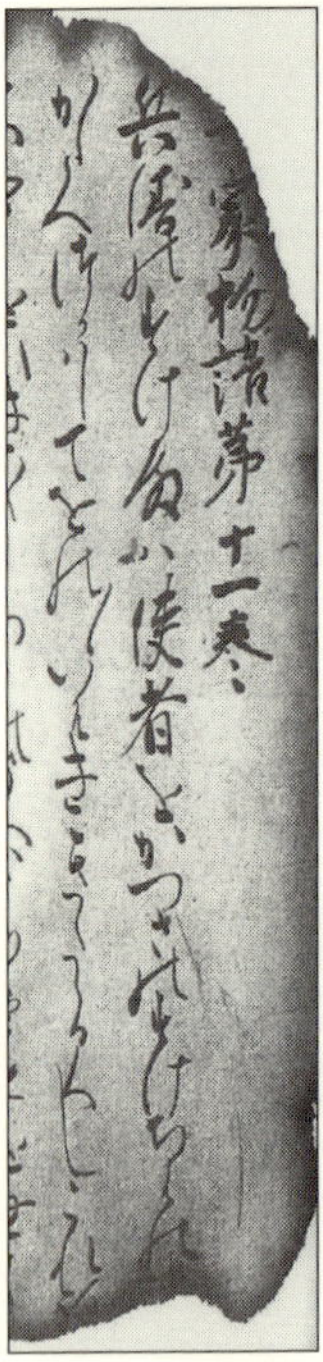

(e) 巻十五目録題の相違点

【巻十五】（萩明倫館本「平家物語巻第十五」／明大本・国会本・赤間神宮本「十五」）

《萩明倫館本》

平家物語巻第十五
高倉院四宮御即位事
惟仁親王御即位事

《明大本》

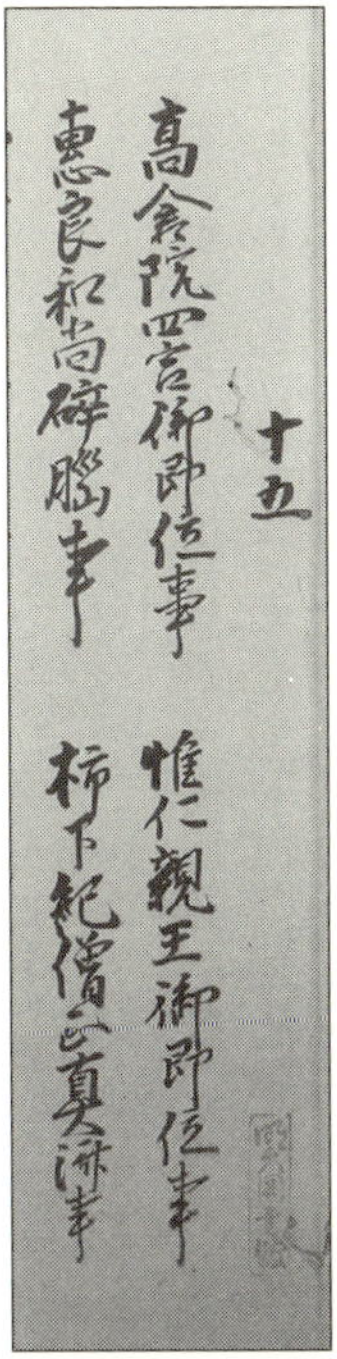
十五
高倉院四宮御即位事　惟仁親王御即位事
恵良和尚碑聡事　柿下紀僧正真済事

《国会本》

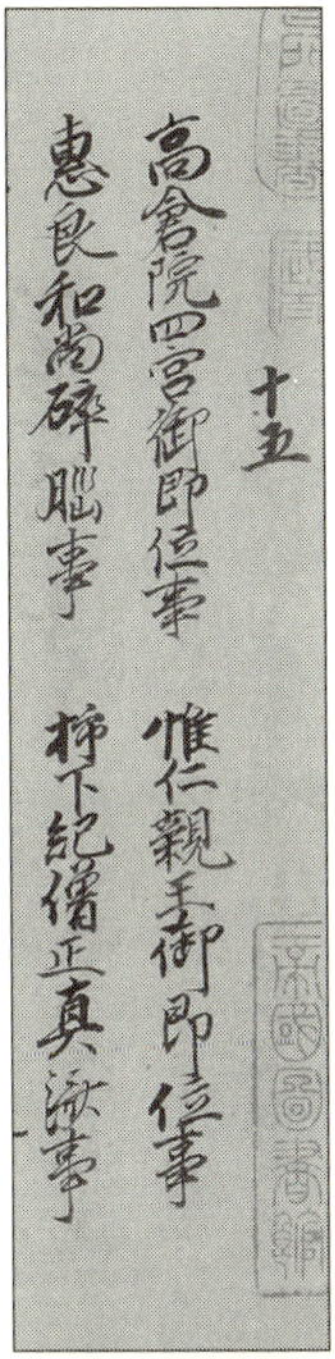
十五
高倉院四宮御即位事　惟仁親王御即位事
恵良和尚碑聡事　柿下紀僧正真済事

《赤間神宮本》

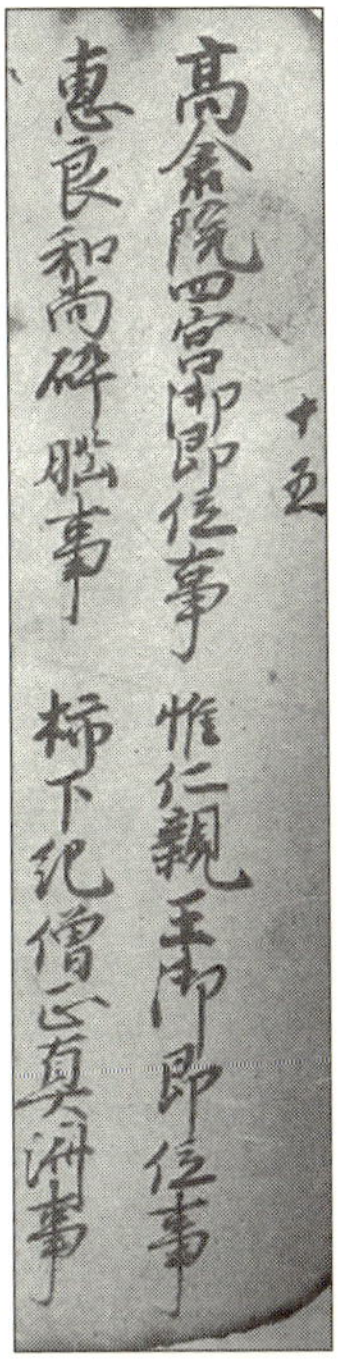
十五
高倉院四宮御即位事　惟仁親王御即位事
恵良和尚碑聡事　柿下紀僧正真済事

(f) 巻十目録題の共通点

【巻十】（萩明倫館本・明大本・国会本「第十」＊「巻」ナシ）

《萩明倫館本》

平家物語第十
文覚房発心因縁事
渡左衛門妻子事

《明大本》

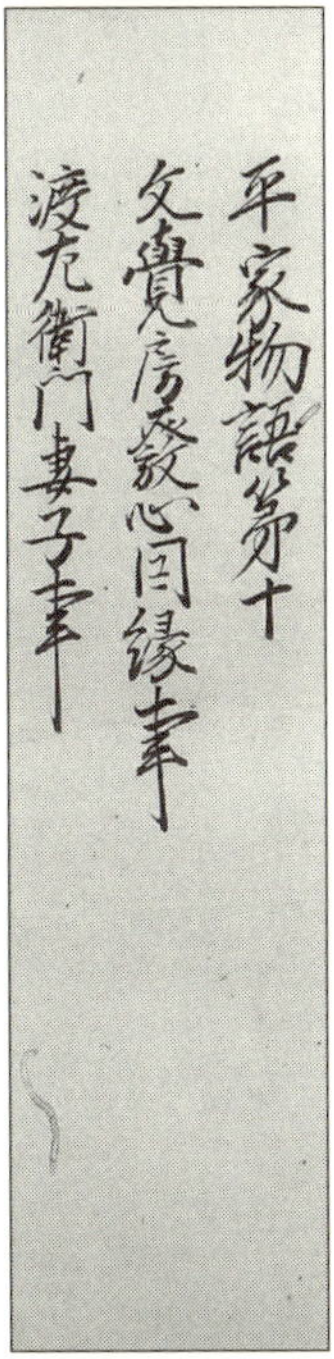
平家物語第十
文覚房発心因縁事
渡左衛門妻子事

《国会本》

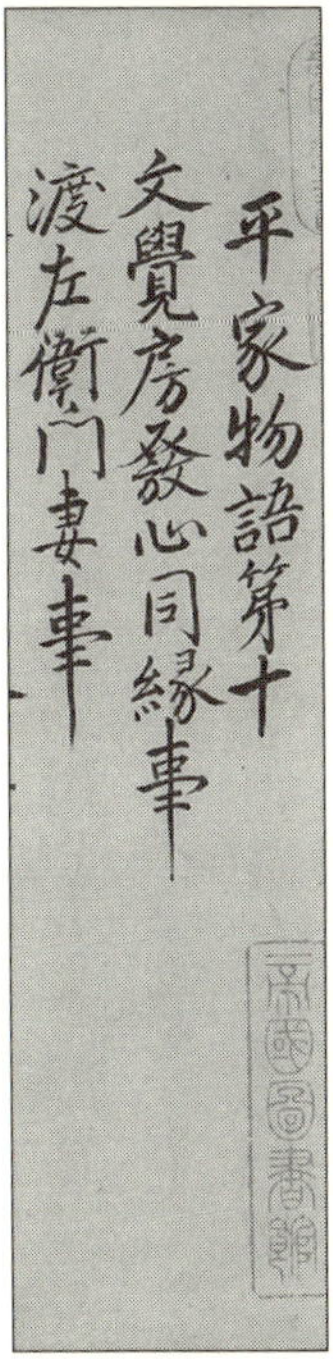
平家物語第十
文覚房発心因縁事
渡左衛門妻子事

《赤間神宮本》

＊目録焼失

※赤間神宮本は『平家物語　長門本』（山口新聞社、一九八五年一月）の影印版による。

三　明治大学本・萩明倫館本・国会図書館本の関係

右に掲げた資料（f）のように、巻十の目録題については、赤間神宮本は欠ながら、その系統を汲むという岡山大学本や伊藤家本が「巻第十」とするのに対して、萩明倫館本・明大本・国会本は「巻」の字が落ちてただ「第十」となっていて、この三本の近さを垣間見せている。しかしまた、（d）と（e）に見るとおり、巻十一と巻十五の目録題については、三本の中で萩明倫館本のみが別で（岡山大学本・伊藤家本に共通）、赤間神宮本・明大本・国会本が共通しているのである。ここに限れば、明大本と国会本には無視し得ない他諸本との異同が存する程度には親近であり、また両本は他本よりも赤間神宮本に近い本文を有している可能性が窺われる。この巻十一と巻十五の目録題の異同は、伝本を分類する上で重要な基準になるのかもしれない。これに関連し、諸本間の本文異同の中から一例を挙げておこう。巻一で在原業平が二条の后藤原高子の死去の際に歌を詠んだとする場面で、岡山大学本と伊藤家本が「高彦」とするのを、明大本・萩明倫館本・国会本の三本が正しく「高子」としている箇所もあり、その点でも、明治大学本と萩明倫館本と国会図書館本とに共通性が認められるのである。本来は、萩明倫館本の本文の素性や価値と諸本との親疎の関係性のみならず、諸本間の関係性を明らかにするためにも、松尾葦江が「ごく大ざっぱに言って、誤脱・乱丁と思われるものを除けば内容上問題とすべき異文はあまり多くない」と言うとおり、長門本諸本については、全体に渡り細かい異同にまで及ぶ校合調査が必須であり、少なくとも主要諸本間の校合調査が急務であろう。とりあえず、従来も重視されてきた、岡山大学本、伊藤家本、明治大学本、萩明倫館本、国会図書館本、それに加えて必要に応じて赤間神宮本の現存部分の一部を加えた、長門本主要諸本に限り、各巻の章段名目録の有無と本文異同を一覧してみよう。

（1）章段名目録の有無一覧

略号　赤間神宮本＝赤（「焼」は焼損）、岡山大学本＝岡、伊藤家本＝伊、明治大学本＝明、萩明倫館本＝萩、国会図書館本＝国

○＝章段名目録アリ　×＝同ナシ

	赤	岡	伊	明	萩	国
巻一	焼	×	×	×	×	×
巻二	○	○	○	○	○	○
巻三	○	○	○	○	○	○
巻四	○	○	○	○	○	○
巻五	○	○	○	○	○	○
巻六	×	×	×	×	×	×
巻七	○	○	○	○	○	○
巻八	○	○	○	○	○	○
巻九	×	×	×	×	×	×
巻十	焼	○	○	○	○	○
巻十一	×	×	×	×	×	×
巻十二	焼	○	○	○	○	○
巻十三	×	×	×	×	×	×
巻十四	○	○	○	○	○	○
巻十五	○	○	○	○	○	○
巻十六	○	○	○	○	○	○
巻十七	○	○	○	○	○	○
巻十八	○	○	○	○	○	○
巻十九	○	○	○	○	○	○
巻二十	○	○	○	○	○	○

（2）章段名目録本文の主要異同一覧

底本＝岡山大学本。＊略号　伊藤家本＝伊、明治大学本＝明、萩明倫館本＝萩、国会図書館本＝国

巻二

①樋口冨小路焼已事—樋口冨小路焼亡《己》事（明〔右傍記ナシ〕・萩・国〔右傍記ナシ〕）

巻三

②多田蔵人返中事—多田蔵人返忠事（明）

③丹波少将被召取事—丹波守少将被召取事（国）

巻四

④成経康頼俊寛行流黄嶋事—成経康頼俊寛行硫黄嶋事（明）

巻五

⑤流黄嶋眺望事—硫黄嶋眺望事（明）

⑥宋朝班花大臣事—宋朝斑花大臣事（明）

巻七

⑦成経被参詣大隅正宮事—成経被参詔《詣》大隅正宮事（明）

巻八
⑧江太夫判官目害事―江大夫判官自害事（伊・明・萩・国）
⑨猿眼赤鬚男事―猿眼赤鬚男事（「猿」は「犭」＋「表」、異体字か）（明）
巻十
⑩自三井寺擬押寄六波羅事―従三井寺擬押寄六波羅事（萩）
巻十二
⑪渡左衛門妻子事―渡左衛門妻事（国）
⑫五条大納言邦綱死去事―五条大納言郡綱死去事（伊・明・萩）
巻十四
⑬斎藤別当実守討死事―斎藤別当実盛討死事（伊）斎藤別当実守討死事（「当」は「當」の「田」が「日」、異体字か）（明）
⑭西坂本赤山堂ニテ御布施引事―西坂本赤山御布施引事（伊）西坂本赤山堂御布施引事（明・国）
⑮平家山門牒状遣事―平家山門ニ牒状ヲ遣事（明）平家山門牒状遣事（国）
⑯佐渡左衛門尉重実事―佐渡右衛門尉重実事（伊）
⑰池大納言都留給事―池大納言都ニ留給事（明）
巻十五
⑱柿下《本》紀僧正真済事―柿下紀僧正真済事（明〔右傍記ナシ〕）
⑲妹尾大郎兼康合戦事―瀬尾太郎兼康合戦事（萩）
⑳頼朝征夷《夷》将軍宣旨事―頼朝征夷将軍宣旨事（明〔右傍記ナシ〕）
巻十六
㉑摺墨池すきか事―摺墨生食事（萩）
巻十七
㉒佐々木三郎盛綱藤戸渡事―佐々木三郎盛縄藤戸渡事（伊・明・萩）
巻十八
㉓勝浦付給事―勝浦着給事（明）
㉔悪七兵衛尉水深屋甲鉢付引功事―悪七兵衛尉水深屋甲鉢付引切事（伊）悪七兵衛尉水保屋甲鉢付引切事（明・萩・国）
㉕熊野別当堪増参源氏方事―熊野別当堪増参源氏方事（「野」は旁が「市」、異体字か）（明）
㉖河野四郎通信参事―河野四郎通信参事（「野」は旁が「市」、異体字か）（明）
㉗本三位中将日野御座事―本三位中将日野御座事（「野」は旁が「市」、異体字か）（明）
巻十九
㉘北条四郎時政上落事―北条四郎時政上洛事（伊・明）
巻二十
㉙灌頂巻事　小原御幸（朱）―灌頂巻事（伊・明・萩・国）

章段名目録の有無は、赤間神宮本の一部が焼損で確認不能だが、ほぼ諸本間で一致する。本文の異同についても、ごく細かい異同は除いて、諸本間に大きな異なりがないことが窺える。ただしその中では、伊藤家本が岡山大学本にまま異なることは、当初伊藤家本が赤間神宮本の副本と伝えられ、そう考えられていたが、その後の調査研究で赤間神宮本の忠実な写しではない可能性が高いとされたことに符合する。[10] また、国会図書館本の誤りと見てよい異同が目に付く。例えば、③「丹波少将」の「少将」を「守少将」とするのは「丹波守」とする賢しらであろう。⑮は「遣」（つかわす）の字を「遺」（のこす）に誤っている点は、明大本と共通する。それも含めて、明治大学本と萩明倫館本と国会図書館本との間には、少しく共通した異同が見えることは、それらの伝来からして当然であるのかもしれない。

四　諸本の本文異同と諸本の関係の見通し

ここで、諸本の関係とそれに基づく伝本の分類の方向性を探りつつ、大方の参考にも供するべく、巻一についてのみではあるが、岡山大学本を底本とした主要諸本間の主要な異同を、末尾に補註としてまとめて示しておきたい。これを基に、岡山大学本と各伝本との異同数をまとめると、次のとおりである。

岡山大学本との異同数

※番号は補註の主要異同一覧通し番号。異同数の多い順。

〈伊〉1・3・4・7・11・12・14・15・18・24・25・26・27・29・32・34・37・39・40・41・42・43・46・51・55・56・58・61・64・65・66・67・74・76・80・81・82・83・87・89・91・96・99・103・104・105・106・107・108・111・115・122・124・128・130・141・143・146・147・149・153↓計61ヵ所

〈萩〉2・5・10・15・19・26・28・30・36・38・43・44・50・54・57・62・63・68・69・71・72・73・77・78・79・80・82・84・85・86・90・92・94・95・97・100・101・102・110・116・118・119・120・121・125・126・127・129・132・133・136・138・140・145・148・150・151↓計57ヵ所

〈明〉1・6・13・22・23・27・29・41・43・45・51・52・53・75・76・85・88・98・113・123・127・140・142・154↓計24ヵ所

〈萩・国〉1・22・27・41・45・51・52・53・66・70・75・76・88・98・113・117・123・142・154↓計19ヵ所

〈明・萩・国〉7・8・9・16・20・21・31・35・47・48・56・59・60・108・112・139・143・147↓計18ヵ所

〈伊・明・萩・国〉33・131・144・152・155・156→計6ヵ所
〈伊・国〉49・97・109・114・134・137→計6ヵ所
〈伊・萩・国〉6・13・23→計3ヵ所
〈国〉29・43・127→計3ヵ所
〈明・萩〉49・135→計2ヵ所
〈伊・明〉17→計1ヵ所
〈伊・明・萩〉93→計1ヵ所
〈伊・明・国〉28→計1ヵ所

全体の様相からすると、中村祐子の調査[11]によれば赤間神宮本の写しか原本を同じくするという岡山大学本と、阿弥陀寺に縁りがあるという伊藤家本とは必ずしも親しい本文の関係にあるとは言えないことが見て取れる。また、国会図書館本は萩明倫館本より後出であるとの見方が、本文異同の様相にも矛盾なく窺われ、萩明倫館本から直接か間接かは措くにせよ、その本文を少しく受け継ぐ、後出の本であると見てよいであろう。ただし、国会図書館本は巻一の単独の異同では岡山大学本と最も異同数が少ないこと（しかし紙幅の都合で割愛したが巻二では国会図書館本独自の異同がむしろ目立つこと）、また毛利家本である明治大学本やその藩校の本である萩明倫館本とに共通して岡山大学本と異なる異同が少なくないことが見て取れるので、さらに追究の要があることは言うまでもない。

ここで異同の注目箇所から、まず明治大学本の校合箇所の幾つかを挙げてみよう。

明治大学本の校合箇所の例　底本＝岡山大学本。

6　四丁ウ3（3）しやうゑんちのかけいき—しやうゑんちのけいき〈伊・萩・国〉しやうゑんちのかけいき〈明〉

13　八丁ウ1（2）おほしめさは—おほしめすは《ゝ(朱)》〈伊・萩・国〉おほしめさは《す(朱)》〈明〉

23　一二丁ウ7（4）おろそかなり—おろかなり〈伊・萩・国〉お《を(朱)》ろ《ゝ(朱)》かなり（見消ち字中）〈明〉

41　二〇丁オ3（2）雲上人憤を憎みて（「憤」の右傍に「憤」）—雲上人憤を憎みて〈伊〉雲上人憤を憎《含歎(朱)》みて〈明〉雲上人憤を含て〈萩・国〉

51　二五丁オ8（5）太宰権師季なかの卿は（「なか」の右傍に「仲」）—大宰権師季仲の卿は〈伊〉大宰権師《帥(朱)》季《ヒ(朱)》なか《仲(朱)》の卿は〈明〉大宰権帥季仲の卿は〈萩・国〉

88　五〇丁ウ3（2）たらすや思はれけん—たら《へ(朱)》す《ゝ(朱)》や思はれけん〈明〉たへすや思はれけん〈萩・国〉

98　六五丁ウ5（3）杖六の—杖《丈(朱)》六《ヒ(朱)》の〈明〉丈六の〈萩・国〉

123　八三丁ウ4（3）蜜する事は―蜜〔密（朱）〕〔ヒ（朱）〕する事は〈明〉密する事　―　は〈萩・国〉

これらに見るとおり、明治大学本の本行本文が岡山大学本と、朱の傍書が萩明倫館本や国会図書館本と一致する例がまま見られる。とすると、明治大学本は岡山大学本に近く（共に赤間神宮本を祖本とするか）、かつ萩明倫館本の類の本文と接触していることになろうか。そしてまた、巻十一と巻十五の目録題につき述べたように、明治大学本が赤間神宮本にむしろ親近であることを示す箇所も存するのである。本稿で、明治大学本の掲出順を、底本である岡山大学本から見て、伊藤家本の次、萩明倫館本の前に置いた所以である（行論上書影例示箇所は除く）。前述したが、その明治大学本は国会図書館本と親と子の相互いずれかの関係にあるという見方があって[12]、さらにそれを一歩進めて、明治大学本（毛利家本）の本行本文か異本注記本文のいずれかが書写者の判断で採用されたという国会図書館本が、長州藩の定本、清書本であったという見方もある[13]。それでは、それらと萩明倫館本との関係はどうであったのか。それを明らかにするためにも、さらに諸本の本文全体を比較して追究する必要があるであろう。

続いて、萩明倫館本と諸本との関係に於いて注目される異同の例を挙げておこう。

i 萩明倫館本（明治大学本あるいは国会図書館本）が優位の例

①31　一五丁オ3高彦と〈岡・伊〉―高子と〈明・萩・国〉
　＊二条の后高子

②45　二三丁オ4天智天わうの〈岡・伊・明（「智」の右傍に朱で「武」）〉―天武天皇の〈萩・国〉
　＊飛鳥浄御原天皇は天武天皇

③53　二六丁ウ1それ維剣を〈岡・伊・明（「維」を朱で見消ちして右傍に朱で「雄」）〉―夫雄釼を〈萩・国〉
59も同様。
　＊雄釼＝正しい釼。「維剣」の用例不明。

④112　七七丁オ5御紬衆の〈岡・伊〉―御納衆の〈明・萩・国〉
　＊納衆は「衲衆」か。衲袈裟を付けた僧侶達、法会の職衆。

ii 萩明倫館本が劣位の例

①90　五二丁オ2白駒は庭にはむといへりむかし忠平中将の扇に書たりける時鳥こそ〈諸本〉―白駒は庭に書たりける時鳥こそ〈萩〉
　＊ただし萩本は、「に」と「書」の間に補入符を打ち、右傍に「啄むといへり昔忠平中将の扇に」を補入。

②94　五七丁ウ1おとこたへ〈諸本〉—おとかたへ〈萩〉
　*「乎（唯）と答へ」が正しいか。

③95　五七丁ウ4北のかた題をしらてはいか、と仰ありけれは〈諸本〉—仰ありけれは〈萩〉
　*萩本の単純な誤脱か。

④132　八八丁ウ2事の次なけれは〈諸本〉—事の次なれは〈萩〉
　*「事の次なければ君も御いましめなし」が通意。

iii 萩明倫館本が孤立の例

①79　四二丁オ3二月十三日夜半に〈諸本〉—二月廿三日夜半に〈萩〉
　*清盛三十七歳時の夢想。何れが妥当かは不明。

②82　四四丁ウ3御門の上とかやの（「上」の右傍に「ウハサ」）〈岡・明・国〉—御門の上とかやの〈伊〉御門のうはさとかやの〈萩〉
　*「うはさ」はあるいは「上座」か。いずれにせよ意味未詳。

③84　四六丁ウ5汝等聞出して〈諸本。赤間神宮本も〉—汝は聞出して〈萩〉
　*萩本が本来の形か。

便宜に、優位・劣位・孤立に分類したが、これは一つの目安に過ぎない。それでも、萩明倫館本が、他の諸本、特に既に本文が公刊されている岡山大学本や伊藤家本や国会図書館本に比して、必ずしも劣った本文ではないということは言ってよいであろう。さらに言えば、孤立とした例の中にはむしろ、萩明倫館本本文があるべき姿を伝えていると見てよい例[14]も認められる。これについては稿を改めることとするが、その典籍としての格式や伝来の正統性を勘案すれば、鶴見大学本と山口大学本とを併せて全二十巻が完存する萩明倫館旧蔵本は、長門本研究に於ける重要な伝本として注目していくべきものであると考えるのである。

おわりに

以上に、鶴見大学図書館に収蔵の巻一・巻二が、山口大学図書館蔵の巻三～巻二十のまさしく首両巻で、萩明倫館（旧蔵）本であることを紹介した。その過程で得た現時点での見通しは以下のとおりである。

巻十一と巻十五の目録題の異同が諸本の大きな分類基準になり得るかもしれないこと、伊藤家本の赤間神宮本との距離が遠いらしいこと、明治大学本と国会図書館本が赤間神宮本の系統であるかもしれないこと（萩明倫館本の祖本は赤間神宮本ではないかもしれないこと）、しかし、明治大学本と萩明倫館本とまた萩明倫館本と国会図書館本とが親近で、つまりこの三本は関係性があると見てもよいこと、その中で、明治大学本は岡山大学本に近くかつ萩明倫館本の類の本文と接触しているかもしれないこと、明治大学本から国会図書館本が派生したとしてもそこに萩明倫館本が関与しているであろうこと、国会図書館本の本文が必ずしも良質ではないかもしれないこと、萩明倫館本は長門本の重要な伝本の一つと見るべきであること、等々である。

萩明倫館本の成立の時期や経緯の究明、鶴見大学本の直近の旧蔵者の特定等は残したままであるし、麻原美子が提示した長府藩の長府本の流れと、長州藩の長門本の流れという分類への適応も不十分なままである。

今後は、主要な長門本諸本をさらに調査し、それら諸本の本文を精査して諸本間の関係性を究明する中で、萩明倫館本の位置付けを追究する必要があるであろう。

註

（1）川鶴進一「長門本」項（大津雄一ほか編『平家物語大事典』〈東京書籍、二〇一〇年一一月〉）。
（2）註（1）所掲項。
（3）石田編『伊藤家蔵長門本平家物語』（汲古書院、一九七七年五月）解題。
（4）註（1）所掲項。
（5）中島正国「長門本平家物語の原本に就いて」（『国学院雑誌』三六―一、一九三一年一月）。
（6）松尾葦江①「長門本平家物語覚え書」（『国文』二七、一九六七年七月）、松尾②「長門本平家物語の鹿谷事件説話群について―長門本の方法・その序説―」（『軍記と語り物』六、一九六八年一二月）、松尾③「長門本平家物語の伝本研究をめぐって」（『軍記と語り物』一四、一九七八年一月）、松尾④『平家物語論究』（明治書院、一九八五年三月。松尾①～③も所収）、松尾⑤「平家物語再見―長門本平家物語の窓から」（『地域文化研究』六、一九九一年三月）、松尾⑥（監修）「赤間神宮収蔵古典籍解題」（松尾編『海王宮—壇之浦と平家物語』〈三弥井書店、二〇〇五年一〇月〉以下「『海王宮』」）、松尾⑦「新たに調査された長門本平家物語」（『海王宮』）、松尾⑧「長門本現象をどうとらえるか」（『国学院雑誌』一〇七—二、二〇〇六年二月）、松尾⑨『軍記物語原論』（笠間書院、二〇〇八年八月。松尾⑧も所収）。石田拓也①「長門本平家物語に関する古記録の検討」（『軍記と語り物』八、一九七一年四月）、石田②「平家物語諸本の調査—特に長門本平家物語について—」（『私学教育研究所紀要』、一九七三年二月）、石田③註（3）所掲解題（石田①②も所収）、石田④「長門国赤間関阿弥陀寺—長門本平家物語の背景—」（『軍記と語り物』一四、一九七八年一月）。

（7）註（6）所掲松尾④書、松尾⑦論攷。

（8）村上光徳①「赤間神宮所蔵五十二号文書の意味—長門本平家物語研究の一手懸として—」（『駒沢短大国文』六、一九七五年一二月）、村上②「『長門本平家物語』流布の一形態—山口県文書館蔵毛利家文書の場合—」（『軍記と語り物』一三、一九七六年一二月）、村上③「国立国会図書館所蔵『長門本平家物語』（貴重書）について—長州藩宝蔵本か—」（麻原美子・犬井善寿編『長門本平家物語の総合研究（三）論究篇』〈勉誠出版、二〇〇〇年二月〉以下「『論究篇』」）、村上④「五十二号書簡をめぐって—長門本平家物語研究の問題点を探る」（註（6）所掲『海王宮』）。麻原美子「長門本『平家物語』初期伝本をめぐって」（『論究篇』。『平家物語世界の創成』〈勉誠出版、二〇一四年三月〉に所収）。

（9）この「小林」氏は、関西方面の大学の元教員で、御遺言によりご家族が印を押し、さらに近年になってその御蔵書をご遺族が売りに出されているらしいことを、某古書店主の話として仄聞致した。

（10）中村祐子「長門本平家物語伝本と伊藤家本」（『国文目白』四〇、二〇〇一年二月）。

（11）「旧国宝赤間神宮本をめぐって」（註（8）所掲『論究篇』）。

（12）註（8）所掲村上③論攷。

（13）註（8）所掲麻原論攷。

（14）長門本巻一に源平盛衰記も同様に載せる「八葉の大臣」の話がある。それは中国の故事「八葉宰相」を典故とするものであろうが、その文中に長門本主要諸本が「汝等」とするのに対して、萩明倫館本のみが「汝は」とする箇所があり、これがあるべき本文と考えている。詳しくは拙稿「八葉の大臣」をめぐって—萩明倫館旧蔵長門本『平家物語』本文の読みの可能性—」（『日本文学』二〇一七年一〇月号）参照。

補註　長門本巻一主要伝本の主要異同

凡例

＊岡山大学本に対して、次の順に異同を挙げる。〈岡山大学本〉―〈伊藤家本〉〈明治大学本〉〈萩明倫館本〉〈国会図書館本〉

＊略号　岡山大学本＝岡　伊藤家本＝伊　明治大学本＝明　萩明倫館本＝萩　国会図書館本＝国　適宜、赤間神宮本＝赤

＊表記の違いを除く主要な異同に限る。ただし、諸本分類上有効と思われるような一部表記の違いの異同は掲出した。

＊便宜に通し番号を付す。

＊丁数と行数は岡山大学本による。便宜の為に『岡山大学本平家物語』（福武書店、昭五〇・一〇～五二・一一）の行数を（　）内に示す。

＊右記翻印本の誤印と見られる箇所については後ろにまとめて記した。

1　一丁オ8（4）りうのしうゐ（「りう」の右傍に「や」）―りやうの〔一字空白〕ゐ〈伊〉りやうのしうゐ〈明〉梁の周伊〈萩・国〉

2　一丁ウ6（4）天道をははかりかたき―天道をは憚りかたき〈萩〉

3　二丁オ3（2）承平に―永平に〈伊〉

4　三丁ウ1（1）天承元年―天永元年〈伊〉

5　三丁ウ5（3）ありけるに―ありしに（「し」は「ける」の上に重書。後筆で右傍に「ける」）〈萩〉

6　四丁ウ3（3）しやうゑんちのけいき―しやうゑんちのけいき〈伊・萩・国〉しやうゑんちのけいき（「か」の左傍に朱で見消ち）〈明〉

7　四丁ウ6（4）はいす（「はい」の右傍に「頌」）―頌〈伊〉はいす（「はい」の右傍に「頌イ」）〈明・萩・国〉

8　五丁ウ4（3）御第子祐範上人―御弟子祐範上人〈明・萩・国〉

9　六丁ウ1（1）この人にこそ―この人々こそ〈明・萩・国〉

10　六丁ウ2（2）煩ひてそ―煩ひてこそ〈萩〉

11　八丁オ4（3）かなはさりけり―かなはさりける〈伊〉

12　八丁オ7（5）しゆ姓けれつなりとも―衆生けれつなりとも〈伊〉

13　八丁ウ1（2）おほしめさは―おほしめすは〈伊・萩・国〉おほしめさは（「さ」の右傍に朱で「す」）〈明〉

14　八丁ウ3（3）まいらんすらんと―まいらんと〈伊〉

15　八丁ウ4（3）とくちやうしゆ院に―徳長寿院ニ〈伊〉得長寿院に〈萩〉

16 九丁オ3（3）いかなる事候や―いかなる事そや〈明・萩・国〉
17 九丁ウ4（3）さこそ―さうそ〈伊・明〉
18 一〇丁オ7（5）まかりいてにけり―まかてにけり〈伊〉
19 一〇丁オ7（5）御つほの―御つほねの〈萩〉
20 一〇丁ウ4（3）ひんかしむきに―ひつしむきに〈明・萩・国〉
21 一一丁オ1（1）ある桶なる―あか桶なる〈明・萩・国〉
22 一二丁ウ1（1）窟り給へり―窟り給へり（「窟」の右傍に朱で「屈」）〈明〉屈り給へり〈萩・国〉
23 一二丁ウ7（4）おろそかなり―おろかなり〈伊・萩・国〉おろかなり（「お」の上に朱で見消ち、右傍に朱で「を」）〈明〉
24 一三丁オ4（3）聞分たる―聞別る〈伊〉
25 一三丁ウ4（3）法門も―法聞も〈伊〉
26 一四丁オ1（1）ほう王もれうかんより―法皇も両眼より〈伊〉法皇も龍眼より〈萩〉
27 一四丁オ1（1）せきあえさせ給はす―せきあはさせ給はす〈伊〉せきあえさせ給はす（「え」の左傍に朱で見消ち、右傍に朱で「へ」）〈明〉せきあへさせ給はす〈萩・国〉
28 一四丁オ2（1）思るひたてまつりけん―思ひたてまつりけん〈伊・明・国〉おもひたりけん〈萩〉
29 一四丁ウ6（4）そのうゑに―その上〈伊〉そのうゑニ（「ゑ」の左傍に朱で見消ち、右傍に朱で「へ」）〈明〉其上に〈萩〉そのうへに〈国〉
30 一五丁オ3（2）一つ、―一充〈萩〉
31 一五丁オ4（3）高彦と―高子と〈明・萩・国〉
32 一五丁オ6（4）在中将の―右中将の〈伊〉
33 一五丁オ8（6）御ふせの色まて―御ふせの色にて〈伊・明・萩・国〉
34 一六丁オ8（4）十二神しやうにて―十二神しやう〈伊〉
35 一六丁ウ（1）こんほん中堂の―こんほん中台の〈明・萩・国〉
36 一六丁ウ5（4）仏神の―仏事の（「事」の右傍に「神」）〈萩〉
37 一八丁ウ7（4）不日に天ちくに―天竺に〈伊〉
38 一九丁ウ1（1）御供養あり―御供養ありける〈萩〉
39 一九丁ウ4（3）相かなふほとの―かなふほとの〈伊〉
40 二〇丁オ1（1）おはしまさす―おはします〈伊〉
41 二〇丁オ3（2）雲上人憒を憎みて（「憒」の右傍に「憒」）―雲上人憒を憎みて〈伊〉雲上人憒を憎みて（「憎」の右傍に朱で「含歎」）〈明〉雲上人憒を含て〈萩・国〉
42 二一丁ウ8（5）たゝ盛に目をかけて―たゝ盛をかけて

〈伊〉

43　二二丁オ1（2）もゑきの〔一字空白〕威の―もゑきの糸威の〈伊〉もゑきの〔一字空白〕威の（「ゑ」の右傍に朱で「え」）〈明〉もえきの〔一字空白〕威の〈萩〉もえきの〔二字空白〕威の〈国〉

44　二三丁オ3（2）畏て―かしこまて〈萩〉

45　二三丁オ6（4）天智天わうの―天智天わうの（「智」の右傍に朱で「武」）〈明〉天武天皇の〈萩・国〉

46　二三丁ウ3（3）澄せ給ひ―澄せ給ひ（「澄」の右傍に「スマ」）〈伊〉

47　二四丁オ2（2）其御わさを―其わさを〈明・萩・国〉

48　二四丁ウ4（3）すかめなりけりとそ―すかみなりけりとそ〈明・萩・国〉

49　二四丁ウ6（5）こせんしの―しゆせんしの〈伊・国〉こせんしの（「こ」の右傍に「しゆ」）〈明・萩〉

50　二五丁オ3（2）このこしの刀を―こしのかたなを〈萩〉

51　二五丁オ8（5）太宰権師季なかの卿は（「なか」の右傍に「仲」）―大宰権師季仲の卿は〈伊〉大宰権師季なかの卿は（「師」の左傍に朱で見消ち、右傍に朱で「帥」。「なか」の右傍に朱で「仲」）〈明〉大宰権帥季仲の卿は〈萩・国〉

52　二五丁オ8（5）黒師とそ―黒師とそ（「師」の左傍に朱で見消ち、右傍に朱で「帥」）〈明〉黒帥とそ

〈萩・国〉

53　二六丁ウ1（1）それ維剣を―それ維釼を（「維」の左傍に朱で見消ち、右傍に朱で「雄」）〈明〉夫雄釼を〈萩・国〉

54　二七丁オ6（5）罪科たるへきに候は丶―罪科たるへきに候は丶（「候は丶」の右傍に「候〳〵」）〈萩〉

55　二七丁オ7（5）めし進へきか―進へきか〈伊〉

56　二七丁オ8（6）あつけ置候う急是を―あつけ置をはんぬ是を〈伊〉あつけ置けり急是を〈明・萩・国〉

57　二八丁オ1（1）兼は又―兼又〈萩〉

58　二八丁ウ4（3）携りて―携して〈伊〉

59　二九丁オ7（5）維剣を帯し―雄剣を帯し〈明・萩・国〉

60　三一丁ウ6（5）うせ給ひき―うせ給ひにき〈明・萩・国〉

61　三二丁ウ2（2）うすまきたり―かすまきたり〈伊〉

62　三三丁ウ2（1）足を相対せり―足を相対せり（「足」の右傍に「是」）〈萩〉

63　三三丁ウ6（4）わか着ると―我か着ると〈萩〉

64　三五丁オ7（4）ありとこそ―ありとうそ〈伊〉

65　三五丁ウ6（4）七十七道の中の王にて―七十七道の王にて〈伊〉

66　三七丁ウ1（2）彼符を（「符」の右傍に「フタ」）―彼札を〈伊〉彼符を〈萩・国〉

67 三七丁ウ3（3）ぬゑの音したる―ぬゑの音したり〈伊〉

68 三八丁オ2（1）いかてかしるへきと―いかてかしかるへきと〈萩〉

69 三八丁オ7（5）畏て承候ぬとて―かしまて承候ぬ〈萩〉

70 三九丁オ3（2）飢饉兵竜廿一年かあひた―飢饉兵乱廿一年かあひた〈萩・国〉

71 三九丁オ8（5）南面の―南殿の〈萩〉

72 三九丁ウ6（4）討にあらすや―討んにあらすや〈萩〉

73 四〇丁オ1（2）ふしきとも云へし―不思義とも云へ〈萩〉

74 四〇丁ウ4（3）牛車輦車を―牛車輦を〈伊〉

75 四一丁ウ4（2）周西伯富と―周西伯富と（「富」の左傍に朱で見消ち、右傍に朱で「昌」）〈明〉周西伯昌と〈萩・国〉

76 四一丁ウ5（3）おとり入たるとは―おとり入たると〈伊〉おとり入たるとは（「お」の上に見消ち、右傍に「ヲ」）〈明〉をとり入たるとは〈萩・国〉

77 四一丁ウ6（3）吉事にてそ―吉事にてこそ〈萩〉

78 四一丁ウ7（4）こんけんの―権現のの〈萩〉

79 四二丁オ4（3）二月十三日夜半に―二月廿三日夜半に〈萩〉

80 四三丁オ1（1）降雨の国土を―降雨の国土を（「雨」の右傍に「雨歟」）〈伊〉浄雨の国土を〈萩〉

81 四四丁オ4（3）平家の鳥と―平家の平家の鳥と〈伊〉

82 四四丁ウ4（3）御門の上とかやの（「上」の右傍に「ウハサ」）―御門の上とかやの〈伊〉御門のうはさとかやの〈萩〉

83 四五丁オ8（5）人形の―人刑の（「刑」の右傍に「形歟」）〈伊〉

84 四六丁ウ7（5）汝等聞出して―汝は聞出して〈萩〉

85 四七丁オ8（6）わか身の―己か身の（「己」は「わ（王）」にも見える）〈明〉己か身の〈萩〉

86 四九丁ウ4（3）打たりけり―うちたりけん〈萩〉

87 五〇丁ウ3（2）花ありけり―花有ける〈伊〉

88 五〇丁ウ3（2）たらすや思はれけん―たらすや思はれけん（「ら」の左傍に朱で見消ち、右傍に朱で「へ」）〈明〉たへすや思はれけん〈萩・国〉

89 五一丁ウ8（6）笛の調る音ありけり―笛を調る音有ける〈伊〉

90 五二丁オ3（2）白駒は庭にはむといへりむかし忠平中将の扇に書たりける時鳥こそ―白駒は庭に書たりける時鳥こそ（「に」と「書」の間に補入符あり。右傍に「啄むといへり昔忠平中将の扇に」）〈萩〉

91 五二丁ウ7（5）産事ありけり―産する事ありけり〈伊〉

92 五四丁オ4（3）しらへ給き―しらへ給ふ〈萩〉

93　五七丁オ6（5）やさしく—やさし、〈伊・明・萩〉
94　五七丁ウ1（1）おとこたへ—おとかたへ〈萩〉
95　五七丁ウ5（4）北のかた題をしらてはいか、と仰ありけれは—仰ありけれは〈萩〉
96　六〇丁オ6（5）女房の身なれとも—女の身なれとも〈伊〉
97　六三丁ウ6（4）内のきんしゆしやつねむね（「つねむね」の右傍に「経宗」）—内のきんしゆしや経宗〈伊・国〉内のきんしゆしや常宗〈萩〉
98　六五丁ウ5（3）杖六の—杖六の（「杖」の左傍に朱で見消ち、右傍に朱で「丈」）〈明〉丈六の〈萩・国〉
99　六七丁オ1（1）せうしなりけれは—せうしなりけれは（「せうし」の右傍に「勝事」）〈伊〉
100　六八丁オ7（4）経営し給へる事—経栄し給へる事〈萩〉
101　六八丁ウ7（4）勘るに—かんこふるに（「こ」の右傍に「か」）〈萩〉
102　六九丁ウ4（3）うき事をは—うき事は〈萩〉
103　六九丁ウ8（5）下されたり—下されたる〈伊〉
104　七〇丁オ3（3）御誕生ありて—御延生ありて〈伊〉
105　七一丁ウ5（4）人申けり—人申ける（「る」の右傍に「り」）〈伊〉
106　七二丁ウ2（2）はしまれり—はしまれる〈伊〉

107　七三丁オ4（3）天下の憂喜あひましはりてとりあへさりし事に八月七日—八月七日〈伊〉
108　七三丁ウ1（2）思つ、け、る—思つ、けらる〈伊〉思つ、けたる〈明・萩・国〉
109　七三丁ウ3（4）忠いん僧都か（「いん」の右傍に「胤」）—忠胤僧都か〈伊・国〉
110　七六丁オ6（3）はんせうのあるし—はんしやうのあるし〈萩〉
111　七六丁オ8（5）浅からすこそ侍に—浅からすこそ侍〈伊〉
112　七七丁オ7（5）御紬衆の—御納衆の〈明・萩・国〉
113　七八丁オ3（2）きんこくせられへきよし—きんこくせられへきよし（「れ」の右傍に朱で「る」）〈明〉きんこくせらるへきよし〈萩・国〉
114　七八丁オ4（3）別当けんちう僧正に（「けんちう」の右傍に「兼忠」）—別当兼忠僧正に〈伊・国〉
115　七九丁オ3（2）治承四年に—治永四年に〈伊〉
116　八〇丁ウ5（3）恥をす、かんと—恥もす、かんと〈萩〉
117　八〇丁ウ7（4）蚕あり（「蚕」の右傍に「カイコ」）—蚕あり〈萩・国〉
118　八〇丁ウ8（5）かるかゆへに—故に〈萩〉
119　八一丁オ7（4）いまきよむ—今雪む〈萩〉
120　八一丁ウ8（5）ひんかしへ—ひんかしらへ〈萩〉

121 八二丁オ2（2）四方に―四方へ〈萩〉

122 八三丁オ4（4）くわんきよなりにけり―還なりにけり〈伊〉

123 八三丁ウ4（3）蜜する事は―蜜する事は（「蜜」の左傍に朱で見消ち、右傍に朱で「密」）〈明〉密する事は〈萩・国〉

124 八四丁オ2（1）ゆめ〱―ゆめ〱（「〱」は「にも」の上に重書）〈伊〉

125 八四丁オ3（2）心つけて―こゝろつきて（「き」の右傍に「ケ」）〈萩〉

126 八五丁ウ2（2）いてき給にけれは―出来たまひけれは〈萩〉

127 八五丁ウ8（5）天下の栄みなり―天下の栄みなり（「み」の右傍に朱で「へ歟」）〈明〉天下の栄みなり（「み」の右傍に「へカ」）〈萩〉天下の栄へなり〈国〉

128 八六丁オ3（3）これを太子とし―是を太子と申〈伊〉

129 八六丁オ4（3）これをは帝弟と申―これを帝弟と申〈萩〉

130 八六丁ウ7（4）めつらしかりける事なり―めつらしかるける事なり〈伊〉

131 八八丁オ5（3）義家か武衡家衡を―義家か武衡家衡を〈伊・明・萩・国〉

132 八八丁ウ2（2）事の次なければは―事の次なれは〈萩〉

133 八九丁オ1（2）雪はふりて―雪はふり〈萩〉

134 八九丁オ4（3）松殿もとふさ（「もとふさ」の右傍に「基房」）―松殿基房〈伊・国〉

135 九〇丁ウ1（1）あなつりはしめらる、そ―あなつかはしめらる、そ〈明・萩〉

136 九三丁ウ7（4）御行末も―御行ゑも〈萩〉

137 九四丁ウ4（3）■て（■は「辻」の「十」が「下」。右傍に「こしらかみ」）―■（「辻」の「十」が「下」）て〈伊・国〉

138 九五丁オ4（3）平家の侍―平家を侍〈萩〉

139 九五丁オ4（3）待かけまいらせて―待うけまいらせて〈明・萩・国〉

140 九六丁ウ7（5）存してまいりたり―存してまいりたり（「まい（万以）」は「こ（古）」にも見える）〈明〉存してこりたり（「こ（古）」は「まい（万以）」にも見える）〈萩〉

141 九八丁オ2（2）内大臣の右大将にて―右大将にて〈伊〉

142 一〇〇丁オ8（5）夫杉に―夫杉に（「夫」の左に朱で傍点〔見消ちか〕、右傍に「大」）〈明〉大杉に〈萩・国〉

143 一〇一丁オ6（4）美たてまつりて―美たてまつりて（「美」の右傍に「か様イ」）―美たてまつりて〈伊〉か様美たてまつりて〈明・萩・国〉

144　一〇一丁ウ1（2）あまたおはしけるに—あまたおはしけるも〈伊・明・萩・国〉
145　一〇二丁ウ3（2）ならんやうをも—ならんやうを〈萩〉
146　一〇二丁ウ8（5）たのみまいらせんと—たのみまいらせて候〈伊〉
147　一〇三丁ウ1（1）御のほりある可候（「可候」は「へしと」にも見えるが、一〇丁オ4「まいるへしと御定のあひた」や、一〇四丁オ6「思やられ候へし」などと比べると「へしと」とは見なし難く「可候」と見ておく）—御のほりあるへく候〈伊〉御のほりあるへしと〈明・萩・国〉
148　一〇四丁オ6（5）思ひたてまつれ—おもひ奉れと〈萩〉
149　一〇四丁ウ3（2）一日〱と—一日〱〈伊〉
150　一〇七丁オ3（2）あふみの中将—近卿の中将（「卿」の右傍に「江イ」）〈萩〉
151　一〇九丁オ4（3）平氏か—平治か〈萩〉
152　一〇九丁ウ1（1）やすよりはもと—やすよりはもとは〈伊・明・萩・国〉
153　一一〇丁オ2（2）松のまへ—松のうへ〈伊〉
154　一一一丁ウ8（6）おもひやうなるか—おもひやうなるか（「ひ」の右傍に朱で「ふ歟」）〈明〉思ふやうなるか〈萩・国〉
155　一一二丁オ7（4）蔵人に（「人に」の右傍に「頭」）—蔵人頭に〈伊・明・萩・国〉
156　一一三丁オ2（2）なけ出たれたりけるを—なけ出されたりけるを〈伊・明・萩・国〉

右の底本の岡山大学本の活字本の誤印と見られる箇所を参考までに挙げておく。

※　三丁ウ6（4）大敗電雨〈岡大活字〉—土敗電雨〈岡大影印〉→〈伊・明・萩・国〉「土敗電雨」。（諸本と異同なしの為、異同一覧の通し番号ナシ）
62　三三丁ウ2（1）是を相対せり〈岡大活字〉—足を相対せり〈岡大影印〉
146　一〇二丁ウ8（5）たのみまいらせてと〈岡大活字〉—たのみまいらせんと〈岡大影印〉
147　一〇三丁ウ1（1）御のほりある可候〈岡大活字〉—御のほりある可候（「可候」は「へしと」にも見えるが、一〇丁オ4「まいるへしと御定のあひた」や、一〇四丁オ6「思やられ候へし」などと比べると「へしと」とは見なし難く「可候」と見ておく）〈岡大影印〉

〔付記〕

本稿は、関西軍記物語研究会第八七回例会（於四天王寺大学、二〇一六年七月三一日）に於ける「萩明倫館旧蔵長門本首両巻の紹介」と題した口頭発表、及び軍記・語り物研究会第四一二回例会（於早稲田大学、二〇一七年一月二九日）の同題の口頭発表（内容は一部修正）を基にしている。発表の機会を与えて下さった両研究会ならびに当日貴重なご意見を頂戴した諸先生に厚く御礼申し上げます。調査の過程で、種々の資料や情報をご提供・ご教示下さった、川鶴進一先生、長坂成行先生、松尾葦江先生に深く感謝申し上げます。また、資料の閲覧をご許可下さった岡山大学附属図書館、資料の掲載をご許可下さった赤間神宮、明治大学図書館、鶴見大学図書館、山口大学図書館、国立国会図書館に御礼申し上げます。

資料紹介

架蔵〔浄土真宗説話抜書〕翻刻抄

――浄土真宗教団における『平家物語』関連説話の一端について――

大橋直義

はじめに

小稿は、稿者の所蔵する仮称〔浄土真宗説話抜書〕（〔江戸中期〕写、四巻四冊）を紹介し、そのうち特に軍記物語に関わる部分――熊谷直実発心説話を翻刻し、そこに若干の考察を加えるものである。本来であるならば、まず全編を翻刻紹介した上での考察とするべきところであるが、ご海容いただければ幸いである。

一　略書誌

〔浄土真宗説話抜書〕、〔江戸中期〕写、四巻四冊

［所蔵者］　架蔵。

［装訂等］　袋綴装（線装・四目）、寸法、二四・五×一七・一。

［表紙等］　原装青褐色表紙、金箔散らし、銀泥にて蓮の図様、刷毛引。外題、なし（題簽剝落痕なし）。綴じ糸、金色絹糸。見返、本文共紙。

［目録等］　目録、有（後掲）。目録題、なし。

［本文等］　内題、無。料紙、楮紙。

半葉七行、一行二十字内外、無辺無界。

墨付、五五丁（巻一）・四七丁（巻二）・五四丁（巻三）・七六丁（巻四）、遊紙、なし。

用字、漢字平仮名交じり。一部に濁点。漢字に多く振り仮名、ただし固有名詞は多く誤る。

本文・振り仮名ともに一筆。書き入れ、朱筆等なし。

［奥書等］　尾題・奥書、無。

第二冊（巻二）以下、巻末に「巻之二終」「巻之第三終」「巻之四　大尾」と同筆墨書。

［備考等］　各冊、表紙見返に「富井氏」方形単郭陽刻朱印。不詳。

第二冊に「故丘本弘齋」と異筆墨書（別料紙・楮紙）する付箋（剝落）がはさまる。

旧蔵者・出所など未詳。

［各巻目録（括弧内は仮番号）］

巻第一
（一）一　三国縁仏始元之事
（二）一　頻婆娑羅王三世の因の事
（三）一　本朝仏伝来之事
（四）一　法然上人念仏宗を弘〆給ふ事
（五）一　高祖上人専修門に帰入之事
善信坊信行不退の座を分事

巻第二
（一）一　熊谷治郎発心之事
　　蓮生坊奇特之事
（二）一　直実空師の御弟子と成事
（三）一　専修念仏繁昌之事
　　浄土真宗停止の事
巻第三
（一）一　住蓮坊安楽坊死罪之事
（二）一　南都北嶺怪異之事
　　専修念仏再弘之事
（三）一　親鸞上人北陸道廻る事
　　八房梅三度栗の事
（四）一　川越奇瑞名号之事
　　野州花見か岡牲之事
（五）一　高田専修寺御建立之事
　　北条泰時天下式目を立る事
巻第四
（一）一　親鸞上人遷化之事
　　関東二十四輩始元之事

（二）一　性信房由緒之事
　　　悪龍退治之事
（三）一　高田真仏上人之事
　　　顕智房由緒之事
（四）一　鹿嶌大宮司信親発心之事
　　　畠山重忠明恵上人法聞事
（五）一　大谷本願寺七代御相承之事
（六）一　蓮如上人御誕生之事
　　　一向宗再繁昌之事
　　　左り甚五郎珍山之事

全四冊で墨付き二三二丁という大部なものであるが、そのどこにも書名は見えず、何のために本書が制作・書写されたのかも定かではない。ただ、目録を一覧すれば、浄土真宗の中でも高田専修寺派のものとして一度は制作され、そこに大谷派が巻第四の末尾二話を加えたとは推定できようか。第四冊のみが他三冊よりもその丁数を多くしていることもその傍証となろう。

宮崎圓遵は浄土真宗の談義本について、「その説くところの教法は煩雑な教義的説明よりも、寧ろ達意的な平易な叙述であり、而もその理解を助け、所説の効果を大きくするために、種々の因縁説話を交へたもの」と定義しているが、(1)やはり本書目録によって即座に了解できるように、仏伝から説き起こし、仏伝・仏法伝来（聖徳太子伝）から法然伝・蓮生房（熊谷直実）伝、そして親鸞伝へといった具合に、時系列に叙述する点にまず着目される。つまり、本書は、教理について平易に説明を加えるために因縁説話を多用するという意味での「談義本」ではなく、説話を時系列的に排列することで、仏法史および浄土真宗史を説こうとしたものと考えることができようか。なお、その意味で、本書の表紙が、浄土真宗寺院において宗祖の事績に関わる内容を持つ書物にしばしば使われる類のものであることにも留意しておきたい(2)。

二　翻刻

この〔浄土真宗説話抜書〕の全編を紹介する機会はまた別に設けることとして、今は第二冊（巻第二）の第一話と第二話のみ——熊谷直実説話のみを翻刻する。

〔翻刻凡例〕

- 本翻刻は架蔵〔浄土真宗説話抜書〕第二冊の二丁表から三七丁表を対象とするものである。
- 毎半葉最終行の行末に（2オ）等として丁数を示した。
- 字配り及び清濁の別は原本のままとしたが、通読の便宜をはかるため、句読点を補った。
- 異体字の類は通行字体に改めた。
- 本行及び振仮名の仮名遣いに見られる誤りも原本のままとした。

〔翻刻〕

熊谷直実発心事
蓮生坊奇特之事

熊谷《くまかへ》次郎《しろう》入道《にうとふ》蓮生坊《れんせうほふ》といへるは、武蔵国《むさしのくに》の住《しう》人《にん》にて武勇《ふゆう》絶輪《せつりん》乃《の》武士《ふし》也。元来《くわらひ》源家《けんけ》旗本《はたもと》なりしかとも、平氏《へいし》世《よ》を取《とつ》て権威《けんい》を振《ふるい》しかは、時《とき》に随《したかつ》てしはらく平氏《へいし》の命《めい》を請居《うけい》ける所に、頼朝公《よりともこう》義兵《きへい》を上給ふの砌《みき》り、御味方《みかた》に参《まい》りて」（2オ）

能所《よきところ》の合戦《かつせん》に勇功《ゆうこう》を顕《あらわ》し、忠勤《ちうきん》他《た》に異《こと》
なり、終《つい》に私《し》の党《とう》の旗頭《はたかしら》と自称《じしやう》す。就中《なかんつく》、元暦《けんりやく》
元年《くわんねん》、朝日将軍義仲追討《あさひしよぐんよしなかついとう》の為《ため》、九郎義経上洛《よしつねしよらく》
あり。宇治《うし》の手《て》を責《せめ》給ふ砌《みきり》、熊谷父子《くまかへふし》橋桁《はしけた》に
有て大きに勇《ゆう》を振《ふる》ひ、敵《てき》を崩《くす》す。仍而《よつて》佐々木《さゝき》梶《かしわら》
原川《かわ》を渡《わた》す事《こと》を得たり。宇治川《うちかわ》の先陣《せんしん》
二陣《にぢん》と称美《しやうひ》あれとも、其功《そのこう》は偏《ひとへ》に熊谷父子《くまかへふし》」(2ウ)
か働《はたら》きにあり。されとも直実《なをさね》は是《これ》をあらはさす、
進《すゝ》んで都《みやこ》に入時《いるとき》、義仲《よしなか》の四天王《してんわう》と呼《よは》れたる
楯《たて》の六郎兄弟《ろくろうきやうたい》の者《もの》を討取《うちとり》、手柄《てから》をあらわし、其後《そののち》
平家一《へいけいち》の谷《たに》に城《しろ》を構《かま》へて、楯籠《たてこも》るを直実父子《なをさねふし》
抜《ぬけ》かけして、一の谷《たに》の木《き》戸を破《やふ》り、平家《へいけ》の勇《ゆう》
士《し》、悪七兵衛景清越中《あくひちひやうへかけきよゑつちう》の次郎兵衛盛次《しらうひやうへもりつぐ》なとゝ
血戦《けつせん》しけるに、景清盛次叶《かけきよもりつぐかな》わずして引退《ひきしりぞ》く」(3オ)
此時《このとき》おなしく平山《ひらやま》の武者所季重《むしやところすへしけ》も熊谷《くまかへ》と
相倶《あいとも》に向《むか》ひけるか、直実父子《なをさねふし》敵《てき》を引受戦《ひきうけたゝか》ふ隙《ひま》
に季重《すへしけ》一番《はん》に木戸の内《うち》へ馳《はせ》入しかは、熊谷《くまかへ》か
戦功《せんこう》むなしく平山《ひらやま》か先《さき》かけ不意《ふい》の高名《かうみやう》とは
成《なり》にけり。此時《このとき》、梶原平三景時 同 源太左衛門《かじわらへいさふかけときおなしくけんたさゑもん》

景季父子《かへすゑふし》、力対《りきたい》して出《いて》けるか、如何《いかゝ》した《た》りけん、
景季《かへすゑ》敵中《てきちう》に取籠《とりこめ》られ、出《いづ》る事《こと》あたわす。」(3ウ)
平三《へいさう》大《おゝ》きに驚《おとろ》き、我子《わかこ》を助《たすけ》んと再《ふたゝ》ひ入《いり》て源《けん》
太《だ》をすくひ、退《しりぞ》きけるを、梶原《かしわら》か二度《にと》のかけ成《なり》
と吹聴《ふいちよふ》し、「一の谷随一《すいいち》の高名《こうみやう》」と詈《のゝしり》りまわり
けるか、義経此事《よしつねこのこと》を聞《きゝ》給ひ、軍《いくさ》 散《さん》して後《のち》、
直実《なをさね》を御前《おんまへ》に召《めさ》れ、「一の谷合戦《かつせん》の事《こと》、平《ひら》
山一番《やまいちはん》に乗《のり》り入《いる》るといへ共、御辺敵《こへんてき》をふせくに
あらすんは、いかてか季重命《すへしけいのち》を得んや。然《しから》は
彼手《かのて》の軍《いくさ》におゐては、始終《しじう》もつて御辺《こへん》の大《たい》」(4オ)
功《こう》なり。又景時二度《またかけときにと》のかけなりと高名 顔《こうみやうかほ》す
るこそ笑《おか》しけれ。梶原己《かじわらおのれ》か引 退《ひきしりぞき》し身《み》の、何《なに》
の故《ゆへ》に二度打出《にとうつてい》て戦《たゝか》ふへきや。我子《わかこ》景季、敵
中《ちう》にある故《ゆへ》、是《これ》を助《たすけ》んとかけ入、何そ高名手《こうみやうて》
柄《から》といわん。生《せう》あるものゝ子《こ》を思《おも》わぬはなし。景時《かけとき》
偏《ひとへ》に我子《わかこ》をおしみ、其身《そのみ》を忘《わす》れて乱軍《らんくん》に」(4ウ)
駆《かけ》入。もし敵兵強《てきへいつよ》くは渠《かれ》ら父子《ふし》は無益《むゑき》の犬《いぬ》
死《しに》すへし。口には侍《さむらい》 大将《せう》と罵《のゝしり》りなから、恩愛《おんあい》
に引《ひか》れて命《いのち》を落《おと》さは不忠《ふちう》とやいわん、不義《ふき》とや

いわん。我既《われすて》にひよ鳥越《とりこへ》より責入《せめいる》る時《とき》なるゆへ、
平家《へいけ》の軍勢《くんせい》さわき乱《みた》るゝ。其隙《そのひま》に稀有《けう》の命《いのち》
をまぬかれし梶原親子《かしわらおやこ》、高名手柄《かうめうてから》と言筋《いうすし》いさ
ゝかなし。又御辺《こへん》の戦功《せんこう》は我能是《われよくこれ》をしれり。」（5オ）
宇治川《うしかは》の働《はたら》きと言《いひ》、今度《こんと》一の谷《たに》の高名《こうみやう》、殊《こと》
には敦盛《あつもり》の首《くひ》を討取《うちとら》るゝ段《たん》、比類《ひるい》なき手柄《てから》なり。
我鎌倉《われかまくら》に下向《げこう》せは、兄頼朝《あによりとも》の手前《てまへ》、宜《よろしく》披露《ひろう》す
へきなり」と、良将《りやうせう》たる義経《よしつね》、仁愛《しんあい》の挨拶《あいさつ》に直《なを》
実感涙《さねかんるい》をおさへかね、大将《たいせう》の名言《めいごん》に其身《そのみ》の戦功《せんこう》、
一時《し》に顕《あらわ》れ、悦《よろこ》ひたりしに、梶原《かしわら》は兼《かね》て義経《よしつね》に
遺恨《いこん》を含《ふく》み居《い》ける折節《おりふし》、此事《この事》を聞《きゝて》、心中《しんちう》に」（5ウ）
大きにいきとふり、義経公《よしつねこう》をざんげんする。つぎに
直実《なをさね》は義経《よしつね》にしたしむよしを悪《あし》さまに鎌《かま》
倉殿《くらとの》へ言上《こんしよ》せしゆへ、熊谷父子《くまかへふし》か高名手柄《こうみやうてから》、かま
くらにて一向《こふ》沙汰《さた》無之《これなく》、諸大名《しよたいみやう》　関東帰国《かんとうきこく》の後迄《のちまて》
も熊谷《くまかへ》か事《こと》に於《おい》ては頼朝公《よりともこう》仰《おゝせ》出《いた》されし事《こと》
もなく、直実《なをさね》心中《しんちう》に、是《これ》は定《さため》て梶原《かしわら》かなす
ゆへとは知りたれとも、あらそい訴《うつた》ふへき事《こと》」（6オ）
にもあらす、少《すこ》しき高名手柄《こうみやうてから》を自慢《しまん》がまし

き論《ろん》するは、勇士《ゆうし》の所為《しわさ》にあらすと思ひ、少《すこ》しも
心《こゝろ》に懸すある処に、讒言《さんけん》いよ〳〵つよかりけるにや、
熊谷《くまかへ》か所領《しよりやう》三分一を召《めし》上られへきとの事《こと》也。
「身命《しんめい》をなけうち、千辛万苦《せんしんはんく》の軍功《くんこう》をなし
つるに、恩賞《おんせう》の沙汰《さた》こそなく共、已前《いせん》のよりの
所領《しよりやう》まて割取《わりとり》給ふは何事そや」と、門葉親類《もんよふしんるい》」（6ウ）
の輩《ともから》、恨《う》らみ憤《いきとふ》りけれは、直実決而《なをさねけつし》是《これ》をいき
どふらす、諸親類《しよしんるい》を諌《いさめ》て申けるは、「凡人界《およそにんかい》に
生《せう》を請《うく》るもの、貴《とふとき》も賤《いや》しきも、皆過去《みなくわこ》の宿因《しゆくいん》に
よる所也。数多《あまた》の家来《けらい》を扶持《ふち》する事《こと》も全《まつた》く
我身《わかみ》の功《こう》にあらす。生《うま》るときも裸《はた》かなれは、死《し》す
る時も又然《しか》り。財宝領地何程有共《さいほふりやうちなにをとあるとも》、みな現《げん》
在《さい》の預《あつか》りもの也。冨《とめ》るも衰《おとろ》ふるも善悪因縁《せんあくいんゑん》」（7オ）
恨《うらむ》る事有《ある》へからす。君《きみ》ゟ領地悉《りやうちことく〳〵》く召離《めしはな》さる
とも、主人《しゆ》の事也。理非《りひ》をあらそふは臣《しん》たるの
道《みち》にあらす。況《いわん》や漸々《よふ〳〵》三分一を召上《めしあけ》られ、のこる
二分を下《くだ》し置《おか》るゝ上《うへ》は、妻子《さいし》をやしなふに何《なん》の
不足《そく》かあらん。一国《こく》一郡《ぐん》千町二千町領《りやう》するとも、皆《みな》
それ程の賄《まかない》あり。我領地減少《われりやうちけんせう》せは、軍役《くんやく》

入用家中《かちう》の賄《まかない》も又《また》それに応《おふ》ずへし。領地《りやうち》」(7ウ)に目《め》を掛《かけ》す、忠義《ちうぎ》の名《な》を残《のこ》すをよしとす。梶原《かしわら》、我《われ》を讒言《さんげん》せは、人《ひと》又渠《かれ》をにくむへし。非義《ひぎ》をなす者《もの》はいかてか其身《そのみ》の長久《ちやうきう》を得《ゑ》ん。隠悪《いんあく》は天是《てんこれ》を罰《はつ》すといへり。神明《しんめい》の眼《まなこ》に依《ゑ》怙《こ》有まし。倅直家《せかれなをいへ》、此後《このゝち》不忠《ふちう》の心《こゝろ》発《はつ》せず、君《きみ》に奉仕《ほふし》せよ。我《われ》はとくより世《よ》を遁《のかる》かるゝの心《こゝろ》さしあり。君《きみ》に告《つけ》て都《みやこ》へ登《のほ》るへし。我家《わかいゑ》を」(8オ)出《いづ》る共《とも》、跡《あと》の事《こと》におゐて気遣《きづかい》有《ある》べからす。譬《たとひ》讒人君《さんにんきみ》の前《まへ》を申掠《まふしかすむ》る共《とも》、大江《おゝゑ》の弘元《ひろもと》をはじめ、和田畠山《わたはたけやま》等《とう》の智臣《ちしん》あり。人〻上《うへ》に立《たゝ》んとする事《こと》なかれ。自分《しぶん》智恵《ちゑ》有《あり》とて、みたりに事《こと》をはかるへからす。役《やく》に付《つく》とも、我能君《われよくきみ》の行跡《こうせき》につきて行末《ゆくすへ》をおもふに、義朝公《よしともこう》の公達《きんたち》多《おふ》き中《なか》に頼朝公《よりともこう》一旦《たん》平家にとらわれとなり、誅《ちう》せらるへ」(8ウ)き身の、池《いけ》の禅尼《せんに》の救《すく》ひに仍《よつ》て命《いのち》を助《たすか》り、流人《るにん》と成《なり》給ふ事、あなかち平氏《へいじ》の情《なさけ》のみにあらす。前業因縁善悪《せんこういんゑんせんあく》のむくふ所《ところ》なり。しかふして、終《つい》に義兵《ぎへい》をあけ、石橋山《いしばしやま》の敗軍《はいぐん》、

ふし木の洞《ほら》に隠《かく》れ、からき一命《いちめい》を遁《のが》れ給へとも、勢《いきを》ひ微《ひ》にして再度《さいど》の合戦《かつせん》、難儀《なんき》の折《おり》、坂東《はんとう》の御家臣《こかしん》、一時にはせ参《さん》じ、御味方《みかた》」(9オ)申《もう》せしも、源氏《けんし》の恩《おん》を思ふ故《ゆへ》と、君《きみ》の果報《くわほう》目出度《めてた》故《きゆへ》と也。しかるに木曽《そ》義仲信州《よしなかしんしう》ゟおこりて都《みやこ》に責《せめ》め登《のほ》り、平家《へいけ》の大敵《たいてき》を西海《さいかい》に追落《おいおとし》す。実《げ》に源氏《けんし》再興《さいこう》の大将《たいしやう》といゝつべし。尤《もつとも》武将《ふせう》の上にも立へき所《ところ》、無道《ふとう》の行《おこな》ひ道《みち》に背《そむ》くによつて、院旨《いんし》を我君《わかきみ》に下《くた》し給ふ。是《これ》によつて、御代官《たいくわん》として、範頼《のりより》公、義経《よしつね》公上洛《しよらく》あり」(9ウ)て、義仲《よしなか》を討《うち》給ふ。こゝにおゐて、都《みやこ》は無異《ぶい》におさまるといへとも、平氏《へいし》いまた西国《さいこく》に威《い》を振《ふるい》しかは、つゝいて両公《りうこう》西海《さいかい》におもむき、平氏《へいし》をせめ給ふ。殊《こと》に義経公《よしつねこう》、身命《しんみやう》をなけうち、不日《ふしつ》に大《たい》敵《てき》の根《ね》をたち、数年《すねん》のうつふん一朝《てう》に散《さん》じ、源氏《けんし》一統《とう》の世《よと》なし給ふ。是《これ》、頼朝公《よりともこう》の力《ちから》にあらす。然《しか》れとも、舎兄《しやきやう》たるを以《もつ》て武家《ふけ》の棟梁《とうりやう》と」(10オ)仰《あほ》かれ給ふ。誠《まこと》に果報《くわほう》いみじき御大将《たいせう》なり。しかれとも、仁慈《じんし》の道《みち》にくらく、親類他門《しんるいたもん》にかき

らす、愛憐《あいれん》の心《こゝろ》、聊《いさゝか》もなく、御身《おんみ》の一生《せう》は善《せん》因《いん》の余慶《よけい》によつて静謐《せいひつ》なるべし。然《しか》れとも、御子孫長久覚束《こしそんちやきうおほつか》なし。殊《こと》に時政《ときまさ》の娘《むすめ》政子《まさご》を以て御台《みたい》と定《さた》め、てうあいあり。此女《おんな》、才智人《さいちひと》に勝《すく》れ容義《よふぎ》も恥《はづか》しからす。然共《しかれとも》、智恵有《ちゑある》」(10ウ)を以《もつ》て政事《せいし》の口入《くにふ》をなす。女《おんな》の長舌成《なかしたなる》は国家《こつか》の災《さい》ひなりといへり。何程《なにほと》かしこく共女也《おんななり》。愚智《くち》の男子《なんし》に及《およふ》へからす。剰《あまつさへ》、嫉妬《しつと》の心深《こゝろふか》し。災《わさわ》ひかならす是《これ》より起《おこ》るへし。一婦《ふ》の為《ため》に亡《ほろほ》されんよりは、世《よ》を遁《のか》るゝにしかし」と、我子《わか》をはじめ、一族等《そくら》にも此事《このこと》を語《かたり》、跡《あと》の事共《こととも》、念比《ねんころ》に申 置《もふしおき》、一通《つう》の願 書《くわんしよ》をしたゝめ、弘元《ひろもと》に頼《たのみ》て、出家《しゆつけ》の旨《むね》、」(11オ)御いとま給はるへきよしを言上《こんしよ》せしかは、弘元《ひろもと》大に驚《おとろ》き、「直実《なをさね》は忠功有之《ちうこうこれあり》。誤《あやま》りなき人也《ひとなり》。讒言《さんけん》の所為《しよい》によつて所領《しよりやう》お減少《けんしう》せられ、人《ひと》の前《まへ》を恥《は》じ、身 退《みしりそか》んとするものなるべし。是《これ》を留《と》めずんは有《ある》へからす」と、彼願 書《かのくわんしよ》をしはらく預《あつか》り置《おき》、老臣《ろうしん》千葉之助常胤《ちはすけつねたね》に此事《このこと》を談《だん》じ、「何卒《なにとそ》して君《きみ》を諫《いさ》め、渠《かれ》か忠功《ちうこう》を顕《あらわ》はさん」と申けれは、常《つね》」(11ウ)

胤是《たねこれ》に同《とふ》し、則 両人《すなわちりやうにん》、頼朝公《よりともこう》の御前《おんまへ》へ出《いて》て申けるは、「熊谷《くまかへ》の次郎直実《しろうなをさね》、事京都西国《こときやうとさいこく》の合戦《かつせん》に大功《たいこう》を立、忠勤深《ちうきんふか》き者《もの》にて候。宜 恩賞《よろしくおんせう》の御沙汰《こさた》あるへき所《ところ》に、何《なん》の誤《あやま》り有《あつ》て所領《しやりやう》の内《うち》を召《めし》上られ候や。今漸々《いまよふ〳〵》源氏再興《けんしさいこう》の時分《しふん》、我《わか》君新《きみあらた》に武将《ふせう》の上《うへ》に備《そなわ》り給ふ事《こと》、偏《ひとへ》に彼者《かのもの》共か源氏普代《けんしふたい》の恩《おん》を思《おも》ひ身命《しんめい》をなけうちて、」(12オ)戦功《せんこう》を尽《つく》しける故《ゆへ》に御わすや。たとひ聊《いさゝ》かの罪《つみ》ありとも、君御代始《きみみよにはしめ》なれは、暫《しはら》くゆふじよし差《さし》置れ、能々紀明《よく〳〵きうめい》の上《うへ》にて罪《つみ》を糺《たゝ》し、さるへき事然《ことしか》るに、功有《こうあつ》て罪《つみ》なき熊谷《くまかへ》を斯《かく》の如《こと》く計《はか》り給ふは、忠功《ちうこう》を尽《つく》せし輩《ともから》、却而《かへつ》こゝろをあやふみ思ひ、我身《わかみ》の上になりもやせんと用心気《よふしんき》に至《いた》りなは、再《ふたゝ》ひ騒動《そふとふ》の端《はし》と成《なり》申さん。賞罰《しやはつ》」(12ウ)は車《くるま》の両輪《りやうわ》のことしといへ共、罪《つみ》をかるく賞《しよふ》を重《おも》く行《おこな》ふは、賢者《けんしや》の政道《せいとう》、ましてや当時平《とうしへい》家《け》の一門《もん》、悉《こと》く亡《ほろ》ふといへとも、人心《ひとこゝろ》はまた平安《へいあん》ならす。平氏《へいし》の残党《さんとう》も是《これ》有へし。誠《ま事》に大切《たいせつ》の時節《しせつ》なれは、御仁情《こしんせい》をして第一《たいいち》なるへきに、唯《たゝ》

一人の言葉《ことは》をもつて、功有者《こうあるもの》を罪《つみ》し給ふは
譜代《ふたい》の御家人《ごけにん》も君《きみ》を見放《はな》し申へきの　」(13オ)
既《すて》に熊谷《くまかへ》世《よ》をあやしみ思ふにや、出家《しゆつけ》の望《のそみ》
ありとて、御暇《おんいとま》の願《ねかい》を差出《さしいた》し候《さふら》へは、君《きみ》の御前《おんまへ》
へ召出《めしいた》され、宜《よろしく》是《これ》を定《さた》め給ひ、御《こ》ほうひの言葉《ことは》
を以《もつ》て留《と》ゝめ給はゝ、君《きみ》の御恩難《ごおんありかたく》有思《おも》ひ、永《なか》く
忠儀《ちうき》の臣《しん》となり候はん」と言葉《ことは》を尽《つく》し御諫《おんいさめ》を
申上《もふしあけ》しとなり。　」(13ウ)

直実空師の御弟子と成事

蓮生坊大往生奇特之事

千葉《ちば》之助常胤《すけつねたね》、大江広元《おふゑひろもと》両人、熊谷次郎直実《なをさね》
か退《しりそ》く事を痛《いたましく》敷思ひ、頼朝《よりとも》公を諫言《かんけん》しけれは、
頼朝公《よりともこう》、仰《おふせ》けるは、「直実、勤功有《きんこうあり》といへ共、表《おもて》に顕《あらはれ》
れす。軍鑑《くんかん》に記《しるさ》されす。何《なん》そ猥《みた》りに賞《しよ》すへ
きや。渠《かれ》か罪《つみ》は義経《よしつね》にへつらひ、頼朝《よりとも》を後《うしろ》にし　」(14オ)
て、自分《しふん》の高名《こうみやう》を顕《あら》わさんと義経《よしつね》によるゆへ
に、よしつねも我意《かい》に任《まか》せ、しきりに熊谷《くまかへ》か
戦功《せんこう》を申越《こす》。是直実《これなをさね》か罪《つみ》にあらすや。我今《われいま》
初《はしめ》て家《いゑ》を起《おこ》し、武将《ふしやう》と成《なつ》て諸国《しよこく》を征《せい》する
の此節《このせつ》なれは、武威《ふい》を示《しめ》さて有《ある》へからす。義《よし》
経《つね》みつから功《こう》につのり、我慢《かまん》の行跡《こうせき》、甚多《はなはたおゝし》し。　」(14ウ)
夫《それ》にしたかふ熊谷父子《くまかへふし》、諸士《しよし》への戒《いましめ》に所領《しよりやう》を
割《わつ》て罪《つみ》を糺《たゝ》す。いかにも直実《なをさね》は無双《ふさう》の勇士成《ゆうしなり》。
其勇《そのゆう》を頼《たの》んで義経《よしつね》に懇志《こんし》を通《つう》ずる故《ゆへ》、罪《つみ》を
与《あた》へ戒《いまし》むるは、政道《せいとう》に親疎《しんそ》なく、正直《せうしき》なるを顕《あらわ》し、
諸人《しよにん》をして帰伏《きふく》せしめん為《ため》也。然《しか》るに、直実《なをさね》
出家《しゆつけ》を望《のそみ》、暇《いとま》を乞《こふ》は、其身《そのみ》の勇士《ゆうし》たるを以《もつ》て
頼朝《よりとも》に事《こと》をかゝせ祓《はら》はんとの所存《しよそん》成へし」と
宣《のたま》ひけれは、千葉《ちは》之助《すけ》、「重而《かさね》御諚《ちやう》御尤《もつとも》に候へ共、直《なを》　」(15オ)
実《さね》に於《おい》て、不忠《ふちう》の存《そん》へき者《もの》にあらす。渠《かれ》か
戦功《せんこう》は某《それかし》能《よく》存たる所に候へ共、帳面《ちよめん》に記《しる》さゞる
事《こと》は、宇治川《うちかわ》にて熊谷父子《くまかへふし》、身命《しんめい》を捨《すて》て
敵《てき》を防《ふせ》く。其隙《そのひま》に佐々木梶原《さゝきかしわら》二陣《にじん》に渡《わた》し
候ゆへ、熊谷《くまかへ》か働《はたら》きは隠《かく》れて顕《わらはれ》すといへとも、
直実《なをさね》なくは両人《りやうにん》いかてか川《かわ》を渡《わた》すべき。
一の谷木《たにき》戸口《くち》の軍《いくさ》も、こと〳〵く熊谷先登《くまかへせんとう》に　」(15ウ)
すゝんて戦《たゝか》ふ。其隙《そのひま》に平山季重《ひらやますへしけ》軍門《くんもん》に事《こと》

を得《へ》たり。尋常《よのつね》の者《もの》成りせは功《こう》をあらそひ、論《ろん》すへきに、直実《なをさね》は只味方始終《たゝみかたしぢう》の勝利《しより》を思《おも》ひ、其身《そのみ》の高名《こうみやう》を事《こと》ともせす、仍而争《よつてあらそ》ひ挙《あく》る事《こと》なく、是誠忠《これせいちう》といふへし。義経公《よしつねこう》は軍事《くんじ》にさかしく諸士《しよし》の輩《ともから》を能撫育《よくふいく》し給ふ故《ゆへ》、熊谷功有《くまかへこうあつ》て顕《あらわ》れさる事を、不便《ひん》におもひ」(16オ)たまふゆへ、言葉《ことば》を以《もつ》て感賞有《かんしよあり》しかは、直実《なをさね》も又大将《またたいせう》をかんじて、天晴良将成《あつはれりやうせうなり》りと誉《ほめ》中なり。是等《これ》の事《こと》を見聞《けんもん》して、偏執愚智《へんしうくち》の輩《ともから》、熊谷《くまかへ》して義経公《よしつねこう》に心《こゝろ》を通《つう》ずるなと、言《ごん》上《ちよ》に給ひしものにて候はんか。只今《たゝいま》こそ、義経公《よしつねこう》を君憎《きみにく》ませ給ふ故《ゆへ》に、渠《かれ》か懇意《こんい》を通《つう》する事をいきとふらせ給ふなれとも、其功《こう》は義経公君《よしつねこうきみ》」(16ウ)の御《こ》名代《みやうたい》として、一方《ほう》の大将軍《たいしよくん》たり。熊谷《くまかへ》計《はか》りにあらす。某《それかし》とても、軍中《くんちう》にては九郎殿を随分尊敬《すいふんそんけう》仕《つかまつ》る也。是《これ》はひとへに君《きみ》を敬《うやま》ひ奉《たてまつ》る道理《とうり》なり。夫《それ》を罪《つみ》なりとて、咎《とが》め給はゝ、和田《わた》、畠山《はたけやま》、土肥《とひ》、佐々木《さゝき》、某《それかし》を初《はし》めとして、西国《さいこく》へ向《むか》ひたる大小名《たいしよみやう》は悉《こと〳〵》く不忠《ふちう》の者《もの》となり申へし。

唯《たゝ》一人、梶原景時《かしわらかけとき》のみ罪《つみ》なしと申へし。」(17オ)是《これ》は大将《たいせう》と不快《ふくわい》にして、判官殿《ほうくわんとの》に不礼《ふれい》の事多《おふ》し。然《しか》れとも、道《みち》を申さば、梶原《かじわら》一人こそ君《きみ》の御名代《ごみやうたい》たりし判官殿《ほうくわんとの》へ不礼《ふれい》をなす上《うへ》は、急度罪《きつとつみ》せらるへき筈《はづ》なり。政道《せいとう》に依怙《ゑこ》なしと宣《のたま》ふならば、此義《このき》も御紏明《こきうめい》有へき事《こと》にて候。我々《われ〳〵》かやふに君《きみ》へ言葉《ことは》を尽《つく》し諫《いさ》め奉《たてまつ》るも、君《きみ》の御為《おんため》、天下《てんか》の為《ため》と存《そんす》る故《ゆへ》に候得は、能々御賢《よく〳〵こけん》」(17ウ)慮《りよ》成《な》し下さるへし」と憚《はゝか》る所《ところ》なく言上《こんじよ》しけるにそ。元来頼朝公臣下《くわんらいよりともこうしんか》のいさめを背《そむ》かざる大将《たいしよ》なれは、二人の忠言《ちうけん》を能《よく》御聞入《きゝいれ》あつて、「然《しか》らは直実《なをさね》をともなひ申さるべし。我《われ》直々《しき〳〵》に止《とゝ》むへし」と、上意《しやうい》あり。両人《りやうにん》よろこひ、「身不背《みふしよ》の我《われ》らか諫言《かんけん》、御聞入被下候段《きゝくたされそふろうたん》、有かたき」(18オ)仕合《しやわせ》なり」と御前《おんまへ》を立《たち》て、熊谷《くまかへ》を次《つき》の間《ま》に招《まね》き寄《よせ》、君《きみ》の上意《しよふい》を述《のへ》て、「御前《おんまへ》へ出《いて》給へ」と有しかは、直実《なをさね》申けるは、「是各々方《これおの〳〵かた》、御贔屓《こひいき》あつて君《きみ》の御前《おんまへ》を取《とり》なし給ふとみへたり。某《それかし》、御目《め》見へなさは、定《さため》めて出家《しゆつけ》を止《とゝ》め給ふ

へし。さあらは、我日比《わかひころ》の大願《たいくわん》もむなしく
なり候はん。聊《いさゝか》も君《きみ》を恨《うら》み奉《たてまつ》るなと申奉《もふしたてまつ》る
儀《き》にては御座《こざ》なく候。家《いへ》を出《いづ》るの儀《き》に候得《へ》は、」(18ウ)
言上《こんじよ》に及《およ》はす共《とも》、出《いつ》へき事《こと》に候得共《へとも》、時節《しせつ》
あしく候へは、言上《こんせう》せさらんも却而《かへつ》御うたかひ
をかふむるへき事《こと》候はん。仮《かり》にも不忠《ふちう》の名《な》を取《とる》
ん事、譜代《こふたい》家名《かめい》の恥辱《ちしよく》と存るゆへ、御訴《御うつたへ》申上
る所《ところ》なり。それかし、出家《しゆつけ》の願望《くわんもふ》は、今《いま》に初《はし》め
し事にも候はず。西国《さいこく》に在《あ》る砌《みきり》ゟ此心《このこゝろ》有しか
ど、軍中《くんちう》に於《おい》て御いとまを願《ねか》わん事《こと》は不忠《ふちう》」(19オ)
にて逃去《にけさ》りしなとゝいわれんも口惜《くちお》しく、
仍《よつ》て軍散《いくささん》して帰国《きこく》の後《のち》と存居《そんしい》候所《ところ》に、判官《ほうくわん》
殿《との》に親《した》しむ由《よし》を以《もつ》て所領《しよりやう》の内《うち》、三分一召《さんふいちめし》上ら
るゝ事、毛頭某歎《もふとうそかしなけ》き申義《もふすぎ》はなく候。明《あき》らかに訴《うつたへ》
へも申上《もふしあげ》す、家《いへ》を出《いて》候はゝ、所領悉《しよりやうこと〳〵》く召上《めしあけ》らるゝ
とも天下《てんか》の定法《てうほう》うらみ奉《たてまつ》るへきいわれなし。
然《しか》れとも、此節理《このせつり》不尽《ふじん》に出家《しゆつけ》仕《つかまつ》るは、他人《たにん》の唱《とな》へ」(19ウ)
も所領《しよりやう》のいきとふり成《なり》と申さん事《こと》、口《くち》おしき
次第成《したいなり》ゆへ、御うたかひを晴《はら》さん為《ため》、各々方《をの〳〵かた》へ

願《ねかい》申にて候。何卒此上《なにとそこのうへ》は御執成《おんとりなし》を以《もつ》て、倅直家《せかれなをいへ》
を一所《しよ》の地《ち》に差置《さしおか》れ、家名相続《かめいそをそく》の義《き》を偏《ひとへ》に
願奉《ねかいたてまつ》る。某又得《それかしまたとく》と異見《いけん》をくわへ、不忠《ふちう》の働《はたら》き
是《これ》なきよふに申付置《もふしつけおき》得共《とも》、私《し》の党《とう》に於《おい》て
不忠不儀《ふちうふき》は存《ぞんし》ましく候。今一応御取《いまいちおふおん》なし」(20オ)
下され、出家御免有様《しゆつけこめんあるよふ》に各頼存《おの〳〵たのみそんつ》るにて候。某《それかし》
法師《ほふし》とならは、生《いき》ては是迄討死《これまてうちじに》せし敵《てき》
味方《みかた》の勇士《ゆうし》を回向《ゑこう》し、修羅道《しゆらとう》の苦《くる》しみを
救《すく》ひ、死《し》して君《きみ》を始《はし》め参《まい》らせ、各入魂《おの〳〵しゆこん》の面《めん》々を
極楽世界《こくらくせかい》の道案内《みちあんない》仕《つかまつ》るへしと思ひ込《こん》んたる
我願望《わかくわんもふ》、叶《かなへ》させ下さるは、各《おの〳〵》の御取成《おんとりなし》に有へし」
と、誠《まこと》に心底《しんてい》を顕《あら》わし、余儀《よき》なく申けるにそ」(20ウ)
弘元常胤《ひろもとつねたね》も熊谷《くまかへ》か発心大丈婦《ほつしんたいてうふ》を感《かん》して
申けるは、「左程《さほと》に思召立《おほめしたて》られし儀《き》を止《と》め申さ
んも、仏意《ふつい》に背《そも》く道理《とうり》なれは、其旨君《そのむねきみ》へ言《こん》
上《しよ》申へし」と、軈《やか》て両人頼朝公《りやうにんよりともこう》の御前《おんまへ》に出《いて》、「熊谷《くまかへ》
か出家《しゆけ》の願《ねかい》、誠心《ま事しん》のなす所、神妙《しんみやう》の心《こゝろ》さしに候
得は、君《きみ》の御恩難有奉存《こおんありかたくそんしたてまつり》候。我々達而《われ〳〵たつて》とゝめ候
へ共、世《よ》を遁《のか》るゝの了管《りやうけん》しきりにて、二心《にしん》なき」(21オ)

願《ねかい》の趣《おもむ》、拠《よんところ》なきよふに覚《おほへ》候。直実出家《なをさねしゆつけ》仕《つかまつり》、日《ひ》比《ころ》の大丈夫《たいしよふ》にて、仏道《ふつとう》に帰入《きにう》せは、道徳《とうとく》ならひなし。君《きみ》の御為《おんため》にも善知識《せんちしき》となり申へし。宜敷渠《よろしくかれ》か心《こゝろ》を悦《よろこ》はしめ給ひ、御上意《こしよい》を仰奉《あふきたてまつ》る」と言上《こんしよ》せしかは、頼朝公《よりともこう》、御心和《こゝろやわ》らき、早々召出《めしいた》すへしとの御事《おんこと》也。是《これ》に依《よつ》て千葉大江《ちはおふへ》の両人《りやうにん》、直実《なをさね》を伴《ともな》ひ御前《おんまへ》に出《いて》けれは、頼朝公《よりともこう》、熊谷《くまかへ》」(21ウ)を近《ちか》く召《めさ》れ、「汝《なんし》、武士《ふし》を捨《すて》仏道《ふつとう》に帰《き》せんとて、出家《しゆつけ》の願《ねかい》ひを致《いた》す。奇特《きとく》なり。心底《しんてい》に任《まか》せ暇《いとま》を遣《つかわ》すへし。直家《なをいへ》に於《おい》て、汝《なんし》か家名相続《かめいそうそく》せしめ、見放《みはな》す事有《ある》へからす。此度裂預《このたひさきあつか》りし所領《しよりやう》も、一旦命《たんめい》せし所成故《ところなるゆへ》、しばらく其任《そのまゝ》に差置《さしおき》、追《おつ》て時節《しせつ》を計《はか》り、加増《かそう》して与《あた》へ、直家《なをいへ》に領《りやう》せしむへし。其《その》たん安堵《あんとふ》して仏道《ふつとう》を修行《しゆきやう》し、成仏《せうふつ》」(22オ)得達《とくたつ》せは、我《われ》ら一家《け》の引導《いんとふ》すへし」と宣《のたまひ》けれは、直実平伏《なをさねへいふく》して、「誠《ま事》に重々《ちう〳〵》有難《ありかたき》御厚恩《こゝうおん》、数《す》代《たい》の君恩《くんおん》、報《ほふ》し奉《たてまつ》るの期《ご》もなく、今却《いまかへつ》て勤《つと》めを辞《じ》し、出家《しつけ》の願《ねか》ひを申上る事、不忠共《ふちうとも》思召《おほしめさ》れす、御憎《にく》しみもなく、願《ねかい》の通《とおり》御免《こめん》なし下《くた》され候段《たん》、冥加至極《みやうかしごく》仕《つかまつ》り、申上る言葉《ことは》もなく候。是《これ》より上方《かみかた》へはせのほり、仏道修行《ふつとうしゆきやう》の功《こう》をとけ、」(22ウ)御武運長久《こふうんちよふきう》を祈《いの》り奉《たてまつ》らん。此度御暇《このたひおんいとま》を下《くた》し置《おか》れ、一世《せ》の願望成就《くわんもうしよちう》の御恩《こおん》は譬《たとひ》かたちこそ法師《ほふし》なれ共《とも》、心《こゝろ》は同《おな》じ忠心《ちうしん》と成《なつ》て、君《きみ》に誹《あた》する敵《てき》あらば、弥陀《みだ》の利剣《りけん》を頭《かしら》にいたゝき、怨敵降伏《おんてきかうふく》申さん。返《かへ》す〳〵も此度《このたひ》の御恩《こおん》、有難《ありかたく》奉存候。既《すて》に御免有上《こめんあるうへ》は永居《なかい》は恐《おそ》れ有《あり》。是ゟ直《これよりすく》に上洛仕度《しよらくつかまつりたく》候は」、平生《へいせい》戦場《せんしよふ》へ趣《おもむく》」(23オ)ことく、勇《いさ》み進《すゝ》んで見《み》へけれは、頼朝公《よりともこう》、発《ほつ》心堅固《しんけんご》の躰《てい》をかんし給ひ、「直実入道《なをさねにふとう》を以《もつ》て五欲煩悩《五よくほんのふ》の怨敵追討《おんてきついとう》の将《しやう》となすへし。道余《とうよ》は心《こゝろ》の儘《まゝ》成へし」とおふせに、熊谷、彌《いよ〳〵》よろこひ、千葉大江《ちはおふへ》を始《はじ》め、懇志《こんし》の衆中《しゆちう》に別《わか》れを告《づ》げ御前《おんまへ》を立《たち》て、ふたゝひ我《わか》館《たち》へ帰《かへ》らす。直《すく》に鎌倉《かまくら》を出《いて》て都《みやこ》をさして」(23ウ)はせ登り、早々《そう〳〵》熊谷《くまかへ》は黒谷法然上人《くろたにほふねんしよにん》の室《しつ》に入《いつ》て、剃髪染衣《ていはつせんゑ》の身《み》となり、御弟子《てし》につらなつて、信心堅固《しんしんけんこ》の道心者《とふしんじや》とはなりにけり。

上人、直実《なをさね》か有《あり》さまを感《かん》し給ひ、念仏《ねんふつ》の安心《あんしん》
をこまやかに授《さづ》け給ひける故《ゆへ》、ならひなき専修《せんしゆ》
の行者《きやうしや》とはなれり。今速《いますみやか》に法然《ほふねん》上人の室《しつ》に
推参《すいさん》しけるは、西国合戦《さいこくかつせん》のおわりて後《のち》、宿《しゆく》」(24オ)
善内《せんうち》に催《もよふ》しけるにや。出離《しゆつり》の心《こゝろ》いてたるに
より、其要道《そのよふとふ》を聞《きか》まほしく、安居院《あんこいん》の聖覚《せうかく》
法印《ほふいん》に尋行《たつねゆき》、後世菩提《こうせぼだい》の事《こと》を尋《たつね》けるに、法印《ほふいん》
の曰《いわく》、「左様《さよふ》の事《こと》は黒谷《くろたに》の法然《ほふねん》上人に尋《たつね》給ふへ
し」とありしゆへ、今度《こんと》一心《しん》に帰依《きゑ》して黒《くろ》
谷《たに》の御坊《こほう》へ参《まい》りしなり。直実発心《なをさねほつしん》の事《こと》は、
一の谷《たに》の軍《いくさ》に敦盛《あつもり》を討《うち》しと、我《わが》子におくれし」(24ウ)
ゆへと彼是《かれこれ》にて出家《しゆつけ》せしと言伝《いひつた》へしは
大《おふ》きに非《ひ》也。戦場《せんちよう》に敵《てき》を討《うち》は武士《ふし》の好《この》む
所《ところ》也。何《なん》そあつもりをうちたればとて、忠儀《ちうき》
を捨《す》て出家《しゆつけ》すへきや。殊《こと》に敦盛《あつもり》を討《うち》て直《す》く
にいとまを乞《こふ》て入道《にうとう》せしと諸書《しよしやう》にあり。是《これ》
あやまちの証《せう》也。熊谷《くまかへ》は忠勇《ちうゆう》の士《し》也。源氏累《けんしるい》
代《たい》の怨敵《おんてき》、平氏《へいし》の輩《ともから》を討《うた》ん為《ため》に向《むか》ひし身《み》の、」(25オ)
敦盛《あつもり》は是平家《これへいけ》の大将《たいせう》、其《その》一人也《なり》。それを討《うつ》て

己《おのれ》か心《こゝろ》の儘《まゝ》に身退《みしりそき》なは、平家《へいけ》へ二心《ふたこゝろ》をはさみ、源《けん》
氏《し》の為《ため》には大不忠《たいふちう》のぎ、やくそくたるへし。
阿弥陀釈迦《あみたしやか》をはしめ、三世の諸仏《しよふつ》いかに人間《にんけん》
の頭《かしら》を丸《まる》め我《わか》か道《みち》に入《いる》か嬉《うれ》しきとて、不忠不《ふちうふ》
義《ぎ》をなして成共出家《なりともしゆつけ》せよとは、よも教《をし》へ給ふ
まし。直実忠義絶輪《なをさねちうきせつりん》の勇士《ゆうし》なりとて、譬《たとへ》」(25ウ)
心《こゝろ》に世《よ》を遁《のか》るゝの気有《きあり》とて、不忠《ふちう》をなして
出家《しゆつけ》すへきいわれなし。既《すて》に讒者《さんしや》の為《ため》に所《しよ》
領《りやう》を裂《さき》とらるゝといへとも、怒《いか》りを発《はつ》せず、未《み》
然《せん》を察《さつ》して明《あき》らかに、君《きみ》へ訴《うつた》へいとまを乞《こふ》て
出家《しゆつけ》せしに相違《そふい》なし。其後《そのゝち》、三代将軍《せうぐん》
実朝《さねとも》の時《とき》に至りて政子御前尼将軍《まさこごぜんあませうぐん》となり、女《おんな》
の身《み》にて天下《てんか》の政事《せいじ》を謀《はか》り、父時政《ちゝときまさ》、其威《そのい》に」(26オ)
募《つの》り、終《ついに》和田畠山等《わたはたけやまとう》の智臣呼《ちしんとよは》れし輩《ともから》も
是《これ》か為《ため》に亡《ほろ》ほされぬ。誠《ま事》に直実《なをさね》の先見明《せんけんあき》
らかなりと皆人称《みなひとせう》しける。既《すて》に直実出家《なをさねしゆつけ》
入道《にうとう》してより、丹誠《たんせい》を抽《ぬき》んて、空師《くうし》に仕《つか》へ奉《たてまつ》り、
金剛信心《こんごうしんしん》を了解《りようけ》して、信不退《しんふたい》の席《せき》に着《つ》か
れしも、俗《そく》の大丈夫《たいしよふ》をひるかへさす、其心《そのこゝろ》を以《もつ》て、

仏法《ふつほう》に帰《き》す故《ゆへ》也。空師《くうし》も是《これ》を感《かん》じ給ひ、」（26ウ）
「直実入道《なをさねにうとう》は俗名《そくみやう》の字訓《しくん》に叶《かな》ひ、すなおに
して、実有法師《しつあるほふし》也。信心堅固《しんしんけんこ》に入滅《にふめつ》せは、蓮《はちす》
の台《うてな》に至《いた》らん事うたかひなし。蓮生坊《れんせうほう》も又《また》
むへなり」と誉《ほめ》させ給しとかや。或時法然《あるときほふねん》上人、
月《つき》の輪殿《わとの》へ御出有《いてあつ》て、御法談有《ほふたんあり》けるに、蓮生《れんせう》
坊《ほふ》も御供《とも》してまいられしか、御法談《ほふたん》を聴聞《ちやうもん》
したく思へ共《とも》、高位《こうい》の御座敷同席叶《ざしきとうせきかなわ》」（27オ）
はす、縁側《ゑんかわ》に居《い》られけるが、蓮生坊元来《れんせうほふくわらひ》
へつらひ飾《かさ》る事《こと》なき気質《きしつ》なれは、心《こゝろ》に
思《おも》ふ様《よう》、「俗《そく》の時《とき》こそ位階《いかい》によつて高下《こうげ》も
有へけれ。出家入道《しゆつけにうとう》せし上《うへ》は、師《し》の上人も同《おな》
し坊主《ほふず》なり。何《なん》の憚《はゝか》る事《こと》かあらん。奥《おく》へ
推参《すいさん》して、聴聞《ちよもん》せんもの」と思ひしか共《とも》、師《し》の
御召《めし》もなきに、押《おし》て通《とう》らんも不礼《ふれい》なるへし。」（27ウ）
何卒奥《なにとそおく》より召呼《めしよは》るゝやうにせんと方便《ほふへん》を
廻《めく》らし、障子《せうし》のあなたに月《つき》の輪殿兼実《わとのかねさね》
卿《きやう》の御すかたうつりけるゆへ、是幸《これさいわい》と態《わさと》と奥《おく》
へ聞《きこ》ゆるよふにひとり言《ごと》申けるは、「厭離穢《ゑんりゑ》

土欣求浄土《とごんぐしやうと》とは仏《ほとけ》のをしへ、宜《むへ》なるかな、誠《まこと》に
穢土《ゑと》なと口《くち》おしきものはなし。聞法《もんほふ》の徳《とく》とい
へとも位《くらい》なけれは聞事能《きくことあた》わす。極楽《ごくらく》いかてか」（28オ）
高下《こうけ》の差別《しやへつ》あらんや」と高声《こうせう》に呼《よは》れは、月《つき》
の輪殿《わとの》、誰《たれ》やらんと障子《しやうし》を開《ひら》き見給ふに、「是《これ》は
蓮生坊《れんせうほう》にて候か。我貴僧《われきそう》か是《これ》に有事《あること》を聊《いさゝか》も
しらす。朝《てう》に出《いで》は格別今宵《かくへつこよい》は我《わが》ために
師《し》の上人御法談《こはふだん》の座《ざ》なれは、何《なん》の構《かま》ひや
ある。いざこなたへ通《とほ》り聴聞《ちよもん》あれ」と宣《のたま》ひし
かは、蓮生坊《れんせうほう》大きによろこひ、障子《せうし》の内《うち》に列《つらな》り、」（28ウ）
「只今独《たゝいまひとり》言《ごと》申せしは、ひとへに此座《このさ》へいて度《た》き
方便《ほをへん》にて候」と申けるにぞ、月の輪殿《わとの》、「よも扨々《さて〳〵》
かしこき法師《ほふし》なり」迚《とて》かんじ給ひしとぞ。
其後《そのゝち》、蓮生坊《れんせうほう》は念仏《ねんふつ》の功徳《くとく》、広大《こうたい》なる極意《ごくい》
を心中《しんちう》に決定《けつせう》せしかは、古郷《ふるさと》の親族《しんそく》をも
済度《さいと》せんと上人へ暇《いとま》を乞《こい》けるに、上人も東国《とふこく》
筋念仏弘通《すしねんふつぐづう》の便《たよ》りにも思召《おほしめさ》れ、御免《めん》あり」（29オ）
けるにて、蓮生坊悦《れんせうほうよろこ》ひ、何《なに》とそ師《し》の御影《みゑ》を
さずけ給へと願ひしかば、空師御自分《くうしこしふん》の像《そう》

を刻《きさみ》給ひ、予《よ》に異《こと》なる事なしとて、下《くだ》されける。蓮生坊《れんせうほう》は歓喜《くわんき》して、御影《みゑい》を負《お》ひ参《まい》らせ、建《けん》久《きう》六年の春《はる》、東国《とうこく》へ下《くた》りける。蓮生坊《れんせうほう》は西方《さいほう》を尊《たつと》む事《こと》、師父《しふ》の如《こと》し。ゆへに平生《へいせい》の座臥《さぐわ》にも決《けつ》して西《にし》に後《うしろ》をせず、東国《とうごく》に下《くだ》りける時《とき》」(29ウ)にも、西方《さいほう》に尻《しり》をむけん事、我本意《われほんい》にあらすとて、馬《むま》に乗《のる》に鞍《くら》を逆様《さかさま》に置《おか》せ、我身《わかみ》も始終《しじう》後向《うしろむき》に乗《のつ》て下りければ、空師《くうし》の御弟子中蓮生坊《てしちうれんせうほう》の正直《せうしき》なるを感《かん》じて狂哥《きやうか》をよめる。

浄土《ちよと》にも功《こう》の者《もの》とや沙汰《さた》すらん
うしろを西《にし》にむけぬ熊谷《くまかへ》

是は俗性《そくせう》の武士《ふし》と出家得道《とくとう》して信心堅固《しんじんけんこ》」(30オ)なるをあわせてよめる也。空師《くうし》も是《これ》を感《かん》し給ふ。坂東《はんとう》の阿弥陀蓮生坊《あみたれんせうほう》とそ宣《のたま》ひける。蓮生《れんせう》坊《ほふ》は東国武州熊谷《とふごくふしうくまかへ》に帰《かへ》り、修行《しゆきやう》怠《おこた》りなく、一族《いちぞく》はいふに及《およ》はす、無縁《むゑん》の道俗《とうぞく》までも勧《すゝ》め、専《もつは》ら念仏《ねんふつ》を弘通《くづう》し、一宇《う》を建立《こんりう》して、空師《くうし》の真影《しんゑい》を本尊《ほんぞん》とし、仕《つか》へ奉《たてまつ》る事、九ヶ年なり。武州熊谷寺《ふしうくまかへし》、是《これ》也。然《しか》るに、ある夜《よ》、真影夢中《しんゑいむちう》」(30ウ)に告《つけ》て宣《のたま》はく、「都《みやこ》は我有縁《わかうゑん》の地《ち》なり。伴《ともな》ひ行《ゆく》へし」と有《あ》りければ、蓮生坊《れんせうほう》、此夢《ゆめ》におとろき、即時《そくし》に真影《しんゑい》を具《ぐ》し奉《たてまつ》り、都《みやこ》に登《のほ》り、錦《にしき》の小路を過《すき》けるに、負《おい》ひ奉《たてまつ》る所《ところ》の真影《しんゑい》、盤石《はんじやく》のこと上《あか》らす。「扨《さて》は此所《ところ》こそ有縁《うゑん》の地《ち》ならん」と空師《くうし》へ伺《うかゝ》ひ奉《たてまつ》りければ、空師宣《くうしのたま》はく、「道場《とうせう》を建《たて》て、念仏三昧《ねんふつさんまい》を行《おこなふ》すへし」とありければ、蓮生坊《れんせうほう》、」(31オ)此所《ところ》に一宇《う》を建立《こんりう》し、空師《くうし》の真影《しんゑい》を安《あん》置《ち》し奉《たてまつ》り、今《いま》の熊谷山法然寺《くまかへさんほふねんじ》是《これ》也。其後《そのゝち》、蓮生坊《れんせうほう》は、古郷《ふるさと》の親類化益《しんるいけやく》の為《ため》、武州《ふしう》に下《くだ》らんと思ひ、御真影《しんゑい》の代《かわ》り、真筆《しんひつ》の名号《みやうこう》を願《ねか》ひけるに、空師《くうし》心得《こゝろへ》して、仰《おゝせ》なから其砌《そのみきり》は浄土宗停《ちよとしゆちよ》止《し》せんと、南都北嶺《なんとうきたみね》の衆徒《しゆとう》、障《さわり》をなすの最中《さいちう》なれは、上人《しよにん》、是《これ》を定《さため》給ふ事《こと》に取《とり》かゝり」(31ウ)おわせしかは、名号《みやうこう》の義《き》、与《あた》へ給わず。蓮生坊《れんせうほう》、心急《こゝろいそ》き、何《いづ》れにても御真筆《こしんひつ》の名号《みやうこう》を持《もち》帰らんと思《おも》ひ、御弟子中《おんてしぢう》へ下《くだ》されたる真影《しんゑい》の名号《みやうこう》をぬすみ取《とつ》て、本国《ほんごく》に帰《かへり》しか、よく〳〵思ふに、ぬすみ来《きた》りし事《こと》、罪《つみ》ならんと即時《そくじ》に飛脚《ひきやく》を

以《もつ》て右《みき》のよしを上人《しよにん》へ申上、「もし罪《つみ》に成《な》り
候は丶、返《かへ》し奉《たてまつ》るへし。其《その》かわりに願置《ねかいおき》候　」(32オ)
名号《みやうこう》を御した丶め下《くだ》され候よふに」と有《あり》けるゆへ、
上人《しよにん》いかにも名号《みやうこう》を送《おく》らせ給ひし故《ゆへ》、蓮生《れんせう》
坊《ほう》の文書《ふんしよ》、上人の御返事《へんし》、右の名号共《みやうこうとも》に今《いま》に
浄花院《しよけいいん》の宝物《ほふもつ》となれり。時《とき》に建仁元年《けんにんくわんねん》
の秋《あき》、蓮生坊《れんせうほう》一族《そく》は言《いふ》ふに及《およ》はす、近郷近在《きんこうきんさい》
へ人《ひと》を廻《まは》し言《い》わせけるは、「熊谷入道《くまかへにうとう》、来年《らいねん》
二月八日に往生《おふせう》をとぐる也。不審《しん》に思は丶、来《き》　」(32ウ)
たりて見るへし」と触廻《ふれまわ》り、又《また》は高札《こうさつ》を立《たて》ける
に、道俗男女聞伝《とうそくなんによき丶つた》へ、蓮生坊《れんせうほう》の往生《おふせう》を見《み》て念《ねん》
仏《ふつ》をためすへしと待居《まちい》ける。程《ほと》なく翌年《よくねん》
改元《かいけん》あつて承元元年《しやうけんくわんねん》と号《こう》す。二月八日、近在《きんさい》の
輩《ともから》、熊谷入道《くまかへにうとう》か宿所《しゆくしよ》へ集《あつま》る事幾千万《こといくせんまん》と
いふ数《かす》を知《し》らす。時《とき》に蓮生坊《れんせうほう》、未明《みめい》に沐浴《もくよく》
して身《み》を清《きよ》め、礼盤《らいはん》に上《あか》り、高声《こをしよ》に念仏《ねんふつ》　」(33オ)
しけれは、参詣《さんけい》の郡集同音《くんじゆとをおん》に念仏《ねんふつ》を唱《とな》へ、
往生今《おふせういま》やと待所《まつところ》に、蓮生坊《れんせうほう》しはらくあつて、
諸人《しよにん》に向《むか》ひ、「今日《こんにち》の往生《おうせう》は延引《ゑんいん》せり。来《きたる》る九月

四日にはかならす本意《ほんい》をとぐへし。各々其《おの〳〵その》
日に来るへし」とて、礼盤《らいはん》を下《くだ》りけるに、参詣《さんけい》の
郡集《くんしゆ》、興《きやう》をさまし、「念仏《ねんふつ》の功徳《くとく》も早《はや》知れ
たり。何《なん》そや同《おな》し人間《にんけん》にて生死《せうし》の日《ひ》をし　」(33ウ)
るへきよふなし。ましてや今年《ことし》の事《こと》を去《きよ》
年《ねん》々触廻《ふれまわ》り、実《けに》と思ひ来りしは面々《めん〳〵》の誤《あやま》り
なり」と、蓮生坊《れんせうほう》を嘲《あさけ》り罵《の丶し》り、とつと笑《わら》ひて
帰《かへ》りしかは、熊谷《くまかへ》か一族等《いちそくら》、是《これ》を聞《き丶》て、大きに
恥《はつ》かしく思《おも》ひ、蓮生坊《れんせうほう》に向《むかつ》て、「よしなき事《こと》を
ふれ給ふて、か丶る恥辱《ちしよく》を得《ゑ》たり。渠《かれ》らに対《たい》し
面目《めんほく》もなき行跡《きやうせき》也」とて、歎《なけ》きけれは、蓮生坊《れんせうほう》　」(34オ)
笑《わら》みて、「我《われ》すてに定《でう》に入《いつ》て滅《めつ》せんとせし
処《ところ》に、弥陀如来《みたによらい》告《つけ》て宣《のたま》はく、『九月四日迄往生《まておうせう》
を待《まつ》へし』となり。是私《これわたくし》の計《はから》ひにあらす。
笑《わらふ》とも何か苦《くる》しかるへき。俗人《そくじん》の知《し》る事《こと》にあ
らす。九月四日、往生《おふせう》せば、其嘲《あさけ》りは消《き》へぬへし。
必《かならす》こ丶ろにかける事なかれ。少しも屈《くつ》せす」。
夫より後《のち》は諸人信仰《しよにんしんこう》せす、「死《し》に損《そこな》ひの御《ご》　」(34ウ)
坊成《ほふなり》」と、ゆひさし笑《わら》ひしかとも、蓮生《れんせう》は耳《み丶》にも懸《かけ》

す居《い》ける所《ところ》に、光陰矢《こういんや》の如《こと》く、はや九月四日前《まへ》
にも成《なり》けれは、蓮生坊《れんせうほう》、又《また》々高札《こうさつ》を建《たて》、ふれ廻《まわ》り、
「いよ〳〵九月四日往生《おふせう》を遂《とく》るなり。何れも来《きた》つて、
うたかひを散《さんす》へし」といわせけれは、一族《いちぞく》さま〳〵
留《と、》め、「今度《こんと》万一《まんいち》相違《そふい》いたさは、恥辱《ちしよく》のうわぬり
ならん。御無用成《こむようなり》」といさめけるにそ。蓮生坊《れんせうほう》、申」(35オ)
さるゝは、「汝仏《なんしほとけ》の告《つけ》をしらさるゆへ也。すてに
先達《さきたつ》て九月四日約《やく》せし事《こと》なれは、早御迎《はやおんむかい》
の見へさせ給ふなり。此度《このたひ》の往生《おふせう》を触《ふれ》すんは
偽《いつわ》り者《もの》と呼《よは》るゝのみならす、大切《たいせつ》の念仏《ねんふつ》に
きずを付《つく》へし。今我往生《いまわれおふせう》を見せなは、専《せん》
修《しゆ》の門《もん》に　輩《いるともから》　多《おふ》かるへし。是　則　我　望　所　也《すなわちわかのそむところ》」と
用意《ようい》して待《まち》ける。程《ほと》なく其日に成けれは、先《せん》」(35ウ)
達《たつ》て集《あつま》りし者共《ものとも》、「今度《こんと》も又欺《またあさむ》くならん
か、先行《まつゆき》て見よ」と大勢早々群集《おふせいはや〳〵くんしゆ》し、相《あひ》
待《まち》ける。蓮生坊《れんせうほう》、い前《ぜん》の如《こと》く未明《みめい》より沐浴《もくよく》
して、臨終《りんしう》の用意《よふい》をなしけるに、忽然《こつせん》と
して空《そら》には音楽聞《おんかくきこ》へ、紫雲《しうん》たな引《ひき》、

異香薫《いこうくん》し渡《わた》り、さなから浄土《しよふと》の台《うてな》に
至《いた》りしことく、参詣《さんけい》の群集《くんしゆ》、思はす渇仰《かつこう》」(36オ)
礼拝《らいはい》す。既《すて》に巳《み》の刻《ここ》に及《およん》て、蓮生坊念仏《れんせうほうねんふつ》
盛《さか》んに唱《とな》へ、諸共《もろとも》に大往生《おふおふせう》を遂《とけ》られけるに、
正《まさ》しく諸菩薩来迎《しよほさつらいこう》し給ふ有様《ありさま》を見
奉《たてまつ》り、誹謗《ひほふ》せし輩《ともから》、五躰《こたい》を投《なけ》て感涙《かんるい》を
流《なか》し、俄《にわか》に剃髪発心《ていはつほつしん》する者数《ものかす》をしらす。蓮《れん》
生坊《せうほう》大往生《おふせう》の事《こと》、空師《くうし》聞召《きこしめし》し、悦《よろこ》ひ涙《なみた》
せきあへす。「目出度往生《めてたきおふせう》こそ嬉《うれ》しけれ」と」(36ウ)
御使《つかい》を立《たて》られけるとなり。
　私《わたくし》に曰《いはく》、東鑑《あつまかゝみ》には蓮生法師《れんせうほうし》は洛陽《らくよふ》にて
往生《おふせう》を致《いたす》ると有《あり》。然《しか》れとも名号持《みやうこうをもち》て国《くに》へ帰《かへ》り、
上人ゟ代《かわ》りをつかはされ、夫《それ》ゟ上京《しよきやう》せず。殊《こと》
には最期《さいご》に一族国方《そくくにかた》の者《もの》を集《あつ》めしと
あれは、武州《ふしう》にて往生《おふせう》、正説《しよせつ》也と知《し》るへし。
」(37オ)

三　梶原讒言記事についての理解

宇治川合戦および一谷合戦において功をなした直実であったが、梶原景時による義経への讒言のあおりをくって恩賞を得ることができなかった。その憤りのあまり、鎌倉の行く末を予見し、出家を願うが、それを知った大江広元・千葉常胤は頼朝を諫める（巻二―一）。頼朝と対面した直実は、子息直家に家督を譲るとして出家を志す旨を言上し、そのまま都に向かって法然のもとで出家入道。九条兼実と会うも、武蔵国に戻り、往生を遂げる（巻二―二）という内容である。末尾には「私に曰」として『吾妻鏡』の所説を否定する注釈的文言を付している点にも注意される。

小稿では、巻二―一の次の箇所（五丁裏〜六丁表）についてのみ検討を加えておこう。

宇治川《うしかは》の働《はたら》きと言《いひ》、今度《こんと》一の谷《たに》の高名《こうみやう》、殊《こと》には敦盛《あつもり》の首《くひ》を討取《うちとら》るゝ段《たん》、比類《ひるい》なき手柄《てから》なり。我鎌倉《われかまくら》に下向《げこう》せは、兄頼朝《あによりとも》の手前《てまへ》、宜《よろしく》 披露《ひろう》すへきなりと、良将《りやうせう》たる義経《よしつね》、仁愛《しんあい》の挨拶《あいさつ》に直実感涙《なをさねかんるい》をおさへかね、大将《たいせう》の名言《めいごん》に其《その》身《み》の戦功《せんこう》、一時《し》に顕《あらわ》れ、悦《よろこ》ひたりしに、梶原《かしわら》は兼《かね》て義経《よしつね》に遺恨《いこん》を含《ふく》み居《い》ける折節《おりふし》、此事《この事》を聞《きゝて》、心中《しんちう》に大きにいきとふり、義経公《よしつねこう》をざんげんする。

一谷合戦後、恩賞を期待していた直実であったが、梶原はかねてより義経に遺恨を抱いていたために頼朝に讒言をし、それゆえに直実は恩賞に与れなかったとするのである。梶原の讒言によって義経が没落してゆくとするのは『平家物語』のみならず、『吾妻鏡』『義経記』にも共通する理解であろうが、その梶原の讒言が行なわれた時期を一谷合戦の直後とするのは他書に比して時期が早すぎるとも思われる。

『吾妻鏡』の認識では、元暦二年（一一八五）四月二十一日条に見えるように、西国より鎌倉の頼朝に送った書状から、梶原の讒言が始まるとしてよいだろう。梶原は平家を討ち滅ぼしたこととは別に、義経を批難する書状を添付するのである。(3)

『義経記』の場合には、壇浦合戦の後、義経が大臣殿父子を鎌倉へ護送する際、梶原が頼朝に讒言を行なったとする。

『平家物語』では、屋島へ向けて船を漕ぎ出す際に行なわれた「逆櫓論義」が梶原の遺恨の始まりであったとする。たとえば覚一本・巻十二「土佐坊被斬」では、

此事は、去春、摂津国渡辺よりふなぞろへして八嶋へわたり給ひしとき、逆櫓たてうたてじの論をして、大きにあざむかれたりしを、梶原遺恨におもひて常は讒言しけるによてなり。

とある。他諸本もこの箇所では屋島合戦直前の逆櫓論義が遺恨の始めであるとするのだが、屋代本・覚一本では、壇浦合戦の直前の先陣争いの中でいさかいが起こり、それを遺恨の始めとしている。つまり覚一本はその内部で既に矛盾を生じさせているのだが、遺恨が生じたとする時期を諸本がいかに認識しているかということを整理すると次のようになるだろうか。

屋島合戦に先立つ逆櫓論義の結果、梶原は義経を憎み、初めて讒言をするようになり、それゆえに義経は死ぬことになったと明記するのは長門本・南都本。延慶本はこれが「深キ遺恨」となったとして、梶原は範頼方についたとする。屋代本は二度と義経の配下としては闘わないとつぶやいたとし、中院本はそれにつづけて「それよりして判官をそむき奉りけるとかや」とする。盛衰記はこのことゆえに讒言するようになったこと、二度と義経の配下とはならないこと、範頼方についたことを併せて記す。

壇浦合戦の先陣争いを記すのは長門本・南都本・屋代本・覚一本・中院本。長門本は、逆櫓論争の方で遺恨が生じ、讒言を行なうようになったとしていたので、ここでは言及がない。それ以外の四本は、先陣争いを遺恨の始まりとし、それゆえに讒言を行なうようになったとする。先述のとおり、屋代本・覚一本は逆櫓論義の際にはその点に触れないのだが、南都本・中院本の場合、逆櫓論義と先陣争いの両方を、遺恨の始まりと位置づけていることになろう。

ところが、延慶本と盛衰記のみは次のような記事を有する。延慶本第五末・廿五「池大納言帰洛事」に見える一文を引用する。

　同（元暦元年）（一一八四）六月一日、源九郎義経、不申身ノ暇一、偸ニ関東ニ下向。為梶原景時カ一負テ讒ヲ一、為謝ンカ一也トソ聞ヘシ。

この記事について考証した元木泰雄は、(4)一谷合戦後、圧倒的な戦功をたてた義経らと、景時を含む範頼の軍勢との間に対立が生じ、それを頼朝が懸念して義経を鎌倉に呼び寄せたという事態を想定することはできるとした。『吾妻鏡』寿永三年三月十日条にみるように、右の記事の時期に先立って景時は重衡を鎌倉に護送しており、また延慶本・長門本・南都異本には、もともと重衡を捕縛したのは範頼方の梶原であったにも関わらず、義経が自らの戦功を執拗に言い立て、重衡の身柄を搦手の義経方に奪い取ったが、土肥実平のもとに置くと決まったことで事態は沈静化したとする記事が見えている（延慶本第五末・六）。一方、盛衰記はこの記事を持たないため、六月段階での義経の急な鎌倉下向とその原因となった梶原の讒言の理由が見えにくくなっている。また、覚一本は後の記述ではあるが、巻十一「腰越」において、重衡の身柄問題についての言及がある。

　このように諸本を閲すると、梶原が讒言を始めた経緯について多様な認識が存在したことが見えてくる。まず『吾妻鏡』では壇浦合戦後の梶原の讒言を取り上げ、『平家物語』諸本の多くは、逆櫓論義ないしは壇浦合戦における先陣争いでの遺恨を発端としている。特に『平家物語』諸本のありかたを考えるなら、逆櫓論義を発端とする理解が中世から近世にかけての通説であったと言ってもよいかもしれない。その一方で、一谷合戦後における範頼方、およびその麾下の梶原景時との間で生じた遺恨は、延慶本・盛衰記から僅かに読み取ることができるものであるが、史実としての蓋然性が高いものとも考えられている。また上横手雅敬(5)が、やはり一谷合戦後、播磨・美作両国の惣追捕使に任ぜられた景時がその兵粮徴収の方法をめぐって、義経と軋轢を生じさせていたことを指摘している点にも注意を払っておきたい。

小稿は史実を追求しようとするものではないため、この点にはこれ以上立ち入らない。重要なことは、〔浄土真宗説話抜書〕における理解が『平家物語』や判官物のようによく知られるテクストによって醸成されたのではなく、一部の諸本にのみかいまみることができる、史実として蓋然性の高い理解と一致しているという点である。これを単なる偶然として退けてしまうこともできるかもしれないが、本書、さらには浄土真宗教団が有していた典籍類をさらに考察することで、中世から近世にかけての『平家物語』の内外に関連する言説のありかたがより明確になってくるようにも思われる。

本書に関しては、たとえば冒頭の説話に関わって、真宗教団における仏伝の受容についてなど、検討を行なう余地がたぶんにある。しかし残念ながら紙幅も尽きた。小稿では本書の存在とその概要を示すことに留め、全編の翻刻紹介と考察は別に行なうこととしたい。

註

（1）宮崎圓遵『真宗書誌学の研究』「中世における唱導と談義本」（宮崎圓遵著作集六、思文閣出版、一九八八・一〇）。

（2）本書を紹介した関西軍記物語研究会・第七七回例会（大谷大学・二〇一三年四月二一日）の席上、沙加戸弘氏よりご教示を賜った。

（3）菱沼和憲『源義経の合戦と戦略―その伝説と実像』（角川書店、二〇〇五・四）がこの時期の義経の実像について詳しく論じている。

（4）元木泰雄「延慶本『平家物語』にみる源義経」（佐伯真一編『中世の軍記物語と歴史叙述』竹林舎、二〇一一・四）。

（5）上横手雅敬『平家物語の虚構と真実』（塙書房、一九八五・一一）。

関西軍記物語研究会　例会記録（第七四回〜第九〇回）

第七四回から第九〇回までの例会開催年月日、会場、発表者、発表題目を次に掲載する。また、発表の内、活字化されたものについては──→で示す。発表題目と論題が一致する場合は、論題を省略する。

第七四回（二〇一二・四・一五）於 池坊短期大学

中本　茜　天草版『平家物語』とキリシタン版『太平記抜書』の編集態度─「前兆」等の取り上げ方について─

──→「天草版『平家物語』とキリシタン版『太平記抜書』の編集態度─「前兆」等の取り上げ方をめぐって─」（『國語國文』第八二巻第二号　京都大学国語国文学会　二〇一三年二月）

安達敬子　『乳母の草子』の古典摂取─「竜王」と「天邪鬼」をめぐって─

──→「龍王とあまのじやく─『乳母の草紙』の古典摂取─」（『軍記物語の窓』第四集　和泉書院　二〇一二年一二月）

──→「『しのびね』と「しのびね型」物語─「しのびね型」話型の再検討─」（『京都府立大学学術報告　人文』第六六巻　京都府立大学　二〇一四年一二月）

第七五回（二〇一二・七・二九）於 龍谷大学

阿部昌子　南都異本『平家物語』と読み本系諸本の関係について

大坪亮介　『太平記』の怨霊記事と政道批判─巻三十四「吉野御廟神霊事」を中心に─

──→「『太平記』における怨霊記事と政道批判─巻三十四「吉野御廟神霊事」を中心に─」
（『文学史研究』第五三巻　大阪市立大学国語国文学研究室　二〇一三年三月）

第七六回（二〇一二・一二・九）於 関西学院大学 大阪梅田キャンパス

井本　海　延慶本『平家物語』形成の場に関する問題─「第五末・十五　惟盛粉河へ詣給事」について─

田中貴子「九想詩」と「九想図」─お伽草子絵との関連─
──→（著書の一章に収載の予定）

第七七回（二〇一三・四・二一）於 大谷大学

大橋直義　架蔵〔浄土真宗説話抜書〕（江戸中期）写・四巻四冊）について─説話利用という観点からの展望─
──→「架蔵〔浄土真宗説話抜書〕翻刻抄─浄土真宗教団における『平家物語』関連説話の一端について─」（本書所収）

田中正人　高麗人と「四十余年」─『太平記』巻三十九（天正本では巻四十）の「高麗人来朝記事」について─

源　健一郎『保元物語』『平治物語』の諸本展開と熊野信仰─近世図像表現の問題に及ぶ─

第七八回（二〇一三・七・二八）於 龍谷大学

岡田三津子　謡曲《忠度》における曲舞〈西国下〉摂取─源氏の住み所平家のためはよしなしと─
──→「謡曲《忠度》花への修辞─心の花か蘭菊の狐河よりひき返し─」
（『世阿弥の世界』京都観世会編　二〇一四年一〇月）

第七九回（二〇一三・一二・一五）於 大阪工業大学

玉越雄介　延慶本『平家物語』における「古歌」─「梶原与佐々木馬所望事」「時頼入道々念由来事」を中心に─

浜畑圭吾『源平盛衰記』と聖徳太子伝─巻第十「守屋成二啄木鳥一事」と巻第二十一「聖徳太子椋木」を中心に─

→（『日本文学とその周辺』思文閣出版　二〇一四年九月）

第八〇回（二〇一四・四・二〇）於 関西学院大学 大阪梅田キャンパス

西村知子　『義経記』奥州落ち説話の検討

→「『義経東下り物語』における『義経記』奥州落説話の変容—判官物語系諸本本文異同の問題ともに—」（本書所収）

辻本恭子　『源平盛衰記』の天武天皇関係記事

→「『源平盛衰記』の天武天皇関係記事—頼朝造形の一側面として—」

（『文化現象としての源平盛衰記』笠間書院　二〇一五年五月）

第八一回（二〇一四・七・二七）於 四天王寺大学 あべのハルカスサテライトキャンパス

小林加代子　覚一本平家物語における安徳天皇

→「覚一本『平家物語』安徳天皇入水記事が示すもの—厳島明神を介して、竜女、そして文殊菩薩へ—」

（『同志社国文学』第八一号　同志社大学国文学会　二〇一四年一一月）

笹川祥生　毛利軍記—もう一つの流れ—

→「毛利軍記の流れ—公私の関り—」（本書所収）

第八二回（二〇一四・一二・一四）於 大谷大学

城阪早紀　覚一本『平家物語』「名のり」考—延慶本との比較を中心に—

→「覚一本『平家物語』「名のり」考—類型とその意義—」

（『文藝論叢』第八八号　大谷大學文藝學會　二〇一七年三月）

安藤秀幸　『酒呑童子』の諸本と謡曲『大江山』

→「『酒呑童子』諸本論再考」
（『國語國文』第八四巻第九号　京都大学国語国文学会　二〇一五年九月）

第八三回（二〇一五・四・一九）於　京都府立大学
　李　曼寧　『発心集』慶安版巻六考─説話主題をめぐって─
　山本晋平　『太平記秘伝理尽鈔』における時代認識─「古」から照らされた「今」─
　　→「『太平記秘伝理尽鈔』の時代認識と歴史観─「古」から照らされた「今」─」（本書所収）

第八四回（二〇一五・七・二六）於　龍谷大学
　豊岡瑞穂　『石山軍艦』における「豊若譚」─身代わり名号奇瑞とその典拠─
　池田敬子　安徳帝入水叙述の解釈─『平家物語』異本本文化比較の意味─
　　→「安徳天皇入水叙述の解釈─覚一本『平家物語』が描くこと─」（本書所収）

第八五回（二〇一五・一二・一三）於　大阪工業大学　うめきたナレッジセンター
　徳竹由明　対馬に於ける応永の外寇を巡る言説
　武久　堅　「外祖母・二位殿」の底意地─琵琶法師覚一検校の力点
　　→「「外祖母・二位殿」の底意地─「覚一本」平家物語の力点」（本書所収）

第八六回（二〇一六・四・一七）於　大谷大学
　中本　茜　キリシタン版『太平記抜書』の神仏表現─その取捨の基準と意図─
　　→「キリシタン版『太平記抜書』の神仏記事─その編集態度が意味するもの─」（本書所収）
　大橋直義　法華寺縁起考

第八七回（二〇一六・七・三一）於　四天王寺大学　あべのハルカスサテライトキャンパス

平藤　幸　萩明倫館旧蔵長門本首両巻の紹介
→「萩明倫館旧蔵長門本『平家物語』首両巻をめぐって」（本書所収）
大坪亮介　天正本『太平記』と真言圏
→「天正本『太平記』の増補―真言関係記事を例に―」（本書所収）

第八八回（二〇一六・一二・一一）於　関西学院大学　大阪梅田キャンパス
瀬戸祐規　『大坂物語』再考
→「『大坂物語』再考―「大坂の陣関係軍記」考序論として―」
（『国文学』第一〇一号　関西大学国文学会　二〇一七年三月）
安達敬子　『伊勢源氏十二番女合』序文攷
→（『文藝論叢』第八八号　大谷大學文藝學會　二〇一七年三月）

第八九回（二〇一七・四・二三）於　京都府立大学
長谷川雄高　『太平記』における天罰・天譴・天災
→（『文藝論叢』第八八号　大谷大學文藝學會　二〇一七年三月）
山本　洋　毛利関係戦国軍記の系譜―計量テキスト分析を用いた戦国軍記研究の方法論―

第九〇回（二〇一七・七・三〇）於　龍谷大学
金　羅喜　『応永記』考―〈対話〉を端緒として
安藤秀幸　『酒呑童子』諸本における麻生本の位置づけ

編集後記

関西軍記物語研究会は、創設三十年の節目を迎えました。本書の刊行される、二千十七年の十二月は第九十一回の例会になります。あっと言う間であったのか、結構長い歳月であったのか、人それぞれの感慨があることと思いますが、共通するのは、おそらく充実した時間を共有できたという、静謐なよろこびではないでしょうか。今は消え去った、目に見えざる時空への、学術的愛惜の思いといえましょう。

この間、本日までに実に延べ百八十四人・百八十四題目の研究成果が発表、討議されています。健康と状況に恵まれ、筆者はその全てを聴講する幸いを得ました。本集までの五冊の『軍記物語の窓』に、その一覧が、日時会場名を合わせ掲載されています。通覧して、司会者名と懇親会場も記しおけば、その都度、心砕いてお世話くださった方々の労への、せめてもの感謝の記しとなったのではあるまいかと、少しく感傷の気分を交えて回顧しています。

第一集の巻頭言は、筆者武久堅が、編集後記は岡田三津子、第二集の巻頭言は笹川祥生、編集後記は源健一郎、第三集の巻頭言は池田敬子、編集後記は辻本恭子、第四集の巻頭言は岡田三津子、編集後記は筆者武久堅、そして本集第五集の巻頭言は源健一郎、編集後記は引き続き武久が担当しています。ここに改めてその氏名を列挙したのは、会員制ではないこの研究会の、以上が主たる世話人となって、この三十年をなんとか継続してきたその記念の気持ちを込めています。今回の研究会と、『窓』第五集の刊行を一区切りとして、笹川・池田・岡田・武久の四名は後ろに退き、世代交代をいたします。

次代後続の世話人は、源健一郎・北村昌幸・辻本恭子・大橋直義・浜畑圭吾・瀬戸祐規の六氏となります。第九十二回の会合は来年四月二十二日を予定していますが、この日から、五年後の『軍記物語の窓』第六集への新たなスタートとなります。論文数が二十篇を切ったのは今回の集が初めてです。この際、皆さんの奮起を促すと共に、新しい世話人への積極的ご協力を切望しておきたい。

なお、第四集から今日までの間に、参加仲間からは、島津忠夫、千明守の二氏が幽明境を異にされました。お名前を覚えて共に学びし日を偲びたいと思います。

この度も、和泉書院廣橋研三社長の関西軍記物語研究会に寄せてくださる熱いご支援により、順調に刊行することができました。また編集担当のスタッフの皆様には細部にわたり大変お世話になりありがとうございます。

研究会の歩みは、辻本恭子さんの記録の蓄積に負っています。今後も誰かが研究会の足跡を残していきましょう。

読者諸賢の忌憚ないご批正に合わせ、厚かましいお願いになりますが、関係諸図書館への全五集一括購入の推奨を賜りますれば、文学の道に携われる学徒の幸甚これに過ぎることございません。今後も引き続き、全国各地からの研究会へのご参加を心からお待ちしています。

二〇一七年十二月一日

武久　堅

執筆者紹介（論文掲載順）

源《みなもと》　健一郎《けんいちろう》　四天王寺大学教授

阿《あ》部《べ》　昌子《しょうこ》　駒澤大学大学院博士後期課程

城《き》阪《さか》　早《さ》紀《き》　同志社大学大学院博士後期課程

武久《たけひさ》　堅《つよし》　関西学院大学名誉教授

池田《いけだ》　敬子《けいこ》　元大谷大学教授

浜畑《はまはた》　圭吾《けいご》　高野山大学助教

岡田《おかだ》三《み》津《つ》子《こ》　大阪工業大学教授

大坪《おおつぼ》　亮介《りょうすけ》　大阪市立大学都市文化研究センター研究員

山本《やまもと》　晋平《しんぺい》　同志社大学特別任用助手

中本《なかもと》　茜《あかね》　龍谷大学非常勤講師

西村《にしむら》　知子《さとこ》　同志社大学大学院博士後期課程修了

安藤《あんどう》　秀幸《ひでゆき》　大谷大学非常勤講師

笹川《ささかわ》　祥生《さちお》　元京都女子大学教授

平藤《ひらふじ》　幸《さち》　鶴見大学非常勤講師

大橋《おおはし》　直義《なおよし》　和歌山大学准教授

■**編者紹介**

関西軍記物語研究会

編集委員（五十音順）

池田　敬子
大橋　直義
岡田三津子
笹川　祥生
武久　堅
辻本　恭子
源　健一郎

研究叢書489

軍記物語の窓　第五集

二〇一七年一二月三日初版第一刷発行
（検印省略）

編者　関西軍記物語研究会
発行者　廣橋研三
印刷所　亜細亜印刷
製本所　渋谷文泉閣
発行所　有限会社和泉書院

大阪市天王寺区上之宮町七-六
〒五四三-〇〇三七
電話　〇六-六七七一-一四六七
振替　〇〇九七〇-八-一五〇四三

ISBN978-4-7576-0855-9　C3395

研究叢書

近世武家社会における待遇表現体系の研究 桑名藩下級武士による『桑名日記』を例として	佐藤志帆子著	451	一〇〇〇〇円
平安後期歌書と漢文学 真名序・跋・歌会注釈	鈴木徳男・北山円正著	452	七五〇〇円
天野桃隣と太白堂の系譜並びに南部畔李の俳諧	松尾真知子著	453	八五〇〇円
現代日本語の受身構文タイプとテクストジャンル	志波彩子著	454	一〇〇〇〇円
対称詞体系の歴史的研究	永田高志著	455	七〇〇〇円
心敬十体和歌 評釈と研究	島津忠夫監修	456	一八〇〇〇円
語源辞書 松永貞徳『和句解』本文と研究	土居文人著	457	一一〇〇〇円
拾遺和歌集論攷	中周子著	458	一〇〇〇〇円
『西鶴諸国はなし』の研究	宮澤照恵著	459	一三五〇〇円
蘭書訳述語攷叢	吉野政治著	460	一三〇〇〇円

（価格は税別）

研究叢書

和歌三神奉納和歌の研究		神道宗紀著	461	一五〇〇〇円
百人一首の研究		徳原茂実著	462	一〇〇〇〇円
近世文学考究	西鶴と芭蕉を中心として	中川光利著	463	一三〇〇〇円
〈他者〉としての古典	中世禅林詩学論攷	山藤夏郎著	464	一八〇〇〇円
山上憶良と大伴旅人の表現方法	和歌と漢文の一体化	廣川晶輝著	465	八〇〇〇円
義経記　権威と逸脱の力学		藪本勝治著	466	七〇〇〇円
『しのびね物語』注釈		岩坪健著	467	九〇〇〇円
院政鎌倉期説話の文章文体研究		藤井俊博著	468	八〇〇〇円
仮名遺書論攷		今野真二著	469	一〇〇〇〇円
歌謡文学の心と言の葉		小野恭靖著	470	八〇〇〇円

（価格は税別）

――研究叢書――

栄花物語新攷 思想・時間・機構	渡瀬　茂著	471	一二〇〇〇円
鷹書の研究 宮内庁書陵部蔵本を中心に	三保忠夫著	472	二八〇〇〇円
伊勢物語校異集成	加藤洋介編	473	一八〇〇〇円
中世近世日本語の語彙と語法 キリシタン資料を中心として	濱千代いづみ著	474	九〇〇〇円
中古中世語論攷	岡崎正継著	475	八五〇〇円
紫式部日記と王朝貴族社会	山本淳子著	476	一二〇〇〇円
国語論考 語構成的意味論と発想論的解釈文法	若井勲夫著	477	九〇〇〇円
万葉集防人歌群の構造	東城敏毅著	478	一〇〇〇〇円
『保元物語』系統・伝本考	原水民樹著	479	一六〇〇〇円
近世寺社伝資料『和州寺社記』・『伽藍開基記』	神戸説話研究会編	480	一四〇〇〇円

（価格は税別）